I0627390

CHRISTOPHER NICOLE

LOS BORODIN II

Guerra y pasión

SÉLECTOR
ACTUALIDAD EDITORIAL

SELECTOR®
actualidad editorial

Doctor Erazo 120, Col. Doctores, C.P. 06720, México, D.F.
Tel. (01 55) 51 34 05 70 • Fax (01 55) 51 34 05 91
Lada sin costo: 01 800 821 72 80

Título: LOS BORODIN II. GUERRA Y PASIÓN
Autor: Christopher Nicole
Adaptadora: Angélica Monroy López
Colección: Novela

Diseño de portada: Socorro Ramírez Gutiérrez
Ilustración de portada: Imagen-Agencias/Internet/Wikicommons

© Christopher Nicole, 1981. Esta edición se publica bajo licencia con el propietario de los derechos.

Título original: *War and Passion*

D.R. © Selector, S.A. de C.V., 2012
        Doctor Erazo 120, Col. Doctores,
        Del. Cuauhtémoc,
        C.P. 06720, México, D.F.

ISBN: 978-607-453-124-4

Primera edición: junio 2012

Sistema de clasificación Melvil Dewey

823
N916
2012

Nicole, Christopher
Los Borodin II. Guerra y pasión / Christopher Nicole.–
Ciudad de México, México: Selector, 2012.

376 pp.

ISBN: 978-607-453-124-4

1. Literatura. 2. Narrativa. 3. Novela histórica.

A no ser que los personajes de esta novela
sean identificados históricamente, son de
la invención del autor y no están destinados
a representar personas reales,
vivas o muertas.

CAPÍTULO I

DESDE LAS VENTANAS DE LA OFICINA, EN EL PISO DECIMOCTAVO del edificio del *American People*, George Hayman podía extender su mirada a lo largo del río East hasta la ciudad de Long Island. Como la oficina ocupaba todo el piso del edificio, era suficiente caminar unos cuantos pasos para contemplar desde las ventanas del otro lado hacia el norte, al nuevo puente de Queensboro. Desde allí, el panorama lucía más atractivo, pero George Hayman prefería observar por las ventanas del otro lado, hacia el este, puesto que, más allá de Long Island, se extendía el océano Atlántico y, más allá del Atlántico, estaba Europa.

Y más allá de Europa, Rusia.

George admitía sin ambages que el hechizo que sobre él ejercía aquella enorme, melancólica y trágica nación era algo parecido a una obsesión. Esto era fácil de explicar: estaba casado con una rusa y tres años antes había vivido en Rusia aventuras increíbles, incluyendo una confrontación de astucia e inteligencia con los elementos de la Okhrana, la policía secreta del zar. Había ocasiones en que, además, experimentaba cierta sensación de culpa por dedicar mucho de su valioso tiempo a los recuerdos del pasado, de la gente que había conocido y de los acontecimientos que había vivido.

George Hayman pasaba de los treinta y siete años, pero aparentaba menos; en su cabello oscuro no había una sola hebra gris; se le veía esbelto, ágil y fuerte y sin el más mínimo exceso de kilos en su cuerpo atlético de un metro ochenta y cinco centímetros de altura; jugaba al golf durante el invierno y disputaba partidos de polo todos los sábados del verano. Ni las tres semanas terribles que vivió cautivo en la fortaleza de San Pedro y San Pablo en las afueras de San Petersburgo, en el verano de 1911, habían arruinado su porte y sus rasgos juveniles. La fisonomía de su rostro, en reposo, brindaba una expresión seria y pensativa, gobernada por la mirada amable y bondadosa de sus grandes ojos castaños y el gesto firme de su boca recta de labios delgados. Sus ojos sonreían con facilidad, incluso en los momentos en que reprendía a alguno de sus empleados —George Hayman dirigía a más de mil trabajadores, desde el más humilde mensajero hasta el director del periódico, a quien él mismo había designado—, como si quisiera atenuar su reprimenda. Con todo, el viejo George Hayman era aún el presidente honorario de la compañía, su hijo George se desempeñaba como vicepresidente ejecutivo y, gracias a las ambiciones y la determinación del joven, la empresa original del *People* de Boston se había extendido considerablemente hasta transformarse en aquel colosal emporio publicitario nacional e incluso mundial. Al volver de Rusia, en 1911, su padre le había confiado las finanzas del *People* de Boston a su hijo y éste adquirió en seguida casi todas las acciones del *Morning Mail,* un periódico en bancarrota de Nueva York al cual le cambió el nombre de inmediato. El nuevo negocio tuvo tanto éxito, que se apoderó de otros periódicos en Londres, en París y en Tokio.

Si le preguntaban, comentaba que aquel era el progreso natural de un buen periódico bien manejado; pero, cuantos le conocían mejor, sabían que había mucho más que eso. Su abuelo fue un emigrante inglés que nunca tuvo un centavo; su padre, quien principió vendiendo cuadernos, lápices y hojas sueltas en las esquinas, progresó de tal modo que llegó a ser el dueño del *People*. Lo mismo había ocurrido con muchos de los emigrantes que arribaban a América y, por regla general, se producía un declive en su buena fortuna en la tercera generación; mas George Hayman había decidido que él sería la excepción. Su primera meta, la de llegar a ser el corresponsal de guerra más prestigioso del mundo, se esfumó en las dramáticas alternativas del rapto de una princesa rusa y de los placeres de su matrimonio con ella; luego, redirigió todas sus energías hacia el éxito de las compañías periodísticas, hasta que logró el nivel tan encumbrado en el que se ubicaba.

No obstante, en su interior, mantenía incólumes el afecto y la preocupación por los familiares de su esposa, así como por la refulgente omnipotencia y el desagradable antagonismo que ella había abandonado para vivir junto a él. Aquella constante preocupación por Rusia se proyectaba a menudo en su trabajo. Tras unos golpecitos en la puerta, su secretaria entró para disponer sobre el escritorio los recortes con las noticias más relevantes del día, así como los comentarios y editoriales acerca de las mismas. Los recortes formaban dos pilas: en una, se hallaban las noticias de todo el mundo y los temas más destacados del momento; en la otra, figuraba todo lo que aludía a Rusia: las informaciones, los artículos, los comentarios e incluso las notas más intrascendentes.

—¿Tenemos algo interesante hoy, señora Killett? —preguntó George ocupando su sillón frente al escritorio y cortando con descuido la punta de un puro.

—Creo que no, señor Hayman, a no ser ese escándalo en Francia.

—¿Cuál escándalo?

—¿No recuerda lo que aconteció en enero pasado? El periódico *Le Figaro* profirió acusaciones de fraude contra monsieur Caillaux, el ministro de Finanzas. Pues bien, ayer, aunque parezca inveriosímil, madame Caillaux irrumpió en las oficinas de *Le Figaro* y disparó la pistola contra monsieur Calmette, el director, y lo mató.

—¡Dios mío! —exclamó George, hojeando distraídamente los recortes—. Esos franceses son muy impulsivos.

—Sí, señor.

La señora Killett se quedó esperando, pero, al cabo de un momento, al ver que su jefe no parecía estar de humor para conversar, dio media vuelta y avanzó hacia la puerta para salir de la oficina; aunque se detuvo repentinamente al oír otra inesperada exclamación de George:

—¡Buen Dios!

—¿Señor?

George Hayman había echado atrás el sillón y se estaba poniendo de pie.

—Voy a salir y no regresaré en lo que resta del día, señora Killett —anunció—. Avise al chofer para que tenga mi coche listo.

—Sí, señor. Pero, señor Hayman, recuerde que tiene una cita...

—Tendrá que posponerla, señora Killett. Estaré en mi casa —recogió uno de los papeles, lo dobló para guardárselo en el bolsillo del saco, se colocó el sombrero, pasó de prisa frente a su secretaria y salió al corredor en dirección a los elevadores.

La señora Killett se acercó al escritorio y se inclinó para revisar los papeles; el que su patrón había agarrado, pertenecía a la pila de las noticias de Rusia. Algo grave debía haber ocurrido por allá; pero no se imaginaba qué podría ser.

George Hayman se sentó frente al volante de su Duesenberg y dejó que el chofer se sentara a su lado. Dio vuelta hacia el este, a la bahía de Cold Spring, donde se localizaba su formidable mansión rodeada de prados y jardines. Siempre le había agradado correr en automóvil, pero aquel día le imprimió una velocidad mayor a su automóvil; necesitaba correr, como un joven que con eso calma sus ímpetus. Lo increíble había acontecido. Él podía regresar. Ilona podía regresar. Y Johnnie... Su sonrisa desapareció, frunció el ceño y disminuyó la velocidad. El pequeño John Hayman sólo tenía tres años de edad cuando su madre se fugó junto con él, abandonando a su esposo, a su familia y a Rusia; quizá Johnnie recordara que su nombre auténtico era Iván Sergeievich y que, de acuerdo con las suposiciones, era el único hijo del príncipe y general Sergei Roditchev.

Si se llevara al niño a Rusia, sería necesario inventar otra historia, pues nunca debería decírsele la verdad acerca de aquel parentesco.

Sin embargo, si volvieran solamente de visita... El auto recuperó un poco la velocidad. Serían muy escasas las probabilidades de encontrarse de nuevo con Sergei Roditchev. Y si acaso se veían... George sonrió ampliamente. En la última ocasión que estuvo frente a frente con el primer marido de su actual mujer, lo había dejado sin sentido, en el suelo, a fuerza de golpes. De eso no hacía más que tres años, pero parecía haber transcurrido una eternidad. Podría aceptarse la pelea a puñetazos contra un noble ruso por parte del corresponsal extranjero del *People* de Boston; pero ya no era una posibilidad admisible para el vicepresidente del *American People*.

El coche entró resonando por la avenida bordeada de sauces y se detuvo entre rechinidos frente a las columnas griegas del pórtico. De las ruedas, brotaron fuentes de grava en forma de abanico, ladraron los labradores y Harrison, el mayordomo, bajó de prisa los escalones del pórtico para abrir la portezuela.

—¿Señor Hayman?

Harrison era inglés y sabía dar a sus interrogaciones el tono exacto que quería expresar.

—No sucede nada, Harrison —le informó George al bajar del automóvil, quitándose las gruesas gafas de conductor y los guantes—. ¿Dónde está la señora Hayman?

—En el jardín, señor.

George hizo un signo afirmativo con la cabeza y comenzó a caminar, dando vuelta por la esquina de la casa para atravesar un seto de arbustos y quedar frente a las terrazas escalonadas de las plantas de flores que formaban un semicírculo, como el de un anfiteatro romano, en torno del prado de césped donde se jugaba al críquet. Se detuvo para contemplar mejor la escena que se ofrecía a sus ojos. A los labradores no se les autorizaba entrar en aquella parte del jardín, pues podían ocasionar muchos daños a las plantas con la brusquedad de sus retozos; pero los pequeños perros pachones sí podían entrar y un par de ellos correteaban detrás de su ama, como para escoltarla. Que una princesa rusa no quiera estar separada ni un instante de sus mascotas favoritas, era muy entendible; que esa misma princesa quisiera estar rodeada por sus hijos pequeños en todo momento, era parte de su decisión de llegar a ser más estadounidense que su esposo. Aquella mañana, la pequeña Felícitas tenía medio cuerpo fuera de su cochecito de niña, agitando los brazos hacia los perros; apenas tenía un año. George, el tercer George Hayman, un año mayor que su hermana, gateaba de un lado al otro del prado, sacudiendo por turno los arcos del críquet. Aquellos dos eran los verdaderos Hayman. No obstante, John Hayman desempeñaba su papel de hermano mayor como si hubiera nacido para ello. En aquel momento, estaba jugando al críquet y manejaba con destreza el martillo, que era casi de su altura, asestando golpes muy firmes a las bolas de madera y retirando con cuidado y con paciencia a su pequeño medio hermano, cuando estorbaba algún tiro. A los seis años de edad, Johnnie parecía un niño muy serio y reflexivo, con el cabello claro y lacio cayéndole sobre la frente. Sus rasgos eran, sin duda, rusos o, por lo menos, ante los ojos de George.

Con movimientos lentos, Ilona se enderezó, volvió la cabeza, se quitó los guantes gruesos con los que estaba manipulando las plantas y los dejó caer sobre las hierbas que había amontonado en el sendero. Siempre que volvía a casa, aun luego de tres años de matrimonio, George experimentaba una sensación de asombro muy placentera, como si en cada ocasión comprendiera que aquella mujer fascinante hubiese llegado a ser suya, tan absolutamente suya. Recordaba la primera vez que la vio, en la terraza de la casa de su padre, en la sitiada ciudad de Puerto Arturo, cuando los cañones japoneses retumbaban en el aire. Eso fue a principios de 1904, diez años atrás, cuando Ilona había cumplido los dieciocho años. Al mirarla entonces, pensó que en aquella mujer se reflejaba la magnificencia concentrada de seiscientos años de aristocracia rusa.

Desde entonces, no halló razón alguna para modificar su opinión. Ahora, la espléndida cabellera dorada, que ella lucía con motivo de fiestas o reuniones sociales con un peinado alto, ahuecado, que la embellecía todavía más, estaba suelta; su figura había embarnecido un poco, pero, como era una mujer alta, sólo se le veía mejor proporcionada. Se diría que los estragos del tiempo no la habían perjudicado para nada por trágicas y devastadoras que fueron algunas etapas de su vida, puesto que mantenía intactos el porte altivo y la magnífica estructura heredados de sus antepasados, los Borodin: la nariz pequeña, el mentón de líneas suaves, la sobrecogedora profundidad del azul oscuro de sus grandes ojos. Sólo la expresión grave de su rostro insinuaba que los recuerdos de las horas de amargura y de los días de horror siempre estarían en algún rincón de su conciencia, aunque, por lo demás, ella siempre había sido un mujer de aspecto reservado.

—¿George? —el tono de su voz era suave—. ¿Ocurrió algo?

—Nada malo —contestó él, acercándose para tomarla en sus brazos y besarla en la frente—. Más bien, aconteció algo muy bueno. Algo en verdad maravilloso.

Ella lo apartó sutilmente y lo observó con el ceño fruncido. John Hayman dejó de golpear las bolas de madera con el martillo del críquet y levantó la cabeza para mirarlos. En el rostro del pequeño también se advertía la expresión circunspecta de su madre.

—¿De qué se trata? —inquirió ésta.

—Aquí está —dijo George soltando a su mujer para meter la mano en el bolsillo de su saco y sustraer el papel doblado—. Llegó esta mañana con otros cables —lo desdobló y empezó a leer—: "En virtud de que en 1914 se cumplirá el vigesimoquinto aniversario de su coronación, su majestad imperial, el zar Nicolás II, se complace en anunciar una amnistía para todos los presos políticos, salvo los que hayan sido condenados por delitos civiles" —volvió a abrazar a Ilona y la besó en el rostro—. ¿Qué opinas?

—¡Ah, George! —exclamó ella emocionada y con lágrimas en los ojos—. ¡Qué alegría tan grande! Eso significa que Peter quedará libre y podrá reanudar su carrera.

—¡Por supuesto!

—Y a esa pobre chica, Judith Stein, se le permitirá volver a su hogar.

Una sombra pasó por el rostro de George Hayman. Le resultaba muy doloroso recordar a Judith Stein, un ovillo de carne desnuda y maltratada en el suelo de la celda de Sergei Roditchev. Pero la sombra pasó. Sin duda, el destino cruel de esa joven acosaría a Ilona durante toda su vida; Ilona conocía las crueldades de su ex esposo mejor que nadie.

La apretó más entre sus brazos.

—Ella también, claro —le dijo—, y habrá muchos otros que recobrarán la libertad. Pero estaba pensando, sobre todo, en ti y en mí.

—¿En nosotros? —de nuevo apareció el gesto adusto.

—Bueno, a mí me deportaron por haber ayudado a fugarse de la prisión a un revolucionario perseguido. ¿Será eso un crimen político o civil? ¿Qué dirías tú? ¡Qué me condenen si no voy a averiguarlo!

Ilona se apartó de él y caminó hacia una banca de piedra colocada al borde del prado de césped. Allí se sentó, bajo las miradas atentas de los tres niños.

—¿No quieres acompañarme? —le preguntó George sentándose a su lado.

—¡Volver! —exclamó ella—. ¿Sería posible?

—No veo por qué no habría de serlo. No hay impedimento alguno para regresar a Starogan. Allá podríamos visitar a tu madre y a tu abuela. Veríamos a Peter, la casa... y a Tatiana.

—Muy pronto cumplirá los veintiún años —afirmó Ilona levantando de repente la cabeza—. En julio.

—Muy bien —le besó ligeramente la nariz—. Es una buena ocasión para visitarla. Los niños estarán fascinados en Starogan durante el verano. Eso fue lo que tú me comentaste en alguna ocasión, ¿recuerdas? Y tenías razón.

—¡El verano en Starogan es un deleite! —aseguró ella, suspirando y reclinándose ligeramente sobre George; pero en seguida se enderezó y, por encima del hombro de su esposo, observó al pequeño Johnnie con aire de preocupación. George sacudió la cabeza con suavidad.

—No tienes nada que temer por ese lado, mi amor —le garantizó—. A Michael Nej lo condenaron por asesinato. No hay probabilidad de que él quede libre.

Tres hombres y una mujer bajaban despacio por la suave pendiente de la cuenca del río Jorat. Si se hubiesen molestado en levantar la cabeza, habrían podido admirar, por encima de los tejados de Lausana, el brillante chisporroteo del agua del lago de Ginebra. Pero ya habían contemplado muchas veces aquel paisaje y preferían continuar hablando, muy interesados en sus alegatos. Ésa era su ocupación diaria, la razón misma de su existencia.

—¡La amnistía! —exclamó por enésima vez Nikolai Kalinin. Llevaba anteojos y tenía el cabello oscuro, ondulado; la barba, muy cuidada, le caía en punta al mentón; en cambio, los bigotes, largos y descuidados, le atravesaban el rostro de lado a lado, como si lo hubiesen cortado por la mitad—. Deben admitir que ésa es una medida tomada con clase. Revela dominio y mucha decisión. Gracias a ese acto, las cosas tomarán un rumbo distinto. Fíjense bien en lo que les digo.

—¡No seas absurdo! —comentó en tono despectivo el hombre que caminaba a su lado. Era el vivo contraste de Kalinin, pues éste era delgado y esbelto, mientras que Nikolai Lenin era ancho y macizo; llevaba muy corto el cabello rojo, su barba y sus bigotes no eran tupidos—. Es otro engaño de los Romanov y nada más. Habrás notado que el zar excluyó concretamente a los sentenciados por crímenes civiles. Pues bien, dime tú ahora, ¿cuántos de esos presos crees tú que hayan sido sentenciados por crímenes civiles al mismo tiempo que por crímenes políticos? —Lenin poseía una voz dura, con una rara sonoridad y un tono penetrante que la hacían imperativa y, por ese motivo, todos sus compañeros parecían prestos a aceptar sus opiniones, tal vez con excepción de su esposa. A ella se dirigió en aquel momento—: ¿No piensas que se trata de un ardid? —inquirió.

—Claro —contestó Krupskaya con voz pausada. Todo su aspecto era el de una mujer tranquila y serena, en especial en comparación con el estridente arrebato de Lenin y, asimismo, su porte en general era contrastante, puesto que era delicado, grácil y muy bello al tiempo que su rostro, dominado por la boca de labios gruesos y salientes, era un conjunto de facciones recias, no desprovistas de belleza—. Van a quedar en libertad los que representan la escoria del movimiento, los zánganos. Aquellos que en verdad importan, continuarán presos. Aquí tenemos a Michael Nikolaievich, que no podrá retornar nunca.

Kalinin rió brevemente y después comentó:

—Michael Nikolaievich puede considerarse afortunado de estar caminando aquí, con nosotros. Debería haber muerto en la horca, ¿eh, Michael Nikolaievich?

Michael Nej se encogió de hombros y, acto seguido, se inclinó levemente hacia adelante. Era el más alto de los tres hombres del grupo y su apariencia era más rígida. Los rasgos recios de su rostro, la nariz prominente, al igual que la barbilla cuadrada, se suavizaban considerablemente por la mirada bondadosa de sus enormes ojos cafés y la forma llena de su boca gruesa. Iba caminando dos o tres pasos atrás que los demás. Pese a que Michael era el único de los cuatro que había descargado su pistola contra un hombre —asesinó a un policía en un momento de ira aquel memorable día de 1911 en que fue ultimado el primer ministro Stolyipin y a él lo capturaron y lo condenaron como cómplice del asesino—, siempre recordaba que, en la escala social, era inferior a sus compañeros. Cincuenta años antes, los Nej fueron siervos e incluso luego de la emancipación no lograron ascender más allá del nivel de criados de la noble familia de los Borodin. Michael consiguió alcanzar la categoría de *valet* del príncipe Peter Borodin. Eso era lo que Lenin y Kalinin sabían acerca de sus antecedentes; pero él tenía un secreto celosamente guardado y que consideraba como su verdadera realización: él había tenido en sus brazos a la princesa Ilona Borodina y aquel recuerdo indeleble sobre el que jamás conversaba con nadie le bastaba para proseguir con vida. Lo conservaba como un lujo particular.

—¿Y bien? —mencionó Kalinin dándole una palmada en la espalda—. ¿Qué piensas de la amnistía concedida por el zar?

—Creo que Krupskaya tiene razón en lo que ha dicho —concertó Michael—. Por supuesto que a mí no me beneficia. No obstante, me gustaría regresar.

Lenin se detuvo con brusquedad y metió las manos en los bolsillos laterales de su saco. Echó la cabeza hacia atrás y proyectó hacia adelante la barbilla puntiaguda, como lo hacía siempre que se preparaba a ganar un debate.

—¿Volver? —inquirió—. ¿Para qué?

—Pues bien... —La inseguridad se apoderaba de Michael cada vez que alegaba con aquel hombre. Además, no tenía sentido revelar que habría dado gustoso varios años de su vida por ir de nuevo a Starogan; por ver a su madre y a su padre, a su hermano Iván y a su hermana Nona y también para ver otra vez a los Borodin: al príncipe Peter y a Tatiana, siempre diestros para las bromas, los juegos y la risa, tan diferentes a Ilona, la seria y adusta hermana mayor, aunque similares los tres en cuanto a la belleza y el buen porte. Lenin no comprendería nunca tales sentimentalismos—. Mucha gente quedará en libertad —se animó Michael a decir— y, sin duda, entre ellos habrá quienes opinen como nosotros, que anhelen el establecimiento de la democracia y la caída del zar. Pero, tú mismo acabas de señalarlo, todos esos estarán al margen y no podrán actuar por falta de iniciativa y de dirigentes. Se me ha ocurrido la idea de que si regresásemos ahora a Rusia...

—¡Qué disparate! —le interrumpió Lenin—. Óyeme bien, camarada: el pueblo ruso *no* quiere tener dirigentes ni tiene iniciativas ni desea la revolución. Todos están empantanados en un lodazal. ¿No sabes que yo he hecho el intento de sacarlos de allí? Estuve allí en 1905. Yo mismo encabecé al pueblo moscovita contra los cosacos de Roditchev. Yo capitaneaba a la gente cuando levantaban las barricadas y allí me quedé, al frente de todos ellos. ¿Y qué ocurrió? Nada. En cuanto el príncipe Roditchev, apuntó sus cañones contra nosotros, todos echaron a correr. Fue como meter la cabeza en la boca del lobo, sin obtener ningún provecho.

—De cualquier modo —exhortó Michael, lanzando una mirada de reojo a Krupskaya como para pedirle ayuda—, debemos continuar trabajando por la causa y no es posible hacerlo eficazmente por el solo hecho de publicar un periódico aquí en Suiza y discutir entre nosotros. Debe haber en Rusia gente muy valiosa que tenga confianza en lo que estamos haciendo y que esté dispuesta a trabajar con nosotros.

—¿Quién, por ejemplo?

—Pues... ¿Qué me dices de esa joven, Judith Stein? ¿La recuerdas? Estuvo contigo en las barricadas de Moscú.

—La vi muy brevemente nada más.

—Pero sabes muy bien que la enviaron desterrada a Siberia, no por habernos ayudado a Bogrov y a mí, en verdad nunca lo hizo, sino por lo que estaba redactando, por esa historia completa de las tácticas revolucionarias.

—¡Falso! La desterraron a Siberia debido a que su amante, el príncipe Peter Borodin, tu patrón, Michael Nikolaievich, abogó por ella; de otra forma, habría fallecido en la horca.

Michael se mordió los labios.

—Yo no considero siquiera que haya sido la querida del príncipe Peter —expresó—. Era una chica judía muy recta, de buena familia y no una cualquiera. Recuerden que yo estaba *allí* en ese tiempo.

—¿Qué relevancia tiene si se acostó con él o no? —cuestionó Krupskaya—. Lo cierto es que se salvó de la horca por la intercesión del príncipe, así como tú te salvaste de la cuerda, porque Hayman, el estadounidense, te ayudó a huir. Y a propósito, Michael, nunca nos has mencionado por qué motivo te ayudó a escapar.

—Es un asunto personal —masculló Michael.

—Que no tiene importancia —terció Lenin—. Lo que cuenta es que estás a salvo, Michael Nikolaievich, y que ahora te encuentras aquí, con nosotros, a donde perteneces. Entiendo que extrañes a tu familia, como yo a la mía. Pero hemos sido llamados a ocuparnos de cosas más trascendentes que la familia. Volveremos a Rusia, te lo prometo. Pero cuando regresemos, seremos los dueños de la situación, pues el pueblo mandó por nosotros.

Hasta entonces, éste es el lugar donde debes estar —en el rostro de Lenin se dibujó una sonrisa amplia, que borró hasta el último vestigio de la dureza anterior—. En lo referente a Judith Stein —dijo—, déjala que vuelva a su casa y que escriba de nuevo sus tratados sobre la revolución. Quizá los podamos emplear algún día. También, permítele que vuelva con su príncipe a Starogan. Eso también podría resultarnos de mucha utilidad algún día.

—¿Cómo me veo? ¿Lo luzco bien? —Raquel Stein observó su imagen en el espejo y, por quinta ocasión, se ajustó el sombrero sobre la cabeza. Era una especie de turbante de terciopelo rojo, sostenido por una banda con la que se ajustaba alrededor de la cabeza, pero no se acomodaba bien.

—Se te ve perfecto —afirmó Ruth Stein a su hija—. Estás muy bonita, en verdad. Tan encantadora como esas mujeres que retratan los pintores. Judith se sentirá orgullosa de ti.

Raquel apretó con fuerza los labios para ver si con eso les daba un poco más de color, ya que mamá no permitía los cosméticos. Se preguntó si en verdad era tan bonita como una pintura. Judith había sido muy hermosa; mucho más hermosa que ella. ¿Había sido...? ¿Por qué utilizar el tiempo pasado? Judith estaba viva, gracias a Dios; era muy hermosa y muy pronto estaría de vuelta en la casa.

¿Estaría tan bella como una pintura tras haber pasado seis semanas en los calabozos del general y príncipe Roditchev y después de tres años en la implacable soledad de un campo de trabajo de Siberia? Raquel se irguió sobre la silla y se contempló de nuevo en el espejo. Tenía veinte años y, por lo tanto, Judith había cumplido ya los veinticinco. Raquel era una chica alta, pero, sin duda, Judith lo era más. Era delgada y sus pechos apenas se marcaban bajo la tela de popelina blanca con rayas color naranja de su vestido de verano; sus caderas medían escasamente unos centímetros más que su cintura; la figura de Judith siempre fue más voluptuosa. Raquel tenía el cabello lacio y oscuro, los rasgos alargados y serios de los Stein y los mismos ojos grandes y muy oscuros. En eso no se distinguían mayores diferencias, a no ser que la expresión del rostro de Judith siempre había sido mucho más circunspecta. En raras ocasiones sonreía y, si lo hacía, su risa siempre poseía un tono de desprecio o de burla. ¿Todavía se reiría así?

—¡Vamos! Deja ya de mirarte en el espejo —le ordenó Joseph Stein. Su hermano era dos años mayor que ella: precisamente se ubicaba entre ella y Judith.

—¿No estás nervioso? —indagó Raquel.

—¿Por qué tendría que estarlo, en el nombre de Dios?

—Bueno... porque tú podrías haberte ido al destierro con ella, ¿no es verdad?

Joseph se arregló la corbata frente al espejo al tiempo que susurraba:

—Fui a un par de reuniones y eso fue todo. Yo era muy joven y un poco alocado. Me gustaría que no se comente ese asunto. Aquí llega papá.

Jacobo Stein permaneció al pie de la escalera. Pese a sus cincuenta años recién cumplidos, lucía más viejo y acabado, probablemente a causa de Judith. No sólo había sido el golpe inclemente de haber asumido que su hija era una anarquista involucrada en el complot para eliminar al primer ministro Stolypin y al zar, aquel aciago día de septiembre de 1911; además, fue la desgracia de verse forzado a abandonar su próspero bufete de abogado en Moscú para iniciar una nueva vida en San Petersburgo; por fortuna, allá también había conseguido triunfar, progresar y conquistar tal prestigio que ya tenía garantizada su elección como miembro de la Duma. Sin embargo, a Jacobo Stein se le había permitido ver a su hija Judith cuando aún estaba a merced de los bestiales miembros de la Okhrana y de Roditchev. Aquel mismo día, Jacobo Stein se había convertido en un anciano.

¿Qué fue lo que vio? Nunca se lo había revelado a nadie, quizá ni siquiera a su mujer, según las conjeturas de Raquel. No obstante, el resto de la familia ya estaba a punto de saber algo acerca de la horrible aflicción que había atormentado al jefe de la casa durante tres años.

—¿Ya están listos? —interrogó, golpeando una contra la otra las palmas de las manos.

—Listos, papá. ¿Te gusta mi sombrero?

Jacobo Stein inspeccionó a su hija menor y aprobó con la cabeza.

—Me parece muy bonito —opinó—. ¿Nos vamos, Ruth?

—Sí. Ya debemos irnos —respondió su mujer, caminando hacia la puerta.

Bajaron todos juntos los escalones de la puerta de entrada, conscientes de que todo el vecindario los estaba mirando detrás de las cortinillas de las ventanas. A pesar de que Jacobo Stein, en su obstinado esfuerzo por ascender hasta el nivel que él consideraba el de la respetabilidad, había superado la condición miserable en la que vivían casi todos sus compatriotas, no había podido adquirir una buena casa en alguno de los barrios residenciales, como el de la Perspectiva Nevsky, por ejemplo; por tanto, debía ajustarse a vivir en la modesta casa en el bullicioso barrio de la Isla de Petersburgo, frente a la ciudad propiamente dicha, a la sombra de la fortaleza de San Pedro y San Pablo, donde se hallaban sepultados los zares y donde funcionaba, desde hacía algún tiempo, la prisión del estado. Allí había permanecido encarcelada Judith Stein durante las semanas que su juicio duró. Raquel pensó que a lo mejor también eso contribuyó al envejecimiento prematuro de su padre.

Pero, al menos, eran dueños de un automóvil, el mismo que Joseph se disponía a conducir. Raquel se sentó a su lado, atándose una pañoleta de gasa bajo la barbilla para que se le sostuviera el sombrero; el señor y la señora Stein ocuparon el asiento de atrás.

—Sonríe, Jacobo —le solicitó Ruth con tono suplicante—. La gente nos observa y esta ocasión debería ser de felicidad.

—¿Tú crees que pueda serlo? —murmuró Jacobo Stein con aflicción. De cualquier modo, se quitó el sombrero para saludar a las personas que se habían detenido al otro lado de la calle.

—Tres años no son mucho tiempo —indicó Ruth.

Con el rabillo del ojo, Raquel vio por un instante la expresión en el rostro de su padre. Su madre no había vuelto a ver a Judith desde que la encarcelaron, a no ser a lo lejos, en los tribunales. ¿Cómo se imaginaría encontrar ahora a su hija? Asimismo, lanzó una mirada furtiva hacia su hermano Joseph, concentrado en guiar el automóvil entre el pesado tránsito de vehículos y bicicletas sobre el puente que conectaba la isla con la tierra firme. Joseph apretaba los labios y estaba abocado por completo a conducir. Por supuesto, no le entusiasmaba la idea de volver a ver a Judith. No obstante sus negativas, había estado comprometido con los anarquistas y no por poco tiempo, como él aseguraba. Raquel recordaba a aquel hombre siniestro, Bogrov, el que en realidad había asesinado a Peter Stolypin, que algunas ocasiones fue a la casa, buscando a Joseph y, en particular, a Judith. A Bogrov lo habían ahorcado, pero el otro asesino, Michael Nej, había escapado en forma inexplicable, con la ayuda de un periodista estadounidense, el corresponsal George Hayman, quien lo había sacado muy astutamente de Rusia. De eso se comentaba mucho y por todas partes cuando sucedió. Raquel se preguntaba por qué el estadounidense no había ayudado a escapar también a Judith. Tal vez porque ni siquiera sabía de su existencia.

El auto estaba arribando a la estación del ferrocarril. Joseph lo manejaba muy despacio hasta que localizó un lugar donde estacionarlo. Todo el frente de la estación estaba abarrotado de personas. Eran miles las que se apretujaban para entrar al edificio, platicando animadamente y empujándose entre sí, para acercarse lo más posible a las barreras que cerraban el paso a los andenes. Una buena parte de la multitud estaba integrada por los familiares de los exiliados, como los Stein; pero la mayoría eran curiosos y entre éstos había unos pocos que debían tener una curiosidad muy particular. Raquel estaba viendo a su hermano quien recorría con la mirada la muchedumbre, hasta detenerla, con expresión de terror, sobre un grupo de tres hombres con sombreros de seda y trajes oscuros, bien cortados, que se mantenían un poco apartados de todos los demás y contemplaban al gentío. Incluso Raquel, inexperta en esos asuntos, intuyó que aquellos sujetos eran miembros de la temible Okhrana. Pero los Stein se encontraban aquel día en la estación por un asunto totalmente legal y, de todas formas, ¿acaso tenía ella algo que temer? Nunca participó en los complots de los anarquistas. Eso lo sabían todos, incluyendo al príncipe Roditchev.

Joseph se metió entre la masa, apartando a la gente para abrir paso a sus padres. Raquel los siguió distraídamente, pues tenía la cabeza llena de pensamientos encontrados. Por primera vez se percató de que el retorno de Judith podría volverse más trascendental para ella de lo que hubiese sospechado. Había finalizado sus estudios desde hacía dos años, pero aún la trataban como a una niña de escuela. Sus padres estaban convencidos de que los funestos acontecimientos que le habían sucedido a Judith se debían a la libertad que ellos le otorgaron a su hija mayor, así que no querían correr los mismos riesgos con Raquel. Ella siempre había soñado con seguir una carrera. También las mujeres podían tener una carrera, por lo menos en el Occidente. Su tío Abe residía en Estados Unidos y ella albergaba la esperanza de que su padre la enviara allá a estudiar. Soñaba con llegar a ser una profesional en la medicina y la cirugía y había escuchado decir que eso era posible incluso para una mujer, aunque sólo en Estados Unidos. Pese a ello, su padre nunca estuvo de acuerdo con esas ideas y aun evitaba conversar de eso con su hija; era obvio que Jacobo Stein confiaba en casar a su hija menor con algún buen hombre judío, para que no provocara a sus viejos padres tantas contrariedades como lo habían hecho su hermano y su hermana.

Aunque, quizá ahora que Judith estaría otra vez en casa, su padre la dejaría partir. La sola idea le ocasionó tanto goce que las sienes empezaron a latirle con fuerza. Se llevó la mano a la cabeza para sostenerse el sombrero, pues los empujones de la gente aglomerada a su alrededor podían tumbarlo. De pronto, se halló junto a la barrera, donde Joseph mostraba los boletos de entrada al andén adquiridos con una semana de anticipación. El inspector verificó su libreta de notas con detenimiento. Trabajaba con gran meticulosidad y pausadamente —como todos los burócratas, se dijo Raquel—, pero aquel día había un motivo indudable para actuar con más prudencia. Además de los elementos de la Okhrana, estaban allí numerosos policías uniformados, unos y otros dispuestos a cumplir las órdenes de que sólo a los familiares debidamente identificados se les permitiera el acceso a los andenes. Por fin quedó satisfecho el inspector y abrió la barrera para que los Stein pasaran, quienes permanecieron un poco aparte de la gran multitud que abarrotaba las plataformas, a pesar de que faltaban diez minutos para que el tren arribara, agrupados debajo del reloj como si trataran de protegerse mutuamente. Sonreían con nerviosismo a las personas que los saludaban o se les quedaban mirando, conscientes de que se estaban exhibiendo ante todo el mundo como los parientes de una anarquista y de que eran el objetivo de las miradas inquisidoras de los elementos de la Okhrana, como si ésta no tuviera ya los expedientes completos de cada uno de ellos. No obstante, se estaban exponiendo a algo peor aún; de repente, Joseph se puso rígido. Después, se encogió y asió con fuerza el brazo de su hermana.

—¡Dios nos asista! —masculló—. Allá viene Roditchev en persona.

El príncipe Sergei Roditchev, general del ejército, rondaba por los cuarenta y cinco años de edad; era alto, macizo, de porte recio; vestía el uniforme verde con cierto refinado descuido y en toda su figura se advertía la petulancia. Era un hombre del que se desprendía una arrogancia apabullante. Las puntas caídas de sus grandes bigotes le daban a su rostro una expresión despectiva, como si considerase a todos los seres humanos de menor categoría que él, como simples insectos, nocivos y molestos. Sus facciones —la nariz recta y prominente, y la barbilla levantada— estaban nítidamente delineadas. De vez en cuando, si así lo deseaba, una sonrisa amable atenuaba el aspecto huraño de su rostro. En aquella ocasión, sonreía al acercarse a los Stein, a quienes había descubierto, todos juntos, bajo el reloj, como ovejas atemorizadas, según pensó Raquel en su fuero interno.

—Monsieur Stein, madame —pronunció alzando el bastón hasta rozar el borde de su gorra militar para saludarlos. Paseó su vista sobre ellos, interrumpiéndola un instante sobre Joseph y, a continuación, ampliando su sonrisa, se quedó viendo a Raquel. Ésta sintió que un temblor frío le recorría por la espalda—. Éste debe ser un día muy feliz para todos ustedes.

—Para toda Rusia, excelencia —declaró Jacobo Stein.

El príncipe frunció el ceño y recuperó su aspecto adusto.

—No lo creo, monsieur. Dudo que podamos ser felices ahora —dijo, irguió el índice de su mano enguantada y señaló al abogado—. ¿Qué me dice de las noticias que nos han llegado de Sarajevo?

—¿El asesinato, excelencia?

—La terrible carnicería del archiduque Fernando y de su mujer a manos de los *anarquistas*, monsieur Stein. Es un cáncer que se esparce y que corroe a nuestra sociedad. Yo cuento con su buen criterio, abogado, para que infunda en su hija la noción de que no se le brindará una segunda oportunidad. La próxima vez, será la cuerda de la horca. Téngalo muy en cuenta, madame —hizo una elegante reverencia para saludar a Ruth Stein, observó a Joseph, le sonrió a Raquel, dio media vuelta y se alejó.

—¡Cerdo! —masculló Joseph—. A *ése* debían haberlo fusilado hace mucho tiempo.

—¡Por el amor de Dios, hijo, tranquilízate! —le suplicó Ruth.

Raquel se quedó contemplando a Roditchev mientras éste marchaba hacia la multitud, saludado por sus hombres y tocando la visera de su gorra con el bastón para contestar los saludos. Se preguntaba lo que sería disponer de un poder tan inmenso como el del príncipe y poderlo disfrutar durante tanto tiempo. ¿No tendría miedo de que lo mataran? Era el hombre más odiado en toda Rusia. Pero se suponía que los hombres como Sergei Roditchev no le temían a nada ni a nadie. Ésa era la fuente de su fortaleza y de su poderío.

Se escuchó a lo lejos el silbato del tren, el gentío se agitó y principió a moverse, avanzando hasta el borde del andén y después retrocedió al advertir que los que estaban en primera fila se ubicaban peligrosamente cerca de las vías.

—Esperaremos aquí —dispuso Jacobo Stein. Su esposa lo tomó de la mano. Raquel hubiese deseado asirse a alguien, pero Joseph no parecía mostrar interés alguno en ello. Observaba, por encima de las cabezas de la gente, al tren que se acercaba despacio para entrar en la estación. Era un tren raro, sin compartimientos de primera ni de segunda clase. Aquel tren había llegado desde Irkutsk y los pasajeros tuvieron que ir sentados o acostados sobre las bancas lisas de madera durante el viaje entero.

Pero, en aquel momento, ya no iban sentados. Cada ventanilla de los vagones estaba llena de rostros alegres y de manos que se agitaban.

Raquel no veía bien, porque la gente que estaba frente a ella, agitando las manos levantadas, haciendo ondear los pañuelos y los sombreros, le impedía hacerlo.

—¿Dónde está? —preguntaba Ruth Stein con insistencia—. ¿Dónde está mi hija? No está, Jacobo. ¡No ha venido! ¡La dejaron allá!

—Vamos, mujer, ya vendrá. Nos dijeron que regresaría en este tren. Ten un poco de paciencia, mujer. Ya falta poco.

Ruth Stein irrumpió en llanto y Joseph le dio su pañuelo. Raquel se paró sobre la punta de los pies, pues el tren se había parado y ya se estaban abriendo las puertas. Los pasajeros empezaban a bajar, hombres y mujeres. Raquel creyó que no habría identificado a nadie, aunque los hubiese visto antes. Todas las mujeres llevaban la cabeza cubierta con una vieja pañoleta y sus vestidos no eran más que enormes bolsas de tela gruesa. Todos los hombres tenían la barba crecida y revuelta: sus pantalones amplios y sus grandes sacos de manta parecían colgar de sus cuerpos mortecinos. Raquel escrutaba los rostros, mas todos parecían desfigurados por el llanto o por la risa al echarse en brazos de sus familiares.

—¡Allá está! —gritó Joseph de repente.

Raquel Stein se puso de puntillas y estiró el cuello, pero no pudo ver a su hermana.

—Voy a buscarla y la traeré aquí —propuso Joseph—. No se muevan de este lugar —se alejó de prisa, metiéndose entre la muchedumbre.

—¿Dónde está mi hija? —inquirió angustiada Ruth Stein—. ¿Dónde está, Jacobo?

—No la veo —contestó el abogado—. Pero muy pronto estará aquí, con nosotros. Aguarda un momento, mujer.

La multitud que se había concentrado tras dejar pasar a Joseph, volvió a moverse para darle paso a su regreso. Apareció el joven, seguido por una mujer a la que tomaba de la mano y ésta, a su vez, conducía de la mano a otra mujer. Las dos parecían idénticas a las otras que habían descendido del tren. Sus vestidos semejaban bolsas de tela gruesa, confeccionados sin la facilidad de una máquina de coser; ocultaban sus cabellos bajo viejas pañoletas desteñidas y rotas. Raquel sintió cierta angustia. No había duda de que aquella mujer alta y hermosa era su hermana Judith. Pero, detrás del rostro que reconocía tan bien, había una persona desconocida, alguien que no lloraba ni reía al besar a su madre y a su padre, al besar a Joseph y al abrir ampliamente los brazos para recibir en ellos a su hermana Raquel. Por lo demás, pensó ésta, Judith había sido siempre una extraña para ella, en particular desde aquella horrible noche, tres años atrás, cuando la policía penetró en la casa para apresarla y se la llevaron para ser interrogada por los elementos de la Okhrana. Por el propio Roditchev.

Recibió el abrazo fuerte y prolongado de su hermana y un beso en cada mejilla.

—Ya eres una mujer —afirmó Judith—. Y una mujer muy hermosa —añadió, apartándola para verla mejor—. Deberás decirme en dónde adquieres tus vestidos.

Los demás esperaban un poco cohibidos, ya que la mujer que acompañaba a Judith se había detenido a unos pasos de distancia, pero no en actitud tímida o molesta, sino sólo aguardando. Era más joven que Judith, de tez más oscura y de corta estatura. Su rostro, de rasgos regulares, podría haber sido muy bello, a no ser por el odio vehemente que se reflejaba en su mirada y que le endurecía la boca. Las formas de su cuerpo no podían adivinarse bajo la burda tela de su vestido holgado.

—¡Perdóname, Dora! —exclamó Judith—. Mamá, papá: ésta es mi amiga, Dora Ulyanova. Dora: mi padre, mi madre, mi hermano Joseph y mi hermana Raquel.

La chica saludó de mano a cada uno conforme la iban presentando.

—¡Querida niña! —exclamó Ruth Stein, observándola—. ¿Cuánto tiempo estuvo en Siberia?

—Tres años —respondió Dora Ulyanova.

—Pero...

—Sí. Sólo tenía diecinueve años cuando me llevaron, madame Stein.

—¡Dios mío!

—Ulyanova —susurró Joseph como si hablara consigo mismo—. Yo he oído ese nombre. Sí. Vladimir Ilich Ulyanov...

—Que se hace llamar Nikolai Lenin —le interrumpió la joven—. Es mi tío. Mejor dicho, era mi tío. Hace once años que no lo veo. Creo que ahora voy a volver a verlo.

—¡Por el amor de Dios! —murmuró Jacobo Stein manoteando—. No pronuncien aquí ese nombre. Hay policías por doquier. Será mejor que nos retiremos. Mademoiselle Ulyanova, tanto gusto...

La muchacha lanzó una mirada rápida a Judith.

—Es que... —dijo ésta a su padre—, Dora no tiene adónde ir. Sus parientes no viven en San Petersburgo. Yo le había prometido que podía quedarse con nosotros.

—¿Con nosotros? —expresó Jacobo Stein con voz ahogada, viendo a su mujer como si le pidiera auxilio.

—¡Por supuesto que se quedará con nosotros! —afirmó Ruth Stein haciendo caso omiso a su marido—. Por lo menos hasta que contacte con su familia. ¿Dónde están sus maletas?

Las dos mujeres se miraron y Raquel advirtió que cada una de ellas llevaba un paquete muy pequeño en los brazos, atado con cuerdas.

—Yo cargo con eso —se ofreció Joseph, quien también había visto los paquetes.

—No. No hace falta —mencionó Judith, mientras Dora se aferraba al suyo—. Pesan muy poco...

—Bueno. El auto está allí afuera. Síganme.

Ya no había tantas personas en el andén. Los que intentaban salir de la estación formaban una larga fila frente a las barreras para pasar ante al inspector, la guardia de los policías y... el príncipe Roditchev, general del ejército, de pie, junto a la barrera. Judith, quien avanzaba rodeando la cintura de su madre con un brazo, no lo vio hasta quedar junto a él, en la barrera. Entonces, se detuvo de pronto y su rostro se endureció perceptiblemente. El príncipe Roditchev la examinó de la cabeza a los pies.

—Judith Stein —dijo.

Judith levantó un poco la cabeza y se le quedó viendo como podría hacerlo un conejillo asustado a la serpiente que se dispone a atacarlo.

—Debes sentirte muy contenta por estar de nuevo en tu casa, luego de sólo tres años —comentó el príncipe—, en especial si consideramos que el veredicto original contra ti era de muerte. ¿No crees que su majestad ha sido excesivamente benévolo?

Raquel, quien estaba precisamente detrás de Judith, pudo escuchar el silbido del aire aspirado con ansiedad por los pulmones de su hermana.

—En efecto, excelencia —contestó Judith en voz muy baja, pero firme—. Su majestad nos ha mostrado su misericordia.

  CHRISTOPHER NICOLE

Roditchev movió despacio la cabeza de arriba a abajo y a continuación hizo un gesto extraño. Movió el brazo derecho hacia arriba para levantar el bastón, como si fuera a saludar; pero no era un saludo. Le estaba enseñando a Judith aquel bastón con el que le había hecho tanto daño. Dio un paso atrás y se quedó pálida como una muerta.

—Tengo la esperanza de que ya hayas aprendido la lección, Judith —advirtió el príncipe—. Estoy convencido de que no desearías caer presa de nuevo, ¿verdad? —También Roditchev dio un paso atrás y los Stein pudieron avanzar; pero, al parecer, Judith era incapaz de moverse. Su madre la tomó por el brazo y la arrastró consigo. Por último, Dora Ulyanova pasó frente al príncipe, pero éste no le expresó nada. Poco después, todos estaban en el automóvil, saliendo con lentitud del patio del estacionamiento. Judith ocupaba ahora el asiento delantero, al lado de Joseph; Dora y Raquel se apretujaron en el asiento posterior, junto al señor y la señora Stein.

—Lamento muchísimo que el príncipe Roditchev haya estado allí —mencionó el abogado dirigiéndose a Judith.

Ella ni siquiera volvió la cabeza para responder:

—Yo sabía que iba a estar allí. Pero... no me había preparado para verlo.

La plática entre el abogado y su hija era de carácter íntimo y ninguno de los que iban en el coche comprendían de lo que estaban hablando, excepto tal vez Dora Ulyanova.

—Algún día —manifestó con odio—, voy a sentarme sobre su pecho y le sacaré los ojos con los dedos. ¡Lo juro!

Ruth Stein servía el té y conversaba. Joseph no podía permanecer quieto en un lugar. Jacobo Stein intentaba hablar, pero a menudo volvía la cabeza para observar el rostro de Judith. Pese a todas las cosas espantosas que habían ocurrido en los seis años anteriores, ni él ni los suyos estaban acostumbrados a vivir en medio de un odio tan agudo. Dora Ulyanova era una extraña para ellos; pero no para Judith. ¿Sería posible que también ella sintiera un odio tan intenso?

Raquel observaba y escuchaba mientras bebía su té. Todo aquello le parecía un mundo fuera de su alcance. Recordaba el día en que Judith había sido apresada, cuando los policías demolieron a golpes la puerta de su casa de Moscú. No había necesidad de destrozar la puerta, puesto que no estaba cerrada ni atrancada, pero ésa era la forma que utilizaba la policía para hacer una exhibición de su poder. Se acordaba perfectamente de los gritos de Judith cuando los hombres la sacaron a empujones para llevársela. Asimismo, le parecía ver a dos o tres policías a gatas en el suelo de la recámara de Judith, recopilando las hojas de papel desperdigas, donde ella estaba redactando su estudio acerca de la revolución. Además, antes de la irrupción policial, recordaba a Bogrov, el asesino, quien visitaba la casa y hablaba a solas con Judith en su cuarto. Judith siempre había negado tenazmente su complicidad en el complot para el asesinato; incluso, rechazaba tener algún conocimiento sobre la existencia del mismo. Aquellas impugnaciones, junto con la intercesión del príncipe Peter Borodin, la habían rescatado del cadalso. Si hubiese confesado cualquier intervención en el asesinato, no la habría ayudado ni siquiera la injerencia del príncipe Peter.

De cualquier modo, Judith había estado horas recluida en su recámara con Mordka Bogrov. ¿Podrían haber estado platicando de otra cosa que no fuera el crimen?

Ése era el recuento total de lo que Raquel sabía sobre lo que en realidad había acontecido en aquel mundo que la rodeaba sin tocarla, tan diferente al mundo acerca del que ella leía en las novelas, donde todo llegaba a un final feliz; del mundo sobre el que le hablaba Moisés Lewin, el rabino, donde podía confiarse en Dios por todo y para todo; o del mundo que ella observaba junto a su madre, uno donde cada quien era tratado con base en la cantidad de rublos que llevara en el bolso... y el bolso de su madre siempre estaba bien repleto.

Pero, a lo mejor, todas aquellas personas de los diversos mundos —su madre, Moisés Lewin, los hombres y mujeres que escribían las novelas— sabían perfectamente que las tinieblas estaban detrás de la luz, la amargura de la melancolía bajo la capa azucarada de sus mensajes. Lo sabían a la perfección sin haberlo experimentado. Ahora bien, ¿qué podía decirse de dos mujeres jóvenes que sí habían vivido todo aquello?, ¿qué podría comentarse de ellas, sabiendo que no tienen algo más que su odio para sostenerse?

Ciertamente, no se formulaban preguntas acerca de la vida que habían llevado en Irkutsk, por mucho interés que se tuviera por conocer sus detalles. Se charlaba sobre la gente que se había conocido, de los vestidos y, de pronto, se sentía cierta inquietud al ver la ropa que Judith vestía y, después, se recuperaba el buen sentido con una sonrisa, ya que, por lo menos, ella estaba en condiciones de comprarse vestidos nuevos. Además, se comentaba del tiempo, un tema que daba para media hora de plática en San Petersburgo, un lugar en el que, si no estaba nevando, estaba lloviendo y, si no nevaba ni llovía, era porque se estaba viviendo durante las cinco o seis semanas de la mitad del verano, cuando hacía un calor inaguantable. También, era posible entrar de lleno en el chisme de las hazañas de Gregory Rasputín, el staretz, preguntándose si sería verdad que tenía un harén con las damas de la nobleza, dispuestas a complacer todos sus caprichos carnales y si sería posible que la misma emperatriz fuera su esclava absoluta. Porque era esencial mantener el diálogo en el presente, ya que el futuro, aun el futuro inmediato, aun el mañana, era tan complicado de sacar a relucir como el pasado. ¿Qué podría deparar el futuro? ¿Qué les podría aguardar en el futuro a Judith Stein y a Dora Ulyanova?

—Y allí estaba Hannah Janowska —estaba diciendo Ruth Stein—. Allí estaba, querida mía, envuelta en el vestido color de rosa más horripilante que te puedas imaginar. Nunca se había visto cosa igual. ¿Recuerdas a Hannah Janowska, Raquel? ¿No la viste en el *bar mitzvah* del muchacho Meyer?

—Sí, mamá —contestó Raquel obediente y se volvió para mirar a Dora Ulyanova. Estaba escuchando lo que se decía, pero era obvio que no le interesaba . Parecía más concentrada en examinar la casa, los muebles grandes y macizos, muy recargados de molduras y tapices, los retratos de los Stein en sus marcos de plata, toda la evidencia de la sólida prosperidad y la sólida respetabilidad de la clase media. ¿No se estaría preguntando cómo era posible que Judith, con esa familia tan adinerada, se hubiese vuelto una revolucionaria?

Pero luego de vivir juntas en las condiciones más atroces durante tres años, ya debía saber la respuesta a todo eso. ¿Estaría tramando, en cambio, los medios de que podría valerse para hacer que toda aquella riqueza y toda esa respetabilidad se pusieran al servicio de su causa? Dora no había desistido de sus creencias ni de sus ideas, eso era un hecho. ¿Judith habría desertado de las suyas?

Raquel se concretó a contemplar a su hermana. Guardaba una gran compostura y en su rostro se distinguía la serenidad e incluso cierto alivio. Pero era imposible imaginar la expresión del semblante de Judith Stein de otra forma que no fuera la de la tensión y la desconfianza. Cuando ocurría algo que la sobresaltara, como en aquel instante la irrupción de Hilda, la sirvienta, se diría que su faz se cerraba, como una trampa, su mente se aislaba para evadir cualquier riesgo de que las miradas ajenas la examinaran.

Hilda lucía un poco agitada.

—Es un visitante, madame —anunció, tartamudeando ligeramente—. Es un caballero.

—¿Un caballero? —indagó Ruth con el ceño fruncido.

—Preguntó por mademoiselle Judith —la chica lanzó una mirada temerosa a Judith y dijo—: Es el príncipe Peter Borodin.

Durante un momento, se provocó un silencio absoluto; luego, Judith y sus padres se levantaron al mismo tiempo.

—El príncipe, ¿está *aquí*? —preguntó Ruth.

—Sí, madame —respondió Hilda—, y quiere ver a...

—Pero es que el príncipe estaba... —profirió Judith haciendo un esfuerzo por cerrar la boca que se le había quedado abierta por el desconcierto y no pudo decir más porque el propio príncipe Borodin estaba en el marco de la puerta abierta, detrás de Hilda. Raquel ya lo había visto antes; en varias ocasiones, visitó la casa de los Stein en Moscú, antes de la detención de Judith. En aquel entonces, le había parecido el más elegante de los hombres. Ahora, tras tres años de destierro en su casa de campo de Starogan, como sanción por haber agredido a Rasputín, Raquel no hallaba motivo alguno para cambiar de opinión. Portaba traje de civil; Judith alegaba que se veía mejor aún con su uniforme; pero con su traje gris claro, el cuello tieso de su camisa blanquísima y el diamante del fistol que le sostenía la corbata, parecía haber salido de una revista de modas. Aunque, bien podía haber llegado envuelto en un saco holgado como el de Judith sin perder para nada su porte. Era alto, como todos los Borodin, y tenía el cuello de un color dorado pálido como el resto de la familia. Los rasgos de su rostro eran grandes y fuertes; el bigote delgado, del mismo color claro del cabello, le daba a la boca un aspecto amable. Los ojos azul pálido resaltaban en la tez oscura del rostro, bronceado por el sol de su existencia al aire libre en los campos del sur. Además, estaba sonriendo y, cuando Peter Borodin reía, no sólo parecía elegante, sino que resultaba fascinante.

—Madame Stein —dijo y se inclinó para besar las dos manos de Ruth—. Monsieur —le hizo una reverencia a Jacobo. Dedicó una sonrisa y una reverencia breves a Raquel y a Joseph, vio con cierta indiferencia a Dora Ulyanova y, luego, se dedicó a contemplar a Judith—. Una amnistía se extiende también a los príncipes, Judith —le explicó a la joven.

—Me alegro mucho —señaló ella y Raquel se asombró al observar que una lágrima rodaba por la mejilla de su hermana a la que nunca había visto llorar—. Me alegro muchísimo.

Él tomó las dos manos de la mujer, se inclinó para besarlas y las retuvo entre las suyas.

—Sí —dijo Ruth—. Estoy segura de que los dos tendrán mucho de que hablar. Iremos a ver cómo está la comida. Tú me ayudarás, Raquel. Joseph, mademoiselle Ulyanova... —encabezó al grupo que salió de la sala al vestíbulo y cerró la puerta.

Los dos se quedaron mirándose a los ojos largamente.

—Judith —susurró él.

—Su excelencia.

—¿Peter? —sugirió el príncipe.

—Peter —añadió ella, observando cómo se inclinaba él para tomarla delicadamente por los hombros y, cuando Judith alzó el rostro, él la besó en los labios con mucha suavidad. Ya lo había hecho antes de la misma forma. Ésa era la única manera en que la había tocado. Él hubiera deseado mucho más; pero, siendo el príncipe Borodin, esperaba la invitación de la chica y, siendo ésta mademoiselle Judith Stein, siempre se habría negado a invitarlo.

Hacía ya siete años que se conocían. El príncipe la había visto por primera vez en la casa de su hermana, en Moscú, cuando Ilona aún era la princesa Roditcheva y cuando andaba haciendo la corte a su modo, al socialismo. Ilona no era ni había sido nunca socialista; no obstante, durante un breve lapso de su vida, creyó de gran trascendencia comprender a los socialistas y, quizá, ayudarles, de la misma forma que consideraba entender y socorrer a los pobres y los enfermos. Sus bien intencionados oficios habían ocasionado una calamidad en las manifestaciones del partido socialista en Moscú e incluso en su misma vida; pero se encumbró de entre las ruinas, tan radiante como siempre, triunfante y victoriosa, tras haber vencido todos los impedimentos que le salieron al paso. Lo logró debido a que era Ilona Borodina y porque, con su carácter inquebrantable, su energía y el hábil manejo de su belleza inigualable, se las había ingeniado para dejar a un lado su educación aristocrática, sus principios morales y su religión con el fin de huir con el hombre que amaba.

Judith Stein se había abstenido de realizar actos semejantes y habían caído sobre ella las más grandes tragedias. El príncipe Peter la había conocido y la había deseado. Judith nunca hubiese sospechado que el verdadero amor florecería en aquel encuentro. Ella era una joven hermosa y él, un joven aristócrata muy atractivo, cuyo matrimonio estaba en una profunda crisis. El príncipe le había propuesto compartir su lecho y ella lo había rechazado. Pensó que con eso resolvía el asunto; pero, al derrumbarse su mundo entre los restos dejados por el absurdo intento de Mordka Bogrov y Michael Nej para enardecer a Rusia, el príncipe Peter había acudido en su ayuda. Logró convencer al zar para que a Judith se le conmutara la pena de muerte por la del destierro, pese a que el propio príncipe había caído en desgracia por haber agredido a Rasputín y con pleno conocimiento de que podría rematar su aniquilamiento social al salir en defensa de una judía anarquista. En ese entonces, mientras el tren transportaba a la chica de San Petersburgo a las desoladas y congeladas tierras de Irkutsk, ésta no cesaba de repetirse que había actuado con una terquedad inaudita. Si hubiese aceptado las propuestas del príncipe Peter en 1907, habría gozado de inmediato de todas las riquezas y comodidades que la existencia pudiera brindarle, pasando por alto el descrédito de sus parientes y amigos y el de su propia conciencia.

Y ahora, el príncipe había regresado, imaginando que ella continuaba siendo mademoiselle Judith Stein, pues él seguía siendo Peter Borodin. Éste había pasado su exilio en la hacienda de su familia, no en Siberia. No tenía conocimiento alguno de lo que ella había padecido y no lo sabría *jamás*; no debía saberlo, para que la continuara queriendo y la deseara igual que antes. O quizá, si llegara a saberlo, más que antes. Judith nunca había sabido en realidad la verdad de los sentimientos del príncipe hacia ella.

¿Qué era aquello? ¿Curiosidad? Sin duda, sí, ya que ella era una hermosa judía de la clase media y, por ende, radical. ¿Deseo carnal?, era de imaginarse. Y, ahora, posiblemente reclamaría la posesión total; le *había* salvado la vida y, a pesar de que ella lo había desairado siempre, no había motivos para que el príncipe conjeturara que ella había aceptado a otro cualquiera.

¿Se relacionaba alguno de esos elementos con el amor? ¿Tenía alguna relevancia que lo hicieran o no? Incluso cuando no estuviese casado, un príncipe ruso nunca se casaría con una judía.

Pero, ¿acaso eso tenía importancia para Judith Stein, que estuvo desterrada en Siberia y que había regresado a un mundo compuesto por padres cautelosos y temerosos, por hombres como el príncipe Roditchev y por un solo hombre como el príncipe de Starogan?

—¡Vamos, mujer...! —dijo Jacobo Stein.

—Ya es una mujer —insistió Ruth—. No es una niña que no sabe lo que quiere. Y él es un príncipe.

—Es un hombre casado —replicó Jacobo—. Y no es judío.

—Está separado de su mujer —impugnó Ruth, pasando por alto la segunda observación de su marido.

—Pero no está divorciado.

—Hasta ahora no ha habido un motivo importante para que se divorcien —señaló Ruth.

Jacobo Stein se mordisqueó los labios, indeciso.

—Matrimonio o divorcio —intervino Joseph con tono despectivo—. ¿Qué más da? Se quieren y son amantes. Han sido amantes desde hace años. Eso es lo que cuenta.

—No —aseguró su padre con firmeza—. Nunca fueron amantes. Judith me lo juró. Él se lo había pedido, pero ella se rehusó. Todos ustedes saben que mi Judith siempre ha sido una buena muchacha.

—Judith lo odia —declaró de pronto Dora Ulyanova en voz baja, pero enteramente audible—. Es un príncipe y Judith detesta a los príncipes.

Los Stein se miraron desconcertados.

—Vamos —dijo Ruth—. ¿Para qué estamos aquí sin hacer nada? Tú, Raquel, conduce a mademoiselle Ulyanova a la habitación para huéspedes. Tú y yo iremos al estudio, Jacobo, Joseph...

—Yo voy a salir un rato —replicó el joven—. Estoy de acuerdo con Dora. Tampoco yo tengo mucho afecto por los... —de pronto, se quedó callado porque se había abierto la puerta de la sala.

Aparecieron Judith y el príncipe Peter. Éste parecía saltar de gozo, se le veía apresurado y, si antes sonreía, ahora estaba radiante de alegría.

—Mi visita ha sido muy breve, madame Stein —mencionó—. Lo siento mucho. La próxima vez me quedaré más tiempo. Monsieur Stein, Joseph, Raquel... —de nuevo observó a Dora un poco extrañado y después se volvió a Judith, quien permanecía de pie, a su lado—. Mi automóvil te recogerá —le explicó—. Dos semanas a partir del próximo lunes. No lo olvides. ¡Hasta entonces!

La puerta principal se cerró tras él y todos los presentes quedaron mirándose entre sí en completo silencio.

—¿Dos semanas a partir del lunes? —inquirió Ruth al cabo de un segundo.

—El príncipe me ha invitado a ir a Starogan.

—¿Starogan? —gritó su padre.

—Pero... mi querida Judith —expresó Ruth, extendiendo las manos hacia su hija—. Tú no puedes ir. Tú...

—El príncipe ha invitado también a Raquel, mamá —la interrumpió Judith con voz serena.

—¿A mí? —clamó Raquel, emocionada.

—Sí. De esa forma podremos cuidarnos mutuamente. Tendremos una gran fiesta, pues Tatiana, la hermana del príncipe, cumplirá pronto los veintiún años.

—Estoy invitada a Starogan —susurró Raquel como si flotara en las nubes. Y aquello era en verdad un sueño. Los sitios como Starogan no existían realmente para la gente como Raquel Stein.

—¿Y tú has aceptado la invitación? —preguntó Dora.

—Sí —respondió Judith volviéndose para quedar frente a Dora—. He aceptado.

—Irás a Starogan, a su casa. Te encontrarás con su familia y con sus amigos. ¿Es eso lo que harás?

—Sí —contestó Judith.

—Y te convertirás en su querida —aseguró Dora con un dejo de amargura—. Tiene que suceder y tú lo sabes. Quizá hasta ahora lo hayas podido resistir. Pero ahora irás a Starogan; él volverá a pedírtelo y tú no podrás rechazarlo. Una vez allá, estarás a su merced.

Judith se sonrojó, pero sostuvo la mirada de su amiga y no bajó los ojos cuando volvió el rostro hacia su padre y su madre.

—Así es —dijo—. Antes me negué a sus propuestas y, después, me fui desterrada a Siberia. Ahora, si vuelve a planteármelo, le diré que sí.

El supervisor del tren llamó a la puerta del compartimiento y la deslizó a un lado para abrirla.

—¡Buenas tardes, señoras! —saludó—. Nuestra próxima parada será en la estación de Starogan. Nos detendremos muy brevemente y por eso les suplicó que estén listas para bajar —Raquel pensó que el supevisor hablaba con aire didáctico, como un maestro de escuela. Además, la había observado con dureza, pues tal vez desaprobaba que dos damas jóvenes viajaran solas en un compartimiento con camas de primera clase y todo a solicitud especial del príncipe de Starogan... Raquel estuvo a punto de sacarle la lengua. Pero se abstuvo de hacer cualquier gesto ofensivo, ya que aquel hombre representaba la autoridad y papá le había advertido siempre que respetara la autoridad, incluso cuando pareciera absurda. Por lo demás, estaba demasiado emocionada para dejar que la incomodaran aquellas insignificancias. Durante las últimas dos semanas, había vivido en un estado de enorme excitación. ¡Starogan! La sede de los príncipes Borodin desde hacía trescientos años, y ella estaría ahí. Cuando empacaba la ropa que llevaría, se sentía como una novia preparando su ajuar y pensaba para sus adentros que, en realidad, en cierta forma, estaba preparando un ajuar para Judith y eso todos lo sabían. Pero de ese asunto no debía hablarse en voz alta, porque todos sabían también que el príncipe de Starogan no se *casaría* nunca con una judía.

Ya de por sí, hacer aquel viaje le parecía increíble. Asimismo, resultaba insólito el hecho de que su padre y su madre hubiesen autorizado que lo realizaran. Aunque, ¿cómo podrían habérselo negado? Judith había permanecido varias semanas en las cámaras de tortura del general y príncipe Roditchev; estuvo desterrada tres años en un campamento de trabajo en Siberia. No había alguien en todo el planeta, y ciertamente que ninguno de los integrantes de su propia familia, capaz de decirle a Judith lo que debía hacer con su vida. Dora Ulyanova intentó aconsejarle y, sin duda, ella conocía a Judith muy a fondo. Pero ésta se concretó a invitar a Dora para que fuera con ellas a Starogan y ella dejó de insistir para convencer a Judith. En cuanto a su padre y a su madre, no podían hacer otra cosa que aguardar, rezar y, a lo mejor, confiar en que Raquel velaría por su hermana.

Por supuesto, la reacción de los padres era más compleja que una mera admisión de lo inevitable. Durante toda su vida, Jacobo Stein había luchado por vencer el estigma de ser judío. Poco a poco, pero con paso firme, consiguió su título de abogado y después, con perseverancia, se abrió paso hasta los altos niveles de la profesión. Había escapado del estado miserable en el que vivían los judíos en Rusia y se había instalado en una situación cómoda de clase media. Mas todos sus éxitos y sus realizaciones le fueron arrebatados de golpe el día en que su hija fue encarcelada como anarquista. No obstante, con una integridad intachable, combatió, además, contra aquella bofetada de su destino: cambió de ciudad y, tristemente, comenzó una vez más el ascenso, sabedor de que el triunfo verdadero ya era para él una meta irrealizable. Incluso como miembro de la Duma, la transgresión de su hija siempre sería para él como el peso de una cadena enredada al cuello.

A pesar de todo, ahora las cosas parecían adoptar un buen rumbo. Judith Stein podía ser una anarquista convicta y favorecida por una amnistía; pero ahora la habían invitado a la fiesta del vigésimo primer cumpleaños de Tatiana Borodina. No había en toda Rusia una familia de la realeza con un rango superior al de los Borodin. Hasta el momento en que el príncipe Peter tuvo su desacuerdo con el zar Nicolás, los Borodin fueron amigos íntimos de los Romanov. Si oficialmente el destierro del príncipe había concluido, ¿no sería muy sencillo que la amistad se reanudara? Aquellos que trataron de olvidarse de los logros de Jacobo Stein y que lo habían menospreciado a sus espaldas, deberían reconocer un hecho consumado: la hija del abogado era una amiga predilecta del príncipe de Starogan. Si esa amistad era más o menos íntima, era un asunto propio de las especulaciones: sus relaciones con el príncipe no harían más que atizar la envidia de muchos otros. No, Jacobo Stein no podría oponerse jamás al curso de un golpe de suerte tan bueno. "Por cierto —pensaba Raquel—, si Judith no hubiese vuelto del exilio, si, en cambio, el príncipe Peter la hubiese invitado a *ella*, lo más factible era que Jacobo Stein habría dado su autorización". La sola idea de aquella lejana probabilidad, provocaba en Raquel una gran felicidad.

Sin embargo, su emoción era demasiado intensa como para entregarse a los sueños y las fantasías. Tras la compra de los vestidos nuevos y de los preparativos para la partida, surgió la agitación del viaje mismo. Nunca había efectuado un viaje tan largo como aquél; sólo cuando la familia se trasladó de Moscú a San Petersburgo, había pasado una noche en el tren. Ahora había permanecido dos días con sus noches en el mismo, en el vagón dormitorio de primera clase, en un compartimiento exclusivo, todo forrado en cuero fino, con asientos mullidos, cortinas de encaje, con lavabos particulares y un enorme samovar con té caliente al final del corredor, del que el supervisor servía con frecuencia la infusión ardiente y reconfortante para llevarles al compartimiento.

Raquel se preguntaba lo que Judith pensaba de todo aquello, de tal manera de vivir en medio del lujo que, muy pronto, podría ser suyo para toda la vida. No obstante, las ilusiones de Raquel de que el prolongado viaje hiciera renacer entre ellas una intimidad de hermanas, se disiparon muy rápido; nunca la hubo entre ellas. Judith ahora era, más que nunca, una desconocida. Cuando Raquel comentaba con ella acerca de lo que iban a hallar en Starogan, Judith se limitaba a sonreír. Cuando Raquel desviaba la conversación hacia el pasado, para abordarlo siquiera imprecisamente, Judith se reducía a cerrar los ojos y a quedarse callada. De no haber sido por la emoción que la embargaba, el viaje habría resultado insoportablemente tedioso para Raquel.

Pero ahora, ya habían llegado. Raquel se arrodilló sobre el asiento para ver por la ventanilla en cuanto el tren disminuyó su marcha y se sintió desilusionada por la modestia y la insignificancia del poblado. No era más que una aldea, quizá un poco más pintoresca, pero muy parecida a otras que había visto al pasar. Era una aldea cercada por grandes campos de trigo ondulado por el viento. Ella había supuesto que un viaje hasta el extremo sur de Rusia tendría que concluir en la costa, junto al mar; pero allí no se miraba más que un río de aguas pantanosas.

—Arréglate el cabello, pronto —ordenó Judith viéndose ella misma en el espejo y acomodando su sombrero de paja de ala muy ancha que se doblaba graciosamente sobre uno de los ojos.

Raquel se apresuró a obedecer y, luego de peinarse, se colocó su sombrero, también de paja, aunque considerablemente más pequeño. Estuvo a punto de caer cuando el tren se detuvo por completo. En seguida, llamaron a la puerta, Judith abrió y se encontró con el príncipe Peter.

—¡Excelencia! —exclamó haciendo una breve reverencia y él se inclinó también para tomarle las manos y besárselas.

—¡Al fin, mi querida Judith! —dijo él—. ¡Hace tanto tiempo que deseaba mostrarte mis tierras de Starogan! —vio por encima de la cabeza de Judith a donde estaba Raquel—. ¿Tuvieron un buen viaje? —le preguntó.

—¡Oh, fue maravilloso! —comentó con entusiasmo, pensando que también le besaría las manos; pero el príncipe simplemente le sonrió y luego se apartó de la puerta para darles paso al corredor, donde ya había gente que, de inmediato, se apartó para ceder el paso al príncipe de Starogan y a sus invitadas.

—Nuestro equipaje... —indicó.

—Tenemos quien se encargue de él. Tú te ocuparás de recoger las pertenencias de las señoritas, Iván Nikolaievich. Mira, Judith, éste es Iván Nej, el hijo de mi mayordomo.

Raquel calculó que el joven era de la misma edad que ella; no muy alto, ancho de espaldas, fornido. Quizá su apariencia resultara atrayente, pues tenía las facciones regulares, pero estaban desfiguradas por las enormes gafas de vidrios gruesos que reflejaban la luz del sol que entraba por las ventanillas, dándole a todo el rostro un aspecto siniestro y taimado. Inclinó la cabeza para saludar y, con la punta de los dedos, tocó la visera de su gorra. Cuando Raquel siguió su camino por el pasillo, sintió los ojos de Iván Nikolaievich clavados en su cuerpo y tuvo la idea, repentina e irracional, de que aquellos ojos podían ver a través de su vestido y de su ropa interior, hasta la piel.

—¿Él es el hermano de Michael Nej? —murmuró Judith.

—Sí —aclaró el príncipe Peter—; pero Iván es muy diferente al otro.

Raquel sintió deseos voltear para observar de nuevo al hombre. Michael Nej, el terrorista, el asesino. ¡Y allí estaba su hermano!

—El automóvil está esperando —anunció el príncipe Peter saltando al andén y ofreciendo su mano a Judith para ayudarla a bajar. Raquel aguardó un instante, pero fue el supervisor del tren quien le dio la mano. Luego, aceleró el paso sobre los tablones viejos de la plataforma, consciente de las miradas curiosas de la multitud que se había congregado para ver el arribo y la retirada del tren, preguntándose si debía sonreírles o sólo continuar su camino mirando hacia adelante, como Judith lo hacía.

—Es magnífico vivir aquí —le iba exponiendo Peter a Judith—, aunque sólo sea por la paz que se respira.

"Se diría que está disculpándose con mi hermana por la simpleza de este lugar", pensó Raquel. La distrajo la presencia de otro empleado de los ferrocarriles que le ofrecía la mano para ayudarla a bajar los escalones al final de la plataforma del andén. Cayó en la cuenta de que, hasta ese instante, entendía el verdadero significado de la palabra servidumbre. Sus padres tenían un criado, tres muchachas de servicio y un cocinero, pero sus quehaceres finalizaban en la puerta principal de la casa. Además, comprendió el sentido de la palabra riqueza: allí estaba el Rolls-Royce, casi tan grande como el vagón del tren del que acababa de bajar, con el chofer de uniforme, sentado rígidamente frente al volante. El chofer no se movió para auxiliar a los visitantes a subir al auto o para acomodar el equipaje; para eso estaban los criados y los mozos.

Se abrió la portezuela del coche y Raquel fue la primera en subir y en sentarse en un costado del amplio asiento posterior. Se dijo que aquello había sido deliberado para que Judith tuviera que sentarse en medio, junto al príncipe Peter. Raquel se acomodó en su sitio y vio por la ventanilla los atentos rostros de los aldeanos y aldeanas que se habían reunido allí para saludar respetuosamente al príncipe Peter y a sus acompañantes. Por el otro lado estaba el tren, bufando y chirriando para reiniciar la marcha y, en todas las ventanillas, se amontonaban otros rostros observando con curiosidad. Al arrancar el automóvil para salir de la estación, Raquel buscó con la mirada a Iván Nej y lo vio encabezando las maniobras de los cargadores para que colocaran los velices y las maletas sobre un carro tirado por caballos pequeños. Se le figuró que la miraba fijamente o quizá sólo al coche en el que ella se alejaba. Pronto, se recostó sobre el respaldo del asiento.

—¿Está muy lejos la casa? —preguntó.

—No. Allá está —repuso el príncipe, señalando por una de las ventanillas.

El camino, tapizado por un polvo amarillo, salía de la aldea en línea recta, metiéndose de inmediato a los trigales. En ambos lados, ondeaba el trigo, ya muy alto, ocultando la visión del panorama, si acaso había alguno digno de apreciarse. No obstante, hacia el frente, Raquel miró cómo asomaba por encima de los campos de trigo el techo de una casa enorme. Desde un poco más cerca, pudo constatar que la vivienda era de madera, que tenía la forma de un cajón rectangular de cuatro pisos de altura, con pasillos techados alrededor de la planta baja y amplios ventanales arriba para que entrara aire y luz en abundancia. El caserón parecía agradable y bien construido, pero carecía del menor rastro de originalidad en su diseño.

Los campos de trigo terminaban de repente y también, de pronto, resurgía el río a un lado del camino. Ahora, el automóvil circulaba entre los árboles de un huerto de manzanos y después, sobre prados verdes, macizos de plantas y otros árboles. Todo aquello tenía un aspecto de serena belleza, opacada, sin embargo, por la sombra de la gran residencia, cada vez más alta, dominando todo el paisaje. Ya podían apreciarse las construcciones adyacentes, los establos y la cocina —que se ubicaba fuera de la mansión para evitar el peligro de incendio—, las habitaciones de la servidumbre e incluso las construcciones de la granja, a más de un kilómetro de distancia.

El carro se paró frente al semicírculo de la escalera de la entrada y, de inmediato, quedó rodeado por un grupo de criados que abrían las portezuelas y hacían caravanas.

—¡Por fin puedo decirte: Bienvenida a Starogan! —exclamó Peter tomando la mano de la joven para ayudarla a descender del auto—. Ahora, quiero que conozcas a mi madre.

Raquel se sorprendió al ver la tranquilidad con que Judith subía las escaleras de la entrada. Por su parte, ella se sentía paralizada. Se alisó la falda y se preguntó si debía retirarse los guantes para saludar de mano. Hizo un esfuerzo y levantó el pie para apoyarlo sobre el primer escalón.

Había cuatro personas aguardando en la terraza, junto a la puerta principal, sin contar a los criados, que se mantenían de pie a prudente distancia. Al frente, saludando a Judith en aquel momento, estaba una dama alta, de buen porte, cuyas facciones delicadas y regulares revelaban que ella no era una Borodin: sin duda se trataba de Olga, la princesa viuda. Al verla tan severa y arrogante, con la cabeza echada hacia atrás, la expresión fría y una mirada desdeñosa, luciendo valiosísimas joyas, como aquellos diamantes en sus dedos y el doble hilo de perlas enredado con elegante descuido alrededor del cuello, Raquel pensó por primera vez en los grandiosos esfuerzos que debió hacer el príncipe Peter para persuadir a aquella mujer de que le permitiera invitarlas a ellas dos. ¿O no sería que él, como príncipe de Starogan, era inmune a las críticas, incluyendo las de su madre?

—Mademoiselle Stein. Qué gusto tenerla con nosotros —expresó Olga Borodina rápidamente, como para salir del paso—. Ésta es Raquel, ¿no es verdad? Mucho me temo, mademoiselle, que tendrá que compartir la recámara con su hermana. Espero que no le resulte inconveniente. Tendremos casa llena cuando los demás lleguen.

—No hay por qué preocuparse, madame —intervino Judith—. Mi hermana y yo estaremos en la misma habitación.

Olga Borodina se quedó observando a Judith Stein; después, se dio media vuelta:

—Aquí tenemos a la princesa viuda, María —dijo.

Raquel pensaba si sería capaz de retener todos aquellos nombres y títulos en la memoria. Pero ya Judith le había explicado la composición de la familia. María Borodina tenía más de ochenta años. Era una anciana pequeña y enjuta que, en contraste con su nuera, vestía con sencillez y no portaba joya alguna. Era la abuela de Peter y había sido la esposa del anterior príncipe Peter.

Al saludar, su mano se sentía blanda e inerte y sus ojos ya no tenían vida. "Su desprecio hacia nosotras es mayor que el de la madre de Peter —reflexionó Raquel—. Habría sido mejor no haber venido. Por lo menos yo debía quedarme en casa. Que Judith haga lo que mejor le parezca; para mí, esta visita será una calamidad".

—Y yo soy Tattie —anunció la tercera de las mujeres que estaban allí, tomando las dos manos de Judith y dirigiendo una sonrisa a Raquel—. Me siento muy contenta de que estés aquí. ¡He oído hablar tanto de ti!

¡Por fin un rayo de sol entre las oscuras nubes de tormenta! Bien podría decirse que Tatiana Borodina era un sol, un radiante resplandor de límpida hermosura. Era casi tan alta como su hermano y poseía una abundante masa de cabello rubio, dorado resplandeciente que aquella tarde caía suelto sobre sus hombros, ligeramente alborotado por la suave brisa que comenzaba a soplar. Su cuerpo guardaba una proporción perfecta con su estatura, con los pechos salientes y las caderas anchas, sostenidas por las piernas largas. Quizá la nariz y la barbilla fueran un poco anchas y tal vez la boca era un poco grande; pero sus facciones se equilibraban por completo por el gran tamaño de los ojos, que parecían dos estanques de aguas profundas donde se reflejara el azul del cielo. Era como Raquel se la había imaginado, puesto que ya le habían platicado mucho de la joven princesa Borodina. A las dos hijas se les señalaba como las ovejas negras de la familia. Ilona, la mayor —que tenía fama de ser mucho más hermosa que Tatiana—, había abandonado a su marido ("Como si alguna mujer fuera capaz de vivir como esposa de ese aborrecible príncipe Roditchev, general del ejército", pensó Raquel), para huir con un apuesto estadounidense, mientras que Tattie, la segunda, había tenido el atrevimiento de convertirse en discípula de ese maniático sexual que era Rasputín. Aunque el príncipe Peter había puesto fin a ese escándalo al agredir al lujurioso "hombre santo" y llevarse consigo a Tattie quien todavía continuaba viviendo en Starogan. Ahora, cumpliría los veintiún años. ¿Cumpliría también con las obligaciones de su mayoría de edad? Al parecer, así era, puesto que ya tenía como acompañante a un joven militar al que, en aquel instante, presentó:

—El teniente Alexei Gorchakov.

Era de menor estatura que su prometida y de constitución más delicada; podía considerársele atractivo, aunque su apariencia no tenía nada destacable. Por supuesto, no era el hombre indicado para una Borodina. ¿No sería que la familia tenía prisa porque Tatiana dejara de ser cuanto antes una Borodina para convertirse por completo en una Gorchakova?

—Alexei pertenece al mismo regimiento que yo, el Preobraschenski —explicó sonriendo el príncipe Peter.

Raquel miró de reojo a los dos princesas viudas y detectó que en ninguna había disminuido la expresión hostil. "¡Dios mío! —pensó—. Ya tienen su par de ovejas negras en las hijas y, ahora, el hijo se ha convertido también en una". El único hijo varón osaba introducir a una mujer judía en el seno familiar. La reconfortante sensación que le provocó el recibimiento que le otorgó Tattie, se había esfumado como el polvo que se lleva el viento. Por fortuna, volvió a sentirla casi en seguida.

—Vengan conmigo —ordenó Tattie tomando por el brazo a las dos hermanas—. Las llevaré a la recámara que ocuparán. De verdad me alegro de que hayan venido. Hay ocasiones en que Starogan resulta insoportablemente tedioso. Con ustedes aquí, será otra cosa.

Iván Nej detuvo los ponis que tiraban del coche en la parte posterior de la casa, bajó de un brinco y apuntó con el dedo hacia el lacayo Gromek.

Éste era un hombre grande y fornido y lucía bastante desaliñado. Podía considerarse afortunado de ser un lacayo, puesto que toda su familia era de campesinos, pero el príncipe Peter tenía una visión especial para el futuro de Starogan y en ella figuraba la inclusión de sangre nueva en el personal de servicio de la casa. A menudo, Iván cavilaba acerca de la cantidad de tiempo que Gromek permanecería en su puesto.

El lacayo se asomó a la parte posterior del carro.

—Sólo dos maletas —dijo con tono despectivo.

—¿Qué esperabas? —comentó Iván—. No se trata de verdaderas damas.

—¡Judías! —exclamó Gromek—. Yo estaba en el vestíbulo principal cuando el príncipe Peter Borodin le mencionó a la princesa viuda lo que se proponía hacer.

—¿Allí estabas? —Iván Nej sacó del carro la maleta más pequeña, que, sin duda, correspondía a la chica más joven.

—Hubo una escena verdaderamente tremenda —explicó Gromek cargando con la otra maleta—. Dame acá eso.

—Yo mismo la llevaré —dijo Iván Nej.

—¿Tú? —Gromek frunció el ceño. Era sabido que a Iván lo habían probado en las labores de lacayo y no había dado el ancho. Siempre tenía las manos sucias y no trataba a los amos con el debido respeto. Además, allí estaba el asunto de su hermano Michael que había salido de Starogan para convertirse en un anarquista y comenzar a asesinar gente. De modo que, incluso considerando que el viejo Nikolai Nej era el jefe veterano de toda la servidumbre de los Borodin, sus dos hijos continuarían siendo un desprestigio para él. Iván no tenía nada que hacer dentro de la casa, pero era un hombre de carácter difícil y no valía la pena discutir con él. Gromek se encogió de hombros—. Haz lo que quieras —le expresó.

Subieron por la escalera de servicio y entraron al gran vestíbulo. La residencia estaba en silencio e incluso podía escucharse el sonido de la brisa. Pero, de pronto, rompió la quietud el alegre tintineo de una risa de mujer. Los dos hombres intercambiaron una mirada.

—Es Tattie —indicó Gromek.

"No hay necesidad de que me lo digas, idiota", dijo Iván para sus adentros. Ante la perspectiva de mirar de cerca a Tatiana Borodina, pensó en quitarle a Gromek la maleta para cargar él con las dos; pero no quiso dar pie a preguntas incómodas y lo siguió por la escalera de atrás, sintiendo que su corazón principiaba a latir un poco más aprisa, propagando una grata sensación cálida en su cuerpo. Por supuesto, era un sueño; a pesar de ello, durante toda su vida había soñado con una u otra de las dos jóvenes princesas Borodin. ¿Acaso no podía ocurrir que los sueños se hicieran realidad?

Llegaron al descansillo y las voces de las mujeres se oyeron con mayor nitidez. Gromek avanzó a lo largo del corredor y se detuvo frente a la puerta cerrada del dormitorio, pero no llamó en seguida. Al igual que a todos los sirvientes, a Gromek le gustaba recurrir a subterfugios para escuchar lo que su amos decían. Iván se detuvo atrás de él.

—Pues sí —estaba diciendo la voz chispeante de Tattie—. El hombre no está del todo mal y, como tendré que casarme con alguien, más vale que sea con él. Además, vive en San Petersburgo y eso significa que yo iré a vivir de nuevo a ese lugar. Peter no me ha dejado regresar allá desde hace tres años. Una vez casada, no podrá impedírmelo —se oyó una risita burlona—. Asimismo, podré visitar a mis amigas, como ustedes. Será inútil que Peter pretenda detenerme.

Gromek se volvió para ver a Iván y después llamó a la puerta.

—Adelante —dijo la voz de Tatiana.

Gromek abrió la puerta y entró. Iván le siguió los pasos, observando satisfecho a las tres jóvenes. Era indiscutible la diferencia entre ellas. La mayor de las hermanas Stein parecía demasiado calmada, aunque en su mirada se advertía una imperturbable determinación. Estaba consciente de que no debía estar allí; pero ya había venido y ahora estaba decidida a sacar el mejor partido posible a su visita. Iván se preguntó lo que el príncipe Peter había visto en ella. No era lo que podía llamarse una mujer atractiva. Quizá su fisonomía era muy tosca y la expresión de su rostro denotaba una marcada seriedad. Mantenía los ojos muy abiertos y le faltaba brillo a su mirada. No tenía ni la mitad de la hermosura deslumbrante de su hermana menor; a lo mejor, su apariencia adusta, alerta y triste se debía a los tres años que vivió en un campo de trabajos forzados en Siberia. ¿Habría acaso un hombre en el mundo, sobre todo uno como el príncipe Peter que podía tener a las mujeres más bellas de Rusia en un abrir y cerrar de ojos, que tomara a una mujer que había pasado tres años en un campo de trabajo en Siberia? La menor de las Stein estaba espantada por todo lo que la rodeaba; no se le había pasado la angustia desde que bajó del tren en la estación. Pero ésa sí que era bellísima, muy joven, lista, vivaz y, por lo menos, no había pasado tres años en el exilio. También era posible soñar con ella, aunque no cuando podía contemplar a Tattie y dejar que su imaginación volara...

—Dejen ahí el equipaje —dijo Tatiana indicando un rincón y dio la espalda a los criados. Podría decirse que Iván era invisible para Tatiana Borodina. No era más que Iván Nikolaievich, un sirviente al que había visto desde el día en que nació; para ella, tenía tanta importancia como la pintura de la pared. En eso, Tattie no se asemejaba en nada a su hermana Ilona. Ésta, con todo el esplendor de su belleza y sus aires de confianza en sí misma, se había preocupado siempre por los otros, era amable con todos, incluso con los miembros de la servidumbre. En ocasiones, Ilona había pasado largo tiempo en compañía de Iván. En cambio, Tattie no requería de Iván ni de nadie más. No necesitaba de amigos. Ella existía en un mundo propio, uno que se identificaba con esa música estridente y caótica que gustaba de interpretar en el piano para desesperación de su madre, así como ahora se interesaba y se mostraba cordial en exceso con el par de mujeres judías, con el sólo propósito de impacientar a su madre, que las detestaba. Era muy difícil adivinar lo que estaba ocurriendo en aquel mundo particular de Tattie; pero a Iván no le interesaba investigarlo. Él también era dueño de un mundo propio en el que sólo existían él y ella. Iván no quería amar ni que lo amaran. Quería poseer. Deseaba tener a su merced toda aquella belleza dorada sometida a sus caprichos eróticos, de la misma forma que el príncipe Roditchev tuvo sometida a Ilona años atrás.

En vista de que todo aquello no podía suceder más que en sueños —a no ser que se provocara un terremoto, una inundación u otra catástrofe muy poco probable—, tampoco él necesitaba de amigos. Con los sueños era suficiente. Dejó la maleta sobre el piso y retrocedió para salir de la recámara, sin apartar los ojos de Tattie, quien sonreía, charlaba, reía y agitaba los brazos, hablando sobre su posible matrimonio.

CAPÍTULO II

—¡DESPIERTA! ¡LEVÁNTATE YA! —EXCLAMÓ JUDITH SACUDIENDO a Raquel por el hombro—. ¿Piensas quedarte en la cama todo el día? El gran duque llega hoy por la mañana.

Raquel se incorporó sobre la cama. En realidad, había estado despierta desde hacía un buen rato, pero había querido permanecer en la cama, oyendo los ruidos del campo que despertaba a una nueva jornada. ¡Starogan! Ella había pasado la noche allí precisamente.

Ya no se acordaba para nada del gran duque.

Judith vertía en la palangana el agua de la jofaina de porcelana, se lavaba los dientes y salpicaba agua sobre su rostro.

—¿Sabes quiénes vendrán también? —preguntó—. ¡George Hayman y su esposa Ilona! Estarán aquí mañana mismo.

Raquel se sentó en la cama con las piernas colgantes; era muy alta y sus pies no llegaban al suelo.

—¿Tú los conoces? —indagó.

—Conocí muy bien a Ilona. A George Hayman nunca lo vi, pero he oído hablar mucho de él. Tuvo una disputa con Peter cuando hizo el intento de escapar llevándose a Ilona; toda la familia se puso en su contra. Parece ser que ahora Peter está preparado para perdonar y olvidar. Conocerás a toda la familia, Raquel.

Ésta metió los diez dedos de sus manos en su ondulada cabellera oscura y se rascó.

—Creo que no nos quieren bien —dijo—. Quiero decir que la familia no nos quiere bien.

Judith dio media vuelta, enjugándose la cara y las manos con la toalla para observar a su hermana.

—¡Por supuesto!, claro que no nos quieren. Somos judías.

—Entonces, ¿por qué hemos venido?

—Porque el príncipe Peter sí nos quiere, lo mismo que Tattie. También Ilona nos querrá. Ya lo verás.

Raquel se levantó de la cama y se quedó parada en tanto que Judith se quitó el camisón de dormir por la cabeza y lo arrojó enredado sobre la cama. Raquel nunca había visto desnuda a otra persona, ni siquiera a Judith, aunque hubiesen crecido juntas desde niñas. Su madre decía que la desnudez era pecado.

—Estoy convencida de que George Hayman nos otorgará su aprecio, puesto que Ilona nos estima —advirtió Judith pasando enérgicamente el cepillo sobre el cabello largo, lacio y oscuro. Con los movimientos vigorosos de sus brazos, resaltaban sus músculos y sus senos se sacudían. Era una mujer fuerte. Raquel no sabía hacia dónde voltear, por lo que decidió echarse de espaldas sobre la cama y observar el techo—. Intenta ser amable con el señor Hayman, Raquel —continuó exponiendo Judith—. Si alguna vez piensas ir a Estados Unidos, te convendrá fomentar su amistad.

—¿Por qué se te ocurre que yo pretenda ir a Estados Unidos? —inquirió Raquel enderezándose en la cama y con tono de sobresalto, puesto que nunca había confiado a nadie sus deseos.

—No tiene sentido que te quedes aquí.

Raquel apoyó el codo sobre la cama, esforzándose por adoptar una actitud de total indiferencia, pero ya había pasado el momento crítico. Judith terminó de cepillarse el pelo y empezó a ponerse la ropa interior. "Judith ha cambiado —pensó Raquel...—. ¡Cuánto ha cambiado de ayer a hoy!" En vista de aquel cambio, Raquel se atrevió a preguntar lo que quería saber:

—Yo creía que tú sí te ibas a quedar aquí. Con el príncipe Peter.

Judith se volvió para mirarla, intrigada. Metió los brazos y la cabeza en las enaguas para abrochárselas en la cintura y luego contestó:

—No lo he decidido aún.

—¿Ya te pidió él que te quedaras?

—¿Te parece que ha tenido tiempo para hacerlo?

Raquel volvió a acostarse de espaldas. Era verdad, pese a ello, en la noche anterior, durante la cena, le había extrañado la actitud del príncipe. Éste había actuado con perfecta cortesía con todos, incluyendo a Raquel. Luego de cenar, pasaron a la sala para escuchar a Tattie interpretando piezas de Chopin en el piano —tocaba muy bien, casi como una pianista profesional—, y después, todos se fueron a dormir. El príncipe Peter no había invitado a Judith a dar un paseo por el jardín ni a sentarse en la terraza. Raquel no comprendía ese comportamiento.

—El príncipe Peter hablará conmigo cuando lo crea conveniente —explicó Judith arreglándose la falda—. En cuanto haya observado mi proceder en su ambiente familiar. Así es él: piensa cuidadosamente en lo que se propone hacer antes de hacerlo. Y tú debes considerar que a ti también desea verte en su ambiente familiar. Por lo tanto, será mejor que te levantes de una vez y que te vistas.

"Está esperando... Como si se tratara del arreglo de un negocio —se dijo Raquel, obedeciendo las sugerencias de su hermana. Antes de quitarse el camisón, se puso la ropa interior—. Aunque es posible —se dijo— que volverse la querida de un hombre sea como una mera transacción de negocios".

—¡Vamos! ¡Vengan conmigo pronto! —Tatiana Borodina entró en la habitación como una ráfaga de viento, sin llamar a la puerta—. Xenia está aquí. Vamos abajo quiero que conozcan ahora mismo a Xenia.

Apresuradamente, Raquel se arregló el corbatón que le cerraba el escote. Se sentía cómoda dentro de su falda blanca de tela ligera y su blusa, ya que Tatiana iba vestida casi igual, sin sombrero y con una banda atada al cuello en forma de corbata. Vestidos comunes y corrientes. Ataviadas de esa forma, nadie podía decir que ella no era también una princesa en embrión.

—Dame algunas explicaciones —le rogó a Tatiana siguiéndolas a ella y a Judith por el corredor—. ¿Xenia es tu tía?

—¡Claro que no, tonta! —exclamó Tatiana—. Es mi prima. Su padre es mi tío Igor. También él está aquí —casi corrió escaleras abajo y Judith y Raquel tuvieron que apresurar el paso para seguirla—. Ésta es mi tía Anna, la esposa de mi tío Igor —comentó al llegar al pie de la escalera.

Anna Borodina era una mujer voluminosa, con caderas muy amplias y el pecho abundante. Llevaba el imprescindible hilo doble de perlas en torno del cuello grueso, un sobrecargado sombrero de plumas y varios diamantes en los dedos. Raquel pensó que nunca había contemplado una figura de mujer tan vulgar; pero se trataba de la condesa Anna Borodina y la vulgaridad no tenía en ella relevancia alguna. Circulaba el rumor de que ella también era amiga de Rasputín. ¿Sería posible?

—¡Tatiana! ¡Cómo has crecido! —Parecía obvio que sus palabras no estaban destinadas a ser un cumplido. Sus ojillos fisgones se movieron hacia un lado—. Y aquí tenemos a mademoiselle Stein, ¿no es verdad?

—Yo soy Judith, madame —manifestó Judith—. Ésta es mi hermana, Raquel.

Raquel sintió que se le doblaban las rodillas como para hacer una reverencia, pero se contuvo. "Soy huésped del príncipe Peter —recordó—. ¿Dónde estará?"

—Me da mucho gusto conocerla, condesa —dijo con amabilidad.

El ceño de Anna Borodina se tornó sombrío. "Tal vez debí hacer la reverencia —reflexionó Raquel—. ¡Por Dios, ¿dónde estará el príncipe?" Allí estaba, de pie junto a ella y sonriendo. Le sonreía a ella.

—¡Qué señoritas tan bonitas! —Aquella debía de ser la gran duquesa Xenia, la amiga de Tattie, aunque no de ellas. Xenia era una versión más joven y más fresca de su madre y, tal vez, más corriente. Su rostro, con la belleza de una mujer sin categoría, ostentaba rasgos muy sensuales y estaba aderezado con una masa de cabello de un color rojo pálido. Raquel observaba con cierto temor las facciones y la actitud provocativa y vulgar de aquella corpulenta mujer—. ¿No te parece preciosa mademoiselle Stein, Philip?

"Nos exhibe como si fuéramos sirvientas", pensó molesta Raquel y haciendo un esfuerzo para no ruborizarse. No sabía a cuál de las dos hermanas se refería Xenia.

En ese instante, se aproximó el gran duque, más bajo y de dimensiones menores a las de su mujer, que también parecía un poco enojado por el comportamiento de Xenia, mientras se acicalaba el bigote, cuidadosamente cortado.

—Stein —dijo—. Yo conozco a su padre.

—Jacobo Stein, excelencia —dijo Judith.

—¡Por supuesto! Es uno de los miembros de la Duma.

—Yo considero que esta dama también es bella —se había acercado un joven con los rasgos de un auténtico Borodin, engalanados por un bigote largo, encerado. Parecía de mayor edad que Peter—. Soy Tigran Borodin —se presentó.

—Su excelencia —balbuceó Raquel, preguntándose por qué no se había dirigido primero a Judith.

—Sin duda que eres Raquel —aseveró Tigran—. Peter no ha dejado de ponderar tu belleza y yo no le creía. Ahora opino que se quedó corto.

—Tigran y yo tenemos el mismo gusto en lo que se refiere a la belleza femenina —aclaró Peter.

—¿Se burla de mí? —dijo Raquel recuperando un poco la confianza.

—Somos admiradores del mismo tipo de belleza —mencionó Tigran Borodin tomando la mano de la chica y metiendo su brazo bajo el suyo—. Ahora nos trataremos como amigos, ¿verdad? Yo trabajo en San Petersburgo. ¿Sabes? Laboro en el Ministerio del Exterior. No me explico cómo es que no había notado que tú andabas por ahí. Pero, de ahora en adelante, estaré más atento.

Raquel lanzó una mirada de reojo hacia Judith; pero ésta atendía a Peter. ¿Qué podía hacer? La actitud de aquel muchacho no podía ser formal. Ni siquiera habría notado su existencia de no ser porque Peter las había invitado a Starogan. Pero ahora iba caminando a su lado, tomada de su brazo, detrás de su hermana Xenia y su real marido y de la condesa Anna, para enfilarse a la sala donde aguardaban las dos princesas viudas. En definitiva, todo aquello parecía sacado de una novela romántica. ¿También tendría un final feliz?

El conde Igor Borodin y su hijo menor, Víctor, llegaron poco después en el automóvil. El conde era alto, como el resto de la familia, pero muy delgado y casi totalmente calvo, a no ser por una delgada franja de cabello gris en las sienes. Usaba gafas de *pince-nez* con armazón de oro y, a través de los cristales, inspeccionaba a las dos chicas como si no pudiera creer que existieran realmente. No obstante, Raquel se tranquilizó al advertir que escudriñaba de igual manera al príncipe Peter y a Tatiana; sólo modificó su expresión al saludar a la princesa viuda María, su madre. Ya le había comentado Judith a Raquel cómo el joven Peter, su padre, y el conde Dimitri se vieron envueltos en el trágico sitio de Puerto Arturo por los japoneses, diez años antes, precisamente cuando el viejo príncipe Peter y el conde Dimitri resultaron muertos en combate. El conde Igor hubiese querido que el joven Peter imitase a su padre, haciéndose matar por los japoneses, pues, en ese caso, el principado habría pasado a sus manos.

Los hijos del conde Igor no parecían estar molestos por pertenecer a la rama más joven de la familia, pensó Raquel. Tigran ya había empezado a cortejarla, aunque desconfiase de su honestidad, y Víctor, el más joven de todos —un poco mayor que Tatiana y que ella misma— era el tipo menos principesco que pudiera imaginarse.

—Tú eres Judith Stein —afirmó al verla, besándole con entusiasmo las dos mejillas—. ¡Estuviste en el complot contra Stolypin!

Se produjo un momento de silencio durante el cual Raquel abrió la boca y volvió a cerrarla, deseando que la tierra se abriera para tragársela.

—Mi hermana Raquel, monsieur —señaló Judith con una serenidad pasmosa, adelantándose hacia Víctor—. Yo soy Judith Stein y a mí me inculparon de complicidad en el complot de Stolypin.

—¡Ah, mil perdones! Estoy verdaderamente confundido —aclaró Víctor, inclinándose para besar la mano de Judith—. De cualquier modo, me enorgullezco de conocerlas, mademoiselle.

—¡Víctor! —gritó su madre.

—De verdad lo estoy —insistió Víctor—. Fue lo mejor que pudo acontecer en Rusia. Stolypin era una amenaza. Estoy convencido de que su majestad estaba meditando sobre la forma de deshacerse de él.

Se hizo otro incómodo silencio, roto al fin por Anna Borodina quien principió a hablar y no dejó de hacerlo hasta que el almuerzo concluyó, decidida a sepultar bajo su retahíla interminable los inoportunos comentarios de su hijo. Por fortuna, el día era templado y apacible y, tras la comida, cuando los manjares y el vino habían adormecido los sentidos, todo el mundo lo halló estupendo. Sin embargo, una buena parte de lo que la condesa Anna decía era muy interesante. Habló acerca de su majestad y las jóvenes zarevinas, Olga y Tatiana, María y Anastasia; sobre el zarevich, siempre entregado a sus travesuras infantiles y también sobre sus enfermedades, un asunto al que en raras ocasiones se hacía alusión. Por cierto que Raquel no se había enterado con certeza si el zarevich padecía de ataques de una rara enfermedad o si ése era otro de los rumores que circulaban.

Asimismo, Anna Borodina se mostró muy dispuesta a platicar de Rasputín, pese a las miradas intranquilas y contrariadas que se intercambiaron entre los hombres, incluyendo a su propio yerno. Pero no había mencionado nada nuevo al respecto. El padrecito Gregory era la criatura más bondadosa del mundo, un verdadero staretz, un hombre santo a quien no le importaba para nada la riqueza ni el poder, en tanto pudiese salvar a los pecadores de las llamas eternas del infierno. "Y todos somos pecadores y pecadoras, queridos míos", había comentado paseando una mirada inquisidora entre los comensales medio dormidos que rodeaban la mesa, como si los desafiara a que la contradijeran.

—Por supuesto, tía Anna —añadió Peter con tono sentencioso, pero con una sonrisa encantadora—. Hombres y mujeres somos pecadores. Pero, por desgracia, al padre Gregory sólo le interesa salvar a las mujeres.

Se produjo otro lapso de silencio profundo, a los que Raquel ya se estaba acostumbrando, mientras Anna Borodina lanzaba a su pertinaz sobrina una mirada fulminante, recordando, sin duda, que, al liberar a su hermana del santuario del hombre santo, había atacado físicamente al staretz. Pero su mirada se suavizó y sonrió a su vez.

—¡Por supuesto, mi querido Peter! ¿No son acaso las mujeres, iniciando por Eva, el origen de los pecados?

Otro instante de silencio comprometedor. Raquel observó que Peter enrojecía y temió que, de un momento a otro, estallara su ira. La tensa situación quedó interrumpida por la aparición del viejo Nikolai Nej en la puerta que daba al vestíbulo, inclinándose solemnemente. Su barba blanca descansaba sobre su pechera almidonada y sus botas negras, bien pulidas, relucían de modo impresionante.

—¿Qué ocurre, Nikolai Ivanovich? —preguntó Peter.

—El señor y la señora Hayman están aquí, su excelencia —informó Nikolai.

Todos los comensales se incorporaron a un tiempo y formaron un grupo compacto a un lado de la mesa, mientras George Hayman y su mujer ingresaban al salón. Raquel, lectora asidua de las novelas de la baronesa Orczy, ya había identificado a George Hayman con el personaje romántico de Pimpinela Escarlata y ahora, al contemplarlo, no quedó desilusionada ya que el estadounidense llegó portando una casaca de terciopelo azul, en contraste con el negro favorecido por los civiles rusos, y un sombrero hongo de seda que, en ese instante, se quitaba para entregarlo al siervo que lo asistía.

Pero todo su porte y su comportamiento —la confianza absoluta con la que afrontaba a la familia, el encanto de su sonrisa, su estatura y la amplitud de su pecho, el corte impecable de su vestimenta— encajaban en su totalidad con el concepto de la joven acerca del hombre que había rivalizado con la propia Okhrana y había confrontado al príncipe Roditchev, general del ejército, de igual a igual.

Pero también Ilona era todo lo que Judith le había expresado de ella, con aquella belleza radiante, casi perfecta, con su leve aire de descuido, como si estuviera pensando en algo diferente a lo que ocurría a su alrededor y su vestido, sin duda, importado desde París y que ella lucía con la misma elegante despreocupación con la que Judith llevaba el saco holgado de tela burda que trajo de Irkutsk. Sin contar a la propia zarina, Ilona era la mujer más célebre —o más infame— en toda Rusia; el escándalo de su matrimonio con el príncipe Roditchev y el subsecuente escape y el divorcio eran aún el tema obligado de las malas lenguas a la hora del té en las mansiones de San Petersburgo.

—¡Bueno! —exclamó George—. ¿Por qué nos observan como si estuvieran asustados? Escribimos anunciando nuestro llegada.

—¡George! —gritó Tatiana y corrió, con lágrimas en los ojos, para echarse en brazos del estadounidense—. ¡Illie! —gritó de nuevo tendiendo una mano para tocar a su hermana.

—¡Ilona! —dijo Peter y se adelantó para besar afectuosamente a su hermana—. ¡George! —los dos hombres se estrecharon las manos—. No los esperábamos hasta mañana.

—El barco arribó con antelación y, como no había tren, alquilamos un automóvil —explicó George.

—Y ahora están aquí —dijo Peter—. Y lo pasado...

—...Pasado, mi querido Peter. Me alegro que así sea. Princesa Borodina, ¿no recibiré su bienvenida por mi regreso a su hogar?

Olga Borodina lo miró brevemente y, después, toda la dureza de su rostro desapareció.

—Bienvenido, señor Hayman —indicó—. Le agradezco que haya hecho a Ilona tan feliz —George se inclinó para besarle la mano, pero ella no había apartado la vista de Ilona y, un instante después, madre e hija se abrazaban y besaban efusivamente.

—¡Vaya, vaya! —exclamó el conde Igor acercándose a saludar—. En realidad estoy sorprendido de que no lo hayan arrestado al bajar del barco.

—¡Ah, conde Borodin! —dijo George levantando el índice—. Una amnistía es... una amnistía.

—¿Y si el príncipe Roditchev se enterara de que están de vuelta en el país?

—George le rompería las narices, tal como lo hizo antes —afirmó Tigran extendiendo la mano para saludar al huésped—. ¡Bienvenido, George!

—Tigran. ¡Si supieras cuánto había deseado regresar! —George se encontró de pronto frente a Xenia Romanova—. Su alteza.

Luego de una mirada severa, Xenia Romanova optó por seguir la corriente y sonrió.

—Señor Hayman. Quizá han transcurrido nueve años desde la última vez que nos vimos, en los funerales de mi pobre abuelo. Ahora voy a presentarle a mi marido, Philip Alexandrovich.

—Su excelencia —George le estrechó la mano y, por fin, llegó a donde estaba Judith. El gesto sonriente se desvaneció de su rostro al besarle la mano—. Mademoiselle Stein. No tenía el gusto... de conocerla, pero me han hablado mucho de usted.

—Seguramente, mal, señor Hayman —replicó Judith con esa sorprendente entereza que parecía haber aprendido en Irkutsk.

George Hayman levantó la cabeza y se le quedó mirando durante un segundo antes de decirle:

—Bien y mal, según se interprete, mademoiselle; pero eso no significa nada. Yo desearía que en alguna ocasión discutiéramos usted y yo nuestros puntos de vista —volvió los ojos hacia Raquel.

—Es mi hermana, Raquel —dijo Judith.

George le dio la mano. "¿Por qué todos los hombres me dan la mano en vez de besármela? —se preguntó Raquel—. ¿Acaso les parezco demasiado joven?"

—Encantado de conocerla, mademoiselle Stein —dijo.

—Raquel no ha seguido mis pasos, señor Hayman —comentó Judith en voz baja.

Hayman se volvió a mirarla con una expresión culpable y luego le sonrió.

—Quizá así sea más feliz —le expresó a Judith a modo de comentario y después volvió a ver a Raquel y ésta empezó a ruborizarse.

—Ilona —estaba gritando Tatiana—, ¿no trajiste a los niños?

—Claro que sí. Están ahí, con la niñera —dio media vuelta hacia la puerta y ordenó en inglés—: Adelante, Alice. Entra.

Alice cargaba a Felícitas sobre un brazo y llevaba de la mano a George tercero. Pero todos los allí presentes no tenían ojos más que para Johnnie, quien caminaba delante de la niñera con paso lento y aire tímido.

—¿Iván? —Su abuela se arrodilló frente al menor—. ¿Eres en verdad el pequeño Iván?

—Johnnie —dijo el niño en inglés—. Yo soy Johnnie Hayman.

Olga Borodina se levantó y luego alzó al niño para tomarlo en sus brazos.

—En Rusia eres Iván. Iván Sergeievich —le explicó la princesa viuda paseando la mirada sobre la familia y con el chiquillo en sus brazos. Ésta es tu casa, Iván Sergeievich. Me siento feliz de que hayas vuelto. George: estoy muy contenta de que todos estén aquí de nuevo.

—¿Acaso podíamos dejar de asistir al acontecimiento más trascendente en la vida de Tattie? —respondió George—. Aún no me presentan a la persona más destacada en estos momentos.

El teniente Gorchakov había quedado rezagado detrás del grupo familiar, como le acontecía por lo regular, pues tenía el hábito de hablar muy poco.

Entonces, hubo que empujarlo hacia adelante para que le estrecharan la mano y le besaran las mejillas, mientras él musitaba sus saludos y se sonrojaba.

—Ahora —profirió de pronto en voz alta Olga Borodina—. Ahora sí podremos celebrarlo. Estamos reunidos al fin. Todos juntos. Éste debe ser un gran día en la historia de los Borodin —barrió despacio con la mirada a sus yernos y a su suegra, como si los provocara a externar una opinión opuesta a la suya. A continuación, manifestó—: ¡Es un día verdaderamente grande! ¿Ya oíste, Nikolai Ivanovich?

El viejo Nikolai Nej se había anticipado a la orden y aguardaba con una enorme bandeja llena de copas con champaña. Olga tomó una y la levantó en alto.

—¡Brindo por todos nosotros, los Borodin! —exclamó emocionada—. ¡Que los próximos trescientos años sean tan afortunados como éste!

¡Starogan! Ilona cayó en la cuenta de que, después de todo, había olvidado la paz que se respiraba allí, la sensación de seguridad en medio de los constantes suspiros de la brisa, la sensación de sentirse protegida, en medio de un pequeño ejército de servidores, ávidos de complacerla.

Sin embargo, Starogan era diferente de como ella lo recordaba. Había pasado allí una buena parte de su vida, hasta la edad de once años, cuando aquella era la casa de su abuelo, modelada y gobernada conforme la rigurosa personalidad del viejo príncipe. Luego, debió trasladarse a Puerto Arturo, junto con su hermana y sus sirvientes, los Nej, para seguir a su padre en el desempeño de su carrera militar en aquella región, en los límites del imperio. Cuando retornó a sus tierras, siete años después, ya iba acompañada y perdidamente enamorada de George. A pesar de ello, los dos meses de absoluta felicidad que habían pasado juntos quedaron borrados por los seis desastrosos e infelices años en que permaneció casada con Sergei Roditchev. Entonces, empezó a considerar su casa en la campiña con una confusión de sentimientos, como un paraíso donde había iniciado la más terrible de las pesadillas.

Pero Starogan se había transformado de una forma que nadie habría podido imaginar diez años atrás. Ilona, aún pensativa, se acercó despacio a una puerta, llamó y se encontró frente a Raquel Stein.

—¡Hola! —saludó—. ¿Está Judith?

—¡Adelante, Ilona! —gritó Judith desde dentro y Raquel abrió la puerta de par en par. Ilona abrió los brazos y Judith corrió a echarse en ellos, mientras Raquel las contemplaba.

—¡Querida, querida mía! —repetía Ilona—. ¡Nos hemos vuelto a ver! —en seguida, se apartó de Judith y volteó a ver a Raquel, sonriendo con timidez—. Tu hermana me salvó la vida. De no haber sido por ella, habría muerto pisoteada por la muchedumbre. ¿Lo sabías?

Raquel asintió.

—Más adelante, la vida nos arrojó a cada quien por su lado —continuó narrando Ilona—. Pero ahora...

—¿Por qué no vas a buscar a Tattie? —le sugirió Judith a su hermana—. ¿No es ella la que está tocando el piano?

—¡Asesinando el piano, querrás decir! —agregó Ilona sonriendo y Raquel salió de prisa de la habitación—. Tu hermana sabe tomar con buen ánimo las recomendaciones; si hubiese sido Tattie la que estaba aquí, hubiéramos tenido que sacarla a empujones —exhaló un largo suspiro—. Raquel es muy tímida, ¿no?

Judith fue a sentarse sobre la cama.

—La pobre está atemorizada por todo lo que la rodea —explicó—. Tiene miedo de estar aquí. Tú también debes estar sorprendida de hallarnos en tu casa.

Ilona sintió que el calor de la sangre le subía a las mejillas.

—Bueno... No me había pasado por la cabeza que las cosas entre tú y Peter hubiesen llegado a ser tan... tan...

—¿Tan íntimas? —le completó Judith—. No hay absolutamente alguna intimidad. Nunca hemos sido amantes.

Ilona arqueó las cejas y Judith sonrió.

—Está probando el agua para ver si todavía está caliente.

—¿Después de siete años? —inquirió Ilona—. Su amor por ti debe ser muy grande.

—¡Siete años! —suspiró Judith—. Tres de ellos los pasé en Siberia —hizo una pausa, con la esperanza de que la otra reaccionara, pero Ilona, por más que se lo propusiera, no podía tener una perspectiva de aquellos tres años. Atravesó Siberia en el viaje de ida y vuelta de Puerto Arturo. Le pareció un sitio inmenso, desolado y miserable. Pero la existencia en un campo de trabajos forzados en Siberia estaba fuera de su alcance. Ilona había experimentado la crueldad, mas no la privación total—. Pero estoy de acuerdo contigo —mencionó Judith tras la larga pausa—. Ha hecho una tontería.

—¿Una tontería?

—Al invitarme a venir aquí. Tu familia no lo aprueba.

—Bueno, quizá...

—Y tú tampoco estás de acuerdo.

Ilona tomó entre las suyas las manos de Judith.

—Lo que no acepto es lo que está haciendo contigo. Sabes que jamás se casarán. Ni siquiera se divorciará de Irina.

—Todo eso lo sé.

—Pero tú lo amas y lo demás no importa.

Judith se le quedó viendo largamente.

—Tampoco eso lo sé —dijo después.

—Pero...

Judith retiró sus manos, se incorporó y caminó hacia la ventana.

—Tú no lo comprenderías. No podrías, princesa.

—Ya no soy princesa.

—Eres la señora de George Hayman. Me parece que eso es mucho mejor que ser una princesa. Puedes amar, odiar, desentenderte, tú eliges. Tu mundo tiene muchas facetas y todas son tuyas, de tu personalidad. En cambio, mi pequeño mundo sólo tiene cuatro, princesa, y ninguna de ellas ha sido escogida por mí.

—Dímelas...

Judith se encogió de hombros.

—Una es la faceta de mi ascendencia y mi educación. Otra, la existencia de tu primer marido, el príncipe Roditchev; la tercera es el amor, si de amor se trata, de tu hermano. Ese amor podría anular las dos primeras, de manera que no debo descuidarlo —sonrió brevemente—. ¿He sido demasiado sincera contigo?

—Me halaga tu franqueza y te entiendo muy bien. Pero habías hablado de cuatro facetas.

—¡Oh!, sí, princesa. Mi exilio en Siberia.

—¡Por el zar!

Todos alzaron su copa, incluyendo las damas. Raquel tuvo la servilleta sobre su estómago, pues una gota de la sopa le había caído sobre la falda. ¡Qué calamidad! Ella ya sabía que algo así debía ocurrir. Su emoción, el júbilo, que hacía vibrar continuamente la sangre en sus arterias por el hecho de estar allí, departiendo con aquellas personas, estaban contrariados por el presentimiento de que, en cualquier instante, cometería un disparate, ya fuera de palabra o de obra. Ahora, había sucedido. No tenía más que dos vestidos para la noche y era necesario portar el más lindo en el banquete del día siguiente. Por lo tanto, se había puesto el mismo vestido la noche anterior y ahora lo había ensuciado con la sopa sobre la falda.

—¡Por la zarina!

De nuevo las copas en alto y el coro solemne.

—¡Por el zarevich!

Raquel se llevó la copa a los labios, cuidando de no beber ni un sorbo. Ya había bebido demasiado.

—¡Por las grandes duquesas!

¿Hasta cuándo terminaría eso? No se atrevía a volver la cabeza para mirar a Tatiana, sentada junto a George Hayman. Lo mismo que todos los comensales e incluso los meseros y los sirvientes de casacas azules con galones dorados, estaba obligada a tener fija la mirada sobre el príncipe Peter en el transcurso de los brindis.

Al fin pudo sentarse. Bendito alivio. Pero fue muy breve. Las princesas viudas se retiraban, seguidas por las otras damas. Raquel rodeó su silla y se percató de que aún tenía la copa llena en la mano. Vacilaba entre dejarla sobre la mesa o en otra parte, cuando acudió en su ayuda un siervo que se llevó la copa. Las damas salían por la puerta y los caballeros esperaban a que ella también se retirara para encender sus puros y beber su oporto. Raquel se apresuró a salir, levantando el borde de la falda y con la certeza de que se le estaba desbaratando el peinado. A diferencia de las damas Borodina, ella no tenía doncellas que le arreglaran el cabello y debía peinárselo ella misma. Ahora sentía una horquilla suelta y un rizo que se le estaba cayendo detrás de la oreja.

Suspiró aliviada cuando salió del comedor. Pero la sala estaba vacía. Se le había olvidado que las damas siempre subían al piso de arriba luego de comer, lo necesitaran o no. Se levantó la falda todavía más, dirigió una sonrisa a los dos criados que aguardaban para servir el café y subió de prisa las escaleras. "¡Ay! ¿Para qué habré venido? —dijo para sus adentros—. No pertenezco a este lugar. No tengo nada en común con esta gente. Mi familia no brinda por cada uno de los integrantes de la familia real después de cenar".

Llegó al remate de la escalera y se detuvo, sombrío el rostro. "¿Eso significa que no somos leales al zar?" Era indispensable comentarlo con Judith. Pero, ¿dónde estaba ella?

—¡Buu! —Tatiana la asustó al tomarla por los hombros de manera sorpresiva—. ¿No te has muerto de tedio? Todos son aburridísimos. ¡Y éste es sólo el principio!

—No es posible que te aburras en la celebración de tu cumpleaños y de tu compromiso matrimonial —Raquel se zafó de las manos de la joven y apresuró el paso para llegar al cuarto de baño más próximo. Había dos en el piso.

—Yo conozco muchas otras formas de divertirse —aclaró Tattie siguiéndola hasta dentro del amplio cuarto de baño y sentándose frente a un gran espejo. Raquel se metió al cuartito del excusado y cerró la puerta tras ella. Ahora podría descansar un momento, gracias a Dios. Observó la mancha que había dejado la sopa sobre su falda. La luz era débil, pero la mancha se veía con una claridad increíble. La limpiaría con un poco de agua. No. Eso sería peor: la mancha se volvería más grande. ¿Cómo había podido cometer ese descuido? La princesa viuda le había dirigido la palabra y ella se había asombrado tanto que sacudió la cuchara.

—Mañana por la noche, las cosas serán peores todavía —se escuchó decir a la voz de Tatiana a través de la puerta del excusado—. ¡Escucha, tengo una idea! No bajaremos a la sala.

—¿Qué quieres decir? —inquirió Raquel, ya de pie, alisándose la falda y arreglándose el pelo. En seguida, abrió la puerta—. Te dije que no bajaremos a la sala —dijo Tattie—. En cambio, iremos a dar un paseo. Tú y yo, iremos a caminar un rato.

—¿A caminar?

—Sí. La noche está tibia y tranquila. Iremos hasta el huerto y yo bailaré para ti.

—¿Vas a bailar? —Raquel se sintió como una tonta. Pero Tatiana giraba ya graciosamente sobre sí misma, el ruedo de la falda se levantaba ondulante y volvía a caer, mientras el pelo se abría formando un halo de oro en torno de su cabeza. Era indiscutible que a Tattie no le importaba que el cabello se le alborotara.

—A mí me encanta bailar. Bailaba para el padre Gregory antes de que llegara Peter para arrancarme de allí. A los míos no les gusta que baile; aseguran que es un acto obsceno. Así me lo ha dicho mamá. Pero, después de mañana, tendré veintiún años. Ya estaré prometida en matrimonio y, entonces, nadie podrá detenerme.

—¿A tu prometido le gusta que bailes?

—¿A ése? Estoy segura de que no le gusta. Es el hombre más aburrido del mundo.

—Pero... ¿no vas a casarte con él?

—Por supuesto. Es indispensable que me case con alguien, mi querida Raquel. Como te comentaba ayer, por lo menos Alexei Pavlovich no es muchos años mayor que yo. Es bien parecido, ¿no crees? Y me llevará a vivir a San Petersburgo. Así que podré visitar de nuevo al padrecito Gregory.

—¿No te lo prohibirá tu marido?

—Más le conviene no intentarlo. No pienso tener problemas con él. ¿Vamos a caminar? Nos quitaremos los zapatos y las medias.

Raquel pensó en lo delicioso que sería ir a caminar con Tatiana y bailar descalza sobre el polvo del camino. Pero, ¿qué diría la princesa viuda? ¿Qué opinaría la propia Judith?

—No podemos ir —afirmó—. Es preciso que bajemos a la sala. Por lo menos yo debo bajar.

El atardecer era maravilloso; el aire cálido, el cielo sereno y todavía faltaba mucho tiempo para las nueve, cuando ya estaría totalmente oscuro. Las grandes puertas de vidrio que daban a las terrazas estaban abiertas de par en par y una brisa fresca y perfumada recorría toda la casa. Sólo se oía el susurro de aquella brisa y, de vez en cuando, el tintineo de una tacita de porcelana que se dejaba sobre el plato. Hacía diez minutos que los caballeros se habían reunido con las damas en la sala y nadie había hablado. "¡Por Dios! —se decía Raquel—. Tatiana tenía razón. Esto es insoportable".

De repente, la mirada de Raquel tropezó con los ojos de Tigran, quien la estaban observando. Se ruborizó y dejó su tacita de café sobre el plato, tal vez con demasiada fuerza. En el silencio absoluto, el ruido se escuchó como un disparo lejano y, por un momento, creyó que había quebrado la porcelana.

Todos volvieron la cabeza para verla, pero George Hayman acudió en su ayuda.

—Si no hay inconveniente, nos disculparán —dijo—. Me encantaría ir a dar un paseo con Ilona. Ni ella ni yo hemos paseado por las tierras de Starogan desde hace mucho tiempo.

—Me agradaría salir a pasear —contestó Ilona poniéndose de pie—. Con su permiso, mamá, abuela.

Olga Borodina miró a su hijo. Estaba decidida a mantener las formalidades, aunque se tratara de estadounidenses.

—¡Magnífica idea! —exclamó Peter—. Yo también iré a caminar un poco; pero no contigo, George —agregó sonriendo—. Me haré acompañar... —volteó en torno suyo, fingiendo indecisión— ...por Judith. ¿Gustas dar un paseo conmigo, Judith?

—Me gustaría mucho, su excelencia —respondió.

—Vamos, entonces... —dijo Peter incorporándose.

—Nosotros también vamos —declaró Tatiana levantándose de un salto—. Ven, Alexei Pavlovich.

—Es que yo...

—Tú no vas a ninguna parte —ordenó Peter mirando con dureza a su hermana.

Tattie irguió la cabeza desafiante y, en esta ocasión, fue Tigran el que acudió al rescate.

—Tú vendrás a jugar al billar, Tattie —propuso—. Tú con Alexei contra Raquel y yo.

—¡Ay! Es que yo no sé jugar —se excusó Raquel sin pensarlo.

Tigran la tomó de la mano y la levantó de su asiento.

—Nosotros te enseñaremos —le dijo—. Yo mismo voy a enseñarte. Será muy divertido.

Con gestos lentos y parsimoniosos, Judith Stein sujetó su cabellera con una pañoleta de gasa. Consciente de la presencia del príncipe Peter que, armado de paciencia, aguardaba detrás de ella y del sirviente, quien también esperaba junto a la puerta, se demoraba con toda intención, pues necesitaba hacer tiempo para ordenar sus pensamientos. Aquella noche tomaría una decisión final.

Todas y cada una de las palabras que Judith le había dicho a Ilona eran absolutamente verdaderas; el príncipe era el único que *podría* borrar los horrendos recuerdos de aquellos momentos trágicos de su vida: el recuerdo de Roditchev y el de Siberia. No obstante, para eso era preciso que el príncipe supiera sus desgracias detalladamente y por completo. De manera que ella debía exponérselos sin omisiones. ¿No equivaldría eso a echar por la borda su oportunidad de ser feliz? Se requeriría que fuera la más terca de las mujeres para confesarle la verdad. Desde luego, si aquel hombre estaba a punto de hacerle una propuesta que ella anhelaba aceptar, sería imperdonable decirle la verdad.

Salió junto con él y se detuvo sobre la escalera de la entrada principal.

—Nunca había visto la luna tan hermosa —dijo y, en efecto, la luna lucía muy bella, bastante alta por encima del horizonte y, a pesar de que todavía clareaba la bóveda del cielo la luminosidad del ocaso, brillaba con tanto esplendor que los campos de trigo parecían haberse cubierto con un velo de plata.

—Nada como la luna de Starogan —comentó el príncipe. Al descender por la escalera, bajó el brazo para tomar en su mano la de Judith y así empezaron a caminar, alejándose de la casa.

—Para todos ustedes no debe haber nada igual a Starogan —indicó Judith.

—Creo que así es —dijo Peter y apretó los dedos sobre la mano de la chica—. Debes disculparnos porque todos seamos tan... bueno... tan acentuadamente Borodin.

—¿Por qué no habrían de sentirse así?

—No, no hay ninguna razón. Me he disculpado contigo porque entiendo lo complicado que debe resultar para ti hallarte de pronto entre tanto desconocido.

—No es culpa suya si no les caigo bien.

—¿Qué no les caes bien?

—No. Quizá me detesten. Me parece que habría sido mejor no haber venido.

—¡Por el amor de Dios, Judith, no digas eso! Bueno, supongo que mi madre y mi abuela tienen dificultades para comprenderlo y aceptarlo. Desde el punto de vista legal, aún estoy casado, ¿sabes?, aunque Irina y yo no nos hayamos dirigido la palabra desde hace tres años. Cuando yo era más joven y surgía una situación como ésta, se mantenía un estricto secreto. Pero yo no deseo que lo nuestro sea un secreto, Judith.

Se detuvo. Las amarillentas luces de la casa titilaban a lo lejos y la luz de plata resplandeciente de la luna llegaba hasta ellos tamizada y entrecortada por las ramas de los árboles. Judith podía escuchar el rumor de la brisa sobre los trigales y el susurro de la corriente del río. No podía dudar de que él la deseara como antes; le parecía difícil dudar de su amor en vista de la forma abierta en la que lo exhibía delante de todos. Sin embargo, su instinto le aconsejaba que la lealtad de Peter hacia ella se debía, en parte por lo menos, a su decisión de ser el dueño de sus actos, de desafiar a la sociedad y a las convenciones. ¿Sería porque el zar lo había sancionado por agredir a Rasputín? ¿Sería sólo porque era un Borodin y que, en esta última generación de los Borodin, los hombres y las mujeres parecían inclinados a la rebelión contra las costumbres y las tradiciones de sus antepasados? Además, ¿tenía alguna relevancia todo aquello? Después de todo, a ella sólo podría beneficiarla la devoción y el cariño de Peter.

—Como quiera que sea —dijo él tomando la otra mano de la joven y tirando de ella para quedar frente a frente—. Ya se les pasará el disgusto o tal vez el temor que sienten por ti, cuando lleguen a conocerte mejor.

—¿Tendrán oportunidad de conocerme mejor?

—Yo quiero que te quedes a vivir en Starogan. Deberías saber que eso es lo que deseo.

—Así me lo solicitó su excelencia hace siete años —"¡Qué, Dios me ayude!", pensó. "Ahora voy a echarlo todo por la borda". Pero ya era imposible detenerse.

—¿No se imagina que yo era entonces una mujer distinta?

Él le sonrió al decirle:

—Quizá menos atractiva que ahora...

—Su excelencia...

—Peter.

Judith se encogió ligeramente de hombros:

—Peter. Soy una anarquista convicta.

—Ésa no es ninguna novedad. No me preocupaba entonces, ¿por qué habría de hacerlo ahora?

—Estuve tres años exiliada en Siberia.

—Y ahora eres más anarquista que antes —agregó él—. La medida de enviar gente a Siberia nunca los ha curado de sus creencias políticas. Pero yo quisiera hacer el intento, empleando mis propios métodos. ¿No consideras que debes darme esta oportunidad?

Con mucha delicadeza, liberó sus manos, oprimidas por las de Peter, y bajó la cabeza. Ya no era capaz de verlo a los ojos.

—Antes de que me mandaran a Siberia, pasé seis semanas en la celda de Roditchev.

—Lo sé —advirtió Peter—. Bien puedes creerme, Judith: algún día le haré pagar por todo lo que ha hecho. Te lo juro.

Judith dio media vuelta y se quedó contemplando los trigales, de espaldas a Peter.

—Quiero que sepas lo que Roditchev me hizo.

—Sé muy bien lo que te hizo —afirmó Peter—. Tú misma me lo platicaste.

—Te dije que había usado su bastón para golpearme —aclaró Judith—. Ahora debo decirte que también para despojarme de mi virginidad. Quiero que lo entiendas.

—¡Judith! —Con las dos manos le apretó los hombros.

Con un ligero movimiento se libró de sus manos y caminó unos pasos hacia adelante.

—Piensa en eso, ¿podrías intentarlo?

—¡Por supuesto que no! Es algo en lo que no se debe pensar. Es algo demasiado espantoso.

Judith se volvió para quedar frente a él.

—Es algo que a mí me ocurrió, príncipe Peter. No puedo dejar de pensar en ello. Cuatro de sus hombres me detenían boca abajo sobre la mesa, mientras él me golpeaba. Me desgarraron la ropa hasta dejarme desnuda, príncipe Peter. Así me sujetaron sobre la mesa y me apalearon, un golpe tras otro. Cuando Roditchev se cansó de apalearme con el bastón, sus hombres me levantaron en vilo y me dieron vuelta para acostarme sobre la espalda. Me sujetaron los brazos por encima de la cabeza, tiraron de mis piernas y me las abrieron todo lo posible... mientras él utilizaba a fondo su bastón. Y todo el tiempo, los demás reían y se burlaban y decían cosas horribles... ¿Puedes invitarme a tu lecho sin pensar en todo eso? —emitió un profundo suspiro—. Tras haber pensado en todo eso, ¿aún quieres invitarme a compartir tu cama?

—¡Judith! —de nuevo la tomó por los hombros y esta vez ella se dejó atraer sobre su pecho. Pensó que, a lo mejor, después de todo, las cosas podrían resultar bien—. ¿Hay alguien más que lo sepa?

Ella levantó la cabeza, desanimada; pero de inmediato pensó que él había reaccionado como lo que era: el príncipe Peter Borodin de Starogan.

Estaría dispuesto a afrontar a la sociedad por ella, siempre y cuando esa sociedad no pudiera murmurar sobre lo que a ella le había acontecido.

—Roditchev lo sabe —dijo ella—, lo mismo que sus cuatro hombres.

—Ésos no cuentan —aseguró Peter y apretó su brazo. Judith podía sentir sus labios besándole el pelo. Pero todavía no terminaba de hablar. Si él la quería, debería aceptarla tal como era y no como él se la imaginaba.

—Después me mandaron a Siberia —dijo Judith.

—Eso es del conocimiento general, mi querida, mi queridísima Judith.

—Me habían enviado al destierro para toda la vida y yo ya no tenía nada qué cuidar ni qué proteger. Por eso procuré llevar una existencia lo menos insoportable que fuera posible.

—Judith...

Ella, al hablar, movía los labios contra el borde de la solapa del elegante saco negro que se había puesto para la cena, pero sus palabras se oían con toda claridad:

—Hice amistad con una mujer llamada Dora Ulyanova, condenada también por anarquista. Llevaba dentro de sí una forma de odiar tan recalcitrante, como yo no podría lograr nunca. Durante algún tiempo, ella me aportó toda la energía necesaria para seguir viviendo. Vivimos juntas —hizo una pausa, pero al parecer, él no comprendió lo que implicaban sus palabras—. Transcurrió algún tiempo y después nos fuimos a vivir cerca de donde trabajaban algunos hombres jóvenes. Así, pudimos seguir viviendo las dos.

—Judith...

—Yo quedé embarazada, Peter. Tuve un hijo. —De repente, sintió sobre su espalda cómo se aflojaba la presión de los dedos de Peter y pudo levantar un poco la cabeza para observarlo—. Murió al poco tiempo de nacer. Ya ves con qué indiferencia hablo de la vida y de la muerte, señor príncipe. Te estoy hablando de una vida que salió de mí y que se ha ido para siempre. Así es como se llega a hablar y a pensar de la vida y de la muerte cuando se está en Siberia.

Peter estaba de espaldas a la luz de la luna y era imposible ver la expresión de su rostro.

—¿Y el padre del niño? —preguntó.

Judith se encogió de hombros.

—Había robado un banco para contribuir a los fondos del partido. A él no lo beneficia la amnistía.

—Pero tú... ¿lo amas?

—Yo no amo a nadie, príncipe Peter. Creo que ni siquiera tengo un poco de amor por mí misma.

Como en el teatro, era el momento de su entrada. Las palabras de ella daban pauta para que él dijera: "En ese caso, deja que yo te enseñe a amar, Judith. Conmigo aprenderás a reír, a ser dichosa, a olvidar todo lo que ha sucedido, bajo la luna y el sol de Starogan, en medio de la paz de Starogan. Te ayudaré a sobrellevar la carga de tus vivencias para que no te dobleguen; sobre los cimientos de tus experiencias erigiremos un mundo más feliz para los dos".

Durante algunos segundos, permaneció en silencio. "Ya está —reflexionó Judith—. A fin de cuentas, no es un príncipe, no es el príncipe encantador de los cuentos de hadas. Es un hombre como los demás".

Él volvió a tomarla entre sus brazos y la apretó contra su pecho.

—Muy bien —le dijo—. Ya sé que no eres virgen. Tampoco yo lo soy. Sabes que eres capaz de tener hijos. Yo no los he tenido nunca.

La abrazó más fuerte y ella apoyó la cabeza contra su pecho, sintiendo cálidas oleadas de placer que le subían hasta el corazón. No había dicho las palabras apropiadas, las que ella deseaba escuchar, pero tampoco había dicho cosas desagradables ni incorrectas.

Si por lo menos no hubiese vacilado...

—¡Ajá! —Tigran Borodin se puso a caminar muy despacio alrededor de la mesa de billar, haciendo girar distraídamente la punta del taco sobre el cubo de la tiza—. En efecto. Con esta jugada queda terminada la partida.

Así lo creía Raquel, puesto que él lo decía y Tigran era un maestro consumado con el taco y las bolas, con la banda y las troneras. Jugaban en pareja y él había compensado con creces su propia ineptitud. El juego parecía haber finalizado y Raquel se sintió aliviada, pues, al menos, no había hecho lo que tanto temía hacer: rasgar la bayeta de la mesa con la punta del taco.

—Sí —repitió Tigran inclinándose sobre la bola blanca y haciendo subir y bajar el taco sobre su mano apoyada en la mesa—. Aquella bola roja caerá en la tronera...

—¡Al diablo! —gritó Tatiana levantando la bola roja cuando Tigran había lanzado la blanca contra ella—. ¡Odio perder!

—Ya has perdido, preciosa —le indicó Tigran en tono de broma—. Acabas de renunciar a seguir jugando y eso es perder.

—¡Detesto jugar al billar, de todas maneras! —vociferó Tatiana—. ¿Qué te parece el juego del billar, Alexei?

—A mí me parece que juegas muy bien —contestó Alexei con cortesía.

Tatiana le mostró la lengua en un gesto burlón.

—Yo voy a bailar. Ven para que me veas bailar. Vamos.

Agarró por la mano a Alexei y lo arrastró fuera de la sala de billares en dirección al fondo de la casa.

Raquel se volvió hacia Tigran y advirtió que él la estaba mirando, como de costumbre, por lo que ella se ruborizó, como de costumbre.

—¿Quieres ir a ver bailar a Tattie? —le preguntó él.

—¿Tendríamos qué ir?

—No. Pero a Tattie le gusta tener público. No puede decirse que baile bien. Corre de un lado al otro, salta, da vueltas y se levanta las faldas hasta la cintura. Es indecoroso.

—¿Usted no está de acuerdo?

—Habíamos quedado en que nos hablaríamos de tú, mi querida Raquel. No estoy de acuerdo ni dejo de estarlo, en eso y en todo lo demás —se encogió de hombros—. Un hombre o una mujer son como son y así hay que tomarlos o dejarlos. Sólo Dios sabe lo que el pobre de Alexei Pavlovich opinará de los bailes de su prometida. Yo me pregunto qué pensará de la familia entera. ¿Qué piensas tú de esta familia, mademoiselle?

—A mí me parece interesante —dijo Raquel con cautela.

Tras una risa breve, Tigran rodeó la mesa, se acercó a Raquel, le quitó de las manos el taco y lo colocó en la percha.

—¿Te parecen interesantes? —inquirió—. Yo creo que son las personas más aburridas y fastidiosas que pueda uno imaginarse. Yo mismo soy del tipo más aburrido que te puedas imaginar. No hay nada de interesante en nosotros. Pero, ahora, dejemos eso y háblame de Dora Ulyanova.

—¿De quién? —dijo Raquel en un tono alto y destemplado.

—De Dora Ulyanova, la amiga de Judith. Está viviendo en tu casa, ¿no?

—Por ahora nada más —respondió Raquel recuperando su tono normal—. Pero, ¿cómo te enteraste de su existencia?

—Judith me lo dijo. Me solicitó que le consiguiera un puesto en mis oficinas. Judith me garantizó que es una mecanógrafa muy hábil. ¿Es verdad?

—Yo no sé —dijo y después pensó: "¡Qué absurdo! ¡Dora Ulyanova trabajando para Tigran Borodin!". Luego, agregó en voz alta—: ¿Sabías que estuvo en Siberia, con Judith?

—Por supuesto.

—Bueno, entonces...

—Mi querida Raquel: ya ha recibido los beneficios de una amnistía decretada por el zar. ¿Acaso podríamos decir: "Vuelve, Dora Ulyanova; todo está perdonado" y seguirla tratando como a una desterrada? Nadie le hace reproches a tu hermana por lo pasado, ¿verdad?

—¿Tú crees? —dijo Raquel se ruborizó—. De cualquier forma, yo tenía entendido que no se daba empleo a las mujeres en los ministerios.

—Ya empezamos a otorgarlo —dijo haciéndole un guiño—, sobre todo si son bonitas. ¿Es bonita Dora Ulyanova?

—Me parece que sí.

—Entonces, es la indicada para ocupar el puesto. Y ahora vamos a hablar de ti.

—El tema no da para mucho.

—Te equivocas —dijo Tigran acercándose a la puerta para cerrarla.

"¡Dios mío! —pensó Raquel—. ¿Qué es lo que debo hacer ahora?"

—Ya terminaste tu aprendizaje en la escuela, por supuesto. Estoy convencido de que, por desgracia para mí, no eres mecanógrafa. ¿Qué piensas hacer en el futuro?

—Nada.

—Vamos, Raquel. Entre todas las chicas que conozco, tú debes ser la más activa y la más ambiciosa.

—¿Conoces a muchas?

—Conozco sólo a una que me interesa.

Tigran Borodin le estaba haciendo insinuaciones. Era asombroso. Ni más ni menos que el soltero más cotizado de San Petersburgo, el mimado en los círculos sociales, el futuro ministro de Relaciones Exteriores de Rusia, según se afirmaba. ¿Qué podría hacer ella? Si por lo menos sus ideas dejaran de girar en confuso remolino dentro de su cabeza...

—Tú no me conoces ni sabes nada de mí. Por otra parte, si te dijera lo que quisiera hacer, te reirías.

—No me reiré; te lo prometo..

—Quisiera estudiar medicina y llegar a ser un cirujano.

—¿Qué? —inquirió Tigran y se quedó con la boca abierta.

—Prometiste...

—No me he reído. Sencillamente, me he quedado atónito. ¿Estudiar medicina? ¡Imposible! Una mujer no puede ser un cirujano.

—En Rusia ya no es posible —admitió Raquel—, desde que cerraron la Universidad Femenina.

—¿Estás resentida por eso?

—¡Claro que sí! ¿Por qué no habrían de tener derecho las mujeres de recibir una buena educación?

—Porque ya tienen otras ocupaciones más trascendentes.

Dio unos pasos para quedar de frente y muy cerca de ella. Raquel creyó que en cualquier momento haría el intento de besarla. De ella dependía que fracasara o que lo consiguiera.

—Sobre todo las mujeres que son tan hermosas y tan inteligentes como tú.

—Yo no soy hermosa y no se puede decir que sea especialmente inteligente. Había muchas otras mujeres en mi clase que...

Para mí, eres la más bella y la más brillante —le dijo Tigran—. La muchacha más hermosa y más inteligente que yo haya conocido.

En ese instante, la abrazó y la besó en los labios y ella, tomada por sorpresa, no atinó a pensar si debía permitírselo o no. Pero la verdad era que no hubiese querido que él dejara de besarla una y otra vez...

Al levantarse de la cama, Raquel se observó cuidadosamente en el espejo. No había cambiado. ¿Cómo era posible que no se insinuara algún cambio en ella? La había besado su excelencia Tigran Borodin, quien, en un día no lejano, sería el conde Borodin y que, quizá, en vista de que el príncipe Peter no había engendrado hasta ahora algún hijo, podría llegar a ser el mismísimo príncipe Borodin. ¡Y ni por todo eso había cambiado!

Echo un vistazo a la otra cama. Eran más de las cinco de la mañana y ya resplandecía el sol en todo su esplendor, pero Judith continuaba profundamente dormida. Había vuelto muy tarde, puesto que Raquel ni siquiera la había oído; sin duda que el paseo con el príncipe Peter se prolongó más de lo esperado. Le hubiese gustado saber si habían tomado alguna determinación, pero no iba a despertarla para preguntárselo. Aunque, en realidad, no quiso despertarla para no tener que hablar con ella. No quería hablar con nadie. Pero tampoco deseaba permanecer echada en la cama, sin dormir.

¿Qué podría hacer? Tigran la había besado como nadie jamás. Estaba convencida de no haber recibido nunca un beso como aquel. Podía recordar que sus lenguas se habían tocado, se habían entrelazado una con otra; aunque de una forma suave, sin asperezas ni ansiosas precipitaciones. Algunas chicas de la escuela atestiguaban que las habían besado de ese modo y ella no les creía. Pensaba que aquello era una obscenidad, una intimidad demasiado indecorosa; no era capaz de imaginar que dos personas compartieran su saliva. Sin embargo, eso era lo que le había ocurrido a ella y estaba obligada a reconocerlo como una verdad. Lo cual implicaba que todo lo que la gente le había mencionado acerca de dichas intimidades habría que aceptarlo como verdadero. La noche anterior, de pie junto a la mesa de billar, recibiendo su beso, habría accedido a todo lo que él hubiese querido hacer con ella, a todo lo que él le hubiese solicitado que ella hiciera. No obstante, luego de besarla de la manera en que lo hizo, Tigran le propuso, simplemente, que fueran a reunirse con los demás. ¿Lo hizo porque pertenecía a una de las familias más antiguas e ilustres de Rusia y, por lo tanto, era un caballero? ¿Lo hizo porque era el soltero más codiciado de San Petersburgo que, de pronto, se sorprendió besando a la hija de un abogado judío y, al reconsiderar, se dijo que no era prudente enredarse con ella?

Cualquiera que hubiese sido el motivo, ella podía considerarse afortunada, puesto que Tigran le había dejado toda la noche para ordenar sus pensamientos y para tomar una decisión respecto de su conducta. No fue una noche desperdiciada. Muy pronto volverían a quedar frente a frente y, ya para entonces, él también habría tomado, probablemente, una decisión respecto de su propia actitud.

Se vistió y descendió a la planta baja. Pese a ser temprano, la residencia ya había despertado. Las doncellas barrían y pasaban los plumeros por toda la sala; los sirvientes abrían, con mucho cuidado para no hacer ruido, los enormes ventanales de vidrio que daban a las terrazas con la intención de ventilar toda la casa; se escuchaba el tintinear de la loza de porcelana y de los cubiertos que los criados estaban depositando en los cajones del comedor. La planta baja debía estar limpia y en perfecto orden para el instante en que el príncipe y su madre, el resto de la familia y los invitados, salieran de sus aposentos. Raquel se dijo que tal vez había hecho mal al ser la primera en bajar, adelantándose a los demás; pero se tranquilizó al mirar que las doncellas la saludaban amablemente desde la sala y los lacayos inclinaban solemnemente la cabeza a su paso. Salió a la terraza, se quedó contemplando los trigales interminables y aspiró con deleite el aire fresco y perfumado de la brisa matutina que corría libremente sobre la llanura.

—¡Pájaro madrugador!

Dio media vuelta sobresaltada y quedó frente a Tatiana.

—Me asustaste.

—De eso se trataba.

Tattie, sin sombrero, llevaba el pelo suelto, abierto el cuello de su blusa y, sobre su hombro, una larga bata de baño.

—Lo conseguiste —le dijo Raquel—. Recibe ahora mis más sinceras felicitaciones.

—¡Veintiún años! —exclamó y después hizo una mueca de disgusto—. ¡Y yo me siento igual que ayer! Pero me alegro de encontrarte ya despierta. Me gusta la gente que se levanta temprano y aquí, hasta ahora, yo había sido la única. Si quieres, puedes venir conmigo.

Ya había empezado a bajar las escaleras y Raquel se apresuró a seguirla.

—¿Adónde vas?

—Al río. Voy a nadar en el río.

—¿A nadar? —el tono de la voz de Raquel se elevó.

—Durante el verano, casi todas las mañanas me meto a nadar en el río —Tattie, seguida por Raquel, apresuró el paso en dirección al huerto que bordeaba el río—. Anoche no fuiste a verme bailar.

—Bueno, yo...

—Es que tú preferiste quedarte amartelada con Tigran e hiciste muy bien. No creas que te lo reclamo.

—¿Amartelada?

—Sí. Eso es lo que le fascina a Tigran y es lo que hace con cualquier mujer. Conmigo también se ha puesto así y eso que soy su prima.

—No... No sé qué quieres decir —murmuró Raquel, sintiendo una vaga molestia.

—Pues que te abrace, que te bese y que te acaricie. Sobre todo, le gusta acariciar los senos. ¿Te acarició los senos anoche?

—¡Por supuesto que no! —clamó Raquel.

Tattie volvió la cabeza para echarle una mirada por encima del hombro.

—Ya veo —dijo—. Tú no tienes nada que él pueda acariciar. En cambio, mis pechos los adora. "Las tetas de Tattie", los llama. Las mejores del mundo.

Arrugó la frente como si se esforzara por pensar.

—¿Crees que haya tocado alguna vez los pechos de Ilona? Yo no me atrevo ni a pensarlo. No puedo imaginar que alguien haya tocado a Ilie —lanzó una risita maliciosa—. Bueno, supongo que George la toca cuando quiere. Y Roditchev la tocó. No creo que haya una mujer en el mundo a la que no le guste que le acaricien los senos, siempre y cuando sea el hombre indicado el que lo haga.

Raquel no sabía qué decir. Aparte de la confusión de sus pensamientos, sentía cierta inquietud. *¿Por qué* Tigran no la había acariciado? Ella también *tenía* pechos, aunque no tan grandes como los de Tatiana.

¿Qué habría dicho o qué habría hecho ella si Tigran la hubiese acariciado?

Ya se encontraban junto al río y la casa quedaba oculta tras la cortina de los árboles del huerto. Tattie continuó caminando por la ribera hacia los trigales.

—Allí cerca hay un recoveco —dijo—. Es mi lugar favorito para bañarme, está rodeado de hierbas altas que lo hacen absolutamente privado.

Raquel contemplaba la corriente lenta de las aguas pardas del río. Estaban limpias y podía verse el fondo hasta una distancia considerable. Le pareció que algo se movía bajo el agua.

—¿Hay peces en el río? —preguntó.

—Sí, hay muchos. Los criados los atrapan porque son buenos para comer. ¿Les tienes miedo?

Por supuesto, Tatiana Borodina no tenía miedo de los peces ni de nada. Quizá ése fuera el secreto de la riqueza y el poder de los de su clase.

—Aquí es —informó—. Estaban en un lugar donde el banco del río bajaba con una suave inclinación hasta el agua y la corriente había abierto una pequeña ensenada en la que el agua se arremolinaba lentamente para seguir a continuación su camino hacia el mar. La ribera estaba cubierta de hojas caídas, el agua clara y transparente murmuraba sin cesar, encerrada en un seto de malezas y de trigo alto, por encima del cual asomaban a lo lejos las copas de los árboles del huerto.

Tattie extendió la amplia bata de baño en el suelo, se sentó sobre ella y se quitó los zapatos. Con ligereza, se puso de pie y se sacó la falda por encima de la cabeza; después, se agachó para enrollarse las medias con las ligas hasta el tobillo y se las quitó con facilidad.

—Ven al agua, Raquel —la invitó—. No tenemos mucho tiempo si queremos regresar a la hora del desayuno.

—Pero si no tengo traje de baño —explicó—. No tenía idea de que veníamos a nadar.

—No seas tonta.

Tattie se arrodilló para desabotonar su blusa.

—Yo tampoco llevo traje de baño. Nunca lo uso cuando estoy en Starogan. De manera que tú tampoco lo necesitas.

Infaliblemente, Iván Nej se levantaba con el primer canto del gallo. Había muchas labores de las que él debía ocuparse antes de que la familia bajara de sus habitaciones; por ejemplo, era necesario limpiar y dar lustre a todos los zapatos y volverlos a colocar frente a cada una de las puertas antes de las ocho de la mañana. Pero, en el verano, Iván tenía otra razón imperiosa para despertarse temprano.

Se sentó sobre la cama, alzó el pelo que le caía sobre la frente y alcanzó las gafas. A pesar de no ser un sirviente de la casa, se le había autorizado tener su recámara en ella a causa de la posición privilegiada de su padre como *valet* del príncipe Peter. Feodor Geller, el maestro de escuela, tuvo buen cuidado de asegurarse de ello antes de entregarle a su hija en matrimonio; ésta no debería dormir sobre el suelo cubierto de paja de alguna cabaña de la servidumbre, junto con las cabras que acudirían a buscar el calor de la hija de Feodor Geller. Un gesto despectivo torció la boca de Iván. En honor a la verdad, Feodor Geller habría insistido en casar a Zoé con él, aunque hubiese sido el porquero. Zoé estuvo comprometida para casarse con Michael, el hermano de Iván; pero la joven se quedó esperando cuando Michael huyó de Starogan para volverse anarquista. El pueblo no tenía memoria de que se hubiera provocado en su medio un escándalo tan grande como el del escape de Michael; las hazañas amorosas bastante atrevidas de mademoiselle Ilona fueron un escándalo para los Borodin, mas no para Starogan. A raíz de esos acontecimientos, el maestro Feodor se había presentado en la mansión para hablar con el viejo Nikolai Nej y con el príncipe Peter alegando que su hija había sido traicionada y atrozmente abandonada, así que exigía que se le hiciera justicia y reclamaba como reparación que el otro Nej, el joven Iván, desposara a su hija.

Iván no se mostró tan renuente al matrimonio con Zoé. Durante toda su vida, había soñado con las relaciones sexuales sin haber tenido alguna en verdad satisfactoria; desde pequeño, fue muy tímido y en todo momento tuvo conciencia de los atractivos muy superiores de su hermano. Y he aquí que, de buenas a primeras, se le ofrecía en bandeja, como quien dice, la sugestiva oportunidad de tener una relación sexual para él solo.

Zoé era una persona muy agradable, con sus redondeces en todos los lugares posibles. Con ella había gozado plenamente del placer sexual durante algún tiempo e incluso llegó a dejar de pensar de un modo obsesivo en mademoiselle Tatiana.

Pero eso había acontecido antes de que mademoiselle Tatiana cayera en desgracia en San Petersburgo y que el príncipe Peter la forzara a regresar a la casa y a permanecer en ella. Antes, cuando Tattie vivía en Starogan, no era más que una mujercita de brazos y piernas largas. No obstante, al retornar de San Petersburgo, era una joven mujer espléndida, toda ella senos y nalgas. Además, ya para entonces, las firmes redondeces de Zoé se habían convertido en una sucesión de montículos de carne blanduzca y fofa.

Iván bajó la cabeza para observarla; ella ronroneó como un gato y sumió la cabeza en la almohada que él acababa de dejar. Sin duda, era una mujer feliz. A decir verdad, el solo hecho de vivir en la casona de los Borodin colmaba sus sueños más preciados. Si bien no había conseguido lo que su padre ansiaba para ella —él hubiese querido que su hija fuera una de las doncellas particulares de la princesa viuda Olga, pero la chica resultó muy torpe para desempeñar el puesto—, quizá se sentía más dichosa en su cargo de lavandera, puesto que podía reír, conversar y cuchichear a sus anchas y todavía le quedaba mucho tiempo para atender a sus dos hijos.

Éstos compartían el amplio lecho de sus padres, pero del lado que Zoé ocupaba, pues Iván no soportaba que estuvieran junto a él. Se diría que aborrecía a las dos criaturas y el hecho de que él los hubiese engendrado no atenuaba el sentimiento de aversión que le causaban. Eran pequeños, redondos, gruesos y torpes; el vivo retrato de su madre en todos los sentidos. Pero había algo más que eso: los dos eran el símbolo viviente de la cadena con grilletes que llevaba en los tobillos. Michael había conseguido huir, pero Michael no estaba casado aún. Abandonar a una esposa con hijos era un grave pecado mortal, de acuerdo con el padre Gregory, el cura de la aldea.

No obstante, Iván recordaba que la princesa Ilona había dejado a su marido; pero ella se había llevado consigo a su hijo. Lo malo era que Iván no quería a sus dos hijitos. Y ahora, Feodor Ivanovich, la pequeña termita, ya estaba despierto.

—¿Papá?

—Vuelve a dormirte —le ordenó Iván; se levantó de la cama y agarró su ropa—. Tengo cosas que hacer.

Ya vestido, se puso la cachucha, abrió la puerta, llegó hasta el descansillo de la escalera y se detuvo para oír los ruidos de la casa que despertaba a su alrededor, como el crujido de los pisos bajo los pies de los sirvientes que llegaban a cumplir con sus tareas. Y no eran sólo los lacayos. El corazón empezó a latirle más de prisa cuando bajaba por la escalera posterior, sonriendo y haciendo guiños a las chicas de servicio que pasaban corriendo junto a él, saludando a los siervos que ya con el uniforme puesto entraban con parsimonia. "¡Pobres tontos!", se dijo para sus adentros. Todos ellos lo miraban como a un fracasado porque no había llegado al nivel en el que ellos se encontraban. Pero, ¿disfrutaban ellos también de la libertad necesaria para hacer lo que quisieran, si debían estar pendientes a cada instante de sus deberes o en espera del llamado de los amos? En cambio, él era libre como el viento para hacer lo que deseara, ir a donde quisiera y ver lo que le agradara, a condición de que los zapatos y las botas quedaran lustrados para las ocho de la mañana.

Partió por la puerta trasera. Desde la perrera, en la parte de atrás de la casa, emergió un coro de ladridos. El cuidado de los perros era otra de sus responsabilidades, pero jamás los soltaba antes de las diez de la mañana. Chasqueó los dedos varias veces al pasar frente a las perreras y los animales saltaron, hicieron piruetas, gruñeron, gimieron y apoyaron las patas sobre la barda, aunque permanecieron atados. Luego, llegó a la esquina de la construcción y dio la vuelta para encaminarse hacia el huerto de manzanos. Como siempre, retornaba a la casa con su mochila llena de la fruta caída —la recolección de esa fruta era un privilegio otorgado a la familia de los Nej por un antepasado Borodin desde hacía más de cien años—, nadie le preguntaba lo que iba a hacer tan temprano en el huerto. Todos podían ver que cosechaba la fruta caída, pero, una vez en el huerto, nadie podía verlo desde la casa. Entonces, ponía su mochila en el suelo, junto al tronco del árbol más próximo, y avanzaba a gatas alejándose de los árboles del huerto hasta llegar al borde de los trigales. Una vez allí, se echaba pecho a tierra y se trasladaba arrastrándose sobre el vientre, escuchando el suave murmullo del río a su derecha.

Aquel era el momento más sublime de su jornada, el instante en que se apuntalaba todo su día y parte de su noche. Tras haber espiado a Tattie, era posible pasar el resto del día soñando con ella y, por la noche, meterse en la cama junto a Zoé Feodorovna, cerrar los ojos y hacerle el amor, pensando en Tattie. Aún imaginaba que algún día haría el amor con la persona real; pero como ignoraba cuándo llegaría ese instante, debía resignarse con la vaguedad de su sueño y, a menudo, quedaba desilusionado e irritable.

Ahora ya estaba pecho a tierra, arrastrándose como una serpiente sobre el polvo, entre los tallos del trigo, con mucha cautela para que, si las plantas se movían sobre su cabeza, pareciera que un soplo de la brisa las ondulara. Poco después se tenía jadeante, percibiendo los fuertes latidos de su corazón al escuchar el campanilleo de la risa fresca de la joven. Aquella vez oyó también algunas palabras. Tattie no tenía por hábito hablar sola, ni tampoco reía para sí misma, a pesar de su constante buen humor.

Se arrastró de nuevo, afanosamente hasta llegar al borde del trigal. Desde allí, miró al río y observó a su ídolo introduciéndose en el agua. Los primeros rayos del sol matutino le iluminaban los hombros, la espalda, las caderas, blancas como la nieve, la cabellera enredada sobre la coronilla, sostenida con una cinta, y los enormes pechos, ligeramente colgantes pese a sus veintiún años. Las ondas del agua la envolvían, lamiendo los largos muslos bien torneados por el ejercicio del baile, hasta empapar la espesa capa de vello de su bajo vientre. A continuación, se inclinó hacia adelante, se zambulló, movió rápidamente las piernas, salpicando hacia los lados, dio la vuelta con ligereza y permaneció de espaldas sobre el agua, viendo hacia la orilla.

—¡Vamos! —gritó—. ¡Métete de una vez! No te ocurrirá nada.

Aquélla era la imagen con la que Iván soñaba de día y de noche, la que esperaba volver a ver cada mañana. No se le había ocurrido la posibilidad de que hubiera una segunda y, en aquel segundo, entendió que su sueño era estrecho y limitado. Era impresionante el contraste entre la diosa sonriente, voluptuosa, blanca como el alabastro y cabellera de oro claro que se encontraba en el agua y la joven delgada, esbelta, de cabello oscuro que, tímidamente, se estaba desvistiendo en la orilla. En ésta apenas se insinuaban los senos, como pequeñas elevaciones redondas, aunque el aire de la mañana hacía más turgentes sus pezones; presentaba los muslos y las caderas estrechos a tal grado que no era posible suponer que alguna vez tuviera un hijo. Tenía el cabello tan oscuro como claro era el de Tatiana. No había comparación entre ellas dos; sin embargo, Raquel Stein era, en todo, igualmente hermosa y atractiva que Tattie. Su rostro era más bello, pues tenía las facciones más finas y la mirada de sus grandes ojos proyectaba inteligencia. En aquellos minutos, toda su actitud revelaba una profunda angustia que la embellecía aún más. Se inclinó para dejar toda su ropa en el suelo y después se enderezó, titubeante, temblorosa, como si supiera que la estaban observando. Por supuesto que Tattie la estaba mirando e Iván cayó en la cuenta de que aquella hermosa joven jamás se había desvestido ante otra persona.

Dio la espalda al sitio desde donde Iván la espiaba, caminando unos pasos por la orilla hasta meterse al agua. Por detrás y por delante se le miraba encantadoramente cándida e inocente. Cada encogimiento de sus músculos, cada estremecimiento de la piel cuando el agua fría tocaba sus carnes, cada uno de sus movimientos, hacían de ella la visión más encantadora que Iván había contemplado.

Se recostó cómodamente en el suelo con los ojos entrecerrados. Esperaba que las hermanas Stein permanecieran largo tiempo en la casa y se dijo que él pasaría un verano maravillosamente interesante, recostado en la tierra, observando a escondidas a Tattie y a su nueva amiga cuando se bañaban en el río.

—¡Oh! ¡Qué bonita estás! —exclamó Tatiana.

—¿Te parece? —preguntó Raquel.

—Me parece que bonita es poco —insistió Tattie—. Estás verdaderamente encantadora. ¿No crees que está encantadora, Judith?

Judith, que se estaba colocando los aretes, dejó de verse en el espejo, volvió la cabeza y sonrió a las dos muchachas.

—Ya lo creo que sí —dijo—. Las dos están encantadoras.

Respecto de Tattie no había discusión posible. Pese a que no habían transcurrido ni quince minutos desde que la vistieron, la peinaron y la enjoyaron, ya ofrecía un aspecto ligeramente desalineado. Sus aretes eran unos diamantes enormes y los brazaletes eran de jade y esmeraldas. Raquel pensó en el gran número de alhajas que iba a contemplar aquella noche. Las dos hermanas Stein debían compartir las pocas joyas que su madre les había prestado. Cada una llevaba un sencillo brazalete de oro; pero a Judith le correspondía portar los aretes de oro. Los de Raquel eran de poco precio. Además, Judith usaría el broche de diamantes sujetándole las plumas de *aigrette* en el cabello. Aquel broche era la joya más costosa de las que su madre tenía, pero los diamantes eran pequeños, amarillentos y, en consecuencia, no muy valiosos.

Así que Raquel sólo debía confiar en su vestido que, en realidad, era muy elegante. Había sido diseñado en seda verde claro y tenía una franja con hilo de plata que bajaba en diagonal desde el hombro hasta el ruedo de la falda, a través del corpiño y con una breve curvatura en el ruedo mismo. Sobre su hombro izquierdo, llevaba prendido un moño de seda verde oscuro y ya había llegado el tiempo de calzarse los guantes largos de cabritilla blanca y de suspirar pues no luciría un collar. Sí tenía uno, pero le pareció muy corriente y decidió no ponérselo; de manera que no habría adornos entre su barbilla y el nacimiento de sus senos. Le habría gustado tenerlos más grandes para que se insinuaran mejor bajo la seda de su escote. El tamaño de sus pechos era algo que nunca le había preocupado, antes de lo sucedido esa misma mañana.

Aquella misma mañana... ¿Había ocurrido realmente? ¿Se había desvestido para meterse completamente desnuda a nadar en el río? ¿Era la misma Tattie de aquella mañana la que estaba junto a ella, elegantemente ataviada y tan hermosa?

Luego de nadar desnuda en el río, esperaba que algo aconteciera; pero no había nada que esperar. Al salir del agua, se secaron con la misma toalla, se vistieron y retornaron caminando despacio a la casa, platicando Tattie sin cesar acerca de su fiesta de esa noche y sobre San Petersburgo y Rasputín; casi siempre hablaba de él, aunque nunca decía algo específico que revelara si eran verdaderos o no los rumores que se difundían sobre el staretz. Pero Tatiana era tan absolutamente espontánea en todas sus actitudes, que era imposible sentirse enojado o confundido estando con ella. A lo mejor por ello, tras el baño matinal, Raquel había experimentado una placentera sensación de seguridad y de confianza ante la posibilidad de encontrarse con Tigran. Y cuando se produjo el reencuentro, también él se había comportado de una forma totalmente natural, sonriendo y haciéndole un guiño, yéndose después a montar a caballo con el príncipe Peter y Víctor. Raquel se dijo que ojalá Tattie la invitara a nadar a la mañana siguiente.

—¡En-can-ta-do-ra! —repitió Tatiana—. Tú eres encantadora, Raquel. Vamos abajo de una vez.

—¿Ya es hora?

—Seremos las primeras.

—¡Oh! Yo... —se advertía en su voz un tono de desilusión muy sutil puesto que, a pesar de que no mostraba joyas ostentosas, le hubiese gustado hacer su entrada cuando todas pudieran observarla—. ¿Bajarás ahora, Judith?

—Voy a esperar un poco más —dijo.

—El paseo matutino con Tattie había extinguido su curiosidad acerca de lo que Judith y el príncipe Peter se habían dicho la noche anterior. Judith no se había mostrado muy elocuente al respecto y había transcurrido el día, como en un sueño, extraviada en sus pensamientos y la mirada en el vacío. Sólo cuando se había encontrado con el príncipe Peter y éste le había sonreído ella salió de sus ensueños y le dedicó una enorme sonrisa. Sí, sin duda, durante la noche ambos habían tomado una decisión.

—Te daré otra lección para que aprendas a jugar al billar —le prometió Tatiana—. En realidad, es un juego fascinante.

"Quizá ni siquiera se hubiesen preocupado por verme", reflexionó Raquel siguiendo a su amiga escaleras abajo. ¿Por qué habrían de mirarla?

Víctor, quien lucía muy a disgusto dentro de su traje negro y su cuello duro, ya estaba en la sala de billares, jugando él solo. Era incuestionable que era tan experto en el juego como su hermano mayor. El taco golpeó con precisión la bola blanca que rebotó limpiamente sobre la banda y se disparó en rectitud contra la bola roja, dándole un golpe seco que impulsó a ésta dentro de la tronera.

—Enséñale a Raquel —ordenó Tattie.

—Mademoiselle Stein —dijo Víctor haciendo una reverencia. A continuación, se le quedó mirando con admiración.

—¿No se han enterado de las últimas noticias? Los austriacos han puesto un ultimátum a los servios.

—¿De qué estás hablando?

—¿No recuerdas los asesinatos del mes pasado, cuando los anarquistas asesinaron al archiduque Fernando y a su esposa?

—Lo merecían posiblemente —dijo Tatiana—. Los archiduques austriacos merecen que los maten.

—Piensa lo que quieras, pero tendremos graves dificultades —advirtió Víctor—. Anota lo que te digo: no nos quedaremos de brazos cruzados viendo que los austriacos invaden Servia.

—¡Malditos sean los austriacos! —exclamó Tatiana—. A todos los detesto. Valdría más que te ocuparas en enseñar a Raquel —eligió un taco en la percha y se lo dio a la chica.

Víctor acomodó las bolas sobre la mesa de billar.

—El taco debe deslizarse con suavidad entre los dedos pulgar e índice, de esta manera.

—Ten cuidado de no romper la bayeta —recordó Tatiana.

Lo mismo que su amiga, Raquel no pensaba que la noticia informada por Víctor tuviera una trascendencia especial. Servia era un lugar muy distante de Starogan.

—Es necesario inclinarse sobre la mesa —le indicó Víctor.

Raquel se inclinó y colocó el taco entre el pulgar y el índice su mano, apoyada sobre la mesa.

—Voy a verificar la posición del taco —dijo Víctor y se desplazó hasta el otro lado de la mesa y se inclinó también para mirar la postura de la joven y la dirección del taco.

"Me está mirando directamente al escote", pensó Raquel y se enderezó rápidamente. De pronto, se había vuelto consciente de sí misma como mujer.

—¿Qué ocurre? —inquirió Víctor levantándose también.

—Es que...

Por supuesto que Raquel ya estaba ruborizada.

—Pero si es muy sencillo...

¿Cómo pasas el tiempo por aquí?

Raquel, aliviada, dio media vuelta para ver al príncipe Peter y a Tigran que habían bajado por la escalera.

—Víctor me enseñaba a jugar al billar —les anunció.

—Seré yo el que te enseñe a jugar al billar —le comunicó Tigran—, al terminar la cena. Te ves maravillosa, Raquel. ¿No te parece espléndida, Peter?

El príncipe asintió con la cabeza, pero Raquel entendió que no estaba interesado en verla, puesto que ya estaba mirando hacia la escalera.

—Ya bajan —susurró Tatiana entre dientes.

Desde la puerta de la sala de billares se veía de frente la puerta principal, el gran vestíbulo y la escalera. Venían bajando, en primer lugar, la princesa viuda Olga y la princesa viuda María, seguidas por el conde Igor y la condesa; un escalón atrás descendían George Hayman con Ilona apoyada en su brazo; luego el gran duque Philip Alexandrovich y la duquesa, a continuación, el teniente Alexei Gorchakov y, por último, Judith. Raquel concluyó que, incluso en el acto mismo de bajar las escaleras, la familia observaba una estricta preeminencia. Asimismo, se felicitó por no haberse colocado el collar corriente. Los rubíes en la cabellera de Ilona resplandecían y los zafiros destellaban en sus dedos; Xenia lucía las esmeraldas; los anillos de Olga eran de diamantes solitarios; la tiara de Anna era una constelación de brillantes; en cambio, las perlas no se veían por ninguna parte, ésas eran para el uso diario. Por otro lado, no había alguien a quien pudiera impresionarse; sin duda, ninguno de ellos estaría pensando en Judith o en ella.

En definitiva, Judith había cometido un error al esperar para acompañar a la procesión. Se veía como la pariente pobre. Bueno, quizá lo fuera. ¿Una posible parienta? Raquel miró de reojo a Peter; pero esa noche cumplía con sus deberes como príncipe de Starogan y su obligación primordial era atender a su madre y a su abuela.

—¡Alteza! —Nikolai Nej se dirigía a Olga Borodina con una reverencia por ser la dueña de casa y ella inclinó graciosamente la cabeza; luego, vio rápidamente hacia la puerta de la sala de billares. Tatiana se apresuró a salir para ponerse junto a su madre y principiar la marcha hacia el vestíbulo. Peter la siguió junto a su abuela. Tigran y Víctor se colocaron al final, con ella y con Judith. El conjunto llenaba la mitad lateral del gran salón.

"¿Qué estamos haciendo aquí?", se preguntó Raquel, cuando los sirvientes abrieron la puerta doble del fondo de par en par para dar paso a los miembros del Zemstvo, el concejo municipal del pueblo, acompañados de sus esposas y encabezados por el sacerdote, cuyo altísimo sombrero negro casi tocaba el travesaño superior de la puerta. El aroma de los perfumes quedó invalidado por el olor a humanidad, aun cuando los hombres y las mujeres se habían ataviado lo mejor posible, las botas recién lustradas, las cabelleras arregladas, las barbas peinadas y los rostros lavados con agua fresca.

Los dos extremos opuestos de la escala social se miraban frente a frente; de inmediato, los miembros de la servidumbre de los Borodin se acomodaron en fila: los *valets* de los caballeros y las doncellas de las damas, las criadas de arriba y las criadas de abajo, los lacayos y el personal de las cocinas, el mayordomo y el cocinero, las lavanderas, los mozos y los lustrabotas, toda esa gente a la que nadie le daba importancia ya que siempre se le veía por ahí.

La princesa viuda Olga inclinó de nuevo la cabeza y ella junto con Tattie dieron unos pasos para acercarse a su gente, seguidas por el resto de la familia Borodin. Los diamantes, rubíes y esmeraldas lanzaban destellos multicolores al ser atravesados por las luces. "¿Qué opinarán los aldeanos —se preguntó Raquel—, al contemplar todas esas gemas, cada una de las cuales representaba una cantidad mayor de dinero de la que todos juntos podrían obtener en cientos de años?"

Cuando todos los presentes se arrodillaron, se produjo un ruido apagado, una mezcla de suspiro y de gruñido. Por supuesto, se habían colocado cojines para que la familia se arrodillara, incluyendo para Judith y Raquel; pero los lugareños se pusieron de rodillas sobre el suelo, juntaron las palmas de sus manos, las levantaron a la altura de la boca y el sacerdote pronunció las palabras de la bendición. El humo del incienso se elevó en espirales lentas en el aire quieto, se difundió el perfume acre, algunas narices se torcieron y se escuchó el ruido de las rodillas cansadas que cambiaban de posición y el murmullo de quienes contestaban a las palabras del sacerdote. Víctor picó con un dedo las costillas de Raquel y le guiñó el ojo. Después el ruido se transformó en un concierto de roces, suspiros, resoplidos y gruñidos, cuando todos se incorporaron y los sirvientes empezaron a correr de un lado para el otro, llevando los regalos. La princesa viuda Olga, acompañada de su hijo y de su hija, que aquel día llegaba a la mayoría de edad, desfiló frente a las hileras de personas, sonriendo y deteniéndose de cuando en cuando para intercambiar algunas palabras, mientras los siervos entregaban el regalo a cada uno de los aldeanos. A Raquel le pareció extraño que el día del cumpleaños de Tattie fuera ella quien distribuyera regalos entre los visitantes. Todos parecían muy contentos. Tal vez ésa era la tradición y ninguno de los que habían sido convidados a la residencia esa noche debía olvidar la fecha memorable.

También el resto de la familia tuvo que desfilar. Como Peter estaba ocupado, Judith se tomó del brazo de Víctor. Tigran ya había tomado posesión del de Raquel y ella se sintió satisfecha de estar a su lado, oyendo aisladas las palabras de los saludos, las felicitaciones y los agradecimientos. Los dos quedaron frente a Iván Nej, quien lucía inquieto y acalorado dentro de su gran casaca. Se quedó inmóvil en cuanto estuvo frente a Raquel.

—Iván Nikolaievich —dijo Tigran—. ¿Has cuidado bien a tus perros? No estaría mal sacarlos mañana para ir de cacería.

—Están listos, excelencia —respondió Iván—. ¿Puedo decir un cumplido a mademoiselle Stein?

—Sí puedes.

—Entonces, debo decir que es la dama más hermosa que hay en este salón.

—¡Vaya, vaya, Iván! —exclamó Tigran dándole una palmada en el hombro—. Te has vuelto muy galante.

—Tal vez haya ofendido a la joven dama —dijo Iván—. Debo pedirle perdón.

Raquel sintió que desaparecía el calor de sus mejillas.

—De ninguna manera, no me has ofendido, Iván Nikolaievich —dijo—. Me siento halagada, pero me parece que no has mirado bien a tu alrededor.

—Mademoiselle Stein —dijo Iván—. Deseo presentarle a mi mujer.

Raquel estrechó la mano sudorosa de la mujer pequeña y regordeta. No se había imaginado que Iván Nej tuviera una esposa.

Zoé Nej se balanceó sobre sus dos pies, hizo una caravana y abrió la boca para hablar, pero, en ese preciso instante, el fuerte rumor de un cuchicheo general se esparció por todo el vestíbulo. Todas las cabezas voltearon hacia la puerta principal donde la gente se había apartado para abrir paso a una mujer que había aparecido allí, una mujer cubierta con una capa con bordes de piel sobre su vestido de encajes, una mujer que relucía, cubierta de piedras preciosas, una mujer cuya exuberante cabellera castaño oscuro, recogida en un gran ahuecado, lucía una fastuosa diadema que superaba en riqueza y esplendor a la tiara de Anna Borodina, una mujer cuya expresión de frialdad iba disminuyendo poco a poco conforme sus facciones se organizaban para esbozar una sonrisa evidentemente fingida, a medida que avanzaba con paso lento y solemne.

Raquel sintió los dedos de Tigran oprimiendo con fuerza su brazo. No había necesidad de que le dijeran quién era la recién llegada. La princesa Irina Borodina había regresado a casa.

CAPÍTULO III

IRINA BORODINA SACUDIÓ LIGERAMENTE LOS HOMBROS PARA deshacerse de su capa y ésta habría caído al suelo de no ser porque Gromek, el sirviente, corrió para recogerla a tiempo. Una vez despojada de la carga, la princesa avanzó con mayor donaire hacia el interior del enorme vestíbulo. Su vestido tenía el escote más profundo que Raquel había visto en su vida; se diría que, por delante, estaba abierto hasta el ombligo y no dejaba duda alguna de que era una mujer muy hermosa y regiamente formada.

Era, además, una mujer con una gran confianza en sí misma.

—Madame —dijo al quedar frente a la princesa viuda Olga, tendiendo sus brazos hacia ella. Olga vaciló un segundo y después permitió que le besara las dos mejillas—. He retornado a casa para celebrar el cumpleaños de Tatiana —informó Irina—. ¿Peter?

El rostro del príncipe Peter Borodin se había encendido hasta adquirir un color escarlata. Se había quedado estático y sólo sus ojos se movían de un lado a otro, tal vez buscando a Judith o quizá haciendo el intento de descubrir lo que sus invitados pensaban de todo aquello. A continuación, dio dos pasos hacia su esposa que esperaba, pero se detuvo de nuevo. Por fin, tomó entre las suyas las manos de Irina y la atrajo hacia él, se inclinó para darle un beso en la mejilla; hizo el intento de enderezarse, pero ella le ofreció de inmediato la otra mejilla. Luego, lo dejó escapar para que continuara buscando entre la gente que abarrotaba el vestíbulo.

—A todos les doy la bienvenida a casa —dijo Irina—. Debo disculparme por no haber estado aquí para recibirlos, pero el tren se retrasó. ¡Tattie! ¡Muchas felicidades en tu cumpleaños y muchas más felicidades por tu compromiso matrimonial!

Tatiana se mordió los labios por unos instantes, tan indecisa sobre lo que convenía hacer como su hermano; después, también aceptó un abrazo y un beso.

—¡Qué desagradable mujer! —masculló Tigran—. ¿Por qué tenía que presentarse ahora y echarlo todo a perder? ¡Mira cómo le hacen fiesta!

—Pero, ¿por qué? —inquirió Raquel—. ¿Es una mujer muy rica?

—En comparación con la riqueza de los Borodin, la suya es mínima. Pero es la princesa Borodina y desea continuar siéndolo. Prefirió vivir separada de su marido durante tres años porque le gustaba la existencia en San Petersburgo y se aburría en Starogan. ¡Ánimo! Aquí viene.

La princesa había deambulado entre los invitados, sonriendo, saludando y conversando brevemente, pero a cada rato lanzaba una mirada furtiva al grupo que estaba reunido cerca de la puerta del fondo. Hacia él avanzaba ahora. Raquel miró de reojo a Judith que estaba inerte y, como hipnotizada, con la vista fija en la princesa que se acercaba. "¿Será el odio o el temor el sentimiento que la paraliza?", se preguntó Raquel. Aunque también podría ser la envidia.

Un ligero movimiento en su grupo distrajo la atención de Raquel: era Iván Nej, quien se alejaba para ir a refugiarse entre su propia gente; empujaba a su esposa por delante, pero no apartaba sus ojos centelleantes de la princesa.

—¡Aquí estás, querido Tigran! —exclamó la princesa—. Hace por lo menos dos semanas que no nos veíamos. ¿No vas a presentarme a tu joven amiga?

—Mademoiselle Raquel Stein —dijo Tigran—. La princesa Irina Borodina.

—¡Raquel Stein! —dijo Irina frunciendo el ceño.

Como Raquel no sabía qué decir, lanzó una mirada angustiosa a Tigran, como pidiéndole ayuda.

—Mademoiselle Stein está aquí con su hermana —explicó Tigran—. Mademoiselle Judith Stein, la princesa Borodina.

—¡Ah! —dijo la princesa con una sonrisa sarcástica—. ¿La anarquista?

—Tengo ese privilegio, madame —contestó Judith con firmeza, aunque con voz baja.

—¿Privilegio? —inquirió Irina—. Mi querida mujercita, tú no tienes privilegios en ninguna parte —la miró con profundo desprecio—: Tampoco tienes el privilegio de permanecer en Starogan ahora que yo he vuelto. Te garantizo que, a partir de hoy, el príncipe Peter no tendrá tiempo para ocuparse de ti. Ya no te necesita para nada.

Judith abrió la boca como si fuera a hablar, pero de pronto la cerró, apretando con fuerza los labios; se percibían manchas lívidas en sus mejillas, cuando levantó la cabeza para mirar a Peter, quien estaba junto a su esposa. Irina poseía una voz aguda y penetrante que había aumentado de volumen poco a poco, a medida que hablaba, de modo que todos los asistentes la habían escuchado con toda claridad. También Raquel observó a Peter y quedó asombrada por el gesto de incertidumbre e indecisión que retorcía su rostro. Prefirió desviar la mirada hacia George Hayman, quien se encontraba un poco apartado de los demás, viendo la escena con patente desaliento, aunque no parecía dispuesto a intervenir. Era materialmente imposible que se inmiscuyera en esa querella entre dos mujeres, una de las cuales estaba en absoluta desventaja. ¿Por qué no acudía Tattie a auxiliarlas? Tattie era su amiga, se habían bañado juntas en el río esa misma mañana. Decidió contemplar la escena que se desarrollaba frente a ella, con los labios entreabiertos por una sonrisa despectiva.

—En ese caso, madame, me iré de aquí en seguida —dijo Judith aún en voz baja y temblorosa y, dando media vuelta, salió por la puerta del fondo que conducía a la escalera de servicio.

Raquel liberó su brazo del de Tigran con un movimiento brusco.

—¡Espera! ¡Raquel! —gritó éste—. ¿Quieres que vaya a verte en San Petersburgo?

No había dicho: "¿Quieres que acuda a defenderlas?" Ni tampoco: "¿Quieres que vaya contigo?" Raquel se había detenido un segundo, pero le dio la espalda sin responder y se fue de prisa tras su hermana. A su derecha y a su izquierda veía pasar rostros medio borrosos, difusos, y cayó en la cuenta de que estaba a punto de echarse a llorar. Pero no lo haría hasta estar a solas. Le pareció observar que Iván Nej le abría la puerta para que ella pasara. ¿Era de lástima o de burla la expresión que se advertía en su rostro? ¿No sería de desprecio? Sentía que las lágrimas iban a salírsele de los ojos dentro de poco.

Llegó al pie de la escalera, escuchó que la puerta se cerraba detrás de ella. Judith estaba ya a la mitad de la escalera, pero, en aquel momento, se paró y volvió la cabeza. No la miraba a ella, sino por encima de ella. La puerta se había abierto de nuevo y vuelto a cerrar.

—¡Judith! —el príncipe Peter se detuvo en los escalones inferiores, junto a Raquel.

—¿Has venido a pedirme que me quede? —inquirió Judith.

—Yo...

—Pero no quieres ponerte en contra de tu mujer —prosiguió Judith—. Además, ya obtuviste lo que buscabas en mí, ¿no es cierto, excelencia? Ya no tengo nada más que ofrecerte.

"¡Ay, Dios mío! —se dijo Raquel pensando en qué debía hacer—. ¡Dios mío!"

—No debes irte ahora, Judith —le dijo Peter—. No hay ninguna parte a donde puedas ir. Hasta mañana no sale el tren.

—La noche es tibia —contestó Judith—. Raquel y yo la pasaremos en el andén de la estación. Casi toda la noche de ayer la pasé fuera, ¿recuerda su excelencia?, y ni siquiera pesqué un resfriado. Estoy segura de que podremos sobrevivir. ¿Vienes, Raquel?

Ésta se recogió las faldas y corrió escaleras arriba.

—Me atreveré a pedirle, nada más, su excelencia, que alguno de sus autos nos conduzca a la estación —dijo Judith—. No nos llevará mucho tiempo empacar nuestras pertenencias.

—¡Judith...! —clamó de nuevo Peter y subió un par de escalones—. Acto seguido, se detuvo en seco. Otra vez se había abierto la puerta para dar paso a la princesa Irina. Judith la miró por un momento y después se volvió y continuó subiendo la escalera, con Raquel a su lado.

Peter Borodin subió un escalón más.

—Si te vas ahora, detrás de esa mujer —le gritó su esposa—, serás el más tonto de los hombres.

Él permaneció inmóvil, asido al barandal. "Lo que tengo que hacer —pensó—, es acercarme a ella y abofetearla en el rostro. Golpearla con tanta fuerza que le rompa la boca y le destroce su hermosa cara. Eso sería lo único que la haría volver por donde vino. Ni siquiera Irina soportaría algo así".

A continuación, correría escaleras arriba para reunirse con Judith, impedirle que se fuera, desafiar a su familia una vez más. Si él quisiera, podría hacerlo. Si estuviera convencido de sus emociones, de sus sentimientos, de su amor. ¡Si estuviera seguro de algo en este mundo!

La muerte de su padre y de su abuelo, en rápida sucesión, lo habían encadenado al principado —el principado principal y más antiguo de Rusia— a la temprana edad de veintiún años. Eso había acontecido diez años atrás, poco después de la derrota del ejército de Rusia frente al del Japón; él había sido uno de los oficiales que se vieron forzados a entregar la fortaleza de Puerto Arturo. Recordaba a la perfección la mezcla de sus emociones en aquel entonces: la vergüenza por la derrota padecida y la firme convicción de superarla y de levantar a Rusia por encima de ella. Con esa mixtura de sentimientos había regresado a casa; pero, ¿qué era lo que había logrado? A su retorno tuvo un violento altercado con George Hayman, un buen amigo de la familia, a quien echó de la casa de Starogan antes de permitirle que se casara con su hermana Ilona. ¿Por qué había hecho eso? Sencillamente porque Hayman no era un príncipe, ni siquiera un noble. ¿Y qué había logrado con su enérgica actitud? Nada bueno. Empujó a su hermana a casarse con el noble Segei Roditchev; al poco tiempo, entendió que aquello había sido un grave error, pero no podía hacer nada para enmendarlo y, a fin de cuentas, había tenido que quedarse de brazos cruzados y la boca cerrada, viendo que Ilona había decidido tomar en sus manos las riendas de su propio destino, abandonar su casa y a su familia y escapar al extranjero con el hombre que realmente amaba. ¿Existía algo en todo aquello de lo que él pudiera enorgullecerse?

Él mismo se había casado —con la mujer que ahora estaba parada detrás de él— y, desde la noche de bodas, su esposa lo hizo que se sintiera como un joven inexperto. Posiblemente era lógico que Irina Golovina lo considerara como un muchacho inepto: ella era una mujer dominante y caprichosa, cuatro años mayor que él. Desde el principio, el matrimonio fue un fracaso y, para consolarse de sus desdichas, se volvió hacia Judith Stein, una amiga de Ilona. Ella rehusó con firmeza sus propuestas, pero él insistía y, con una especie de paternalismo amoroso, quiso cuidarla y protegerla y angustiado observó cómo iba involucrándose en el complot socialista de Moscú. Había asumido la responsabilidad por la integridad de la joven y se esforzó, sobre todo, por atenuar sus desgracias. Cuando toda Rusia se estremeció por la conspiración socialista que culminó con la muerte del primer ministro Stolypin y Judith fue inculpada por complicidad en el mismo, él se presentó ante el zar para suplicar por la vida de la mujer. Ya con anterioridad había tenido un altercado con el zar Nicolás por haber agredido físicamente a Rasputín y su intervención en favor de una socialista judía fue la gota que derramó el vaso por lo que se refería a su majestad.

Sin embargo, por alguna rara circunstancia —que él atribuía a la intervención favorable de la zarina—, la sentencia contra Judith para que fuera ejecutada en la horca fue modificada por la del exilio de por vida.

Pero aquellas acciones hicieron caer en desgracia al príncipe de Starogan y no le quedó otra alternativa que la de desterrarse él mismo en las tierras de su propiedad y vivir allí, aislado de todo por el resto de sus días. Ya estaba muy dispuesto a cumplir con la sentencia, a sepultarse en Starogan concentrando sus esfuerzos y sus energías en el cultivo de mil doscientas cincuenta hectáreas de trigo, el cuidado de sus treinta mil ovejas, sus caballos, sus perros, sus automóviles, decidido a hacer lo posible para atenuar las penas de su madre viuda, para proteger a su hermana Tatiana de los excesos de su carácter ardiente hasta el momento de conseguirle el esposo apropiado; ya había trabajado en todas aquellas labores con mucho empeño, cuando se anunció la amnistía concedida por el zar. Aquella medida inesperada actuó como un poderoso resorte que lo impulsó fuera de la sede donde el deber y el buen sentido común lo habían asentado. Su resolución se esfumó como una nubecilla de polvo arrastrada por el viento.

¿Por qué? Hasta ahora no había hallado la respuesta. Judith no había querido aceptarlo nunca. Si él hubiese deseado una amante, podría haber encontrado fácilmente una entre las bellas mujeres de su ambiente y de su clase. No obstante, al pensar en ella, al recordarla tal como la había visto, erguida y desafiante frente a Roditchev cuando el prepotente patán se disponía a golpearla y también en la misma actitud de reto frente al tribunal de San Petersburgo, cuando el juez pronunció la sentencia de muerte contra ella, se atizaban sus sentimientos de cariño y se apresuraba el ritmo de los latidos de su corazón.

Además, estaba convencido de que, al cabo de tres años de exilio en Siberia, ya no lo rechazaría. Él lo sabía sin haberse preguntado los motivos por los que habría de aceptarlo. En efecto, ella le había confesado que llegó a comportarse como una prostituta. Había tenido un hijo con uno de sus protectores. Había sido totalmente sincera y tan diferente de la joven que él había intentado seducir como el negro del blanco. ¿Había reconocido él en aquel instante que se equivocaba de nuevo? Quizá lo admitió y, no obstante, hizo el amor con ella. Tras aguardar siete años, no fue capaz de contenerse y ella estaba preparada para aceptarlo. Su respuesta no significaba más que eso y él lo entendió en el momento. Se habían echado en el suelo, sobre su capa. Estaba oscuro y él no podía ver nada y ella no se había desvestido. Fue un encuentro de rodillas y de vientres, una función limitada. No tenía medios para saber si ella había gozado; por lo menos, al día siguiente, cuando volvieron a verse, ella parecía satisfecha.

Él no había experimentado placer. Se decía que aquella había sido una primera vez, que, cuando estuvieran juntos de nuevo, sería en una cama, en una habitación cálida, donde él pudiera emplear todos sus sentidos para gozar a plenitud de aquella mujer a la que siempre había deseado más que a todas las otras y que por fin se le entregaba.

Si acaso aún la deseaba.

Una mano le tocó el brazo. Se volvió rápidamente para quedar frente a la belleza radiante, el porte magnífico, la seguridad, la riqueza, la arrogancia y una voluptuosidad que se había olvidado que existiese en su mujer.

—Debo ir...

—¡Sssh! —señaló ella y miró hacia abajo—. Acababa de entrar Gromek, el sirviente.

—¿Qué diablos quieres? —le preguntó Peter, molesto.

—Creí que su excelencia tendría que darme instrucciones.

—Por supuesto que tienes instrucciones para él, Peter —dijo Irina—. ¿Acaso no ofreciste el uso de tu automóvil a esas mujeres?

Peter la miró como si fuera a protestar, pero no lo hizo. Irina tenía razón. Si él no iba a subir por las escaleras, tendría que dar sus indicaciones a Gromek.

—¿Debo traer el auto, excelencia? —preguntó Gromek.

—Supongo que será mejor que lo traigas.

—En un momento, vuestra excelencia —anunció Gromek haciendo una reverencia y salió por la puerta de la servidumbre. Irina dio media vuelta y salió hacia el vestíbulo.

—¿Adónde vas? —inquirió Peter.

—Me parece que debemos hablar un poco a solas. Voy a tu estudio.

Él la siguió de cerca, aspirando su perfume. Acostumbraba utilizar los perfumes más exquisitos.

—¡Yo debería romperte la nuca! —le dijo Peter en voz baja.

Ella entró al estudio y dio la vuelta para mirarlo de frente.

—Sería una lástima que lo hicieras, Peter. Cierra la puerta.

Cerró la puerta tras él y ella sonrió.

—Es cierto que lo merezco, me he portado mal contigo. No, no creas que lo digo por haber vuelto a rescatarte. Pero hice muy mal en abandonarte, en separarme de ti. Me asombra que no me hayas golpeado.

Él frunció el entrecejo.

—Sergei Roditchev me habría destrozado a golpes si yo fuera su mujer.

—Te ruego que no digas tonterías —le recomendó Peter.

—No las estoy diciendo. He vuelto contigo. Luego de tres años, he regresado. Deseo ser tu esposa en todos los sentidos. Te pido que me trates como debe ser. Me he percatado de que la culpa por el fracaso de nuestro matrimonio es toda mía. Tú eras demasiado joven y estabas confundido por la muerte de tu padre y por haber recibido la herencia de repente. Y yo, actuando como una idiota, me senté a esperar que tú fueras mi esposo. Entonces, debía haberte enseñado lo que significa serlo.

Se detuvo al ver el desconcierto y la confusión en el gesto con que Peter la observaba. Acto seguido, lanzó un profundo suspiro.

—Si no vas a pegarme —le dijo—, entonces, ¿por lo menos podrías darme un beso?

Peter bajó la cabeza para mirar su mano que había empezado a levantarse muy despacio. Sentía el impulso de asestarle un fuerte golpe en el rostro, pero sabía muy bien que no lo haría. Eso equivaldría a la rendición completa; sin embargo, no podía estar allí, mirándola tan cerca, sin sentir el deseo de tocarla. Antes de tomar una decisión acerca de lo que debía hacer, ella estaba en sus brazos, los labios oprimiéndose contra los suyos, su lengua empujando la suya, su perfume impregnándole las narices. Deslizó los dedos dentro del escote, acariciando los delicados contornos de su espalda.

Ella apartó su boca y con sus labios le tocó la oreja.

—Me parece, amor mío —le musitó—, que este castigo es mucho mejor.

El Rolls-Royce se detuvo y ladró un perro. Otros perros ladraron también en diferentes tonos, más lejos y más cerca y, en el silencio de la noche, las pasajeras del automóvil parecían haber quedado envueltas en un velo de gruñidos, resoplidos y ladridos. La aldea estaba vacía: los niños dormían y todos los adultos estaban en la casona festejando el cumpleaños de mademoiselle Tatiana Borodina.

El chofer bajó para cargar con las dos maletas y colocarlas sobre los tablones del andén. Raquel mantuvo abierta la portezuela para que Judith bajara. No habían cruzado palabra durante el recorrido del automóvil. Prefirieron salir de la casa discretamente, por la escalera de la servidumbre y la puerta posterior.

"¡Por fin en el lugar que les correspondía!", pensó Raquel, a pesar de que apenas una hora antes había recorrido el vestíbulo del brazo de Tigran Borodin, del Ministerio del Exterior. No, no había nada de qué hablar.

Aunque la noche había sido cálida, una fuerte brisa soplaba sobre los trigales y refrescaba el ambiente. Raquel abotonó su saco al subir los escalones de la plataforma. El chofer había dejado las maletas junto al único banquillo; en la estación de Starogan, no había sala de espera. Luego, el chofer volvió al auto y, sin despedirse siquiera de las dos mujeres, echó a andar el motor y partió de regreso.

Judith se sentó en el banquillo y cruzó las piernas. Se habían cambiado de ropa con tanta prisa que Judith llevaba aún los aretes de oro.

—Faltan muchas horas para que llegue el tren —dijo—. Más vale que te sientes a esperar.

Raquel continuó de pie sobre el borde del andén; oía los silbidos breves y los suspiros largos del viento, miraba los trigales y las vías que se metían entre ellos, visibles a mucha distancia pues la luz de la luna los hacía brillar. ¡Starogan! Un lugar bello, un sitio lleno de paz.

—Por lo menos —dijo Judith—, tenemos nuestros boletos de regreso en primera clase.

Raquel se volvió hacia ella.

—¿Eso es todo lo que puedes decir? —le preguntó—. ¿Es todo lo que sientes?

Judith permaneció callada, como si pensara. No podía distinguirse la expresión de su rostro en la oscuridad.

—Eso es todo lo que puedo y lo que podré sentir —dijo por fin—. Te garantizo que no es un sentimiento grato. Ya lo había experimentado en Siberia. Me pareció posible alejarlo de mí para siempre, pero me equivoqué. Lo que más lamento es haberte sometido a una humillación tan grande.

Raquel fue a sentarse junto a su hermana.

—¡Oh! No te preocupes por mí —le dijo—. ¡Cómo quisiera, ahora, que no se hubiesen portado tan amablemente con nosotras! Me refiero a Tigran. Y también a Tattie. ¡Hipócritas! Ninguno de los dos...

—¿Cómo esperabas que actuaran? —la interrumpió Judith. Repentinamente, el tono de su voz se había vuelto acerbo y cortante—.

Todos se comportan tal como Peter se los ordena, con su ejemplo. Cuando él nos dio la bienvenida, ellos nos la dieron también.

—Pero Tattie... Yo habría jurado que era capaz de tomar sus propias decisiones.

—Es una Borodina —comentó Judith con la misma pesadumbre—. Eso es lo que... ¿Qué sucede?

Raquel se había levantado de un salto y observaba una luz que se recortaba nítidamente en la oscuridad.

—¡Un automóvil! —gritó—. ¡Dios mío! Se aproxima un automóvil.

Judith se levantó a su vez y caminó hasta el extremo de la plataforma, quedándose de pie sobre los escalones hasta que el coche se detuvo.

—¿Quién es? —preguntó. Se oía su voz angustiada.

—Ilona Hayman —le respondió.

Ella fue la que bajó del auto y avanzó hasta el pie de los escalones. Raquel, detrás de su hermana, sobre la plataforma, contempló la figura alta de George que, tras bajar también del coche, se acercaba a su mujer. En ese instante, Raquel sintió un alivio inesperado, una oleada de cálida gratitud que le invadía todo el cuerpo y, a pesar de que comprendía la gran desilusión de su hermana, se le mojaron los ojos con lágrimas de alegría.

—No debió venir —dijo Judith—. Jamás se lo perdonarán.

—Me han perdonado cosas mucho peores, Judith —dijo mientras subía los escalones para tomar afectuosamente las dos manos de Judith entre las suyas—. Tenía necesidad de decirte cuánto me aflige todo esto. ¡Ojalá que pudiéramos hacer algo!

—No es culpa suya —aclaró Judith caminando con Ilona despacio hacia el banquillo—. Toda la culpa es mía por haber aceptado la invitación. Una más de las tonterías que incesablemente cometo. Pienso que continuaré siendo una tonta toda la vida.

Raquel, quien seguía parada sobre la plataforma, junto al banquillo, observó de pronto a George Hayman cerca de ella. ¡Su Pimpinela Escarlata en persona! ¡Él sí que podría ayudarlas!

Podría decirse que George Hayman era capaz de leer en su mente.

—Estoy dispuesto a ayudarlas —comentó—; pero no puedo hacerlo aquí, en Starogan. Otra cosa sería si estuviéramos en Estados Unidos, donde todo el mundo me conoce.

—¡Oh! —exclamó Raquel Stein impulsivamente—. ¡Si fuera posible ir a Estados Unidos!

Judith levantó vivamente la cabeza como si fuera a decir algo.

—Quiero decir... —prosiguió Raquel— ...que estaríamos mejor allá.

—Por supuesto —dijo Ilona—. Una vez me dijiste, Judith, que tenías un tío en Nueva York.

—Si fuera cuestión de dinero... —intervino George.

—¡No! —le interrumpió Judith en forma cortante—. Papá puede pagarnos el pasaje, aunque no sea en primera clase.

—¡Judith! —le increpó Raquel.

—Les ofrezco disculpas —murmuró aquélla—. Agradezco sus atenciones con nosotras, señor Hayman; pero...

—Pero, ¿no quieres salir de Rusia? —le preguntó Ilona—. No deseas abandonar a tus amigos, los socialistas; no quieres separarte de tu familia, ¿no es verdad? Pero tú ya no tienes nada que darles quedándote aquí. Y ellos no tienen nada que ofrecerte.

—Yo... Yo no puedo pensar en nada en estos momentos, princesa. En verdad no puedo. Pero estoy muy agradecida. Créamelo.

—Está bien —le dijo George Hayman—. Pero ahora, vendrán con nosotros. No es posible que pasen la noche a la intemperie, sobre este andén abierto.

—No deben invitarnos a una casa que no es la suya —aclaró Judith.

—Ya nos las arreglaremos.

Judith sacudió la cabeza.

—Pasaremos la noche aquí mismo. Regresen a la fiesta. Es el cumpleaños de Tattie y su compromiso... Nosotras les echamos a perder la reunión. No deben quedarse a acompañarnos.

George Hayman miró a su esposa. Ilona suspiró.

—Creo que no hay más remedio. Pero, Judith...

De nuevo sacudió la cabeza.

—No, princesa —le dijo con amabilidad—. No me haga más propuestas ni ofertas. Estaremos bien. Siempre nos las hemos arreglado para salir de los apuros...

Ilona titubeó aún unos instantes, se levantó y caminó hacia los escalones de la plataforma. George Hayman se palpó los bolsillos y sacó una tarjeta.

—Guárdala bien, chica —le dijo a Raquel cordialmente—. Acuérdate de que tienes amigos —levantó una mano, puso el dedo índice bajo la barbilla de la joven para alzarle la cabeza y la miró con fijeza a los ojos—. Recuérdalo.

Bajó de prisa los escalones, se metió en el automóvil, echó a andar el motor y arrancó en reversa.

—¡Qué vergüenza! —dijo Ilona.

—Me imagino que muchos de nosotros estamos realmente avergonzados. Ella se quedó contemplando la cinta polvorienta del camino que alumbraban los faros.

—¿Podría ocurrir algo así en Estados Unidos, George?

—Claro que sí, con la diferencia de que allá, Judith Stein tendría el derecho de gritar: "¡Muy bien! ¡Si tú no me quieres te puedes ir al diablo!", en tanto que aquí, no le quedaba otra opción que la de bajar la cabeza, sin protestar y salir echada de la casa en mitad de la noche.

—¿La ayudarás, George?

—La ayudaré si ella lo desea. Lo mismo a su hermana.

—Sí. También Raquel está de por medio —susurró Ilona—. Tú no conociste a Raquel cuando estabas en Moscú, ¿verdad?

George negó con la cabeza.

—Pero a Judith sí.

—La vi en una sola ocasión, aunque seguramente ella ni se enteró de que yo estaba allí. Roditchev me llevó a sus mazmorras cuando estaban interrogando a Judith. Fue aquella noche, en la que me comprometió a ir a cenar a tu casa.

—Lo recuerdo. ¿Fue muy desagradable?

—Él mismo es un hombre muy desagradable. Debo confesarte que me sentí asombrado de que se propusiera mostrarme a mí, un corresponsal estadounidense, hasta dónde podía llegar en el campo de las bestialidades y la crueldad. A lo mejor debido a la sorpresa no observé todo lo que debía haber observado. No quisiera que esa pobre chica llegue a saber que yo la vi.

—No es probable que se entere —dijo Ilona y se envolvió en su capa porque un escalofrío le recorrió el cuerpo al pensar en las desgracias de Judith.

—¿Por qué será que algunas personas —preguntó al cabo de un breve silencio—, como tú y yo, por ejemplo, tienen tanto y son tan felices y otras, en cambio, como esas dos pobres muchachas, tienen tan poco y son tan desafortunadas? ¿Quién es el que toma las decisiones al respecto?

—Nadie las toma, mi amor. Yo creo que todas esas cosas ocurren por ciclos. Estoy convencido de que mi abuelo llevó una existencia miserable y muy desventurada. Pero aquí me tienes a mí, sobre la copa del árbol. Tengo la sospecha de que los Hayman caerán de nuevo, dentro de algún tiempo, así como es probable que los Stein se encumbren. El hecho de que alguien venga al mundo durante el ciclo de depresión o durante el ciclo de bonanza, depende de la suerte.

—Esa teoría tuya no es muy firme —explicó Ilona—. ¿Qué me dices de los Borodin? Han estado en la cumbre desde hace trescientos años. ¿Qué hay de los Roditchev y de los Gorchakov? ¿Qué me dices de los Romanov? Siempre han estado en las alturas.

—Es verdad, pero cuando a ellos les llegue el momento de la caída será mucho más estrepitosa que la de todos los demás.

—A mí me gustaría que todos siguiéramos subiendo hasta la cumbre. También los Stein —declaró Ilona—. ¡Ay, George! ¿Qué vamos a hacer?

Conforme se aproximaban a la mansión, aumentaba el tamaño de los grandes ventanales que relucían con las luces de la fiesta y empezó a escucharse el sonido de la música: balalaikas, tamboriles, címbalos y flautas.

—Yo opino que, por ahora, puesto que es el cumpleaños de Tattie —explicó George—, debemos entrar a la fiesta, mi amor y, una vez allí, divertirnos cuanto sea posible y beber hasta embriagarnos. Creo que eso será lo mejor.

"Sí —reflexionó George—, eso será lo mejor para olvidar a esas pobres chicas sentadas sobre el banquillo de la plataforma, aguardando el tren que las llevaría de vuelta a... la nada". Quizá su familia gozara de cierta bonanza, pero, ¿qué les deparaba el futuro? Raquel, la más joven, aún no había sufrido, no había sido aplastada contra el suelo. Todavía había esperanzas para ella, en especial por su belleza y su encanto. A lo mejor Raquel sería la Stein que subiera hasta la copa del árbol. Así lo deseaba George.

No había dificultad alguna en embriagarse mientras bailaba con Ilona y con Tattie, con la princesa viuda Olga y con la gran duquesa Kenia, con varias de las mujeres de la aldea, regordetas y sudorosas y después, de manera inesperada, con la propia princesa Irina, toda ella radiante, voluptuosa y llena de excitación. Aquella era su noche, en mayor medida que la de Tattie. Había vuelto para reclamar lo que por derecho le correspondía y lo había conseguido.

"Yo debería aborrecerte —reflexionó George, mientras la llevaba en sus brazos al compás del vals, con el rostro sonriente a pocos centímetros del suyo—. Yo debería odiar a toda esta sociedad corrompida que hace que este sistema increíble sobreviva". Pero ya había pensado en eso antes y terminó casándose con una mujer de esa misma sociedad. Su abuelo había sido un cartista, uno de aquellos agitadores que exigían el fin de la monarquía inglesa, el sistema británico de la aristocracia y el dominio de una clase, y el pobre hombre había sufrido lo indecible debido a sus creencias tanto como Judith Stein había padecido por las suyas. ¿Era fácil olvidarse de todo eso?

Aquella noche, mientras conciliaba el sueño en su cama, lo acosaba la imagen del rostro de Raquel, con aquella mezcla de inocencia y de estupefacción, de dolor y de ira. De pronto, sintió el irrefrenable deseo de ayudarla, de orientarla para que evitara las tragedias de las que su hermana había sido víctima, una y otra vez. Entre sueños, se preguntó si Ilona tendría alguna objeción...

George despertó con un terrible dolor de cabeza. Tuvo que volver a cerrar los ojos, pues la luz del sol que entraba a raudales por la ventana le molestaba. Probablemente el tren había partido desde hacía muchas horas. Sería muy difícil que volviera a ver a las hermanas Stein.

Se sentó en la cama y volteó a ver a su esposa que dormía apaciblemente, con mechones de cabellos dorados sobre la cara y un brazo desnudo a través del pecho. Se dijo que sería mejor no despertarla puesto que, con seguridad, tendría una jaqueca igual a la suya. A juzgar por la profusión de luz que penetraba por la ventana y por el ruido inusual que se oía en toda la casa, ya debía de ser muy tarde.

Se levantó, se puso la bata, se echó una toalla sobre los hombros y, apenas había salido al corredor cuando Tattie, quien llegó corriendo, se le echó encima despeinada y con las faldas flotando alrededor de sus piernas.

¡George! —le gritó al verlo—. ¿No te has enterado de la mala noticia? Han llamado a Peter para que se integre de inmediato a su regimiento. También a Alexei. Deben ir a pelear contra los austriacos.

Los lugareños se habían congregado en la explanada, frente a la plataforma y las vías del tren. Durante la espera, arrastraban los pies en el suelo para cambiar de postura y levantaban nubecillas de polvo amarillo que permanecían flotando en el aire impasible y caluroso del mes de julio. Los miembros del Zemstvo estaban al frente, cada uno con su esposa al lado. Todos habían adoptado una expresión formal. Los rumores se habían esparcido con rapidez.

Llegó por fin el Rolls-Royce y se detuvo; el chofer bajó para abrir la portezuela. El príncipe Peter Borodin caminó despacio, como si no estuviese convencido de lo que iba a hacer. Lo acompañaba su esposa, su madre, su hermana Tatiana y el prometido de ésta. De los otros dos automóviles que llegaron poco después, descendieron el gran duque Philip Alexandrovich y la duquesa, el conde Igor y su familia, el estadounidense y su mujer. Aquella reunión era el síntoma de que había sucedido algo en verdad trascendente. Apenas la semana anterior la aldea entera comía, bebía y bailaba en la mansión, junto con todos aquellos personajes de la familia, con el fin de tomar parte en la fiesta de cumpleaños de la joven Tatiana. Ahora, los poderosos señores se dignaban bajar de su residencia para visitar la aldea.

Despacio, los Borodin subieron a la plataforma del andén y se colocaron en apretada fila de cara a la gente. También ellas presentaban un semblante circunspecto. El príncipe se anticipó, permaneció parado sobre los escalones de la plataforma y recorrió con la mirada a la gente reunida.

—Amigos míos —dijo para iniciar su discurso—. Nuestro país está en guerra.

Hizo una breve pausa. Una oleada de cuchicheos apagados recorrió a la multitud, se escuchó de nuevo el ruido de los pies que se restregaban contra el suelo y otra vez surgieron las nubecillas de polvo. George Hayman frunció el ceño. El orador podía ser más concreto.

—Se ha decretado la movilización general —continuó exponiendo el príncipe Peter—, con la finalidad de hacer frente a la amenaza del más añejo y más acerrimo enemigo de nuestra madre patria, a la amenaza de la sangre y el fuego de Alemania.

Las miradas que intercambiaron los integrantes del Zemstvo reflejaban su desconcierto. Todos eran ignorantes y, al escuchar de los rumores, creyeron que la guerra era contra los turcos. Los alemanes estaban tan distantes de Starogan, que no representaban una verdadera amenaza; en cambio, los turcos estaban cerca y había que temerles.

—Se trata de una batalla que emprendemos nosotros —detalló el príncipe—. Los alemanes y sus siervos, los austriacos, pretenden apoderarse de Servia. Quieren borrar del mapa a Servia y hacer de esa pequeña nación resistente —esa nación, amigos míos, donde viven pacíficamente nuestros hermanos—, ni más ni menos que una provincia de Austria y ése es sólo el principio de sus macabros planes. Después de Servia, todos los Balcanes quedarán a merced de los conquistadores. Por eso, nuestro zar ha decidido rechazar esa incuestionable agresión y hacer retroceder a las hordas teutónicas hasta los territorios que les corresponden. El zar ha solicitado nuestra ayuda. Ha hecho un llamado para que le otorguemos nuestro apoyo, lo ha exigido, como es su derecho, ya que él es nuestro padrecito, el elegido por Dios para que lo represente en esta hermosa tierra nuestra. Ésas han sido sus órdenes y nosotros las acataremos.

Yo saldré de aquí dentro de poco para sumarme a mi regimiento. Me acompañará mi futuro cuñado, el teniente Gorchakov. Además, partirán mis primos, mi tío y su alteza el gran duque para ocupar sus puestos y hacer frente a los que osan oponerse a nuestra nación. Eso mismo es lo que espero de mi pueblo. Pasado mañana, arribará a Starogan un tren para reclutar a todos aquellos de ustedes que estén inscritos en la reserva. Ocuparán sus puestos y se incorporarán a sus unidades. Estén ciertos de que recibirán las bendiciones de su Padre que está en los cielos. Los que no hayan tenido el honor de estar inscritos en el servicio de las armas, viajarán en el mismo tren hasta Rostov-sobre-el-Don y allí serán reclutados. Cualquiera que no haya rebasado la edad de cuarenta años, que esté sano y capacitado para emplear sus miembros, será muy bien acogido en las unidades del ejército y será honrado por nosotros cuando parta. Asimismo, será honrado por su mujer, por sus hijos, por los hijos de sus hijos, por toda su descendencia. ¿De qué otra forma un hombre podría —hizo una breve pausa ya que cambió de opinión sobre la palabra que iba a utilizar— servir a su país con su uniforme?

Se detuvo, sacó del bolsillo un pañuelo de seda, se lo pasó sobre los labios y se enjugó la cara. La gente permaneció en silencio, sin saber qué hacer, hasta que el sacerdote se adelantó para hablar:

—Sus servidores no tienen otro deseo que obedecerlo, excelencia; sólo desearían saber qué será de la cosecha que ya está madura para la siega.

—La nación está en guerra —declaró Peter—. No hay deber mayor que servir a Rusia en su momento de necesidad, padre santo. Los ancianos y los enfermos, los niños y las mujeres recolectarán la cosecha. Mi esposa —movió la cabeza para observar a Irina que estaba a su lado en una actitud de fervor marcial— y mi madre —Olga estaba de pie al otro lado— permanecerán aquí para supervisar sus labores. La cosecha será recogida, lo prometo.

De nuevo, se produjo una breve vacilación entre la gente, mientras George sonreía irónicamente al observar que en el rostro de Irina había aparecido de pronto un gesto de profunda molestia. Luego, un joven aldeano salió de las filas de la muchedumbre, con el rostro encendido por el entusiasmo.

—Yo abordaré el tren, su excelencia —gritó—. ¿Quién viene conmigo a luchar por el zar y por la madre patria?

—¡Yo voy contigo! —dijo otro.

—También yo —clamó un tercero y a continuación se provocó un movimiento en masa. Las mujeres empezaron a llorar, los niños lanzaron fuertes berridos. Los hombres se abrazaban y se besaban en las mejillas; varias gorras y sombreros salieron volando por los aires. Toda la explanada se transformó en un impreciso e impetuoso trajín; ni siquiera el príncipe Peter, quien levantaba los brazos y los agitaba con frenesí pidiendo silencio, pudo acallar de inmediato el vocerío. Poco a poco el ruido cesó y las nubecillas de polvo se asentaron.

—¡Muchas gracias! —exclamó Peter—. Les doy las gracias a todos. No esperaba menos de los habitantes de Starogan —se enjugó otra vez la frente con el pañuelo de seda—. ¿Cuál es el nombre de este muchacho? —le preguntó al sacerdote.

—Rauzer, su excelencia. Stefan Rauzer.

Peter afirmó con la cabeza.

—Lo tendré en mente —dijo y comenzó a caminar entre la multitud en dirección a donde estaban estacionados los automóviles. Se paró junto al que había conducido George Hayman y se asomó dentro. Allí estaba Johnnie, a quien su madre le había prohibido bajar, mirándolo a través de la ventanilla.

—¿Vendrán los alemanes a Starogan, tío Peter? —indagó—. Ilona le había enseñado el ruso casi desde su nacimiento y, al estar en Rusia, volvió a hablar en su idioma natal en una forma natural.

El tío Peter se rascó la cabeza.

—No, no, Iván Sergeievich. Nosotros iremos a detenerlos. Te garantizo que les pondremos el alto. Ningún alemán vendrá a Starogan; eso te lo prometo. No lo harán en mil años. ¿Y bien, George? Otra vez en la batalla. ¿Por qué esa expresión tan solemne?

—La ocasión lo amerita. ¿No dirías tú otro tanto?

—George está preocupado —expuso Ilona, acomodándose en el asiento posterior, junto a su hijo—. Considera que has descarriado a la gente, que la estás llevando a un equívoco.

—¿Descarriar a la gente? ¿En qué sentido la he descarriado?

—Ni siquiera estamos en guerra aún —aclaró Ilona—. Tengo entendido que ni siquiera se ha declarado una movilización general; sólo se trata de una parcial contra Austria.

—¡Qué tontería! Adonde vayan los austriacos los seguirán los alemanes. ¿Cuánto tiempo hace que nos dieron la noticia? ¿Dos días? Puedes estar segura de que, para estos momentos, ya estamos en guerra general. Lo que tú has querido decir es que George recuerda nuestra capitulación frente a los japoneses. Dinos la verdad, George.

—Pues...

—En esta ocasión será muy diferente —insistió Peter—. Aquella fue una guerra colonial. Casi siempre, ésas concluyen en una tragedia. ¿Qué me dices de tu general Custer, eh? Pero ésta es una batalla europea; están en juego el honor y la seguridad de Rusia. ¿Sabías que su majestad expidió un decreto para suspender por completo la venta de vodka? Ahora verás una nación muy distinta a la que viste, si es que piensas quedarte para observar.

—Por supuesto que él deberá ir —Nikolai Nej enjugó las lágrimas que brotaban de sus ojos—. Pero, su excelencia comprenderá: ya no tengo a mi hijo mayor y ahora voy a perder al menor...

—¡En la guerra! —increpó Nadia Nej llorando abiertamente.

—¡Lo matarán! —clamó a su vez Zoé Nej—. Ya no volveremos a verlo jamás. Jamás.

—¡Vamos! No hay que tomarlo a lo trágico —les suplicó Peter. Los otros integrantes de la servidumbre se encontraban allí con una expresión igualmente consternada. Peter se dijo que debía haber iniciado con los lacayos en vez de con Iván. Pero era el hijo de su mayordomo y su *valet* el que debía indicar el camino—. No lo matarán. No matarán a nadie. Los franceses están combatiendo junto con nosotros. ¿Creen que los alemanes son capaces de pelear con los franceses y con nosotros al mismo tiempo? No. No podrán. Acabaremos por dispersar sus ejércitos, ocuparemos Berlín y les haremos pagar una indemnización. Para la Navidad, todo habrá finalizado. Lo prometo.

—Tendrá que ir —repitió Nikolai Nej y echó el brazo sobre los hombros de su hijo. Le preocupaba el hecho de que el muchacho no había abierto la boca para nada—. Por supuesto, deberás ir.

—Espero que estés en el tren mañana por la mañana, Iván Nikolaievich.

Peter se volvió hacia las dos mujeres y les sonrió.

—Volverá portando una medalla en su pecho, se los garantizo —luego, volteó para hablar con los sirvientes, quienes esperaban formados.

—Me parece que podremos prescindir de cuatro de ustedes —les dijo—. ¿Quién se ofrece como voluntario para luchar por nuestro zar? ¿Tú, Gromek?

El joven fornido observó a su amo con expresión afligida.

—Se te brinda la aventura de tu vida, Gromek —le advirtió Peter—. Despídete de tus padres y cerciórate de estar en el tren mañana temprano. ¿Y tú, Petrov? También de ti haremos un extraordinario soldado.

El príncipe Peter seleccionó a otros dos de sus lacayos, pronunció aún algunas palabras acerca del honor y la gloria que conquistarían al cumplir con su deber y después despidió a los presentes. Ya era tiempo de que sirvieran el almuerzo.

Iván esperó hasta que la puerta se cerró detrás del príncipe y se escucharon las voces de la plática al otro lado. Debería ir a la guerra. Se le había escogido para que fuera y ahora dejaría las comodidades, la tibieza, la seguridad de su existencia en Starogan para irse a aguantar las crueldades de la guerra.

Entonces, en lugar de los apacibles días de holgazanería, cuando recolectaba la fruta caída en el huerto, trabajaría de sol a sol, vapuleado por los temibles sargentos; en vez de quedarse boca abajo en el suelo, junto al río, observando cómo se bañaba mademoiselle Tattie, estaría atrapado en alguna pocilga o en alguna tienda con muchos otros hombres; en vez de estar acostado por las noches junto a Zoé, andaría entre el lodo de las trincheras bajo una lluvia de balas y en peligro de perder la vida. Cierto que en varias ocasiones había soñado con dejar a Zoé, con huir de Starogan; pero jamás consideró alistarse en el ejército como un medio para escapar. Como siempre ocurría, todo su resentimiento estaba encaminado contra su hermano mayor. Si Michael hubiese estado allí, él sería el elegido para ir al combate.

Aquel tiempo en que estaban todos juntos en Puerto Arturo, antes de la guerra contra los nipones, antes de que el fallecimiento del conde Dimitri trastocara todo su mundo, Michael leía con frecuencia todo tipo de libros extraídos a escondidas de la biblioteca del conde Dimitri, versaban del socialismo, de la injusticia y de la desigualdad, así como del martirio de estar gobernados con mano de hierro por los zares y sus sicarios. A Iván le habían aburrido y disgustado siempre aquellas conversaciones inútiles. El zar estaba allí y con eso se le ponía punto final al asunto. Pero, ¿quién podría decir que Michael no estaba en lo correcto?

—Debes ir y ya lo sabes —dijo Nikolai con el ceño fruncido, mirando con desconfianza la actitud de su hijo—. ¿Es qué no quieres ir a la guerra?

—Se trata de una guerra que no es la mía —afirmó Iván, alejándose de su padre para ir a recargarse contra la pared, sintiéndose objeto de todas las miradas—. Tampoco es una guerra de ustedes. Es la guerra que han decidido declarar el zar en San Petersburgo y el kaiser en Berlín. Quieren pelear el uno contra el otro por motivos y por intereses personales —de modo inconsciente, se hacía eco de las palabras de su hermano—. Yo apostaría lo que quieran a que ésa no es la batalla en la que el pueblo alemán, el austriaco o el francés desean participar. Los están obligando a involucrarse en esa lucha, lo mismo que a nosotros.

—¡Dios mío! Estás hablando como un traidor —exclamó Alexei Alexandrovich, el otro mayordomo.

—Es la verdad. ¿Acaso todos le temen a la verdad?

—Estás diciendo lo mismo que diría tu hermano Michael —suspiró el viejo Nikolai.

Serás encarcelado si no vas a la guerra —indicó Nadia Nej.

Ya basta, madre —dijo Iván—. Tendré que ir porque así lo ordenan, pero no esperes que me ponga a cantar himnos de alabanza por el zar. ¿Por qué no habría yo de hablar como Michael, padre? Es mi hermano.

—Es un asqueroso traidor —reclamó Nikolai Nej.

—¡No es un traidor! —aseguró con vehemencia Iván—. ¿Como puedes llamar traidor al hombre que asesinó al tirano que estaba aplastando a Rusia contra el suelo?

—El conde Stolypin era el primer ministro designado por el zar —explicó Alexei Alexandrovich—. Era imposible que estuviera aplastando a Rusia contra el suelo. Rusia pertenece al zar.

—Rusia nos pertenece a nosotros —aseveró Iván, comprendiendo al fin que estaba citando las palabras de Michael—. Le pertenece al pueblo y no a un solo hombre.

—¡Dios mío, Dios mío! —imploró Nikolai Nej llevándose las manos a la cabeza—. Si el príncipe Peter te escuchara...

—¡No me importa lo que el príncipe Peter oiga o deje de oír! —gritó Iván exasperado—. ¡No me importa lo que crea!

—Pero, ¿tú te irás? —insistió Nadia Nej.

—Yo iré de cualquier forma —informó Gromek—. Estoy ansioso por estar allá, disparando contra los alemanes.

"Lo único que le interesa es ir a matar alemanes —reflexionó Iván con profundo desprecio—. Es posible experimentar algún placer al aniquilar a cualquier hombre, ante el horror de estar esperando que lo asesinen a uno". De pronto, se sintió presa de la desesperación. No había tenido el propósito de hablar como lo hizo; pero ya lo había hecho manifestando sus ideas y así entendió que estaba solo por completo. Nadie comprendía ni pretendía comprender la verdad. ¿Su negativa implicaría que él era un cobarde? Durante sus aventuras imaginarias, con Tattie a su lado —mejor todavía, con Tattie y la chica judía— se consideraba dispuesto a conquistar el mundo y a enfrentar la muerte con una osadía casi bestial. Pero nunca se le había ocurrido que le haría frente en la realidad.

—Entonces, ¿irás? —Nadia Nej no cejaba.

Iván lanzó un enorme suspiro y se encogió de hombros.

—Mañana temprano estaré en la estación. Ahí tienes, madre. Iré.

Salió por la parte trasera dando un descomunal portazo. "Tendré que ir —meditó—. Deberé luchar y matar a los hombres que nunca he visto en mi vida y que estarán buscando la forma de matarme primero. ¿Qué será de mí si lo logran? Supongamos que sea yo el que muera... ¡Que vida la mía! ¡Veintiséis años de lustrar las botas y de hacer caravanas y reverencias frente a esos idiotas como el príncipe Peter, para convertirme, a fin de cuentas, en una masa de carne putrefacta sobre un desolado campo de batalla! No. El campo no estará vacío ni desolado: habrá muchas otras masas de carne que se pudrirá alrededor de la mía".

—¡Iván Nikolaievich!

Metió profundamente las manos en los bolsillos de su pantalón y se fue caminando. Pisó con fuerza sobre un charco, pues había llovido fuerte durante la noche, salpicando el lodo a su alrededor.

—Iván.

Zoé lo seguía de cerca. "Sin duda que está confundida", pensó él. Como es mujer, no puede ocurrírsele que un hombre no desee ponerse el uniforme y correr hacia el campo de batalla a matar o a que lo maten. Por otra parte, ella nunca había entendido nada acerca de él. No comprendía por qué su esposo ya no le hacía el amor todas las noches, como en los primeros años de su matrimonio. Por supuesto que ella no sabía nada de sus sueños. Ésos no los compartiría con nadie.

—Iván —lo alcanzó y se prendió de su brazo—. Mañana por la mañana vas a partir.

Iván se volvió a mirarla. Estaba sonriendo, pese a que debía estar triste y desconcertada. Zoé siempre estaba sonriente.

La muchacha apoyó la cabeza sobre su pecho. Él echó a andar de nuevo, pero ella apretó más la cabeza sobre su pecho.

—Yo nunca creí que tú y yo fuéramos a separarnos. Tu padre y tu madre, mis padres, no se han separado nunca. Pero ahora tú te irás muy lejos. Iván, ¿querrías...?

"¿Hacerte el amor esta noche? —pensó Iván—. ¿Alzarte el camisón hasta la cintura y colocar mi mano sobre el monte de tu bajo vientre?" Era muy fácil hacer todo eso con Zoé Feodorovna. Incluso era posible hacerlo ahora mismo, puesto que ya estaban muy retirados de la casa. Nadie los observaría y no habría tropiezo alguno, ni siquiera con sus ropas. Zoé no vestía los delicados calzones de lino que se deslizaban lentamente sobre piernas largas, como las de Tattie o sobre las nalgas suaves y alargadas como las de Raquel Stein. Y también sobre las de Ilona... Iván cerró los ojos para recordar mejor esa ocasión en que había mirado a Ilona. Eso fue años atrás, en Puerto

Arturo, cuando era una jovencita, no mayor que Raquel Stein. Él pasaba por el pasillo cuando Tattie abrió de golpe la puerta de la recámara, precisamente cuando su hermana estaba totalmente desnuda. Durante largo tiempo, debido a aquella visión fugaz, Iván soñó con Ilona; en aquel tiempo, Tattie no era más que una chamaca escuálida. A pesar de ello, luego de que Ilona huyó con el estadounidense —cómo detestaba a George Hayman—, no quedó nadie más que Tatiana.

Zoé le enganchó el otro brazo y lo hizo dar media vuelta para que la mirara de frente; habían caminado hasta más allá de los establos y estaban solos.

—Iván Nikolaievich —le dijo—. Prométeme que regresarás. Dime que no dejarás que te maten.

Él observó cómo se desvanecía la sonrisa de sus labios para dar paso a un rictus de dolor mientras aguardaba su respuesta; empezaron a salírsele las lágrimas de los grandes ojos cafés. Cuando Zoé estaba angustiada, se disipaban sus pocos atractivos y se transformaba en lo que era, en lo que sería cada vez más a medida que envejeciera: una campesina de la estepa.

Iván sonrió y le besó cada uno de los ojos.

—Por supuesto que no me matarán. Ya oíste lo que comentó el príncipe Peter. La guerra habrá finalizado para Navidad. Yo estaré de vuelta en Navidad.

—¡Oh, Iván...! —Ya no lloraba; por lo menos eso había conseguido. Pero, al confortarla, despertó sus deseos. Se sintió arrastrado hacia los establos, donde había varias pacas de heno fresco—. Pero deberás amarme, Iván; una y otra vez, si vas a estar ausente hasta la Navidad.

Una campesina de las estepas. También ella se sentía romántica y anhelaba rescatar algunas de las emociones y de los placeres de sus primeros días de matrimonio para atesorarlos contra la incertidumbre del futuro. Zoé Feodorovna lo amaba con pasión. ¿Por qué no era alta, esbelta, inocente, con cabellera negra o rubia?

—Sirve la champaña, Alexei Alexandrovich —ordenó el príncipe Peter Borodin, reclinándose relajadamente sobre el respaldo de su silla en la cabecera de la amplia mesa y viendo a lo largo de la doble fila de rostros a su esposa, en el otro extremo.

—¿Champaña? —preguntó la princesa viuda Olga que, como de costumbre, se ubicaba a la derecha de su hijo—. ¿Estamos celebrando algo?

—¡Claro, mamá! Festejamos la llegada del momento que todos ansiábamos. Ya lo verás. Todas esas inquietudes e insatisfacciones entre el pueblo, de las que tanto se comenta, se esfumarán como por arte de magia —el príncipe hizo chasquear sus dedos—. No hay nada como una guerra justa para que todo el pueblo cierre filas con el zar, el gobierno y la nación.

Se oyó el descorche de la botella de champaña detrás de él y esperó a que Alexei Alexandrovich colmara su copa. A continuación, se levantó.

—Tendremos una guerra rápida, una guerra triunfal.

Todos se pusieron de pie, brindaron con el príncipe y bebieron con él, excepto George Hayman, quien estaba concentrado analizando el rostro de los demás asistentes. Ninguno de ellos creía en realidad en lo que el príncipe había afirmado; George tampoco, por supuesto; pero los demás deseaban creerlo. ¡Con cuánta desesperación anhelaban que aquello fuera verdadero! Por otro lado, ¿tenía alguna trascendencia lo que ellos creyeran o lo que les pudiera ocurrir? George había querido volver para verlos de nuevo, puesto que los consideraba como las personas más fascinantes que hubiese conocido. Pero no eran las más inteligentes, claro. ¿Era posible que supusieran que el país acudiría a resguardar a un pequeño grupo de aristócratas que trataba como basura al resto de los habitantes? ¿Pensarían acaso que mucha gente, como los Stein, por ejemplo, irían presurosos a ofrecer sus servicios? Durante los siete días transcurridos desde la partida de las dos jóvenes, ni siquiera se había mencionado su nombre. Fueron el resultado de un momento de desequilibrio mental de Peter; pero ahora, él había recuperado la cordura. Irina se había encargado de que la recobrara. Toda la semana había estado allí, sin apartarse de su esposo ni un instante y no podía dudarse de que debía demostrar una igual solicitud en la cama. Su sexualidad satisfecha estaba a la vista y, cuando Irina Borodina se encontraba en ese estado, se manifestaban de un modo extraordinario su voluptuosidad y su gran atractivo.

Tras el brindis, volvieron a ocupar sus asientos.

—Creo que también George estará de acuerdo en que, esta vez, todos los pronósticos nos asisten —comentó Tigran un poco tímidamente.

—No opino lo mismo —declaró Peter—. George continúa con la vista puesta en el pasado, en la derrota de Puerto Arturo. Quizá desconozca que si los japoneses nos vencieron fue por el hecho de que no pudimos transportar a tiempo a Mukden el número de hombres y la cantidad de material que requeríamos. No hubo otro motivo, aparte de los traspiés del alto mando, lo reconozco abiertamente. El alto mando tomó el asunto muy a la ligera. Pero, en esta ocasión, no se repetirán los errores de entonces. Sukhomlinov no es un Kuropatkin.

—En eso estoy de acuerdo contigo —aseguró George.

Peter frunció el ceño.

—¿Qué quieres decir, George?

—Quiero decir que el general Kuropatkin era, por lo menos, un soldado de profesión, que había prestado sus servicios en el ejército antes de que lo enviaran a combatir con los japoneses. Tengo entendido que el general Sukhomlinov es un político designado en el puesto por intereses políticos.

—Ése es tu punto de vista —indicó Igor Borodin con desdén.

—Pero es una opinión muy acertada, papá —dijo Tigran con mucha seriedad—. Lo mismo que George, yo no veo con mucho agrado a los miembros del Estado Mayor. Por fortuna, el Estado Mayor no debe hacer nada más que los planes y los proyectos. Las verdaderas campañas serán encabezadas por los generales en los campos de batalla y todos ellos estarán bajo el mando del gran duque Nicolás Nikolaievich, a quien Dios guarde.

Tigran se incorporó y levantó su copa:

—¡Por el gran duque, el mejor soldado de Europa!

Todos bebieron otra vez y las damas observaban con detenimiento el rostro de los hombres, intentando comprender el significado de aquellas controversias que sólo dos días antes habrían considerado inaguantables.

—¿Tienes algo que argüir, George? —inquirió Peter.

—Prefiero no hacerlo.

—Pero no estás de acuerdo.

—No veo por qué debemos debatir sobre esos temas —intervino Irina—. Todos estamos de acuerdo con que la situación presente es muy grave. Sin considerar el resultado final, debemos reconocer que estamos en guerra. Todos ustedes se marcharán mañana temprano y hay mucho de que hablar antes de su partida.

—En efecto —admitió Peter—. Es mucho lo que debemos discutir y por eso me congratulo de que, por fortuna, todos estemos aquí reunidos.

—Por última vez —recalcó Víctor.

—¿Qué tonterías estás diciendo? —replicó su madre.

—Es una posibilidad —agregó Víctor para defenderse.

—Alexei y yo partiremos en el primer tren de la mañana —anunció Peter haciendo caso omiso a la discusión en el otro lado de la mesa—. Los Preobraschenski están acantonados en San Petersburgo. Debemos estar allá lo más pronto posible.

—¿Existe la probabilidad, señor —preguntó ansiosamente Alexei Gorchakov—, de que permanezcamos algún tiempo en la guarnición sin que nos envíen de inmediato al frente?

—¡Hombre...! —se lamentó Tatiana—. ¿Qué prisa tienes de ir a que te maten? ¿No comprendes que en San Petersburgo podremos continuar viviendo todos juntos?

—¡Tatiana! —protestó su madre.

—Bueno, mamá. ¿No vamos a casarnos Alexei y yo? Yo creí que eso es lo que íbamos a comentar hoy. Pero si podríamos casarnos esta misma tarde, sólo requerimos un permiso especial y Peter podría otorgárnoslo.

Las miradas de todos se volvieron hacia el príncipe que parecía desconcertado, como si no hubiese considerado que aquel asunto debería exponerse.

—Nunca había escuchado una estupidez semejante —declaró Olga—. Tu matrimonio debe ser un acontecimiento social en San Petersburgo, cuando la guerra concluya. Así fue el matrimonio de Ilona. Se volvió a mirar a su hija mayor con la boca abierta, al percatarse de lo que acababa de decir.

—Te refieres a su *primer* matrimonio, ¿verdad? —apuntó la gran duquesa Xenia.

—Yo creo, mamá —argumentó Ilona pasando por alto la observación de su prima—, que en tiempos de guerra se deben hacer excepciones.

—Otra necedad —insistió Olga—. No pasaré por algo así. Peter nos ha dicho que la guerra terminará para Navidad. Tendremos la boda de Tatiana en la próxima primavera. Y si... Bueno... Tendremos la boda en la primavera.

Lanzó miradas desafiantes a un lado y otro, para ver si alguien se atrevía a contradecirla.

—Pero, mamá —intervino Tatiana—; estuviste a punto de decir que si mataban a Alexei no había problema.

—¿Cómo es eso? —protestó Alexei.

Olga no se inmutó en lo más mínimo.

—En tiempos de guerra hay que considerar esas posibilidades. A tu padre, Tatiana, lo mataron sobre el parapeto de fortaleza de Puerto Arturo. Yo no tengo reparos en evaluar esa posibilidad.

—Sin duda, lo matarán —deploró Tatiana— y yo seré virgen aún.

Se produjo un ajetreo y un estruendo de voces en el otro extremo de la mesa y Anna Borodina lanzó un grito:

—¡Es la princesa viuda, la abuela! ¡Se ha desmayado!

—¡Las sales! ¡Qué huela las sales! —gritó a su vez Olga, agitando los brazos—. Irina... Ilona... Xenia... ¡Qué alguien llame para que traigan las sales! ¡Tatiana! ¿Cómo fuiste capaz...?

—Yo sólo dije que...

—Hay ciertas palabras que, sencillamente, no deben pronunciarse —le advirtió Olga con severidad—. ¿Ya está bien, Anna?

Anna palmeaba la mano de la anciana.

—Creo que sí. Ahora mueve los ojos. ¿Dónde están esas sales?

Víctor había sonado la campanilla y Alexei Alexandrovich ya estaba allí con las sales. Anna pasó el frasco abierto bajo las narices de la princesa viuda y María Borodina abrió los ojos.

—Ya todo está bien, querida —dijo Anna—. No volverá a ocurrir.

—¿Te sientes mejor, abuela? —inquirió Peter—. ¿Desearías descansar un rato?

—No —dijo la princesa viuda—. No. Me quedaré aquí. Lo ha dicho Víctor: quizá sea la última vez que estemos juntos.

Todos lanzaron miradas furibundas a Víctor, dándole a Tatiana un breve respiro. George e Ilona se miraron también y ésta levantó las cejas para advertirle a su marido que no debía reírse.

Peter se esforzó por volver a dominar la situación.

—Discutíamos un tema muy serio —dijo en voz recia—. Escúchenme por un momento. Pienso que mamá tiene razón y que este asunto de la boda debe postergarse hasta que la guerra haya finalizado —levantó erguido el dedo índice, amenazando a su hermana—. Si me interrumpes, Tattie, tendré que enviarte a tu habitación. Y ahora debo comunicarles que Alexei y yo partiremos mañana temprano. ¿Tío Igor?

Igor Borodin lanzó un suspiro.

—Creo que yo también iré. Debo estar en el ministerio. ¿Tigran?

—Yo tomaré el mismo tren.

—¿Philip?

—Tengo el deber de regresar —aseveró el gran duque. Era el superior inmediato de Tigran en el Ministerio del Exterior.

—Muy bien —dijo el príncipe Peter en tono concluyente—. Con eso queda resuelta la actitud de todos nosotros, los hombres, salvo la de George. Me imagino que querrás retornar a Estados Unidos tan pronto como sea posible, ¿no?

—He estado pensando en eso —explicó George—; pero no volveré.

—¡George! —Ilona levantó la voz.

—Pues sí —reconoció, sonrojándose un poco—. Estamos al inicio de un huracán y yo estoy en el ojo del mismo. No tendría perdón de Dios si no aprovechara la oportunidad para redactar un reportaje de primera mano. Por eso, opino que debo tomar el tren mañana con todos ustedes.

—Ya tienes un corresponsal en San Petersburgo —advirtió Ilona un tanto angustiada. Ahora, todos los miembros de la familia los observaban con atención y con cierta compasión.

—Crawford no tiene experiencia —señaló George—. No. Es una labor que yo debo desempeñar...

—Entonces, yo iré contigo —recalcó Ilona.

—Pero, mi amor; tú no puedes ir. ¿Has pensado en los niños?

—Pueden quedarse aquí, en Starogan. ¿Verdad que pueden quedarse, mamá?

—Por supuesto. Estaré encantada de que mis nietos estén conmigo. Pero tú, ¿deseas en verdad volver a San Petersburgo, querida mía?

Ilona se sonrojó al ver a su esposo.

—No me importa si la sociedad me acepta o no. Lo único que deseo es estar con George —dejó su gesto serio y sonrió—. Además, me gustaría mirar de nuevo la ciudad.

—Lo indicado, entonces, es hacer una lista —dijo Peter chasqueando los dedos y Alexei Alexandrovich acudió con presteza con una pluma y una hoja de papel—. Ya tenemos seis lugares en el tren de mañana temprano. Ahora, por lo que se respecta a las damas...

—Un momento —protestó Víctor—. ¿Qué hay de mí?

Todas las miradas quedaron fijas en él.

—Tengo veintidós años —expresó Víctor—. Esos jóvenes aldeanos no son mayores que yo. Deseo ir a pelear.

—¡Vaya, vaya, qué tontería! —comentó Igor Borodin—. Hay otras cosas que tú debes hacer; deja el combate a los soldados profesionales y... los... voluntarios. Tenemos necesidad de gente como tú en San Petersburgo. Te buscaré un puesto en el ministerio.

Yo quisiera ir al frente —insistió Víctor.

Harás lo que tu padre te ordene —intervino Anna Borodina.

—De cualquier modo, vendrá con nosotros mañana —explicó Peter siempre escribiendo.

—Yo también iré con ustedes —aseguró Xenia—. Me parece que allá estarán las grandes emociones. ¡San Petersburgo en tiempos de guerra! Trabajaré como enfermera. Sí, eso es lo que haré. Es posible que la zarina y sus hijas trabajen también como enfermeras. Deben hacerlo. Ya han sido capacitadas para eso desde hace tiempo.

—Pero tú no —le aclaró Víctor.

Xenia observó a su hermano como si fuera un insecto asqueroso.

—Aprenderé. Tú también, Ilona, fuiste enfermera en Puerto Arturo. Podrías hacerlo de nuevo.

Ilona miró a George. Los dos se acordaban de los horrores del hospital durante el sitio a la ciudad.

—Por supuesto que lo haré —respondió Ilona—; si me lo requieren.

—¿Tía Anna?

—Yo iré con mi marido y con mis hijos.

—Un éxodo en masa —definió Peter sin dejar de escribir—. Muy bien, entonces —dijo al finalizar—, se quedan ustedes: mamá, abuela, Irina y Tattie para defender la fortaleza, por así decirlo, junto con los niños.

—¿Cuatro mujeres solas? —subrayó Olga Borodina.

—No hay nada que temer. Nikolai Nej y Alexei Alexandrovich se encargarán de todo. Además, cuentan con el padre Gregory en la aldea y con Feodor Geller, el maestro de escuela, y pueden confiar por completo en los miembros de la administración del pueblo. He pensado en todo para su seguridad.

—Peter —dijo Irina—, no querrás decir que tienes el plan de dejarme sepultada en vida en Starogan, precisamente cuando comienza la temporada... —se detuvo al percatarse de que todos la miraban con gesto acusador—. Bueno —añadió—, habrá una temporada. Siempre ha habido una temporada en San Petersburgo durante el verano. Sería una señal de pesimismo permitir que los alemanes impidan nuestra temporada.

—Es aquí donde tienes muchas cosas que atender —le advirtió Peter.

—Como quiera que sea, yo no me quedo —expresó Tattie—. Me voy a San Petersburgo. También seré enfermera, junto con Xenia y ahora no podrás impedírmelo —proclamó enfrentándose con Peter—. Ya tengo veintiún años; así que...

—Ahora, escucha lo...

—Perdón —dijo George con voz fuerte para detener la discusión—, pero en vista de que tenemos poco tiempo y muchas cosas que empacar, nos retiraremos ahora —vació la copa de champaña y echó atrás la silla—. Discúlpennos, Peter... princesa... —aguardó hasta que Ilona se acercó. Alexei Alexandrovich abrió la puerta y subieron juntos por la escalera.

—Son insoportables —mencionó Ilona dejando que él tomara su mano.

—No son diferentes a las demás familias —manifestó George—. Aunque, en el caso de los tuyos, las circunstancias sean distintas. Pero tú, mi adorada mujercita, ¿de veras deseas ir a San Petersburgo?

—¡Ya lo creo! Estoy ansiosa por llegar allá.

—¿Has pensado en que los de la alta sociedad van a cortar sus relaciones contigo?

—Me lo imagino.

—¿Has considerado en que podrías encontrarte con Sergei?

—Es poco probable, puesto que nadie me invitará a salir. ¿Has pensado *tú* en lo que harías si lo encuentras, George? Eso sería más factible.

—Peor para él —refirió sonriendo—. Estoy dispuesto a dejarlo fuera de combate en cualquier momento. ¡Querida mía! Tú comprendes que debo ir a ver cómo van las cosas por mí mismo, ¿verdad?

—Sí.

Habían llegado al descanso del piso superior y se detuvieron frente a la puerta de sus habitaciones, donde se escuchaban las voces de los niños que jugaban dentro. Él le apretó la mano con sus dedos.

—George... ¿es posible que también en esta ocasión las cosas salgan mal?

—¡Dios quiera que no!

—Pero tú sí crees que pueda ocurrir, ¿verdad?

—No creo que sea tan sencillo como Peter asegura que lo será. Se dice que los alemanes cuentan con el mejor ejército del mundo.

—Entonces, podríamos perder la guerra otra vez...

—Es muy probable que no la ganen. Pero, ¿qué es eso de "podríamos", Ilona? Ahora, tú eres estadounidense.

Ilona le dio la espalda y se fue a mirar por la ventana. Ya iba a empezar la cosecha y los tallos del trigo se doblaban por el peso de las espigas repletas de grano.

—¿Qué pasará si Rusia queda derrotada, George?

—¿A Rusia? No le sucederá gran cosa.

—¿A mi familia?

—Ahora no podría decírtelo —la tomó por los hombros con las dos manos y la atrajo hacia su pecho—. No obstante, pienso que podrá sobrevivir, si se lo propone.

—¡Es cierto! —como de costumbre, Kalinin agitaba un papel en la mano mientras hablaba y caminaba de un lado al otro de la recámara—. Alemania y Austria contra Rusia y Francia, ¡ah!, y también Servia, por supuesto.

—¿Qué hay de Inglaterra? —quiso saber Krupskaya, la esposa de Lenin.

—Ni una palabra sobre su actitud hasta el momento. En Ginebra corre el rumor de que se quedará callada y de brazos cruzados, a no ser que la provoquen.

—Los ingleses siempre hacen lo mismo —explicó Lenin—. Se les puede calificar de parásitos de la historia: siempre andan buscando la forma de aprovechar la riqueza de los demás.

—Pues bien —dijo Kalinin deteniéndose junto a sus compañeros—. Esto requiere un buen trago, un auténtico brindis.

—¿En honor de qué? —preguntó Lenin.

—De la guerra, por supuesto. Tú mismo decías...

—Yo decía y continúo diciendo que si Rusia perdía otra guerra a nosotros se nos presentaría una estupenda oportunidad —indicó Lenin.

—Ahí tienes.

—Pero, ¿acaso puede perder esta guerra? Son los alemanes los que serán derrotados. Es absurdo que Alemania se haya lanzado a pelear contra Francia y contra Rusia. ¿Cómo podrá defender sus dos fronteras al mismo tiempo?

—Los austriacos...

—No sirven para nada, te lo garantizo.

—Muy bien, pero no te olvides de los italianos. Italia está atada a Alemania y a Austria por un tratado. Cuando entren...

—Cuando entren, si entran —interrumpió Lenin—. Los italianos son como los ingleses: prefieren recoger las sobras. No, camaradas, no. Esta guerra es una tragedia para nosotros. El pueblo, incluyendo al proletariado, amigo mío, marchará a pelear entonando cánticos y alabando al zar y, cuando hayan triunfado, entonarán cánticos de alabanza al zar que ha conseguido la victoria y volverán a establecerse resignadamente, sin un ápice de protesta, durante cien años más de represión. ¿Sabes por qué Nicolás ocupa el trono con tanta supremacía en 1914? Sencillamente porque Alejandro I venció a Napoleón en 1814. Por regla general, ése es el tiempo que una guerra triunfal sostiene una corona.

—Es necesario que yo vuelva —dijo entonces Michael Nej.

—No empecemos de nuevo con ese tema —le replicó Lenin—. Vamos, Krupskaya, sírvenos un buen trago a todos. En verdad que sí tenemos algo que celebrar: festejaremos que no estamos en Rusia para que nos recluten.

Krupskaya se puso de pie para tomar la botella de vodka. "Ése era el único vínculo que todavía sostenían con Rusia", se dijo Michael; sin embargo, Rusia estaba en guerra y todos ellos eran rusos.

Kalinin tenía curiosidad por saber a qué se debía la actitud de Michael.

—No me dirás que quieres retornar para luchar por el zar, ¿verdad? —indagó.

Michael se levantó, metió las manos en los bolsillos de su pantalón y se puso a mirar por la ventana.

—Si es cierto lo que dices, Vladimir Ilich —dijo dando la espalda a sus compañeros—, entonces estamos aquí desperdiciando el mejor tiempo de nuestras vidas. ¿No sería mejor regresar a Rusia y pelear por nuestra madre patria y conquistar con ello la oportunidad de otorgar una vida mejor a nuestras familias?

—No. Eso sería lo peor —replicó Lenin—. Aparte de que, a nuestro regreso a Rusia, nos conducirían a todos a la horca —y a ti primero que a nadie, Michael Nikolaievich—, nunca se le podrá ofrecer una vida mejor a nuestra gente en tanto el zar viva y mientras su mujer gobierne en la nación. Debemos aguardar y tener paciencia. Se comenta que el zarevich es un ser débil y enfermizo. Su padre morirá tarde o temprano y es probable que también su madre fallezca pronto. Entonces, quizá... ¿Quién lo sabe? Debemos esperar con paciencia.

—¡Esperar! —gritó Michael—. "Esperen y tengan paciencia", ¿es todo lo que sabes decir? Rusia está en guerra. Starogan está en guerra. ¿Alguno de ustedes me puede decir lo que ocurre ahora en Starogan? Todos esos hombres con los que yo crecí estarán ahora marchando hacia el frente, con el rifle al hombro y entonando cantos. Iván, mi propio hermano, ya debe estar marchando hacia el frente —hizo una pausa y frunció el ceño. No podía imaginarse a Iván convertido en soldado.

—Eso les sucede por tercos —formuló Lenin tajantemente y levantó la mano con el vaso vacío para que Krupskaya le sirviera más vodka—. Ya sé lo que te molesta, Michael: siempre has anhelado ser soldado. En nombre de Dios, ¿por qué?

—Yo estuve al servicio de una familia de soldados —contestó Michael y se quedó pensando en que el príncipe Peter también iría camino del frente de batalla, cabalgando a la cabeza de su regimiento.

—Estuviste a su servicio —rebatió Lenin—. ¿Para qué quieres ponerte de nuevo a su servicio? ¿Por qué insistes en volver a que te maten en nombre del zar? ¿Para qué quieres matar a otros hombres por el zar?

—Yo no lo haría por el zar —aclaró Michael—, sino por Rusia.

—¿Por Rusia? Eso es como el sueño de un niño, Michael Nikolaievich. Me avergüenzo de ti. Si tú fueras un comandante del ejército, lo comprendería. Pero no tiene sentido que pretendas ir a combatir como un simple soldado raso al que un sargento hace caminar a empellones por un camino lleno de fango y a golpes de látigo para que, a cambio, te vuelen en pedazos y todo para que el zar y su mujer griten a voz en cuello: "¡Hemos ganado la guerra!"; pero tú no, ¿entiendes? No has sido tú el que obtuvo la victoria para ellos. Han sido ellos mismos los que la ganaron por el simple hecho de quedarse a buen resguardo en su palacio de San Petersburgo, enviando a miles y miles de personas como tú a que los asesinen en los campos de batalla... Siéntate, camarada; bebe otro trago y agradece a Dios que estás aquí y no allá.

CAPÍTULO IV

LA MUCHEDUMBRE SE ARREMOLINABA, SE CIMBRABA, SE MECÍA hacia adelante y hacia atrás, pegándose a los escaparates cuando los otros la empujaban y luego retrocedía. Las sombrillas oscilaban en el aire y los bastones se agitaban por encima de la cabeza de la gente. Raquel Stein, acorralada contra un portón en un extremo de la calle, se percató de que la masa había dejado de ser un conjunto de seres humanos para transformarse en una entidad sólida, en la horda o en la chusma. Había varias mujeres; Raquel no podía creerlo, pero eran ellas las que gritaban más fuerte y animaban a los hombres para que las imitaran. Eran damas bien vestidas y aun elegantes que, al volver a casa, beberían té en delicadas tazas de porcelana; pero que, por ahora, clamaban en favor de la violencia, la destrucción y mucho más.

—¡Los alemanes...! —gritaban a voz en cuello—. ¡A la horca con todos ellos!

Alguien había logrado aflojar una de las losas del pavimento y, de inmediato, se escuchó el estruendo de los vidrios rotos. Hans Freiling se asomó a la ventana de un piso superior y sacudió el puño amenazante. El gentío aulló, vociferó y berreó al verlo y avanzó hacia adelante. Otros vidrios quedaron hechos añicos y también se oyó el ruido espantoso de la madera que se rompe. Pero las voces y el estruendo quedaron opacados segundos después por el repiqueteo de los cascos de los caballos sobre el empedrado y algunos estridentes trompetazos.

Raquel se recogió la falda y corrió; sus tacones resbalaban sobre las baldosas mojadas por la lluvia, su sombrero amenazaba con caerse y, probablemente, lo harían trizas las pisadas de todos los que corrían junto con ella. Ya habían conseguido lo que querían: los escaparates y las ventanas de la casa de Hans Freiling estaban rotos; nadie iba a esperar a ser pisoteado por los caballos de los cosacos.

Los empujones de la gente metieron a Raquel a una callecilla lateral en la que se detuvo para recuperar el aliento. Buscó en su bolso para sacar un pañuelo con el que secó el sudor de sus labios y de su frente y, pegada al muro, miró los caballos de los cosacos que dispersaban la aglomeración en la esquina. No obstante, disipaban a una multitud que había salido a la calle a orear su odio contra los alemanes y, por lo tanto, los cosacos no empleaban los sables y los garrotes, sólo se agitaban por encima de las cabezas, sin golpear. ¡Pobres alemanes! Eran el objetivo contra el que se encauzaba todo aquel odio. Raquel sintió que se le encendían las mejillas. ¿Por qué debía sentir lástima por los alemanes? Es que todos los que conocía, un número considerable de prósperos mercaderes que radicaban en San Petersburgo, eran personas muy amables.

"¡Por Dios! —pensó—, si la zarina también es alemana". ¿Sería aquel un pensamiento traidor? A los judíos se les trataba muy bien en Alemania, no estaban sujetos a constantes programas por el capricho de cualquier gobernador de distrito. Le pareció que podía ser feliz en Alemania.

Salió de la callejuela lateral por el otro extremo, abordó un tranvía y permaneció de pie en la plataforma, contemplando a la gente. Hacía una semana que se había declarado la guerra y la conmoción de los ciudadanos no se había reducido. Sobre la acera, los hombres tomaban por el brazo a otros para hablar, con las cabezas muy cerca una de la otra y las mujeres se juntaban en pequeños grupos en las esquinas. Los pasajeros del tranvía cuchicheaban entre sí.

—Los austriacos bombardean Belgrado.

—Eso fue hace dos días. En estos momentos, ya deben haber cruzado la frontera.

—Pero si los servios los habían derrotado...

—¡Qué absurdo! ¿Cómo es posible que los servios venzan a los austriacos?

—Pues sí lo hicieron, tal como te lo digo. El capitán Dimitrov se lo comentó a mi hermano. Los servios son buenos soldados.

—¿Qué me dices de los franceses?

Están invadiendo del Ruhr.

Imposible.

—Así es. Me lo comunicó el capitán Dimitrov. ¿Sabías que los ingleses participarán en la guerra de nuestro lado?

—¿Por qué habrían de aliarse con nosotros? Inglaterra sostiene una alianza con Japón.

—Eso no importa. Los ingleses combatirán contra los alemanes de cualquier forma. Aborrecen a los alemanes. Todo el mundo lo hace.

"¿Odiarán los alemanes a todo el resto del mundo?", pensó Raquel al descender del tranvía.

Caminó con rapidez por la avenida y abrió de prisa la reja de hierro forjado del hogar de los Stein. El breve sendero estaba pavimentado y, en ambos lados, los seis enormes olmos que eran el orgullo del abogado Stein dejaban caer sus pesadas ramas sobre los ramilletes de flores, hasta la hilera de claveles y rododendros que adornaba los dos lados de la puerta principal. Aún aprisa, se metió al refugio del pórtico y, en el vestíbulo de la entrada, que se extendía hacia el fondo hasta el rosedal y el prado de críquet. Su casa no estaría en la aristocrática Isla de Petersburgo ni en la Perspectiva Nevsky; pero, de cualquier modo, era hermosa, una de las mejores del rumbo. ¿Había algún motivo para que se avergonzara de ella? ¿Era porque la familia no tenía otra más que ésa, porque debía andar a pie, pues no había huestes de lacayos que la esperasen para darle la bienvenida? Se suponía que las casas de los Borodin en la ciudad tenían todas aquellas riquezas.

Mas Raquel estaba consciente de que su padre no podía sostener ni siquiera una casa como aquélla. En realidad, él había adquirido una segunda hipoteca sobre la vivienda. Era necesario que un abogado de renombre, quien, además, era integrante de la Duma, viviera en un lugar como éste, aunque fuera difícil mantenerlo. Raquel se preguntó si los Borodin tendrían deudas. ¿Acaso los príncipes también contraían deudas? Eso era algo que debía preguntarle a su papá.

—¡Raquel! ¿Dónde has estado?

El rostro de su madre tenía una expresión más severa que de costumbre. Raquel la miró con cierta inquietud mientras subía la escalera.

Pese a la supuesta indiferencia manifestada en la estación del tren de Starogan, Judith había quedado devastada por completo a causa de lo ocurrido. Mantuvo un silencio absoluto durante el viaje, su rostro parecía hecho de piedra por lo inalterable y, desde el día de su retorno a casa, no había salido. No comentó absolutamente nada a su madre sobre lo acontecido en Starogan, pero, sin duda, la señora Stein presentía que la visita a la casa del príncipe no había resultado muy bien. La efervescencia de la guerra había atenuado la curiosidad y la inquietud de la madre respecto de su hija mayor.

—Fui a la tienda de madame Louvier para comprar encaje —explicó Raquel.

—Pero es que ha habido un *disturbio* —le informó Ruth Stein—. Tu padre está muy preocupado y, como es lógico, también está enojado contigo.

Raquel se quitó el sombrero al llegar junto a su madre, en el descansillo de la escalera.

—Yo lo presencié.

—¿Tú?... ¡Por Dios! ¿No estás herida?

—No, mamá. Miré cómo el gentío apedreaba la tienda del pobre Hans Freiling. En verdad, mamá, no sé cómo acabará todo esto.

Se escuchó un portazo en la entrada principal y las tres mujeres se asomaron apoyadas en el barandal. Era Joseph. No llevaba sombrero y su cabello negro estaba despeinado, mojado y enlodado. Tampoco él era el mismo desde la llegada de sus hermanas. Por supuesto que su actitud no estaba relacionada con el episodio de Starogan; lo que en realidad había ocurrido era que había intentado alistarse en el ejército, pero lo habían rechazado pues era incapaz de retener el aliento durante sesenta segundos. Como si eso fuera fundamental para ser soldado.

—¡Joseph! —gritó Ruth Stein al ver a su hijo que subía por las escaleras con el saco cubierto de lodo.

—Los cosacos —explicó Joseph, jadeante—. Lanzan sus cargas de caballería calle arriba y calle abajo. ¡Por Dios! ¿Acaso creen que somos alemanes?

—¿No te agarraron? —preguntó Judith.

—A mí no, pero yo corrí y tropecé en la calle. Caí en un charco —se quitó el saco sucio y empapado y se agachó a mirar los zapatos enlodados.

Tu padre está muy intranquilo —explicó Ruth Stein, recuperando su tono severo al constatar que ninguno de sus hijos menores había resultado seriamente dañado—. Nos había ordenado que no saliéramos de casa a no ser que fuera absolutamente indispensable. Ustedes dos han estado fuera, Raquel, por lo menos, con el pretexto de comprar encajes, sin necesidad alguna. El pobre hombre está muy enojado.

—Yo lo haré sonreír —prometió Raquel avanzando por el corredor para abrir la puerta del estudio de su padre. De inmediato, las bisagras de la silla giratoria frente al escritorio rechinaron y el abogado frunció el ceño.

—Raquel...

—¡Papá! —Raquel se apresuró a sentarse sobre las rodillas de su padre, le echó los brazos al cuello y le dio un beso en la nariz.

—Te pedí que no salieras.

—Era necesario. Es tan... molesto... Es decir que quiera Dios que no haya otra guerra como ésta.

—Esperemos que no se repita. Pero me comunicaron, Raquel, que los cosacos andaban por las calles para reprimir los motines.

—Recorrían las calles de arriba a abajo —anunció Joseph irrumpiendo en el estudio ya con ropa seca y limpia—. Corrían como locos por todas partes. Se diría que toda la nación se ha desquiciado. El mundo entero ha enloquecido.

—De vez en cuando, la guerra es un mal necesario —dijo Jacobo Stein en tono grave. Rodeó con su brazo la cintura de Raquel; su hija menor siempre había sido su predilecta—. Tarde o temprano llega el momento en que la gente debe lanzarse a la lucha para defender su vida, sus derechos, sus ideas y su libertad.

—¿Cuáles son nuestras ideas, nuestras creencias? —inquirió Joseph con las manos en la cadera frente a su padre—. ¿Crees acaso que Austria tiene el plan de ocupar Servia? Y si la ocupara, ¿nos perjudicaría en algo? ¿Cuál es el daño que Austria puede ocasionarnos? ¿Qué daño podría provocarnos alguien? Nos han dicho y repetido que somos la nación más grande e invencible del mundo. ¿Qué razón hay para que nos lancemos a combatir a cualquiera?

En cuanto el ejército objetó los servicios de Joseph, éste se transformó en un vehemente pacifista. Raquel observó a su padre, éste volvió los ojos hacia su mujer y ésta miró a Judith...

—Tarde o temprano llega la hora... —repitió Jacobo Stein.

—¡Por favor, papá! —le interrumpió Joseph—. En estos momentos, la gente está avanzando para que la maten. ¿No lo entiendes? Piensa en eso. Piensa tú también en ello, Judith. El bonito uniforme de tu príncipe quedará bañado en sangre.

Judith no le había comentado a Joseph lo que aconteció en Starogan.

—El príncipe Peter no es mi príncipe —corrigió Judith tranquilamente.

—¿De veras? Te llevó a su casa para presentarte a su aristocrática familia.

—Fue sólo una visita —explicó Judith—. Creo que su familia no nos concedió su aprobación. Ya no habrá más invitaciones.

—Sangre —insistió Joseph—. Le abrirán un agujero en el centro de su casaca y ése será su fin.

—¡Joseph! —lo moderó su madre.

—Y bien que se lo merece —continuó diciendo el joven—. Son los de su clase los que nos han empujado a esta guerra. Son los de esa clase los que actúan en el Ministerio del Exterior y en el Ministerio de la Guerra, susurrando noticias alarmantes al oído del zar. Ellos son los que quieren ir a pelear porque no tienen otra cosa mejor que hacer.

—Pero nada de eso es asunto tuyo —le señaló Raquel, enojada, ya que se percató de que las palabras de su hermano hirieron a Judith. En eso, escuchó el ruido de pasos en la escalera y se levantó de inmediato de las rodillas de su padre.

Dora Ulyanova apareció en la puerta del estudio luciendo el vestido nuevo que Jacobo Stein le había comprado.

—Ya conseguí el puesto —anunció—. Ahora tengo trabajo —todos se le quedaron mirando, extrañados—. En el Ministerio del Exterior —explicó—. Seré la secretaria de monsieur Borodin.

—¿Cómo? —Judith lanzó una mirada a Raquel. Ninguna de las dos había avisado a Dora Ulyanova que ya no era oportuno solicitar el trabajo.

—Fue muy amable conmigo —añadió la joven—. Sabía todo respecto de mí. Y hay más aún: él mismo me trajo a la casa y ahora está abajo, en la sala.

Raquel se llevó las dos manos al cuello, como si fuera a ahogarse. ¿Tigran Borodin? Ella no deseaba tener algo que ver con él. ¿Por qué habría de quererlo? Tigran no acudió en su auxilio en Starogan. Sólo los Hayman intentaron ayudarlas. El joven Borodin se quedó callado, como los demás, y permitió que sucediera el incómodo incidente, la desagradable humillación... ¿Había algún motivo para que ella quisiera volver a verlo?

Entonces, ¿por qué daba esos vuelcos su corazón dentro del pecho? Miró a su padre, después a su madre y a Joseph. No quiso ver a Judith.

—¿Tú solicitaste el puesto? —le preguntó Judith a Dora.

—¡Por supuesto! Imagínate nada más: yo, Dora Ulyanova, trabajando en el ministerio. ¡Vaya ironía!

—¿Cómo pudiste hacer eso? —inquirió Judith—. No debes...

—¿Por qué no? —gritó Dora desafiándola—. Tú te fuiste con tu príncipe. No pretenderás impedir que yo busque mi propia redención.

—¡Por el amor de Dios! ¡Cállense! —exclamó Ruth—. Monsieur Borodin está abajo y ustedes aquí peleándose como verduleras en el mercado. Tú, Joseph, baja de prisa y atiende a monsieur Borodin, en la sala. Judith, es a ti a quien desea ver. ¡Por Dios, hija; lávate la cara y arréglate el cabello!

Judith, angustiada, lanzó una mirada furtiva a su hermana.

—¿Puedo bajar yo también, mamá? —preguntó ésta. "Pero, ¿por qué?, ¿para qué? —reflexionó—. ¿Qué sería lo que Tigran venía a buscar?"

—No sólo puedes, sino que debes bajar conmigo —se apresuró a comentar Judith, viendo que su madre dudaba—. No se trata más que de una visita de cortesía.

—Muy bien. Sólo les pido que no demoren demasiado en bajar —solicitó Jacobo Stein—. Yo voy a acompañar a Joseph, pero no sabré qué decirle al visitante.

—Sí. No tarden mucho, por favor —advirtió Joseph echando a andar hacia la escalera.

—Si dices una palabra acerca de la tontería de ir a pelear, te las verás conmigo —lo amenazó su madre.

—Dejaré que sea él quien hable.

Raquel corrió hacia el cuarto de baño, se metió por delante de Judith, se echó agua fresca en el rostro, se miró los dientes en el espejo para asegurarse de que estaban limpios y empezó a cepillarse el cabello, que se le había desacomodado cuando se quitó el sombrero y ya no había tiempo de volver a peinar. Por otra parte, él ya la había visto con el cabello suelto en Starogan. ¡Ah, Starogan! Él la había besado en Starogan. No obstante, de acuerdo con Tattie, él besaba a la que tuviera a mano y también... la mano... Aunque, en realidad, a ella nunca le había puesto la mano encima.

Ya iba bajando de prisa las escaleras, dejando atrás a Judith y también apurada comenzó a atravesar el vestíbulo, hasta que comprendió que era indispensable dominarse. Entonces, se detuvo, dio un profundo suspiro para recuperar el aliento y se alisó la falda. Además, hizo el intento de acomodar sus pensamientos. Convenía adoptar una actitud fría y desdeñosa. Los Borodin las trataron como a seres inferiores en Starogan, pero ésta era la casa de su padre y los Borodin no tenían derechos sobre ella.

Pero si Tattie había dicho la verdad y Tigran acostumbraba acariciar a cualquier chica, ¿por qué a ella no la había acariciado? Sintió un hueco en el estómago y algo así como el aleteo de cientos de mariposas dentro.

Vasili Mikhailovich, el mayordomo, aguardaba para abrirle la puerta de la sala. Ella se paró en el umbral, parpadeando, ya que la luz penetraba profusamente por la ventana de la sala, haciendo más pálida aún la cretona a listas claras con que su madre había tapizado los muebles; menos mal que a través de los ventanales se apreciaba el prado de césped y los macizos de rosas amarillas. Sin duda, Tigran se había dado cuenta de que los Stein vivían con algo de lujo.

En poco más de una semana, se había olvidado de la apariencia elegante del joven Borodin. No era tan distinguido como su primo Peter, ni tan bien parecido, pero sí era muy elegante y bastante bien parecido, con su delgado bigote engomado en las puntas y su traje negro de alto funcionario. Estaba de pie, con una mano a la espalda y el pulgar de la otra metido en el bolsillo inferior de su magnífico chaleco de seda gris perla. Sus pantalones rayados, sus zapatos relucientes, el fistol de piedras finas que le sujetaba la corbata, todo el conjunto, lograba que Joseph y su papá, parados junto a él, lucieran opacados.

—¡Raquel! —exclamó y extendió las dos manos.

Ella cruzó de prisa el piso de parquet, taconeando un poco y le dio sus dos manos. Él las levantó y las besó, una cada vez.

—No sé qué decir —confesó—. Acerca de...

Raquel sacudió la cabeza.

—No hay nada qué decir. Por favor, Tigran.

¿Lo había llamado antes por su nombre? No lo recordaba, mas con eso les demostraba a Joseph y a su papá que conocía muy bien al joven Borodin.

Él se le quedó viendo.

—Danos noticias de la guerra —pidió Jacobo—, si es posible.

Tigran soltó despacio las manos de Raquel y fue a sentarse abriendo las largas colas de su saco.

—Las cosas están muy claras —informó—. Nuestros ejércitos ya están en camino para entrar en Polonia. Allí es en donde lucharemos con el enemigo. Hemos resuelto que será mejor pelear allá que en el territorio de Rusia.

—¡Pobres polacos! —exclamó Joseph.

Raquel le lanzó una mirada fulminante, pero Tigran continuó sonriendo.

—Es verdad, los polacos y los belgas han debido soportar siempre grandes adversidades. ¿Ya se enteraron de que los alemanes invadieron Bélgica?

—Es un rumor nada más —dijo Jacobo Stein, sentándose al lado de Tigran—. Pero sería algo horrible y sorprendente. Se diría que los alemanes están ansiosos por luchar contra todo el mundo.

—Y acabarán por hacerlo, ya lo verán —aseguró Tigran—. Por el momento, puedo decirles que Inglaterra ha entrado a la guerra al lado de Francia, lo cual significa que está de nuestro lado.

—Así lo escuché en el tranvía —dijo Raquel y se mordió los labios. No quería que todos se enterasen de que la habían perseguido los cosacos—. Pero a mí todo eso me parece absurdo —se apresuró a decir—. Todos están emparentados, quiero decir que el zar, el kaiser, el rey de Inglaterra e incluso el emperador de Austria son parientes, ¿no es cierto?

—Sí, pero eso no tiene nada que ver con la guerra —le aclaró Tigran sonriéndole directamente—. En esta época, los reyes y los zares no son los que hacen las guerras; es el pueblo el que las hace. Los alemanes han crecido más y más. Han estado creciendo desde hace doscientos años. Ahora nos corresponde a nosotros ponerlos en su lugar.

Raquel miró a Joseph, quien había abierto la boca para hablar, pero volvió a cerrarla al captar la suplicante expresión de su hermana.

—Así debe ser, por supuesto —afirmó Jacobo Stein—. Y la respuesta del pueblo ha sido muy gratificante, ¿no es verdad, su señoría? He oído decir que el país entero acude a tomar las armas.

—Así es —reconoció Tigran—. Les puedo garantizar que, en Starogan, casi todos los hombres diestros entre los dieciocho y los cuarenta años de edad se han ofrecido como voluntarios para salvaguardar nuestra bandera. Lanzaremos ejércitos de diez a doce millones de hombres a los campos de batalla. Los alemanes lamentarán para siempre haber ocasionado este conflicto.

—¡Doce millones de hombres! —exclamó Joseph con preocupación aparente—. Son demasiados a los que habrá que alimentar y armar.

Raquel volvió a lanzarle su mirada fulminante, con la certeza de que su hermano preparaba alguna crítica.

—Sin duda —admitió Tigran—. Es una gran guerra. Nuestros gastos de guerra, la logística y el movimiento de tropas deberán hacerse en una escala sin precedentes porque... —se levantó porque Ruth Stein, Judith y Dora Ulyanova entraron a la sala—. Madame Stein —dijo haciendo una reverencia—. Le ruego que acepte mi agradecimiento por haberme recibido en su casa.

Somos nosotros los que estamos agradecidos con su señoría por sus bondades con mademoiselle Ulyanova.

Tigran le dirigió una sonrisa a Dora.

—El gusto es mío, madame —declaró—. Mademoiselle Ulyanova escribe a máquina mejor que cualquiera de mis secretarios. Además, es muy agradable tener un rostro hermoso en la oficina. Mademoiselle Stein...

—Su señoría —no se advertía expresión alguna en el rostro de Judith cuando Tigran se inclinó para besarle la mano.

—Lamento mucho que no podamos quedarnos para atenderlo —le comunicó Ruth—, pero estábamos a punto de salir para hacerle una visita a la abuela. Está muy inquieta por todo este desorden. Ve a buscar tu saco, Raquel. ¿Vamos, Jacobo?

—Pero es que... —principió a decir Tigran.

—Tú también, Joseph —dijo Ruth con ese tono de suave firmeza con el que había dirigido a su familia durante años.

—Le ruego que nos disculpe —solicitó Jacobo Stein—. La pobre abuela... me había olvidado de que iríamos a visitarla. Tú le ofrecerás un vaso de vino a nuestro huésped, ¿verdad, Judith? Vasili Mikhailovich estará junto a la puerta para lo que necesites.

—Perdónenme todos —dijo Tigran levantando la voz—. Pero yo he venido para ver a mademoiselle Raquel Stein.

Hubo un instante de silencio mientras los integrantes de la familia Stein se miraban unos a los otros con desconcierto. Raquel sintió que las mejillas le ardían.

—Como ya mencionó mamá —señaló Judith con serenidad—, íbamos a salir para ver a mi abuela. Sin duda, por una distracción, confundió a Raquel conmigo. Le ruego que nos dispense, su señoría.

—Pero... —empezó a decir Jacobo Stein.

—Ven, Jacobo —dijo su mujer con brusquedad y, tomándolo por el brazo, se lo llevó a través de la puerta. Raquel les dio la espalda. No deseaba encontrarse con la mirada de alguno de ellos.

—Han sido muy amables conmigo —comentó Tigran en cuanto se fueron; después, se sentó en el sofá donde ya estaba acomodada Raquel.

—Los colocó en una situación incómoda —advirtió Raquel.

—No era mi intención, Raquel, pero es que, en realidad, vine para verte a ti y ahora hablaremos como lo hacíamos antes. No creo que Judith y yo tuviéramos mucho de qué hablar. Tampoco estoy muy convencido de lo que pueda hablar contigo acerca de lo ocurrido la semana pasada.

—Entonces, ¿para qué comentarlo? ¿Quieres una copa de vino?

—No en este momento, gracias. Tal vez más tarde.

"¡Válgame Dios! —pensó Raquel—. Ha venido a cortejarme y ya se han ido todos. ¿Se habrán ido o estarán haciendo tiempo en el piso de arriba? ¡Más tarde!"

—Bueno, a lo mejor más tarde tendremos algún motivo para brindar.

—Es imposible que tengamos algo por qué brindar si estamos en guerra —indicó Raquel.

—Sí. La guerra es terrible —admitió Tigran sin mucha convicción—. Aunque, en algunas ocasiones, beneficia a la gente, a los individuos. Nos hace reflexionar acerca del breve paso de esta vida, sobre la importancia de vivir el momento sin hacer grandes planes para el futuro, Raquel... —se quedó callado y se mordió los labios.

"¿Qué voy a hacer ahora? Está a punto de hacerme una propuesta. ¿Qué hacer, Dios mío?"

—Lo que debo decir es esto —continuó Tigran—: Mi familia se portó de una forma detestable con las dos, allá, en Starogan, incluyéndome a mí, por supuesto. Lo que ocurrió, como tú debes haber comprendido, fue que amonestaron el comportamiento de Peter —se encogió de hombros por un instante—. Considero que, en el fondo, él tampoco lo aprobaba y, por ese motivo, se doblegó frente a aquella mujer sin un ápice de protesta. Por otra parte, Peter siempre ha sido un tanto débil de carácter. Tiene enormes ambiciones, ideales sublimes; pero, después, todo lo complica pues actúa de modo erróneo. Si tuviera el valor de defender sus convicciones, si tuviera la estatura de un auténtico príncipe de Starogan, hace tiempo que se habría divorciado de Irina para casarse con tu hermana. Yo creo que en verdad la ama.

—Todo eso es cosa que pertenece al pasado —dijo Raquel—. Además, es un asunto que ellos dos deben resolver.

—Por supuesto. Yo sólo deseaba que tú supieras... Bueno, que tú supieras que yo también fui débil y me comporté de una manera desatinada. Yo debí enfrentar a Irina en aquel preciso instante. Sin embargo, debes entender que era la fiesta de la mayoría de edad de Tattie y de su compromiso matrimonial y no era el momento idóneo para que yo me pusiera en contra de la familia, ¿lo comprendes?

—Lo entiendo perfectamente —dijo Raquel Stein con los ojos fijos en la chimenea.

—¿Y podrás perdonarme?

—¿Quién soy yo, su señoría, para perdonarlo?

—Hace muy poco me llamabas Tigran, me hablabas de tú y también me mirabas a los ojos al responderme.

Raquel volvió la cabeza para observarlo de frente.

—Ha sido muy amable de tu parte, Tigran, venir hasta aquí para explicarme la situación. Ahora...

Se calló porque Tigran le había tomado una mano.

—No vine aquí sólo para explicarte la situación —le dijo—. Se ha organizado un baile para mañana por la noche, para despedir a los oficiales de la Guardia que partirán al frente de batalla. Asistirán sus majestades. ¿Te gustaría acompañarme?

Ella lo miró desconcertada por un segundo. ¿Un baile? ¿Con la asistencia de toda la familia real? Como se trataba de despedir a los oficiales de la Guardia, era probable que allí estuviera el príncipe Peter, lo mismo que Alexei Gorchakov, el prometido de Tattie. Ella también podría asistir, del brazo de Tigran Borodin. ¿Sería éste un canalla? ¿Sería el hombre que no pretende otra cosa que conquistar a las chicas, besarlas y acariciarles los senos? Pero el caso era que, a ella, Tigran no le había acariciado los *suyos* y que ella no había asistido nunca a un baile.

—Es que no tengo nada que ponerme.

—Ponte el vestido que llevabas para el banquete en Starogan. El verde. Ése es el que debes llevar, pues esa noche eras la más hermosa de la casa.

—Monsieur Tigran Borodin y mademoiselle Raquel Stein —la sonora voz del mayordomo despertó ecos en el gran salón atiborrado de gente. Raquel se dijo que al mayordomo lo habían elegido sólo por su voz estentórea. Sintió que las piernas le flaqueaban, pero la tranquilizó un apretón de la mano enguantada de Tigran, antes de quedar sola para sumarse a la fila de quienes no habían sido presentados al zar.

¿Por qué se hallaba allí? ¿Por qué había asistido al baile, traicionando a Judith, traicionándose a sí misma? No obstante, Judith no dijo una sola palabra de recriminación y, al igual que su madre, había simulado una enorme alegría ante la posibilidad de que su hermana asistiera al acontecimiento, la había ayudado a arreglarse y a vestirse. Aquella noche, sería Raquel la que habría de portar los aretes de oro y el broche de diamantes de las *aigrettes*. Sólo Dora mencionó algunas frases llenas de amargura; pero eso era comprensible, ya que, sin duda, ella creyó que sería la invitada de Tigran.

De todas formas, ella ya estaba allí y, probablemente, esa noche no se producirían circunstancias incómodas. Frente a ella resplandecía el esplendoroso calidoscopio de los enormes candelabros con luces eléctricas, una muchedumbre de caballeros con encantadores uniformes, con excepción de los funcionarios del gobierno, vestidos de negro; a la par de las luces de los candelabros y de sus cristales, relucían los collares de diamantes, los anillos de piedras preciosas, las diademas y las tiaras, así como los hombros, la espalda y el pecho desnudos en los escotes, los dientes blanquísimos de las incontables bocas que sonreían y los ojos vivos y centelleantes de las damas contemplando a sus rivales y destrozándolas mentalmente para despedazarlas después de viva voz en los cuchicheos a la hora del té. Raquel Stein estaba consciente de que ella era una de las que pulverizarían con la lengua y allí mismo, al pasar, escuchó algunos comentarios malintencionados de las que no podían contenerse hasta más tarde.

—¿Raquel qué?

—Stein, querida. Judía. Su padre es un abogado.

—Y miembro de la Duma, según se comenta. Al parecer, es revolucionario.

—Sin embargo, el país puede pasarla muy bien sin él.

—Sobre todo ahora.

—No puede negarse que la joven es preciosa.

—Demasiado flaca. No puedo explicarme lo que el querido Tigran ha visto en ella.

—Se la llevó a Starogan este verano.

—¿Se la llevó? ¡Válgame Dios! Ya me imagino lo que habrá dicho el príncipe Peter.

—Tal vez Tigran tenía la intención de ponerle una casita en el campo.

—Sí. Ésa sería una posibilidad. Hombre afortunado.

—Mademoiselle Raquel Stein, su majestad —el *aide-de-camp* musitó las palabras en tono apagado.

Raquel hizo una amplia reverencia. Por un momento, sintió como si cayera y cayera, hasta quedar sentada en el suelo. Pero, en realidad, el zar era un hombre de aspecto amable, de baja estatura, con un par de ojillos de mirada penetrante y una copiosa y muy bien cuidada barba. La casaca de su uniforme era muy blanca y lucía repleta de condecoraciones: estrellas de brillantes, cruces de esmalte, rosetas y listones.

—Raquel Stein —dijo y le besó la mano cortésmente—. Al verla puedo afirmar que nuestros soldados combaten por la belleza tanto como por su hogar.

Le soltó la mano y ella entendió que debía continuar saludando al siguiente en la fila. Consideró que debía decirle algo al zar, pero tenía la lengua trabada.

—Raquel Stein.

Otra gran reverencia y esta vez fue ella la que tuvo que dar un par de besos a la zarina. Después, se incorporó para ver el rostro severo, aún hermoso por la perfecta proporción de las facciones, el gesto arrogante y soberbio, robustecido por la barbilla ancha donde ya se insinuaba la papada, la tiara recargada de diamantes y el colorido de las perlas de su collar, pues la zarina portaba perlas para todas las ocasiones.

—¿Has concluido tus estudios, Raquel Stein?

—Sí, su majestad.

—Precisamente en tiempos de guerra —dijo la zarina con un poco de amargura y, a continuación, torció los labios en una falsa sonrisa—. ¿Qué has pensado hacer ahora?

—Yo...

—Nuestra patria requiere enfermeras —declaró la zarina—. Yo misma asistiré a los heridos y otro tanto harán mis hijas —su mirada se desvió hacia Tigran, y Raquel se encontró frente a Olga, la mayor de las grandes duquesas, quien se parecía mucho a su padre, aunque las facciones de su rostro estaban aderezadas por los suaves contornos de los Romanov. La gran duquesa Olga no mencionó nada, sólo movió la cabeza para contestar al saludo de Raquel. Luego, fue el turno de Tatiana, la que seguía en edad a Olga. En ella encontró Raquel una expresión afable y generosa y unos ojos sonrientes y vivarachos, muy parecidos a los de su tocaya Borodina.

—Raquel Stein —le dijo—. Te ruego que te conviertas en enfermera. Sería muy divertido trabajar juntas.

—En ese caso, lo haré, su alteza —prometió Raquel y después pasó a saludar a María y luego a Anastasia, la menor de las hijas del zar. Las dos le respondieron con una sonrisa cordial. Acto seguido, Tigran la condujo al salón de baile, atestado de gente.

—¿Cómo puede ser divertido atender a los heridos? —indicó Tigran—. Estoy convencido de que ninguna de esas muchachas ha visto siquiera a un hombre herido en toda su vida.

—Pero...

Todo el mundo discutía la estricta disciplina que los zares habían impuesto a sus hijas y que éstas dormían sobre camas de tablones duros y que cada mañana se daban un regaderazo de agua fría. Posiblemente estarían mejor capacitadas que ella para atender a los heridos, ya que Raquel dormía sobre un suave colchón de plumas y se bañaba con el agua tan caliente como pudiera aguantarla. Quizá Tigran lo intuyó, puesto que dijo:

—Y, además, no opino que sea una buena idea que las mujeres jóvenes y bonitas sean enfermeras en los hospitales durante la guerra. No es algo muy provechoso que digamos.

—¿Hay algún servicio que pueda calificarse de conveniente en tiempos de guerra?

—Algunos oficios son mejores que otros.

—Pero a mí me gustaría hacer algo que valga la pena —replicó ella—. De cualquier manera, voy a estudiar medicina.

—¡Qué absurdo! —exclamó él—. Mira, Raquel, ¿recuerdas a mi hermana Xenia?

Raquel levantó la vista para encontrarse con los ojos de la gran duquesa Xenia, que la miraban sonrientes e interesados.

—Mi querida mademoiselle... No imaginaba que iba a volver a verte tan pronto. Tigran te mantiene en secreto —Raquel se ruborizó lanzando una mirada furtiva a Tigran, quien sonreía con condescendencia—. No tuve oportunidad de despedirme de ustedes allá, en Starogan —prosiguió—. A lo mejor se debió a que se fueron de repente. Pero, querida niña, esta noche luces tan espectacular como la otra en Starogan. Llevas el mismo vestido, ¿no es verdad?

Raquel se mordió los labios y volvió mirar a Tigran. ¿Tendría que soportar que la humillaran de nuevo? ¿Le habría sugerido Tigran intencionalmente que llevara ese vestido para darle oportunidad a su hermana de criticarla?

—¿Y por qué no habría de portar el mismo vestido? —inquirió el gran duque Philip tomando la mano de Raquel para besarla—. Le sienta espléndidamente. Además, como te lo digo a menudo, Xenia, nuestro país está en guerra. La economía, el ahorro, están a la orden del día. Quizá aprendas la lección que te da mademoiselle Stein, mi querida Xenia.

Ésta arqueó las cejas, pero no parecía ofendida y el gran duque ya se había embebido en una conversación con Tigran.

—Se pondrán a hablar de la guerra —indicó Xenia y, para sorpresa de Raquel, la tomó del brazo con mucha familiaridad—. Mi querida muchacha —le dijo— quiero que sepas que admiro tu valor.

—¿Mi...?

—Sí. Tu valentía al venir aquí, tras ese lío tan desagradable que se produjo en Starogan por culpa de Peter, por supuesto. Es el hombre más tonto que conozco. Pero yo había supuesto que tú, querida...

—Me metería en algún agujero para morir allí —interrumpió Raquel.

De nuevo, Xenia arqueó las cejas.

—Yo iba a decir otra cosa —señaló—: que, después de aquello, debes estar harta de los Borodin.

—Lo siento —Raquel se ruborizó—. Aquella disputa fue entre mi hermana y la princesa Borodina. Me parece que no afectaba para nada a su familia.

—La familia es siempre la familia, querida —acotó Xenia—, y me admira que hayas asistido aquí con Tigran. No sabes nada de él —Raquel se le quedó viendo con desconcierto—. ¿Para qué andar con miramientos? —continuó diciendo Xenia sin dejar de sonreír—. Lo que él desea es meterse en la cama contigo. ¿Lo entiendes? Lo mismo que Peter pretendía con tu hermana y, una vez que lo logró...

"¡Voy a atravesarle la cara con un bofetón! —se dijo Raquel—. Voy a..."

—¡Shhh! ¡El staretz! —anunció alguien.

Todos voltearon hacia la entrada del salón de baile. Los asistentes que no llegaban aún, se perdieron de un espectáculo increíble. La zarina avanzaba por el salón de baile y, a su lado, caminaba un hombrazo imponente que vestía igual que cualquiera de los campesinos de Starogan, con la única diferencia de que la bata corta de cuello alto, inmaculadamente blanca, era de seda, el ancho cinturón era de cuero y los amplios pantalones plegados, también eran de gruesa seda negra. Raquel no había visto nunca unas botas tan altas y tan lustrosas como aquéllas. Las ropas colgaban holgadas sobre el cuerpo que se adivinaba colosal, corpulento y macizo. Entre la cabellera larga, muy negra que le pendía en gruesos mechones desordenados hasta los hombros y la barba, también negrísima, cayéndole en pesados mechones hasta la mitad del pecho, resaltaban los rasgos anchos, recios y vigorosos y la boca, de comisuras caídas, todo lo cual le otorgaba al rostro un aspecto melancólico y siniestro.

El staretz proseguía caminando a lo largo de la fila de invitados que lo saludaban con reverencias y caravanas; iba conversando familiarmente con la emperatriz y, de cuando en cuando, dirigía una sonrisa o una palabra a alguna de las personas que lo recibían. Raquel observó de reojo a Xenia y se quedó sorprendida. El hermoso rostro de ésta revelaba una palidez mortal que hacía sobresalir más una serie de manchas color de rosa que aparecían, como una erupción, en la frente y en las mejillas; el corpiño de su vestido subía y bajaba al ritmo de su respiración agitada. Rasputín hizo una pausa para mirarla sonriente, continuó su camino, pero de inmediato se detuvo de nuevo frente a Raquel. "¡Que Dios me ayude!", pensó ella, sintiéndose embriagada con el intenso olor corporal que el hombrazo expelía, un olor tan irresistible que había suprimido, incluso, el del perfume penetrante de la zarina. Raquel advirtió la mano de Rasputín levantándose despacio y se sintió petrificada por una rara mezcla de miedo y de preocupación. Los gruesos dedos de la gran mano le rozaron suavemente el cuello, bajo la barbilla y, tal como lo había hecho George Hayman al despedirse de ella en Starogan, le levantaron la cabeza y la inclinaron hacia un lado y el otro.

—He aquí una auténtica belleza rusa —manifestó admirando el rostro encantador de la chica—. No hay alguna que se le iguale, majestad —la voz profunda de Rasputín, sus palabras pronunciadas con lentitud, cautivaron a Raquel.

—Pediremos a Dios que nuestros soldados sepan defender esa belleza, padrecito Gregory —añadió la zarina.

Raquel no podía apartar la mirada de los ojos profundos, brillantes y poderosos del staretz que la tenían sujeta como tenazas de hierro. Sintió que las piernas le flaqueaban y pensó que iba a desfallecer; pero, en ese instante, los dedos de Rasputín dejaron de acariciarle la barbilla y el staretz prosiguió su camino.

—¡Te ha tocado! —exclamó entonces Xenia—. Te ha tocado y debes estarle agradecida. Si le gustas, tienes tu vida hecha.

—El baile comenzará dentro de un momento —declaró Tigran acercándose e interrumpiéndolas—. Dame tu tarjeta para anotar mi nombre en todas las piezas que vas a concederme.

La música se detuvo y Raquel se secó el sudor de las sienes, mientras Tigran, asiéndola por el codo, la conducía a través del piso, entre las parejas que celebraban las ejecuciones de la orquesta. Había bailado con ella toda la noche y sólo en una ocasión permitió que su cuñado lo hiciera en su lugar. Tigran era un excelente bailarín. Sosteniendo a Raquel por el talle, habían seguido el ritmo del vals, una y otra vez, e incluso bailaron el tango bajo la mirada de censura de la emperatriz y los ojos de Rasputín que marcaba con palmadas el compás de la música. Al bailar con Tigran, girando sin cesar entre tantos hombres apuestos y mujeres bellas, tuvo la sensación de ser tan importante como cualquiera de ellos y las insultantes palabras de Xenia dejaron de tener algún valor. Quizá ésta tuviera razón en cuanto a los motivos de Tigran; pero, por otro lado, ella había conocido al zar, a la zarina y a Rasputín. Aquella noche había estado en los círculos más distinguidos del país. No le importaba que todos la miraran con desprecio y supusieran que acabaría en la cama de Tigran. Raquel no tenía la menor duda de que podía cuidar muy bien de sí misma. Lo único que la había decepcionado un poco era que ni el príncipe Peter ni el teniente Gorchakov habían ido al baile.

—Las tres de la mañana —dijo Tigran soltándola para tomar dos copas con champaña de una bandeja. La familia real había partido a la medianoche y el padrecito Gregory principiaba a embriagarse como acostumbraba hacerlo en cuanto la emperatriz se había marchado y hacía más o menos una hora que lo habían sacado en vilo entre cuatro hombres—. Te lo digo en serio —advirtió—. Me parece que debemos retirarnos. No me siento capaz de bailar ni un paso más.

Raquel se bebió de un sorbo la champaña de su copa y sintió las burbujas subiendo de su garganta a la cabeza. No había esperado tener que cuidarse a sí misma tan de repente y la cabeza le daba vueltas por los giros de la danza y por la bebida.

—¿No crees que es una buena idea? —le preguntó él.

—Yo pensé... que nos quedaríamos hasta que todo hubiese finalizado.

—¡No, por Dios! Tendríamos que quedarnos hasta el amanecer.

—Precisamente. El regimiento se marcha al amanecer, ¿no es así?

—Sí, pero ya has visto demasiados soldados esta noche, y todos los días anteriores; se les encuentra por todas partes.

—Se ha anunciado que el zar los bendecirá cuando partan. Eso es lo que quiero ver, Tigran.

—El zar ya está acostado en su cama y profundamente dormido. Cuando despierte, estará fresco como una lechuga, en tanto que nosotros vamos a parecer cadáveres ambulantes. Te propongo que salgamos para ver cómo nos sentimos. Yo ya no puedo estar aquí.

Mientras hablaba, la había llevado hacia la orilla del salón de baile, donde instruyó al sirviente que aguardaba. "¿Qué voy a hacer?", se preguntó Raquel. Ahora que habían dejado atrás el ambiente denso del salón también ella se sintió agotada. ¿Demasiado fatigada como para ofrecer resistencia a Tigran? El hombre era astuto. Quizá contaba con crear esa situación para aprovecharse de la chica.

Envueltos cada quien en su capa, descendieron por la gran escalinata que conducía a la calle. Raquel experimentaba una especie de entumecimiento en todo el cuerpo, tal vez a causa de su cansancio o de su temor. Hasta ahora, aquella había sido la noche más feliz de su vida, pese a la infame intervención de Xenia, y no quería que concluyese de alguna forma desagradable.

El coche los esperaba y el chofer la ayudó a subir al asiento posterior.

—¿Adónde deseas que vayamos, Raquel? —le preguntó Tigran sentándose a su lado.

—Creí que me llevarías a casa.

—Y yo creí que querías esperar hasta el amanecer. ¿Has visto salir el sol en San Petersburgo?

—Por supuesto.

—Pero no desde el parque que domina la bahía, te lo apuesto.

—Bueno... Es que yo no acostumbro levantarme tan temprano.

—Al parque —le ordenó Tigran al chofer y se reclinó en el asiento cerca de Raquel—. Es un sitio formidable.

Había creído que él insinuaría ir a su departamento. Pero era mejor así, pues, qué podría acontecerle dentro de un automóvil y con el chofer en el asiento de adelante. Tigran ni siquiera podría hacerle propuestas indecorosas. Su mamá no tendría inconveniente en autorizarle aquel paseo. Por lo tanto, Raquel decidió disfrutarlo, aspirar el aire fresco y descansar y no puso objeción alguna a que él le tomara la mano.

—¿Te divertiste en la fiesta?

—Fue algo maravilloso. Te agradezco mucho que me hayas invitado.

—Y yo te agradezco infinitamente que hayas ido.

—Nunca hubiese imaginado que asistiría a un baile así —dijo Raquel, reprochándose en su fuero interno por haber hablado.

—Tú fuiste lo mejor de la fiesta. Estuviste soberbia —le oprimió la mano, poco a poco, en forma acariciante—. Eras la más hermosa del lugar. Mi familia opina que yo soy un seductor, ¿lo sabías?

Ella se había inclinado un poco para mirar por la ventana, ya que le pareció que sus cabezas estaban demasiado próximas una de la otra. Al escuchar las palabras de Tigran, se volteó y sus labios le rozaron la piel. De inmediato, se retiró un poco más.

—Y están en lo correcto —suspiró Tigran—. Me he comportado como un libertino durante la mayor parte de mi vida. En particular con las mujeres. También contigo... —titubeó por un instante—. Bueno... tú ya sabes cuál es la postura de mi gente...

¿Intentaba prevenirla? A Raquel no le pareció que ésa fuera su intención; más bien, se diría que el joven quería llegar, de modo confuso y enredado, a hacerle una especie de confesión. ¿Tendría eso algo que ver con ella?

Su corazón empezó a latir con fuerza y ella lo oía como los golpes rítmicos de un timbal dentro del pecho. Incluso, temió que Tigran los escuchara.

Él le soltó la mano y se apartó de ella.

—Voy a revelarte algo que jamás habría pensado decirle a una chica —anunció—. Mi familia tiene razón en lo que opina de mí, pero sólo en parte. Yo me quedé tan impresionado como todos ellos cuando Peter nos comunicó que había invitado a dos jóvenes judías a la casa de Starogan para el cumpleaños de Tattie. En ese instante, consideré que Peter no podía tener el propósito de pretender a las dos al mismo tiempo. Tendría que quedar una. ¿Te incomoda lo que te estoy comentando? —Raquel sacudió la cabeza muy despacio y se dijo que posiblemente él no había detectado su señal de negación—. Y, en cuanto te miré, quedé muy entusiasmado. Me pareció que tú eras la respuesta a mis plegarias. Tanta belleza, tanta inocencia... y una virtud más. Al principio, no la identifiqué, sino hasta aquella noche; tu admirable dignidad, tu actitud firme y compuesta, mientras Irina humillaba irrespetuosamente a tu hermana y yo sabía lo que tú estarías sintiendo y deseando... bueno, tú hubieras querido que te acompañara a la estación para despedirme de ti.

—Ilona y George estuvieron con nosotras —comentó Raquel sorprendida por el tono tranquilo de su voz.

—Ilona y George son independientes y obedecen sus propias reglas. Yo aún soy Tigran Borodin. Un cobarde, si tú quieres, cuando se trata de asuntos familiares. El caso es que no fui a despedirme de ti. Pero tú me has dado una segunda oportunidad.

—¿Para qué? ¿Para llevarme a tu cama?

"¡Vaya plática y con un chofer a pocos centímetros de distancia!", pensó Raquel. El coche se detenía sobre la ceja de una colina, al pie de la cual resplandecían las luces de San Petersburgo.

—No. Para confesar que me estoy enamorando de ti —declaró Tigran.

De nuevo, Raquel volvió la cabeza hacia él, como impulsada por un resorte. Le llegó a los oídos, muy apagado, el ruido de la portezuela del chofer que se abría y volvía a cerrarse. Estaban solos dentro del automóvil; no le quedaba protección alguna.

—Porque lo estoy —recalcó Tigran.

—Yo... —¡Palabras! ¡Con cuánta desesperación buscaba las palabras apropiadas! Porque él se estaba acercando cada vez más—. Me parece que tú y yo no nos conocemos lo suficiente —dijo muy de prisa.

—Es cierto —podía sentir el calor de su aliento sobre las mejillas y, a continuación, sus labios acariciaron los suyos—. Pero eso tiene remedio.

La mano de Tigran subía por su brazo y se resbalaba hacia su espalda. Los ojos de él se encontraban a pocos centímetros de distancia de los suyos. Ella los contemplaba como hechizada. Después de todo, la estaba tocando y ella no podía hacer nada para detenerlo. El chofer había desaparecido y, además, era el chofer de Tigran. No debía haber alguien a cientos de metros a la redonda para que la escuchara si acaso ella tuviera el valor suficiente de gritar.

—Lo que en realidad pretendo decirte —musitó Tigran paseando los labios sobre su piel, muy cerca de los suyos—, es que quiero casarme contigo.

—¿Raquel? —Ruth Stein estaba de pie sobre las escaleras, con el cabello recogido en coletas alrededor de la cabeza y agarrando la bata con una mano en torno de la cintura.

—Acabo de comprometerme en matrimonio, mamá. Voy a casarme con Tigran. Seré madame Tigran Borodina.

Pronunció las palabras como si se las hubiera aprendido de memoria. Las había estado repitiendo para sí misma con el propósito de asimilarlas como ciertas, para tener la seguridad de que quería creerlas.

Madame Tigran Borodina. La condesa Borodina, con el tiempo. ¿Eso era lo que ella hubiese anhelado más que nada en el mundo? No era el título, sino la oportunidad de entablar una amistad de igual a igual con gente como Xenia y como Tattie, poder sonreír y conversar con la zarina y sus hijas, ser una de ellas, aunque en menor escala. Tener el derecho a visitar la casa de Starogan en Navidad, en Pascua, durante las vacaciones de verano, aunque siempre tuviera que hacer el papel de segundona frente a Irina.

Y también tener la posibilidad de ver al príncipe de vez en cuando, de pertenecer a su familia. Si el príncipe hubiese asistido al baile, ¿ella habría accedido a la petición de Tigran?

Pero ya había aceptado y los dos se habían besado y besado; los labios de Tigran acariciaron su frente, sus párpados, su nariz y su barbilla, habían mordisqueado los mechones de su cabello y habían recorrido la piel de su cuello. Ella le respondió en todo.

Las manos de Tigran le acariciaron toda la espalda; sus dedos se enredaron en los tirantes de su corpiño. Luego, las manos pasaron al frente tal como ella lo ansiaba. Le había oprimido los senos, muy suavemente y por encima de la tela de su vestido. No hizo el intento de desabotonarlo cuando ella estaba abrazada a su cuello, esperando que lo hiciera, pero con la incertidumbre de lo que en realidad deseaba, con la inseguridad acerca de los derechos que su compromiso le otorgaba a Tigran y de los deberes que a ella le imponía.

—¡Ay, hijita, mi querida niña! —Ruth corrió escaleras abajo para abrazar efusivamente a Raquel y soltarla después para mirarla con expresión severa y disgustada al percatarse de que la chica llevaba el cabello despeinado y el vestido chueco; además, llevaba en la mano las *aigrettes* con el broche de diamantes—. ¿Has estado en el baile hasta estas horas?

—No, mamá. Pasé una larga hora con Tigran en su automóvil.

—¿En su...?

—Platicamos, mamá. Estuvimos hablando. Estamos comprometidos para casarnos. Vendrá hoy para hablar con papá. Y me tocó los pechos y me acarició las nalgas, pero él va a ser mi marido.

Por supuesto que vendrá —dijo Ruth como para tranquilizarse—. Mi querida niña. Me siento feliz por ti. ¡Judith! Raquel se ha comprometido para casarse con monsieur Borodin.

Judith ya estaba vestida y llevaba una capa. Observó a su hermana y ésta le sostuvo la mirada como si quisiera pedirle disculpas con los ojos. Pero ella no había sabido cómo decir que no.

—¡Mi querida Raquel! —Judith le dio un breve abrazo—. ¡Me alegro mucho por ti!

—Pero... ¿adónde vas a estas horas?

—Voy... —bajó la cabeza, ruborizada—. Quiero ver partir a la Guardia. El zar le dará la bendición.

—Espérame un momento —le dijo Raquel—. Iré contigo. También yo quiero ver la partida de la Guardia.

Tigran abrió los ojos y vio a su madre. La condesa Anna Borodina estaba de pie junto a la cama, muy rígida, con la cabeza alta, los hilos de perlas en torno de su cuello, bajo el enorme mentón, con el porte de una reina. Así lo concibió Tigran y, al mismo tiempo, cayó en la cuenta de que nunca había pensado así de su madre, a pesar de que casi siempre debió tener el mismo aspecto imponente. No obstante, jamás había irrumpido las habitaciones de soltero de su hijo a horas tan tempranas de la mañana. A decir verdad, las visitaba muy rara vez.

—Este lugar parece un tugurio y a eso huele —comentó la condesa torciendo la nariz—. ¿Cómo se llama el siervo que debería atenderte?

—Efim Alexeievich, mamá —se incorporó en el lecho, se rascó la cabeza y se apresuró a cubrir con las sábanas su cuerpo desnudo.

—También estaba dormido cuando lo llamé con la campanilla —indicó Anna—. ¿No debería estar trabajando y limpiando todo esto?

—Efim sabe que no debe despertar hasta que yo despierte, mamá. ¿Quieres un poco de café?

Anna Borodina lanzó sobre su hijo una mirada displicente, como si éste fuera una sabandija.

—Recibí una llamada telefónica de Xenia —dijo.

Tigran afirmó con la cabeza, perezosamente volvió a acostarse y cerró los ojos.

—Vi a Xenia y a Philip en el baile.

—Sus majestades también asistieron —mencionó Anna.

—Los vi, mamá.

—Tu hermana Xenia me expresó que habías llevado al baile a esa chica judía, Raquel Stein.

Tigran abrió los ojos y volvió a cerrarlos. ¡Raquel Stein! Había pasado casi toda la noche con ella entre sus brazos y, cosa muy extraña en él, no habría deseado más que eso; no había querido más que tocarla, olerla y mirarla. Hasta que... Abrió los ojos de nuevo.

—Yo hubiese imaginado —dijo entonces Anna—, que sería suficiente con verla en Starogan.

—Es una joven encantadora.

—Ya lo creo —reconoció Anna— y ése es un motivo más para que, por su bien y por el tuyo, la dejes en paz. Estamos en guerra. No hace una hora siquiera que Peter partió hacia el frente mientras que tú continúas allí, echado como un hipopótamo en el lodo. Pero eso es lo de menos; lo principal es que debemos cumplir con nuestra obligación de dirigir a los demás en esta crisis y no quedarnos atrás con la multitud.

Tigran volvió a incorporarse sobre la cama. Ya sabía que iba a producirse una escena y había decidido enfrentar la situación con cautela y serenidad. Pero, de repente, enfureció.

—Nuestro deber es unir a la nación como nunca, mamá —dijo casi gritando.

—La nación ya está unida bajo el mando de su majestad, a quien Dios guarde —declaró Anna—. No requiere de nosotros para ello, sino para conducirla, para guiarla. Te agradecería que no volvieras a ver jamás a esa chica y, si me lo prometes, no habrá necesidad de que informe a tu padre al respecto.

—Madre... Le he solicitado a mademoiselle Stein que se case conmigo —muy a su pesar, pronunció las palabras con un leve balbuceo.

La condesa Borodina, quien ya se había alejado del lecho y caminaba hacia la puerta para salir, se detuvo con brusquedad y, muy estirada, dio media vuelta y volvió a acercarse a la cama, observando a su hijo. Éste vislumbró que ya había empezado a formarse un gesto de tribulación entre los dos ojos de su madre. Durante toda su vida, Tigran había sentido temor de aquella expresión.

—Es que... yo la amo...

El ceño de su madre se retorcía cada vez más.

—Creo que no desearía casarme con alguna otra mujer. Y ésta procede de una buena familia. Su padre es abogado.

—Y es un judío. Y, según tengo entendido, es un integrante conflictivo de la Duma.

—Bueno, mamá, fue elegido para representar al pueblo y luchar por sus derechos...

—¡Disparates y fruslerías! ¿El pueblo? El pueblo no tiene necesidad de que lo representen. No *desea* que lo representen. ¿Piensas que alguno de los aldeanos de Starogan quiere estar representado? Han depositado su confianza en el príncipe Peter y con eso les basta. El abogado Stein es un buscapleitos; todos los miembros de la Duma son agitadores.

—Pero yo no me voy a casar con monsieur Stein —le aclaró Tigran.

—Un burgués —dijo la condesa con un acento de profundo desdén. Cruzó la habitación y ocupó una silla—. ¿No has discutido este asunto con tu padre, verdad?

—No he tenido tiempo. Apenas anoche tomé esa decisión.

—Vale decir que la decisión la tomaste anoche, cuando estabas alcoholizado y ansioso por poner tus manos sobre esa mujer. Eres un mocoso decididamente estúpido, Tigran Igorovich.

—Fue anoche cuando tuve la certeza de que eso era lo que quería hacer —afirmó Tigran con los dientes apretados para dominar su enojo—. Es la misma seguridad que tengo ahora. Durante toda la semana anterior no he pensado en nadie más. Raquel es hermosa, es muy inteligente, está muy bien educada, tiene ideas propias y actúa por sí misma...

—¡Burguesa! —refunfuñó Anna de nuevo—. Acéptalo de una vez, hijo. Tienes el ansia de acostarte con ella y ella lo sabe y aprovecha la situación: intentará hacer algún trato contigo, como el matrimonio, por ejemplo. Pero no es indispensable casarse con una mujer como ésa para acostarse con ella, Tigran.

Entonces, fue Tigran quien frunció el ceño —una mueca de ira— y ella tuvo la desfachatez de ruborizarse.

—No puedes casarte con ella. Debes comprenderlo.

—Me casaré con Raquel Stein, madre, o no me casaré con nadie. Durante algunos segundos, madre e hijo intercambiaron miradas asesinas; luego, Anna le sonrió.

—Es una situación acerca de la que debes reflexionar un poco más, Tigran. Evalúa las consecuencias. Seguramente tu padre te desconocerá, pero debes pensar sobre todo en la guerra. Tienes una misión que debes cumplir: la de procurar que nuestra nación consiga la victoria. Incluso mademoiselle Stein debe desempeñar un papel en nuestro triunfo. Es una tontería hablar de matrimonio mientras la guerra no haya concluido. Ni siquiera Tattie va a casarse hasta entonces —se incorporó—. Medita todo lo que te he dicho, Tigran —dijo Anna y salió de la habitación.

Incluso tras la partida de la Guardia y cuando ya había finalizado la música de las bandas militares, el gentío permanecía apiñado frente al Palacio de Invierno, coreando vivas, agitando gorras y sombreros, bufandas y pañoletas. Al cabo de unos instantes, sus majestades aparecieron en el balcón central, acompañados por sus hijas y, para satisfacción de la multitud, por el propio zarevich, a quien su padre tomó en los brazos y lo levantó en alto, mientras su madre los vigilaba con intranquilidad. La gente principió a avanzar en masa hasta las rejas que bordeaban el palacio para besar los iconos que habían sido puestos en ese lugar; al otro lado de las rejas, los guardias, en posición de alerta y sosteniendo los rifles con las dos manos, observaban la escena. "Quizá recordaban —pensó Judith Stein—, que nueve años atrás se les había dado la orden de abrir el fuego contra una muchedumbre igual".

Pero ya habían transcurrido nueve años desde entonces. Ahora, los rusos adoraban al zar, le rendían tributo a su dueño y señor, al hombre que los regía y a quien, hoy por hoy, estaban bien dispuestos a obedecer.

Entonces, ¿qué ocurría con Judith Stein? Siempre había estado dispuesta a obedecer al zar. En eso radicaba su tragedia. No había procurado otra cosa que eliminar ese cerco férreo de aristócratas y reaccionarios que lo rodeaba. Ella siempre detestó los recursos del asesinato y la rebelión violenta. No obstante, como se había atrevido a proclamar su oposición, acudieron a ella los revolucionarios y los reaccionarios y, cuando su pequeño mundo explotó, Judith se transformó en uno de los fragmentos que volaron por los aires.

Cabe recordar hasta dónde volaron algunos de los fragmentos. Nikolas Lenin se fugó a Suiza y allá se le unieron algunos de sus simpatizantes, incluyendo a Michael Nej, involucrado en el complot para asesinar al primer ministro Stolypin. Mordka Bogrov, el verdadero asesino, había fallecido en la horca y Judith Stein, con otros muchos, fue desterrada a Siberia. ¿Acaso todo eso la había hecho más o menos una revolucionaria?

Raquel la tomó del brazo.

—Sería mejor que volviéramos a casa —le dijo, sonriendo y ruborizándose al mismo tiempo—. Esta misma mañana vendrá Tigran para hablar con papá.

¡Querida Raquel! Gracias a Dios, Raquel había conseguido sortear las calamidades del socialismo. Y, ahora, estaba a punto de convertirse en una aristócrata. Judith se preguntó si sentiría celos o envidia de su hermana. Ella, personalmente, jamás había soñado en llegar tan alto, sabiendo que le sería imposible. No había aspirado más que a gozar de la seguridad y el bienestar de la amante de un príncipe. Su exilio en Siberia la había dañado profundamente, obligándola a comportarse para siempre como una mujer fracasada; no le quedaba otro recurso que odiar, como lo hacía Dora

Ulyanova. ¡Cuánto deseaba poder odiar de ese modo! Pero era incapaz de aborrecer siquiera al destino cruel que le había arrancado a su hijo, aunque nunca tuvo la esperanza de que la pobre criatura sobreviviera en Siberia.

Asió a su vez el brazo de Raquel y las dos dejaron el lugar, caminando hacia el puente de la Isla de Petersburgo. Esa madrugada en que Raquel arribó a su casa, Dora aún estaba dormida. ¿Qué opinaría al enterarse del compromiso matrimonial de Raquel? Lo que Dora dijera o pensara al respecto, carecía de relevancia. Pese a ello, consideró Judith, un odio tan fuerte como el de esa mujer podría resultar en ella una emoción satisfactoria. Faltándole el odio, ¿qué le restaba a la pobre Judith? Le había entregado al príncipe Peter lo que él buscaba en ella y se suponía que ya estaba satisfecho. Si la joven no hubiese accedido a echarse en el suelo, debajo del príncipe Peter, ¿habría éste desafiado a su esposa? Ésa era una idea ignominiosa y muy poco probable. Si el príncipe hizo frente a su familia y, quizá, a sus propios criterios y normas de conducta, la causa era que él consideraba terminado su matrimonio. Pero, una vez que se restablecieron los lazos matrimoniales, ya no podía justificar su aventura amorosa con Judith, ni siquiera delante de sí mismo.

Pero, a pesar de las cavilaciones de Judith acerca de la conducta del príncipe, deseaba poder odiarlo. De no haber sido por él, que reapareció en su vida, Judith hubiese podido recoger los fragmentos de su existencia destrozada e incluso habría sido capaz de reanudar la historia de la revolución que estaba redactando. En cambio, el príncipe, en su búsqueda egoísta de placer, la había arrastrado para arrojarla a un torbellino y soltarla después, de manera que todavía no sabía qué hacer ni dónde asentarse.

Judith comprendía todo eso y, sin embargo, era incapaz de aborrecerlo y de culparlo de ser el autor de sus infortunios. Por el contrario, había asistido al palacio para verlo y se sentía contenta por haberlo visto montado a caballo y dirigiendo a sus hombres. Hasta le fue posible imaginar que ella era la esposa que había ido a despedir al marido que partía para la guerra. En aquel instante, pensó que las debilidades de carácter de aquel hombre, su esplendor, su arrogancia, su egoísmo, su elegancia y su valor, personificaban todo lo falso y desacertado de la aristocracia rusa. No obstante, ella sintió que lo amaba.

Ya no eran tantos los transeúntes que deambulaban alrededor, cuando Judith y Raquel llegaron al puente. Raquel se detuvo para recuperar el aliento y se apoyó en el barandal para contemplar la lenta corriente del agua que continuaba su curso hacia el Báltico. Lanzó una mirada de reojo a su hermana y advirtió una lágrima que rodaba por su mejilla y caía a mezclarse con las aguas del río.

—Se veía muy guapo —le dijo. Judith se acercó para recargarse sobre el barandal junto a su hermana, enjugándose los ojos—. Me gustaría que

Tigran fuese soldado. También luciría magnífico en uniforme, aunque no tanto como Peter, por supuesto. Pero, si fuera soldado, ahora tendría que marcharse a la guerra.

Judith se apartó del barandal y echó a andar y Raquel cayó en la cuenta de que había hablado sin pensarlo mucho. Se apresuró a reunirse con su hermana.

—¡Judith! Lo siento mucho.

—¿Qué?

—Pues todo... Pero es que él me lo pidió. Yo no podía decirle que no.

Judith se volvió para darle el brazo a su hermana y le sonrió.

—¡Qué cosas dices, Raquel! ¿No deseabas decirle que sí?

—Pues yo... ¡Claro que sí! Pero, no quisiera que tú te ofendieras.

—¡Vamos! No seas tonta. ¿Cómo piensas que podrías ofenderme? Me siento muy contenta por ti. Me parece que todavía no puedo creerlo. Tigran Borodin... No tiene una muy buena reputación, ¿lo sabías?

—Lo sé.

—¿No trató de...?

—No. No lo hizo —respondió Raquel con prontitud y mucha firmeza—. Yo no se lo hubiese permitido, pero él tampoco lo intentó. Nos besamos, eso sí. Y... bueno, nos besamos. Oye, Judith, cuando nos casemos, tú podrás regresar a Starogan cada vez que lo desees.

—¿Podré volver? Tigran se casará contigo, no con tu familia.

—Pero si yo quiero que tú vayas, él te invitará; si es que quieres.

—Vamos a aguardar un poco y ya veremos —expresó Judith al tiempo que abría la puerta de la reja y echaba a andar por el camino que llevaba a su casa.

—A lo mejor ya vino —mencionó Raquel y apresuró el paso, subió corriendo los escalones de la terraza y entró como una tromba, haciendo a un lado a Vasili Mikhailovich, el mayordomo—. ¿No ha venido nadie? —preguntó al pasar—. ¿No ha venido monsieur Borodin, del Ministerio del Exterior?

—No, madeimoselle. Nadie ha venido.

—¡Oh! —Raquel se detuvo, mordiéndose los labios. Judith se retiró el sombrero y la capa—. Es probable que aún esté durmiendo —indicó Raquel sonriéndole a su hermana—. ¿Sabes que ahora ya sé lo que podría hacer, Judith? La zarina en persona me sugirió que me hiciera enfermera. ¿No te parece que es una buena idea?

—Me parece una idea estupenda.

—¿No quieres prestar esos servicios tú también? Estaríamos juntas. Es lo que debemos hacer en estos momentos. Las grandes duquesas serán enfermeras en el hospital, lo mismo que Xenia. Todas las damas prestarán sus servicios.

—Todas las damas, claro —masculló Judith entre dientes—. Sí. Me gustaría hacerlo, si es que me aceptan.

—Por supuesto que te aceptarán —aseguró Raquel. Avanzo hasta el pie de las escaleras, se detuvo y volteó para mirar a su hermana por encima del hombro—. Vendrá, Judith. ¿Verdad que sí vendrá hoy mismo?

Judith le sonrió ampliamente.

—Claro que sí, Raquel. Te pidió que te casaras con él, ¿no es cierto?

—¡Vaya! —exclamó Ilona—. ¿Cómo estuvo el desfile?

—¿Desfile? —inquirió George Hayman—. Fue un servicio religioso —se quitó el sombrero y el abrigo y los colgó en el gancho que estaba junto a la puerta; el departamento era muy reducido, pero no habían podido conseguir otro mejor en tan poco tiempo y con la conmoción que reinaba en toda la ciudad—. La situación comenzaba a verse como la de una Guerra Santa musulmana.

Ilona lo condujo a la pequeña salita de estar y se sirvió una taza de café.

—¿No crees que debería ser una Guerra Santa?

—¡No, por Dios, querida mía! Es una guerra como cualquier otra —George tomó su taza de café, se sentó y cruzó las piernas—. Austria ha tenido a Servia en la mira desde hace años. Buscan una expansión general en los Balcanes, a medida que Turquía se debilita. También, desde hace años, Francia ha anhelado apropiarse de Alemania para recuperar lo que perdió en 1871. Inglaterra mantiene constantemente su vigilancia sobre Alemania desde hace diez años, pues ésta ha dado indicios de que pretende convertirse, también ella, en una auténtica potencia naval y colonial.

—¿Y Rusia? —indagó Ilona.

—Ha entrado a la lucha para conquistar un primer lugar entre las naciones europeas. Quizá pienses que sea trágico creer que si los japoneses no hubieran tomado Puerto Arturo esta guerra no hubiera tenido lugar.

—Algo así puede decirse de toda la historia —señaló Ilona sentándose al lado de su esposo.

—Pero ahora existe una diferencia: en el pasado, cuando observábamos que Inglaterra o Francia, Alemania o Austria iniciaban una guerra, sabíamos que eran los gobiernos los que la declaraban. La gente común y corriente, los soldados, recibían la orden de ir a luchar y todos iban. Ahora, es el zar el que invoca al cielo en la empresa de la guerra. El zar habla como si se tratara de una guerra de Dios.

—Es necesario invocar al cielo para que los hombres abandonen a sus familias y sus casas para marcharse voluntariamente a la guerra con enormes probabilidades de que los maten.

—El problema de invocar al cielo, mi amor, es que, si no se gana, el pueblo comienza a creer que a lo mejor Dios está de parte del enemigo.

—Me pareces demasiado pesimista —le dijo Ilona—. Los periódicos comentan que Rusia enviará trece millones de hombres a los campos de batalla. Toma eso en consideración, George. Es un número mayor al de todos los ejércitos de Europa reunidos, haciéndose frente uno al otro. ¿Cómo podrán resistir los alemanes y los austriacos?

—¿No mencionan los periódicos la cantidad de rifles modernos que hay en Rusia? ¿No señalan cuántas armas se producen a diario? ¿No dicen acaso los periódicos algo acerca del hecho de que Samsonov y Rennenkampf se detestan mutuamente? ¿Y que Jilinsky, que es el comandante absoluto en Polonia, no tolera a ninguno de los dos?

—Bueno, la guerra nos sorprendió sin estar preparados.

—En cambio Alemania sí lo estaba. No quiero que me malinterpretes. Estoy de acuerdo con que trece millones de hombres son muchos; pero, de todas formas, te recomiendo que te prepares para dos o tres reveses, aunque no creo que Rusia pierda esta guerra. De ningún modo concluirá para Navidad, como tu hermano afirma —dejó la taza de café sobre la mesa y apretó cariñosamente la mano de Ilona con la suya—. Hablemos ahora de cosas más agradables. Quería decirte que Peter se veía majestuoso encabezando su compañía. Asimismo, el joven teniente Gorchakov se veía muy apuesto.

—¿Había alguien más de la familia?

—Vi a tu tía Anna.

—¿Alguien más?

—Sí. Roditchev.

—¡Oh, por Dios! No sabía que estuviese en San Petersburgo. ¿Él te vio?

—No. Y, a propósito, ya no menciones San Petersburgo para nada.

—¿Qué quieres decir?

—Se trata de un decreto del zar. A partir de hoy, la ciudad de San Petersburgo se llamará Petrogrado. El primer nombre era demasiado alemán.

—¡Vaya! ¿No te parece que eso es...?

—¿Infantil? Estoy de acuerdo. ¿Qué le ocurriría a Inglaterra si se comenzaran a modificar en el mundo los nombres con raíces sajonas? De cualquier modo, debes saber que Roditchev no me vio; pero puedes estar segura de que ya sabe que estamos aquí. Por lo que he indagado, aún está a la cabeza de la Okhrana y me imagino que estará muy ocupado interrogando a los supuestos espías. ¿Sabes a quién más vi en las ceremonias? A esas dos jóvenes.

—¿Cuáles?

—Las Stein.

Ilona se mordió los labios.

—¿Se veían bien?

—Bastante bien. Estaban tomadas de la mano, observando a Peter.

—Debe ser un consuelo tener una hermana con quien compartir las penas —dijo Ilona, suspirando.

—¿No las has compartido con Tattie?

Ilona se encogió de hombros y se levantó.

—Hay una diferencia de seis años entre ella y yo. Además, ¿quién se atreve a compartir algo con Tattie?

—Recuerda que nos ayudó a estar juntos.

—Claro que lo recuerdo y le estoy eternamente agradecida por eso. Sin embargo, su ayuda también era parte de un plan personal de Tattie para impedir que Peter la regresara a Starogan. Pero tú sabes que ese tipo de música que le gusta tocar... bueno, una vez interpretó para mí esa pieza que se llama "Alexander's Ragtime Band", de Irving Berlin.

—Bonita pieza.

—Demasiado estadounidense, eso sí. Pero, ¿sabes que no se conformaba con tocarla? No. Además quería bailarla. Deseaba escapar de la casa y dedicarse a la danza. Deberías verla cuando baila, levantándose la falda hasta más arriba de la cintura y sin nada... ¿Cómo podría compartir alguien una pena con una persona así?

—No me parece tan reprochable lo que hace —dijo George—. Comparada contigo, Tattie es la niña mimada de tu mamá. Esperemos que lo continúe siendo —volvió la cabeza a un lado—. ¿Llamaron a la puerta? —se puso de pie y fue a abrir. Hizo un gesto de sorpresa al ver a Tigran—. No luces muy bien, primo.

—Demasiada champaña —Tigran entró, colgó del gancho el sombrero y el abrigo y besó las dos manos de Ilona—. Y un problema.

—¿Hay conflictos en el Ministerio del Exterior?

Se sentó y aceptó la taza de café que le ofrecieron.

—Esto era lo que necesitaba. No desayuné absolutamente nada. Hay problemas en el Ministerio del Exterior y puede haberlos para mí en lo personal. Necesito su consejo —miró a Ilona y después a George.

—Si es que podemos dártelo —dijo George.

—Le he pedido a la chica Stein que se case conmigo.

—¡Bien hecho! —exclamó Ilona.

—¡Muy bien hecho! —recalcó George a su vez—. ¿Se trata de Raquel, no?

Tigran asintió.

—Y, por supuesto, a mi tía Anna le disgusta —dijo Ilona—. ¿Qué ha dicho el tío Igor?

—Aún no lo sabe. Mamá prometió no decirle nada si yo me comporto de una manera prudente.

—Si renuncias, querrás decir —comentó George—. ¿Qué te respondió mademoiselle Stein?

—Me dijo que sí.

—Pero, ¿por qué? —preguntó Ilona. Tigran arqueó las cejas, ofendido—. No me refiero al motivo por el que ella te dijo que sí. ¿Por qué quieres casarte con ella?

—¿No te ha pasado por la cabeza la idea de que puede estar enamorado? —le preguntó George a su mujer.

—La conoció apenas hace unas semanas —añadió Ilona—. ¿Qué tendrán esas dos mujeres que a ti y a Peter, a los dos, los manejan a su antojo?

—No lo sé —Tigran apuró su café—. No sé lo que ocurrió entre Peter y Judith. En cuanto a mí... Yo no tenía el propósito de que sucediera algo como esto. Anoche la llevé al baile y me imaginé... Bueno... Pensé que luego del baile podríamos estar juntos... o algo así —miró a Ilona y se sonrojó—. Pero entonces... Es complicado explicarlo a alguien más. Baila divinamente. Sonríe como... En definitiva, es la cosa más adorable que yo haya conocido.

—¿La cosa? —preguntó Ilona.

—He querido decir, la chica. En todo caso, yo no... aproveché la situación. Eso era lo que quería. En cambio, acabé por confesarle que la amaba y que ansiaba casarme con ella.

—¿Y, ahora, a la luz del día, puedes decirme si la amas de verdad? —inquirió George.

—Mi mamá dice que, en realidad, no la amo. Lo cierto es que, ¿comprenden?, no sé lo que es estar enamorado. Nunca lo he estado en toda mi vida.

—Si tú mismo no lo sabes, Tigran, es razonable sospechar que no lo estás —explicó Ilona.

—No la puedo apartar de mi mente. Anhelo estar con ella. Deseo... Pero el caso es que mi padre me desheredará, eso es innegable. Odia a los judíos —se encogió de hombros—. No tengo alguna entrada propia y no podría vivir con lo que me pagan en el ministerio.

—Tendrás que alistarte en el ejército —insinuó Ilona con perversas intenciones— e ir al frente.

—¿No podrías darme un consejo? —preguntó Tigran.

—No —contestó George—. Sólo te diré que, por el bien de los dos, debes estar convencido de lo que haces. Pero también te haré un pronóstico.

—¿Qué?

—Rusia no será la misma al final de esta guerra. Pienso que será más liberal. A lo mejor incluso los Borodin deberán ser más liberales.

—¡Hum! —Tigran se levantó y salió del pequeño saloncito para dirigirse a la salida, se colocó el sombrero y dijo—: Deben saber que mi propuesta a Raquel Stein es el primer acto decente de mi vida —sonrió—. Debe de ser por causa de la guerra. Voy a confesarles algo: desearía estar en el ejército y camino del frente, así no tendría que tomar una decisión hasta mi retorno.

—¿Pan? —preguntó monsieur Halprin—. No me queda absolutamente nada. Vendí las últimas piezas hace media hora. Si hubiese venido antes...

—Nunca se les habían agotado las existencias tan temprano —expresó Judith...

—¡Ah, bueno! Es que estamos en guerra. ¿No lo sabía? —monsieur Halprin no encontraba algún motivo para tratar con cortesía a una terrorista eximida por una amnistía y que, además, era judía.

—No comprendo por qué una declaración de guerra ocasiona de inmediato una escasez de pan —comentó Judith—. Pero si ése es el caso, ¿me podría vender un poco de harina para que hagamos pan?

—¿Harina? No tengo nada de harina. Nada que me sobre, quiero decir. La falta de harina es lo que ha causado la escasez del pan. Los camiones, los vagones del ferrocarril, mademoiselle, se requieren para transportar nuestro armamento y nuestros hombres a Polonia, no para trasladar harina.

Por fin decía algo coherente. Pero Judith estaba convencida de que tenía pan escondido en la trastienda para ofrecerlo a sus clientes predilectos o a las aristócratas amas de casa. "¡Vaya! —pensó—, debería decirle que muy pronto estaremos emparentados con la aristocracia". No, probablemente no le creería. Además, Tigran había expresado el deseo de que el compromiso se mantuviera en secreto. Así estaban las cosas. Pero podría ocurrir. En el ambiente, se percibían los cambios que habrían de sucederse; era tanta la conmoción, tan grande la excitación, que no había dificultad en estimar que Rusia ya no sería la misma tras el conflicto.

—Entonces, mañana vendré más temprano, monsieur Halprin —le dijo al panadero.

Salió de la tienda y permaneció parada en la calle oyendo el rumor de la ciudad a su alrededor —sin duda que aquella mañana marcharía otro regimiento para recibir la bendición del zar antes de partir al frente— y, de repente, advirtió que dos hombres se habían detenido junto a ella, uno a cada lado.

Se le cortó la respiración, como si le hubieran dado un fuerte golpe en el estómago. La última ocasión que la detuvieron, le habían pegado en el estómago. No era para asombrar a nadie el hecho de que Rusia no cambiaría nunca.

—Deberá venir con nosotros, mademoiselle Stein —dijo uno de los dos hombres levantando su sombrero con mucha cortesía. Siempre se mostraban muy amables cuando estaban en la calle.

—¿Adónde? —inquirió, haciendo un esfuerzo para que su voz no revelara su temor.

—El príncipe y general Roditchev ha manifestado su deseo de hablarle un momento, mademoiselle.

—¿Tienen alguna orden de arresto?

—Por supuesto que no, mademoiselle. Éste no es un arresto. Sólo la estamos invitando a comentar algunos asuntos con el príncipe. No es más que una visita de cortesía, mademoiselle.

A Judith se le ocurrió que podría darles la espalda y apresurar el paso calle abajo, pero aquellos hombres podían detenerla, aunque no tuvieran una orden de captura; la Okhrana no siempre se preocupaba por respetar las normas de la ley. Por otra parte, estaba segura de que ninguno de los transeúntes la rescataría.

Pero tampoco era posible que fuera a entrevistarse con Roditchev en sus oficinas sin alguna garantía, siquiera bajo protesta. ¿Correría el riesgo de quedar de nuevo bajo el poder de aquel siniestro hombre? En realidad, nunca había estado fuera del círculo de su poder. Desde que regresó de Irkutsk, no había hecho nada en lo absoluto que mereciera una sanción a no ser su viaje a Starogan y eso no podía considerarse como un crimen contra el Estado.

—Allá está el automóvil —dijo el otro hombre y ella permitió que la condujeran a través de la avenida. Nadie se detuvo a mirar; al contrario, si acaso alguno observaba la escena de reojo, apresuraba más el paso sin atreverse a volver el rostro. No era conveniente demostrar curiosidad sobre los trabajos de la Okhrana.

Los dos hombres le sonreían con afabilidad mientras la escoltaban por la calle transitada. La última vez que ella compartió un auto con gente de la Okhrana, la habían maltratado y le sonreían mientras la aporreaban. Ahora, en cambio, se comportaban con una cortesía exagerada; no obstante, Judith no pudo reprimir un estremecimiento cuando el automóvil cruzó los arcos del conocido y odiado edificio de la Okhrana. Nadie la miró con curiosidad o con interés cuando entró en la sala de la planta baja, donde trabajaban febrilmente varios empleados y algunas empleadas, porque, al parecer, también la Okhrana había empezado a contratar mujeres. Cuando le señalaron que subiera las escaleras, ya había recuperado por completo la serenidad y estaba segura de sí misma, aunque permanecía una vaga sensación de vacío en el fondo del estómago. Recordaba que, anteriormente, mientras ascendía por aquellas mismas escaleras, rondaba por su cabeza un torbellino de pensamientos, buscando algunos medios de defensa, algunos nombres —incluyendo el de Peter Borodin— de personas que pudieran defenderla. Pero todo había sido inútil: ni los medios de defensa que había conjeturado, ni los nombres de las personas en las que había pensado, le valieron para librarse de las crueldades de Roditchev. Así que esta vez no pensó en nada más que en armarse de paciencia, en conservar la sangre fría y en aguardar a que se desarrollaran los sucesos. Estaba totalmente libre de culpas. Ni siquiera Roditchev podría recriminarle algo.

Los dos hombres se detuvieron, llamaron a la puerta y se oyó la voz de una persona que les ordenaba pasar. Entraron a una oficina muy amplia, donde trabajaban cuatro secretarios y una secretaria. Uno de aquellos hizo un signo con la cabeza y cruzaron la oficina hacia otra puerta interior; nuevos llamados y otra voz que mandaba pasar y uno de los acompañantes de Judith abrió la puerta.

El príncipe Roditchev, general del ejército, se irguió en su silla y le dirigió una amplia sonrisa, sin ponerse de pie.

—Mademoiselle Stein —dijo a modo de saludo—. Cierre la puerta.

Judith se percató de que los dos hombres que la acompañaron desde la panadería ya habían desaparecido. Dio unos pasos hacia el interior y cerró la puerta tras ella.

—Siéntese —le indicó Roditchev. Había una silla de respaldo recto frente al escritorio y Judith la ocupó, sentándose en la orilla. Roditchev, sonriendo aún, se inclinó hacia adelante sobre el escritorio—. ¿Me tienes miedo? —le preguntó.

Judith lanzó un suspiro. No valía la pena mentirle a un hombre como aquél. Quizá la conociera mejor que cualquier otro.

—Tengo miedo, su excelencia —reconoció.

—No hay motivo para tenerlo. No has cometido delito alguno en fecha reciente, creo yo. ¿Has hecho algo indebido?

—No, su excelencia.

—Eso pienso —la silla crujió levemente y él se levantó. Su bastón estaba sobre el escritorio y Judith tenía que hacer un esfuerzo para no volverse a verlo, pero Roditchev lo dejó donde estaba—. ¿Cuáles son tus sentimientos acerca de la guerra? —indagó.

Judith levantó la cabeza.

—Estoy orando para que Dios le conceda el triunfo a Rusia, excelencia. Una rápida victoria.

—Y yo contesto "Amén" a esa oración —dio unos pasos alrededor del escritorio y se sentó en el borde del mismo, de tal forma que su rodilla casi tocaba el hombro de Judith—. ¿Disfrutó su estancia en Starogan?

Ella le sostuvo la mirada.

—Es un sitio muy hermoso, excelencia.

—¡Ya lo creo! Hace algunos años que estuve allá. Espero que estés muy complacida ahora que podrás ir a Starogan con frecuencia.

Judith hizo un esfuerzo para que su ira no se proyectara en su rostro. ¿Sería posible que Roditchev no supiera lo que le había acontecido allá?

—Los Borodin —prosiguió exponiendo él con tono desdeñoso— representan una rara familia. Ese Tigran, por ejemplo, ¿no está de acuerdo con que es un completo inútil?

—Ésa ha sido su reputación —dijo Judith con cautela.

—Y tiene un importante puesto en el Ministerio del Exterior, debido a su posición. Pero ahora ha ido demasiado lejos al contratar a una anarquista como secretaria particular... ¡Ah!... lo había olvidado: es amiga tuya, ¿no es cierto?

"Por fin sé qué es lo que quiere conmigo —meditó Judith—. La situación no es tan peligrosa como yo supuse".

—La conocí en Irkutsk, excelencia. Es indispensable contar con amigos en Irkutsk.

—Estoy seguro de ello; pero, ¿acaso recomendaste a tu amiga con monsieur Borodin para que se convirtiera en su secretaria?

—Monsieur Borodin sabía que ella era mi amiga cuando le dio el puesto, su excelencia.

—Claro que lo sabía y, de cualquier forma, lo habría averiguado en Starogan. ¿Fue en Starogan donde Tigran conoció a tu hermana? ¡Qué chica tan bonita! La vi por primera vez en la estación del ferrocarril, el día en que regresaste a casa, hace dos meses. Desde entonces, quedé admirado de su hermosura. Ustedes dos son muy bellas, Judith. Pero tu hermana no tiene la misma experiencia que tú.

El corazón de Judith empezó a latir con fuerza y le costaba trabajo respirar. Pero le pareció que Roditchev sólo estaba intentando intimidarla.

—No es posible que tenga algo contra Raquel —dijo.

—¡Dios me libre de tener algo contra una futura madame Borodina. Una futura condesa, ni más ni menos!

—Usted... ¿Cómo se enteró de eso?

Raditchev sonrió.

—Mi deber es enterarme de todo. La gente viene a contarme cosas, Judith, ya que les ayudo con frecuencia.

—Raquel tiene la desgracia de ser mi hermana, su excelencia. Tigran Borodin lo sabe. Nunca ha sido socialista ni lo será jamás. Y eso también lo sabe Tigran.

Es una joven con buen criterio —afirmó Roditchev—. Pero no el suficiente. En ocasiones, las chicas se empeñan en alcanzar algo que está muy por encima de ellas. Una hermana prudente, una hermana razonable y cariñosa, aconsejaría a su hermana menor de que no hiciera semejante cosa.

Así que todo se reducía al simple caso de un intento de asustarla y, por medio de ella, intimidar a Raquel. ¡Qué tipos tan mezquinos eran todos aquellos príncipes y princesas!

—Yo lo pensaría con detenimiento —continuó diciendo Roditchev. Bajó del escritorio, caminó a su alrededor y volvió a ocupar la silla. Colocó los codos sobre el escritorio, juntando las yemas de los dedos de sus dos manos—.

Casi siempre, la gente que trepa demasiado alto pierde el piso, mi querida Judith. Casi siempre caen y su caída es irreparable. En muchas ocasiones, llegan a caer en sitios como estas oficinas. Ahora bien, hablando en nombre mío y en el de mis hombres, puedo decirte que estaríamos fascinados de que tu hermana viniera a visitarnos. Nos divertiríamos en grande, te lo aseguro. Tanto como nos divertimos cuando tú, mi querida Judith, nos visitaste.

Ésta decidió mantener en alto la mirada, fija en la de Roditchev. Se repitió que se hallaba frente a un hombre perverso y hubiese dado cualquier cosa por adivinar lo que se tramaba en su nefasta mente. De lo que no quedaba duda era de la habilidad del príncipe para aterrorizar a sus víctimas. A Judith la mantenía amedrentada sólo con el recurso de recordarle lo que había hecho con ella y con sugerirle que algún día haría lo mismo con Raquel. No obstante, era imposible que llegara a hacerlo, en caso de que las dos hermanas pudieran confiar en Tigran y, al parecer, era muy seguro que podrían confiar en él. Judith se levantó de la silla.

—Tendré muy presente sus comentarios, príncipe Roditchev.

—Estoy seguro de que así será. Regresa a casa y reflexiona.

—Así lo haré —De manera que, después de todo, Judith era capaz de odiar. En aquel instante, experimentaba un odio atroz, más fuerte que el que había sentido antes contra aquel hombre. ¿Qué le había dicho Dora?: "Un día me sentaré sobre el pecho de Roditchev para sacarle los ojos". Un acto semejante resultaba improbable, pero el pensamiento sirvió para que Judith comprendiera que, a alguien como Roditchev, también podía hacérsele mucho daño, si alguien se atreviera. Dio media vuelta hacia la puerta, como si fuera a salir; pero se detuvo para observar a Roditchev por encima del hombro—. No me ha preguntado nada acerca de las personas con quienes me encontré en Starogan —le dijo con cierta burla.

—Ya sé a quiénes viste en Starogan.

Judith no dejaba de mirarlo en la misma forma.

—¿A George Hayman? ¿A la señora de George Hayman?

—La entrevista ha finalizado, mademoiselle.

Judith sonrió con sarcasmo.

—El señor Hayman recuerda muy bien a su excelencia. Hace poco me relataba todo lo que ocurrió cuando se encontraron por última vez. Sabe relatar muy bien los acontecimientos; supongo que está ejercitado para ello, como periodista que es.

—¡Largo de aquí! —rugió Roditchev—. Sal de inmediato, mademoiselle Stein. ¡Dios es testigo de que si vuelves a cruzar por esa puerta te arrancaré la piel hasta los huesos!

—También lo tendré presente, su excelencia —le dijo Judith con absoluta tranquilidad—. Le platicaré al señor Hayman todo lo que me ha dicho.

CAPÍTULO V

¿CUÁLES SON LAS IDEAS QUE VIENEN A LA MENTE AL IR HACIA EL frente de batalla? Sin duda, nadie se atreve a pensar que sería preferible estar en cualquier otra parte y, si tal pensamiento llegara a expresarse con palabras, se correría el riesgo de morir descuartizado allí mismo. Iván Nej consideraba repugnante e infame el vehemente patriotismo, el exaltado espíritu de "victoria o muerte", que predominaba entre los hombres de su compañía. Iván había dado por sentado que su ejército —la diminuta fracción del ejército en la que él se hallaba, integrada por reclutas más que por soldados maduros, estaría de acuerdo con que era una muestra de tiranía atroz por parte del zar la de enviarlos a combatir en una guerra distante, cuando eran tantas las cosas más provechosas que podrían hacerse en casa. En cambio, se había encontrado sitiado en un ferviente frenesí militar. Aquellos hombres, compañeros suyos, muchos de los cuales ya era sus amigos, en realidad ansiaban pelear. Anhelaban que llegara el momento de matar por la madre patria y por el zar. No estaba muy convencido de que desearan matar por la zarina, pero sí andaban comentando que ella no era culpable de ser alemana.

Estuvieron sometidos a un breve lapso de capacitación con una gran energía. Se habían formado por turno en las filas de tiro al blanco con rifle, haciéndolo con mucha solemnidad, pese a que sus esfuerzos resultaban cómicos para cualquier experto que los observara: había un rifle para cada fila de diez hombres y una sola bala para cada uno. En muchas ocasiones, durante las prácticas, Iván permaneció echado boca abajo, empuñando el rifle: abría el cargador, simulaba meter la bala, cerraba el cargador, apuntaba y apretaba el gatillo; al escuchar el clic del disparo, abría de nuevo la cámara del cargador, simulaba retirar el cartucho, cerraba la cámara y apretaba el gatillo. Tras efectuar diez o doce veces la misma operación, el sargento ordenaba: "¡Carguen!" y entonces había que meter la única bala al cargador. Aquella vez, el disparo producía un gran estallido, el rifle brincaba entre sus manos y la culata le golpeaba el hombro, pero el blanco distante quedaba siempre intacto.

—No te preocupes: un alemán es mucho más grande que ese blanco.

Le había explicado el sargento Rimsky para tranquilizarlo. A pesar de ello, Iván experimentaba cierta zozobra. Se había ofrecido la entrega de rifles nuevos a cada uno de los integrantes del regimiento; pero las armas no venían. Iván hubiese deseado saber lo que el sargento Rimsky comentaría ahora que ya iban avanzando sobre el territorio de Polonia, en el mes de abril, y los rifles no se habían repartido en cantidades adecuadas. No había más de dos armas para cada diez hombres. Iván iba cargando aún sobre el hombro un modelo de rifle tallado en madera. ¿Quién iba a imaginar que un simple pedazo de palo pesara tanto? ¿Qué se suponía que hiciera con él cuando quedara frente al enemigo?

Por otro lado, lo más seguro era que el enemigo no esperara a ver lo que el otro hacía con el rifle de madera. Eran cientos y cientos los soldados que iban hacia Alemania y el adversario no tenía por qué enterarse de que sólo veinte por ciento de ellos portaban rifles y municiones reales y de que ninguno se había entrenado en las prácticas de tiro. Los alemanes lograron una gran victoria o quizá más, durante el otoño anterior, aunque nadie sabía con certeza en qué había radicado aquel triunfo, puesto que las noticias llegaban con mucho retraso y de manera fragmentada y vaga. Pero era obvio que si los ejércitos de los generales Samsonov y Rennenkampf hubiesen vencido no habría sido necesaria aquella ofensiva de primavera que tan detalladamente se había preparado desde tiempo atrás. Por cierto, corrían rumores de que Samsonov se había volado la tapa de los sesos ante la dimensión de su derrota; no obstante, los rusos ahora iban a lavar aquella afrenta. Se les había informado que los alemanes estaban comprometidos en el frente de Francia y que no habían dejado en Polonia más que unos cuantos soldados que, desde luego, no representaban una fuerza suficiente para resistir el ataque de trece millones de hombres, aunque estuvieran tan escasamente armados.

Iván se preguntaba cómo podría ser el enemigo. Tendría que ser un hombre como él, pero con un uniforme diferente. Iván vestía casaca y pantalones de tela de caqui, botas negras y una gorra puntiaguda, también de caqui. Imaginaba que Zoé diría que lucía muy guapo y que su madre daría palmadas de alegría al verlo así. El largo bulto de sus ropas de cama enrolladas lo llevaba atravesado sobre la espalda, detenido por correas al pecho y apoyado en la cadera derecha; el rollo contenía mucho más que sus ropas de cama; dentro, estaban su camisa y sus calzones de repuesto y hubiese llevado también unos calcetines de repuesto, pero éstos estaban prohibidos para el soldado ruso. La mochila que colgaba sobre su cadera izquierda contenía las herramientas para atrincherarse, las raciones de emergencia y la botella de agua, en una bolsa exterior. El inservible rifle de madera colgaba de su hombro derecho, junto al rollo de cobertores y, a cada paso, la bayoneta le golpeaba el muslo, cerca de la mochila. La bayoneta sí era auténtica. Si algún alemán se acercaba lo bastante para alcanzarlo, podría utilizarla contra él, mas no podría moverse con libertad con todo aquel equipo que le pesaba tanto. Imaginaba que ya no le quedarían fuerzas cuando de verdad participaran en batalla.

¿Qué sentiría si tuviera que clavarle la bayoneta a un hombre? Eso era algo en lo que no debía pensarse, pues en seguida conducía a otro pensamiento: ¿qué sentiría si a él le clavaran una bayoneta? Tal vez le tocaría una bala y, entonces, moriría al instante.

Iván no quería morir y quizá no muriera. Retenía en su cabeza una masa de estadísticas de las que Michael le había platicado, después de tomarlas de las enciclopedias que leía, cuando los dos eran adolescentes en Puerto Arturo. En ese entonces, les había restado importancia a aquellos números; pero ahora era otra cosa. Según los datos de Michael, en cualquier combate, en cualquier guerra, las bajas eran de sólo uno de cada diez y, de aquel diez por ciento, sólo una cuarta parte eran muertos. Iván calculaba que había muchos hombres a su alrededor; nunca hubiese pensado que se convocara a tantos en un solo lugar al mismo tiempo. Entre todos, constituían una extensa columna color pardo que se prolongaba hasta donde llegaba la vista sobre las llanuras de Polonia. La mayoría de los que marchaban en la columna vestían como él, aunque de vez en cuando se mezclaban entre las filas pardas grupos de hombres con el uniforme azul de la artillería; éstos iban contentos, sentados en sus vehículos, salpicando de lodo a los desventurados de la infantería. Cada uno de los flancos de los grupos de la artillería llevaba una escolta de cosacos, enormes hombres de recios bigotes y gorras de piel, con largas cartucheras en la cintura y cruzando el pecho y alargadas espadas de hojas curvas junto con grandes lanzas. Por lo menos, los cosacos eran una fuente de entretenimiento para la tropa, puesto que, a menudo, se les veía sacar los pies de los estribos y cabalgar de pie sobre la silla de montar, con tanta seguridad y destreza como si fueran montados.

—¡Alto! ¡Descanso!

Las voces corrían a lo largo de la inmensa columna como si las repitiera un eco. Los miles y miles de hombres se detenían de pronto y rompían filas; los cabos les indicaban el sitio donde podían sentarse a beber el té preparado en los samovares. Uno de cada diez hombres portaba el samovar. Por eso, Iván creía que sólo los portadores de los samovares fallecerían en el combate; también debido a ello, Iván solía tener la visión momentánea de un campo devastado donde yacían incontables cuerpos que oprimían contra su pecho un samovar ya inservible, abollado y agujerado por las balas.

—¿Te has dado cuenta —le preguntó Vygodchovsky—, de que el mar está sólo a setenta kilómetros al norte de nosotros? Ya hemos cruzado la frontera. Estamos en Prusia.

—No puede ser —manifestó Iván limpiando las gafas con el pañuelo—. Ni siquiera hemos llegado a Varsovia.

—Ésta es la Prusia oriental —le anunció Vygodchovsky—. Varsovia está hacia el sur. Los alemanes están en Varsovia.

Apuntó hacia donde él creía que se ubicaba el sur, ya que era imposible determinarlo con exactitud por la densa capa de nubes y la llovizna constante que los había acompañado durante los dos últimos días.

—Están hacia allá y nosotros tenemos la tarea de rodear a los alemanes.

—¿Eso fue lo que te dijo el general? —inquirió Taimanov, sentándose al lado izquierdo de Iván.

—Fue el sargento quien me lo dijo.

—El sargento, ni más ni menos...

—Bueno... —Vygodchovsky se restregó las narices y sorbió ruidosamente su té—. Yo escuché cuando se lo mencionaba a otro sargento y advertía que había obtenido la información de boca del teniente. Los pobres alemanes están perdidos. Los superamos en cantidad; alrededor de cinco por uno y ni siquiera saben dónde estamos. No hemos visto a ningún explorador de la caballería, que yo sepa.

—Pero, ¿nosotros sí sabemos dónde están? —indagó Iván.

—¡Claro! Los cosacos lo saben. Los cosacos son los ojos del ejército.

Vygodchovsky era un manual militar ambulante. Le brillaban los ojos cada vez que estaba frente a alguno de los oficiales y se persignaba en cuanto se pronunciaba el nombre del zar. Probablemente sus datos fueran correctos. Ya habían recorrido una gran distancia desde que atravesaron la frontera polaca y, hasta ahora, no habían registrado algún disparo.

—¡Alinearse! ¡En marcha!

Apenas habían descansado cinco minutos. Se apuraron los restos del té, se guardaron las tazas de hojalata y los hombres empezaron a incorporarse y a formar filas, el pecho saliente, las piernas juntas, el rostro rígido, mirando hacia adelante, mientras los oficiales iban y venían trotando a caballo a lo largo de la columna. Los oficiales del Estado Mayor se encontraban a la cabeza del gran duque Nicolás Nikolaievich, un hombrazo de cerca de dos metros de estatura, al lado del cual los caballos se veían pequeños. Llevaba el pecho prácticamente cubierto de medallas, cruces y relucientes estrellas, la gorra adornada con franjas y cordones rojos y dorados, las hombreras y charreteras relucientes de listones multicolores sobre el color caqui de la casaca. No volvía los ojos ni a derecha ni a izquierda; su expresión era de una rigurosa altivez; la nariz larga y la barbilla saliente se fusionaban en las profundas arrugas de su frente. Iván se decía al verlo que, sin duda, aquel hombre llevaba grandes preocupaciones en la cabeza.

No menos deslumbrantes eran los integrantes de su Estado Mayor y tanto su apariencia como su porte eran meras emulaciones de los de su jefe.

—Ya no debe faltar mucho —cuchicheo Taimanov—, puesto que los del alto mando ya están aquí.

Retumbó un trueno lejano estremeciendo el aire de la madrugada. El sargento Rimsky circulaba de prisa entre los hombres acostados en el suelo, despertándolos con una sacudida o con un puntapié si no le respondían al instante.

—¡Arriba! ¡Arriba! —vociferaba—. Hay guerra y debemos ganarla.

¿Cuál guerra? Iván se levantó a contemplar el cielo gris y al sacar la cabeza sintió las menudas gotas de lluvia sobre su rostro. A su alrededor no veía más que a sus compañeros. Se quedó observando al capitán y a dos subalternos que, con las cabezas juntas, inclinados sobre la mesita iluminada por una linterna, analizaban los mapas. Por supuesto que ellos sí sabían dónde estaban, adónde se dirigían y quizá supieran en qué lugar exacto se encontraba el enemigo. Pero a él no le iban a comunicar nada. No le dirían nada a nadie. El deber de los demás era obedecer, marchar y matar en cuanto llegara el momento. ¿Con un rifle de juguete?

Eventualmente, a él podría llegarle también la hora de morir.

—¿Escuchaste? —le preguntó.

—Los truenos —respondió Iván—. Muy pronto tendremos tormenta.

Vygodchovsky emitió una risa sarcástica.

—¿Truenos? Ésa es la artillería pesada. Escucha.

Iván miró hacia la lejanía impenetrable. ¿Artillería? Nunca había oído antes un retumbar de truenos tan constante, ni siquiera en Starogan, donde las tormentas eléctricas del otoño eran tremendas. ¡Starogan! Se diría que era otro mundo.

—¡En fila!

El sargento Rimsky, con paso largo, iba y venía, inspeccionando a los hombres de su compañía, usando su bastón como una fusta para punzar a los reacios; el piquete era tan intenso, que nunca había necesidad de repetirlo. Iban a entrar en batalla. Pero antes, deberían marchar. El capitán Dolgurovsky montó su caballo, luego los tenientes y la compañía empezó a caminar en una columna, con los pies salpicando en los charcos, la lluvia cayendo sobre las cabezas y los hombros, empapando las gorras y las mochilas y los envoltorios e incrementando su peso. A Iván el rifle de madera le golpeaba la espalda a cada paso. Sentía el consuelo de estar entre amigos. Le daba gracias a Dios por haber encontrado a Vygodchovsky y a Taimanov.

Toda la luz de la mañana explotó de repente en un resplandor colosal. Iván se sacudió por el estruendo, quedó ensordecido por un instante, trastabilló y golpeó con su espalda a Vygodchovsky, quien ya había golpeado al hombre que estaba detrás de él. El ruido era inaguantable: al escándalo de la explosión, prosiguió una serie de silbidos tan agudos y penetrantes que le provocaban dolor en los tímpanos.

Un golpe y un piquete del bastón de Rimsky. Debía estar gritando porque tenía la boca muy abierta, pero Iván no podía escuchar lo que decía. Ya había recuperado el equilibrio, ocupó de nuevo su lugar y el orden se restableció en las filas.

—Ésos son nuestros cañones —le dijo Vygodchovsky casi al oído—. Ahora sabrán los otros que ya estamos llegando.

"¡Dios mío! —pensó Iván—. ¿Qué sentirán los que están en el lugar donde estos proyectiles estallan?" Aunque ése era un problema para los alemanes. Ya era de día y pudo divisar que no estaban tan aislados como había estimado. Las otras compañías del regimiento marchaban a un lado y al otro de la suya. Un poco más adelante, hacia la derecha, varios hombres a caballo que lanzaban fuentes de lodo a cada paso avanzaban por el pantano interminable en que quedaba transformado aquel terreno llano con las lluvias. Ya no se observaban por ninguna parte los uniformes azules de los hombres de la artillería. Se habían quedado atrás, para lanzar sus cañones. ¡Dichosos los artilleros que disparaban sus cañones desde la retaguardia!

El capitán Dolgurovsky había desmontado y estaba desenvainando la espada.

—¡Compañía! Monten las bayonetas.

Con gran estrépito de los metales chocando entre sí, los hombres sacaron las armas. Iván pensó en sí mismo como en un guerrero medieval empuñando la pica; por cierto, se dijo que aquellos guerreros lo habían hecho muy bien, hasta que la pólvora entró en funciones.

Había cerca de un millar de hombres en la compañía y él se situaba en medio de todos ellos. Difícilmente podría encontrar un sitio más seguro.

Pero, ¿dónde estaba el enemigo? No podía ver más allá de la hilera de hombres que estaban frente a él. Se diría que había estado mirando sus espaldas desde que bajó del tren. Tal vez transcurriría toda la guerra sin ver otra cosa que las mismas espaldas.

De repente, se dejó escuchar un extraño sonido frente a él y se plegaron las filas. Alguien había caído de rodillas y, cuando Iván lo estaba viendo, cayó de bruces y su cabeza pegó en el suelo. Los que estaban a su lado se apartaron un poco para dejarlo caer. Sin duda, habría problemas por aquel incidente. El sargento Rimsky iría hacia el hombre caído enarbolando su bastón. Debió haber tropezado. Iván no observaba que estuviese herido, aunque el casco del caído estaba lejos de su cabeza y el rostro del hombre había adquirido un color gris y una expresión de absoluta indiferencia. Entonces, Iván advirtió el rojo de la sangre mezclado con el fango en el que el cuerpo se hundía poco a poco. Iván calculó que la bala debió haber traspasado el cuerpo del pobre hombre y quizá se quedó en la mochila.

¿La bala? Miró hacia el horizonte y vio un breve resplandor. Allá había hombres que estaban disparando. Hacían fuego contra él.

—¡Júntense unos con otros! ¡Cierren sus filas! —El sargento Rimsky continuaba caminando de arriba a abajo a lo largo de las filas de la compañía. A lo mejor ya había estado bajo el fuego, pues no parecía muy preocupado.

—La compañía seguirá avanzando.

El capitán Dolgurovsky fue a ocupar su sitio, frente a las filas. Tampoco a él parecían preocuparle los lejanos fogonazos de los rifles.

—La compañía mantendrá su formación —gritó.

—¡A formarse! ¡Fórmense! —vociferó convulsivamente uno de los tenientes; tenía muy pálido el rostro, debía tener mucho miedo, no era más que un niño—. Iván se apresuró a extender su brazo derecho para colocar la mano sobre el hombro derecho de Vygodchovsky y empezó a marchar, con el rifle sostenido al frente, observando los reflejos de la luz sobre la bayoneta. Era indispensable pasar por encima del cadáver. Sintió que el estómago se le encogía.

A través de los vidrios empañados de sus lentes, pudo ver un extenso despliegue de fulgores y, poco después, pudo escuchar los disparos por encima del estruendo sordo de cerca de un millar de hombres que se apretujaban atropelladamente. El ruido era funesto: un constante rata-tá-rata-tá-rata-tá.

¡Avance a paso redoblado! —gritó el capitán Dolgurovsky y echó a correr. Iván también lo hizo, instintivamente, resbalando y tropezando. El hombre que corría delante de él, lanzó un grito, después un largo gemido y levantó los brazos; el rifle de madera voló girando por los aires. A continuación, retrocedió tan inesperadamente y con tanta fuerza, que Iván estuvo a punto de clavarle su bayota en la espalda. Tuvo que detenerse de golpe y el hombre que venía detrás le dio un empujón tan fuerte que lo hizo caer de rodillas. Durante unos instantes permaneció hincado, frente al cuerpo del hombre que acababa de fallecer, como si estuviera rezando, en tanto los compañeros corrían a su derecha y a su izquierda, lanzando miradas furtivas al muerto. Iván recordó que éste se llamaba Kuslov. Nunca fueron amigos, Kuslov era del norte y repudiaba a los mujics de las estepas. Pero, en aquellos momentos, lo veía como a un amigo. Si la bala no hubiese abierto un agujero tan grande en el centro del pecho de Kuslov, lo habría hecho en el centro del pecho de Iván. No podía apartar su vista de la herida. La parte media de ésta era roja y manaba sangre; los bordes de carne lívida se fusionaban con la tela desgarrada de la casaca de caqui. ¿Qué habría sentido Kuslov? Los soldados veteranos aseguraban que nadie sentía los efectos de la bala que los mataba. ¿Cómo podían saberlo, si ellos todavía vivían?

—¡Arriba! ¡De pie! —el bastón le punzaba con fuerza en las costillas—. ¡Levántate o por Dios que te rompo la cabeza!

Sobre el hombro de Iván asomó el cañón del rifle; la bayoneta quedó junto a su oreja. Se levantó a tumbos y echó a correr; chocó con otro cadáver y cayó; poco más adelante, había otro hombre muerto y otro más. Sus compañeros estaban a unos treinta metros de él; todos corrían, gritaban, se tambaleaban y caían. Luego, pudo ver a los alemanes: sus uniformes eran del mismo color que el suyo; se sabía que lo eran por sus cascos, rematados por una punta de lanza y por los cinturones y cartucheras dispuestos de una manera distinta. Estaban parados, apuntando con sus armas; allá no había rifles de madera. Iván corrió tan aprisa que estuvo a punto de reunirse con Vygodchovsky al llegar a las líneas enemigas. De pronto, apareció un hombre frente a él, a unos metros; tenía el rifle apoyado sobre el hombro, le apuntaba y estaba oprimiendo el gatillo. Iván se quedó petrificado por el asombro: no sintió nada. Frente a él, con la boca abierta por la sorpresa, el hombre lo miraba. Bajó el rifle. Abrió la boca aún más. Exclamó algo en alemán, pero Iván no supo lo que decía. Ya se había lanzado hacia adelante, con todo el ímpetu de un corredor en la arrancada y su bayoneta se clavó en el centro del estómago del alemán. Brotó una fuente de sangre que salpicó copiosamente el cañón del rifle de madera y le bañó las manos, cuando hundía más y más la bayoneta. El alemán cayó hacia atrás y la bayoneta estaba tan profundamente clavada en el cuerpo que Iván, aferrado al arma, cayó de bruces sobre la cabeza del hombre muerto, sin soltar el rifle que, en ese instante, se partió en dos pedazos con un fuerte tronido. Iván rodó para quedar de espaldas sobre el suelo, lanzó un gemido, se quedó mirando los nubarrones grises y sintió la llovizna sobre el rostro.

¡He matado a un hombre! —susurró con voz apagada.

Era el primero de muchos.

—¡Arriba! —gritó el sargento Rimsky—. ¡Los bastardos están corriendo! ¡Levántate, levántate!

—¿Los habremos derrotado? —preguntó Iván—. ¿Tú crees que ya están derrotados?

Vygodchovsky mordisqueó la boquilla de su pipa.

—No. Si estuvieran derrotados, nosotros continuaríamos avanzando.

Iván creía que habían dejado de avanzar a causa de la fatiga. Habían cruzado las dos primeras líneas alemanas y un enorme bosque. Ahora, se ubicaban en el extremo de aquel terreno, donde estaban las construcciones de una casa de campo y una granja; aunque sería mejor decir que allí estuvieron, ya que allí habían librado un encuentro las fuerzas de avanzada rusas, dejando el panorama transformado en una visión de pesadilla, con ruinas y desolación. En el suelo, los grandes agujeros de las bombas, como cráteres, estaban llenos de agua tinta en sangre y, a su alrededor, había sólo restos de casas demolidas y los despojos sanguinolentos de animales y seres humanos destrozados. Pero no se veían mujeres ni niños por ninguna parte. Habían sido evacuados. Iván se sintió engañado; aunque, viéndolo bien, ¿podría haber hecho algo con una mujer en aquel estado de miedo, cansancio y repulsión que le embargaba?

Ya era el atardecer. ¿Fue aquella mañana cuando los despertaron para enviarlos a aquella espantosa misión? ¿Fue apenas esa mañana cuando Taimanov estuvo bromeando y riendo con ellos? Nadie sabía lo que le había ocurrido a Taimanov. Por ahora, no estaba allí. De los ochenta y nueve hombres que integraban la compañía en la mañana, sólo cincuenta y dos estaban allí, por el momento. Según las estadísticas, eso no era lo correcto, de ningún modo. Michael había extraído los datos de la enciclopedia. Algo debía andar mal en alguna parte.

Él sí estaba allí, lo mismo que Vygodchovsky. Y también el capitán Dolgurovsky, pese a que se había mantenido a la cabeza de sus hombres a la hora del ataque. Asimismo, el sargento Rimsky andaba por allí. De los tenientes, no quedaba más que uno. Tal vez el otro, como Taimanov, como Kuslov, como muchos alemanes, eran cuerpos destrozados en los campos de batalla que habían quedado atrás. La ligera lluvia primaveral había amainado y, junto con el pesado vapor que emanaba de la tierra empapada, se aspiraba otro olor acre y nauseabundo. "¡Dios mío! —reflexionó Iván— ¿Estaremos aquí todavía mañana por la mañana?" Claro que sí. Se habían detenido a pasar la noche.

—¡Muy bien por mis hombres! —el sargento Rimsky sonreía ampliamente y se acicalaba los bigotes—. Hombres valientes. Pelearon muy bien y mañana lo harán mejor. El capitán está muy satisfecho.

Iván se preguntó por qué no venía el mismo capitán a felicitarlos.

—¡Muy bien! —repitió el sargento—. Y ahora, soldado Vygodchovsky, el cabo Selesniev ha sido herido y tú lo reemplazarás. Tendrás el rango de cabo desde este instante. ¿Entendido?

Vygodchovsky se levantó con dificultad, adoptó la posición de firmes e hizo el saludo militar. Después, se volvió a sus compañeros con una gran sonrisa dibujada en el rostro.

—¿Ya lo escucharon? Ahora soy cabo. Más les vale que, cuando yo diga...

Nunca concluyó la frase. De nuevo, los cielos se abrieron con tremendas explosiones.

Iván yacía boca abajo; su rostro estaba sobre el agua y el lodo. Él mismo se había orinado y había defecado, no por miedo. Estaba seguro de que no era por ese motivo. Todo su sistema corporal estaba demasiado trastornado para que llegara a aparecer la sensación de miedo.

A su alrededor, no había más que un ruido infernal —estallidos, estruendos, choques, truenos—, un ruido descomunal. En ocasiones, sentía pasar volando algún objeto: lodo, sangre, algún trozo de carne. De cuando en cuando, escuchaba un grito de dolor, de angustia, de desesperación. A lo mejor era él mismo quien inconscientemente emitía el grito. ¿Cuánto tiempo llevaba allí? Era incapaz de calcularlo. Lo único cierto era que los alemanes no andaban escasos de municiones y ahora estaba realmente oscuro; excepto que no podría apreciar nunca el brillo de las estrellas debido a esas malditas luces de bengala que iluminaban todo el cielo con su luz trémula, a las infernales explosiones que producían un largo relámpago horizontal y a la fuente de chispas y llamas del pesado proyectil que se desplomaba en el suelo y se convertía en volcán de acero derretido.

"Pronto me volveré loco —meditó Iván—. Me estallará el cerebro y saldrán mis sesos por las orejas. Tal vez ya lo estoy. Todos estamos locos". Sí, sólo un hombre que hubiese perdido la razón era capaz de involucrarse de manera voluntaria en una situación como aquella y morir en esas condiciones de insalubridad, de miedo y de horror.

Sintió un golpe en la espalda; le había pegado algo más pesado y más duro que un trozo de lodo. Se volteó de inmediato y vio a Vygodchovsky. ¿Estaba vivo? ¿Era posible que alguno de ellos lo estuviera todavía?

—¡Arriba! —le gritó—. ¡Levántate!

Tanta sorpresa le ocasionó a Iván ver con vida a Vygodchovsky como el hecho de poder oír su voz. Se incorporó, se quedó sentado sobre el suelo y cayó en la cuenta de que el fuego había terminado.

—¡Vamos! —gritó Vygodchovsky de nuevo y después emitió un raro gemido silbante, como si expulsara de pronto una bocanada de aire, dio un salto, hizo una pirueta y cayó de lado sobre el charco. Iván no perdió tiempo en detenerse a atenderlo. Ya había aprendido a identificar cuándo un hombre estaba muerto. Se incorporó y se quedó contemplando un conjunto de figuras borrosas, de sombras sobre las sombras, que avanzaban hacia donde él se encontraba; vio que algunas de las figuras disparaban sus rifles mientras corrían. ¿Eran rusos? ¿Eran alemanes? ¿Dónde estaban los miembros de su batallón? ¿Dónde estaban los hombres con los que había marchado aquella mañana? No veía a ninguno. Sólo miraba las figuras sombrías del adversario que se acercaba; apenas los reconocía, pues sus anteojos estaban sucios de lodo. Al parecer, el batallón de los rusos se había desintegrado. Por instinto, saltó dentro del gran agujero, como un cráter, junto al cadáver de

Vygodchovsky, resbaló sobre el lodo y arrojó hacia un lado su rifle, el cual sí era auténtico; se lo había quitado a un hombre muerto. Pero de nada le serviría en aquellos instantes. El agua le llegaba a los tobillos y se le hundían los pies en el fango. El agua empezaba a meterse por el borde de sus botas. Volteó hacia el círculo de tenue claridad que era el cielo. Tal vez los alemanes no revisarían dentro del agujero, a lo mejor pasarían de largo. Después de todo, no habían sido derrotados. Ahora iban en pos de la victoria.

No obstante, los alemanes sí verificaban dentro de los agujeros. Iván pudo distinguir los rostros que se asomaban para verlo, pudo reconocer lo reflejos metálicos de las bayonetas. Aquellos rifles tenían bien sus cargadores, no eran de madera.

Levantó los brazos con la esperanza de que pudieran verlo.

Desde la ventana de su oficina, Tigran Borodin apreció el panorama de la Perspectiva Nevsky en la bahía y, más allá, el de las islas, con la fortaleza de San Pedro y San Pablo en el fondo. Le parecía que aquella era la vista más hermosa que se podía contemplar en todo Petrogrado; superaba incluso a la que se admiraba desde el Palacio de Invierno. Le agradaba más durante el invierno, cuando el Neva quedaba tapado por el hielo y parecía posible llegar caminando hasta Helsinski sin mojarse los pies. Aunque también en verano el paisaje era muy bello. Por desgracia, a medida que aquel verano se acercaba, a Tigran le angustiaba la idea de que, en cualquier momento, se asomaría a la ventana y vería los barcos de la Flota de Alta Mar de los alemanes irrumpiendo en la bahía. Pero ésa era una idea absurda. Todavía los alemanes debían cuidarse de los ingleses, por lo menos en el mar.

Al ver la fortaleza de San Pedro y San Pablo, miraba en dirección a la casa de su prometida, aunque, por supuesto, a causa de la distancia, era imposible identificar la casa misma. Pero le era suficiente fijar la vista en aquella dirección para que en su interior se despertara una sensación de incredulidad acerca de lo que había hecho, sobre lo que estaba haciendo todos los días, a decir verdad. Sin duda, sus amigos y sus amigas compartían sus emociones.

Por supuesto que, en tiempos de guerra, era más sencillo. Todos ellos, por primera vez en sus vidas, estaban ocupados. La mayoría estaban en los frentes de batalla con sus regimientos o bien, como él mismo, trabajaban en sus oficinas diez horas diarias. No menos atareadas estaban sus amigas, atendiendo a los heridos como enfermeras y en muchas otras labores que, de la noche a la mañana, fueron consideradas aptas para que las mujeres las desempeñaran. Las fiestas, las reuniones sociales y los bailes llegaron a ser cosas del pasado, hasta el extremo de que Irina Borodina, contraviniendo las órdenes de su marido, viajó a Petrogrado para el inicio de la temporada social y, a los pocos días, retornó a Starogan, ya que en la capital no había nada que hacer. Se diría que la alta sociedad de Petrogrado se había enclaustrado, al menos públicamente, mientras la guerra se desarrollaba.

Debido a ello, Tigran veía en pocas ocasiones a los integrantes de su familia y así evadía los constantes reclamos por su compromiso matrimonial. Cuando conversó con su padre acerca de sus intenciones, el conde Igor se le quedó mirando largamente y luego, sin emitir palabra, le dio la espalda y salió de la habitación. Pero la cantidad mensual que se le había estipulado, continuaba abonándose puntualmente a su cuenta personal y eso era lo principal. Seguramente su madre había conseguido convencer a su padre de que aquello del compromiso matrimonial era una locura pasajera, provocada por la efervescencia de la guerra, y en vista de que no se había dicho nada de manera oficial, habría tiempo para que el joven recobrara el sentido común. Por lo que toca a los demás... Bueno, a Víctor le ilusionaba la idea del matrimonio, en cuanto a Xenia... Era muy difícil saber con exactitud lo que ella pensaba. De cualquier forma, estaba trabajando en el mismo hospital donde las hermanas Stein prestaban sus servicios y, al parecer, llevaba muy buenas relaciones, por lo menos con Raquel.

De modo que... ¿era una tontería? Si no lo fuera, ¿por qué experimentaba continuamente aquella sensación de irrealidad? Al visitar a Jacobo Stein en la casa de éste para solicitar la mano de su hija, pero especificando al mismo tiempo que resultaba imposible comprometerse formalmente —y mucho menos casarse durante la guerra—, ¿había esperado en realidad que lo rechazaran? En ese entonces, sí lo había creído, mas no fue así y ahora... Tigran estaba invadido de un sentido del honor: un sentido de la virtud que era, a la vez, desconocido y muy agradable. Él se conocía a fondo y sabía lo que era. Había nacido en una de las familias más distinguidas de la nación, a la que sólo superaban los propios Romanov; pero en una rama secundaria en la que no podía asumir la completa responsabilidad de su apellido. Desde que dejó los estudios, había tomado de la vida todo lo que le venía en gana. Dilapidaba su pensión familiar en cajas de champaña, puros habanos, caballos y automóviles, mujeres de todas las categorías, desde las *prima-ballerinas* hasta las prostitutas, y en el juego, durante noches enteras en compañía de sus amigos. Había deambulado por la vida disoluta, sabiendo muy bien lo que estaba haciendo, atenido siempre a la esperanza de que algún día hallaría algo que en verdad quisiera hacer o a alguien a quien en realidad pudiera amar y así todo quedaría solucionado.

El hecho de que ese alguien fuera una atractiva judía de cabello oscuro y de que los sucesos se hubiesen desenvuelto de una forma tan rara, sin alguna intención por su parte, era lo que le admiraba y también le incomodaba un poco, pero así había ocurrido y él estaba conforme. Más contento de lo que había estado jamás. Estaba muy contento por su valor ante aquella situación y por su conducta y su continencia cuando estaba con ella. Estaban comprometidos para casarse, aunque no fuera oficialmente. Se suponía que ella lo amaba, pese a que resultaba difícil saberlo con certeza, pues era una chica muy poco comunicativa. Había dicho que sí y parecía feliz en su compañía. Era una delicia tenerla en los brazos, besarla, acariciarla y, por supuesto, sería una mayor delicia llegar más allá de todo eso. Pero él no lo había hecho. Ni siquiera lo había intentado nunca. El era Tigran Borodin, el "hombre nuevo". Ahora veneraba el honor y lo practicaba. Parecía increíble, pero Raquel Stein se las había ingeniado para hacer de él un hombre honorable, un caballero. Por supuesto que nadie se lo creía. Todos sus amigos y parientes aguardaban a que llegara el momento de ver cómo crecía el vientre de Raquel y así podrían intercambiar miradas maliciosas. Pues bien, podían continuar esperando. Cuando él se metiera en la cama al lado de su mujer, en la noche de bodas, Raquel sería virgen.

Como estaba en un plan de honestidad total, reconocía que su campaña de perfección se mantenía con éxito debido a la guerra. Resultaba sencillo observar una conducta decorosa en tiempos de guerra, cuando los amigos se habían ido a que los descuartizaran en las llanuras de Polonia y de Galitzia. Un hombre honesto, como él pretendía serlo, tenía obligaciones para consigo mismo y para con su clase social —deberes que era esencial cumplir por encima de las tentaciones de la carne—, con la finalidad de trabajar en forma exclusiva para la victoria de la madre patria y de conseguir todos los beneficios que habría de aportar el triunfo. Y, en todo aquello, era fundamental apartar una recompensa para uno mismo; Raquel Stein, que a diario crecía en belleza, a medida que adquiría una mayor confianza en sí misma, constituía un magnífico galardón.

Al mismo tiempo y de una manera igualmente extraordinaria, había comenzado a sentir afecto por los Stein como familia. Nunca había tomado en consideración el asunto de los judíos; ni siquiera creía que existiese. Por cierto, en Rusia había más judíos que en cualquier otra nación del mundo; pero doce millones de judíos era aún un porcentaje muy bajo en la población total del país. Tigran jamás le había concedido importancia al hecho de que los judíos preferían mantenerse aparte de la gran corriente cultural del país, con su propia religión, sus propios alimentos y su propio *Sabbath*. Asimismo, había considerado irrelevante el hecho de que el gobierno hubiese creído preciso mantener a los judíos en una condición miserable. Nada de todo ello se aplicaba a los Stein, por supuesto. Jacobo Stein, como lo refirió con desdén en alguna ocasión su hija mayor, se había codeado con la aristocracia rusa. Es posible que su asimilación no fuera del agrado de Judith, pero, sin duda, era la actitud correcta y la más atinada. De no haber sido por ella, no habría conocido a Raquel. Además, Judith, como revolucionaria convicta, no se advertía como una auténtica representante de la familia. Por fortuna, Raquel no simpatizaba con los revolucionarios ni con las actividades contrarias al gobierno.

Tras unos golpecitos en la puerta, entró Dora Ulyanova. En la oficina, Dora utilizaba grandes gafas con arillos de carey y se peinaba con el cabello muy restirado y un apretado rodete en la coronilla y, a pesar de todo, lucía como una mujer especialmente atractiva. El busto amplio y las caderas estrechas, quedaban bien delineados por la blusa blanca y la falda angosta de lino negro que componía el uniforme de verano de las secretarias. En muchas ocasiones, cuando no pensaba en Raquel, Tigran cerraba los ojos, ya acostado en su cama, y veía la figura de Dora. Ésta era otro de los personajes que intervenían en su nuevo sistema de vida. Era increíble que trabajara todos los días cerca de ella, desde hacía ya casi un año, sin haberle tocado nada más que las manos. El antiguo Tigran habría sentado sobre sus rodillas a su secretaria desde el primer día.

Aun cuando Raquel no existiera, Tigran se habría abstenido de sostener una relación con Dora. Era una mujer que le atemorizaba. Sus ojos, que brillaban de un modo siniestro detrás de los cristales de las gafas, tenían ciertos reflejos que le intimidaban y, algunas veces, cuando él la observaba sin que ella se diera cuenta, había percibido en su rostro una expresión perversa, casi diabólica, que atribuía, sin duda, a los años vividos en Siberia. Dora no era el tipo de secretaria que cualquiera hubiese contratado. Una anarquista condonada que trabajaba en el Ministerio del Exterior, aunque sólo fuera como secretaria de un funcionario de menor categoría, no podía ser vista con buenos ojos por todo el mundo. Tigran había tenido que insistir, casi suplicar a Philip, para que le permitiera contratarla. Tuvo que recurrir a su poder de convencimiento, alegando ante su cuñado que Dora era, en primer lugar, una patriota rusa y, en segundo, una anarquista, que su gran preocupación era la derrota de Alemania y que la guerra le otorgaba a Rusia la oportunidad de olvidar las viejas divisiones internas y de cerrar filas detrás del zar. Por fortuna, el gran duque —un títere en manos de su mujer, la hermana de Tigran— no ofrecía dificultades para una labor de convencimiento y, también por suerte, Dora se había conducido con fidelidad y eficacia.

Ahora, luego de haber entrado, permanecía de pie, junto al escritorio, esperando que Tigran se sentara.

—Buenos días, su excelencia.

—Buenos días, Dora. ¿Se presentan bien las cosas hoy?

—Nuestro avance prosigue, su excelencia.

—Así parece.

Siempre continuaba el avance, hasta el momento en que las balas o las provisiones se agotaban; entonces, se suspendía y eran los alemanes los que avanzaban. Otro millón de hombres se desperdiciaba en los campos ensangrentados de Polonia. Ésa había sido la constante durante el otoño anterior, cuando los ejércitos rusos fueron destrozados en Tannenberg y en la región de los lagos de Masuria. Así que, en la primavera de 1915, las cosas iban a cambiar y se adoptarían medidas diferentes: el gran duque Nicolás había tomado personalmente el mando de los ejércitos en el frente occidental. El gran duque tenía fama de ser un buen soldado. Ya se vería lo que era capaz de realizar.

—También sigue la gente formada en las calles para obtener pan —comentó Dora.

Tigran movió despacio la cabeza de arriba a abajo, como si estuviera muy cansado. Era absurdo que, de acuerdo con los datos e informaciones que llegaban a su escritorio, nunca había sido más alta la producción de alimentos en la nación. Estaba al tanto de que, por ejemplo en Starogan, no había escasez de alimentos; pero en Petrogrado sí la había y muy grande, lo mismo que en Moscú, donde se mencionaba que la situación era desesperada. Los ferrocarriles —el único sistema de transporte— no eran suficientes para responder al movimiento militar de una guerra y al transporte de alimentos. Tigran no quería ni imaginar las penurias que posiblemente les deparaba el próximo invierno.

—¿Conseguiste algo de pan, Dora?

—Una pieza —expresó.

—Algo es algo. Debo leer algunos informes y después te dictaré algunas cartas. Por favor, regresa dentro de media hora.

Dora prosiguió de pie en el mismo lugar, restregándose las manos una contra la otra y viendo a su patrón con el ceño fruncido.

—¿Sucede algo, Dora?

—Desearía pedir a su excelencia que, por favor, devuelva la carpeta de claves a su lugar.

Tigran se enderezó sobre la silla.

—¿La carpeta de claves? —preguntó.

—Bien sabe su excelencia que se quebranta el reglamento si la carpeta sale de su lugar de un día para otro.

"¡Qué actitud tan estricta! —se dijo Tigran—. Parece una maestra de escuela".

—Yo no tengo la carpeta, Dora —le dijo.

Se hizo más profundo el pliegue en el ceño de Dora.

—No está en su lugar, su excelencia.

—Es imposible.

—Ya revisé.

—¡Santo Dios! —Tigran se rascó la cabeza.

—Es necesario reportarlo al ministro —advirtió Dora—. Luego, a la policía. El asunto es muy delicado.

—Debe haber una explicación razonable, estoy seguro.

—¿Para sacar la carpeta de su cajón y llevársela de un día para el otro?

—¡Hum!

—Debemos hacer sonar la alarma —insistió Dora—. Ahora se asemejaba a una dueña de un castillo de la Edad Media organizando la defensa del mismo, sitiado por los bárbaros turcos.

—Voy a exponerle la situación al gran duque —comunicó Tigran.

—Pero... —Dora vacilaba.

—Tiene que haber alguna explicación.

Tigran se levantó y dio unas palmaditas sobre el hombro de Dora.

—No te preocupes demasiado —con paso rápido, salió de la oficina y se fue por el corredor hacia el despacho de su cuñado.

Dora era muy escrupulosa. Se suponía que ésa era una parte de su trabajo. También él debería mostrar una dedicación semejante, pero no había motivo para dejarse llevar por el pánico. Pronto se aclararía el asunto.

Philip Romanov fumaba un habano en actitud pensativa, sentado frente a su escritorio.

—No es posible conseguir pan en ninguna parte —anunció al ver entrar a Tigran.

—Ya lo sé —dijo éste, despidiendo a la secretaria con un ademán—. Oye, Philip...

—Es prioritario hacer algo para regularizar el suministro de pan —mencionó Philip—; de lo contrario, tendremos tumultos y lo que menos queremos es tenerlos ahora en el frente interno. Es probable que el pueblo se resigne a hacer frente a la escasez de alimentos en el invierno; pero no está dispuesto a soportarla durante los meses del verano. Es menester que nos organicemos y habrá que iniciar urgentemente con reservar los trenes que transportan tropas para que transporten granos y alimentos. Ya estuve platicando de esto con Sukhomlinov, pero no tiene poder si no cuenta con la firma del zar; su majestad está esperando discutir la cuestión con la zarina y ella, a su vez, desea conocer la decisión del padre Gregory. ¡Válgame Dios! ¡Vaya manera de gobernar una nación!

—Escúchame —le pidió Tigran sentándose sobre el escritorio—. La carpeta del código de claves ha desaparecido.

—¡Eso no puede ser!

—Es tal como te lo digo. Alguien la extrajo del cajón anoche y hasta el momento continúa extraviada.

—Yo sé dónde está.

—¿Qué?

—Protopopov necesitaba ver las claves. Toma en cuenta que es el primer ministro y yo no estaba en condiciones de prohibírselo.

—Pero, ¡por el amor de Dios!, hasta los primeros ministros deben acatar el reglamento. ¿Para qué demonios quiere un código de claves? ¿Envía mensajes secretos?

Philip se encogió de hombros.

—Es muy probable —dijo.

Tigran se puso de pie.

—¡Qué me condenen si voy a tolerar esta anomalía! Iré a hablar con el ministro.

—Fue Protopopov quien le asignó el cargo al ministro.

—Muy bien. En ese caso, iré a ver... —se detuvo sin finalizar la frase.

—¿A su majestad? Vamos, hombre. Recuerda que fue su majestad quien designó a Protopopov, siguiendo el consejo de su majestad la zarina y con las bendiciones del padrecito Gregory —Philip señaló con el habano a su cuñado—. Y no es recomendable que te olvides de que no disfrutas de muchas simpatías en los círculos reales. No conseguirías otra cosa, Tigran, sino que te envíen a Kabul como *attaché* en la misión para Afganistán.

—¡Pero en el nombre de Dios! ¿No te has enterado de lo que todos ellos andan diciendo?

—¿Ellos? —Philip musitó—. Muchas veces me he preguntado quiénes son ellos. Pero sí sé lo que dicen las murmuraciones: que su majestad la zarina, siendo alemana, debe, necesariamente, aparecer en la lista de sueldos que paga el káiser y que, por lo tanto, todo aquel a quien ella recomiende para ocupar algún alto puesto en el gobierno también debe estar a sueldo de los alemanes. ¿No se te ha ocurrido, Tigran, que eso nos señala también a ti y a mí? A mí, desde luego...

—¡Dios nos ayude!

—Por todo lo anterior, te aconsejo que regreses a tu oficina y actúes como si no te hubieras enterado de que la carpeta ha desaparecido. Ya te la devolverán, te doy mi palabra. También te suplico, Tigran, que no le comentes a nadie ni una palabra de lo que hemos hablado aquí.

Tigran se le quedó mirando un instante; después, le dio la espalda y salió de la oficina.

Al llegar a la suya, encontró a Dora aún parada frente al escritorio.

—¿Y bien? —preguntó ésta.

—Ya se está tratando de arreglar el asunto —explicó Tigrán al sentarse en su sillón.

—Pero, su excelencia...

—Ya te lo dije, se está atendiendo el asunto, Dora. Tu conducta ha sido excelente. Te agradezco que hayas detectado la desaparición de la carpeta y que me lo hayas informado; pero, ahora, daremos por concluido el asunto por lo que a ti respecta.

Dora lanzó una de sus extrañas miradas y girando con brusquedad, salió de prisa de la oficina.

—¡Enfermeras! —El oficial de servicio, con los talones juntos y el rostro rígido, se encontraba en la puerta abierta de la salita de descanso. Le agradaba tratar con todas aquellas mujeres. Quizá en la calle ninguna de ellas se dignaría a voltear para mirarlo; pero, una vez dentro del hospital, todas eran enfermeras y él les daba las órdenes.

—Ha arribado otro tren —informó la gran duquesa Tatiana—. La segunda de las hijas del zar condujo a las otras dos enfermeras escaleras arriba: Xenia Romanova iba a un lado y Raquel Stein al otro. Ahora, las tres eran amigas, buenas amigas. Habían trabajado juntas desde hacía más de doce meses y, en ese tiempo, las que habían comenzado como adolescentes, se habían transformado en mujeres.

Las tres jóvenes caminaron a lo largo de la sala del hospital y se detuvieron juntas en el fondo, alisando sus blancos delantales almidonados y arreglándose las gorras, contemplando las camillas que pasaban rodando y preguntándose cuántos horrores les iba a deparar la jornada. Raquel pensaba que aquellos hombres eran más afortunados que muchos otros. Los heridos que se trasladaban desde los frentes de batalla hasta el hospital de Petrogrado tenían la esperanza de recuperarse.

—La cama tres para su alteza.

El doctor que se ocupaba de la distribución del personal llevaba un cuaderno en la mano donde registraba los nombres. Tatiana se adelantó de prisa.

—Su alteza, cama siete —era el turno de Xenia.

—Mademoiselle Stein, cama ocho.

Raquel se detuvo junto a la cama que se le había asignado y oró en silencio para dar gracias a Dios. El hombre estaba herido en la cabeza. No debía haber dado gracias a Dios, pues el pobre individuo llevaba vendada toda la cabeza y la venda le cubría también el ojo derecho; la herida debía de ser muy grande. Pero era en la cabeza, no en las piernas o en el vientre. A Raquel le desagradaban las heridas en el cuerpo. La primera vez que vio expuestos unos intestinos, tuvo náuseas y estuvo a punto de vomitar en el suelo. Había transcurrido un año desde entonces y ahora ya se había acostumbrado. No obstante, lo que aún le provocaba repugnancia era tener que asear los órganos genitales de los heridos. Nunca había visto un pene hasta que llegó al hospital y, al verlo, se había sentido incómoda y desconcertada. Se puso a observar a la gran duquesa Tatiana para saber cuáles eran sus reacciones en el mismo caso y constató que la hija del zar desempeñaba su tarea tranquilamente, sin pestañear siquiera. Quizá debido a su posición había sido educada para esos menesteres. En cambio, Raquel no había tenido experiencia alguna y lo peor era que no podía evitar que sus pensamientos se desencadenaran: Tigran tenía su propio pene y algún día querría introducirlo en ella. ¿Acaso el príncipe Peter había introducido el suyo en Judith? No eran cuestiones que pudieran preguntarse, pero a ella le parecían muy desagradables. Y, después, cuando se atrevió a tocarlo, el pene del soldado se había movido, se extendió y se endureció y el hombre herido, pese a sus dolencias, la había mirado sonriente. Ella tuvo deseos de salir corriendo de la sala. Eso también había ocurrido muchos meses atrás; pero ella continuaba pensando que nunca se acostumbraría.

Restiró las sábanas de la cama del herido en la cabeza, tomó un vaso de agua y lo acercó a sus labios. Tenía bigote; mejor dicho, medio bigote. La otra mitad se la había rasurado el cirujano del campo de batalla. Ahora, al sentir el agua en sus labios, se pasó la lengua por ellos, muy despacio, dominando su dolor.

—Eres un ángel —murmuró—. Un ángel.

—¡Sssh! —Raquel había visto temblar el párpado del ojo del herido y estaba segura de que la cabeza le dolería espantosamente—. Estoy aquí para cuidarlo y que se reponga.

El médico había llegado junto a la cama siguiente, donde Xenia estaba cuidando al herido.

—¿Nombre?

—Gromek, excelencia. Michael Gromek.

—¿Regimiento?

—El regimiento ciento dieciocho de infantería.

—¿Lugar de nacimiento?

—Starogan, su excelencia.

Raquel trató de verle el rostro. ¡Starogan! ¡Qué lejano estaba Starogan! El doctor estaba consultando su cuaderno.

—¡Ajá! —murmuró—. Lo revisaré esta tarde, enfermera Romanova.

—Sí, doctor.

Llegó a la cama que atendía Raquel y procedió al mismo interrogatorio; pero Raquel apenas escuchaba. Aguardaba con ansiedad a que el doctor prosiguiera su camino.

—Xenia —dijo en cuanto el médico se retiró—. ¿Podríamos cambiar?

—¿Para qué? —inquirió ésta.

—Me gustaría hablar con Gromek —dijo Raquel que ya estaba junto a la cama del herido.

El rostro de Xenia resplandeció con esa amplia sonrisa tan suya.

—¿Quieres hablarle de Starogan? Tú ni vivirás allí. Además, éste no era más que un sirviente —Xenia no se preocupaba por bajar el tono de su voz—. También debes enterarte de que este hombre tiene una herida en el muslo.

Xenia estaba al tanto de lo que gustaba y disgustaba a Raquel.

—Por favor —rogó ésta.

Xenia hizo un gesto afirmativo.

—Está bien —dijo. Caminó en torno de la cama y se dirigió al siguiente—: ¿Cómo anda esa cabeza? —le preguntó al herido que Raquel estaba atendiendo. A pesar de sus modales hoscos y arrogantes, Xenia era capaz de arrancar una sonrisa a los heridos que asistía. Raquel opinaba que eso se debía a su belleza salvaje.

Raquel acomodó la almohada de Gromek.

—¿Recuerda Starogan, mademoiselle? —dijo éste.

—¿Yo?

—La recuerdo muy bien —continuó diciendo Gromek—. Llegó en julio pasado, con su hermana. Yo cargué sus maletas. Iván Nej me ayudó.

"¿Iván Nej?". Raquel cayó en la cuenta de que se ruborizaba sólo con escuchar el nombre de Iván. Es que hubo algo muy particular en la forma en que la miraba allá en Starogan, sobre todo en aquella noche horrible, poco antes del arribo de Irina.

—¿Está allá todavía?

—¿Iván? —masculló Gromek—. El príncipe también lo envió a la guerra. Tendría que haberlo oído como protestaba y se lamentaba. Es socialista, por supuesto. Todo el mundo lo sabe. A su hermano lo condenaron a muerte por el socialismo. Iván es igual, aunque no tiene el mismo valor.

Raquel aguardaba pacientemente a que Gromek acabara de hablar.

—¿Estaban en el mismo regimiento?

—No, no. Quedamos separados en seguida. Mademoiselle, ¿cree que puedan salvarme la pierna?

Raquel sonrió entonces y le dijo con afecto:

—Estoy segura de que se la salvarán; de lo contrario, no lo habrían traído aquí.

—¡Atención, enfermeras! —La voz de mando llegó desde la puerta de entrada a la sala. Raquel se apresuró a separarse del lado de Gromek y se paró en posición de firmes al pie de la cama. Al ver entrar a la zarina, seguida de inmediato por Gregory Rasputín, se le encogió el estómago. El monje visitaba el hospital a menudo y siempre fijaba en ella sus ojos enormes, con una mirada que la dejaba temblorosa y débil. Pero él no podía esperar nada de ella. Al padrecito Gregory no le interesaban más que esas damas aristócratas que pudieran ayudarle a extender aún más su poderío sobre el gobierno de Rusia, aquellas mujeres cuyos esposos ocupaban algún puesto de mucha relevancia. ¿Como Xenia? Miró de reojo a su futura cuñada. El rostro de Xenia se había transformado, como siempre que veía al staretz: le palpitaban las aletas de la nariz y sus ojos parecían despedir fuego. Sí, en definitiva, como Xenia. Pero, ¿qué hacían todas aquellas damas cuando iban a visitar al hombre santo? Petrogrado era un hervidero de rumores; sin embargo, era imposible creerlos.

La zarina se puso a hablar en alemán con el doctor jefe de la sala. A Raquel le pareció que era una descortesía, no sólo porque ella no entendía bien esa lengua, sino porque, al hablarla, ofendía a los rusos heridos por los alemanes. Aparte de que creyesen o no en las murmuraciones acerca de las inclinaciones de la zarina en favor de los alemanes y sus deseos de que ganaran la guerra, los heridos culpaban a los alemanes por los sufrimientos que padecían en esos instantes y tenía que ser muy desagradable para ellos recordar que su emperatriz era su enemiga por nacimiento.

Al parecer, según se dijo Raquel, al padre Gregory no le importaba demasiado el asunto, puesto que se había alejado de la zarina y se aproximaba a donde ella estaba. Se detuvo junto a la gran duquesa Tatiana, le echó el brazo sobre los hombros y le sonrió como si fuera el mismo zar abrazando a su hija y ella parecía contenta; respondió a la sonrisa del staretz e incluso le dio un beso en la mejilla. Era el gran amigo de su madre.

Poco después, quedó frente a Raquel. No había vuelto a tocarla desde la noche del baile, en el mes de agosto. Posiblemente adivinaba que la chica no deseaba ser tocada por él; sin embargo, siempre la observaba en una forma rara, como apreciando y aquilatando su belleza.

—Raquel Stein —dijo con su voz profunda—. Raquel Stein.

A continuación, dio unos pasos hacia la cama que Xenia atendía. A Xenia la tocaba siempre.

—Deberías recordarle a Tigran que visite a su familia de vez en cuando —manifestó Xenia aspirando con deleite el aire fresco y limpio de la noche, como si tratara de desintoxicarse del ambiente denso y hediondo del hospital—. Estoy convencida de que podrá pasar unos minutos lejos de ti.

—En realidad, nos vemos muy poco —le confió Raquel bajando los escalones exteriores del edificio del hospital detrás de ella—. Yo debo cumplir aquí con mis turnos y él se pasa largas horas trabajando en el ministerio.

—Lo comprendo y, cuando por fin llegan a estar juntos, no hay tiempo para la plática —dijo Xenia con una de sus risitas mordaces—. No hay tiempo más que para la cama.

—No, no —protestó Raquel—. Nunca hemos estado juntos en la cama. Estamos comprometidos, pero no casados.

Xenia se detuvo al pie de la escalinata y se volvió para mirar a Raquel.

—¿Tigran, mi hermano Tigran, no te ha llevado nunca a la cama?

—Por supuesto que no.

Raquel le dio gracias a Dios por la oscuridad de la noche que le permitía ocultar su rubor.

—No esperarás que te crea, ¿verdad?

—Pues es cierto. Yo... yo ni siquiera pensaría en eso hasta que nos casemos.

—¡Ah! Pero él ya te lo ha pedido, ¿no?

—Bueno... No. No me lo ha pedido.

—Por lo menos debías confesarle la verdad a tu futura cuñada —dijo Xenia con mucha seriedad—. Yo no diré nada.

—Es que yo... —Raquel se quedó en silencio, reflexionando. ¿Esperaba Tigran una invitación, una insinuación de su parte? No le parecía probable. Aquella noche, luego del baile, ella había esperado una especie de forcejeo entre los dos y, cuando las cosas estaban a punto, él se había limitado a proponerle matrimonio. Desde entonces, él parecía conformarse con tomarle las manos, acariciarle los brazos, besarla, tocarle el cuerpo, pero siempre por encima de las ropas. ¿Estaría satisfecho con eso? ¿Había esperado una respuesta más efusiva y ahora estaría desilusionado? ¿Era por eso que casi nunca tenía tiempo para ir a visitarla?

—Como tú quieras, guarda tus secretos —le dijo Xenia con falsa molestia. Esperó a que el chofer le abriera la portezuela. El Rolls-Royce venía por ella todas las noches al salir del hospital.

—Si quieres, puedo llevarte.

La invitación la sorprendió. Xenia no le había ofrecido llevarla nunca.

—Te lo agradezco mucho —dijo Raquel acomodándose en los suaves cojines del asiento posterior.

—¿No has tenido noticias de Tattie? —le preguntó Xenia.

—No. ¿Por qué?

—Pensé que sabrías de ella. Se ha puesto a escribir cartas para todo el mundo. ¿Puedes imaginarte a Tattie atrapada allá, en Starogan, cuando aquí la pasaría tan bien? Y sin poder hablar con nadie más que con esas dos viejas. ¡Ah!, claro, también está allá Irina. Supongo que Irina y Tattie se hacen buena compañía. Por lo menos podrán hacer reminiscencias.

—Supongo que sí —dijo Raquel distraídamente, mirando por la ventanilla.

—Yo te lo garantizo —dijo Xenia—. Irina, Tattie y yo pasábamos muy buenos momentos juntas, cuando Tattie estaba en la escuela aquí, en San Petersburgo... Digo, en Petrogrado. ¿Crees que le devolverán el nombre al finalizar la guerra?

—No tengo la menor idea —repuso Raquel sin dejar de mirar por la ventanilla—. Oye, ya pasamos frente al puente que va a la isla.

—Lo sé, querida —le indicó Xenia—. Pero tú no querrás irte a tu casa de inmediato, ¿verdad? Te estaba comentando de Irina, Tattie y yo en nuestros buenos tiempos, antes de que Peter lo echara todo a perder.

—¿Adónde vamos? —quiso saber Raquel.

—A... a una reunión.

—Pero, ¿así como estoy? —gritó Raquel—. Ni siquiera he tomado un baño y tengo manchas de sangre. Mira... y mis manos huelen a desinfectante.

—Claro. Has estado trabajando... para Rusia. No estaría bien que en estos tiempos te presentaras bien arreglada, perfumada y enjoyada. El padrecito Gregory le permitía a Tatiana interpretar la música que ella quisiera, ¿sabes? y también bailaba para él. Eran veladas maravillosas. ¿No la has visto bailar?

—No. Yo quisiera... —Raquel estaba confundida y no sabía qué pensar. Faltaba poco para la medianoche y estaba rendida. No deseaba otra cosa que llegar a su casa y meterse en la cama. Además, le parecía muy mal ir a una fiesta o a una reunión sin Tigran, aunque fuera acompañada por su hermana. Por otro lado, éste había sugerido en diversas ocasiones que Xenia llevaba una vida tan indecorosa como la suya, antes de conocer a Raquel.

El coche disminuyó la velocidad —¿es allí adónde vamos?

Xenia se asomó por la ventanilla.

—Sí.

—Escucha... —El auto había dado una vuelta para meterse por una calzada circundada por altos árboles y después se detuvo frente al pórtico enorme de una mansión—. Te pido por favor que me lleves a casa, por lo menos para lavarme la cara y ponerme un vestido. No tardaré mucho.

—No tiene importancia, mujer —aseguró Xenia.

Un sirviente había abierto la portezuela y Xenia bajó en seguida. Raquel lanzó un suspiro y la siguió. Pudo apreciar que ya estaban allí otros automóviles y los choferes, en apretado grupo, platicaban y fumaban. Ni siquiera voltearon para mirar a las recién llegadas.

—¡Xenia!

—Deja de preocuparte. Yo tampoco me he cambiado de vestido —tomó a Raquel de la mano y la arrastró a través del gran pórtico.

—Me parece que Tigran no estaría de acuerdo...

Xenia lanzó una de sus agudas carcajadas.

—Entonces, no se lo digas. Es necesario que te pongas al día. Ninguna mujer le cuenta a su marido adónde va ni lo que hace cuando él no está cerca.

Raquel se mordió los labios, consternada al ver colgando en el perchero de la entrada varios elegantes abrigos de pieles. Era obvio que las otras invitadas no habían llegado directamente del hospital.

Otro siervo les abrió una puerta interior, Xenia la condujo al vestíbulo y Raquel se quedó más angustiada todavía. Había por lo menos veinte mujeres en la habitación, todas acaudaladas, a juzgar por sus vestidos, sus joyas y los abrigos de pieles que habían dejado fuera. No hacían otra cosa que estar sentadas bebiendo el té que dos criados les servían, mirándose unas a otras o viendo a la pared. Pero todas volvieron la cabeza cuando ellas entraron y sus miradas eran de hostilidad.

—Xenia —susurró Raquel—. ¿Estás segura de que nos *invitaron*?

—¡Claro que sí! —explicó Xenia en voz alta—. Esa gente siempre está aquí. Cruzó el vestíbulo con paso rápido en dirección al mayordomo, quien estaba conversando con una de las damas.

—¡Antón!

El mayordomo se irguió y adoptó la posición de firmes.

—Su alteza —se apoderó de la mano de Xenia y se la besó, echando una mirada de reojo hacia Raquel.

—Es mademoiselle Stein.

—Mademoiselle Stein —saludó el mayordomo con una leve inclinación—. ¡Ah! Mademoiselle Stein, ¡por supuesto! El staretz las está esperando.

—¡El staretz! —exclamó Raquel asustada—. Óyeme, Xenia... Pero ya era demasiado tarde. La puerta se había abierto y ella estaba frente a Rasputín.

Iba vestido como siempre, con las ropas del campesino de las estepas; pero la larga camisa blanca de cuello alto no estaba del todo limpia, como la ocasión anterior, sino que enormes manchas de vino tinto la habían ensuciado y, cuando él se acercó un poco más, percibió el olor del licor en su aliento, mezclado con ese olor corporal que le envolvía en todo momento, como un velo. Pensó en huir; pero ya no había escapatoria posible. El staretz estaba frente a ella, Xenia la retenía por una mano y, por detrás, la puerta ya estaba cerrada.

—Raquel Stein —musitó Rasputín con su voz profunda, deletreando cada palabra con un acento envolvente y estremecedor—. Te doy la bienvenida a mi casa.

Ella permitió que le tomara la mano para besársela; pero él no se la besó, sino que le pasó la lengua cálida sobre los nudillos.

—Gra... cias, pa... drecito... santo —balbuceó la joven.

—Bien —dijo él y con sus dos manos tomó la mano de la chica y tiró de ella para hacerla avanzar dentro de la habitación. Ésta era muy amplia, de alto cielo raso y escasos muebles: un par de sofás contra las paredes, una fina alfombra persa en el centro del piso de parquet y una mesita sobre la cual estaban las botellas de vino de Madeira y varias copas sobre una bandeja. Pese a la tibieza de la noche, estaba encendida una estufa de porcelana junto a la pared del fondo. Raquel se sintió acalorada, comenzó a sudar y se preguntó si no sería a causa del penetrante olor que Rasputín emanaba, aquella atmósfera cálida dentro de la cual vivía encerrado.

—Te ves muy atractiva con tu uniforme de enfermera —le dijo éste, soltándole por fin la mano para ir a sentarse en uno de los sofás—. La gran duquesa me ha comentado que vas a casarte con su hermano.

—Así es, padre santo.

Volvió la cabeza para mirar a Xenia que continuaba de pie a su lado, sin tomar en cuenta, al parecer, el hecho de que nadie la había invitado a sentarse. Como siempre que se encontraba ante aquel hombre, Xenia había perdido toda su arrogancia, adoptando, en cambio, una actitud humilde, modesta y tímida, como la de una niña de escuela.

—En ese caso, debo felicitarte. Has sabido guardar bien el secreto. Tu compromiso matrimonial es el motivo por el que le pedí a Xenia que te trajera a visitarme esta noche. Debemos hablar.

—¿De qué, padre santo? —preguntó al tiempo que pensaba si se le ocurriría pasar horas y horas dando una cátedra acerca del matrimonio, mientras ellas dos escuchaban atentas.

Tú, Raquel Stein —siguió diciendo Rasputín en tono doctoral—, estás prometida en matrimonio a un hombre que pertenece a una de las familias más prestigiosas de esta nación, una familia que está emparentada con la casa imperial.

Se volvió para observar a Xenia e hizo un gesto de complicidad.

—¿Ya estás lista para aceptar esa responsabilidad?

En el cerebro de Raquel sonó un leve llamado de atención. Ya desde antes le había admirado la facilidad con que los Borodin aceptaron el compromiso de Tigran. Posiblemente no lo habían aprobado. Quizá habían decidido aguardar para ver si el compromiso se mantenía y prosperaba, mientras urdían sus planes sobre el porvenir de Tigran. Era factible que ahora hubiesen apelado a una de sus armas más poderosas para lanzarla contra ella. Pues bien, ¿no había presentido acaso que tenía que ocurrir algo como aquello? Sosteniendo la mirada del staretz, le respondió:

—Me parece que sí, padre santo.

—¿Te parece? Eso no es suficiente. Lo que a mí me preocupa es el estado de tu mente y de tu espíritu. Deberíamos tratar de elevarlos muy por encima del nivel de los pensamientos pecaminosos. Tendrán que ser tan elevados que alcancen la gracia de Dios. ¿Está tu espíritu en ese estado, Raquel?

—No estoy segura, padre santo.

El staretz la miró con ojos que despedían fuego y chasqueó los dedos.

—Quítate la gorra le ordenó.

—¿Cómo?

—Obedece al padre santo, querida —le aconsejó Xenia—. Suéltate el cabello.

Raquel vaciló por un momento; a continuación, levantó los brazos, desprendió los alfileres que le sujetaban la gorra y su cabellera le cayó suelta sobre los hombros.

—Eres una criatura muy hermosa. Permíteme que vea un poco más de ti —solicitó Rasputín con tono acariciante, sin apartar de ella su mirada poderosa—. Ahora, te quitarás el uniforme.

—¡Padre! —El tono de voz de Raquel se agudizó por la sorpresa.

—Es una niña tímida —expresó—. Sírvele una copa de vino para animarla, Xenia. Sirve vino para todos.

Raquel, como hechizada, se quedó petrificada. Sólo movió los ojos para seguir los movimientos de la gran duquesa que, obedeciendo al mandato, se acercó a la mesita, llenó tres copas, las puso sobre la bandeja y volvió al sofá donde estaba Rasputín.

—Ahora, bebe —dijo imperiosamente y Raquel obedeció también sin chistar y apuró todo el vino de un sorbo—. La cabeza le daba vueltas por el poder hipnótico de los ojos del staretz, aunado a su fatiga y al licor que había bebido.

—¿Te parece malo desnudarte delante de mí, un hombre santo? —le preguntó.

Raquel se remojó los labios resecos con la lengua.

—Es que... padrecito...

—¿Crees que eso sea un pecado?

Raquel lanzó una mirada de súplica a Xenia; pero ésta continuaba observando al staretz y en su rostro se delineaba una cínica sonrisa de complicidad. En aquel instante, tuvo la certeza de que Tattie le había comentado a Xenia con lujo de detalles lo de aquella mañana que habían nadado juntas en el río de Starogan, completamente desnudas. "¿Qué voy a hacer ahora?", se preguntó.

—¿No has cometido nunca un pecado, Raquel?

Raquel lo miró desconfiada.

—Supongo que sí, padre santo. Todos hemos pecado alguna vez.

—Pecadillos sin importancia —dijo Rasputín desdeñosamente—. ¿Has cometido alguna vez un gran pecado?

—Creo... que no, padre.

—Entonces, ¿cómo puedes tener la esperanza de conocer la grandeza de Dios, el perdón de Dios? Para Dios no tienen trascendencia los pecadillos menores. Dios desea que sus hijos cometan *grandes* pecados, pecados graves, para que luego puedan pedirle perdón y él los reconozca como hijos.

Raquel cayó en la cuenta de que tenía la boca abierta y la cerró en seguida. Nunca se le había ocurrido considerar al pecado desde ese punto de vista.

—Ése es un asunto que le incumbe al sacerdote —prosiguió diciendo la voz profunda y envolvente. Es él quien se interpone entre el hombre y los pecados más horribles; es él quien intercede ante Dios, nuestro Padre, para obtener el perdón de los transgresores. Nadie puede principiar a vivir —y tú apenas empiezas a vivir, Raquel Stein— sin las bendiciones de Dios. Bebe más vino.

Xenia se apresuró a servirlo y Raquel bebió.

—Ahora, desnúdate. Tienes razón al pensar que cometes un grave pecado si te desvistes frente a cualquier hombre que no sea tu esposo; no obstante, es esencial que cometas ese pecado para que así pueda yo rogarle a Dios que te perdone y tú quedes fortalecida con la intención de que puedas pasar las pruebas que te esperan.

Raquel no apartaba la vista de los ojos del staretz. Necesitaba pensar. ¿Qué hacer? Era imposible que se quitara la ropa frente a un hombre, aunque fuera un staretz. No era un sacerdote de su religión y ella no creía en nada de lo que él predicaba. Pero, ¿si fuera verdad lo que él decía acerca del pecado? ¿Por qué no le había enseñado nadie esa forma de ver las cosas? ¿El rabino Lewin, por ejemplo?

—Raquel está avergonzada —recalcó Rasputín—. Ayúdale, Xenia.

Ésta dejó la copa vacía sobre la bandeja, se estremeció visiblemente y empezó a desvestirse. Iba quitándose las prendas una a una, con evidente abandono, sugiriendo que ya lo había hecho antes en muchas ocasiones. El saquito, la falda, los calzones cayeron al suelo con descuido; se inclinó para enrollar hasta el tobillo las medias con sus ligas y, con un movimiento de los pies, se quitó las medias y los zapatos. Luego, se levantó: era como una diosa griega, radiante de belleza dorada, blanca y color de rosa. Cuando se despojó de la última de sus prendas, la gorra de enfermera, soltó sobre su espalda una cascada de cabello color castaño. Raquel no hacía otra cosa que contemplar los grandes senos erguidos y la comba de su vientre por encima del vello oscuro, largo y sedoso que le cubría las ingles y, más abajo, el par de macizas piernas.

Rasputín chasqueó los dedos y Xenia acudió a echarse de espaldas sobre las piernas del monje, en actitud de abandono. De inmediato, la mano de Rasputín se deslizó sobre sus senos, sobre su estómago y se metió entre los vellos largos y sedosos de sus ingles. Raquel pensó que iba a desmayarse; pero hizo un esfuerzo para superar su mareo, pues le parecía peligroso desmayarse en ese momento.

—Su alteza está cometiendo un pecado —comunicó Rasputín con un tono de voz más profundo que nunca, mientras que Xenia suspiraba escandalosamente y permitía que sus piernas se abrieran hasta que una de ellas resbaló del regazo de Rasputín y quedó apoyada con el talón en el suelo—.

Por eso, ahora podrá recibir las bendiciones de Dios. Ahora tú, Raquel, no debes oponerme resistencia. Yo te lo ordeno: quítate la ropa.

El poder de aquella mirada era irresistible. Raquel desabotonó el saquito y, con una sacudida de los hombros, lo arrojó al suelo.

—Luego, vendrás a tomar el lugar de Xenia —dijo Rasputín—. ¡No! Ven ahora mismo.

Asió a Xenia por los cabellos para quitarla de su regazo y, con el mismo impulso, la sentó en el sofá, a su lado. Ella no hizo más que lanzar un apagado gemido de dolor. Entonces, él, parado, se desabrochó el cinturón, sus amplios pantalones se resbalaron hasta los tobillos y Raquel se quedó pasmada al mirar algo que nunca pensó que existiera: un pene impresionante, de un tamaño doble al de cualquier otro que ella hubiese visto en el hospital. En ese momento, creyó entender para qué estaba allí, para qué la había empujado Xenia hasta allí, una buscona perversa, encargada de procurar mujeres al lujurioso demonio que ella idolatraba, al hombre bestial que no buscaba otra cosa que su cuerpo para satisfacer su deseo. Rasputín la había deseado desde la primera ocasión que la vio, desde aquella vez en que iba del brazo de la zarina.

Dio un paso para echar a correr, pero se contuvo. No había ningún lugar hacia donde pudiera huir; además, ella estaba como paralizada por el poder de esos enormes ojos así como por la potencia de aquel inmenso miembro erecto que se le acercaba poco a poco. Mientras tanto, Xenia, de rodillas sobre el sofá, la estaba observando con la boca entreabierta y los ojos borrosos. Se dijo que estaba soñando; pero por nada del mundo hubiese querido que se esfumara aquel sueño, fascinante, obsceno, envolvente, que iba más allá de las fronteras de la imaginación más desenfrenada, de sus más ardientes deseos. Le parecía que la estaban atacando miles de demonios; no obstante, todos ellos sabían lo que ella anhelaba que le hicieran; lo que, en su inconsciente, en el transfondo de su mente, ansiaba conocer, sin haberse atrevido nunca a investigar qué era.

Como una autómata, se acercó al sofá donde ya estaba sentado Rasputín. Sus prendas habían quedado esparcidas por el suelo y ella, toda desnuda, se acurrucó sobre las piernas entreabiertas del monje, manoseando el colosal miembro. Las manos del staretz la cercaron una por debajo, agarrada a sus nalgas; la otra, encima, sobre las ingles, curvándose hacia abajo, entre las piernas, de manera que los dedos la tocaban. Las barbas del staretz le acariciaban los senos y el estómago, cuando inclinaba la cabeza para besarla en los labios con una ansiedad desenfrenada, aplastando los labios húmedos y calientes contra los suyos y empujando más y más con la lengua. Al mismo tiempo, Xenia participaba, acariciando el rostro de Raquel y metiendo los dedos en su cabellera.

Tal vez duró una eternidad o quizá pocos segundos. Raquel había perdido el sentido del tiempo. Sintió que se extraviaba en un torbellino de pasión que la sofocaba, que los arrastraba a ella y a Rasputín, entrelazados, hasta dejarlos exhaustos, jadeantes, rendidos. Entonces, ella perdía toda la noción de la realidad, se hundía cada vez más en el ciclón oscuro, como en un hoyo muy profundo, envuelta en una sensación de ansiedad, de inquietud y de éxtasis. Pero después despertó y pudo percatarse de que, si ella estaba agotada y desfallecida, el staretz, no. Se levantó enérgicamente, lanzando una risotada al tiempo que Raquel, como le había ocurrido a Xenia pocos minutos antes, rodara de sus piernas para caer al suelo.

—Y ahora —anunció Rasputín echando una ojeada al cuerpo de Raquel hecho un ovillo en el piso y tirando de la mano de Xenia para atraerla hacia él—, tú vas a bañarme.

La gran duquesa Xenia Romanova, con un gesto muy poco refinado, estiró los brazos y las piernas emitiendo un resoplido y bostezó, abriendo excesivamente la boca.

—Estoy agotada —dijo—. Me estoy muriendo de cansancio. ¿Sabes la hora que es? —hizo un esfuerzo para consultar el pequeño reloj con diamantes incrustados que llevaba colgado del cuello con una cadena—, las dos y media de la madrugada. Es una suerte que no debamos ir al hospital antes del mediodía —intentó dar una palmada amistosa sobre la mano de Raquel, pero ésta la retiró en seguida y se apartó de Xenia todo lo posible, acomodándose en el otro extremo del asiento posterior del Rolls-Royce.

Le costaba trabajo asimilarlo. Le parecía asombroso que ella misma estuviera allí, sentada en el automóvil, junto a Xenia, cuando hacía muy poco las dos fueron... No se aventuraba ni siquiera a pensarlo. Y allí estaba el chofer, asido al volante, analizaba la ruta hacia el puente que unía la tierra firme con la isla. Había estado más de dos horas esperando, conversando, fumando y, sin duda, cuchicheando con los otros choferes, mientras sus señoras estaban muy ocupadas dentro de la mansión. ¿Sabían ellos lo que todas aquellas damas arrogantes hacían o esperaban hacer en la casa de Rasputín?

—Esta noche dormirás muy bien —le dijo Xenia.

Raquel volvió la cabeza. Incluso en la oscuridad podía notar el brillo de los dientes de Xenia al sonreírle.

—No volveré a dormir jamás —dijo.

—No seas infantil —le reprochó Xenia—. Aunque, claro, aún eres una niña. Mejor dicho, lo eras hasta esta noche. Supongo que eso era lo que a Tigran le gustaba de ti.

—No volveré a ver a Tigran —susurró Raquel.

—Ahora sí que te estás comportando como una niña malcriada. Aunque eso, sin duda, dejará muy satisfechos a tu papá y a tu mamá. Porque, si yo les dijera cómo ocurrieron las cosas, ellos me tendrían que dar un obsequio.

—¿No era ésa tu intención? —gritó Raquel tan enojada que se olvidó de la presencia del chofer—. Querías avergonzarme de tal modo que yo... —se quedó callada y volvió a refugiarse en las sombras del rincón del asiento.

—Eres una tonta —Xenia se le acercó y le echó el brazo sobre los hombros—. Yo no sería capaz de algo así. O quizá lo hiciera si me resultara provechoso. Pero me importa poco con quién se case Tigran; si no fuera contigo, será con cualquier insufrible bailarina. En cambio tú... Le gustas al padrecito Gregory, él mismo me lo ha confesado en muchas ocasiones y me había solicitado otras tantas que te llevara a verlo; pero no se había dado la oportunidad —lanzó una de sus risitas— o no me atrevía. Pero ahora, tú y yo, Raquel, seremos muy buenas amigas. Luego de lo acontecido esta noche, no podemos ser otra cosa que buenas amigas.

—¡Amigas! —gritó de nuevo Raquel—. Después de lo que me hiciste... —no lograba encontrar las palabras adecuadas.

—¿Qué fue lo que te hice? —inquirió Xenia con cierta amargura—. No fuiste violada, tu himen está intacto, como el día en que naciste. Él te causó un orgasmo. ¿Y qué? Eso es el sexo. Es probable que Tigran no sepa cómo hacerlo y deberías considerarte afortunada por haberlo probado. Si tú supieras lo que he debido aguantar con Philip. Su alteza es una calamidad. Con él no hay nada más que dentro y fuera, dentro y fuera, ya, ya y luego puf, puf en mi oreja. Gracias a Dios que yo era discípula del padrecito antes de mi matrimonio; de lo contrario, ya me habría vuelto loca. En realidad, yo te he hecho un gran favor, mi querida Raquel.

—Un favor... —masculló Raquel.

—Ahora estás extenuada —le dijo Xenia y le apretó amistosamente el hombro con su mano—. Mañana, cuando te despiertes, vas a sentirte estupendamente. Y después, la próxima vez...

—No habrá ninguna próxima vez —corrigió Raquel con firmeza.

—No digas necedades. Iremos juntas la próxima vez que tengamos el turno de la noche.

—No, nunca y si tú intentas...

—Yo no intentaré nada; serás *tú*, mi querida jovencita, la que no podrás dejar de visitar al staretz de ahora en adelante. Ya eres su discípula, el padrecito Gregory puede molestarse si tú no vuelves a verlo. Quizá me obligue a hacer algo que yo no quisiera hacer, como informarle a Tigran que te has convertido en discípula del staretz. Tigran no sabe nada de eso; cree que voy a casa de Rasputín para rezar. Él se pondrá frenético al saber la verdad sobre el padrecito Gregory y acerca de nosotras dos, en especial sobre ti, que te cree tan inocente. Iremos de nuevo a visitarlo cuando las dos vayamos a trabajar al hospital en el turno de la noche.

La lluvia de primavera. Bien podía presumirse que, si estaba lloviendo en Alemania, también debía estar lloviendo en Polonia, en Galitzia y en el frente occidental. Iván comparaba la guerra con la lluvia. No conocía nada más. De la guerra era muy poco lo que sabía en realidad, se dijo, mirando por encima de las vallas hacia la encrespada campiña bávara. Mejor dicho, era demasiado lo que conocía de la *guerra*, pero muy poco de las batallas, de la auténtica lucha. Hacía meses que estaba allí, sentado detrás de los cercos, observando las colinas verdes, que se volvían pardas y después blancas por la nieve; luego pardas otra vez y, a continuación, verdes, por la primavera.

Examinando con detenimiento su situación, no tenía motivos para quejarse. Estaba vivo y ni siquiera lo habían herido. Sin duda, estaba mejor que Vygodchosky y Taimanov, que el capitán Dolgurovsky y que el sargento Rimsky. De ellos, incluso sus huesos debían estar hechos polvo. En cambio, él vivía y estaba relativamente bien alimentado. En realidad, los alemanes no eran malas personas si se les llegaba a conocer más o menos bien.

Casi todos condenaban la guerra tanto como él. Ya no tenía objeto estar en guerra y nadie sabía cuándo iba a finalizar. Aunque, a decir verdad, nunca había tenido algún significado.

—Buenos días, soldado Nej.

Éste se enderezó para saludar a Korlov. Entre ellos había una extraña relación, pues, si bien Korlov era sargento, un superior de Iván, también era un prisionero que hacía poco había llegado al campamento. Pero el sargento Korlov le tenía mucho respeto al soldado Nej, ya que éste era el más antiguo de los habitantes del campamento. Los dos se trataban con mucha cortesía.

—No me parece bueno el día, sargento. Continúa lloviendo y, de seguro, tendremos un verano muy húmedo.

—Sin duda, sin duda —admitió Korlov—. Sin embargo, eso nos favorece, soldado Nej. Tendremos fuertes neblinas y nubes bajas en las colinas y en los valles. Eso es provechoso para los nuestros.

—No es bueno para el reumatismo, sargento.

—Cierto —asintió Korlov. Paseó la vista a su alrededor para saber si había alguien que pudiera escucharlo y, en seguida, comentó con cautela—: Un hombre joven, como tú, no le tiene miedo al reumatismo. ¿Cuántos años tienes, soldado Nej?

—Tengo veintisiete años.

Ésa era su edad y, ¿qué había hecho de su vida? Nada. Pasó de la prisión de Puerto Arturo a la cárcel de Starogan y después a esta prisión de Alemania... En veintisiete años de vida, ninguna realización que valiera la pena.

—Eres demasiado joven como para que consideres pasar el resto de tu vida observando el paisaje por encima de estas alambradas —señaló Korlov—. ¿No lo crees?

Iván se encogió de hombros. ¿Acaso estaba peor allí que en Starogan? Por lo menos en el campamento de prisioneros sólo había un par de botas para lustrar: las suyas, y podía lustrarlas si quería y cuando lo deseara. No estaba obligado a saludar solemnemente a todos los Borodin; no debía saludar a nadie más que a los oficiales alemanes y ésos no contaban para nada. Era verdad que le faltaba el consuelo de los brazos cálidos de Zoé, de su amplio seno, de su vientre suave; pero, en realidad, nunca había disfrutado plenamente de todo eso, puesto que soñaba con otra mujer. Y, para soñar con ella, daba lo mismo hacerlo aquí que allá.

—Sí. Eres demasiado joven —continuó diciendo el sargento Korlov—. Todos los que estamos aquí, soldado Nej, somos muy jóvenes y muchos de entre nosotros no tenemos el propósito de quedarnos aquí durante toda la vida.

—¿Cómo?

—Hay un túnel, ¿sabes? —le dijo Korlov bajando el tono de su voz hasta convertirla en un murmullo—. Suiza está muy cerca, apenas a ochenta kilómetros de aquí. Cuando llegue el otoño, habrá niebla muy espesa en las colinas y en los valles.

—¿Dónde está el túnel?

Korlov se rascó las narices.

—Lo sabrás a su debido tiempo.

—¿Por qué me pides que vaya contigo?

—Fue una decisión que todos tomamos por unanimidad. Tú has estado aquí más tiempo que cualquiera de los otros presos. Queremos que nos acompañes.

Suiza... Michael, su hermano, estaba en Suiza con su amigo Lenin y los otros terroristas que habían conseguido huir. Pero no habían hecho nada, a pesar de estar libres en Suiza. Lenin, en su periódico, había predicho la presente guerra; Michael se lo había dicho años atrás. Pero los vaticinios de Lenin hablaban de una guerra breve que resultaría en la muerte del capitalismo y el nacimiento del socialismo internacional. Pues bien, las predicciones de Lenin eran incorrectas. La única consecuencia de aquella guerra era que millones de socialistas en potencia habían muerto en la lucha y estaban muriendo a diario. Era muy extraño que en las listas de bajas aparecieran los nombres de reconocidos capitalistas, como por ejemplo los del príncipe Borodin o del teniente Gorchacov. Ninguno de ellos. ¿Qué provecho sacaría de él, Iván Nej, con escapar a Suiza? Posiblemente se moriría de hambre, si es que no lo asesinaban por el camino antes de llegar.

—¿Qué dices? —le preguntó Korlov.

—Yo estoy contento aquí —respondió y se alejó avanzando hacia la gran reja de entrada al campamento. Había visto que llegaba el camión y que los soldados alemanes lo custodiaban en fila y en posición de alerta. El correo. Como de costumbre, una carta de Zoé hablándole de Starogan y de la tristeza de todos los de la aldea por la ausencia de los hombres que habían partido al frente. Asimismo, seguramente, le comentaría de la belleza de la primavera en Starogan y él no deseaba saber nada al respecto. El tiempo que había pasado en la guerra le hizo tomar la férrea determinación de no volver jamás a Starogan. Así que, sin abrir el sobre, guardó la carta en el bolsillo y tomó el periódico. Junto con la correspondencia, llegaba siempre el periódico, un periódico alemán, pero escrito en ruso y con noticias de Rusia, para beneplácito de los prisioneros. Los alemanes eran muy considerados. Cualquier desgracia, cualquier conflicto en el frente interno, cualquier derrota catastrófica de los ejércitos de Rusia, eran escrupulosamente reseñados en el periódico. Además, se publicaban las listas de bajas, de manera que podía identificarse a cada uno de los muertos. Iván sabía que la mayor parte de lo que se informaba en el periódico era propaganda; no obstante, esperaba siempre con ansia el arribo de la publicación al campamento y, como él era el prisionero veterano, tenía derecho a leerlo primero.

Apoyado de espaldas, contra el muro de su barraca, buscó primero que nada la lista de bajas. No figuraban los Borodin, y la B estaba casi al principio. Saldrían con bien de esta guerra, así como habían conseguido sobrevivir a todas las guerras anteriores; sin duda que saldrían de la actual confrontación más ricos y más poderosos. A Iván le vino a la cabeza la idea de que él había detestado siempre a los Borodin. Sí, por supuesto que siempre lo había hecho; pero, de un tiempo a esta parte, encerrado en el campamento, sin nada que hacer más que recordar su vida en Starogan, su odio se había acrecentado. Al príncipe Peter Borodin lo aborrecía más que al resto de la familia.

Muy despacio, le dio vuelta a la página del periódico: motines en Moscú por la falta de pan; se esperaban más a la llegada del invierno. Cambios en el ministerio: de mal en peor... Los acontecimientos sociales con descripciones de cómo vivían a lo grande, mientras los pobres sufrían innumerables infortunios en las trincheras. Rasputín.

"Publicamos una lista con los nombres de las damas de la aristocracia y de la alta sociedad que frecuentan constantemente el salón del hombre *santo*", decía el periódico. Iván leyó ávidamente la lista de los nombres de las condesas, las duquesas y las damas, sonrió con cinismo al leer el nombre de la gran duquesa Xenia Borodina y, dejó de leer, asombrado, al llegar a otro nombre: mademoiselle Raquel Stein.

Levantó la cabeza y se quedó observando la cerca de alambre. Ya desde antes, el periódico había dedicado amplios espacios para describir con lujo de detalle las orgías que se efectuaban en la casa de Rasputín. Las informaciones sobre el particular no tenían interés alguno para Iván. Pero ahora... Raquel, aquella joven alta, esbelta, de preciosa cabellera oscura, entregada al asqueroso monstruo de las estepas... Seguramente fueron los Borodin quienes la arrastraron a aquel sitio indecoroso. ¿No fue acaso, en otro tiempo, su propia Tattie, una discípula de la bestia?

De pronto, cayó en la cuenta de que estaba estrujando violentamente el periódico entre sus manos y tuvo que hacer un esfuerzo para contenerse. Los otros presos también debían leer el periódico. Se enterarían de la vergüenza de Raquel Stein, era imposible evitarlo, sería violar los derechos de todos los presos del campamento. No podía hacer otra cosa que acumular odio en espera del día en que ese Rasputín y su horda de mujeres fueran aplastados, aniquilados por la voluntad implacable del pueblo.

Pero, desde aquel instante, le pareció muy difícil aguardar sentado en el campamento, detrás de las alambradas. Quizá él podría contribuir a que ese día llegara más pronto. Se alejó del muro de las barracas y se fue caminando de prisa en busca del sargento Korlov.

CAPÍTULO VI

EL TREN ENTRÓ DESPACIO A LOS ANDENES DE LA ESTACIÓN Y el príncipe Peter Borodin, mayor del ejército, se puso de pie y tiró de su casaca para alisarla, arreglándose las cartucheras que cruzaban su pecho. Tenía la idea de que Petrogrado era el último bastión de la sensatez en todo el país, después de Starogan. Pero Starogan tenía, por ahora, una atmósfera de irrealidad, una imperturbabilidad demasiado pacífica, que representaba un reto para el estado febril del resto del mundo. También Petrogrado estaba lejos de las sangrientas atrocidades del frente, pero era un hervidero de rumores, un centro de agitación. ¿Era la fiebre de la guerra? ¿Era el descontento?

Su ordenanza le abrió la puerta del compartimiento y descendió del vagón. El andén estaba atestado de soldados, pero fueron muy pocos los que saludaron a su oficial. Sin duda, en el ejército imperaba un enorme descontento. Hacía dos años que las derrotas eran permanentes. Pero las cosas cambiarían luego de la campaña de verano.

Pese a la conmoción, todavía era posible encontrar un taxi. Tomó uno en la plaza abierta frente a la estación y fue llevado a lo largo de las avenidas abarrotadas de gente. Aún era muy temprano y las amas de casa caminaban por toda la ciudad buscando alimentos. Deambulaban de una tienda a la otra y, en donde había mercadería para vender, se unían a las filas que, en muchas ocasiones, se extendían por más de una cuadra. Las amas de casa cuchicheaban entre sí, juntando sus cabezas con aire misterioso; pero no parecían estar de mal humor: el racionamiento y el estar horas de pie formadas, se habían vuelto incomodidades de todos los días. Peter se dijo que todas ellas sentirían rencor hacia él si supieran que acababa de llegar procedente de Starogan, donde había abundancia de alimentos, donde la existencia proseguía inalterable desde hacía trescientos años, sin trastornarse por lo que pudiera ocurrir en los Cárpatos o en Polonia.

El taxi se detuvo y Peter subió corriendo las escaleras del inmueble donde Ilona y George vivían. Llamó impaciente con el aldabón de bronce. Pronto sabría la verdad acerca de la situación de Petrogrado por boca de George Hayman.

Éste en bata y fumando una pipa luego del desayuno, le mostró a Peter la imagen de la continuidad. El príncipe no podía imaginarse que George dejara de ser el hombre seguro de sí mismo, confiado, alegre, siempre de buen humor y dueño de una energía a toda prueba que había conocido durante otra guerra, la de Rusia contra Japón, doce años antes.

—¡Peter! ¡Buen Dios! ¡Qué gusto me da verte! Adelante. Entra. Natasha: otro cubierto para el desayuno —tomó la gorra y las cartucheras de Peter y las colgó del perchero, junto a la puerta—. De verdad que me alegra mucho verte. Ilona no está aquí, ¿lo sabías?

—Ya lo sé —Peter entró al pequeño saloncito de estar, donde aspiró el aroma del brandy que se había bebido durante la noche anterior y de los deliciosos habanos que George fumaba, de los cuales le estaba ofreciendo.

—Pero si vas camino de Starogan, allá podrás verla.

Peter se sentó.

—Acabo de llegar de Starogan.

—O sea que ya estás *de vuelta* de tu licencia, ¿no? —hubo un silencio, mientras el ama de llaves se apresuraba a traer el café y unos panecillos de aspecto raro—. Son hechos en casa —explicó George—. Con harina de maíz, que también está muy escasa.

—Yo debía haberte traído harina de trigo —dijo Peter.

—Te habrían asaltado en la calle. ¿Cómo está Ilona? ¿Qué dicen los niños?

—Todos están bien. Ya podrás imaginarte que en Starogan hay paz absoluta y no falta nada.

—Me reconforta saber que aún existe algo bueno en alguna parte —George sirvió el café—. ¿Te comentó Ilona por qué decidió volver a Starogan?

—No me lo dijo con claridad, pero es fácil suponer que quería estar con sus hijos y que se sentía más segura en aquellas tierras que son de su propiedad. Incluso en estos tiempos se tiene el sentido de la propiedad.

—La propiedad no tiene sentido en una guerra como ésta —indicó George—. Ilona es una enfermera con experiencia, pero no quisieron aceptar sus servicios aquí, en Petrogrado. En varias ocasiones hizo la solicitud y la rechazaron. Desde mi perspectiva, esa actitud discriminatoria es una de las razones por las que Rusia está perdiendo esta guerra.

—¿Que estamos perdiendo la guerra? —preguntó el príncipe Peter arqueando las cejas.

—¿No pretenderás afirmar que la están ganando?, creo que ni los ingleses ni los franceses tienen tal pretensión. Yo tenía alguna esperanza en la campaña del Mediterráneo; pero ahora que han evacuado Galípoli la he perdido por completo.

—Vamos a ganar esta guerra, George; la ganaremos este verano. ¿Quieres que te diga por qué?

—Ardo en deseos de saberlo.

—Bueno, ¿estás de acuerdo con que los alemanes están sitiados en Verdún, no?

—Yo lo diría de otra forma, pero continúa explicando tu punto de vista.

—Y los austriacos, por su parte, están acorralados en Isonzo.

—Eso sí lo acepto.

—Ahora deberás reconocerlo todo —aseguró el príncipe Peter—. Tras la batalla del lago Narich, en febrero pasado, el adversario consideraba que el "frente oriental", como ellos lo nombran, permanecería estable para el resto del año. Creo que tenían razón para estimarlo así. Perdimos casi un cuarto de millón de hombres en aquel encuentro.

—Tú lo has dicho —expresó George—: tenían razones para suponer que tus ejércitos requerirían mucho tiempo para recuperarse y reorganizarse.

—Pues bien —continuó Peter—. No estamos dispuestos a esperar más tiempo para reponernos. Ahora ya sabemos en dónde y por qué erramos. No se trata de que los alemanes, a causa de su disciplina y su homogeneidad como fuerza de lucha, sean muy superiores a los austriacos, constituidos por tantas razas, lenguas y religiones. El caso es que nosotros hemos estado combatiendo siempre en Polonia. Ahora, emprenderemos la marcha a través de Galitzia y, antes de que los austriacos caigan en la cuenta de lo que ocurre, estaremos en Viena. Si Austria queda excluida de la guerra, Alemania *deberá* solicitar la paz.

George suspiró y untó mantequilla sobre el pan.

—Perdona que te lo diga —aclaró—; pero todo eso ya lo he escuchado otras veces.

—¡Por supuesto! Durante las guerras se presentan las alternativas y cada cual tiene la esperanza de triunfar en la que haya adoptado. Es indudable que hemos cometido errores; pero ahora será diferente.

—Dime por qué. ¿Por qué consideras que esos pobres desgraciados pelearán mejor en 1916 de lo que lo hicieron en 1915, si aún no tienen ni los proyectiles ni las balas suficientes, ni siquiera los rifles necesarios? Han transcurrido dos años de guerra y quizá no lo hayas percibido en los frentes de batalla; no obstante, cuando vienes a Petrogrado, observas que todos tienen la apariencia de un ejército derrotado. Y si los escuchas hablar, la impresión será peor. Ya se sabe que todos los soldados reniegan y protestan; pero las quejas que oyes aquí están muy cercanas a la rebelión abierta, al motín. Los pobres soldados regresan a casa, luego de haber estado bajo el fuego cerrado y sin disponer de los medios adecuados para responder a los golpes y, al volver, se encuentran con sus esposas, sus hijos y sus familiares muertos de hambre y se hallan con la zarina encabezando el poder. ¿Sabes cuál es la principal de las equivocaciones cometidas por el zar en esta guerra? Tomar el mando del ejército, arrebatándoselo al gran duque. Lo único que tal vez podría remediar ahora la situación sería que el zar lo devolviera y que él retornara a casa para gobernar la nación. Estoy convencido de que su majestad tiene las mejores intenciones, pero ése no es su fuerte. Y que sea él quien tome en sus manos las riendas del poder, pues es posible que la zarina también tenga las mejores intenciones para gobernar, pero jamás se había capacitado en ese oficio. Además, su asociación con nuestro viejo amigo Rasputín perjudica terriblemente la reputación de la emperatriz.

Peter, reclinado en el respaldo de su silla, escuchó con atención la plática de George, sin dar señales de disgusto por lo que decía. A continuación, preguntó:

—¿A quién consideras tú que su majestad debería entregarle el mando del ejército?

—Bueno... Creo que sería un error llamar al gran duque, quien se halla en el Cáucaso y está desempeñando muy bien su papel. Pero supongo que lo mejor que podría hacerse sería nombrar a alguien, como Brusilov...

Peter había hecho chasquear sus dedos.

—Ya me parecía que me ibas a dar ese nombre —dijo muy satisfecho—. Debes saber que Brusilov ha sido designado comandante de los ejércitos desde la semana pasada.

—¿Comandante de todos los ejércitos? Ahora sí me has dicho algo muy bueno. ¿Quieres decir que el zar continuará siendo el comandante supremo?

—El zar *es* el comandante supremo, George. Ése es su deber. El descontento que percibimos aquí y en Moscú no se debe a la falta de alimentos. También hay escasez en Viena y en Berlín, en París y en Londres. Aquí, el descontento se debe a nuestra falta de victorias en los campos de batalla. Abre bien los ojos y observarás que, luego de nuestra próxima ofensiva, después de que hayamos aplastado a los austriacos, toda la insatisfacción se esfumará como humo.

—Espero que estés en lo cierto. Le pido a Dios que lo estés. Y, por supuesto, a ti personalmente, te deseo mucho éxito. Si quieres saberlo, a mí también me ha fastidiado esta guerra; me siento un poco atemorizado o, mejor dicho, ansioso... Y ahora voy a solicitarte algo: mientras estés en Petrogrado, no hablaremos más de guerra. Platícame cómo anda todo allá en Starogan. Ni siquiera me has comentado cómo está tu madre.

—Está muy bien, George —respondió Peter—. Está mejor que nunca porque le encanta administrar el lugar. También la abuela está muy bien.

—¿Qué dices de Irina? ¿Y de Tattie?

—¿Qué puedo decirte? A Irina siempre le disgustó vivir en el campo. Está muy aburrida; no hay motivo para ocultarlo. Y cuando está aburrida, se vuelve insoportable. En cuanto a Tattie, ni ella misma puede soportarse y es entendible... Ahí la tienes, comprometida para casarse, a punto de cumplir los veintitrés años y, según ella, su vida se está desperdiciando en el encierro de Starogan. Yo la comprendo, pero no puedo hacer nada.

—¿El joven Gorchakov se porta bien?

—A la perfección. Pero no se nos ha otorgado más que una semana de licencia antes de comenzar la ofensiva y el teniente Gorchakov decidió ir a ver a sus padres. A Tattie no la ha visto desde hace un año. Es un asunto muy lamentable; menos mal que la solución está a la puerta. Después de nuestra ofensiva...

—¿Cuándo empezará?

—Dentro de una semana. El 4 de junio.

—No deberías proporcionarme esos datos.

—Estoy seguro de que tú no los divulgarás, George; por eso te los doy.

—Tal vez, pero tú sólo eres un mayor. ¿Todos los mayores del ejército conocen la fecha de la ofensiva?

—Creo que sí.

—¿Y a todos ellos se les ha dado una semana de licencia?

—Sí. Pero, por regla general, George, los oficiales rusos no hablan más de la cuenta.

—No te ofendas por lo que voy a mencionarte: si yo estuviera luchando en una guerra como ésta, no confiaría en nadie; ni en mi mejor amigo ni siquiera en mi hermano.

—Después de todo, no tiene trascendencia, pues aun cuando los austriacos supieran que avanzamos contra ellos, no podrían hacer nada; no cuentan con los medios ni con los elementos para impedirlo. Así están las cosas —terminó de beber su café, se limpió unas migajas que le habían quedado sobre el bigote—. Magnífico desayuno, George. Yo no partiré al frente hasta la medianoche. Ven conmigo, vamos a buscar cómo entretenernos en la ciudad.

—¿Diversiones en Petrogrado?

—Tiene que haber algo en alguna parte.

George dejó de lado su habano.

—Eso habrá que pensarlo con detenimiento.

Se fueron caminando a lo largo de la Perspectiva Nevsky. En torno de la bahía, imperaba una actividad febril; por lo menos, los intercambios comerciales con Suecia se sostenían todavía mediante los barcos cuyos capitanes estaban dispuestos a desafiar los submarinos alemanes; por lo menos, los soldados que montaban guardia en el Palacio de Invierno y en el Almirantazgo se dignaban saludar a un oficial del ejército. Las personas que deambulaban por allí no parecían inconformes ni de mal humor. Leían con atención los boletines prendidos a las rejas del palacio y comentaban las noticias entre ellos, sin el menor entusiasmo acerca de las anunciadas "victorias" y las "retiradas estratégicas". George recordó con pesar aquel día de agosto, dos años atrás, cuando todo Petrogrado se había congregado en aquel mismo lugar para aclamar, para rezar y para llorar, en momentos en que el zar y su familia salieron al balcón central para bendecir a los integrantes de la Guardia que partían al frente.

Dos años. Tal como él lo había pronosticado, el periodo había sido muy deprimente. Aunque no para él. Por lo que a George respecta, el periodo había significado la experiencia de su vida. Hasta entonces, no se había percatado de lo mucho que extrañaba la vida del corresponsal y de lo mucho que aborrecía ser un ejecutivo. Pero desde hacía dos años desempeñaba por completo la función de corresponsal y a Ilona y a los niños los tenía siempre cerca, al alcance de una llamada telefónica o de una ocasional visita de fin de semana. No podía pedir nada más, en especial porque Ilona, tras una larga ausencia, estaba feliz viviendo de nuevo al lado de su madre bajo el amparo de su propia casa. Incluso el padre de George lo había comprendido y no ejerció presión alguna para que su hijo regresara a casa, sino que, callada y resignadamente, asumió de nuevo la presidencia activa del periódico, mientras durara la guerra, como él mismo decía. George se volvió para ver a Peter. ¿Qué pensaría el príncipe de esos dos años?

Pero Peter no le devolvió la mirada; estaba entretenido contemplando el puente desde la isla de Petrogrado y a la gente que transitaba por él, hasta que, de pronto, observó a una chica de cabello oscuro con uniforme de enfermera.

—¡Dios mío! —exclamó con voz ahogada.

—Es Raquel Stein —comentó George.

—¿Los has vuelto a ver?

—No he vuelto a ver a ninguno de ellos. Sé que las dos jóvenes trabajan como enfermeras y las enfermeras están muy ocupadas en estos tiempos.

—¡Ah! ¿Me disculpas, George?

—Estás disculpado, Peter. ¿Te disculpará ella?

Peter bajó los ojos.

—Es la prometida de Tigran, aun cuando el compromiso no sea oficial. Sería una descortesía de mi parte no hablar con ella.

—Claro. ¿Te espero para el almuerzo?

Peter vaciló un instante y después sonrió.

—¿Cómo podré saberlo? Iré si puedo.

—Hoy es sábado —le recordó George—. No lograrás mucho de los Stein. Pero diviértete.

Miró a Peter atravesando de prisa la avenida y vio a la chica deteniéndose al escuchar que gritaban su nombre: "Raquel Stein". Él mismo había ido de visita a la casa de los Stein un mes antes y no sabía con certeza por qué; ni siquiera se le había ocurrido visitarlos mientras Ilona estuvo con él en Petrogrado. La experiencia le resultó deplorable. Las bebidas que le ofrecieron provenían de botellas a medio llenar o casi vacías y que, evidentemente, no se habían destapado desde hacía mucho tiempo. Toda la casa tenía un aspecto lúgubre y las ropas de los Stein parecían raídos; eso no era nada asombroso en tiempos de guerra, pero todos los integrantes de la familia parecían melancólicos y deprimidos, en especial Raquel. Advirtió en Raquel más que una simple depresión. Tenía los ojos hundidos, la mirada extraviada y apenas habló con él, pese a que George siempre había considerado que entre ellos existía un principio de amistad desde los acontecimientos de Starogan. ¿La causa de su amargura era lo que veía a diario en el hospital? ¿Sería, más bien, la certidumbre, cada vez más firme, de que su matrimonio con Tigran era una ilusión inverosímil, de que su compromiso era un fraude, una artimaña de Tigran para llegar a ser un hombre dueño de sus actos, para salir del cerco en que su familia lo había confinado, pero jamás la intención sincera de comprometerse?

Raquel, quien no había sufrido las grandes tragedias de su hermana, no tenía el carácter austero y rígido de ésta; pero las dos eran igualmente fascinantes. Ése era, en el fondo, el motivo que había impulsado a George para visitar a los Stein. Ideas peligrosas para un hombre casado y enteramente feliz en su matrimonio, en particular si se considera que su mujer pertenecía a la familia que más daño había provocado a los Stein. ¿Iba a seguir ocasionándoselo? ¿Se proponían los Borodin perjudicar más aún a los Stein? Por lo pronto, Peter, de regreso de unas vacaciones muy poco agradables en Starogan, desatendido por una esposa aburrida e irascible y acosado por una hermana histérica, andaba por Petrogrado en busca de diversión, según él mismo lo dijo. Ahora, iba tras Raquel, tal vez para utilizarla como un pretexto con el fin de entrar de nuevo a la casa de los Stein y reentablar su relación con Judith.

Lo verdaderamente trágico de la situación era que Peter actuaba sin darse cuenta del daño que podía provocar a los demás. Era el príncipe de Starogan y había crecido con la idea de que dispensar una sonrisa y, con mayor razón, una caricia pasajera a otra persona, era un acto de bondad y de generosidad de su parte. George estaba convencido de que la guerra no habría de trastocar aquel aspecto del carácter del príncipe.

—¡Buenos días, señor Hayman!

Se dio la vuelta y quedó frente a Judith Stein. La sorpresa le hizo tartamudear:

—Pero... ¿Es usted?... En este momento estaba pensando en usted.

No vestía el uniforme de enfermera, sino que llevaba un atuendo sencillo, muy limpio y bien cuidado. George supuso que la muchacha venía de los servicios religiosos de la sinagoga.

—Le agradezco que haya pensado en mí —dijo Judith.

—Le he dicho la verdad, mademoiselle Stein. Mire hacia allá... —George apuntó hacia el puente, pero Peter y Raquel habían desaparecido entre la multitud.

—Ya lo sé, señor Hayman —expresó Judith—. Yo los vi.

—Bueno, entonces...

—Prefiero estar en su compañía, dejando que ellos se alejen de nosotros.

—¿No hay resentimientos, ni rencor...?

—Yo nunca he sentido enojo contra el príncipe Peter, señor Hayman. Hay que tomar a las personas tal como son y ese hombre es así.

—Y esta mujer, mademoiselle —le dijo George—. ¿Cómo la trata la vida?

—Más o menos como a los demás.

—¿Y a Raquel?

Una rápida mirada de reojo.

—¿Qué hay con Raquel, señor Hayman?

—Bueno —se ruborizó, pues no había tenido la intención de formular aquella pregunta tan directa—, la última vez que la vi, me pareció muy desmejorada.

Judith asintió con la cabeza.

—No está enferma —comentó—; pero desde hace un año ha estado muy deprimida —suspiró con tristeza—. Imagino que es debido a la guerra. De no haber sido por eso, Raquel ya sería la esposa de Tigran. Por ahora, no le queda más remedio que aguardar, mientras las cosas van de mal en peor. En cambio, yo no me siento tan triste; a lo mejor porque la situación, para mí, no es aún tan penosa como lo fue en Siberia.

—Pero, no desea volver a ver al príncipe Peter, ¿verdad?

—Preferiría no verlo más.

—Muy bien. En ese caso, almorcemos juntos, Judith, ya que me parece que el príncipe va a estar rondando su casa todo el día.

—Un día más y otra muerte —anunció con tono alegre la gran duquesa Xenia Romanova al tiempo que se lavaba las manos—. Debes saber, mi querida mademoiselle Stein, que, al concluir esta guerra, si alguna vez lo hace, habré visto morir a un número mayor de hombres al número de veces que he estado en la cama sólo con mi marido.

Judith permaneció callada. Por fortuna, era muy poco común que ella finalizara su turno al mismo tiempo que la gran duquesa y era todavía más raro que lo hiciera al mismo tiempo que su hermana. Volteó para echar una mirada a Raquel, quien también se aseaba, pero ésta, como de costumbre, parecía preocupada por algún problema íntimo. Durante la última semana, por lo menos, había sido fácil adivinar cuál era la última mortificación de Raquel: el anuncio oficial de que la ofensiva de Brusilov había sido exitosa. Se mencionaba que la ofensiva logró conmover hasta sus cimientos al imperio austriaco, y que se había contenido el avance, pocas semanas antes, por la precipitada transferencia de las tropas alemanas desde el frente de Francia. En un sentido estrictamente militar, aquel verano había sido el de los éxitos más arrolladores para los ejércitos de Rusia. Pero fue enorme el precio que Rusia tuvo que pagar por aquella victoria y los hospitales estuvieron a reventar durante los meses de agosto y septiembre. Fueron tantos y tan impresionantes los horrores que podían presenciarse entonces, que incluso el espíritu más templado se quebrantaba.

—Bueno —dijo Xenia colocándose el abrigo de pieles que usaba, aunque no hacía frío—. Por lo menos ahora podemos retirarnos a descansar un rato. Siento mucho no poder llevarla en el coche, mademoiselle Stein; pero Raquel y yo debemos ir a otra parte.

—Pero, yo... —Raquel volteó a ver a su hermana Judith con una mirada llena de ansiedad.

—Recuerda que nos esperan —le advirtió Xenia con firmeza—. Buenos noches, mademoiselle Stein.

—Buenas noches, su alteza —respondió Judith.

Xenia tomó por el brazo a Raquel que apenas se estaba poniendo el saco y la arrastró consigo.

—Buenas noches, Judith —musitó al pasar junto a su hermana.

Ésta las siguió hacia la salida, pero caminando despacio. Pensaba que quizá era una suerte para Raquel que la gran duquesa procurara su amistad. Pero Judith no lo aprobaba. Desde antes de su matrimonio, tardío, por cierto, acumuló numerosas informaciones acerca de su pésima reputación. Fumaba cigarrillos, bebía bastante y las fiestas que organizaba en su casa a menudo eran la comidilla entre las damas escandalizadas a la hora del té. Además, se suponía que Raquel iba a llegar a ser la cuñada de la gran duquesa y entonces, su amistad sería más estrecha y Raquel se alejaría cada vez más de su familia. Tal vez, la chica ya estaba aprendiendo a fumar y a beber con Xenia, pero, hasta ahora, no practicaba esos malos hábitos en su propia casa.

De cualquier forma, meditaba Judith, caminando por la acera, pisando los charcos y salpicando agua y lodo con sus pies, Raquel ya era una mujer de veintitrés años. Y Judith ya tenía bastantes asuntos de qué preocuparse como para encargarse de los de su hermana. ¿Se habría comportado como una tonta en aquella ocasión en que Peter estuvo conversando con Raquel? Ésta había asegurado que el príncipe no deseaba otra cosa que hablar con Judith y que había estado en casa de los Stein toda la tarde, aguardando su llegada. Pero Judith, en cambio, pasó toda la tarde en la agradable compañía de George Hayman. Era curioso, pero había conocido al señor Hayman dos años antes, en Starogan y desde ahí, sólo lo había vuelto a ver fugazmente en dos ocasiones; no obstante, tenía la impresión de haberlo conocido toda la vida y le tenía absoluta confianza. Ésa la atribuía, quizá, a que también Ilona era su amiga.

Pero George Hayman, felizmente casado con una mujer hermosa, sostenido por la confianza del éxito, protegido por su riqueza y por su condición de neutralidad, no estaba capacitado para intervenir en su futuro. ¿Podría inmiscuirse el príncipe Peter? ¿Un soldado que había vuelto a casa con licencia antes de retornar de nuevo al frente? Esas ocasiones no se prestaban a las palabras; contaban más los hechos. Incluso cuando hubiese habido tiempo para las palabras, ni a ella ni al príncipe les restaba algo qué decir. El tiempo podría no regresar incluso para el príncipe de Starogan, suponiendo que él lo deseara.

Pero, ¿qué le deparaba el porvenir? Ella estaba contenta aun a pesar de la miseria que la rodeaba, aun a pesar de la guerra, pues podía tomar sus propias decisiones, ¿podría seguir por ese rumbo? Tenía veintisiete años de edad y se sentía completamente vacía, como una ostra. Todo lo que había tenido había quedado abandonado en Siberia.

Se apretó el saco y caminó chapoteando bajo la lluvia hacia la parada del tranvía. Éste, como de costumbre, estaba abarrotado y todos tenían un aspecto pálido, como si no hubiesen comido en varios días. Ella aún no había pasado hambre; su padre recurría a los ahorros para sostener a su familia. Sin duda, los Borodin tampoco pasaban hambre.

—¿Mademoiselle Stein?

Volvió la cabeza y se quedó muy sorprendida al ver quién era el hombre que la había llamado. Se trataba de un doctor llamado Purishkevich y, como la mayoría de sus pacientes pertenecía a la más alta aristocracia, era muy raro hallarlo en el tranvía. Judith lo conocía porque con frecuencia sustituía al doctor Alapin en el hospital cuando éste descansaba. Le sonrió amablemente a Judith.

—Quisiera saber si puedo hablarle un momento.

—Por supuesto, doctor —pensó que debía haber hecho algo mal y que el doctor iba a reprenderla. Aunque, viéndolo bien, no había necesidad de que la abordara en el tranvía si podía haberla mandado llamar a su oficina.

—Aquí no —le dijo—. Bajemos en la próxima parada y caminaremos un poco para conversar.

Judith vaciló por un momento, pero el hombre parecía muy correcto y, además, era su jefe.

—Bajemos, doctor Purishkevich.

Cuando se detuvo el tranvía, el doctor la ayudó a bajar y, sosteniendo su brazo por el codo, se fueron caminando por la avenida procurando no pisar los charcos.

—Hay dos caballeros que están ansiosos de conocerla —le dijo.

Judith hizo un ademán de sobresalto.

—¿Dos caballeros?

—En efecto, dos grandes señores de la aristocracia que desean conocerla y tienen un gran interés en hablar con usted, mademoiselle Stein. Ya hemos llegado.

Estaban frente a una puerta estrecha ubicada entre los escaparates de dos tiendas y que, obviamente, se abría hacia una escalera interior. Una serie de placas de bronce indicaban que en el piso superior había algunas oficinas. Y dos hombres la estaban esperando. Hombres de Rasputín de los que ella ya había escuchado. De acuerdo con su padre, todo Petrogrado era inmoral.

—No, no lo creo —protestó retrocediendo, pero Purishkevich ya había abierto la puerta con su llave y la invitaba a entrar.

—Es de vital importancia lo que debemos hablar, mademoiselle. Es un asunto de Estado. Usted es una leal servidora de Rusia, ¿no es así?

—Espero serlo, doctor.

—Muy bien. Entonces debe escuchar a esos dos caballeros.

La sostenía por el codo con suavidad, aunque con firmeza, acercándola hacia adentro. Después de todo, se trataba del doctor Purishkevich, el médico más respetado y respetable en toda la ciudad. Subió las escaleras con el doctor a su lado. Arriba había un corredor oscuro, pero ya se había abierto una puerta de donde salía luz en abundancia. Judith identificó que se trataba de luz eléctrica y que, en el fondo de la habitación, había una chimenea encendida. Dio un paso al interior cautelosamente y se sintió reconfortada al percibir el aroma de los buenos puros habanos y el brandy y al observar los cortinajes de finas telas que cubrían las ventanas, así como los amplios sillones forrados de rica tapicería. A continuación, hacia un costado, vio una alcoba igualmente encortinada y una amplia cama. Se quedó petrificada. ¿Se trataría de una trampa? ¡Dios mío! ¿Qué debía hacer?

Dio media vuelta para salir, pero el doctor había cerrado la puerta y uno de los dos hombres que estaban en la habitación se adelantó rápidamente para besarle la mano.

—Mademoiselle Stein. No tengo el honor de conocerla, pero he escuchado hablar mucho de usted. Yo soy el gran duque Dimitri Pavlovich —Judith no pudo pronunciar palabra—. Y éste es el príncipe Félix Yusupov.

Judith los miró con asombro. El gran duque era el primo del zar y del esposo de Xenia; el príncipe Yusupov estaba casado con otra integrante de la familia imperial.

—Permítame tomar su saco mademoiselle —el príncipe le ayudó a quitárselo y después la condujo a uno de los sillones. Judith se sentía aturdida. Pese a que nunca había visto en persona a aquellos dos caballeros, reconocía sus nombres famosos. En todo Petrogrado se les refería como hombres íntegros e intachables. ¿Cuál era el asunto que querrían tratar con ella?

—Mademoiselle tiene frío —indicó el gran duque—. Sírvele un poco de brandy, doctor.

—No —se apresuró a decir Judith—. No, muchas gracias.

—Como usted prefiera —pero el doctor dejó una copa con brandy en la mesita, al alcance de la mano de Judith. El gran duque ocupó un sillón frente a ella. El doctor Purishkevich estaba de pie a su lado y el príncipe al otro costado.

—¿Qué le comentaste? —le preguntó el gran duque al doctor.

—Que se trataba de un asunto de Estado.

—Y así es —recalcó el gran duque y se inclinó para hablar más de cerca con Judith—. Su hermana está comprometida para casarse con el miembro de una familia muy famosa y encumbrada, mademoiselle.

"¡Por Dios!", pensó Judith. Los Borodin no quitaban el dedo del renglón, a pesar del largo tiempo transcurrido. Pero ella no podía hacer nada más que esperar y escuchar lo que ellos tuvieran que decir. El doctor había cerrado la puerta con llave.

—Así es, su alteza —respondió ella.

—Una familia que, en varios aspectos, no es lo que debiera ser.

—¿Cómo?

—Me refiero a mi prima política, la gran duquesa Xenia —Judith se le quedó mirando desconcertada—. ¿Sabía que la gran duquesa es discípula de esa bestia de Rasputín?

—Yo... —claro que habían circulado rumores al respecto, antes del matrimonio de Xenia.

—¿Está enterada de que la gran duquesa ha convertido a su hermana, la futura condesa Borodina, en discípula de la bestia?

Judith se percató de que se había quedado con la boca abierta y se apresuró a cerrarla. Eso no podía ser. ¿Raquel?... Aunque, posiblemente, era verdad. Desde hacía tiempo sospechaba que había algo raro y artificial en la amistad de Xenia.

—Además, debe enterarse, mademoiselle Stein, de que la gran duquesa y su hermana se tienden desnudas junto a ese monstruo. ¿Sabe que lo bañan y que acarician sus partes íntimas?

Casi automáticamente, Judith bebió un sorbo de brandy. Era incapaz de pensar.

—Y la bestia las acaricia a ellas también —prosiguió diciendo el gran duque—. Y no son ellas las únicas que se prestan a todo eso. La lista de las conquistas de Rasputín llenaría un libro. Su influencia va mucho más allá en el núcleo de la familia imperial, sin detenerse en Xenia Romanova. Todos sabemos que ejerce su influencia poderosamente sobre la zarina, que *es* el gobierno. Mademoiselle Stein: estos caballeros y yo hemos decidido salvar a Rusia y sólo podremos hacerlo si Rasputín queda eliminado.

Judith levantó la cabeza como movida por un resorte.

—Arrestado —se apresuró a aclarar el doctor.

—Pero eso es muy complicado —señaló el príncipe Yusupov interviniendo en la conversación—. Nunca sale de su casa sin sus guardias y sus ayudantes; por supuesto que sería imposible tomar por asalto su casa sin contar con un verdadero ejército.

—Y la zarina está por completo bajo su dominio —comentó el doctor—, no podemos recurrir a la policía. Nosotros mismos tendríamos que reunir, formar y organizar esa fuerza de asalto contra la casa de Rasputín. Y, una vez que nuestro círculo se amplíe, la emperatriz se enterará de su existencia y todos nosotros acabaremos en la cárcel, por decir lo menos.

—¿Quiere ayudarnos, mademoiselle, Stein? —le solicitó el gran duque—. ¿Por Rusia?

—Y por su hermana —se apresuró a añadir Yusupov. Judith tenía en su mano la copa, ya vacía.

—Pero, su alteza —dijo—, ¿cómo podría *yo* ayudarles? Nunca he visto a ese Rasputín. No sé nada de él.

—El padre santo adora a su hermana —explicó Yusupov—. Lo sabemos de muy buena fuente: la propia Xenia Romanova lo ha dicho. Ahora bien, si Rasputín se entera de que Raquel Stein tiene una hermana que la aventaja en hermosura, en voluptuosidad, en atractivo...

—Pero...

—Usted es todo eso, mademoiselle.

—Usted... pretende que yo...

—No. No pensaríamos en pedirle tal sacrificio, mademoiselle. Pero no tenemos otro recurso para atrapar al monstruo que sorprenderlo a él solo. ¿Cómo conseguirlo? También para eso no hay más que una manera: de vez en cuando, Rasputín asiste a una reunión, a una fiesta privada, si le parece interesante.

—No tiene la más mínima sospecha sobre nuestras intenciones —agregó el gran duque—. No somos amigos suyos y no aceptaría una invitación por parte nuestra, a no ser que le presentáramos una lista de invitados maravillosamente atractiva para él.

Lo que esos caballeros le proponían era imposible, inconcebible. Ella había visto a Rasputín muy contadas veces, puesto que el monje todavía visitaba el hospital. Lo veía como a un ser repugnante. En cambio Raquel... Judith había advertido que el staretz la contemplaba con un manifiesto aire de autoridad, de posesión. Ella había estado ciega al no percatarse antes de lo que ocurría. ¡Raquel! Era indispensable impedir que volviera a ver a aquel monstruo. ¿Cómo conseguirlo? ¿Revelando la situación a sus padres? ¡Sólo Dios sabe lo que ocurriría entonces! Además, como acababan de recordárselo, Rasputín, contando con el respaldo total de la zarina, era omnipotente. Era capaz de mandarlos encarcelar como judíos y posibles enemigos del Estado si sospechara que se oponían a sus deseos.

—¿No está ansiosa, mademoiselle, de que le llegue el fin a un ser tan despreciable? —le preguntó el príncipe Yusupov.

—Ése sería el único modo de rescatar a Rusia del desastre —declaró el gran duque—. Una vez que lo tengamos preso, tendremos acceso a sus papeles particulares, a su correspondencia. Aparecerán los testigos, la zarina deberá reconocer la verdad. El zar la aceptará sin titubeos.

Judith miró con cierta admiración a los tres hombres: los caballeros más honorables de Petrogrado, tal vez de toda Rusia.

—Y ahora, escúcheme con atención —le dijo el doctor Purishkevich—. En esto consiste nuestro plan.

De nueva cuenta se encontraba involucrada en una conspiración y una vez más contra el Estado, o bien, contra el confesor de la zarina, lo que era lo mismo. Su anterior participación en las conspiraciones le había valido una sentencia al exilio perpetuo en Siberia. ¿No estaría haciendo una tontería? No. Iba a actuar por el bien del Estado. ¿No pensaba lo mismo la ocasión anterior?

Sin duda, si habían acudido a ella era porque sabían su situación, su conducta en el pasado. En ella podían confiar, puesto que, si Judith decidiera traicionarlos, sus acusaciones no tendrían validez alguna; por otra parte, si ellos decidieran abandonarla, ella no podría defenderse; por lo tanto, *estaba* actuando como una tonta. Pero la otra razón por la que se acercaron a ella era Raquel. Esa noche, Judith la pasó en vela, sentada en su cama mucho tiempo después de que todos se habían dormido. No era extraño que Raquel regresara a su casa muy tarde; pero eso se le perdonaba, pues ya se sabía que estaba con la gran duquesa Xenia y que la llevarían a casa en el Rolls-Royce de la gran duquesa. Pero Jacobo Stein, al aceptarlo, estaba consintiendo también las visitas de su hermana a Rasputín.

Al escuchar el ruido de la puerta de la calle cuando se cerraba, Judith salió de prisa de su recámara y esperó en el descanso de la escalera.

—¿Dónde has estado? —le preguntó a Raquel.

—Con Xenia Romanova —le contestó su hermana—. ¿Dónde te imaginabas que podía haber ido?

—¿A la casa de Rasputín?

Raquel volteó para quedar frente a su hermana, pero su rostro ya había adoptado una expresión hermética.

—Ése no es asunto tuyo.

—Es asunto mío, si lo que dicen de Rasputín es verdad.

—Supongo que nada de lo que te han dicho de él es cierto —le dijo Raquel—. Y, además, no esperaría que tú lo entendieras.

—Entonces, es verdad —afirmó Judith—. Se trata de una bestia lujuriosa. Debes estar loca. Imagínate lo que ocurriría si Tigran se enterara.

—Tigran no lo sabrá nunca —aseguró Raquel—. No es posible que tú se lo digas, pues tendrías que acusar a la gran duquesa y a muchas otras más, te lo garantizo. Eso sería suficiente para que te enviaran de nuevo a Siberia y, esta vez, con razón —pasó junto a su hermana en dirección a su habitación.

—¡Raquel! —le suplicó Judith.

—¡Déjame en paz! —le replicó Raquel—. Ya te dije que tú no podrías comprenderlo. Además, ¿quién eres para juzgarme? Trataste de convertirte en la querida de Peter Borodin y él te rechazó porque tú no perteneces a su clase. Pero no ocurrirá lo mismo conmigo. Yo seré de los suyos. Me casaré con Tigran y llegaré a pertenecer a su clase. Seré como Xenia. Me propongo entrar en el mundo de la aristocracia. Arréglatelas tú como puedas y permíteme a mí buscar mi salvación como yo quiera —abrió la puerta de su cuarto—. Y si tratas de impedírmelo y de ponerme obstáculos, yo misma haré que te envíen a Siberia.

La puerta se cerró de golpe y Judith cayó en la cuenta de que estaba llorando. ¿Por qué llorar? Raquel se estaba forjando el destino que ella eligió. Sería una aristócrata como las otras, tan degenerada, falsa y viciosa como Xenia, como Irina Borodina, quizá como Tattie. Ésta también fue discípula de Rasputín cuando estaba bajo la protección de Irina. Y ahora estaba de nuevo bajo la protección de ella, allá, en Starogan, y Peter, que había arriesgado su vida por oponerse a la bestia, ¿estaba enterado de todo eso?

¡Oh, Peter! Sin duda había sido un error no haberlo visto la última vez que la buscó. A pesar de su egoísmo, de su inestabilidad, de su arrogancia, Peter era un hombre bueno. No había corrupción en él. ¡Si sólo pudiera verlo ahora, hablar con él, discutir con él el penoso asunto que la aquejaba! Pero él se encontraba a cientos de kilómetros de distancia, combatiendo en la guerra... si acaso aún estaba vivo.

¿A quién recurrir? ¿A George Hayman? Ilona no era una aristócrata como las demás, ya que había quedado bajo la tutela de George Hayman. Pero éste estaba tan desarmado como Judith cuando se trataba de controlar los acontecimientos. George sólo podía informar y comentar. No obstante, todavía debían existir otras personas rectas, incorruptibles, decentes y honradas en Petrogrado. ¡Por supuesto que las había! Ella acababa de conocer a tres hombres íntegros, a tres hombres que habían decidido buscar, por todos los medios, su propia salvación y aquellos tres hombres le habían solicitado a ella que los ayudara.

Sin embargo, era indispensable aguardar a que prepararan minuciosamente aquella fiesta, pero, ¿conseguirían la asistencia de Rasputín? ¿Cabía la posibilidad de que éste le mencionara a Raquel que había sido invitado a una fiesta en la que conocería a su hermana? Probablemente Raquel haría fracasar la conspiración.

¿Cómo sobrevivir los días que faltaban? ¿Cómo evitar la insolente sonrisa de Xenia, a la que tenía que encontrarse todos los días en el hospital? ¿Cómo reprimir los deseos de gritarle a la cara que los días de su adorado staretz estaban contados? Asimismo, era esencial armarse de valor para saludar a diario, con una reverencia, a la gran duquesa Tatiana, la hija del zar que, por la influencia de su madre, tenía por santo al padrecito Gregory. Pese a ello, Tatiana parecía una chica sensata y comprendería la situación una vez que todo hubiese pasado, una vez que pudiera gritarse en público la verdad acerca de Rasputín. Ella colaboraría a llevar a cabo una hazaña tan grande. Un príncipe, un gran duque, un médico ilustre y Judith Stein. Ésta recordó a Mordka Bogrov y a Michael Nej.

Pero aún faltaba la parte más difícil: no era ocultar su culpa de verse implicada en una conspiración, sino esconder su nerviosismo, su excitación, su orgullo de ser parte de aquel grupo de hombres decididos que habían solicitado su ayuda porque la consideraban importante para la ejecución de sus planes. Judith debió reconocer que ella había nacido para eso, para la acción, para la conspiración, para los actos elevados y heroicos en favor de la libertad y del bienestar de la humanidad y sólo ahora su vida estaba llena, pues, desde su retorno de Irkutsk, no había sentido más que un gran vacío.

No habría dificultad para impedir que su familia se diera cuenta. Los negocios de Jacobo Stein iban de mal en peor; nadie compraba ni vendía terrenos o propiedades, eran muy pocos en Petrogrado los que solicitaban los servicios de un abogado. La mayoría de los días, Jacobo los pasaba frente a su escritorio, con la cabeza apoyada en sus manos, pensando en la mejor forma de evitar que sus ahorros continuaran reduciéndose. Ruth, su madre, vivía igualmente preocupada por elaborar una comida sustanciosa y suficiente para toda la familia y sin tener a nadie que la ayudara, ya que había prescindido de toda la servidumbre, a excepción de Hilda. Joseph trabajaba como obrero, puesto que no había otros empleos disponibles y pasaba el tiempo hablando acerca de la inevitable victoria de Alemania. Tal vez Joseph acabaría en la cárcel; pero ella, Judith, que había contribuido a la caída de Rasputín, contaría con el poder necesario para sacar a su hermano de la prisión. Faltaba pensar en Raquel, pero ella ya no era parte de su familia; trataba de forjarse su propio destino y no había modo de disuadirla... No obstante, lo que Judith se proponía hacer, tenía, como una de sus razones, la salvación de Raquel.

Aquella noche, Judith puso extremo cuidado para vestirse. No tenía más remedio que ponerse el vestido de satín de seda azul oscuro que su padre le había comprado para su visita a Starogan; en Petrogrado, había telas muy finas, pero los Stein no tenían recursos para pagar la confección de un vestido. Ahora le quedaba un poco ajustado; a pesar del racionamiento de los alimentos, Judith había aumentado de peso desde que volvió de Siberia. En particular, el corpiño le ajustaba demasiado y el escote se le abría, de manera que quedaba expuesta una buena parte de sus senos. A ella le hubiese gustado enseñar menos, pero, sin duda, Rasputín quedaría satisfecho.

Por fortuna, Raquel no estaba en casa. Su madre sí estaba y quedó asombrada; hacía por lo menos dos años que su hija no se ponía un vestido de noche.

—Me invitaron a un pequeña reunión en la casa del príncipe Yusupov —explicó Judith.

—¿El príncipe Yusupov? Es un hombre encantador y su esposa es muy amable. Me alegro tanto de que salgas a divertirte, Judith. Pero... —el entusiasmo desapareció del rostro de Ruth Stein—, la princesa está en su casa de campo; lo he leído en el periódico.

Judith se sirvió un poco de brandy de la botella casi vacía que todavía quedaba en la casa, lo bebió y se sintió mejor.

—Me lleva el doctor Purishkevich —le sonrió a su madre—. No se rechaza la invitación hecha por un superior.

—En ese caso, puedes ir. El doctor Purishkevich es un buen hombre. ¿No llegarás muy tarde? Ya son más de las once.

—El doctor termina de trabajar después de las diez. Regresaré a la casa a eso de las dos de la mañana. Es sólo una pequeña fiesta. Ahí está el auto

—se echó el abrigo sobre los hombros y salió de prisa dejando a Ruth Stein molesta, pues se quedó esperando que el doctor Purishkevich la saludara. Sin embargo, esa noche no había tiempo para cortesías.

Él le abrió la puerta del automóvil y ella se dejó caer junto al doctor.

—¿Está nerviosa?

—Estoy aterrada.

—Luce bellísima. La bestia no le quitará las manos de encima —el doctor le dio una cariñosa palmadita a Judith sobre el brazo—. Como comprenderá, usted debe hacer que se sienta como en su casa.

—Me prometió que...

—Sostendremos nuestra promesa, se lo garantizo. Pero usted debe cumplir con su parte. Rasputín asistirá a la fiesta para conocerla y presume que usted está ansiosa por conocerlo. Nosotros le insinuamos que usted está celosa de su hermana y, como no es amiga de la gran duquesa Xenia, no tiene medios para ser recibida en su mansión. Yo le juro que no la dejaremos a solas con él más de unos minutos, muy pocos, no serán suficientes para que él haga otra cosa... que tocarla.

Judith bajó la cabeza y se dijo que no quería ser tocada por Rasputín; no deseaba ni ver al monstruo.

—¡Por Rusia! —exclamó el doctor Purishkevich como si pudiera leer los pensamientos de la joven.

¿Por Rusia? El coche se había detenido frente a la casa del príncipe Yusupov, junto al muelle Moika. El doctor la ayudó a bajar y la acompañó hasta entrar en el vestíbulo, donde ya aguardaba el gran duque.

—¡Gracias a Dios que está aquí, mademoiselle! —le dijo éste—. Luce encantadora. Y es muy valiente. ¡Rusia la saluda!

—¿Dónde está el príncipe? —inquirió Purishkevich.

—Fue a buscar a la bestia.

Era tanta la excitación que la embargaba, que Judith se sintió acalorada y se quitó el abrigo. El gran vestíbulo estaba vacío. La casa, silenciosa.

El gran duque sonrió y ella también, nerviosamente.

—Hemos dado el día a los sirvientes, así no habrá preguntas. Ellos piensan que aquí habrá una orgía.

"¡Por Dios —pensó— ¿y si algo sale mal?" El gran duque la había tomado por el brazo y la conducía al fondo del vestíbulo, hacia unas escaleras cortas que bajaban hasta un saloncito pequeño, una especie de sala de descanso para la servidumbre, con muebles muy cómodos y elegantes. Ya había allí varias botellas de vino de Madeira, el predilecto de Rasputín, descorchadas y listas para servirse; sobre la mesa, había, además, copas y varios platos con pastelillos y bizcochos. La leña en la chimenea ardía y, frente a ella, un gran perro negro se despertó y se estiró perezosamente.

—Nos pareció más conveniente emplear estas habitaciones de la servidumbre —explicó el gran duque.

—Están más aisladas, por si tenemos que recurrir a la lucha —expuso el doctor Purishkevich.

—¿Habrá lucha? —indagó Judith.

—Sólo en caso de extrema necesidad, querida Judith, y eso es algo que no debe preocuparle. Ahora, escuche con atención: no beberá ni una gota de vino ni probará los pastelillos y las galletas, pues contienen... droga. Sí, pero no se alarme; es un somnífero que lo hará dormir rápidamente. El hombre es fuerte como un toro, literalmente hablando, y queremos evitar la violencia para dominarlo. ¿Comprende?

—Sí —contestó Judith—. Quisiera beber un poco de brandy.

—Le serviremos una copa. La bestia supone que el príncipe la ha persuadido para que usted responda... a sus deseos; cree que ha preferido recibirlo aquí, en la intimidad, en vez de acudir abiertamente a su casa. Por lo tanto, no espera hallarnos aquí. Deberemos permanecer escondidos en el piso de arriba. Pero no tema, Judith: vigilaremos continuamente a través de una mirilla y estaremos aquí en un santiamén si él intenta abusar de usted. Aunque no será así, pues procurará convencerlo de que beba vino y coma pastelillos. Además, haga que camine un poco alrededor de la habitación, que se mueva, luego de haber comido y bebido, puesto que así la droga actuará con mayor rapidez en su cerebro.

—Recuérdelo —recalcó el gran duque—: estaremos todo el tiempo con usted. Se cerró la puerta y se quedó sola. Judith Stein, *femme fatale*. "¡Por Dios! —se dijo—. ¿Qué estoy haciendo aquí?" En unos minutos, podría sucederle cualquier cosa. Bebió un poco más de brandy. Se sentó, pero su ansiedad no le permitía estar serena. Se levantó y se puso a acariciar al perro, que levantó la cabeza. Se preguntó si el animal continuaría echado junto al fuego si Rasputín la atacaba. Pero, ¿por qué tendría que defenderla el perro?

De repente, tuvo ganas de ir al baño, pero prefirió esperar y se sentó de nuevo, cruzando las piernas. Hubiese querido encender un cigarrillo, como Xenia o como Raquel. ¡Por Dios!, ¿podría Raquel perdonarle el trabajo de aquella noche?

Escuchó el ruido de pasos en el vestíbulo y el tono profundo de la voz del staretz. Se incorporó de prisa y retrocedió hasta quedar de pie contra la pared del fondo; vio abrirse la puerta. Primero, entró el príncipe Félix; Rasputín lo hizo inmediatamente después.

—Mademoiselle Stein —dijo el príncipe, pero ella estaba muy nerviosa; le temblaban los labios.

—Buenas noches, su excelencia —dijo por fin, impresionada al oír el tono sereno y pausado de su voz—. Padrecito Gregory.

—¿Tú eres la hermana de Raquel? —el monje se adelantó unos pasos—. Ven acá para que yo te vea.

Clavó sus ojos en el príncipe Yusupov, implorando ayuda y el éste hizo el intento de auxiliarla.

—¿Una copa de vino de Madeira, padrecito Gregory?

—Ahora no —respondió Rasputín— lo que quiero es ver a la chica.

Judith aspiró una bocanada de aire, lo sostuvo y se retiró de la pared para caminar hacia el staretz. Éste le tomó las dos manos y la acercó más a él. Su aliento cálido y maloliente le rozó el rostro y ella dejó de respirar.

—Un poco de vino —insistió el príncipe—. A todos nos vendría bien beber un trago —dejó la copa llena en la mano de Rasputín y éste apuró el contenido de un solo golpe, sin apartar los ojos de Judith.

—Déjanos —masculló y se acercó más a Judith, quien se dejó llevar, temerosa de resistir. La mano grande del monje le acarició el cuello, se quedó sobre el hombro y, de pronto, se introdujo bajo el corpiño de su vestido. Judith se estremeció, incómoda; pero, al mismo tiempo, sintió que los pezones se le endurecían bajo la caricia; sin quererlo, estaba tan excitada como los dos hombres—. Que te vayas —dijo la voz altanera de Rasputín y Judith escuchó el ruido de la puerta al cerrarse. Estaba sola con el monstruo. ¿Cuánto tardaría la droga en surtir su efecto?

El staretz empezó a besarle con suavidad las orejas y después la estrujó entre sus brazos y le besó los labios: un beso salvaje, forzándola a que abriera la boca para llenarla con su lengua, tan gruesa, que se le metió hasta el fondo del paladar y le tocó la garganta. Judith sintió que se ahogaba y se apartó de él, quien se le quedó mirando con el ceño fruncido.

—¿Qué no te gusto, mi pequeña Judith? —le preguntó.

Judith había recuperado el aliento.

—Si no me gustara, padrecito Gregory, no estaría aquí. Es que yo... —se quedó callada y se mordió los labios.

—Es que eres tímida. Más vino. Beberemos más vino.

Ella abrió la boca y volvió a cerrarla. ¿Por qué no habría de beber para drogarse también? Pero si ella se dormía mientras él aún estaba despierto, abusaría de ella. Parecía que la droga de la primera copa que bebió no había surtido efecto.

—Por ti —dijo, haciendo chocar su copa llena con la del staretz.

—Por ti —le contestó.

Luego de un leve titubeo, Judith bebió un pequeño sorbo, mientras que Rasputín, como siempre, echó atrás la cabeza y vació su copa. Ella aprovechó la oportunidad para vaciar el contenido de su copa en la que el staretz había dejado sobre la mesa. Difícilmente se le volvería a presentar la ocasión para hacerlo de nuevo.

Rasputín se limpió los labios con el dorso de la mano y se arrellanó en el sillón.

—Ven acá.

Dos copas y ni siquiera parpadeaba. Se acercó a él, éste la tomó de una mano y, tirando de ella, la obligó a sentarse sobre sus piernas. Empezó a tocarla como si buscara algo: le apachurraba los senos, paseaba los dedos sobre sus costillas, por encima de la seda del vestido, su mano se deslizaba hacia arriba y hacia abajo sobre sus muslos y de pronto, despacio, la mano bajó hasta los tobillos para meterse bajo el ruedo de la falda y subir sobre sus medias.

—No —murmuró ella y se las arregló para ponerse de pie.

—No deberías ser tan tímida conmigo —le dijo.

—No debería; pero...

—¿Acaso eres virgen? —echó atrás la cabeza y lanzó una risotada—. Si eres la mujer de Peter Borodin —se inclinó hacia adelante—. Desvístete. Despacio

Judith volvió a respirar profundo y miró a su alrededor. ¿Qué hacer? Las cosas no resultaban como los conspiradores habían planeado. ¿Acaso ellos tenían la intención de sacrificarla?

—Despacio —le dijo. Colocó sobre la mesa, junto al hombre, la botella de vino y un plato con pastelillos—. Come y bebe mientras me miras.

—Te estaré mirando —le dijo él—. Eres muy hermosa. Eres más bella que tu hermana... Estás más llena —tomó la botella por el cuello y volvió a dejarla sobre la mesa—. Ven para desabotonarte.

Judith fue hacia él, le dio la espalda y sintió sus dedos desabrochándole el vestido que principió a resbalarse desde sus hombros.

—¡Ajá! —gritó él e introdujo las manos bajo la tela, acariciando su vientre, oprimiéndolo entre los dedos con tanta fuerza que ella, intentando zafarse y atenuar el dolor, se inclinó profundamente hacia adelante y, como él proseguía haciendo presión, perdió el equilibrio y cayó al suelo de rodillas, apoyando las manos en el piso. Rasputín lanzó otra risotada; puso la botella sobre las caderas de la chica y empujó para que ella quedara hecha un ovillo sobre el suelo—. ¡Hermosa criatura!

Judith se incorporó y quedó hincada. Ya se le había desbaratado el peinado y algunos cabellos le caían sobre el rostro. Se sentía invadida por la ira, el miedo y la vergüenza. Experimentó algo de alivio al observar que el staretz estaba bebiendo vino y sostenía uno de los panecillos en la mano. Entonces, se puso de pie y dejó que su vestido se deslizara hasta los tobillos. Tenía los ojos fijos en Rasputín que masticaba el pastelillo y después bebía vino para tragárselo. Ahora sí, indudablemente... pero él estaba dando indicaciones con las manos para que ella continuara desnudándose. Al mover las manos, salpicaba de vino sus ropas.

Judith se inclinó para recoger sus enaguas con ambas manos y, con un solo movimiento, se las sacó por la cabeza. En el invierno, vestía una corta camisa de lana; con eso se sentía un poco cubierta. Conservó en las manos las enaguas y miró que él estaba bebiendo de nuevo. Ya faltaba poco. Tenía que ser... Estaba segura.

—La camisa —dijo el staretz y a ella le pareció distinguir cierto tono apagado en la voz—, la camisa.

Dudó unos instantes. El gran duque le había sugerido que obligara al monje a moverse. Arrojó las enaguas al suelo y se acercó hacia la puerta. Rasputín lanzó un bramido y se paró para abalanzarse sobre ella. Judith lo esquivó y, con un movimiento desesperado, tiró del picaporte y abrió la puerta.

—¡Félix! —gritó, olvidando todas las precauciones.

El príncipe estaba frente a la puerta, esperándola. Judith vio, con horror, que empuñaba una pistola. En aquel preciso momento, se escuchó, muy fuerte, la música de un gramófono. Sintiendo que se ahogaba, se llevó las manos al cuello y volvió la cabeza. Observó que Rasputín se había vuelto a sentar y que le faltaba la respiración. Sus ojos se abrían y se cerraban constantemente.

—Vete —le ordenó Yusupov a Judith—. ¡Pronto! Sal de aquí —tiró de ella para apartarla, al tiempo que él entraba y cerraba la puerta. Judith, aturdida, miró a su alrededor, intentando hallar su abrigo, pues sintió frío en el vestíbulo. Su vestido y sus enaguas estaban dentro de la habitación y ella, medio desnuda, con los brazos cruzados sobre el pecho, estaba paralizada en el vestíbulo. Oyó el estruendo de un disparo y volvió la cabeza. La puerta se abrió de repente. Yusupov no la vio; salió corriendo y subió las escaleras. Judith vio por la puerta abierta y observó al perro revolcándose junto a la chimenea; la sangre brotaba de su cuello. ¿El perro?

Rasputín también yacía en el suelo, de rodillas y con las manos apoyadas en el piso. Levantó una mano para llevársela al cuello, como si no pudiera respirar; aunque no estaba sangrando. Judith dio un paso hacia él; pero se detuvo. No podía tomar sus prendas...

Escuchó ruido de pasos detrás de ella. Los tres hombres entraron de inmediato al cuarto.

—Lo siento —decía el príncipe—. Me tembló la mano... No pude...

Se quedaron parados, mirando al staretz. Ya había caído de bruces sobre el piso, pero tenía la cabeza erguida, los ojos abiertos, observándolos a todos con una expresión extraña.

—Dame la pistola —dijo Purishkevich.

—No —gritó Judith—. No disparen contra él, me dijeron que...

El gran duque la agarró por la cintura con un brazo cuando ella trató de precipitarse sobre el staretz. De repente, Judith se sintió tan exhausta que ya no pudo resistir ni moverse. Miró que Purishkevich se apartaba de la puerta y cerró los ojos cuando la pistola disparó dos veces; luego, los abrió para percatarse de que la sangre corría por el piso.

—Está muerto —anunció Purishkevich.

—¡Dios mío! —Judith cayó de rodillas sobre el piso. Purishkevich pasó junto al cuerpo de Rasputín, recogió el vestido y las enaguas y se llevó a Judith.

—Fue un trabajo magnífico —le dijo—. Sin su ayuda, no habríamos podido realizar esto.

—Me dijeron que iban a mandarlo a la cárcel —murmuró Judith. No podía apartar los ojos de aquel cuerpo. Había visto morir a muchos antes, en Siberia y en el hospital, pero Rasputín...

—No quedaba más remedio —dijo Yusupov—. Lamento que lo haya presenciado. No teníamos la intención de que fuera así. No creímos que hubiera necesidad de dispararle. El veneno debía haberlo matado.

—¿El veneno? —inquirió Judith.

—No nos quedaba otra opción —reconoció el gran duque.

¡Veneno! Y ella había estado a punto de beber un poco.

—Me mintieron. Un príncipe imperial me engañó.

—Por el bien de Rusia. Ahora, vístase y la enviaremos a su domicilio. Nadie se enterará de su participación en esto, a no ser que usted la revele.

"A menos que yo la revele —pensó, levantándose sin ayuda de nadie—. ¡Ay, Dios mío! ¿Acaso podría decir algo?" Metió la cabeza en las enaguas y las dejó que se deslizaran hacia abajo, descuidadamente. No podía controlar que su vista volviera al cuerpo de Rasputín, como si tuviera miedo de que se moviera, se pusiera de pie y lanzara una de sus estentóreas risotadas de desprecio hacia toda la humanidad y, entonces, se dio cuenta de que uno de los ojos del staretz se había abierto y la observaba directamente.

Gritó señalando al caído. Los tres hombres lo miraron horrorizados.

—¡Está vivo! —gritó a su vez Yusupov—. ¡Oh, por Dios, aún está vivo! —retrocedió como si fuera a retirarse, pero el gran duque lo detuvo.

—Debemos terminar —dijo—. *Acabemos* de una vez por todas —pero se quedó inmóvil.

El doctor Purishkevich emitió un gruñido y se precipitó hacia adelante. Del bolsillo interior de su saco, había extraído una navaja de hoja larga y, lamentándose dolorosamente, se dejó caer sobre el staretz agonizante y apuñaleó a Rasputín en el pecho.

—¡Camaradas! —Lenin estaba de pie con un vaso en la mano y las otras siete personas que estaban sentadas en torno de la mesa se levantaron de inmediato—. ¡Brindemos por el año de 1917 con todos los triunfos que habrá de traernos!

—¡Por 1917! —dijeron todos obedientemente.

Era imposible no estar de acuerdo con Lenin, incluso cuando todos dudaban de que todavía existiera algún significado en sus palabras. Su solo aspecto —la cara ancha y fuerte, la agresiva barbilla roja, los ojos chispeantes—, en especial cuando se entregaba, impetuoso y colérico, al calor del debate, hacían de él un hombre al que nadie podía oponerse. Por lo menos ninguno de sus fieles seguidores. "Tampoco yo", se dijo Iván Nej. Pero ocurría que Iván aún estaba sorprendido y desconcertado por estar en Suiza. En muchas ocasiones debía esforzarse para aceptar que era verdad, al recordar todos los días y las noches que pasó, apelotonado dentro de los troncos huecos y los agujeros de la tierra, arrastrándose boca abajo sobre las piedras y las hierbas de las colinas envueltas en la niebla o bajo la lluvia tupida, entre los charcos y el lodo, aguardando en cada instante escuchar el chasquido de la bala al chocar contra su cuerpo; al recordar todo aquello como una infinita pesadilla. Pero todo eso había ocurrido hacía meses. Ahora, estaba allí, y se le había dado la bienvenida; el hecho de ser el hermano de Michael le ayudó. Lenin necesitaba a mucha gente, a toda aquella en la que pudiera confiar si sus proyectos fueran a realizarse. Iván estaba convencido de que, algún día, esos planes iban a dar abundante fruto. Ya estaba evaluando la posibilidad de adoptar un nuevo nombre para cuando llegara el momento. Michael continuaba llamándose Nej, pero Michael no valía gran cosa. En tiempos pasados, Lenin se había llamado Ulyanov. Ahora, el mundo entero lo identificaba sólo por el nombre de Lenin, un vago seudónimo, al pie de sus enardecidos artículos. Como Lenin era famoso; como Ulyanov, podía vivir en el anonimato siempre que quisiera y donde quisiera.

Pero siempre con Krupskaya. Estaba sentada a la derecha de su esposo, mirándolo, embebida con sus palabras. Estaban *casados* y se querían bien. Ésa era una idea irritante para un revolucionario: estar enamorado de una esposa era como tener un lazo indestructible con el pasado burgués. No obstante, debía de ser maravilloso tener siempre a un lado, en todo momento, a una esposa amante. Eso era algo que Iván Nej nunca tendría, a no ser que se hallara otra campesina como Zoé Feodorovna. Iván era un soñador y no un hombre de acción y sus sueños no eran capaces de tolerar la luz del día.

Lenin había permanecido de pie cuando todos los demás se sentaron.

—¿Por qué tan desalentados? —su voz resonante estremeció a todos los compañeros—. ¿No consideran acaso que 1917 será un año muy positivo para nosotros? —hubo un intercambio de miradas entre todos—. Amigos —dijo y el tono de su voz se hizo suave y aterciopelado—, en Rusia están celebrando ahora la Navidad y ésa es una afrenta contra la comunidad de las naciones. Nuestra Navidad se festeja catorce días después de la de cualquier otra nación —todos estuvieron de acuerdo con que eso era un atraso—.

Sin embargo, esta Navidad internacional los rusos tendrán algo muy especial que celebrar.

—¿Hemos obtenido otra victoria? —preguntó Kamenov. De acuerdo con Iván, aquel Kamenov era un hombre simple.

Lenin emitió un gruñido.

—¿Otra victoria? No puede hablarse de victorias cuando el que combate es un ejército sostenido por los capitalistas, camarada. ¿Acaso consiguen triunfos los ejércitos de Rusia, traicionados como están por sus capitanes y dirigentes? No. Ha sido el *pueblo* ruso quien logró una victoria. La victoria les fue entregada por los mismos dirigentes que nosotros juramos derrocar. Yo siempre les he comentado que, cuando los príncipes, los duques y los sacerdotes hayan caído, habrá llegado nuestra hora.

Entre los oyentes se produjo un murmullo de aprobación.

—¿Cuándo llegará nuestra hora? —indagó Michael Nej—. ¿Cuándo será posible que llegue?

Lenin lanzó una carcajada.

—¡Ya ha llegado, camarada! ¡Ya está aquí! Las noticias nos llegaron hoy y yo las callé para que las supieran esta noche: Rasputín ha muerto. La gran bestia fue asesinada por los integrantes de la propia familia imperial. Petrogrado es un hervidero de furia y ésta crecerá cada vez más, compañeros, hasta que estalle. Así es, camaradas: 1917 es nuestro año. Lo presiento. Lo sé. Les garantizo que 1917 es nuestro año.

CAPÍTULO VII

—ENFERMERA STEIN —LA HERMANA PERMANECÍA PARADA EN EL umbral de la puerta, muy derecha, el uniforme inmaculado y planchado, como siempre—. El doctor Alapin la espera en su despacho.

"¡Dios mío!", se dijo Judith. Hacía dos meses que vivía en constante angustia, con el temor de recibir en cualquier instante aquel llamado. En efecto, el gran duque Dimitri, el príncipe Félix y el doctor Purishkevich cumplirían con su promesa de guardar silencio; pero ella sabía que su secreto no iba a mantenerse oculto para siempre.

Se secó las manos en el delantal, le sonrió con amabilidad a la enfermera que iba a sustituirla en su ausencia y se fue caminando por el corredor. Las otras enfermeras se volvían a mirarla; por fortuna, Xenia no estaba entre ellas. A decir verdad, Xenia no había vuelto a dar señales de vida desde la Navidad. Se decía que estaba enferma; pero corrían con insistencia los rumores de que había intentado suicidarse, cortándose las venas de las muñecas, al enterarse de que el padre santo había muerto. Menos mal que la descubrieron a tiempo y fue posible salvarla; su madre se la había llevado a Starogan para que se recuperara.

Tampoco Raquel había vuelto a presentarse por el hospital. También ella estaba enferma. ¿De pena? Era muy difícil saberlo con certeza. Por lo menos, no había intentado suicidarse. Se había vuelto más retraída que nunca, apenas contestaba cuando le hablaban y vagaba por la casa, abstraída y silenciosa. Luego, cayó en verdad enferma con fiebre muy alta que el médico atribuyó a un resfrío, ya que aquel mes de enero fue el más frío que se recordara, una calamidad más que se añadía a la pesada carga del hambre, la intranquilidad, la desconfianza y el miedo que la población de Petrogrado soportaba desde hacía tiempo. Pero ya había llegado febrero y, probablemente, el fin del invierno estaba a la vista y, muy pronto, Raquel quedaría recuperada. Resultaba una prueba muy dura para Judith llegar a su casa al finalizar su turno en el hospital y sentarse junto a la cama de su hermana, sin poder hablar con ella, sin atreverse a confiarle su secreto. Albergaba la esperanza de que más adelante, cuando Raquel estuviera sana, conversaría con ella con franqueza y acabaría por comprender que, con la muerte de Rasputín, se había salvado de un peligro muy grave.

A causa de la oleada de frío, se había reducido de manera considerable el número de enfermeras que acudían al hospital. Aquel día, ni siquiera la gran duquesa Tatiana andaba por allí. ¿Sería otra de las víctimas de aquella noche funesta? Pese a ello, al principio, la gran duquesa no parecía estar muy deprimida; había asistido al hospital puntualmente hasta los últimos tres días, aunque sin dar señales de aquella alegría juguetona que la identificaba y siempre enlutada por la muerte del amigo de su madre. Lo más seguro era que no le permitieran salir del palacio por temor a los tumultos y motines.

Aquello sí que era terrible. Judith había sido cómplice de un crimen que, como Jacobo Stein decía, era irrelevante. En realidad, ¿qué habían logrado los conspiradores? Tanto el gran duque como el príncipe Félix fueron confinados a sus propiedades en el campo; no se les habría podido enjuiciar por asesinato a causa de su parentesco tan cercano con la familia imperial, incluso si hubiesen hecho el intento de negar su culpa. Al doctor Purishkevich lo enviaron al frente como médico de campaña. Pero continuaba considerándose como un rumor sin base que en la maniobra hubiese tomado parte un cuarto integrante: una mujer muy atractiva que había atraído a Rasputín para que cayera en la trampa. Por lo demás, nada se había modificado, a no ser que el zar cedió el mando supremo del ejército al general Alexeiev para retornar a Petrogrado, aunque se mencionaba que había vuelto más para estar junto a su mujer en aquellos momentos difíciles que para retomar las riendas del gobierno. La zarina podía haber perdido a su confesor, pero, Protopopov y Strumer, los títeres manejados por ella, seguían siendo los que dirigían al país y, quizá por su ineptitud o algo peor, mantenían a toda la población en condiciones lamentables de hambre y de agitación. En los dos meses transcurridos desde el asesinato del staretz, el descontento general se había incrementado en forma alarmante. No pasaba día sin que sucediera algún encuentro entre las fuerzas de la policía y los agitadores y huelguistas radicales. Si bien los soldados proseguían peleando en los frentes con heroico valor, toda la nación estaba extremadamente desilusionada de la guerra. Durante la última semana, los disturbios habían adquirido enormes proporciones.

Judith avanzaba por el corredor en dirección a las oficinas del superintendente del hospital. Esta vez, le correspondería a ella el turno de que la exiliaran... ¿Adónde? No creía que la sometieran a un juicio, por recelo a lo que ella pudiera decir, los secretos que podría revelar y las personas a las que podría involucrar. Pero sí era factible que la enviaran de nuevo a

Siberia y podría decirse que aquello le daría gusto. Por fin sabría a qué atenerse. Hacía ya dos meses que no conciliaba el sueño, acosada por la visión de aquel ojo abierto que la observaba directamente, como si la acusara; los otros pormenores de la noche aciaga los había olvidado. No había vuelto a pensar en cómo los tres hombres arrastraron fuera de la casa el cuerpo enorme del staretz muerto ni en cómo lo llevaron a través del patio posterior y rompieron el hielo sobre el río Neva para aventar el cadáver al agua; tampoco quería recordar aquellos instantes de angustia, cuando se encontró el cadáver, unos días más tarde, y las autoridades determinaron que Rasputín había muerto ahogado. Dos balas, una cantidad importante de veneno, varias cuchilladas en el pecho no habían sido suficientes para liquidar a aquel hombre gigantesco. Por todo eso, Judith no había podido dormir en paz ni comer bien, desde hacía dos meses, siempre consciente de que sus padres la observaban y la supervisaban, pues estaba convencida de que ellos sabían la verdad, aunque habían llegado al acuerdo tácito de no decir ni una palabra a Raquel ni a Joseph. Su mamá sabía dónde había estado aquella noche y, por supuesto, se lo había comentado a su papá. Quizá, como la gente decía, no se cometió un asesinato, sino que se procedió a la ejecución justificada de una bestia monstruosa y perniciosa. De cualquier manera, Jacobo y Ruth Stein debían continuar viviendo con la certidumbre de que su hija había participado en la muerte de un hombre.

Asimismo, ella había vivido con esa convicción en la cabeza y en el corazón. Ya la habían acusado falsamente de complicidad en el asesinato del ministro Stolypin, pero en la imputación que le aguardaba no había falsedad alguna. No podría alegar que fuera inocente.

Llamó a la puerta.

—Adelante.

Entró, cerró la puerta y permaneció parada frente al escritorio. El doctor Alapin era el jefe de los médicos del hospital y el de mayor antigüedad en el servicio. Era un hombre robusto y de corta estatura. Estuvo ejerciendo su profesión en Puerto Arturo durante el sitio por parte de los japoneses. Judith creyó que probablemente el doctor Alapin conocía a Ilona Borodina, pues ésta sirvió como enfermera en Puerto Arturo durante aquella guerra. ¿Sería prudente decirle al médico que ella era amiga de Ilona?

El doctor Alapin no levantó siquiera la cabeza cuando ella entró y se quedó parada frente a él. Su coronilla calva relucía frente a los ojos de Judith.

—Enfermera Stein —le dijo—: la he mandado llamar para comunicarle su transferencia. Seguramente, tras dos años de servicio en este hospital, recibirá con beneplácito la noticia.

¿Sería una broma de mal gusto?

—Sí, doctor.

—Afuera hay un automóvil esperándola. Debe reportarse en seguida en Tsárskoye Seló.

—¿Eh?... —creyó que el corazón le iba a estallar dentro del pecho. Tsárskoye Seló era el palacio privado del zar, en las afueras de la ciudad. "¡Oh, por Dios! —pensó Judith—. Sin duda, la zarina desea interrogarme personalmente. ¿Por qué no habrá policías aquí presentes?"

—Así es —prosiguió explicando el doctor—. Al parecer, las grandes duquesas tienen sarampión desde hace algunos días, según creo yo; pero ahora ya ha sido confirmado. La gran duquesa Tatiana solicitó que la cuidara su hermana, pero como ella también está enferma, yo he decidido que sea usted la que la asista. —El doctor Alapin levantó por fin la cabeza para ver a Judith y una leve sonrisa se dibujó en su rostro—. Una enfermera Stein lo hará tan bien como la otra, ¿no es verdad? No son muchos ni muy complicados los cuidados que deben observarse, pero sí es indispensable que alguien esté con ellas todo el tiempo. Permanecerá allí hasta que hayan sanado por completo. ¿Entendido?

Judith aspiró despacio el aire por temor a que se le escapara un fuerte suspiro de alivio. De modo que, después de todo, nadie sabía la verdad.

Pero, ¿acaso ella podría ir a Tsárskoye Seló a vivir en la residencia campestre de los zares? Aunque nadie lo supiera, ella sí y era consciente de su culpa. Incluso cuando aquella noche no estuviera al tanto de lo que en realidad iba a ocurrir, fue ella la que sirvió de carnada para que Rasputín mordiera el anzuelo. Existía el peligro de que la zarina advirtiera su secreto en cuanto la viera. Era muy factible que la propia Judith se delatara en cualquier momento.

Por otro lado, si aceptara partir, se alejaría de las tribulaciones del hospital, del hervidero de agitación y de intranquilidad que era Petrogrado, del eterno recordatorio de su culpabilidad que era Raquel; en Tsárskoye Seló, gozaría de paz, de quietud y de toda clase de comodidades. La zarina se preocuparía de que así fuera.

El doctor Alapin la observaba con el ceño fruncido.

—¿Me entendió, enfermera Stein?

Judith asintió con la cabeza.

—Sí, doctor.

—¿Ha estado alguna vez enferma de sarampión?

—A los once años de edad contraje sarampión, doctor.

—Bien, deberá partir de inmediato. El automóvil la conducirá a su casa para recoger la ropa y otras cosas que necesite. Le ruego que se apresure.

—Sí, doctor.

Bajó corriendo las escaleras. No habría arresto, ni cárcel, ni exilio; no habría nada más que el honor de cuidar a las grandes duquesas, y en

Tsárskoye Seló, ni más ni menos. Se retiró la gorra, que le quedó pendiendo del cuello, sobre los hombros y salió al aire helado del patio; le dedicó una amplia sonrisa al chofer uniformado que estaba en pose de atención junto al relumbrante automóvil. Le abrió la puerta y ella entró, ocupó el asiento posterior y el chofer cerró la puerta. Judith Stein viajaba en uno de los autos de la zarina.

Pero, ¿cómo *podría* encarar a la zarina? Ésta no había visitado el hospital desde la muerte de Rasputín. ¿No adivinaría desde el primer instante en que la mirara lo que había sucedido? ¿No sabría leer en los ojos de Judith la culpa de haber asesinado al monje? Ella, Judith, podía ver su pecado cada vez que se veía al espejo. Se retorció los dedos con tanta fuerza que se le torcieron los guantes. ¿Qué hacer? No ir, sencillamente... Levantó la cabeza rápidamente al percibir un agudo sonido y el automóvil se detuvo abruptamente.

—¿Qué fue eso?

El chofer observó hacia adelante.

Fue un disparo, enfermera. Continúan disparando.

Se oyeron numerosos disparos y Judith pudo oír gritos de la gente y el temible murmullo de una muchedumbre agitada.

—Es un tumulto, enfermera —informó el chofer—, y el ruido proviene de la Perspectiva Nevsky. Creo que no podremos cruzar el puente.

—Pero... Debo ir a mi casa... Mi ropa... Mis padres...

—Sería muy peligroso —manifestó el chofer—. Sobre todo si llevamos el escudo imperial en el automóvil. Sus padres no corren riesgo en su casa, mademoiselle, no van en esa dirección. Pero usted, sí.

Condujo el coche a una calle lateral y le dijo:

—La llevaré a Tsárskoye Seló y, una vez allá, le explicaremos la situación a su majestad. Más tarde, le permitirá venir a la ciudad a buscar su ropa cuando la manifestación haya concluido.

A Judith le pareció que el hombre era sensato. Casi todos los días se producían tumultos como aquél y también había disparos cuando la policía pretendía dispersar a los agitadores. Cuando se alejaban en el auto del lugar donde el ruido provenía, se escuchó una nueva explosión de disparos hacia el lado izquierdo y después, hacia el derecho y era tanto el griterío de la gente que el ruido de los disparos casi se ahogaba. Vio por la ventanilla de atrás y observó grupos de soldados que corrían dando la vuelta por la esquina. Éstos no permitirían que el tumulto se extendiera más, gracias a Dios. Miró asustada a los soldados que echaban rodilla en tierra, apuntaban y comenzaban a disparar, pero le pareció que estaban disparándole a ella, o mejor dicho, al automóvil de la zarina.

¿Soldados?

George Hayman subía de prisa la escalera exterior del Ministerio de Relaciones Exteriores, se metió por la puerta y se detuvo para recuperar el aliento. Detrás de él, continuaba el silbido de los disparos y, a lo lejos, el siniestro repiqueteo de las ametralladoras. Todo el aire de la mañana se sacudía con el escándalo de las detonaciones. George sabía que nadie le estaba disparando directamente y, además, ya estaba habituado a correr bajo el fuego de los disparos, como combatiente con los Rough Riders en Cuba en 1898 y también como corresponsal de guerra en África del Sur con los boers y en Puerto Arturo con los rusos. No obstante, una trifulca civil como ésa era una novedad para él. Estaba desconcertado y lleno de incertidumbre. Sucedía que una masa se reunía, con buen humor aparente y sin armas, pero, de pronto, algo la incendiaba y, al minuto siguiente, empezaban a intercambiarse los disparos y los cuerpos caían en tierra, o bien, sobre la nieve.

Cayó en la cuenta de que estaba totalmente solo en el gran vestíbulo del ministerio. Mientras corría por la avenida, miró a las secretarias asomadas a las ventanas del piso superior. Pero, ¿dónde podría estar el guardia que siempre vigilaba en el vestíbulo? ¡Caramba! Si la multitud enardecida quisiera invadir el ministerio, podría hacerlo con toda tranquilidad. Aunque, si ése fuera el caso, un vigilante solo no podría evitarlo.

Corrió escaleras arriba, se cruzó con una muchacha con blusa blanca y falda negra, que era el uniforme del personal femenino del ministerio y que llevaba en los brazos un tequio de papeles. La chica le sonrió brevemente; se le veía muy bien arreglada y limpia, su peinado estaba intacto. Sin volverlo a mirar, la joven prosiguió su camino. El hecho de que la mitad de la población estuviese peleando en las calles y que la otra mitad siguiera en sus quehaceres habituales, le pareció absurdo a George; en especial cuando esas mitades se entrelazaban.

—Con paso rápido, avanzó por el corredor y abrió la puerta de las oficinas de Tigran. La secretaria levantó la cabeza y lo observó a través de las gafas. Era una mujer bella, a pesar de sus facciones duras y tenía muy buena figura.

—Quisiera ver a monsieur Borodin —dijo George.

—¿Tiene cita?

George negó con la cabeza.

—Entréguele mi tarjeta.

La secretaria leyó la tarjeta, volvió a levantar la cabeza para ver a George con cierta curiosidad y después se puso de pie para entrar a la oficina privada. George ni siquiera tuvo tiempo de encender su habano cuando Tigran ya había salido a recibirlo.

—¡George, mi querido amigo! Hace más de una semana que no nos veíamos.

—Sí, bueno, he estado muy ocupado. Tigran: ¿qué opina la gente del ministerio sobre esta situación?

—¿Qué situación? —preguntó Tigran tomando por el brazo a George para conducirlo a su oficina privada.

—¿No te parece que existe una situación muy grave?

—Siéntate, mi buen amigo.

Tigran sirvió brandy en dos copas, mientras miraba de soslayo a George.

—¿Te refieres a esos disparos?

—Sí, para empezar.

—Es la policía que intenta dispersar a los amotinados. Tú lo sabes bien.

George tomó su copa y bebió un trago.

—Yo ya no lo sé. ¿Qué hay sobre esos rumores de que los hombres del Regimiento Pavlovsky asesinaron a su coronel?

—Sólo son simples rumores. —Tigran se acomodó en su sillón, detrás del escritorio.

—¿Puedo citar tus palabras en mis notas?

—Por supuesto que puedes. Existe un gran descontento; tanto como el que se esparció por la ciudad en febrero pasado, tú debes recordar. Cuando la gente tiene hambre, se comporta de un modo extraño; pero esto no es nada serio.

—¿Podría citar esto también?

—Ciertamente. ¿Me permites que te explique cómo he llegado a la conclusión de que esta conmoción no es muy seria? Muy bien, hace dos días que el zar salió de Tsárskoye Seló para reincorporarse a su puesto al frente del ejército.

George se le quedó mirando, como si no hubiese comprendido bien.

—Así es —afirmó Tigran—. Por lo tanto, como podrás deducir, el zar está confiado en que la situación, aquí en Petrogrado, está controlada. Te garantizo que él sabe mucho más que tú y que yo lo que en realidad acontece.

—¿Lo sabe?

Tigran arqueó las cejas.

—¡Por supuesto que lo sabe! ¿Estuviste en Petrogrado en 1905? ¿Estuviste en Moscú? Yo estaba aquí. Ilona se encontraba en Moscú. Pregúntale a ella. Se produjeron auténticas batallas campales entre los cosacos y los agitadores en Moscú. Se emplearon los cañones y, al final, la rebelión fue reprimida por tu viejo amigo Roditchev. Ahora, en vista de que Roditchev está en Petrogrado al frente de las fuerzas de la policía, te aseguro que ocurrirá lo mismo que en Moscú.

—En realidad —dijo George—, yo venía a hablarte de Ilona. No he podido contactar con Starogan. He hecho el intento, una y otra vez, y las líneas siempre están ocupadas.

—Eso no tiene sentido —declaró Tigran.

—Así lo creo, precisamente. ¿Podrías hacer tú el intento de comunicarte en mi nombre?

—Claro, George. ¡Dora! —gritó.

La puerta de la oficina había quedado abierta.

—¿Sí, su excelencia?

—Quiero que te comuniques con Starogan, con la princesa viuda Borodina. Diles que es una llamada urgente, por asuntos de Estado, para que te la pasen sin demora.

—Sí, excelencia.

Dora se retiró dejando la puerta abierta.

—Te comunicarás dentro de unos instantes —le dijo Tigran a George—. Pero no hay motivo para que te angusties. Ilona está allá perfectamente segura. Las revueltas son asuntos locales y se reducen a las ciudades, donde la gente siempre se queja y protesta por cualquier cosa. Además, mi madre y Xenia también están allá; ya se habrían puesto en contacto conmigo si hubiese acontecido algo —se echó a reír con confianza y agregó—: En Starogan, jamás sucede nada —bebió un gran sorbo de brandy—. Y ahora, hablemos de algo mucho más interesante: de esos rumores de que los estadounidenses se disponen a participar en la guerra, de nuestro lado.

—Así parece —aceptó George—. Hemos roto relaciones diplomáticas con las potencias centrales. Creo que así debía ocurrir y ya es tiempo de que sucediera.

—Que así sea —expresó Tigran—. Hace tiempo que no había recibido tan buenas noticias. Puedes creerme: en cuanto esta novedad llegue a las calles, la actitud de la población cambiará.

—Tendrá que pasar algún tiempo —advirtió George—. El presidente de Estados Unidos no puede declarar la guerra. Antes, debe convencer al Congreso de que es necesario tomar esa medida.

—¿Tú crees que le será fácil persuadirlo?

—Creo que no habrá mayor problema. Por eso quiero ponerme en contacto con Ilona. Ella y los niños deben regresar a casa.

—¿A casa? ¿Quieres decir a Estados Unidos? ¿Tú también volverás?

—No, por ahora. Debo saber qué va a suceder aquí. Ya no tengo edad para ir a combatir en el frente como un soldado de primera línea. Pero, de cualquier modo, me sentiré más tranquilo si Ilona y los niños retornan a su patria.

—¿No consideras peligroso que crucen el Atlántico? De todas formas, será muy complicado que los dejen pasar por los Dardanelos.

—Yo tengo una opinión distinta... —George se quedó callado cuando la secretaria de Tigran reapareció en la puerta.

—Todas las líneas están ocupadas, su excelencia, y es imposible comunicarse con Moscú.

—¡Maldita sea! —exclamó Tigran—. Haremos de nuevo el intento, George, y te avisaré.

—Te lo agradeceré —dijo George incorporándose.

Tigran se le quedó mirando con gesto de preocupación.

—Tú realmente crees que va a estallar una revolución, ¿no es verdad?

—Pienso que *ya estamos* en medio de una revolución. Aquel movimiento de 1905 se produjo al finalizar una guerra. Tu gobierno tenía los hombres y los recursos para acabar con la rebelión, pero, en esta ocasión, la guerra continúa y está en auge. Desde hace mucho tiempo, los hombres y los recursos se han destinado a la guerra.

—Pero ahora contamos con los estadounidenses.

—Ya te comenté que transcurrirá mucho tiempo para que la guerra se declare en Estados Unidos y después vendrá la movilización y, luego, el transporte de los soldados a través del océano. Pienso que el zar *no dispone* del tiempo necesario. Tengo la sospecha de que a toda Rusia se le ha agotado el tiempo. En tu lugar, yo me pondría a pensar en todo esto con mucho detenimiento.

Tigran se incorporó y volvió a llenar las copas.

—¿Me estás proponiendo que abandone mi puesto, George? Tú no tienes la intención de dejar el tuyo y no eres más que un observador. Para colmo, Raquel está enferma.

—¿Raquel? —inquirió George frunciendo el ceño.

—Parece que atrapó un fuerte resfrío. Ha tenido fiebre muy alta y está en cama.

—¿Realmente Raquel significa mucho para ti?

—¡Caray! Estamos comprometidos para casarnos.

—Yo estuve comprometido durante tres años. ¿La visitas a menudo?

—Estamos en guerra, George.

—¿Amas verdaderamente a esa chica?

—¡Qué pregunta! Voy a casarme con ella.

—No es lo mismo.

Tigran se acercó a la ventana para mirar hacia el patio posterior del edificio.

—De las mujeres que he conocido, Raquel es la mejor y la más honorable. Además, es la más hermosa, la más dulce y la más inocente de todas.

—Eso me suena más bien a admiración que a amor. No te ofendas, Tigran, pero, si te vas a casar con ella porque lo consideras bueno para ti o para llevarle la contraria a tu familia...

—Me voy a casar con ella, estoy convencido —manifestó Tigran, tras haber dejado de mirar por la ventana y encarando a George—. Espero que tú andes aún por aquí para que asistas a la boda. Ahora, debo ponerme a trabajar. ¿Tú qué piensas hacer?

—Iré a hacerle una visita a Sergei Roditchev —informó George—. Debía haber ido antes en el curso de los tres años que llevo viviendo en Petrogrado. Me interesa mucho saber lo que *él* piensa hacer en vista de todo lo que está sucediendo.

—Hace un momento acabo de tener una larga conversación con George Hayman. ¿Sabes que él...?

Tigran había abierto la puerta sin llamar y había entrado en la oficina privada de su cuñado; pero se detuvo de repente al mirar que el gran duque tenía a su secretaria sentada sobre las piernas; el cuaderno de notas y el lápiz estaban sobre el escritorio. La joven se incorporó de inmediato, pero Tigran alcanzó a ver que se bajaba de prisa la falda; sin duda, Philip había introducido su mano por debajo. La chica, bastante bonita, sonriente y, al parecer, dispuesta a gozar de la vida, no se veía agitada en lo más mínimo.

—Eso es todo. Muchas gracias, mademoiselle —dijo Philip quien tampoco parecía turbado. Un tipo con suerte.

—Con permiso, alteza —musitó la muchacha y le sonrió a Tigran antes de salir y cerrar la puerta.

—Philip, discúlpame —dijo Tigran—. Lamento haber entrado aquí de golpe, como lo hice.

El gran duque hizo un gesto con la mano.

—Preferiría que Xenia no se enterara.

—Por supuesto.

—Natasha no es más que una niña, una niña deliciosa, por cierto. ¿Ibas a decirme algo?

Tigran se preguntó si él podría llegar a tener ese aplomo, esa confianza en sí mismo. No se le hubiese ocurrido preguntarse lo mismo durante los primeros tiempos de su compromiso. Pese a ello, en los últimos meses había percibido que Raquel se apartaba de él y la distancia que ella había puesto entre los dos ocasionaba que se sintiera disminuido. Creía que la culpa era de Xenia. En un principio, le había agradado que ésta fuera el único integrante de su familia que le demostrara cierta amistad a su prometida. Consideraba irremediable que su hermana alentara a Raquel a frecuentar el círculo de Rasputín y no puso objeciones, pues consideraba que el asunto era irrelevante. Se diría que todas las mujeres de su esfera social, jóvenes y viejas, ansiaban los consejos del staretz y el hecho de que Raquel, una judía, acudiera a las reuniones de un monje ortodoxo prometía menos controversias de las que él había esperado en torno de su compromiso matrimonial. Los rumores, propagados en particular por los simpatizantes alemanes, de que las damas de la aristocracia rusa hacían muchas otras cosas además de adorar al staretz, Tigran los calificaba como calumnias de la propaganda enemiga.

Pero lo que había acontecido a raíz del asesinato de Rasputín: el intento de suicidio de Xenia y el colapso mental de Raquel, oportunamente enmascarado por la fiebre, dieron mucho en que pensar a Tigran y sus ideas se fueron transformando en dudas. Como resultado, se le venían a la cabeza algunos pensamientos que él creía superados para siempre. Ahora se preguntaba, por ejemplo, si en alguna ocasión Dora Ulyanova accedería a sentarse sobre *sus* rodillas.

—¿Tigran?

—¡Ah!... George Hayman considera que la situación es mucho más grave de lo que aparenta.

—¿Hayman?

—Bueno, algunas veces esa gente de los periódicos sabe más que nosotros sobre los acontecimientos.

—Admito que la situación es seria, Tigran. Y mucho me temo que la policía deberá lanzar, muy pronto, un ataque que sirva de escarmiento.

—Yo diría que en la ciudad se requiere mucha más tropa de la que tenemos. ¡Escucha eso! —se oyó el sonido de una ráfaga de disparos, bastante cerca, acompañada otra vez por el repiqueteo de las ametralladoras.

—¡Qué tontería ¡Ya disponemos de ciento sesenta mil hombres en la guarnición. Hay que conservar la calma. Las personas como nosotros tenemos la obligación de mantener la serenidad en los momentos más críticos —lanzó una mirada furibunda hacia la puerta que se había abierto de golpe—. ¿Qué modales son ésos?

La joven secretaria, Natasha, respiraba nerviosamente.

—Que me perdone su alteza, pero están luchando en las calles. La guardia se ha unido a los agitadores y han atacado a las fuerzas de la policía.

—¿Qué?

—¡Oh, Dios mío! —exclamó Tigran—. ¡Oh, Dios mío! Si la guarnición...

Philip chasqueó los dedos.

—Ahora sí el asunto es serio. Tigran, cierra bien tu oficina y vámonos de prisa a la Duma para saber qué es lo que sucede. Tigran, ¿tienes una pistola?

—Tengo un revólver.

—Llévalo contigo y asegúrate de que esté cargado.

Tigran hizo un signo afirmativo con la cabeza, dio media vuelta y miró a la secretaria. Ya no era la joven tan atractiva que había visto unos minutos antes: era una pobre chica asustada y temblorosa.

—Sería mejor que te fueras a tu casa —le dijo.

—Sí —reafirmó Philip—. Vete en seguida a casa, Natasha. Después enviaré a un mensajero para que te avise si no hay peligro y puedas regresar.

—Pero... —Natasha miró tímidamente a uno y a otro—. ¿No hay un coche?

—Sería mucho más arriesgado que te fueras en auto —le aseguró Philip—. Si te vas a pie, no llamarás tanto la atención. De prisa. Sal por la puerta de atrás y quédate en tu casa.

Se puso de pie para acercarse a la ventana y mirar hacia abajo; pero en seguida dio un salto hacia atrás cuando uno de los vidrios quedó hecho añicos.

—Allá abajo hay hombres armados —se quejó—. Me han disparado.

—¡Corre! —le ordenó Tigran a Natasha, empujándola hacia afuera de la oficina. Una vez en el corredor, la tomó por los hombros desde atrás para encaminarla hacia la escalera y la empujó de nuevo—. Vete ya. Yo voy a buscar el arma.

Bajó corriendo por el corredor hasta la puerta de su oficina. Dora Ulyanova estaba junto a la ventana.

—¡Por amor de Dios! —le gritó Tigran—. ¡Están disparando contra nosotros! ¡Quítate de allí!

Se sentó frente a su escritorio y empezó a abrir nerviosamente los cajones. A continuación, levantó la cabeza, sorprendido. Su revólver no estaba allí. Volvió la mirada hacia Dora Ulyanova que se había apartado de la ventana y avanzaba hacia el escritorio. Tigran vio que sostenía el revólver con las dos manos.

—¡En el nombre de Dios...! —exclamó.

—El estadounidense George Hayman tenía razón —le dijo Dora—. La revolución ha iniciado.

—Sí , ésta es *la revolución*. Ahora, márchate, de prisa. Dame el revólver. Su excelencia el gran duque y yo vamos a la Duma para conocer las medidas que se han tomado.

Se puso de pie y caminó en torno al escritorio, pero se detuvo en seco al ver que la joven levantaba el arma.

—El deber primordial de la revolución —dijo ella—, consiste en destruir a todos los traidores.

Tigran no podía ver la expresión de sus ojos detrás de los cristales resplandecientes de las gafas. ¿Qué clase de broma era aquella? ¡Y en un momento como aquel!

—¿De qué estás hablando, Dora?

—Tú le entregaste el código de las claves a un agente alemán —dijo ella hablando lenta y serenamente.

—Por supuesto que no. Jamás había oído algo tan absurdo. Yo... —se interrumpió y abrió la boca atónito al observar que los dedos de la mujer iban a presionar el gatillo. "¡Dios mío! —pensó—. Van a matarme. Voy a morir... No quiero morir. Soy Tigran Borodin, el heredero del conde Igor. El futuro ministro de Relaciones del imperio. Sólo tengo treinta y cinco años y he estado ahorrando años de mi vida para edificar una carrera, para amar a mi prometida, Raquel Stein. Yo..."

—¿Qué ocurre aquí? —irrumpió Philip en la oficina y se quedó petrificado por la sorpresa. Tigran dio media vuelta para prevenirlo y al mismo tiempo se produjo el disparo del revólver. Nunca había visto morir a un hombre. Todo el frente del traje del gran duque pareció disolverse en una masa roja. El hombre cayó hacia atrás, sin emitir sonido alguno. Su cuerpo, al caer pesadamente al suelo con un ruido sordo, ocasionó que el piso se estremeciera.

—¡Oh, Dios! —Tigran hizo girar su cuerpo de nuevo para quedar frente a Dora y miró el chispazo del revólver cuando la chica lo descargó de nuevo.

Detrás de él y hacia su izquierda se oía el fuego cerrado; hacía un instante, las detonaciones se escuchaban a su derecha. George Hayman titubeaba y, sin saber adónde encaminarse, se refugió en el hueco de un portón; la puerta, igual que todas las que había visto al pasar, estaba cerrada y atrancada. En las ventanas, los postigos estaban echados. No podía saberse si había alguien dentro. Se diría que toda la gente se había volcado a las calles. Mientras observaba, un grupo de hombres jóvenes corrió frente a él, algunos iban armados con rifles y revólveres, la mayoría llevaban palos, vigas y piedras arrancadas al pavimento. Ni siquiera voltearon para ver al hombre bien vestido que se guarecía en la puerta. Al menos por ahora, la furia de la muchedumbre se dirigía contra los hombres con uniformes más que contra los hombres vestidos de civil.

Sin embargo, algunos de los uniformados ya habían prendido las escarapelas rojas en sus sombreros y sus gorras para mostrar que también ellos eran parte de la revolución. Eran muchos los que andaban así y no era conveniente seguir en la calle. George dejó la puerta y se fue hasta la esquina, donde podía apreciar el edificio de los cuarteles de la Okhrana. Frente a él, la plaza estaba abarrotada por la multitud más grande que él hubiera visto en esa semana, ondulando, cantando y gritando frente a la reja de hierro. Le recordó a las masas que había visto arrojando piedras contra las tiendas de los alemanes y sus casas durante los primeros días de la guerra. Aquellas aglomeraciones habían sido disipadas por los cosacos y por los policías de la Okhrana. ¿Quién vendría contra ellos ahora?

Los cosacos, claro. Oyó el siniestro trompetazo llamándolos al ataque y, acto seguido, el repiqueteo de los cascos de los caballos. El gentío también había escuchado esos sonidos. Sus movimientos se detuvieron y después fue una oleada continua en la misma dirección, una retirada total. Pero no era una huida desesperada. Los integrantes de aquella multitud tenían armas en las manos. Muchos de ellos dejaron de retirarse, preparándose para oponer resistencia a los cosacos.

La caballería entró trotando en la plaza; los caballos se detuvieron a la voz de mando del capitán e integraron filas cerradas; los caballos resoplaban y golpeaban con las pezuñas las piedras del pavimento. George había observado todo eso antes; pero ahora, aquella muchedumbre estaba preparada para hacer frente a los atacantes y combatir contra ellos, probablemente habría un gran derramamiento de sangre en una escala que la ciudad de Petrogrado no había visto aún.

El capitán desenvainó la espada y gritó de nuevo. Los jinetes lanzaron sus caballos al trote. George quedó sorprendido al ver lo jóvenes que eran. Portaban el uniforme de los cosacos, pero no eran más que reclutas cuyos padres y hermanos mayores estaban peleando en el frente contra los alemanes. Esos muchachos, casi niños, no habían participado en la lucha sobre la pobre gente que pretendían aplastar. Se quedó contemplando fascinado y al mismo tiempo horrorizado a la caballería que avanzaba. Miró también al pueblo que se formaba en apretadas filas para recibir a los cosacos, enarbolando sus palos, sus rifles y yendo hacia adelante. Vio cómo uno de los jóvenes cosacos levantó su látigo y saltó de la silla para caer abrazado al primero de los hombres de la turba que pudo encontrar.

El capitán dio otra voz de mando e intentó golpear con su enorme espada a los cosacos desertores que corrían en retirada. Pero, entonces, otro caballo chocó contra el suyo y los tumbó al suelo. Cada vez eran más los hombres que desmontaban y se mezclaban con la multitud, dejando sueltos a sus caballos que a veces aguardaban pacientemente y otras corrían. El oficial llevó su caballo hacia un lado y observó molesto la escena durante un instante; luego, a paso largo, se llevó al caballo a una calle lateral. Alguien le disparó —George no estaba seguro si había sido uno de sus propios hombres—, pero la bala no dio en el blanco. Después, toda la fuerza de los cosacos había desmontado para confundirse entre la muchedumbre de los rebeldes.

Ése, pues, era el fin. A lo largo de la historia, los cosacos habían sido el último bastión de la corona rusa, desde los tiempos de Pedro el Grande que había conquistado la sumisión perpetua de los cosacos durante la campaña contra Carlos XII de Suecia; pero, hoy, sólo doscientos años después, los Romanov habían perdido el control sobre su arma más poderosa.

La Okhrana se acercaba a su fin, pues, para poder existir y llevar a cabo su desagradable trabajo, requería de una nación lo suficientemente intimidada para aceptarla y, ahora, el país estaba dirigido por los jóvenes con sus gorras de piel en la cabeza y las lanzas brillantes en las manos. De nuevo, la horda se abalanzó contra las rejas frente al edificio de los cuarteles de la Okhrana y lo sacudió como un hombre grande podría zarandear a un pequeño cachorro. Algunos hombres se treparon sobre los barrotes de acero y otros principiaron a dar empellones con sus hombros. Al cabo de un rato, se escuchó un enorme estruendo y toda la estructura de las rejas cayó hacia adentro y, con un ruido más fuerte aún, la multitud pasó por encima de ellas.

Del pórtico central del edificio, salió el estrépito de las ametralladoras y los que iban en la primera fila de la muchedumbre cayeron uno sobre otro, formando cerros de cuerpos heridos. George sintió que le faltaba el aliento. Ahora, ya no podía haber compasión, no más humanidad. Tras aquella interrupción momentánea, la multitud se reunió y se lanzó hacia adelante una vez más. Ni siquiera las ametralladoras podían aniquilar a toda aquella gente. Aparecieron algunos hombres de la policía en las ventanas del piso alto; rifles, pistolas, revólveres empezaron a detonarse. A continuación, el gentío arrolló a los que no estaban manejando las ametralladoras en la parte frontal del edificio y las puertas cedieron entre el sonido de maderas rotas. Se escucharon gritos de mujer en el interior; otras, vitoreaban al unirse a los hombres que encabezaban el asalto. George no podía hacer otra cosa que permanecer parado, estático, mirando cómo se asomaba la gente en las ventanas, vociferando, gritando y moviendo los brazos; de repente, fueron arrojados desde las ventanas altas hombres y mujeres que llegaban a estrellarse en el suelo entre vidrios rotos, papeles y los archivos de la tiranía centenaria; todo quedó desparramado en el suelo, el viento de febrero lo arrastró y, como era de esperarse, principiaron a salir cordoncillos de humo de los papeles regados y, muy pronto, emergieron las llamas y las columnas de humo negro.

Lanzando vivas a voz en cuello y gritando, la muchedumbre salió en tropel del edificio. Pero no salió con las manos vacías: arrastraba a sus víctimas con ella, otros hombres y otras mujeres, jalados como hilachas, pidiendo a gritos piedad y misericordia, golpeados por los pies, en el rostro y en el estómago cuando iban zigzagueando por la hierba; a algunos se les mataba de inmediato, otros eran empujados a lo largo de las avenidas hasta el poste más próximo y de allí los colgaban, en algunas ocasiones por el cuello, otras por los tobillos; mientras tanto, la incesante procesión lanzaba voces, gritos y risas. Se arrancaba en jirones el vestido y los pantalones de los que iban a ser ejecutados; a los hombres se les cercenaban los órganos genitales y les sacaban los ojos; a las mujeres, las secretarias de la Okhrana, las sujetaban desnudas en el suelo para que fueran mancilladas antes de colgarlas.

Eran las escenas más dantescas, crueles y sanguinarias que George había visto en su vida. Pero la turba aún no estaba satisfecha. "¡Roditchev!", gritaba la gente por todas partes con voz ensordecedora. "¡Qué traigan a Roditchev!" Los hombres y las mujeres corrían por todos lados, pisoteando el césped ensangrentado de los prados que cercaban el edificio en llamas y vociferaban su odio y su sed de sangre a la cortina de fuego y humo.

—Roditchev... —carraspeó alguien cerca de donde estaba George—. ¿Ya lo mataron?

Volvió la cabeza, pasmado, y vio a una muchacha: era Dora Ulyanova, del Ministerio de Relaciones Exteriores, la secretaria de Tigran Borodin. ¿Conocería Tigran aquella otra faceta de su secretaria? Porque la chica, despeinada, con las ropas desarregladas y destrozadas, sin los anteojos, con una acentuada expresión de odio en su semblante, parecía una furia del averno. Llevaba un revólver en la mano.

—¿Ya está muerto? —preguntaba a gritos—. ¿Tú lo mataste?

Un hombre joven, que parecía asustado, negó con la cabeza.

—Ya no estaba allí —informó—. La bestia escapó.

La chica dejó caer los hombros y los brazos en actitud de desaliento; dio media vuelta con brusquedad y quedó frente a George. De inmediato, echó mano del revólver que acababa de guardar bajo el cinturón de su falda. George se dijo para sus adentros que se hubiese sentido más tranquilo con su pistola en la mano, pero la había dejado en su casa creyendo que resultaría menos riesgoso ir desarmado.

Durante un instante, se miraron fijamente; después, Dora mostró los dientes en un remedo de sonrisa.

—Tú eres Hayman, el corresponsal estadounidense —dijo.

George levantó un poco su sombrero. La mujer bajó la mano que empuñaba el revólver y volvió a guardar el arma dentro del cinturón de la falda.

—¿Por qué debería matarte, estadounidense? —dijo Dora Ulyanova—. Tú debes gritarle al mundo que al fin somos libres. Infórmales, señor corresponsal Hayman. Comunícales que somos libres.

Se oyó repicar una campana y el suave tintineo voló por los largos corredores y bajó las escaleras hasta la planta baja. No había otro sonido que el de la campana en todo el palacio.

Aquella quietud era lo mejor en Tsárskoye Seló. Allí era posible aspirar a una felicidad que no podría hallarse en ningún otro lado. Sería posible... si *fuera* posible, dejar de preocuparse y de temer; dejar de pensar en lo que estaba ocurriendo en Petrogrado y en otros lugares. Pero a Judith lo que más le inquietaba era lo que ocurría en Petrogrado. Allá estaban sus padres, Raquel y Joseph y, de acuerdo con todas las informaciones, Petrogrado estaba en manos de las hordas enfurecidas. El chofer, quien había vuelto solo a la ciudad para recoger la ropa de Judith —hacía ya una semana, aunque pareciera increíble—, le trajo noticias de que su familia estaba bien y a salvo; pero, ¿quién podría garantizar que no había acontecido algo peor en los días subsecuentes?

A pesar de todo, en Tsárskoye Seló todo era paz; ya era tiempo de levantarse. Claudette, su doncella francesa, estaba arreglando el dormitorio y ahora había abierto la puerta que daba al cuarto de baño. No podía creerse que Judith Stein se levantara al alba y tomara una ducha. En Irkutsk, también despertaba temprano, pero allá no había duchas ni nada que se le pareciera. La emperatriz suponía que las costumbres de su enfermera eran iguales a las suyas y no era correcto contrariarla. Judith le sonrió brevemente a Claudette, se lavó los dientes mientras ésta le colocaba en la cabeza la gorra de baño, procurando de que no le quedara al descubierto ni un solo mechón de cabello. A continuación, se preparó a recibir el chorro del agua fría de la ducha que caía sobre su piel como millones de finas agujas, cortándole el aliento y, después, un absoluto sentido de bienestar al salir del agua para que Claudette la cubriera con una toalla.

La zarina. Era la mujer más odiada en Rusia, reflexionó Judith; no obstante, difícilmente se encontraría una patrona más bondadosa y considerada. A Judith la trataba como a una amiga y la hacía participar en todos los juegos, diversiones y entretenimientos; por cierto, los integrantes de la familia imperial sabían cómo divertirse entre ellos. Además, en aquellos momentos, la zarina tenía muchos pesares. Aparte de su responsabilidad como cabeza del Estado, ahora que el zar había vuelto al frente; además de sus tribulaciones por el esposo ausente y por su propia salud —la zarina padecía de espasmos del corazón que en muchas ocasiones adquirían niveles de gravedad y la dejaban postrada—, estaba la constante pena por la quebrantada salud del zarevich. En los días que Judith había pasado allí, se percató de lo seriamente enfermo que estaba el hijo de los emperadores. Podría decirse que estaba enfermo y no lo estaba: era un muchacho alegre, travieso, juguetón y locuaz como todos los de su edad; pero arrastraba siempre consigo, como la cadena de un grillete, el peligro de la muerte, pues el más leve golpe, la cortadura más diminuta, el rasguño más insignificante, podía ocasionar una hemorragia interna que lo hacía retorcerse por el dolor. Precisamente por la destreza de Rasputín para aliviar los dolores y detener las hemorragias del zarevich se hizo notar el staretz en la corte imperial y consiguió, primero, el favor y el respeto de la familia imperial y, luego, la admiración y la adoración absoluta de la zarina. Por lo que Judith había observado en esos días, llegó a entender la actitud de la emperatriz ya que, ahora que el staretz había muerto, estaba pendiente en todo momento de las actividades de su hijo, vigilándolo angustiada, temerosa de que el desastre se produjera en cualquier instante, mientras el pequeño jugaba en los jardines y las habitaciones del palacio, montaba a caballo o paseaba por los bosques de los alrededores. Judith se entristecía al pensar que la emperatriz estaba al tanto de que su hijo, un inválido en potencia, nunca llegaría a ser el zar y no podía hacer nada para resarcir su pena, puesto que el zarevich era su único hijo varón y ella tenía más de cuarenta años.

Y la enfermera de sus hijas había sido la mujer que contribuyó al asesinato del único hombre que podía aliviar a su hijo. ¡Si la zarina lo supiera...!

Con su eficacia característica, Claudette ayudó a Judith a ponerse el uniforme; le prendió el cabello y luego le colocó la gorra.

—Ya está, mademoiselle. Ni siquiera su majestad encontrará algo que criticar en su apariencia.

—Muchas gracias, Claudette. ¿Hay noticias de Petrogrado?

—Lo mismo de siempre, mademoiselle. Pero esta madrugada se presentaron unos hombres miembros de la Duma, ¿puede creerlo, mademoiselle?; insistían en hablar con su majestad cuando ella aún estaba en su cama.

—¿Y ya se fueron?

—No, no, mademoiselle. Su majestad consintió, graciosamente, en recibirlos después del desayuno. Están esperando allá afuera.

Judith se fue por los corredores silenciosos con paso rápido. ¿Sería posible intercambiar algunas palabras con ellos? A lo mejor eran amigos o, por lo menos, conocerían a su padre. Eran miembros de la Duma y seguramente podrían informarla de la situación que reinaba en Petrogrado. Tal vez habían venido a Tsárskoye Seló precisamente para informar a la zarina de lo que estaba pasando. Sin embargo, primero había que ir a desayunar. Se detuvo en el umbral de la puerta que daba a la habitación bañada por la luz del sol. De inmediato, se sintió envuelta por las vocecillas aniñadas y las risitas burbujeantes de las grandes duquesas. En algunos aspectos, las jóvenes Olga y Tatiana eran más o menos de su edad, pero en otros parecían niñas pequeñas y se entregaban a bromas infantiles y a conversaciones absurdas.

—¡Yo primero! —clamó la gran duquesa María, en cuanto Judith sacó el termómetro de su estuche.

—Fórmense —les ordenó su madre—. Qué buen aspecto tienen hoy, ¿verdad, mademoiselle Stein? Yo creo que lo peor ya ha pasado.

—Estoy segura de que así es, su majestad —dijo Judith, anotando cuidadosamente la temperatura de cada una y sacudiendo el termómetro antes de introducirlo en la siguiente boquita real.

—¿Vendrá hoy el doctor? —él era su fuente más confiable de información.

—Supongo que sí. Abajo me esperan unos *caballeros* de la Duma que han venido a verme —la propia Alexandra sirvió el café—. Por lo tanto, los caminos deben estar abiertos.

—Yo creo que papá debería llamar a todos los soldados —declaró el zarevich Alexis—, para meter en la cárcel a todos los rebeldes.

—A los alemanes les encantaría que papá llamara a los soldados que están combatiendo contra ellos —comentó Tatiana con tono sarcástico.

—Pero, ¿no nos dijo Sedlov que la guarnición de Petrogrado se había unido a los rebeldes? —preguntó Olga—. Y también los cosacos.

Se produjo un breve silencio cuando todos los presentes fijaron los ojos en la gran duquesa Olga, que acababa de decir lo que no debía haber dicho.

—Estoy convencida, querida, de que eso no es más que un rumor alarmante —le dijo su madre—. Pero yo sabré la verdad cuando hable con esos caballeros que están abajo.

—¿Qué es lo que va a ocurrir, mamá? —indagó Anastasia. Era la menor de las hermanas y su voz se hizo aguda por la ansiedad.

De nuevo intercambiaron miradas las hermanas mayores. Judith le dio un sorbo a su café.

—No sucederá nada, querida —garantizó la zarina—. Falta pan y eso genera descontento entre la gente —miró de soslayo las hileras de pan tostado que esperaban ser comidos en una bandeja—. Pero ya falta poco para que el invierno finalice y entonces habrá mucho pan para todos. El pueblo estará feliz de nuevo. Además, tú padre regresará pronto a casa. Le envié un telegrama y estará de vuelta para atender todos los asuntos que tiene aquí —se levantó—. Ahora, debo ir a ver a esos caballeros. Termínense su desayuno.

Todos se pusieron de pie y la emperatriz salió de la recámara. El siervo cerró la puerta detrás de ella.

—¡Pobre mamá! —dijo Olga—. Tiene muchas preocupaciones. Y ahora nosotras estamos enfermas... ¿Cuándo podremos salir de aquí, Judith?

—Yo quisiera salir hoy mismo —dijo el zarevich mirando por la ventana—. Afuera hay mucha nieve desperdiciándose. Ya dijo mamá que el invierno concluirá pronto y toda la nieve desaparecerá. Y yo no habré jugado con la nieve ni una sola vez.

Tatiana se sentó juntó a Judith.

—¿Qué opinas tú que nos pueda ocurrir, Judith?

—Pues yo creo que su majestad tiene razón. Ella sabe mucho más de estas cosas y de lo que está sucediendo que todos nosotros.

—Ha mandado llamar a mi papá para que vuelva —manifestó Tatiana—, aunque acaba de irse. Mamá no lo habría hecho si las cosas no fueran muy graves. ¿Piensas que sea verdad que la guarnición se ha pasado al lado de los rebeldes?

—No lo creo —dijo Judith—. Pero recordaba aquel día en que la trajeron a Tsárskoye Seló, cuando muchos hombres uniformados dispararon contra el automóvil que llevaba el escudo imperial. Si por lo menos hubiera en Petrogrado algunos batallones de la Guardia, quizá con el príncipe Peter a la cabeza... Pero todos aquellos hombres uniformados eran reclutas muy jóvenes y muy poco confiables en cuanto a su lealtad, inclinados hacia los agitadores.

—Pero, ¿tú lo crees? —indagó Tatiana.

Judith se sonrojó.

—Yo me asusto con mucha facilidad, alteza.

—Todas nos asustamos fácilmente —dijo Olga, quien se había quedado de pie detrás de todas las demás—. ¿Sabes lo que dijo Karlovsky ayer? —Karlovsky era uno de los tutores de la familia imperial—. Aseguró que la situación actual es muy semejante a la que se vivió en 1789 en París.

—En ese caso, a todas nos van a cortar la cabeza —dijo Anastasia y lanzó una risita aguda.

Las dos grandes duquesas de mayor edad, Tatiana y Olga, se miraron una a otra.

—Los revolucionarios franceses no le cortaron la cabeza a ninguna princesa —objetó María—. Sólo a...

Se quedó callada con la boca abierta. Todas sus hermanas estaban mirando a la ventana.

El zarevich giró sobre sus talones.

—Pues a mí, no habrá nadie que me corte la cabeza —declaró—. Seré yo el que los mate a todos. Tendré el ejército a mi mando y yo haré...

También el muchacho se quedó callado cuando la puerta se abrió. Se levantaron de nuevo porque la emperatriz había entrado en el cuarto, pero no estaba sola, la acompañaban varios hombres. ¿Esos hombres en los departamentos particulares del palacio?

La zarina entró en la recámara y se quedó parada aguardando. Dos hombres entraron detrás de ella. Se les veía muy inquietos, se metían el dedo en el cuello alto de sus camisas y levantaban el rostro continuamente; su rostro estaba rojo y brillante con el sudor. Pasearon la mirada sobre las cinco jóvenes y miraron al zarevich como si estuvieran hechizados y sin saber qué hacer.

—Estos *caballeros* tienen algo que comunicarles —anunció Alexandra Feodorovna—. El tono de su voz era sereno, pero Judith advirtió que estaba haciendo un gran esfuerzo para controlarse.

Todos esperaron en silencio y el mayor de los dos hombres se adelantó un paso.

—Sus altezas... —vaciló y observó a Judith, desconcertado.

—Mademoiselle Stein ha estado cuidando a mis hijas como enfermera durante dos semanas —explicó la zarina.

—¡Ah!, mademoiselle Stein... —de nueva cuenta, el hombre se quedó callado sin saber qué decir—. Pues bien, sus altezas: tengo el penoso deber de informarles a todas ustedes que están detenidas.

Hubo un momento de absoluto silencio. A continuación, Olga abrió la boca, miró de reojo a su madre y volvió a cerrarla sin decir nada. Judith se percató de que ella también estaba boquiabierta. Era imposible que tal cosa sucediera. Nunca habría ocurrido algo así en Rusia. Quizá los zares habían sido detenidos y encarcelados, pero por los miembros de su propia familia, jamás por esa gente. El zar era el zar y su familia estaba más allá de las leyes de las restricciones que no hubiese impuesto él mismo. Judith creyó que era testigo del fin del mundo.

El hombre se pasó la lengua por los labios resecos.

—Hacemos esto sobre todo para protegerlas. La multitud... Ya se sabe, es impredecible lo que haga una muchedumbre enardecida. Deben saber que estamos dispuestos a hacerles llevaderas las cosas. Por ahora, permanecerán aquí, en Tsárskoye Seló...

Se quedó viendo a Judith.

—Mademoiselle Stein se quedará también con nosotros —mencionó la zarina.

—Por supuesto. Y todas ustedes están en libertad de utilizar la casa entera, los jardines y los terrenos adyacentes cuando el tiempo lo permita. Habrá guardias... —miró a la zarina.

—Ya tenemos guardias —le indicó ella.

—Quiero decir, los guardias estarán dentro del palacio. Los guardias las acompañarán cuando efectúen algún paseo.

—Para protegernos —agregó la zarina con sarcasmo.

—Por supuesto.

—¡Papá nunca permitirá esto! —gritó el zarevich—. Él los enviara a todos a Siberia.

Los hombres lo miraron durante un instante.

—Su padre ha abdicado —le explicó uno—. Abdicó por él y por usted también, zarevich Alexei —los hombres juntaron los pies para saludar—. Su majestad. Sus altezas. Mademoiselle Stein —salieron rápidamente de la habitación.

—¿Me llamaba, su excelencia? —El capitán Alexei Gorchakov entró a la tienda de campaña, saludó militarmente y adoptó la posición de firmes.

—¡Ah, sí! —El coronel Peter Borodin observó sonriente a su futuro cuñado—. Descansa, Alexei; estamos solos. Nos han solicitado que el regimiento vuelva a la línea de combate. No me parece que ésa sea una buena decisión —expresó con el índice algún punto del mapa que se encontraba extendido sobre la endeble mesita de madera—. Tendríamos que dejar una brecha muy amplia sin defensas. Pero parece ser que no hay más tropas a las cuales puedan recurrir. Tendremos que hacer lo que podamos. ¿Están afuera los comandantes de las compañías?

Alexei asintió.

—Escucharemos fuertes protestas, excelencia. Hace sólo tres días que dejamos la línea de combate. Se había prometido a los hombres una semana de descanso.

—Tendrán que acatar las órdenes. Quiero que tú te comuniques con el cuartel general de las brigadas para informarles que, sencillamente, no dispongo de los hombres suficientes para cubrir esta brecha. Si los alemanes lo descubren y entran por ella, acabarán con nuestra retaguardia. Quizá sería más conveniente enviarles un mensajero, en lugar de usar el teléfono. Sí, haz que venga uno de los hombres y yo anotaré el mensaje.

—¿Me permite decirle unas palabras, su excelencia? —dijo Alexei Gorchacov—. ¿En privado?

—¿Qué hay? —Peter Borodin se enderezó y la punta de su gorra militar tocó el techo de la tienda.

—¿Estamos solos?

—Sí. ¿Qué ocurre, Alexei?

—¿Ha recibido noticias de Petrogrado, excelencia?

—Por supuesto que no. Todas las informaciones que yo recibo provienen del cuartel de la brigada y sólo las mandan cuando se acuerdan que todavía existimos. ¿Qué es lo que te interesa saber de Petrogrado?

—Por todo el regimiento se ha corrido la voz de que estalló una terrible revuelta en la ciudad.

Peter arqueó las cejas.

—Frecuentemente hay revueltas en Petrogrado, Alexei. No son otra cosa que manifestaciones tumultuosas por la falta de pan. La última vez que estuve en la ciudad, había una de ésas.

—De acuerdo con los rumores, ésta es mucho más que una manifestación o un tumulto, excelencia. Se asegura que la guarnición de la ciudad se ha unido a los rebeldes.

—¿Y tú le has dado crédito a tal embuste, Alexei?

—Lo han creído todos los hombres de nuestro regimiento, excelencia, y esta mañana andaban diciendo que el zar... —se quedó callado como si no se atreviera a continuar hablando.

—Dime lo que sea.

—Que el zar abdicó, su excelencia.

—¿Y *eso* es lo que creen los hombres?

—Bueno, su excelencia...

—No sé lo que va a ocurrir en nuestro regimiento, Alexei. ¿Cómo se originó ese rumor?

—Esta mañana llegó el cargamento de municiones, su excelencia. En uno de los vagones llegaron varios hombres que, según comentaron, eran representantes de la Duma.

Peter frunció el ceño.

—¿Por qué no me avisaron? —preguntó enojado.

—Se lo estoy diciendo ahora, su excelencia.

—Pero, ¿no pusieron a esos hombres bajo arresto?

—Bueno, su excelencia...

Peter salió rápidamente de la tienda y el soldado que estaba de guardia se irguió precipitadamente para adoptar la postura de firmes. Su caballo le aguardaba, junto con el de Alexei, así como los de todos los otros comandantes que habían estado esperando pacientemente bajo la menuda llovizna.

—Nos vamos, caballeros —anunció el coronel Borodin.

Montó y, sin esperar a nadie, partió al paso largo de su caballo. Era consciente de su molestia. ¡Rebeldes enviados por la Duma! Peter había supuesto que la Duma habría de ser una institución benéfica, una especie de válvula de escape para las tensiones nacionales; no obstante, en los últimos tiempos, había cambiado de opinión, concluyendo que la instauración de la Duma fue un acto de debilidad, como, dicho sea de paso, muchos de los actos del zar Nicolás que fueron producto de otros tantos momentos de debilidad. Era imposible imaginar que el padre del zar, aquel gigante que fue Alejandro III, tuviera momentos de debilidad. Rusia fue una gran nación mientras él estuvo en el trono. Ya volvería a serlo en cuanto encontrara un gobernante fuerte que administrara a la patria con mano de hierro. Eventualmente, sería una ventaja que el actual zar abdicara y privara de los derechos al trono a su hijo, endeble y enfermizo, para dejar las riendas del poder en manos del gran duque Nicolás. Así, también desaparecería de la escena la zarina, una nefasta alemana en todos sentidos.

De pronto, experimentó cierto sobresalto ante la temeridad de sus propios pensamientos y espoleó su caballo, dejando un poco atrás a sus oficiales. Las tiendas del campamento se ubicaban a poco más de un centenar de metros de distancia. Al aproximarse, pudo divisar que, si bien el día ya estaba avanzado, todavía ardían varias hogueras entre las tiendas y había hombres alrededor de cada una, sentados o de pie, bebiendo con tranquilidad la sopa caliente. A no ser por el apartado bramido de las armas de fuego, no había otra manifestación de que aquel ejército estuviera en guerra y de que los alemanes estuvieran penetrando a menos de treinta y cinco kilómetros más allá. "Muy pronto voy a obligarlos a que entren en acción", se dijo Peter.

Tiró de las riendas.

—¿Dónde están esos hombres de la Duma? —preguntó.

Alexei Gorchakov detuvo su caballo junto al de su coronel y apuntó hacia un abundante grupo de soldados que rodeaban una especie de plataforma donde había dos hombres de pie. Luego, fustigó su caballo para emparejarlo con el de Peter.

—Hay que tener cuidado, excelencia —le advirtió—. Si se propone detener a esos hombres, valdría más llamar a la Guardia.

—¿Para hacer frente a un par de agitadores? Me sorprendes, capitán.

Salpicando lodo por todas partes, lanzó su caballo al trote a través del campamento. Los soldados se apartaban por los dos lados, profiriendo maldiciones; pero, en cuanto identificaban al jinete, dejaban de protestar.

—¡Abran paso! —les gritaba su comandante que continuó trotando hasta llegar al grupo que escuchaba a los oradores—. También aquellos soldados se apartaron para dejarlo pasar y, en un instante, se detuvo junto a la improvisada plataforma. Los dos hombres que se dirigían a los soldados portaban un uniforme desconocido para Peter, pero no iban armados. Ambos eran muy jóvenes. Peter se sintió enardecido.

—¡Bajen de allí de inmediato! —les ordenó con firmeza—. ¡Bajen de allí! ¡Están detenidos! Tú y tú —añadió al tiempo que señalaba a los dos soldados que tenía más cerca—; mantengan baja custodia a los dos detenidos.

Ninguno se movió.

—Sólo podremos ser arrestados si todos los soldados están de acuerdo, coronel —le indicó uno de los jóvenes. Peter se le quedó mirando con la boca abierta. Nada le había asombrado tanto como aquella contestación.

—Asimismo, es posible que usted quede detenido por una decisión unánime de sus hombres —advirtió el otro joven—. ¿Cuál es su decisión, camaradas? —preguntó después levantando mucho la voz—. ¿Quieren que este coronel los tenga bajo su mando de ahora en adelante? ¿Prefieren elegir ustedes mismos a su coronel?

—¡Oye, tú...! —exclamó Alexei sacando su revólver de la funda. Pero, antes de levantar la mano que lo empuñaba, algunos hombres se lanzaron contra el caballo; el jinete cayó al suelo y su arma desapareció como por arte de magia. Peter vio que uno de los comandantes que lo acompañaban era tumbado de su silla de montar y a otro que blandía su espada para alejar a los soldados que trataban de agarrarlo. Bajó la cabeza para mirar a dónde había caído Alexei, que yacía hundido en el lodo y pisoteado por sus propios soldados que no le permitían incorporarse. En seguida, se percató de que otros hombres se arrojaban sobre él y ya habían asido al caballo por las bridas. A toda prisa, Peter sacó un pie del estribo, de un golpe con el pie en la cara del soldado, lo hizo caer de espaldas y, al mismo tiempo, desenfundó el revólver y disparó contra otro que ya le había cogido una pierna. Veía desfilar frente a él los rostros de aquellos hombres que habían dejado de ser sus soldados, dispuestos a obedecer; en sus rostros descompuestos, le pareció ver el odio desatado y el deseo de matar. En su fuero interno, supo que estaría muerto en cuestión de segundos.

Tiró con fuerza de las riendas, dio un fuerte golpe con la palma de la mano sobre las ancas de su caballo, le soltó la rienda y éste se encabritó; se levantó sobre las patas traseras y con las pezuñas de las manos golpeó a dos soldados que rodaron por el suelo con las quijadas rotas. Peter descargó de nuevo su revólver y vio caer a otro hombre. Espoleó a su caballo y se lanzó como un rayo hacia adelante; los hombres caían por ambos lados para no ser arrollados. Poco tiempo después, estaba solo. Frenó el caballo. Había un gran número de soldados en el campamento y no todos habían escuchado a los revoltosos. Todavía era posible reunirlos, marchar contra los amotinados y detenerlos. Podría ser... Pero, al voltear, contempló a una muchedumbre de hombres que se habían lanzado en su persecución. No veía a ninguno de sus oficiales; quizá todos habían muerto aplastados y pisoteados sobre los charcos de lodo.

Peter apretó las rodillas contra los lomos del caballo, golpeó sus ijares con los talones y el animal partió al galope, entre las últimas tiendas del campamento. Escuchó el ruido de un disparo a sus espaldas y después oyó otros. Probablemente sus hombres no querían matar al coronel. Se inclinó sobre el cuello del caballo, lo espoleó de nuevo y emprendió la carrera, sorteando los charcos y los parches de nieve. El corazón le latía con mucha fuerza; el sudor le mojaba el rostro y formaba gotas que se mezclaban con las de sus lágrimas corriéndole por las mejillas. Una vez que estuvo fuera del alcance de sus perseguidores y pudo cabalgar al paso, se dio cuenta de que se dirigía hacia el oeste, hacia las líneas de combate de los alemanes.

CAPÍTULO VIII

—¡JAMÁS! —AFIRMÓ CON ENERGÍA LA PRINCESA VIUDA OLGA Borodina—. ¿Abandonar Starogan? ¡Qué idea tan absurda! ¿Qué diría Peter si lo hiciéramos?

George Hayman suspiró. Observó cada uno los rostros femeninos que rodeaban los lados de la mesa alargada. ¿Acaso había esperado una contestación afirmativa? Quizá, sí, pues él acababa de salir de la angustia y de la conmoción indescriptible que era Petrogrado y se había convertido en portador de funestas noticias. Incluso antes de haber llegado, cuando el tren bufaba a través del campo abierto, dejando atrás el polvo, la bruma y la pasión desmedida de las ciudades, él mismo empezó a imaginar que todo aquello no era más que una pesadilla de la que acababa de despertar. Starogan parecía eterno. Había sido, era y lo continuaría siendo. En aquellos instantes, entendió que su viaje no tenía sentido; sólo serviría para que él quedara satisfecho al verificar que Ilona y sus hijos estaban bien. Mas nunca creyó que podría persuadir a aquella familia de que dejara su tranquila casa de campo.

Hubo lamentos, pero mucho menos de los que él suponía, ya que el conde Igor había enviado un telegrama con las trágicas noticias. La llegada de George y el hecho de que había visto a Tigran el mismo día de su muerte no hicieron más que reavivar el dolor y las lágrimas; no obstante, aquella mañana había desaparecido todo rastro de tristeza. La familia había sufrido una pérdida enorme, pero eso mismo le había servido para unirse más entre sí. Estaba unida y encerrada en sí misma. No hubo alguien que preguntara por Raquel Stein ni por cómo había tomado la muerte de su prometido. Raquel había quedado eliminada para siempre de los asuntos familiares de los Borodin, junto con su dolor y su enfermedad, que era mucho más seria de lo que en un principio se había pensado. Sólo formularon algunas preguntas vagas acerca la familia imperial, que había sido enviada a Tsárskoye

Seló, en el oriente, para su protección, según afirmaba el gobierno, pero, en realidad, para garantizar su confinamiento, según sospechaba George. Y con ellos estaba Judith Stein. El hecho de que ella, una anarquista convicta, compartiera la prisión con la zarina se debía a una extraña serie de acontecimientos. Pero nada de eso parecía tener relevancia para los Borodin en contraste con la necesidad de salvar Starogan.

—Tal vez transcurra mucho tiempo antes de que Peter vuelva —afirmó George—. El gobierno provisional se ha comprometido a seguir la guerra contra Alemania hasta el final, por amargo que resulte. Aun suponiendo que Estados Unidos participe en la contienda, pasarán muchos meses, quizás años, antes de que finalice.

—Pero tendrá que concluir —declaró Olga con acento triunfal—. Entonces, Peter retornará a casa. ¿Qué pensará de nosotras si no nos encuentra aquí?

—De cualquier modo, ¿adónde podríamos ir? —inquirió la princesa Irina—. Los turcos no nos permitirán atravesar los Dardanelos. Estamos totalmente rodeadas de enemigos.

—No por todos lados —aseveró George—. Yo ya lo tengo bien pensado...

—Pero, ¿por qué debemos irnos? —interrumpió la princesa Olga—. Estalló una terrible revolución, pero ya terminó. Ya ha habido otras revoluciones en Rusia.

—Ninguna como ésta —declaró George.

—Eso no es verdad, George. Eres un pesimista. Créeme: estoy tan sorprendida como cualquiera de que su majestad el zar haya sido destituido; ya no tendremos otro zar. Pero debemos reconocer que él mismo se lo buscó por sus debilidades y por su libertinaje. Tú podrías venir a decirme que yo ya no soy la princesa viuda, sino sólo madame Borodina. No importa. No me importa el título si conservamos Starogan...

—Ése es el asunto —manifestó George—. No hay garantía de que Starogan seguirá siendo suyo, dentro de un año o antes.

Todos los integrantes de la familia lo observaron con disgusto y no comentaron nada más.

—¿Encontrarán a esa mujer? —inquirió la condesa Anna Borodina rompiendo la larga pausa. Ya había repetido lo mismo varias veces. Parecía incapaz de pensar en otra cosa—. ¿La atraparán y la colgarán?

George se volvió para ver a Ilona. ¿Cómo podría explicarles lo que en realidad estaba ocurriendo en Petrogrado? ¿Cómo exponerles que nadie colgaría a Dora Ulyanova por haber asesinado a dos altos funcionarios del Ministerio del Exterior? Tendrían que ahorcar a la mitad de la población de Petrogrado por el homicidio de incontables policías.

—¿Perder Starogan? —rugió la princesa Olga—. ¡Qué absurdo, mi querido George! Hace años que conozco al príncipe Luvov. No creo que él apruebe lo que está sucediendo. Estoy segura de que...

—Y yo le garantizo, madame, que el príncipe Luvov no es nada más que un títere. El gobierno está en manos de los socialistas y yo le digo que parecen hombres sensatos, de ideas moderadas, su decisión de lanzar una ofensiva este verano así lo indica. Puede afirmarse que están de parte nuestra, pero son socialistas y una fracción de su programa reside en la distribución de la tierra entre los que la trabajan. Eso tendrá que acontecer.

—Es probable que perdamos un pedazo de nuestras tierras —reconoció Olga—. Siempre nos quedará lo suficiente para mantenernos. Ya había ocurrido antes lo mismo: el zar Alejandro II insistió en la reedistribución de las tierras. Quizá fuera socialista, si tú quieres, George. Pero el caso es que sobrevivimos.

George sintió ganas de arrancarse los cabellos, pues no querían entender la situación. Dio un sorbo a su café para tranquilizarse.

—Posiblemente consigan sobrevivir, madame, si los socialistas se mantuvieran en el poder; pero también se han comprometido a celebrar elecciones dentro de dos meses. Serán elecciones absolutamente libres y abiertas. Y ahora hay en Rusia muchos y muy numerosos grupos, aun entre los socialistas, profundamente inclinados hacia la izquierda, incluso podría decirse que hacia la extrema izquierda. Si esos grupos obtienen el poder...

—George, te has convertido en un profeta de tragedias. ¿Cómo podrían obtener el poder? Por más faltas que tenga, Monsieur Kerensky cuenta con el respaldo del ejército. De otra forma, no habría podido deponer al zar. Y Kerensky no permitirá que esa horda de sinvergüenzas se apoderen de Rusia —la princesa viuda Olga alzó la cabeza y Nikolai Nej, que había estado escuchando absorto, como siempre que su señora hablaba, se apresuró a retirarle la silla. Olga se levantó—. Debo ir a supervisar los trabajos en el campo —anunció—. Ven conmigo, Irina.

Ésta se colocó de pie con desgano. Era muy evidente la transformación que habían conseguido en ella los tres años de retiro forzado en Starogan. George no dejaba de impresionarse. Ahora se vestía de manera modesta; llevaba una pañoleta atada a la cabeza y parecía conforme con ser la esposa de un agricultor. Quizá Olga tenga razón y todos podrán sobrevivir, pensó George. Después de todo, la familia debió enfrentar crisis semejantes en el pasado.

George se puso a observarlas. Miró a Xenia Romanova, que untaba despacio la mantequilla sobre su rebanada de pan. Todas las demás la evitaban la mayor parte del tiempo y la trataban con cierto desdén cuando estaban obligadas a comunicarse con ella. Al parecer, las crisis nerviosas no eran bien vistas en la conducta general de los Borodin. Pero el caso era que había algo de trágico en la manera en que Xenia se abandonaba a sí misma; ya nunca cepillaba ni peinaba su magnífica cabellera color castaño y, al parecer, se aseaba muy rara vez.

Entonces, Tatiana se levantó, se apoyó en el respaldo de la silla de Xenia y le secreteó algo al oído. Xenia se puso de pie. Tattie era la única que se preocupaba un poco por su prima, quizá por los secretos que ambas compartían. Xenia había perdido a su marido, a un hermano a quien quería verdaderamente, mientras que Tattie había perdido a su futuro esposo y a un primo. Y las dos habían perdido el luminoso faro que las guiaba: Rasputín. Pero Tattie era mucho más fuerte, más capaz de resistir los embates. Xenia había vivido siempre de manera superficial. Así vivía Tattie seis años atrás cuando por primera vez se dejó arrastrar al círculo de Xenia. De acuerdo con todas las versiones, había quedado destrozada por la intromisión de Peter, que la sacó de aquel círculo para llevársela a vivir en Starogan. Pero no contaban con que Tatiana tenía un refugio en su música y en sus pensamientos íntimos y sus sueños particulares, que a nadie había revelado. Sólo George conjeturaba que existían y que eran los que le daban esa fortaleza sin igual que la mantenía en su aislamiento. En Starogan pasaba la mayor parte del tiempo totalmente ensimismada. Ya nadie se oponía a que tocara lo que quisiera en el piano ni a que bailara cuanto deseara y como quisiera entre las cuatro paredes de su recámara. Tatiana se había retirado del mundo real de tragedias y desastres, a un mundo personal que quizá a ella le pareciera más real. Si acaso Tattie había sufrido una crisis nerviosa por el homicidio del staretz, pensaba George, se las había ingeniado para controlarla.

—A veces creo que mamá tiene razón —dijo Ilona, en cuanto ella y su marido se quedaron a solas en el comedor. Alice, la niñera, había sacado a los niños a su paseo matinal. Ilona se puso de pie y se acercó a la silla donde George estaba—. Es fácil decir: "Se ha producido una catástrofe, vámonos de aquí para ponernos a salvo". Pero eso es un error, pues a la gente como nosotros nos corresponde enfrentar las adversidades, poner el ejemplo y asumir el liderazgo para luchar por el restablecimiento de la nación.

George tomó entre las suyas la mano de su esposa.

—Estás hablando como un político —le dijo.

—Y tú crees que estoy diciendo tonterías, ¿no es verdad?

George se levantó a su vez, rodeó con su brazo el talle de su mujer y los dos se fueron caminando despacio a lo largo del vestíbulo, entre las reverencias de los sirvientes y las doncellas del servicio, hacia la terraza exterior. Starogan no había cambiado. ¡Ojalá se conservara igual!

—Creo que has estado pensando en una forma muy sensata —le dijo George a su mujer—. Lo que desearías hacer revela que eres valiente y decidida. Siempre supe que lo eras, ése es el ejemplo que tienes. Ilona reclinó la cabeza sobre el hombro de su esposo.

—Supongo que la revuelta en Petrogrado debe haber sido terrible. Recuerda que yo también estuve en medio de una rebelión, en Moscú, en 1905.

—Sí, aunque ahora son otros tiempos, mi amor. La revuelta ha triunfado. No estuvo allá Sergei, con sus cañones. A decir verdad, no estaba por ningún lado.

—¿Dónde crees que se encuentre?

—No tengo la menor idea. A lo mejor le ocurrió lo que a aquel rey de Babilonia que vio su destino escrito en la pared y escapó a tiempo. Hizo bien en desaparecer; de no hacerlo, ahora estaría hecho trizas. Pero el caso es que, mientras unos desaparecen, hay otros que empiezan a reaparecer. Allí tienes, por ejemplo a Lenin. ¿Te acuerdas de él?

—Lo vi sólo en una ocasión y hablé con él —mencionó Ilona—. Nos encontramos en las barricadas de Moscú.

—Pues debes saber que ya está de regreso en Rusia. Con todos su seguidores. ¿Sabes quién se encuentra entre ellos?

Ilona levantó la cabeza para mirar a George de frente, con los ojos muy abiertos.

George hizo un gesto afirmativo.

—Sí —le dijo—. Michael Nej.

—¡Oh, por Dios! ¿Lo has visto?

—No. Leí su nombre en la lista que publicaron los periódicos.

—Por fortuna, George, ya no tenemos nada que temer de Michael Nej. ¡Hace tanto tiempo que pasó todo eso...! Y tú le salvaste la vida.

—Pero, Johnnie es su hijo, Ilona. ¿Qué crees tú que haga si sabe que su hijo está en Rusia? ¿Qué hará Michael si obtiene algún poder?

Ilona se apartó de su marido y se fue caminando despacio al barandal de la terraza; apoyó en él los brazos y se quedó contemplando, pensativa, los campos tapizados por el trigo recién salido. Cerca de allí comenzaba el huerto de manzanos y, poco más allá, corría el río. En el huerto jugaban sus hijos, bajo la vigilancia de Alice.

—¿Podría recibir algún poder, George?

—No lo sé. Lo que sí sé con certeza es que no debemos pensar que la revolución ya concluyó. Todo depende del éxito o del fracaso de la ofensiva militar de Kerensky y del resultado de las elecciones de este otoño. Desde ahora puedo decirte que la ofensiva no va muy bien... ¿Quisieras volver a ver a Michael?

Se volvió hacia él, rápidamente.

—¡No! Por supuesto que no. Fue una locura de mi parte... Una locura que cometí porque no podía estar contigo... Porque no podía tener a nadie más que a Sergei. Porque...

—Calma, mi amor. A mi tampoco me gustaría que vuelvas a verlo.

—Pero no puedo abandonar a mi madre. Ahora no, George. Esperemos a que Peter regrese y entonces...

—¿Y si la situación empeora antes de que Peter vuelva a casa?

—De cualquier manera, yo no podría ir a ninguna parte. Estados Unidos ha entrado en la guerra y yo ya no soy neutral. Los turcos no me permitirían atravesar.

—Hay otro modo de salir de aquí.

—¿Cómo?

—A través de Siberia. Escúchame, Ilona: ya lo he pensado todo detenidamente e incluso hice algunos preparativos. Tú podrías tomar el tren de aquí a Kharkov y luego a Moscú. En esa ciudad abordarías el transiberiano. Recuerda que viajaste conmigo en ese tren, en enero de 1905. A pesar de las penalidades que nos habían caído encima, nuestro viaje resultó muy agradable.

—Sí lo recuerdo —dijo Ilona—. Por aquel entonces éramos más jóvenes.

—No estamos tan viejos aún. Abandonarás el tren en Vladivostok. Casi continuamente hay barcos que van de Vladivostok a las costas de Japón. Tú harás esa travesía y, una vez en Japón, te pondrás en contacto con nuestros agentes, Murgatroyds, en Yokohama; ellos se encargarán de despacharte con destino a San Francisco. Yo tengo ya a buen resguardo el dinero para tu viaje.

—¿Para mi viaje?

—El tuyo y el de los niños.

—¿Y tú?

—Yo debo quedarme en Petrogrado durante algún tiempo.

—Ahora, George...

—No se trata sólo del periódico, mi amor. En las circunstancias actuales, nuestro embajador Dave Francis considera que puedo ser de gran utilidad debido a mis conocimientos del país y de su gente. Le he prometido auxiliarlo en todo lo posible. Rusia es ahora, oficialmente, nuestra aliada y está requiriendo nuestra asistencia en todos los ámbitos. Es de vital trascendencia estar atento para saber qué clase de ayuda recibe y a manos de quién la otorgará.

—Ya veo —dijo Ilona—. Me propones que huya, mientras tú y mi familia se quedan aquí.

—Ilona, ¿no crees que ya tienes suficientes responsabilidades con *tu* familia?

—Es tuya también. ¿Y qué me dices de tu periódico? ¿No eres responsable del buen funcionamiento del *American People*?

—Ahora, amor, tú sabes que mi padre se ocupa de esas cosas. Lo que está ocurriendo en Rusia es uno de los sucesos fundamentales de nuestros tiempos. Es preciso que yo esté aquí. Mi padre está de acuerdo conmigo. Y, si yo me quedo, no quisiera tener que inquietarme también por ti y por los niños

—la tomó por los hombros con sus dos manos—. Escucha —le solicitó de nuevo—: a lo mejor yo soy un pesimista, como dice tu madre. También es probable que el gobierno provisional mantenga la situación estable. En ese caso, no habría obstáculo para que yo me fuera contigo. Pero supongamos que el gobierno de Luvov no pueda sostenerse y que lo sustituya... No me imagino cómo sería el gobierno que lo reemplace, pero sí puedo garantizarte que el resultado será la anarquía pura y absoluta... En resumen, ¿me prometes que, si te envío un telegrama, tú y los niños partirán a Japón en seguida?

Ilona se le quedó mirando uno segundos.

—¿Eso es lo que en realidad quieres que yo haga?

—Sí, eso.

—¿Y esperarás hasta que no haya duda de que se producirá la caída del gobierno?

—Esperaré hasta que sea posible. Hasta que esté seguro.

Volvió a mirarlo largamente, con mucha ternura y después afirmó:

—Está bien, George. Echaré a correr cuando tú me lo indiques.

"Cuando tú me lo indiques". Ilona había dejado recaer sobre los hombros de George toda la responsabilidad de la decisión. No precipitar la partida, no separarse de la familia hasta que fuera absolutamente indispensable o, por lo menos, hasta que Peter volviera a casa, si es que alguna vez lo hacía, y por el momento, no había esperanza alguna de su retorno. Tras el amargo fracaso de la ofensiva de verano, monsieur Kerensky, ahora primer ministro y ministro de Guerra, había declarado: "Tendremos que seguir combatiendo. No podemos traicionar a nuestros aliados".

Y, por ahora, no había que preocuparse demasiado por lo que estuviera ocurriendo en la nación. Incluso George había recuperado algo de su optimismo al principio. Llegó a presentir que Lenin y sus seguidores se habían precipitado un poco, que habían estimado tener un respaldo mayor del que en realidad tenían. En cuanto las autoridades emitieron las órdenes para su arresto, volvieron a escapar del país. George llegó a creer que la crisis había sido superada; no obstante, al llegar el otoño, junto con las noticias de la terrible derrota de los ejércitos rusos en Polonia y la cercanía de las elecciones para la Duma, George volvió a inquietarse. Los bolcheviques habían vuelto a Rusia, con extraños uniformes y aun con disfraces absurdos, que no impedían identificarlos a la gente, a los funcionarios del gobierno y a los agentes de la policía reestructurada. Sin embargo, esta vez, nadie se atrevía a detenerlos. Ahora, los bolcheviques *contaban* con el apoyo del pueblo y, en sus discursos, durante las reuniones muy concurridas, pugnaban abiertamente por el derribamiento del gobierno provisional y por el establecimiento de una sociedad bolchevique.

"Pero eso nunca podría suceder —reportaba George en su despacho de prensa—. Rusia, la vieja, la tradicional, la fiel y la profundamente religiosa Rusia, no admitirá nunca el régimen de un puñado de ateos adoctrinados que no pretenden otra cosa más que derribarlo todo. Se diría que la inclemencia del tiempo refuerza las ideas turbias. Hace años que no se presentaba un otoño tan inaguantable como éste. Llueve a diario y constantemente sopla un viento helado, proveniente del Báltico; la ciudad está en la miseria y la situación se agrava más y más a cada instante. Hay lodo y basura por todas partes; nadie se preocupa por limpiar las calles. Sólo de las seis de la tarde a la medianoche hay energía eléctrica y ésta es de bajo voltaje. Casi no quedan faroles en las avenidas y, como es fácil suponer, en medio de las sombras, ha proliferado el número de los crímenes menores y pequeños latrocinios. Por todos lados se forman las filas de gente que quiere comprar algo para comer; pero incluso después de haber estado en la hilera durante horas, no es posible adquirir algo pues se piden precios estratosféricos por mercancías tan necesarias como la fruta, el azúcar y el pan. Entre tanto, los líderes no hacen otra cosa que discutir y emitir discursos en los que gritan y hasta aúllan.

"Ahora, Lenin ha vuelto. Regresó hace poco más de una semana, portando una peluca y con la barba afeitada, acompañado por su Guardia Pretoriana, integrada por hombres como Kalinin y Nej y con su fiel Krupskaya siempre a su lado. Prepararon su retorno sus más audaces partidarios, como Trotsky, quien ha estado arengando a las masas sin cesar. Ahora es el propio Lenin el que a diario alienta a la revolución y al dominio de los bolcheviques. Gracias a Dios que todavía no cuenta con el apoyo absoluto de su propio partido. Pero, conforme el tiempo pasa y Kerensky se queda de brazos cruzados —que no actúa con decisión y aun con fiereza si fuera necesario—, la probabilidad de que otra revolución estalle cada vez está más próxima".

Colocó la pluma sobre la mesa, se puso de pie y fue a mirar por la ventana. Eran ya cerca de las seis de la tarde y estaba por completo oscuro. Pero la ciudad era un hervidero, una agitación constante que se hacía casi audible, como el murmullo de una lejana tempestad que se había incrementado durante los últimos días, a medida que los bolcheviques se volvían más osados y andaban por las calles para hablar con la gente. El ambiente era denso, podía palparse el temor a un golpe brutal que se fuera a descargar en cualquier instante. A pesar de ello, George no era capaz de quedarse encerrado. A diario salía a caminar por las calles al atardecer aprovechando la penumbra para observar, para escuchar, para ir recabando datos e informaciones que después escribía, desarrollaba y comentaba para su periódico. Se puso la gabardina, el sombrero y salió de su departamento. Se quedó parado frente al edificio contemplando a las personas que deambulaban. Aquella noche eran más numerosas que en otras ocasiones y todas llevaban la escarapela

roja en el sombrero o un brazalete rojo. Así estaban las cosas. Los antibol-
cheviques eran los que permanecían en casa, los que sólo deseaban resolver
sus propios problemas para continuar viviendo. Los de las escarapelas y los
brazaletes que se llamaban a sí mismos Guardias Rojas representaban una
minoría y, sin embargo, se hacían notar entre el resto de la multitud.

George metió las manos en los bolsillos de su abrigo y caminó hacia la
Perspectiva Nevsky. Emprendía otra de sus caminatas nocturnas para visitar
el edificio donde el gobierno estaba en sesión casi permanente y muy protegido —¡Qué cosa tan absurda!, reflexionaba George, pero acorde con las tan di-
fundidas ideas de la igualdad total lo mismo en las clases que en los sexos— por
un regimiento de mujeres soldados. "Bueno, al menos eso resultaba un buen
atractivo visual para quienes pasaban por allí de regreso a sus casas", pensó.

Aquella noche avanzaba muy despacio. Se abría paso con dificultad entre los apretados grupos de transeúntes y se encontraba detenido, de pronto, por las compactas filas de Guardias Rojas, hombres y mujeres. En una de
esas ocasiones, al dar media vuelta para salir de los apretujones, se encontró, cara a cara, con Víctor Borodin.

En un primer momento, no creyó lo que estaba viendo. Víctor Borodin
llevaba una gorra de piel sobre la que estaba prendida una gran estrella roja
e iba envuelto en un saco en cuya manga lucía un brazalete rojo muy ancho.

—¿Víctor? —preguntó George, confundido.

—¡George Hayman! —exclamó Víctor, dándole una fuerte palmada sobre el hombro—. Me comentaron que te habías ido de la ciudad.

—Fui a Starogan de visita —explicó George. Tomó a Víctor por el brazo y
lo separó del gentío—. ¿Qué estás haciendo aquí en nombre de Dios?

Víctor se le quedó mirando con expresión de profunda seriedad.

—Ahora soy bolchevique.

—¿Tú? Pero...

—No se lo he dicho a mamá y te agradeceré que por ahora tú tampoco se
lo menciones. Estoy en medio del futuro de Rusia. Esta noche, el bolchevismo se convertirá en el futuro de Rusia.

George no podía hacer otra cosa que observar, azorado, cómo se encendían las mejillas de Víctor por el entusiasmo y cómo le brillaban los ojos.

—¿Esta noche?

—Kerensky ha mandado traer tropas —explicó Víctor—. Con el general
Dukhonin a la cabeza, avanzan ahora sobre Petrogrado.

—Bueno, entonces...

Víctor sonrió.

—Que no vamos a esperar a que las tropas de Kerensky arriben, George.
Vamos a aplastar al gobierno en este momento, antes de que intenten detenernos. Aguarda un poco y lo verás.

George hubiese querido decirle: "Esta gente fue la que asesinó a tu hermano y a tu cuñado...", puesto que varios anarquistas, como Dora Ulyanova, habían sido aceptados en el seno de los bolcheviques. Tal vez eso era incorrecto; pero, que un Borodin se hubiese relacionado con aquellos políticos de libelo era...

—¡Ahí está! —dijo Víctor en el momento en que el rugido de un cañonazo, procedente de la bahía, entró por la calle e hizo estremecerse los vidrios de las ventanas de las casas aledañas.

—¿Dónde? —preguntó George. Volvió la cabeza para mirar en la misma dirección que todas las personas que estaban a su alrededor.

—¡Es el cañón del crucero *Aurora*! —gritó Víctor—. Es la señal que esperábamos. La fuerza naval está con nosotros.

George recordó que la Armada se había puesto siempre a la vanguardia de las fuerzas rebeldes; en 1905, el acorazado *Potemkin* había dirigido el bombardeo contra Sebastopol.

—¡En marcha! —comenzó a gritar la gente—. ¡Al Palacio de Invierno! ¡Al Palacio de Invierno!

"¡Se encontrarán con el regimiento de mujeres que montan guardia! —se dijo George—. ¡La gente se ha vuelto loca!"

—¡Adelante! —vociferaba un hombre que se había trepado al poste de un farol para que lo vieran y lo escucharan—. ¡Todos en marcha!

—¡Pero si es...! —dijo George.

—Es nuestro líder —le reveló Víctor—. Es Michael Nej. ¡Vamos!, George. Ven con nosotros a tomar el palacio.

George dejó que Víctor echara a correr y se acercó despacio al poste del faro desde donde el hombre continuaba gritando y agitando los brazos.

—Michael Nej —dijo. Había evitado encontrarse con él durante su anterior visita a Petrogrado y, en realidad, no había motivo para verlo ahora. Estaba sorprendido de cuánto había cambiado aquel hombre. De un salto, Michael Nej bajó del poste.

—¡George Hayman! —exclamó—. ¿En Petrogrado?

—Cumpliendo con mi deber, Michael —manifestó George—. Por lo que veo, tú has cambiado de oficio.

—Varias veces —dijo Michael, mirando a un lado y al otro, como si esperara ver a Ilona.

—Está a salvo, Michael. No quería verla aquí, en un lío como éste.

—¿Y el niño?

—Es un buen muchacho.

—¿Sabe algo de mí?

George sacudió la cabeza.

—Es mejor que no sepa nada, ¿no crees?

Michael Nej frunció el ceño.

—Eso pensaba antes, cuando creía que no había porvenir para mí. Pero ahora... Después de esta noche, yo seré parte del gobierno.

—Después de esta noche —comentó George—, lo más probable es que te manden a la horca. ¿No sabes que Dukhonin avanza sobre la ciudad con una brigada de tropas regulares?

—Dukhonin no significa nada —refutó Michael sonriendo—. Muchos de los nuestros se han infiltrado en sus tropas. No tendremos dificultad alguna con ellos. La ciudad será nuestra esta misma noche, Hayman. La nación entera será nuestra y en todo el país tomáremos las medidas que consideremos apropiadas. Te garantizo que tendremos mucho qué hacer, créemelo. Ven conmigo, serás testigo de la caída del Palacio de Invierno.

A lo lejos, George podía percibir el vocerío desaforado, los gritos, los aullidos, las ráfagas de disparos de los rifles y el repiqueteo de las descargas de las ametralladoras. Era una repetición de los horrores del pasado febrero; aunque, en esta ocasión, el resultado sería mucho más aciago que la conquista del poder por los socialistas.

—Ve tú por delante —le dijo George a Michael—. Yo tengo algo que debo hacer antes —dio media vuelta y echó a correr hacia la oficina de telégrafos.

El tren estaba a punto de detenerse en la estación. Iván Nej, arrellanado en su lugar, bajó los pies que llevaba apoyados en el asiento acojinado que había frente a él y se levantó con desgano. Tenía la boca seca y su corazón había empezado a latir de prisa.

Los otros pasajeros le miraban con recelo, tal como le habían observado durante todo el trayecto. Los viajeros entraron a ocupar sus asientos en el vagón de primera clase del modo acostumbrado y se asombraron al hallar a un soldado con el uniforme sucio y arrugado, medio acostado en el asiento tapizado de terciopelo y con las botas enlodadas sobre el asiento contrario. Los pasajeros esperaban que el soldado se quitara la gorra, ofreciera disculpas y se fuera a su lugar; mas, al ver que ni siquiera se inmutaba, uno de de ellos se fue a buscar al guardia del tren. Pero éste pertenecía al partido; Iván se imaginaba lo que contestó a las exigencias del burgués engreído que volvió para sentarse a su lado. Todo estaba cambiando en Rusia con una rapidez vertiginosa; aquel soldado con el uniforme sucio y desarreglado portaba en la manga la insignia del comisario político. El mismo camarada Lenin se la había prendido al día siguiente al de la caída del Palacio de Invierno. Lenin los había colocado en fila para que escucharan su arenga: "Ustedes serán mis puntas de lanza —les había dicho—. Con los ojos cerrados los enviaré a las regiones envueltas en las sombras. A ustedes les corresponde dar en el blanco".

Iván creía que a Michael se le asignaría la región de Starogan; pero éste se negó a aceptarla, pues ya podía aspirar a puestos más altos. En realidad, Michael era uno de los dirigentes y todo porque había participado en el asesinato de Stolypin. A decir verdad, el asunto resultaba ridículo, pero era un golpe de buena suerte para él. A Michael se le requería para una misión superior: la de ir a Siberia para encargarse del destino del zar y su familia. A Iván se le confió la tarea de volver a Starogan, junto con otros jóvenes y algunas chicas, enviados a sus poblaciones y aldeas para que fueran sembrando las ideas de la revolución por toda Rusia.

¿Podría considerarse afortunado? Una vez de pie, se asomó por la ventanilla para mirar los campos cubiertos por la nieve, la columna de humo que se levantaba en el aire pacífico desde la chimenea de la primera casa de la aldea, y sintió que se le encogía el estómago y que su garganta se había resecado. ¿Fallaría en su cometido? ¿Sería incapaz de cumplirlo? ¿Y si la gente no estuviera tan dispuesta a apoyarlo como Lenin asumía? Se encontraría con el jefe municipal de la aldea, con el padre Gregory, el sacerdote del lugar, y con Feodor Geller, el maestro de escuela y su suegro. Aunque este último siempre había tenido tendencias socialistas; Michael se lo había dicho.

Pero, ¿encontraría las palabras adecuadas?

Los frenos rechinaron cuando el tren se detuvo en la estación. Iván se acomodó la gorra y la correa que sostenía al rifle colgando de su hombro —ideas de Lenin, quien le había sugerido que se presentara ante los aldeanos como un héroe, como un soldado que acababa de volver de la guerra—, abrió la portezuela y descendió del tren. Los viejos tablones de la plataforma del andén crujieron bajo sus pies y las diminutas gotas de la llovizna le empañaron los cristales de los anteojos. No identificó a ninguna de las personas que estaban en la plataforma y tampoco ellas se fijaron en él.

Era el único pasajero que bajaba en Starogan. El tren se detuvo sólo unos minutos; después, bufó y se internó en la llovizna, la nieve y la distancia. Iván estaba solo entre la gente de Starogan. Pero aquella era su gente y volvería a aceptarlo en cuanto lo reconocieran.

Cruzó la plataforma y se detuvo bajo el pequeño techo inclinado para limpiar sus anteojos. Había tres o cuatro personas a su alrededor.

—¿De dónde eres? —le preguntaron.

Estaban encogidas y titiritaban por el frío; parecían muy pobres y su aspecto era miserable. Iván se sintió un poco más alentado.

—Soy de Starogan. Soy Iván Nikolaievich Nej.

—¡Iván Nicolaievich! —murmuraron todos los presentes y se apiñaron en torno suyo para estrecharle la mano.

Los apartó con un ademán y se fue a parar sobre los escalones de la plataforma. Desde aquellos escalones, los Borodin hablaban con la gente cuando sucedía algo importante. Ahora hablaría él:

—¡Escuchen! ¡Pongan atención! —gritó a todo pulmón hacia la plaza de la aldea. Las cabezas se volvieron, las puertas y las ventanas se abrieron; la gente quería saber de qué se trataba—. ¡Yo soy Iván Nej! —gritó—. Vengo de la guerra y he regresado a casa. Acabo de llegar de Petrogrado.

Hombres y mujeres cruzaron corriendo la plaza y se acercaron al pie de los escalones.

—Iván Nej —se decían unos a otros. La noticia se extendió de inmediato.

—Escuchamos que habías muerto —gritó alguien.

—¿No me estás viendo vivo, camarada? —repuso Iván a gritos—. He retornado de la guerra. Vengo de Petrogrado para estar entre mi gente. Debo hablar con todos.

—¿Iván? —Feodor Geller se abría paso a codazos para aproximarse a los escalones, seguido de cerca por su mujer, que corría balanceándose como un pato—. ¡Oh, Iván! ¡Qué alegría volver a verte! Zoé estará feliz. Te llevaremos a la casa grande. A la princesa le alegrará.

—¿Princesas? —vociferó Iván—. ¡Ya no existen las princesas, profesor! Las princesas pertenecen al pasado. Yo he venido a traerles la libertad —repasó con la mirada cada uno de los rostros que lo observaban con expresión desconcertada e identificó a uno de los hombres—. ¡Hey, tú! —le gritó—. Stefan Gromek.

El hombrazo avanzó cojeando. Llevaba la muleta bajo el sobaco del brazo derecho, la pernera derecha de su pantalón, doblada hacia atrás, estaba prendida a la tela. Se le veía delgado y mortecino.

—¿Iván Nej? —preguntó.

—Sí, soy yo, Gromek. Te cortaron una pierna. ¿Por qué hicieron eso contigo, Stefan?

—Es que... —miró a un lado y al otro. Ya había dicho lo mismo muchas veces—. Me dijeron que no podían salvarme la pierna; tenían que amputarla.

—Lo que no querían era esforzarse por salvarla —comentó Iván levantando gradualmente el tono de su voz—. Oigan bien ahora. ¿A cuántos de entre nosotros nos enviaron a la guerra? ¿Fuimos veinte, treinta? ¿Cuántos hemos regresado? Stefan Gromek, con una pierna amputada y yo. ¿Por quién peleábamos, camaradas? Por el zar. Por el hombre que nos traicionaba. Por su mujer alemana. Por esas putitas alemanas que son sus hijas. Que Gromek diga si miento. Gromek las conoce. Yo las conozco —mintió—. Yo he adivinado todo el mal que llevan en el corazón. Pero todo eso ha concluido, camaradas. Ya no hay Romanov y ya no hay Borodin. Ahora *nosotros* somos los dueños de Rusia —metió su mano en el bolsillo y sacó la hoja de papel que Lenin le había dado—. Aquí traigo la orden para la detención de Xenia Romanova. Es una orden del gobierno.

—¿Del gobierno? —inquirió el padre Gregory que se acercó a Iván y se le quedó mirando a través de sus pequeños anteojos redondos, parpadeando con rapidez, como si estuviera asustado—. ¿Estás seguro de que tú representas al gobierno, Iván Nikolaievich?

—Yo *soy* el gobierno en Starogan —clamó—. He sido designado comisario para todo el distrito. Se me ha encomendado la labor de traerles la libertad, camaradas. Los libraré del yugo de los Borodin y de los Romanov. Yo estoy aquí para otorgarles la libertad. Yo estoy aquí —se detuvo un instante para recuperar el aliento— para darles el derecho a vivir en la casa grande si así lo desean. Miren dentro de ustedes mismos y pregúntense: ¿por qué los Borodin viven allá, en el esplendor, en tanto que nosotros yacemos aquí, en la suciedad?

—Pero, mi amigo... —pronunció el sacerdote y subió los escalones para quedar junto a Iván—. ¿Cuál es el lugar de le corresponde a la Iglesia en todo esto?

—La Iglesia pertenece al Estado, padre. El Estado le asignará su lugar por medio de un decreto. No tenemos nada contra ella; sólo estamos en contra de los que se resisten a la voluntad del Estado, a la voluntad del pueblo. Usted no se opondrá a la voluntad del pueblo, de su pueblo, padre Gregory, ¿no es así?

El padre Gregory se acarició la barba.

—Mi deber es obedecer las disposiciones del príncipe Peter en Starogan —aseguró—. En su ausencia, acataré las instrucciones de la princesa Irina y de la princesa viuda Olga.

—Ya no más —increpó Iván—. Las princesas han sido destituidas, han sido despojadas de sus títulos y sus privilegios por mandato del Sóviet de Petrogrado. Ahora, debo presentar la orden de aprensión a Xenia Romanova. ¿Quién me acompaña, camaradas?

Todos titubeaban. De nuevo, Iván sintió que el estómago se le encogía. ¿Serían capaces de rechazarlo? ¿Se lanzarían contra él? ¿Adónde iría? En Petrogrado, escuchando a Lenin, todo le había parecido muy sencillo. Pero ahora en Starogan...

Stefan Gromek, balanceando su cuerpo, se colocó al pie de los escalones.

—¡Es el mandato de nuestro gobierno! —exclamó—. Es nuestro gobierno, amigos míos. Iván Nej tiene razón. Me cortaron la pierna porque yo no era nadie. Nunca se ha sabido que le amputen la pierna a un príncipe o a una princesa. Ha llegado el momento de que nos comportemos como hombres. Ésa es la voluntad de... —lanzó una mirada de reojo a Iván—. ¿De quién dijiste?

—Del camarada Lenin —dijo Iván—. Pero también...

El reducido cerebro de Gromek tenía demasiado con un solo nombre para recordar; dos, ya era excesivo...

—Es la voluntad del camarada Lenin —gritó.

—De nuestro nuevo líder —aclaró Iván.

—La gran duquesa Xenia Romanova es prima del príncipe Peter —advirtió el padre Gregory—. La dama no está en buen estado de salud. No permitiré que la arresten pues está enferma.

—Padre, se está oponiendo a la voluntad del pueblo. Ya escuchó al camarada Gromek. No es una gran duquesa ni mucho menos; es la ciudadana Romanova y yo tengo aquí la orden de detención contra ella. Si no vamos a arrestarla, seremos traidores a nuestra patria.

—Baja de allí en seguida —le gritó Feodor Geller—. Baja de allí, muchacho malagradecido. Le debemos lealtad al príncipe y a su familia.

Iván volvió a aspirar el aire profundamente al tiempo que recordaba las instrucciones de Lenin.

—¿Lealtad? —vociferó—. ¿Lealtad a nuestro príncipe? Recuerden que Gromek y yo nos ofrecimos como "voluntarios" a solicitud de nuestro príncipe. ¿Saben lo que yo conseguí? Que me dieran un rifle de madera y me enviaran a atacar una trinchera alemana. Ésa fue el arma que me dieron, la que nos dieron a todos, camaradas. ¿Deberíamos ser leales? No tienen ningún aprecio por nosotros. ¿Por qué habríamos de sentirlo por ellos?

—Hasta nuestro vodka nos han quitado —murmuró alguien.

—Y ahora se llevan el trigo que cultivamos y cosechamos —clamó otro.

—¡Aguarden! —Feodor Geller gritaba desde los primeros escalones—. No escuchen a estos hombres. ¡Dios es testigo de que nunca creí que un yerno mío pregonara tremendos disparates! El príncipe Peter ha sido muy bondadoso con nosotros. Él y su familia nos han ayudado siempre. A Michael Nej lo enviaron al destierro; pero, de no haber sido por la generosa intervención del príncipe, lo habrían mandado a la horca. Es nuestro príncipe y nosotros debemos...

Si lo dejaba seguir hablando, la pequeña revolución en Starogan fracasaría, reflexionó Iván. Aquella gente le tenía mucho respeto a la edad y a la autoridad; durante toda su vida, la autoridad los había regido. Nunca habían visto a la autoridad aplastada contra el suelo. Sin pensarlo más, Iván levantó su pierna derecha, plantó el pie sobre la espalda de Feodor Geller y empujó con toda su fuerza. El maestro de escuela lanzó un gemido ahogado y cayó de bruces en el lodo.

—Ha querido contrariar la voluntad del pueblo —afirmó Iván—. Nadie se opone impunemente a la voluntad del pueblo. ¡Síganme! ¡Busquemos la libertad! —bajó corriendo los escalones, puso los pies sobre la espalda de su suegro cuando trataba de incorporarse y continuó corriendo por el sendero que iba de la estación a la residencia. No tuvo necesidad de ver hacia atrás para saber que los demás lo venían siguiendo.

Y al final del camino estaban las mujeres Borodin.

Tatiana Borodina, sentada frente a su mesa, le estaba escribiendo a su hermana. Ilona y los niños habían partido hacía un mes, probablemente aún no arribaban a Vladivostok y mucho menos a Estados Unidos. La carta la estaría aguardando cuando llegara a su casa.

A Tatiana siempre le había agradado escribir cartas; pero, en los últimos tiempos, no tenía con quién intercambiar correspondencia, puesto que, por una rara coincidencia, todas las personas a quienes escribía se congregaron en Starogan. Lo más extraño era que, a medida que llegaban, Tatiana sentía que su soledad aumentaba. Al principio, había creído que su existencia sería más agradable con Irina viviendo en la misma casa. Se habían divertido mucho cuando Tattie estaba en la escuela de San Petersburgo e Irina la sacaba a pasear de vez en cuando. Fue Irina la que le presentó a Rasputín, la que la introdujo a todos los placeres de la vida. Pero Irina había cambiado desde el día de su regreso y después lo hizo todavía más al inicio de la guerra. Quizá se estaba volviendo vieja. Era cuatro años mayor que Peter, lo cual significaba que se aproximaba a los cuarenta. Una edad temible para una mujer, en especial para una como Irina, que había pasado la vida controlando a los hombres y a las mujeres con su agresiva belleza y su feminidad arrolladora. La Irina que vivía en Starogan era una mujer fastidiada e inquieta, que pasaba el tiempo quejándose y regañaba constantemente a la servidumbre.

Por eso, las esperanzas de Tattie renacieron cuando se informó, hacía ya un año, que Xenia venía a quedarse en Starogan. Durante aquellos trastornados días en San Petersburgo, Tattie había sido más amiga de Xenia que de Irina, pues ésta no había permanecido por mucho tiempo como discípula del padrecito santo; Irina se aburría con mucha facilidad e incluso el staretz llegaba a cansarla. En cambio, Xenia jamás se aburría y nadie que la tratara estaba aburrido con ella, por su belleza, su alegría, su brillante agudeza y su contagiosa simpatía. Pero, una vez instalada en Starogan, Xenia se fue convirtiendo con rapidez en una mujer desconocida para Tattie. A ésta le molestaban incluso los cabellos sueltos y despeinados de Xenia, sus vestidos desajustados y sus enormes ojos con expresión dolorosa. A pesar de que había transcurrido un año desde su intento de suicidio, las cicatrices en sus muñecas continuaban amoratadas. A Tattie no se le había ocurrido pensar que alguien se cortara las venas de las muñecas por propia iniciativa. Era una estupidez hacer eso y haberlo hecho por la muerte de un monje, aunque éste fuera Rasputín, era un acto irracional. Por otra parte, el tal monje había sido bondadoso con ella: le permitía interpretar la música que quisiera e incluso le había conseguido algunas partituras de la más reciente música estadounidense; también, le permitía bailar cuanto quisiera y le gustaba verla. Pero, a cambio de todas aquellas benevolencias, el monje le solicitaba a menudo que se sentara sobre sus piernas para acariciarla como si fuera un gato. A ella le agradaban las caricias del staretz; pero no tardó en cansarse de ellas. Ya estaba tan fastidiada de todo aquello como Irina, cuando llegó su hermano Peter hecho un energúmeno para agredir a Rasputín y llevársela a ella al encierro de Starogan. De cualquier forma, ya había transcurrido mucho tiempo desde entonces. Pero, ciertamente, ella tenía tanto que lamentar como Xenia, pues si ésta había perdido a un esposo, al que, por supuesto, consideraba un estorbo, Tattie había perdido a un novio al que apenas empezaba a conocer. Estaba convencida de que, a la larga, aquel pobre de Alexei sería también un estorbo. Aun así, había sido su novio y estaba muerto. Tattie tenía todo el derecho a sentirse desolada.

Sin embargo, Tattie había apelado a su sentido común y regresó a su antigua tarea de hacer planes para el futuro. Su novio había muerto. La nación estaba sumida en la revolución. Su madre e Irina parecían haber admitido que su vida sería para siempre la de un par de granjeras en Starogan. Pero es que ellas dos ya habían vivido. Tattie comenzaba a vivir: sólo tenía veinticuatro años. No podía permanecer allí, aguardando a que apareciera un hombre que, quizá, jamás llegaría. En definitiva, su destino estaba en Estados Unidos de América. Así se lo había confesado a Ilona; incluso, le había rogado que la llevara con ella a Vladivostok. Por desgracia, Ilona se había negado terminantemente. Ella misma se había mostrado reacia a partir y, si lo hizo, fue porque así se lo había prometido a George. El deber de Tattie era quedarse hasta que Peter regresara y colocara todas las cosas en su lugar.

Parecía que muy pronto todo regresaría a la normalidad. Si los ejércitos continuaban perdiendo batallas, el nuevo gobierno tendría que solicitar la paz y, entonces, Peter retornaría a casa y todo sería posible de nueva cuenta. Por lo tanto, era una buena idea mantenerse en contacto con Ilona. Y, asimismo, en cuanto terminara aquella carta, le escribiría otra a George, ya que éste aún estaba en Rusia y sería un apoyo más firme. Cuando él se fuera...

En el reloj se escuchó la campanada de la una. Ya casi era la hora de almorzar. A su madre le agradaba que todos bajaran un poco antes para tomarse un aperitivo. Por lo tanto, Tattie se acercó al espejo, arregló su mantilla, alisó su falda y cepilló su cabello. Después, se intranquilizó al oír un ruido extraño que parecía provenir del camino que comunicaba con la aldea. Se acercó a la ventana y miró en esa dirección. Al principio, no detecto nada raro a través de la niebla y la lluvia menuda que tendían una cortina sobre el paisaje desolado de Starogan en el invierno húmedo. Los sinuosos y extensos trigales que realzaban el panorama durante el verano no eran ahora más que extensos campos de lodo pastoso; los árboles en el huerto estaban desnudos de hojas y frutos; la corriente del río semejaba una ebullición de fango. Pero lo más triste de todo era que faltaba el manto interminablemente azul del cielo, la radiante luz del sol y la suave y refrescante brisa veraniega; en su lugar, el manto interminable era gris, empañado todavía por la persistente llovizna y la densa niebla, y la brisa era, las más de las veces, un vendaval. En definitiva, el ruido que se escuchaba eran voces y gritos, más allá del huerto de manzanos... A continuación, vislumbró las siluetas de la gente: hombres, mujeres y también niños, que venían por el sendero hacia la casa. ¿Qué buscaban aquellas personas? Su madre debía estar muy indignada.

Bajó de prisa las escaleras; ya estaba su mamá en el vestíbulo, con Irina; también las acompañaban Nikolai Nej y el mayordomo, Alexei Alexandrovich.

—¿Qué significa esto? ¿Qué quiere toda esa gente, Alexei Alexandrovich? —estaba preguntando Olga.

El mayordomo parecía asustado.

—No lo sé, madame.

—Debe haber ocurrido algún desastre —dijo Irina—. Quizá el tren de esta mañana...

—De todos modos, será necesario sonreír —anunció la princesa viuda—. No debemos dejarles ver que estamos preocupadas por algo.

—¿No será que ya nos hemos rendido? —preguntó Tattie desde la escalera—. ¿No será que los alemanes han triunfado?

Los que estaban en el vestíbulo volvieron la cabeza al mismo tiempo para mirarla.

—No digas tonterías, Tatiana —declaró Olga Borodina en tono duro—. ¿Acaso podrían triunfar los alemanes?

Ya se estaba congregando la muchedumbre detrás del prado que se extendía frente a la casa. Tattie estimaba que habría unas doscientas personas; es decir, prácticamente toda la población de la aldea.

—Será mejor que hables con ellos, Nikolai Ivanovich —ordenó la princesa viuda.

Alexei Alexandrovich se apresuró a abrir la puerta principal para que el anciano saliera. El gentío se detuvo al verlo salir, pero continuaban escuchándose voces y gritos. A través de la puerta abierta, podían distinguirse las palabras:

—¡Muera el zar!

—¡Muerte a la alemana!

—¡Acabemos con los Romanov!

—¡Pan y libertad!

—¡Abajo los imperialistas!

—¡Oh, por Dios! —exclamó Olga Borodina—. ¡Ay, Dios mío!

—Regresa a tu recámara, mamá —le solicitó la princesa Irina, como si hablara con una niña—. Tattie: lleva a tu madre a su cuarto y, después, enciérrate tú en tu habitación.

El viejo Nikolai Nej se había quedado mirando, azorado, al líder de la multitud que se había adelantado hasta el pie de la escalinata exterior.

—¿Iván? —pudo decir al fin con voz entrecortada—. Iván, ¿eres tú?

—Soy yo, papá —respondió Iván—. He vuelto de la guerra.

—¡Iván! —exclamó el viejo dando un paso hacia adelante, con los brazos abiertos; pero, en seguida, se contuvo—. ¿Qué significan todos esos gritos? —cuestionó a su hijo—. ¿Qué desea la gente?

—Aquí tengo una orden para la detención de Xenia Romanova —comunicó Iván.

—Tú nos entregarás a Xenia Romanova —dijo Stefan Gromek.

—Después, vendremos a vivir en esta casa —dijo una voz surgida de la multitud.

—La casa es nuestra ahora —clamó otra voz—. ¿Por qué deberían los Borodin vivir en ella?

Olga Borodina, quien subía las escaleras con Tattie, se detuvo y se volvió para mirar a su nuera. Tattie advirtió la presencia de cuatro de los sirvientes de la casa que se encontraban de pie hacia el fondo del vestíbulo, junto a la puerta que daba a la escalera de la servidumbre, observando y escuchando.

—Suban a sus habitaciones —volvió a decir Irina sin volverse para mirarlas. Empezó a caminar hacia la puerta de entrada hasta quedar junto a Nikolai Nej. Éste ya había recobrado el aliento.

—¿Por qué, sinvergüenzas? —gritó Nikolai—. ¡Y tú, Iván Nikolaievich, eres un perro traidor! ¿Por qué Dios me castigó al darme dos hijos como éstos? —extendió el brazo para señalar a Iván—. ¡Sobre todo tú…! —dijo y se le quebró la voz. A continuación, lanzó un extraño gemido ahogado y Tattie abandonó a su madre en la escalera y corrió hacia la puerta para contemplar cómo el viejo Nikolai caía de rodillas y se aflojaba la camisa por el cuello.

—¡El corazón! —exclamó Irina—. ¡Ayúdalo, Alexei Alexandrovich!

A Tattie le pareció muy extraño que fuera Irina la que tomara el mando en aquel momento crítico, mientras su madre temblaba, horrorizada. Nunca se le hubiera ocurrido pensar que fuera tan valiente. A lo mejor, con un poco de ayuda, fuera capaz de expulsar a la gente y devolverla a la aldea.

El mayordomo se quedó inmóvil en la puerta, sin decidirse a obedecer. La multitud guardaba silencio ante el espectáculo del anciano Nikolai de rodillas en el suelo y sin poder respirar. En ese instante, Iván subió de un salto a la escalinata exterior, al tiempo que gritaba:

—¡Es el juicio de Dios! Atrapemos a la perra Xenia Romanov. ¡Aprovechemos ahora!

Tattie dio media vuelta y echó a correr escaleras arriba. Al pasar, empujó a su madre y la princesa viuda estuvo a punto de caer de bruces sobre la escalera. Tattie volteó para mirar por encima del hombro a la gente que entraba por la puerta, como una ola impetuosa que envolvió a Irina. También, vio a su madre que bajaba de prisa para dirigirse al vestíbulo. Tattie continuó su carrera hacia arriba. Perdió de vista al gentío, pero oía el rugido de las voces que hacía retumbar los muros de la casa. De pronto, escuchó la descarga de un disparo y el ruido de las voces cesó. Luego, el vocerío se levantó de nuevo con más fuerza que antes.

—¡Dios mío! —murmuró, al llegar al descansillo del piso superior. Tuvo el presentimiento de que aquel disparo había segado una vida, ¿la de quién?¿Quién había disparado?

Sus pies volaban a lo largo del corredor. Abrió de golpe la puerta de la recámara de Xenia.

—¡Xenia, Xenia! ¿Estás allí? —su prima, vestida de pies a cabeza, estaba acostada de espaldas sobre su cama mirando al techo sin parpadear—. ¡Levántate! ¡Levántate! —Tattie jalaba con desesperación de la mano a su prima y gritaba con toda la fuerza de sus pulmones para hacerse oír por encima del bullicio, los aullidos, los gritos, el chasquido de los vidrios rotos, el rechinido de las puertas arrancadas de sus goznes, el sordo tronar de los golpes sobre los muebles que se rompían en pedazos. Una horda desenfrenada saqueaba la casa. Esto debía ser una pesadilla.

—Lárgate —clamó Xenia—. Me estás lastimando, Tattie. Déjame en paz.

Tattie la soltó y giró sobre sus talones para quedar frente a la puerta, por donde habían entrado tres hombres. Uno era Iván Nej, el segundo era Gromek, balanceándose sobre su muleta, y el tercero era uno de los jóvenes de la aldea. Tattie retrocedió hasta quedar de espaldas contra la pared y Xenia se sentó en la cama.

—¡Fuera de mi habitación! —vociferaba Xenia—. ¡Fuera!

—Ella fue la que me atendió en el hospital —dijo Gromek—. Ésa es. Estaba allí cuando me cortaron la pierna.

—Entonces, es toda tuya, Gromek —le dijo Iván—. Haz lo que quieras con ella y luego nos la llevamos.

Iván, con paso lento, caminó hacia el fondo, donde estaba Tattie. Ella lo observaba fijamente como si nunca lo hubiese visto en su vida. Su rostro era el de un hombre hambriento. Jamás había visto uno como aquél.

—No me hagas daño —musitó—. Yo nunca te hice daño a ti.

Él extendió la mano y la metió en el escote de su vestido. Ella no podía dejar de mirarlo y, cuando hizo el movimiento instintivo de retroceder, la mano de Iván tiró brutalmente del vestido y rompió la tela.

—¡Xenia! —gritó y, al mismo tiempo, escuchó que ésta también la llamaba a ella. El aldeano joven la había agarrado por los tobillos y la arrastraba fuera de la cama. Cayó sentada en el suelo y se escuchó el golpe de su cabeza contra el borde de la cama. Tenía la falda levantada hasta los muslos. Hizo un esfuerzo para incorporarse, pero Gromek le puso la punta de la muleta sobre el estómago, empujó, y cuando Xenia quedó de espaldas en el suelo, lanzando un largo gemido, le cayó encima el cuerpo de Gromek.

—¡Dios mío! —imploró Tattie y, con un movimiento brusco, se zafó de los brazos de Iván y salió corriendo de la habitación al corredor, donde ya iba y venía la gente, abriendo las puertas de los dormitorios y de los baños, sacando la ropa de las cómodas y todo lo que contenían los cajones. Tattie advirtió, aterrorizada, que algunos de los sirvientes de la casa se habían unido a los saqueadores. Reconoció a Zoé Geller entre varias mujeres que se encontraban en la recámara de la princesa viuda; Zoé volvió la cara para mirar a través de la puerta abierta y vio a su esposo.

—¡Iván! —gritó y salió corriendo, entre los vítores y las exclamaciones de las otras mujeres.

—¡Vete! —gruñó Iván.

—Pero, Iván... —le echó un brazo sobre los hombros—. Ya regresaste. Me dijeron que habías vuelto y yo no lo creía. Iván...

Iván la apartó groseramente con un golpe de la mano y Zoé, entre tropezones, fue a chocar con la pared y después se deslizó y quedó sentada en el piso.

—¡Vete! —le ordenó de nuevo Iván—. Estoy divorciado de ti. ¡Vete!

Algunas mujeres salieron de la habitación para ayudar a Zoé, pero, de inmediato, se volvieron hacia donde estaba Tattie y empezaron a tirar de su vestido con tanta fuerza que acabaron por despedazarlo; le arrancaron la falda y sólo el cuello y la corbata le quedaron enteros. Acto seguido, las mismas mujeres le dieron empellones y golpes con las manos y los pies en la espalda, en las piernas y en el estómago. Ella se encogía, tratando de protegerse, cruzaba los brazos, se agachaba.

—Por favor —rogaba—. Por favor...

Un fuerte empujón la forzó a entrar a tumbos por una puerta entreabierta. Su cabeza golpeó la hoja de la puerta y, por un momento, la vista se le nubló. Tambaleando, cayó de bruces sobre la cama y, poco después, se percató de que estaba sobre la suya, dentro de su propia recámara. Oyó que cerraban la puerta y le echaban el cerrojo. Giró para quedar acostada de espaldas. Allí estaba Iván Nej. Volvió a rodar sobre la cama, se incorporó y quedó sentada frente a la ventana por donde se apreciaba un árbol grande que crecía a menos de veinte metros de distancia. Se quedó petrificada al observar que, bajo el árbol, había algunos hombres que sujetaban por los brazos a Alexei Alexandrovich, al tiempo que otros más, trepados sobre las ramas, ataban el extremo de una cuerda que bajaba hasta quedar sujeta alrededor del cuello del mayordomo. Alexei Alexandrovich se debatía y suplicaba. Tattie podía interpretarlo por la expresión de su rostro y los movimientos de la boca, aunque no podía escuchar nada a través de los vidrios de la ventana y por encima del enorme barullo.

Se acostó bruscamente sobre la cama, se dio vuelta y quedó echada sobre el estómago, con las manos sobre el rostro; pero Iván la tomó por los hombros y, con una fuerza inaudita, la levantó en vilo y le dio vuelta para que quedara acostada de espaldas. Tattie se quedó contemplando al rostro de expresión hambrienta que estaba sobre el suyo.

—Por favor, Iván —suplicó en voz baja—. Por favor no me hagas daño. *Por favor.* —Ella estaba convencida de que, si podía sobrevivir a la próxima hora, podría sobrevivir a cualquier cosa.

—Entonces, quédate quieta, muchachita —le dijo Iván—. Si te quedas allí, quieta, no te haré ningún daño —sin cambiar de posición, se quitó los anteojos y los dejó caer al suelo.

Ella se humedeció los labios con la punta de la lengua y lo miró fijamente. No quería apartar los ojos. No miraba a nadie más que a él, pues sabía que sólo en sus manos estaba su seguridad. Sintió la mano sobre su pecho, destrozándole la camisa, palpando sus senos. Luego, la mano bajó a su cintura y se oyó de nuevo el ruido de la tela desgarrada. "Yo me lo habría quitado todo —pensó—, si él me lo hubiese pedido". Más adelante, en un momento determinado, el rostro de Iván desapareció de su vista. Sintió las manos ávidas rompiendo la tela de los calzones y la cabeza de Iván que se hundía entre sus piernas. A continuación, percibió una boca excesivamente abierta que abarcaba todo su bajo vientre como si fuera a arrancarlo de una mordida. No estaba preparada para algo semejante; nunca había imaginado que aquella sensación pudiera experimentarse. Levantó las rodillas instintivamente y él volvió a extenderle las piernas.

—¡Quieta! —rezongó.

Tattie permaneció inmóvil aun cuando sintió que le separaban las piernas "Ay, Dios mío" —pensó—. El rostro de Iván reapareció encima del suyo, acercándose, buscando sus labios con los suyos. Tampoco se movió al experimentar la dolorosa sensación de que algo penetraba en ella, allá, donde momentos antes había sentido los dientes y los labios cálidos... Después, todo se convirtió en movimientos brutales, empujones, choques, brazos y piernas levantados por el aire, con impulsos apasionados, terribles y no deseados.

Peter Borodin se quedó parado junto a las rejas que resguardaban la entrada de la casa de los Stein. ¿Sería ésa la misma casa que él había conocido? Casi todos los barrotes de hierro de las rejas habían desaparecido e incluso los goznes que sostenían las puertas habían sido arrancados de los pilares. La piedra misma presentaba escoriaciones de las balas. Más allá, los macizos de flores estaban pisoteados, el prado mostraba las cicatrices de las huellas. La casa, igual a muchas de las que había en Petrogrado, parecía intacta.

También estaban por ahí los transeúntes, la gente que iba y venía, dedicándole miradas casuales y desinteresadas. Aún portaba el uniforme de coronel; pero ése ya no era motivo para que la gente lo saludara o le debiera respeto. Ya se había acostumbrado a que lo vieran como a un ciudadano cualquiera. La disciplina en el ejército, el respeto por el rango, habían concluido durante la revolución anterior, antes de que lo tomaran prisionero. Fue Kerensky el que decretó que todos los hombres en el ejército debían ser iguales, excepto cuando estaban en batalla; los soldados no tenían el deber de saludar ni tampoco de dirigirse a los oficiales con los títulos de su señoría, ni a los nobles con el título de su excelencia; dejó de existir la obligación de levantarse para ceder el asiento en el tranvía o en el tren a un oficial. Aquel decreto había costado a Rusia la pérdida de la ofensiva del verano pasado. Lenin llevaba las cosas a una conclusión lógica, así como había sido una conclusión lógica para los bolcheviques firmar una deshonrosa paz.

Por otro lado, Peter reflexionaba que aquel repentino desprecio por los oficiales a él lo beneficiaba. En aquel tiempo, resultaba más sencillo esconderse a un oficial que a un soldado raso. Así ocurría con el pobre de Smyslov. Nadie habría de notar la falta de aquel soldado cuyo nombre Peter adoptó, del mismo modo que nadie iba a percibir la ausencia de Peter Borodin.

El corazón le latía con fuerza. Había llegado hasta allí y, en pocos minutos, estaría en sus brazos, si acaso continuaba con vida; pero era necesario que estuviera viva, ya que ni los pobres de Tigran y Philip habían sobrevivido. En vista de que todo el mundo a su alrededor se había colapsado, si ya no contaban ni el rango ni la familia, entonces, probablemente, él podría elegir a la mujer que amaba por sí misma.

Además, como él estaba con el ánimo de ser honesto consigo mismo —y ese mismo estado de ánimo lo tuvo desde que dejó el campo de prisioneros alemán— estaba convencido de que deseaba que su fortaleza, la fortaleza de la experiencia, del sufrimiento, le ayudara a superar los problemas que desafiaban su imaginación y que él debía enfrentar.

¿Y Judith? No la había vuelto a ver desde aquella noche aciaga de 1914. Conociéndola, pensaba que, seguramente, ya lo había perdonado por su debilidad de entonces. Él continuaba siendo el príncipe de Starogan e iba a ofrecerle a Judith la vida en la que sólo había podido soñar, la vida que hubiese podido ser suya si Irina no hubiese aparecido inesperadamente.

La vida que iba a ser suya ahora, sin tomar en cuenta a Irina. Todo lo que debía hacer era convencerla. Echó a andar por el césped pisoteado y subió las escaleras exteriores, donde Vasili Mikhailovich recogía su sombrero y su abrigo en el invierno. ¿Qué habría sido de éste? En el vestíbulo, encontró a tres niños mugrosos que jugaban en el centro en tanto sus madres trabajaban en los lavaderos detrás de ellos. En el ambiente flotaba un hedor a cuerpos mal lavados, a ropa sucia y a basura que se pudría en el calor del verano. Se observaban los muebles destrozados y el tapiz de los muros arrancado. A través de una puerta abierta, pudo contemplar la salida en donde él se había sentado a conversar con Raquel en el verano de 1916, mientras aguardaban que llegara Judith a casa; ahora, había un hombre dormido en el sofá, tenía el cuello de la camisa desabrochado y ésta tenía manchas de sudor. Sobre el tapiz del sofá descansaban las gruesas botas del trabajador.

Peter titubeó un instante y una de las mujeres que lavaban fuera levantó la cabeza para mirarlo.

—Busco a la camarada Stein —explicó.

—Arriba —dijo la mujer—. ¿Cuál es tu regimiento, camarada?

—El Preobraschenski.

La mujer inclinó la cabeza a un lado y se rió sarcásticamente.

—¿Tu nombre?

—Smyslov, camarada. El coronel Peter Smyslov.

El nombre no significaba nada para ella.

—Arriba.

Peter subió las escaleras hasta llegar al descansillo del piso superior. Nunca había estado en la planta alta. Era el lugar de las recámaras, del dormitorio de Judith y allí estarían las mil y un cosas que habían podido pertenecerle en estos momentos. Las cosas que hubieran sido suyas si él se hubiese alarmado de valor para desafiar el peso de las tradiciones de sus antepasados. Todas esas cosas *serían* suyas también ahora y en un ambiente mucho mejor que aquel en el que se encontraba. Esquivó un charco de orina, llamó con los nudillos a la primera puerta y quedó frente a Raquel. Ella lo observó y, poco a poco, su boca se fue abriendo hasta formar una enorme letra O. Se parecía mucho a su hermana. Eran parecidas y, sin embargo, diferentes. Si hubiese sido Judith en vez de Raquel, le habría sostenido la mirada. Los ojos de Raquel lo escudriñaron de arriba abajo, fijándose en su uniforme.

—¿No te acuerdas de mí?

—El príncipe Peter. ¡Oh, Dios mío, el príncipe!... —abrió la puerta de par en par—. Mamá, aquí está el príncipe Peter.

Peter entró y cerró la puerta; no deseaba que su nombre verdadero se escuchara en toda la casa. Echó un vistazo a su alrededor e hizo un gesto de desaliento. La habitación estaba atiborrada de todos los enseres que los Stein habían conseguido rescatar del desastre: las hermosas fotografías familiares en marcos plateados escarapelados, incluyendo un bello retrato de Judith coloreado con mucho cuidado por el artista. Y entre los muebles desvencijados también había una cama. Posiblemente todos dormían en ella y también cocinaban ahí en una sola hornilla que estaba donde antes ardía la chimenea. Además, debían vestirse y desvestirse en aquel angosto rincón.

Al parecer, todos se habían desmoronado durante la crisis. Peter se quitó la gorra y vaciló antes de extender la mano. Ruth Stein no había cambiado mucho, pero estaba mal vestida con la ropa deteriorada, igual que las lavanderas que había mirado abajo. Llevaba el cabello suelto y ya estaba todo gris; nunca se había imaginado que el cabello de aquella señora estuviese gris; no obstante, Ruth se veía mejor que su marido; el pobre Jacobo, sin cuello y sin afeitarse con un saco que le quedaba holgado, tendió una mano temblorosa para saludar a Peter.

—¡Príncipe Peter! ¡Ay, príncipe Peter!

—Príncipe Peter —gimió Ruth Stein asiéndolo por el brazo mientras que gruesas lágrimas descendían por sus mejillas—. Pensamos que había fallecido. No habíamos vuelto a oír...

—¿Desde cuándo viven de esta manera?

Lo miraron fijamente. Raquel vino en su ayuda.

—Hace seis meses —contestó.

Peter advirtió que sus ropas no estaban más aseadas que las de sus padres; pese a ello, Raquel se veía más fresca, menos temerosa. Peter ya lo había comprobado: sólo los jóvenes le hacen frente con éxito a una revolución.

—¿Cuentan con lo suficiente para comer?

Intercambiaron miradas.

—Hemos podido arreglárnoslas —dijo Raquel—. Mamá vende...

—Calla, Raquel —dijo Ruth Stein y se retorció los dedos nerviosamente.

Peter no podía esperar más.

—¿Dónde está Judith?

Los Stein bajaron la cabeza.

—He venido para llevarla conmigo —afirmó el príncipe—. Ahora voy hacia el sur a... —decidió callar para no revelarles que iba en busca del general Denikin y de su ejército—. Tengo una identidad falsa a nombre del coronel Smyslov. Me han nombrado para un puesto en Odesa, junto con mi esposa. Tengo pasajes para el tren —hizo una pausa, mirando a uno y a otro de los presentes—. Los pasajes son para Judith y para mí.

—Judith está con la familia imperial.

—¿Qué?

Ruth Stein había recuperado un poco su serenidad.

—Ha permanecido con la familia imperial desde hace más de un año. Las grandes duquesas tenían sarampión cuando el zar se vio forzado a abdicar. La zarina mandó buscar a Judith para que cuidara como enfermera a las princesas y, entonces, toda la familia quedó arrestada. También Judith.

—¿Está detenida? —inquirió Peter—. Pero si ella...

—Cuando la familia imperial fue desalojada de Tsárskoye Seló y enviada a Siberia —prosiguió diciendo Ruth—, Judith se fue con ellos. No hemos tenido noticias de ella desde hace un año.

—Pero está bien —dijo Jacobo Stein—. Estoy seguro de que está bien, puesto que a la familia imperial la tratan con todos las atenciones. Eso es lo que he escuchado comentar a mis... amigos.

—Debe estar mejor que nosotros —añadió Raquel—. Aún tienen criados y suficiente alimento.

Peter se acercó a la ventana y miró a lo que había sido el prado para jugar al críquet, donde había algunos niños jugando y sus madres platicaban entre sí tomando el sol, mientras colgaban la ropa recién lavada. "El destino —reflexionó Peter—, no nos permite estar juntos", siempre surgía algo que los separa para dejar sólo su recuerdo. ¿Se sentía aliviado con ello? Él la esperaría, sin duda que lo haría y, no obstante, en cada ocasión que él no podía estar con ella era consciente de los problemas que se había evitado con ello.

—¿Todavía desea ir hacia el sur, a Starogan? —preguntó Jacobo Stein.

—No puedo permanecer aquí. Yo... —dio media vuelta y su mano tomó instintivamente la pistola que estaba en su funda, ya que la puerta se había abierto y entraron dos muchachos que se quedaron parados, quizá por la sorpresa. Ninguno de los dos tenía el aspecto mortecino y desnutrido de todos los demás y ambos llevaban limpio y bien planchado el uniforme. Peter identificó de inmediato en uno de los jóvenes a su primo.

—¿Víctor? —preguntó—. ¡Por Dios, Víctor! —avanzó unos pasos hacia él, pero se detuvo en seco al ver la expresión en el rostro de su primo.

—Ya había tenido informes de que un coronel andaba solicitando informes de los Borodin —dijo—. Eras tú, ¡por Dios!

Peter frunció el ceño y se le quedó mirando.

—¿Qué uniforme es ése que llevas puesto?

—Es el uniforme de la Policía Especial —explicó Joseph Stein—. Y tú, Borodin, estás bajo arresto.

—¿Arrestado?

—Te ocultas bajo un nombre falso y con papeles falsos. Eres un zarista y un enemigo del pueblo. Deberás acompañarnos.

—¡No pueden hacer esto! —exclamó entonces Raquel al tiempo que agarraba a su hermano por el brazo. Desesperada, tomó también el brazo de Víctor—. Tú no puedes detener a tu primo —le dijo.

Víctor la miró durante un segundo. Luego, fue a cerrar la puerta.

—¿Qué estás haciendo en Petrogrado? —le preguntó a Peter.

—Buscando a alguien de la familia. Ahora estoy buscando a Judith.

—Este hombre es un desertor en tiempos de guerra —declaró Joseph—. Desde hace mucho tenemos tu nombre anotado en las listas, Borodin. Esperábamos que regresaras a Petrogrado. Entrega tu arma.

—Te la entregaré vacía —dijo Peter y retrocedió unos pasos hasta quedar contra la pared.

—No puedes permitir eso, camarada Borodin —comentó Ruth.

—Si él se entrega y si hace un juramento de fidelidad al nuevo gobierno, como yo —indicó Víctor—, se le juzgará por desertor y la sentencia no será muy severa.

—La sentencia es a muerte —declaró Joseph con voz recia.

—Déjenlo ir, se los ruego —solicitó Jacobo Stein—. No le ha hecho mal a nadie. Recuerda que una vez le salvó la vida a tu hermana y ahora ha venido aquí sólo para buscarla. Ya sabe que Judith está a salvo. Permítele que se vaya.

—¿Adónde irías? —preguntó Víctor.

—Tenía pensado viajar a Starogan —respondió Peter.

—¡Starogan! —exclamó Joseph burlándose—. ¿Te imaginas que Starogan aún sigue en pie? Hay una guerra civil en el sur; la región de Starogan debe ser un campo de batalla.

—Allá están mi madre y mis hermanas —manifestó Peter—. También tu hermana está en la casa, Víctor.

—Ya he renunciado a todos ellos —declaró Víctor—. Starogan debe estar en manos de los Rusos Blancos. Yo he renunciado a ellos.

—En Crimea se formó un ejército contrarrevolucionario —explicó Joseph—. ¿Es allá donde quieres ir?

—Yo deseo ir a Starogan —reiteró Peter—, para estar al lado de mi esposa, de mi madre y de mis hermanas. Si tú me lo impides, Víctor, te consideraremos como un verdadero criminal.

Raquel apretó con sus dos manos el brazo de Víctor y le imploró:

—¡Por favor, Víctor, por favor!

Éste se dirigió a su compañero:

—Te aseguro que no perjudicará a nadie, Joseph —le dijo—. Ni siquiera podrá llegar a Starogan. No faltará quien lo descubra y lo entregue.

—¿Permitirás que se vaya?

—Bueno... Mi padre ya no existe y yo estoy intentando abrirme camino como pueda —Víctor adoptó el tono estridente con que habló al principio—: Ya lo oíste, Peter: como pueda y como considere conveniente.

Peter se encogió de hombros y contestó:

—Cada quien escoge su manera de proceder, Víctor.

—¿Tú te ocuparás de cuidar de las mujeres?

—Por supuesto, lo haré.

—Está bien —se mordió los labios nerviosamente—. Escúchame, Joseph: haremos las cosas como si aún no hubiésemos llegado. Nos iremos para volver dentro de una hora. Una hora, Peter. Si estás aquí todavía o si se te puede hallar en cualquier parte de Petrogrado, quedarás arrestado y, después, fusilado. ¿Me has entendido?

Peter se quedó observando a su primo unos momentos; luego, hizo un signo afirmativo con la cabeza.

—Muchas gracias —le dijo.

—No le dirás a nadie que mi primo ha estado aquí —le advirtió Víctor a Jacobo Stein—. Que quede bien claro: absolutamente a nadie. Si lo dices, tú también serás detenido y fusilado por haber dado asilo a un zarista.

—No se lo diré a nadie —prometió Jacobo.

—Vámonos, Joseph —pidió Víctor y sólo entonces Raquel le soltó el brazo. Joseph titubeó todavía un instante y, después, se encogió de hombros.

—Una hora, camarada —dijo—. Una hora.

La puerta se cerró en cuanto salieron.

—Es un buen chico —comentó Raquel—. Los dos son buenos muchachos.

—Los dos se están abriendo camino como pueden —mencionó Peter. Jacobo Stein suspiró.

—Ellos piensan que esto es por el bien del país —explicó.

—Así es —afirmó Peter—. Ahora, debo marcharme. Es inútil que me quede aquí más tiempo. Si acaso se ponen en contacto con Judith, díganle que vine a buscarla, que la encontraré y que iré a reunirme con ella donde quiera que esté y tan pronto como pueda. Díganle...

—Se lo diremos —prometió Jacobo.

—Gracias —se detuvo un momento más y después se acercó a la puerta.

—¡Peter! —exclamó Ruth Stein. Era la primera vez que lo llamaba por su nombre.

Se volvió desde la puerta para acercarse a los demás. Ruth miraba ansiosamente a su marido.

—¿Cree llegar a Starogan? ¿A la Crimea?

—Lo intentaré.

—Peter... —volvió a decir Ruth—. Lleve a Raquel con usted.

—¿Qué?

—¿A mí? —gritó Raquel.

—Sí —dijo Ruth, ahora con voz firme y decidida—. No es posible que permanezca más tiempo aquí. No conseguimos lo suficiente para comer y ella...

ya no hay ninguna norma moral en Petrogrado, ningún freno. Las chicas se venden por un pedazo de pan o un vaso de vodka.

Peter miró a la joven. Ella se sonrojó y se retiró un poco, con la cabeza baja.

—No puedo llevar conmigo a una mujer en un viaje como el que voy a hacer —indicó Peter.

—Estaba preparado para llevarse a Judith.

—Es diferente. Judith y yo...

—No *importa* —clamó Ruth—. Nada tiene ya importancia. Raquel era la prometida de su primo. Podría decirse que es su prima por su matrimonio. Se lo estoy suplicando, Peter... príncipe Peter. No sé lo que será de ella si se queda aquí.

Peter se quedó observando a Raquel. Ella sostuvo su mirada unos instantes y luego bajó los ojos y se ruborizó intensamente.

—¿Quieres venir conmigo, Raquel?

Ella levantó rápidamente la cabeza.

—Sí, pero a condición de que tú quieras que vaya.

—Será un viaje muy complicado. Hay una distancia de más de mil seiscientos kilómetros hasta Starogan. Si nos descubren, nos matarán. Ruth, ¿de veras supone que...?

—Creo que es necesario que se vaya de Petrogrado —repuso Ruth decididamente—. Aquí se moriría más pronto de hambre y de desesperación. Todos nosotros moriremos de desesperación.

—Entonces, ¿por qué no se vienen todos conmigo?

—Su pase en el tren es para dos personas. Nosotros seríamos un estorbo. Haga lo que le solicito, excelencia. Hágalo por nosotros. Se lo ruego. Cuide a mis dos hijas en mi nombre. Yo ya no puedo más.

Peter se volvió para mirar de nuevo a Raquel. Esta vez, ella no bajó la cabeza ni se sonrojó. Sólo sonrió con melancolía.

—Empacaré mis cosas en un momento —dijo.

Tras un largo y estridente chirrido, el tren hizo un alto. —¡Que bajen los que deban bajar! —gritó el guardia del tren—. ¡Poltava! ¡Bajen!

Peter se acomodó en el asiento. Hubiese querido estirar las piernas, que ya sentía entumecidas, pero no había espacio para hacerlo. Habían tenido suerte en conseguir un lugar para el viaje desde Moscú; durante todo el primer día de viaje, desde Petrogrado, tuvieron que estar de pie. Ahora, Raquel estaba encaramada contra uno de sus brazos y una mujer obesa, en el otro. Sin duda, esta última no se había bañado en varios días. Pero eso ya era irrelevante: ni él ni Raquel lo habían hecho desde tiempo atrás.

Sin embargo, ya estaban en Poltava y el fin del viaje estaba próximo. A unas cuantas horas para llegar a Starogan. Se preguntaba lo que encontraría allá. Se imaginaba lo que su familia iría a pensar, lo que Irina le iría a decir. Aquella chica, Raquel, había estado en su casa cuatro años antes, junto con su hermana y, por entonces, el mundo parecía especialmente hecho para los Borodin. Ahora, venía acompañando a un Peter Borodin que no tenía rango ni título y viajaba haciéndose pasar por su esposa. Pero Irina comprendería que sólo se trataba de una estrategia forzada por las exigencias de la guerra y de la revolución.

No obstante... Raquel se sacudió ligeramente y se sentó apartándose de él por una reacción instintiva y nerviosa al despertar de pronto y encontrarse entre sus brazos; pero, al mismo tiempo, le dedicó una de sus sonrisas tímidas y siempre encantadoras. Podía haber sido Judith la que estuviera a su lado. Una Judith que sabía sonreír y que parecía estar dispuesta a tolerar todas las penalidades estoicamente, sin quejarse, una Judith que nunca discutía y que se conformaba con obedecerle. ¿Sería esta falsa Judith mejor que la auténtica? Peter no estaba capacitado para asegurarlo, pues no conocía a fondo a la verdadera Judith. La guerra ocasionaba muchos sucesos y muchas transformaciones extrañas. Él mismo, que nunca había pretendido matar a nadie, asesinó a otros hombres durante la guerra. ¿Quién era él para criticar lo que una joven hambrienta pudiera hacer para conservar la vida? A Judith nunca la había juzgado.

—¡Todo el mundo afuera! —el guardia del tren se hallaba en la puerta del compartimiento atestado de gente y los pasajeros empezaron a ponerse de pie y a reunir sus escasas pertenencias—. También tú, camarada coronel —añadió el guardia al observar que Peter seguía sentado.

—Yo tengo pasajes hasta Odesa —aclaró Peter.

—Han quedado cancelados. El tren no va más allá.

—¿Por qué no?

El guardia se encogió de hombros.

—Órdenes, camarada coronel. Yo no sé de qué se trata. Quizá los blancos han obtenido una victoria. Tú debes presentarte en los cuarteles aquí —luego de decir eso, prosiguió su camino por el pasillo.

Sólo ellos dos quedaron en el compartimiento.

—¿Qué hacemos ahora? —preguntó Raquel, pero sin demostrar ansiedad alguna. Había depositado toda su confianza en él. Hacía tres días que había abandonado Petrogrado y él la había conducido hasta allí.

—Tendremos que caminar el resto del camino. No son más que unos sesenta kilómetros.

—¿Caminar? ¿Hasta Starogan? —Raquel había abierto mucho los ojos.

—¿Por qué no? —Peter sostenía la puerta abierta para que ella pasara. Se alisó la falda y bajó al andén. Había seleccionado lo mejor de la ropa que todavía le quedaba para aquel viaje: un traje sastre color pardo rojizo y un sombrero de fieltro del mismo color, con el adorno de una pluma roja. Era un vestido demasiado grueso para el calor de junio y, ya para entonces, estaba en un estado lamentable, arrugado y deforme. Pese a eso, ella era la mejor vestida entre todas aquellas personas que se aglomeraban en el andén y su belleza y su porte atraían las miradas.

—¿Nos permitirán pasar? —con un gesto de la cabeza señalaba hacia un grupo de soldados con armas que estaba a la salida del andén.

—No nos dirán nada. Dentro de una hora estará oscuro y podremos caminar con tranquilidad. Vamos —la tomó de la mano y cargó con la petaquita de la joven; él había guardado sus mudas de ropa interior dentro de la misma maleta, y los dos se fueron caminando hacia donde estaban los soldados—. Soy el coronel Smyslov. Deseo indicaciones para llegar al cuartel general del ejército.

—Al cruzar la reja, camina dos cuadras a la izquierda —explicó uno de los soldados mirando a Raquel.

—Gracias, camarada —cruzaron el gran portón y se confundieron con los pasajeros que se habían detenido para deliberar lo que más les convenía hacer.

—Son tan groseros —masculló Raquel—. No sé cómo los aguantas.

—¡Sssh! —Peter se llevó un dedo a los labios y siguió hablando en voz baja—. No tengo más remedio que hacerlo. Vamos.

Pasaron la reja y torcieron a la izquierda, según las instrucciones, en caso de que los soldados los estuviesen mirando y continuaron avanzando con ese rumbo. Ya había llegado la revolución a Poltava. Eran muy numerosas las tiendas que mostraban indicios del saqueo y, de vez en cuando, se veían las ruinas de alguna casa que había sido incendiada. Las calles estaban plagadas de basura y en el aire quieto parecía suspendido el olor nauseabundo de la inmundicia, las alcantarillas y los cuerpos desaseados. Peter iba pensando que para toda su vida habría de asociar la revolución con la suciedad. Todo era más sucio que durante la guerra.

—Por aquí —dieron la vuelta en la esquina de la primera cuadra y no en la de la segunda; a continuación, torcieron a la izquierda en la primera esquina que hallaron y fueron a salir a una amplia avenida de lo que debió haber sido un barrio residencial. El sol poniente estaba a su derecha—. Sigamos por esa calle —sugirió Peter.

—Tengo un hambre terrible —dijo Raquel—. ¿No queda algo del pan que conseguimos en Kharkov?

—Sí. Pero antes de pensar en comer, debemos buscar algún sitio aislado donde podamos descansar. Allá. Mira —apuntaba hacia los restos de una casa incendiada. Los muros derruidos, ahumados, las vigas salientes, ennegrecidas por el fuego, apuntando al cielo, le daban un aspecto tétrico—.

Vamos, Raquel —cruzaron corriendo la calzada y principiaron a escalar los escombros que cubrían lo que había sido el jardín frontal.

—Apesta —advirtió Raquel.

—Toda la ciudad apesta. Yo diría que en toda la nación se percibe la misma peste. Pero en Starogan no habrá malos olores, te lo prometo.

Raquel se agarró con fuerza de su brazo cuando dio un tropezón. Llevaba los zapatos con tacón alto, totalmente inapropiados para aquella caminata; pero eran los mejores que tenía.

—Te voy a cargar —y, sin dar tiempo a protestas, Peter la levantó en sus brazos y avanzó con precaución entre los cascajos de yeso, ladrillos sueltos y trozos de madera. Llegaron hasta un muro que aún estaba en pie y que los ocultaba del tránsito de la calle y se sentaron en la hierba crecida. Tenían al cielo por techo y, frente a ellos, había otro muro derrumbado en el que se distinguía la puertecilla de entrada a un sótano o una bodega subterránea—. Es un lugar perfecto —dijo mientras se acomodaba sobre la hierba al lado de Raquel. Abrió la maleta y sacó media torta de pan. Había una pieza entera, pero ésa debía durar hasta llegar a Starogan.

Raquel se arrodilló, se sentó sobre los talones y arrancó un trozo a la media pieza de pan.

—¡Cuánto daría en este instante por un trozo de carne asada, Dios mío! —exclamó—. ¿Tendremos carne asada en Starogan?

—La tendremos —le garantizó Peter—. En Starogan tendrás todo lo que quieras, Raquel.

—¿Un baño caliente?

—Claro.

Sonrió al pensar en la caricia del agua sobre su cuerpo.

Él la miraba, sonriendo también y, de pronto, levantó una mano.

—Escucha... —dijo.

Raquel levantó la cabeza vivamente.

—¡Es agua! —gritó. Con la preocupación de sortear los escombros para llegar hasta allí, no habían puesto atención; pero ahora se distinguía con nitidez el murmullo del agua corriendo—. ¡Agua! —repitió Raquel como para convencerse y se puso de pie de inmediato. Se quitó los zapatos y se metió de prisa por la puertecita que conducía al sótano.

—¡Con cuidado! —Peter se metió detrás de ella. Parpadeó para acostumbrar los ojos a la débil penumbra y se acercó a la estrecha corriente de agua que surcaba el piso del sótano e iba a perderse en una alcantarilla, en el rincón—. Ha estado corriendo por aquí todo el verano. ¡Qué desperdicio!

—¿Podremos beberla? Dime, por favor, Peter, si puedo beber un poco.

—No sería prudente. Quizá está contaminada —se arrodilló junto a la corriente, levantó un poco de agua en el hueco de sus manos. La olisqueó y bebió un sorbo. Sabía mejor que un néctar—. Bebe si quieres; ya beberás champaña en Starogan.

—Ojalá pudiera darme un baño, coronel —no lo podía llamar por su nombre ni tampoco podía correr el riesgo de llamarle "su excelencia"—. ¿Crees que pueda lavarme?

—No hay nada que te lo impida. Te dejaré sola.

Peter salió del sótano, volvió a sentarse contra la pared y se quedó contemplando el cielo. Se sentía satisfecho en su interior, pues de pronto comprendió que había triunfado en su huida. Hubiese querido tener a la mano un habano para fumárselo. Si el tren no podía avanzar, era porque el ejército de Denikin había cortado las vías. En ese caso, él podría reunirse con ese ejército. Si se hallaba cerca de Poltava, ubicada bastante al norte, era porque estaba en posesión de Starogan. Las tierras, la casa y la familia estarían a salvo. Llegaría hasta allá y llevaría a esa joven que lo acompañaba a un refugio seguro. Hubiese deseado que en lugar de ella fuese Judith y no le importaba lo que Irina dijera. Ahora, las circunstancias eran diferentes y ya nunca podrían volver a ser iguales.

Por otro lado, como él estaba prácticamente en la miseria, por lo menos hasta que el Ejército Blanco, el de las fuerzas de contrarrevolucionarios, ganara aquella guerra civil, Irina no querría saber nada de él.

Judith también estaba a salvo. Nadie se arriesgaría a ir a molestar a la familia imperial. Con el tiempo, él y Judith se encontrarían. Aún eran muy jóvenes como para superar las contrariedades de una revolución, así como Judith había sobrevivido al destierro en Siberia. Ése era el privilegio de todos los jóvenes; mientras que los viejos, como los esposos Stein, se desmoronaban bajo los pesares.

Desde donde estaba sentado, miró la puerta oscura del sótano y cayó en la cuenta de que estaba viendo, dentro, la tenue luminosidad de la carne blanca. Se acercó como por instinto. Raquel se había desnudado y estaba de rodillas, echando agua con sus manos por encima de los hombros y dejándola correr sobre su espalda... "¡Raquel!", se dijo para sus adentros, porque de repente se puso tenso; se había despertado su lujuria al ver algo de lo que había estado privado desde hacía mucho tiempo. ¡La hermana de Judith! ¿Sería virgen? Difícilmente conociendo a Tigran. Y aquella chica había dormido en el hueco de sus brazos tres noches consecutivas.

Se metió al sótano y se quedó de rodillas. Ella escuchó el ruido y, sin levantarse, hizo girar el torso; entonces, él pudo apreciar sus senos pequeños, con el pezón erguido por el agua helada, la curva del estómago, el parche de vellos castaños de sus ingles. Después, Raquel se puso de pie y pudo mirarle las piernas. ¿Habría alguna mujer que tuviera unas piernas tan magníficas, tan largas, tan esbeltas?

—¿Cómo... cómo vas a secarte? —le preguntó.

Ella levantó uno de sus hombros y luego lo bajó otra vez y a él le pareció que había visto el gesto más gracioso y atractivo que se pudiera imaginar.

—Dijiste que teníamos tiempo de sobra. Dejaré que el agua se seque. Nos quedaremos aquí hasta que oscurezca.

El graznido de una grulla solitaria despertó a Peter. Se pasó las manos sobre la cabeza y se apretó la nuca para disipar toda somnolencia. Miró un instante al cielo. Después, con mucha delicadeza, sacudió el brazo de Raquel.

—Ya oscureció. Es tiempo de irnos.

Ella reclinó la cabeza en los vellos del pecho de Peter.

—¿Debemos irnos? ¿No podríamos quedarnos aquí para siempre? —emitió un profundo suspiro—. Estoy muy cansada.

Peter lo sabía, ya que estaba convencido de que la joven nunca había caminado tanto. Habían salido de Poltava de noche, dejaron la ciudad y prosiguieron avanzando hasta que el alba despuntó, bordeando el río que corría hacía el sur, hasta Starogan. Cuando él decidió que ya no podían continuar, se dejaron caer al suelo, con los pies ampollados y los labios resecos. Pero allí estaba el río para que bebieran y se bañaran, olvidando su fatiga bajo la fresca caricia del agua. Luego, se quedaron juntos, durante más de una hora, olvidándolo todo para entregarse por completo al mutuo placer de explorar sus cuerpos.

En Poltava, según Peter recordaba, no habían gozado con plenitud. Hubo deseo, un inmenso deseo, vehemente y cada vez mayor. Cuando se arrodilló frente a ella para tomarla en sus brazos, no había intervenido su voluntad. Hasta ese momento, no había pensado en ella como mujer. Durante las tres noches que pasó en el tren, dormida entre sus brazos, empezó a adquirir conciencia de ella. Pero, en el fondo de su corazón, la veía como la hermana de Judith, la segunda edición de Judith y eso, precisamente, le había impedido gozar de su cuerpo como hubiese querido. Y, una vez satisfecho su deseo, se sintió miserable.

Sin embargo, ella había seguido besándolo y acariciándole el cabello, el rostro, jugueteando con su pene, con la curiosidad de una niña que acababa de descubrirlo, paseando sus labios por su cuerpo, con el abandono de una mujer exaltada por el deseo. La rectitud interior de la joven la había hecho susurrar en un momento dado: "Quiero que tú sepas..."; pero él le selló los labios con los suyos. No obstante, cuando iban caminando bajo la oscuridad de la noche, ya no pudo callarla. Por lo demás, su plática los mantuvo despiertos a los dos. ¡Aquel Rasputín! Se acordaba de su ira al saber que Tattie era discípula del monje, de su irrupción en la casa del staretz para agredirlo, de su lamentable estado de ánimo cuando el zar lo sancionó con el exilio.

Asimismo, recordó su sensación de alivio y de satisfacción al comprobar que, en realidad, Tattie no había sufrido, no se había corrompido por su amistad con Rasputín.

Pero también Raquel se había sabido resistir. Era extraño, pero, aunque había sido la prometida de Tigran Borodin, había frecuentado la casa de Rasputín y había vivido en Petrogrado tras la revolución, conservaba su virginidad. Esto tampoco le había preocupado en demasía, ya que la chica lo deseaba con vehemencia y había demostrado que era una experta en el arte de hacer el amor, aun cuando nunca hubiese realizado el acto por completo. En aquellos instantes, no era capaz de responder con exactitud a las preguntas de si ella lo deseaba a él o a cualquier hombre o también, si quería aprovecharse de él para poder sobrevivir y tener un poco de seguridad. Al detenerse en la ribera, al desvestirse juntos, al sentir cómo ella se apretaba contra él, casi con desesperación y después, al sumergirse de nuevo en el agua y flotar juntos, tocándose el uno al otro de vez en cuando, como para verificar que aquello no era un sueño, Peter se olvidaba de las preguntas que se planteaba, se olvidaba de todo para responder sólo a la belleza, a la pasión, a la ansiedad de aquella joven mujer, Raquel Stein, la hermana de Judith. Pero ésta se encontraba a un millar de kilómetros de distancia y Raquel estaba en sus brazos, pretendiendo quedarse en ellos para siempre.

¿No quería él lo mismo? ¡Si fuera posible...! Le dio un beso en la oreja.

—Ya desapareció el último mendrugo de nuestro pan, Raquel. Moriremos de hambre.

—No —repuso ella soñadoramente—. Construiremos una cabaña; pondremos una trampa para los peces y otra para las aves. Así sobrevivían nuestros antepasados hace miles de años.

Él se levantó.

—Pero ellos no tenían Starogan a pocos kilómetros de distancia, con baños de agua caliente, carne asada y champaña.

Ella lo tomó de la mano y él se inclinó para alzarse los pantalones.

—¿Y nosotros?

Él se le quedó viendo fijamente a los ojos y ella se ruborizó; habría retirado su mano si él no se la hubiese retenido con firmeza.

—Si eso te hace feliz —dijo a manera de conclusión.

El rubor se acentuó en sus mejillas y luego desapareció.

—Eso me complacería muchísimo, Peter. Te juro que me sentiría muy complacida.

Continuaron avanzando durante la noche; ahora iban más despacio. Junto al río, el suelo era suave y Raquel podía andar sin zapatos. En ocasiones, él la cargaba en sus brazos para pasar algún trecho pedregoso y, de vez en cuando, se detenían para sentarse en la orilla tiernamente abrazados. Ninguno de los dos pronunciaba el nombre de Judith. El asunto de Judith se evaluaría cuando la guerra finalizara, cuando la revolución hubiese concluido, cuando la civilización se restableciera en Rusia y ninguno de los dos podía afirmar si alguna vez llegaría ese momento.

Tampoco se mencionaba jamás el nombre de Irina. Ésta debía estar ya muy cerca y muy pronto habría que encararla. Pero, por una razón o por la otra, cuando iban caminando por la ribera, tomados de la mano, no consideraban indispensable otorgarle al caso de Irina mayor relevancia que a todos los demás que tendrían que resolver y que a todos los que se habían enfrentado durante la última semana. Peter no podía establecer con certeza si se amaban; pero, por ahora, estaban juntos. De buenas a primeras, le parecía imposible vislumbrar una existencia futura sin Raquel a su lado, durmiendo entre sus brazos.

Amanecía cuando arribaron a los terrenos de Starogan. Durante toda la jornada de veinticuatro horas, no habían visto alma viviente, ni siquiera un animal, aparte de los pájaros. A medida que subían por las vías del tren, comprendieron que tampoco más adelante verían criaturas vivas, fuera de algunos perros famélicos que se disputaban a dentelladas algún trozo de un alimento irreconocible. Observaron, eso sí, las ruinas de las casas incendiadas en lo que quedaba de la aldea, arrasada por completo; después, campos yermos, cubiertos de malezas, allí donde antes crecía el trigo. Ya ni siquiera podían percibirse los olores a podredumbre y suciedad, característicos de la destrucción. Sin duda que, lo que hubiese acontecido en Starogan, había sucedido varias semanas atrás y, desde entonces, el lugar quedó desierto.

Ansioso, Peter había echado a correr a lo largo del sendero recto que antaño cruzaba los trigales. Raquel, jadeante, intentaba alcanzarlo, pero se detuvo al lastimarse el dedo de su pie descalzo contra una piedra. Lo siguió despacio, cojeando, y él se adelantaba cada vez más. Cruzó corriendo el huerto de los manzanos, cuyas ramas estaban cargadas de fruta que nadie se ocupaba en recolectar; a continuación, se internó por el prado y advirtió que el césped estaba destrozado por centenares de huellas de los pies de la gente y los cascos de los caballos. Por fin se detuvo al pie de la escalinata exterior para contemplar la casa. Le pareció muy extraño que no la hubieran quemado como todas las demás; aún erguía maciza y poderosa su gran masa rectangular. Pero en los muros eran evidentes las muescas de las balas. Subió muy despacio los escalones y permaneció parado sobre la terraza. Las hojas de la gran puerta principal habían sido removidas de sus goznes y adentro no se veía otra cosa que los muebles despedazados.

Se quedó petrificado. Tenía miedo de entrar y de no encontrar otra cosa que aquellos montones de escombros.

—¡Peter! —gritó Raquel.

Al volverse, oyó el repiqueteo de los cascos de los caballos. Una patrulla de la caballería. Los jinetes empuñaban lanzas relucientes, llevaban el rifle enfundado sobre un costado de la silla de montar; las cartucheras, cruzadas sobre la pechera del uniforme color caqui; en el cinturón, la pistola o el revólver y, colgando, la espada larga en su funda. Su gorra puntiaguda remataba el aspecto de soldados rusos. Todos iban armados de pies a cabeza.

Ya tenían rodeada a Raquel, quien caminaba cojeando. Uno de los jinetes la levantó en vilo y la acostó boca abajo, cruzada sobre la silla. Todos avanzaban con rapidez hacia donde Peter se encontraba.

Con mucha lentitud, bajó los escalones exteriores y se detuvo al pie. Los caballos ya se hallaban formando un semicírculo sobre el prado.

—Es del ejército regular —vociferó el comandante señalando a Peter—. ¡Que lo cuelguen!

—¿Y la mujer? —inquirió uno de los jinetes.

—A ésa, ténganla un rato para que se diviertan con ella y luego la cuelgan también.

—¡Buenos días, Marc Ivanovich! —exclamó Peter en voz alta.

El oficial, que ya había hecho girar a su caballo mientras tres de sus hombres desmontaban para rodear al prisionero, tiró de las riendas con brusquedad. Los tres jinetes que habían desmontado se quedaron parados a pocos pasos de Peter. Raquel dejó de gritar y de debatirse y permaneció inmóvil, intentando recuperar el aliento.

—¿Peter? ¡Peter Dimitrievich! —Marc Ivanovich Liselle desmontó—. Pero... ¿Qué haces dentro de ese uniforme?

—¿Cómo habría podido llegar hasta aquí vestido de otra forma? ¿Y tú? ¿Me habrías enviado a la horca sin juicio previo? ¿Habrías ultrajado a mademoiselle Stein?

Liselle se quitó la gorra y enjugó el sudor de su frente.

—Yo combato en el ejército del general Denikin.

—Yo espero ingresar a sus filas. Pero eso no te da derecho a conducirte como un bárbaro.

—Suelten a la chica... dejen en libertad a mademoiselle Stein —ordenó Liselle e hizo el saludo militar cuando Raquel estuvo de pie, en el suelo—. Mis disculpas, mademoiselle. No la había identificado.

—Dudo mucho de que la hayas conocido en alguna ocasión —le indicó Peter.

—¿No? —inquirió el oficial y se quedó pensativo, pero, al cabo de un instante, decidió que el asunto no tenía trascendencia—. No me has preguntado lo que ocurrió aquí —le dijo a Peter.

—Dímelo.

—Todos los de la aldea se pusieron de parte de los bolcheviques. Los dirigía un antiguo soldado llamado Gromek.

—¡Por Dios! Es uno de mis sirvientes.

—Bueno, ya está muerto. Lo colgamos. Colgamos a todos los que pudimos atrapar. Algunos se escaparon; pero a la mayoría les dimos su merecido.

—¿Por haberse unido a los bolcheviques? —preguntó Peter.

Liselle se le quedó mirando consternado unos instantes.

—Ven conmigo —murmuró y se lo llevó caminando hasta la esquina de la casa y allí torcieron hacia la parte de atrás. Raquel iba detrás de ellos. Peter sentía que la cabeza le daba vueltas, como si estuviera suspendido en el aire. Se había dicho que Petrogrado era el umbral del infierno; pero ahora le parecía entrar en el infierno mismo con Raquel a su lado.

Liselle se detuvo frente a un montículo de tierra y lo señaló.

—Aquí sepultamos a tu familia —susurró consternado.

A Peter se le doblaron las piernas, se desplomó como un fardo y quedó de rodillas en el suelo observando fijamente el montículo de tierra.

—La princesa viuda, tu madre, tenía una herida de bala; pero pensamos que murió pisoteada por la turba. Sin duda, la princesa viuda María murió atropellada por la gente. La princesa Irina...

—Continúa —musitó Peter.

Liselle suspiró.

—Murió sofocada.

—¿La estrangularon?

Suspiró de nuevo.

—La arrastraron por los pies sobre el polvo hasta que murió.

—¿No fue...?

Liselle se pasó la lengua por los labios.

—Los... cortes en sus miembros debieron haberlos hecho después de muerta. Murió asfixiada.

"Los cortes —pensó Peter—. ¡Dios mío, los cortes en ese cuerpo voluptuoso!"

—Sigue —dijo.

Liselle parecía tener dificultades para respirar. Se aclaró la garganta.

—Xenia..., la gran duquesa, también murió —Peter había visto a Xenia por última vez en el verano de 1916, una diosa resplandeciente de cabellera roja—. A ella también la mutilaron... y después la dejaron que se desangrara hasta morir. Eso creemos.

Raquel emitió entonces un largo lamento, como un aullido, y se desplomó de rodillas junto a Peter.

—¿Qué más? —pidió éste.

—Sólo a esos integrantes de tu familia hallamos muertos, Peter. También asesinaron a algunos de los siervos que intentaron defender la casa, creo yo. A uno lo colgaron del árbol grande que está allá, a otro lo despedazaron.

—No son todos —dijo Peter con tono sereno—. Mis dos hermanas también estaban aquí y estaban mis sobrinos: dos niños y una niña. Aquí estaban —el tono de su voz empezó a alterarse.

—No encontramos a nadie más.

Con mucha dificultad y muy despacio, Peter se incorporó. Volvió los ojos a un lado y al otro, como si esperara que Tattie o Ilona aparecieran de pronto entre las hierbas que crecían muy altas por todas partes.

—¿Colgaron a los asesinos? —preguntó, tratando de dominar el grito que pugnaba por escaparse de su garganta—. ¿A todos y cada uno?

—A cada uno de los hombres, a cada una de los mujeres y a cada uno de los muchachos y los niños que pudimos hallar —afirmó Liselle.

—Pero había otros —gruñó Peter—. Estoy seguro de que había otros. ¿Qué hacemos aquí parados?

CAPÍTULO IX

—EL TREN SE ESTÁ PARANDO —DIJO LA GRAN DUQUESA OLGA.

—¿Ya llegamos? —gritó el hijo del zar—. ¿Ya llegamos? ¿Está papá allí para recibirnos?

Con extremo cuidado, Judith Stein levantó la orilla de la cortina que cubría la ventanilla del compartimiento de tercera clase y miró hacia las vías. Pero no había más que vías. Nada, excepto las montañas, que se alzaban por todos lados, ardorosas bajo los rayos del sol. Pero podía imaginarse cómo se verían en invierno.

Y luego, de repente, casas. De prisa, Judith dejó caer la cortina. No permitiría que los guardias se percataran de que había intentado mirar hacia afuera.

—Bueno —preguntó el hijo del zar—, ¿dónde estamos Judith? ¿Está papá allí?

—No lo sé, su alteza —dijo Judith—. Pero nos encontramos en las montañas.

—Los montes Urales —dijo la gran duquesa Tatiana—. Dijeron que íbamos a ir a los Urales.

Las hermanas se miraron una a la otra y después vieron a su hermano. Ahora cada una dependía de la otra, como las tres dependían de Judith, no tenían a nadie más de quien depender desde que sus padres les habían sido arrebatados tres semanas antes. "Tres semanas —pensó Judith—, pueden haber sido toda una vida". Cada día era una vida, había sido una vida ese año pasado.

En tanto estuvieron en Tsárskoye Seló, habían tenido esperanzas. El zar había llegado a casa lleno de optimismo. Nadie sabía lo que le había dicho a su majestad en la intimidad de la alcoba y si había llorado o no. Para sus hijas, para su hijo, para sus sirvientes, aún era el zar, y sus deberes no residían en otra cosa que en aflojar la tierra de su jardín; no se había desesperado ni había permitido que ellos se desesperaran. Además, el señor Kerensky había ido a visitarlo con mucha frecuencia. Había cosas que sólo el señor Kerensky debía saber y que sólo el zar podía decirle. Y había cosas que sólo el señor Kerensky podía decirle al zar.

—Kerensky no es una mala persona —había dicho el zar.

—Un socialista —había replicado amargamente la zarina.

—Sin embargo, es una buena persona y parece que hoy en día todo el mundo es socialista. No constituye un peligro para nosotros, puedes estar segura de eso. Si pudiera, haría un intercambio con nosotros o nos enviaría a Inglaterra. Pero hay dificultades.

Al parecer, las dificultades habían aumentado. Pronto iban a abandonar Tsárskoye Seló y a irse a Tobolsk, en Siberia. "Usted no me necesitará, majestad", había dicho Judith. Las niñas estaban bien de nuevo y ella no tenía deseos de volver a Siberia, ni siquiera a Tobolsk.

—Por supuesto que te necesitamos, Judith —había respondido la zarina—. ¿Qué harían mis niñas sin ti? Por supuesto, debes quedarte con nosotros.

Como a tantos aristócratas rusos, Judith reflexionó, nunca se le ocurría a la zarina pensar que las demás personas, las inferiores, tenían una vida personal que vivir. Por lo menos ella había podido intercambiar cartas con sus padres y saber que aún estaban bien dentro del caos de Petrogrado. No había vuelto a saber de ellos desde que había salido de Tsárskoye Seló.

Pero ahora se había resignado a acompañar a esta familia adonde quiera que fuera, cualquiera que fuera su suerte. Había una trágica ironía en el hecho de que, después de todo, retornara a Siberia, como a un destierro, y en compañía del hombre y de la mujer que antes la habían enviado allá. Ello no implicaba que su exilio en Tobolsk pudiera compararse con el de Irkutsk. En Tobolsk, habían vivido en la casa del gobernador, habían sido tratados con toda cortesía por los guardias y se les había mantenido enterados de lo que sucedía en Petrogrado y en todo el mundo. Hasta el último octubre. A continuación, un repentino silencio había descendido sobre ellos, y con él, una paulatina, aunque evidentemente perceptible, disminución de respeto por parte de los guardias, acompañada por un incremento en las medidas de seguridad aún más ostensible. Los mismos guardias les habían comentado el motivo: los bolcheviques habían tomado el poder, Kerensky estaba en el exilio y Lenin era el que gobernaba en Rusia.

¡Lenin! Yo peleé a su lado en las barricadas de Moscú, ansiaba decir ella. Pero de aquello hacía doce años. ¿Se acordaría él de ella? ¿Debía ella declarar quién era? Ella no había deseado hacerlo. No había querido ganarse el odio de esta familia extraña a la que poco a poco había ido respetando e incluso amando por su valor, por su fidelidad familiar y por su sencillez, que los mantenía contentos unos con otros, aun cuando les había sido arrebatado todo su poder y su gloria. Además, ella había presentido que se venían tiempos todavía más difíciles. Como amiga de Lenin, quizá podía estar en posibilidades de ayudarlos.

Y hacía tres semanas que el momento había llegado. Hubo un súbito despertar a las primeras luces del amanecer y una orden de reunir todas sus pertenencias, ya que estaba a punto de arribar un tren. La zarina se puso casi histérica y estuvo cerca de un colapso, a pesar de su aspecto exterior de reserva estoica. Y esta vez con razón. El zarevich atravesaba por uno de sus constantes y terribles ataques. Se había raspado la rodilla y la contusión se había amoratado con la sangre que no había podido salir y el niño se retorcía y gemía en su agonía. No podía viajar y su madre no podía dejarlo. Los guardias habían tenido que arrastrarla; su única concesión a la majestad que alguna vez había sido fue autorizar que sus tres hermanas y la enfermera judía permanecieran con él en Tobolsk hasta que consiguiera recuperarse.

Siguieron tres de las semanas más largas de la vida de Judith. Pero ahora iban a concluir. Y, ¿qué encontrarían? Ella se puso de pie y miró hacia la puerta cuando ésta se abrió para dejar ver a un oficial flanqueado por dos guardias.

—Ustedes bajarán aquí —dijo el oficial y esbozó una breve sonrisa—. Tus padres te están esperando.

—¡Papá! —exclamó Alexei Nikolaievich e intentó correr hacia afuera. Judith lo tomó rápidamente de la mano para evitar que fuera empujado por el oficial, pues incluso un empujón podía provocar su hemofilia.

—Dignidad, Alexei —dijo Olga—. Uno debe ser siempre digno. Especialmente... —ella se mordió los labios. Ya no podía decir "el heredero del trono"—. Especialmente los niños que están creciendo.

Caminaron en fila por el pasillo y se detuvieron en la plataforma. Ekaterimburgo, el pueblo de Catalina. Llamado así en honor del más grande de los zares, la mujer zar, que había hecho frente a incontables revoluciones y revueltas y había salido avante en todas ellas. Judith se preguntó qué haría en esta situación.

—¿Conoces este lugar? —le preguntó en voz baja Tatiana.

Judith asintió con la cabeza.

—Pasé por aquí en 1911. Se encuentra sobre la línea principal de ferrocarril que va al este.

—¿Crees que iremos más al este?

Judith miró sobre su hombro. El tren aún permanecía junto a la plataforma.

—Por aquí —los guardias estaban esperando para escoltarlas a la estación. Descendieron unos cuantos pasos; al pasar junto a los oficiales del ferrocarril, uno de ellos hizo un intento de saludarlos y de inmediato volvió a poner las manos sobre su nuca, mientras los demás oficiales los observaban en absoluto silencio.

Posteriormente, salieron a la calle, polvosa y sucia, que se abría entre dos filas de aburridas casas. Ekaterimburgo. Era una pequeña población fabril, según recordaba Judith. Hoy, la población estaba mirando, no trabajando. Debían recorrer la calle, con guardias adelante y atrás de ellos y a ambos lados, entre curiosos que los contemplaban, los señalaban con el dedo y cuchicheaban.

—Las grandes duquesas.

—Las mujeres Romanov, querrás decir.

—Miren cómo caminan, con la barbilla levantada.

—Pronto se las haremos bajar.

—Yo mejor les bajaría otra cosa, camarada.

Esto originó un estruendo de vulgares carcajadas y Judith, quien avanzaba detrás con sus diminutos fardos de ropa blanca de repuesto, percibió cómo enrojecían las orejas de las muchachas. Se preguntaba si ellas se daban cuenta de que lo que estaba en juego era algo más que sus vidas. No dudaba ni por un segundo de que, si fueran puestas frente a un pelotón de fusilamiento o llevadas al cadalso, esas niñas se enfrentarían a la muerte con serenidad. Pero, en el caso de que fueran entregadas a una chusma libidinosa, ¿cómo reaccionaría a esto su sensatez?

Y al respecto, ¿cómo reaccionaría ella misma? ¿Le serviría de algo recordar a Roditchev y su bastón, y a sus esbirros? ¿No era cada vez tan espantosa como la anterior?

Llegaron a un muro que rodeaba un pequeño jardín y después a una casa de tres pisos, casi la única con esas características que habían divisado. Y la puerta se fue abriendo para dejarlas entrar. Todavía había un poco de comodidad que ofrecerles: otra casa de gobernador. Pasaron al patio y la puerta se cerró tras ellos para excluir a los curiosos, a los viciosos, a los divertidos y a los obscenos, y de pie ante ellos estaban el zar, la zarina y Anastasia. Ésta corrió a saludar a sus hermanas.

—Queridas mías —Alexandra las tomó en sus brazos, una después de otra. Mantenía al zarevich junto a ella—. Queridas mías.

Las lágrimas asomaron a los ojos del zar que volvió la cabeza para evitar que los guardias las vieran. "O tal vez para evitar que yo las viera", pensó Judith. Ella permanecía de pie, aguardando a que los abrazos terminaran y a que se les dieran algunas indicaciones, cuando escuchó su nombre.

—¿Judith? ¿Judith Stein?

Ella volvió la cara a su derecha, donde las damas y los demás sirvientes estaban de pie, y alcanzó a distinguir a Ilona Hayman.

—¿Ilona? —Judith dio un paso hacia adelante y después se detuvo para volver a mirar. En definitiva, era Ilona, pero no la que ella conocía. La confianza desparpajada y sublime, junto con el peinado perfecto y la ropa parisina, se habían esfumado. El cabello magnífico se perdió, su vestido era de algodón y no llevaba otra joya que su anillo de matrimonio. En su frente había líneas de ansiedad. Pero la ausencia de la verdadera Ilona debía ser sólo temporal. A diferencia de las Romanov, que sabían que su vida ya no podría ser para ellas la misma de antes, Ilona Hayman sabía que las circunstancias presentes por las que atravesaba no eran más que un molesto contratiempo, un inconveniente en el correr de su vida hacia la felicidad.

Pero, ¿cómo había ocurrido eso?

—Judith —Ilona tomó sus manos entre las suyas—. Gracias a Dios que estás aquí. Tú conoces a esta gente... no, no me refiero al zar —dijo al ver que Judith desviaba la mirada—. Me refiero a estos guardias. ¿No los conoces?

Judith movió negativamente la cabeza.

—Parece que no pueden entendernos —explicó Ilona—. Me han puesto bajo arresto. Piensan que soy rusa. Pero soy una ciudadana estadounidense.

—¿Cuánto tiempo has estado aquí? —preguntó Judith.

—Desde Navidad.

—Desde... ¡Dios mío! ¿Y tú sola?

—Mis hijos están conmigo. Todo lo que pretendíamos hacer era llegar a Vladivostok. Estos comisarios o como quiera que ellos se llamen nos hicieron salir del tren para esperar instrucciones de Petrogrado. ¡Me dio tanta felicidad ver a su majestad el zar y a su majestad la zarina el otro día y ahora a ti! ¿También se quedarán aquí?

—Me parece que sí —dijo Judith.

—Pero...

—Los prisioneros permanecerán en posición de firmes —se dio la orden—. Ellas volvieron la cabeza y observaron que las Romanov también interrumpían sus saludos y se volvían de cara a la puerta, por donde llegaba un hombre alto y delgado, vestido de uniforme. Su rostro era tan delgado como su cuerpo y llevaba un gesto con una mezcla de desconcierto y determinación. Judith se percató de que ya lo había visto alguna vez, por corto tiempo; había estado en el tren con ellos. De hecho, ya había estado en el tren cuando había llegado a Tobolsk y había estado en la plataforma para revisar a las grandes duquesas y al hijo del zar cuando abordaron el tren. Ahora, estaba parado en el centro del pequeño patio, frente al zar.

—Soy el camarada Beloborodov —dijo—, el nuevo comandante de este soviet. A partir de este momento, soy yo el que da las órdenes.

Hizo una pausa para mirar, por turno, a cada uno de los prisioneros, lo que le llevó bastante tiempo, pues eran alrededor de treinta.

—Esta casa —prosiguió diciendo, por fin—, ha sido reservada para el camarada Romanov y su familia. Podrá conservar dos ayudantes, camarada Romanov: un hombre y una mujer.

—No podríamos arreglárnoslas con sólo dos ayudantes —explicó el zar y su voz quedó medio ahogada por las protestas de los criados que habían estado a su servicio.

—¡Silencio! —gritó Beloborodov—. Yo estoy aquí para dar instrucciones y no para escuchar quejas. También el doctor se quedará aquí. Los otros prisioneros se irán con sus guardias.

—¿Adónde nos llevarán? —preguntó Ilona.

Beloborodov volvió la cabeza.

—A una casa, camarada —indicó—. A una casa.

—Yo demando que se me deje en libertad —dijo Ilona— Soy ciudadana estadounidense. Mis hijos son ciudadanos estadounidenses. Se lo puede decir mademoiselle Stein, aquí presente. Ella es de los suyos. La enviaron al destierro en Siberia por causa de sus creencias. Ella les dirá la verdad.

Beloborodov fijó en ella la mirada y luego en Judith. Ésta se había ruborizado y mantenía la cabeza baja, pues la familia imperial la estaba mirando, pese a que ya conocían sus antecedentes. Después, el oficial consultó unos papeles que llevaba en la mano y se dirigió a Ilona:

—¿Tú nombre?

—Ilona Hayman. La señora de George Hayman.

—Ilona Borodina —rectificó Beloborodov—. Posteriormente, la princesa Roditcheva.

Levantó la cabeza y se le quedó mirando con las cejas arqueadas.

—¿Dónde está tu esposo?

—¿Mi marido? Mi marido es el señor George Hayman, vicepresidente del periódico *American People*. Ahora se encuentra en Petrogrado haciendo lo que puede por ayudar a Rusia.

—Quiero saber dónde está Sergei Roditchev.

—¿Cómo voy a saberlo? —gritó Ilona, exasperada—. No he vuelto a verlo desde hace seis años. Ya no es mi esposo. Nos divorciamos hace mucho tiempo. Mademoiselle Stein se lo podrá decir.

Beloborodov se volvió a Judith y, de nuevo, consultó sus papeles.

—Judith Stein —dijo después—. Tú padre era miembro de la Duma.

—Sí —afirmó Judith.

—Pero no fue miembro del partido —aclaró el oficial—. Ni del nuestro ni de ningún otro. A ti te tengo muy presente, camarada Stein, pues anduviste involucrada en el complot contra Stolypin.

Judith titubeó unos instantes y, acto seguido, movió la cabeza.

—Sí —dijo.

—Por eso se te castigó con el destierro en Irkutsk —lanzó una larga mirada a los integrantes de la familia imperial—. Pero, al parecer, has cambiado de bando —comentó—. A nosotros nos disgusta la gente que cambia de bando con tanta facilidad, camarada Stein.

Acomodó los papeles que llevaba en la mano, como para indicar que había concluido el interrogatorio.

—Llévense a los prisioneros —ordenó.

—No puede llevarse a Judith —dijo entonces la gran duquesa Tatiana—. Es nuestra amiga.

Beloborodov sonrió brevemente.

—Tendrán que buscarse amigas entre ustedes mismas —anunció—. Y también deberán cuidarse unas a otras. Llévense a los prisioneros.

Dio media vuelta para quedar frente a Ilona y le dijo sentenciosamente:

—Sería mejor para ti que me reveles dónde está tu esposo. Podría llegar el momento en que te obliguemos a hablar.

—¡Es absolutamente inconcebible! —protestó Ilona en el colmo de la exasperación—. ¡Parece que estoy viviendo en una pesadilla! Y aún no llega lo peor: si tenemos que pasar aquí otro invierno, acabaré loca de remate. En cuanto a mis pobres niños... —volvió la cabeza para observar cómo jugaban, en el otro extremo de la habitación, con Alice, la niñera—. ¿Sabes?, ésta fue idea de George, a él se le ocurrió que ya no estábamos a salvo en Starogan. Quería que volviéramos a casa. ¡Por Dios! Uno de los guardias me aseguró que Starogan se encuentra ahora en manos del Ejército Blanco del general Denikin. ¡Si hubiésemos permanecido allá...! —suspiró y se echó de espaldas sobre el catre, con las manos bajo la nuca—. ¡Ojalá pudiera hacerle llegar un mensaje a George!

Judith comprendió que, en aquellos momentos, la emoción predominante en Ilona era la ira. Mejor así; por lo menos no se había dejado llevar por la desesperación que embargaba a casi todos los otros prisioneros. Pero, ¿qué ocurriría si se viera forzada a pasar otro invierno en aquellas circunstancias?

—Puedes estar segura —le dijo Judith que se había acercado para sentarse sobre el camastro, junto a ella—, que si el señor Hayman esperaba que volvieras a Estados Unidos ya sabe que no lo has hecho y, entonces, te buscará hasta dar contigo.

—Ya lo sé —dijo Ilona—. Por supuesto que George nos encontrará. Sólo le pido al cielo que no tarde demasiado.

Sin anuncio previo, se abrió la puerta e Ilona se sentó sobre el camastro. Los guardias habían adoptado la costumbre de entrar sin haber llamado a la puerta de las salas de las prisioneras, tanto porque era parte de sus deberes saber si estaban urdiendo algo, como para sorprenderlas cuando andaban escasas de ropa o haciendo alguna de las necesidades fisiológicas en el cubo que se veían obligadas a compartir.

Para Ilona, las irrupciones eran especialmente inquietantes, a causa de las amenazas de Beloborodov. Pero la puerta volvió a cerrarse sin que entrara nadie e Ilona volvió a echarse sobre el catre. Se secó el sudor de la frente. Mediaba el mes de julio y hacía mucho calor; no estaba autorizado abrir las ventanas y no podían salir de la sala más que algunos minutos al día para dar un breve paseo por los jardines. No podían bañarse y sólo se daba a cada presa un balde de agua para que se lavara. En la sala, siempre había una atmósfera densa, tibia y saturada del olor a sudor.

—¿Así vivías durante tu destierro en Irkutsk? —le preguntó Ilona Hayman a Judith Stein.

—No —respondió ésta—. Allá teníamos que trabajar y me parece que aquello era mejor que estar aquí sentadas sin hacer nada.

—Sí —reconoció Ilona.

—Además, no estábamos segregadas. Se nos permitía vivir con quien quisiéramos.

—¡Ah! —exclamó Ilona—. ¿Fue entonces cuando tuviste a tu hijo? Peter me lo comentó.

—Sí —admitió Judith—. Fue entonces cuando tuve al niño. Pero se murió durante el primer invierno de su vida.

Se puso de pie y avanzó hasta la ventana. Las presas de aquella sala tenían la ventaja de que sus ventanas daban a la calle que se encontraba al otro lado de la barda. No era posible ver la calle misma, pero sí se apreciaban los árboles y las cabezas de los transeúntes. Judith pasaba mucho tiempo mirando por la ventana, como si con ello adivinara lo que estaba ocurriendo afuera de su prisión.

Sintió que tiraban suavemente de su falda; miró hacia abajo y vio la cabecita del niño.

—¿Sabes cuándo nos van a dejar salir? —le preguntó el pequeño Johnnie Hayman.

Apenas tenía nueve años y su vida, breve, había estado llena de cambios, aventuras y aflicciones. Su madre huyó de Rusia con él cuando había cumplido los tres años; durante tres años más, creció en Estados Unidos como un niño estadounidense; después, vivió otros tres años gozando de los lujos y privilegios de un aristócrata ruso en Starogan y ahora, desde hacía seis meses, era un prisionero junto con su madre. ¿Qué clase de hombre llegaría a ser con tantos acontecimientos como había experimentado en su niñez? Pero antes habría qué averiguar que clase de niño era. El hijo de Ilona, por supuesto. ¿Quién era su padre? Pese a la intimidad que habían compartido en los últimos meses, Ilona no le había confiado esa parte de sus secretos y ella no se atrevía a formular preguntas.

—Muy pronto vas a salir —le respondió Judith.

—Cuando venga mi papá, ¿no es cierto?

—Por supuesto. Puedes estar seguro de que tu papá llegará pronto —le acarició el pelo y lanzó una mirada a Ilona, quien seguía echada de espaldas sobre el catre. Se preocupaba más por Johnnie que por los otros dos; eran tan pequeños que no se percataban de lo que les estaba ocurriendo y, a pesar de las miserables condiciones en que vivían y de la mala comida que les servían, estaban saludables y llenos de vida. Así era hasta hoy. Pero, al llegar el invierno...— Muy pronto llegará tu papá —le dijo de nuevo al pequeño y volvió a mirar por la ventana. Ahora se advertía una gran actividad en el patio y en la explanada del frente de la casa: una fila de soldados marchaba frente a la ventana en dirección a la calle—. Han llegado más prisioneros —anunció.

Ilona se levantó de prisa y corrió a reunirse con Judith frente a la ventana.

—¿Son de los rojos? Quiero decir, ¿son soldados del Ejército Rojo? Porque podrían ser los del Ejército Blanco. He oído decir que las fuerzas del almirante Kolchak no están lejos de aquí. Los rojos han sufrido derrotas por todas partes.

—¿Está mi papá con el almirante Kolchak, mamá? —preguntó Johnnie.

Ilona le hizo una caricia en la cabeza.

—No, mi amor. Supongo que tu papá debe llegar por el otro lado.

—Ésos son los rojos —afirmó Judith—. Si hubieran sido los del Ejército Blanco, los habrían recibido con disparos.

Ilona se irguió para mirar mejor a través de la ventana.

—Tienes razón, Judith. Los soldados nos han traído nuevos prisioneros. Quizás ellos puedan darnos noticias.

—Si es que podemos hablar con ellos —comentó Judith.

En efecto, era muy difícil que los prisioneros se comunicaran entre sí. En raras ocasiones, Ilona o Judith veían a los otros presos que estaban en la misma casa; cada uno de los guardias tenía la consigna de vigilar las salas como si fueran celdas separadas. Ni siquiera sabían con certeza si la familia imperial aún estaba en la casa que le había sido asignada como prisión, al otro lado de la avenida. Judith miraba a menudo por la ventana y conjeturaba que todavía estaban allá, puesto que no había visto que los sacarán, a no ser que hubieran aprovechado las sombras de la noche para llevárselos a escondidas.

Ya no había soldados en el patio. Ilona regresó al camastro y se recostó como antes. Pasaba mucho tiempo acostada, cuando no tenía que comer, que pasear por el patio o que jugar y cuidar a los niños. No había nada más que hacer. Ya se habían extinguido todos los temas de conversación.

Se escuchó el ruido de puertas que se abrían y se cerraban. Judith retrocedió hasta la pared con los ojos fijos en su puerta. Quizá trajeran a una nueva prisionera. No había más que seis catres en la sala, pero los guardias habían advertido que los dos niños más pequeños podían dormir en el mismo catre, para que así quedara uno libre.

Ruidos de pasos pesados en el corredor. Ilona se incorporó de nuevo y se quedó sentada en el catre.

—¡Silencio, niños! —ordenó Alice, al ver que los hijos de Ilona continuaban jugando y platicando en su rincón; tal vez creyó que se aproximaba una nueva crisis.

El ruido de la llave que giraba en la cerradura. Judith contuvo el aliento y apretó instintivamente en su mano la del pequeño Johnnie Hayman.

La puerta se abrió hacia adentro y ella se quedó observando estupefacta a Michael Nej.

—¡Judith Stein! —exclamó éste—. No daba crédito a mis oídos cuando me dijeron que estabas aquí.

Judith no lo había vuelto a ver desde aquel día en que los dos juntos permanecían de pie frente al estrado del tribunal en San Petersburgo, como se llamaba entonces la ciudad, para escuchar la sentencia de muerte que se pronunciaba en su contra. Ahora, siete años después, los dos estaban vivos; ella en prisión por segunda vez, él... Vestía un uniforme color caqui y una gorra puntiaguda; llevaba un revólver metido en el cinturón y, en el cuello de su chaqueta, lucía cuatro estrellas rojas. Se le veía muy delgado, pero en estupenda condición de salud. Michael Nej. George Hayman lo había ayudado a escapar de Rusia para librarlo de morir en la horca. En realidad, le había salvado la vida.

Pero ya los ojos de Michael se movían lentamente hacia el lugar donde Ilona se encontraba.

—Princesa... —musitó.

Ilona, también muy despacio, apoyó los pies sobre las tablas del piso, se levantó del camastro y se quedó parada, como si la sorpresa la hubiera inmovilizado.

Pero ya no estaba sobre ella la mirada de Michael Nej; se había desviado hacia el grupo de los niños que habían dejado de jugar y estaban de rodillas, observándolo con atención. A continuación, fijó los ojos en el otro niño que Judith tenía asido con la mano.

—¿Es Iván? —preguntó.

Ilona atravesó la habitación de un lado al otro con paso largo; ni siquiera esperó a ponerse los zapatos.

—John —dijo con firmeza— John Hayman —puso las manos sobre los hombros del niño.

Michael Nej le lanzó una mirada de reojo; después, chasqueó los dedos.

—¡Fuera! —ordenó—. Todos fuera.

Judith dio un paso y se detuvo. Alice apretó contra ella a los dos niños.

—Sí —dijo—, salgan ustedes cuatro. La señora Hayman y el niño se quedarán aquí conmigo.

Judith lanzó una mirada a Ilona, pero ésta tenía los ojos fijos en Michael Nej. Entonces, salió al corredor donde tres guardias esperaban. Alice y los niños la siguieron y la puerta se cerró.

—Permanecerán aquí —dijo uno de los guardias—, hasta que el comisario haya terminado.

Michael estaba con Ilona Hayman, esposa de su rescatador y el pequeño John. Judith se apoyó contra la pared, tratando de pensar.

Michael se agachó frente al niño John Hayman y se le quedó mirando.

—Es un Borodin —dijo Ilona.

Michael hizo un signo afirmativo con la cabeza y extendió su mano hacia el niño. Éste levantó la cabeza para ver a su madre y ella quitó su mano de los hombros de su hijo.

—Michael...

Tomó la mano del niño entre las suyas y lo acercó a él.

—Yo conozco a tu padre —le expresó—. Lo conozco muy bien —levantó una de sus manos para acariciar el cabello del niño—. Debes querer mucho a tu papá —le mencionó. Soltó la mano de Johnnie, se incorporó y abrió la puerta—. Ve con tu hermano y con tu hermana.

De nuevo, Johnnie miró a su madre e Ilona movió la cabeza de arriba a abajo lentamente. Entonces, el niño salió y Michael cerró la puerta.

—¡Gracias! —exclamó Ilona.

—¿No crees que has cometido una tontería al volver a Rusia?

—Cuando llegué no había guerra ni revolución.

—Entonces, ¿por qué te quedaste?

—George quiso quedarse. Él ama a Rusia tanto como yo o como tú, Michael —Ilona frunció el ceño—. ¿Tú *amas* en verdad a Rusia?

Éste pasó por alto la pregunta, extendió la mano, tomó la de Ilona y casi al instante la soltó. Estaba cerca de ella y le acariciaba suavemente la mejilla con un dedo que deslizaba hacia arriba sobre la sien hasta tocarle el cabello. Michael siempre había sido extraordinariamente gentil, según ella lo recordaba. De pronto, anunció:

—Estuve con George. Hace dos días hablé con él en Petrogrado.

Ilona apretó su mano ansiosamente.

—¿Él está bien?

—Estoy convencido de que George Hayman estará bien siempre. Pero ahora está muy preocupado por ti. Se supone que ya debías estar de vuelta en Estados Unidos. Yo le prometí encontrarte. No es aconsejable que los extranjeros viajen por Rusia en estos momentos. En realidad, también él debería partir. Cuando estés en tu casa, le escribirás para que retorne a su país, Ilona Dimitrievna.

—¿Cuándo llegue a mi casa?

Él le sonrió amablemente.

—Eres una ciudadana estadounidense. No tenemos ningún derecho de retenerte aquí.

Un suave rubor le encendió las mejillas.

—Eso fue lo que les dije a todos. Se lo dije a Beloborodov; pero no me hizo caso y me amenazó con someterme a un interrogatorio para que le diga dónde está Sergei.

—Roditchev ha desaparecido —dijo Michael moviendo la cabeza—. Yo sospecho que se encuentra en el sur, con los del Ejército Blanco. Pero ya lo atraparemos.

—¿Tienes noticias de mi familia?

Se apartó de ella, suspirando, y se sentó sobre la cama.

—Ellos han muerto.

Ella se dejó caer al suelo muy despacio y quedó de rodillas frente a Michael.

—¿Qué esperabas? —preguntó Michael—. Las revoluciones crean hombres como ese Beloborodov, como mi propio hermano. Lo enviaron a Starogan para que difundiera la revolución. No sé con certeza lo que ocurrió; pero sí me enteré de que hubo una masacre y no quedaron sobrevivientes.

Ilona se apretó el rostro con las dos manos y murmuró:

—¿Peter...?

Michael se encogió de hombros.

—También a él debe haberle sucedido lo peor. En marzo, cuando firmamos la paz, los alemanes enviaron a nuestros prisioneros de guerra de vuelta a casa, pero en las listas no figuraba algún Peter Borodin.

—¡Dios mío! —exclamó Ilona—. ¡Dios mío!

Michael sonrió, pero esta vez con amargura, torciendo un poco la boca.

—De manera que mi hijo, ese jovencito que está allí, afuera, podría ser el heredero de los Borodin. ¿No te parece extraordinario?

Ella parpadeó para secar sus lágrimas.

—Sí —dijo—. Es algo verdaderamente extraordinario. Michael...

—¿Piensas alguna vez en Moscú, en Starogan, en el tiempo en que nos amamos?

—Sí —contestó ella—. Pienso en todo eso.

—Y supongo que George Hayman lo sabe. ¿Ya lo sabía cuando se quedó en mi lugar en la prisión?

Ilona afirmó con la cabeza.

—Así me lo dijo él —susurró Michael—. Pero me preguntaba qué tanto era lo que él sabía.

—Todo.

—Y yo debo estar agradecido con él para siempre —añadió Michael con cierta amargura—. Pues bien, sí le estoy agradecido, profundamente. Y aún más por haberte traído de vuelta a Rusia y por retenerte aquí el tiempo suficiente para que yo pudiera volver a verte.

Ella se humedeció los labios.

—Michael...

—No voy a hacerte el amor, Ilona. Aunque podría hacerlo. Si tú te opusieras, yo podría llamar a mis hombres para que te sujetaran. Ésa es una de las ventajas de haber sido designado comisario —extendió la mano hacia ella y volvió a acariciarle suavemente la mejilla con las puntas de los dedos—. No te imaginas cuánto deseo hacer el amor contigo de nuevo, Ilona Dimitrievna.

—Michael...

—Pero tu esposo me salvó la vida y le estaré eternamente agradecido —se puso de pie—. He vuelto a verte y he visto a mi hijo. Mañana temprano sale un tren hacia el este y tú viajarás en él. No llegarás muy lejos, pues las fuerzas del almirante Kolchak están cerca de aquí. El tren se detendrá al llegar a los límites del territorio que está bajo nuestro dominio y allí bajarás tú y los niños. Ya nos pusimos en contacto con los del Ejército Blanco. Tú serás entregada a ellos bajo la bandera blanca. Identifícate ante el almirante Kolchak, él tendrá mucho gusto en ayudarte y en atenderte.

—Pero... ¿qué será de los demás prisioneros? ¿Qué harán con el zar?

Michael sacudió la cabeza.

—Ninguno de ellos me salvó la vida, Ilona Dimitrievna. Todos ellos deberán permanecer aquí.

—¿Cómo podría yo irme dejándolos aquí?

—Tú debes marcharte porque no eres uno de ellos. Tú tienes un esposo que está ansioso por encontrarte y volver a verte. Tienes un hijo al que debes cuidar y hacer de él un buen hombre... —le dedicó otra sonrisa amarga—. Un buen estadounidense.

—¿Y tú, Michael? —preguntó Ilona.

Se le quedó viendo fijamente durante largo rato; después, tomó su cara entre las dos manos y la besó en la boca suavemente.

—Yo tengo muchas cosas qué hacer aquí —le dijo—. Y muchas de las que pienso hacer son espantosas de acuerdo con tu modo de pensar. Ya no vuelvas a pensar en mí nunca más, Ilona Dimitrievna. Vete y jamás le digas a Iván la verdad...

De milagro, el equipaje de Ilona, que se había dado por perdido cuando detuvieron al tren, reapareció intacto. Entre Ilona y Alice vistieron a los niños lo mejor posible; por lo menos, Ilona pudo vestirse con un traje de viaje limpio.

—No sé qué decir ni qué pensar —decía mientras se cepillaba el pelo y se ponía el sombrero—. Me siento culpable de alguna manera.

—¿Por qué habrías de sentirte culpable? —preguntó Judith—. Nunca pensaste quedarte mucho tiempo con nosotros —Judith le sonrió—. Estarás en tu casa para el invierno.

—En casa... —Ilona suspiró profundamente—. Le solicité a Michael que dejara venir conmigo a otros prisioneros. Le supliqué que te dejara venir a ti, pero él se negó.

—Es el comisario —explicó Judith—. Quizá esté faltando a su deber al dejarte ir. Además, yo vine a cuidar a las grandes duquesas, ¿recuerdas?

Judith... —asomaron las lágrimas en los ojos de Ilona—. George y yo prometimos ayudarte...

—Prometieron ayudarme si podían —contestó Judith—. Estoy segura de que lo harán cuando puedan.

Ilona le apretó efusivamente las manos con las suyas.

—Prométemelo, Judith. Si alguna vez estoy yo en posición de ayudarte, si George puede ayudarte algún día, prométeme que nos lo dirás.

—Si tú puedes. Te lo prometo —Judith besó con cariño las mejillas de Ilona—. Cuídate, porque a ti te espera no sé cuanta cosa —sonrió de muevo—. Yo no tengo otro quehacer más que sentarme aquí a esperar. Ya me acostumbré a hacer eso —la besó de nuevo y a cada uno de los niños le hizo una caricia—. Siempre los recordaré y pensaré en ustedes.

Ahora todos estaban llorando. Pero la puerta ya estaba abierta y los guardias esperaban. A Judith le pareció que escuchaba a lo lejos el silbido del tren. Deseaba que se fueran cuanto antes para que no la vieran echarse a llorar. Pero también deseaba irse con ellos.

Salieron de la sala y el guardia los siguió, la puerta quedó abierta de par en par. Judith se acercó a ella como si fuera a salir, pero había quedado un guardia de servicio al pie de la escalera. Entonces, Judith entró de nuevo a la sala y se dirigió a la ventana para observar hacia afuera. Minutos más tarde, los vio salir acompañados por dos guardias. Ilona se volteó para mirar hacia la ventana y Judith agitó la mano, pero Ilona no la podía distinguir a través de los vidrios empañados. Los continuó contemplando cuando echaban a andar por la calle camino de la estación; pero pronto los perdió de vista. Se enjugó las lágrimas con la tela de su manga. La puerta se cerró despacio.

—Por supuesto, eran amigas desde que estaban en Moscú —dijo Michael—. Ya lo había olvidado.

Judith se volvió apenada.

—Fue ella la que me envió para espiarte —Michael le comentó—. Quería saber dónde se efectuaban las reuniones de los socialistas. No tenía la intención de traicionarte. Ilona sólo deseaba asistir también.

—Lo sé —dijo Judith.

—Es extraño cómo las personas se hacen amigas; después, se separan y, al cabo de largo tiempo, vuelven a encontrarse en circunstancias muy diferentes.

—Tú fuiste su amante —dijo Judith—. El niño es hijo tuyo. Hasta ahora lo entiendo. Nunca se me había ocurrido pensar en esa posibilidad.

—¿En la posibilidad de que una princesa sostuviera relaciones amorosas con el *valet* de su hermano? —inquirió Michael—. A nadie se le ocurriría pensar en eso.

—Y tú la amas todavía —afirmó Judith—. Has sido muy generoso al permitir que se vaya, sobre todo cuando te sería tan fácil retenerla a tu lado. Y también a tu hijo.

Michael se sentó sobre el catre de Judith.

—También un *valet* bolchevique tiene su propio código del honor, camarada Stein. Además, no era posible retenerla aquí. A los que se queden, les aguardan una serie de experiencias no muy gratas.

Judith levantó vivamente la cabeza.

—El zar...

—Se ha convertido en un estorbo y también en el punto de concentración de las fuerzas contrarrevolucionarias. Y son muchas...

—Tú no podrías.

—Es mi deber. Por lo menos debo dar las órdenes necesarias y firmar los papeles indispensables.

—Pero... las chicas... su majestad...

—No soy asesino de mujeres, Judith.

Ésta suspiró, aliviada.

—Sin embargo, deberán ser encerradas en una prisión tan segura y tan remota, que no vuelva a saberse de ellas.

—¡Oh, por Dios! —exclamó Judith—. ¿Y el muchacho...?

—Es el zarevich.

—No vivirá más que unos cuantos años más, cuando mucho —aclaró Judith Stein.

—En unos cuantos años, pueden ocurrir muchas cosas. Todos los varones Romanov deben ser ejecutados. Las mujeres Romanov quedarán reducidas a la nada. Por ahora, eso es irreversible. Y no pienses que actuamos con una crueldad innecesaria. ¿Qué hay en un Romanov que sea sagrado? La vida es lo sagrado y tú sabes cuántas vidas se perderían si ellos recobraran el poder. Debemos ser previsores y arrancarles la vida con un simple rasgo de la pluma. El hecho de que una vez te perdonaran la vida, Judith, gracias a la intercesión de tu amante, no compensa los crímenes que han cometido.

Judith se estaba oprimiendo el pecho con las dos manos.

—¿Y sus servidores?

—Sin duda que algunos de ellos morirán. Sobre todo los hombres.

—¿Y nosotras?

Michael se encogió de hombros.

—Supongo que irán a prisión. ¿Tú quisieras pasar, el resto de tu vida en la prisión, Judith?

—No importa lo que yo quiera o deje de querer, camarada comisario. Ya es suficiente que me hayas prometido dejarme con vida.

—Podría prometerte mucho más que eso. —Ella lo observó con el ceño fruncido y un ligero rubor matizó las mejillas de Michael—. Yo he llevado una existencia muy extraña —siguió diciendo—. Mis veinte primeros años los pasé como criado, refugiándome en mis sueños. Luego, llegaron dos o tres años extraordinarios con la realización de todos mis sueños. Después, mi pequeño mundo colapsó. Seis años los pasé en el exilio, reconstruyendo mis sueños. Ahora, por una de esas raras jugarretas de mi destino, estoy en una posición desde la cual, una vez más, podría convertir en realidad todo lo que alguna vez soñé.

—Y ahora has permitido que se te escape de las manos el objeto de tus sueños —le indicó Judith—. No encontrarás otro igual.

—Tal vez no halle otra mujer como ella, pero un hombre debe tener un sueño en la cabeza y una mujer en el corazón. Es necesario que tenga a su lado a una mujer que sea de mucha importancia para él. Tú eres esa mujer para mí, Judith. No tanto como lo fue Ilona, pero mucho más que cualquier otra mujer. Tú fuiste la amante de mi amo...

—Jamás fui la amante del príncipe Peter —protestó Judith.

—Técnicamente, sí. Él te deseaba. Estaba enamorado de ti. Por ese motivo, desde el principio me atrajiste. Además, eres una mujer muy atractiva por derecho propio. También, existe el factor de que yo escuché tus gritos desde la celda contigua a donde tú estabas, sometida a las torturas que te infringía Roditchev. Sólo era capaz de imaginar lo que Roditchev le estaría haciendo a una joven tan hermosa como tú. Me gustaría que algún día me platicaras lo que en realidad te hizo.

—Me condenarías si te lo digo —declaró Judith.

La expresión en el rostro de Michael no cambió para nada.

—Entenderás que, luego de aquello, soñé contigo. Me parecía conocerte a fondo. Habíamos compartido el dolor, la humillación y la desesperación cuando no nos separaba más que el muro de una celda. Desde entonces, en muchas ocasiones, volví a pensar en ti. Y aún hay más acerca de ti: al poco tiempo de que quedaron en nuestras manos las riendas del poder, conocí a un prisionero de guerra que acababa de volver, un doctor que llevaba por apellido Purishkevich. Desde antes de conocerlo, sabía que tú habías trabajado como enfermera en su hospital. Por eso, tan pronto como lo conocí, le pregunté por ti. Más adelante me confesó... Bueno, es un hombre acabado; pero tú, Judith, deberías ser honrada como una heroína del Sóviet porque tú fuiste la que atrajo a Rasputín para que cayera en la trampa mortal. Por supuesto que no lo hiciste por nuestra causa. Por otro lado, hay muchos entre nosotros que sostienen que tú no estás en favor de la destitución del zar; no obstante, estoy convencido de que, con el tiempo, yo haré que modifiquen su opinión respecto de ti y entonces me encontraré en posesión de la mujer más famosa de toda Rusia.

—Por un instante —dijo Judith—, sólo por un instante, creí que eras un hombre decente, Michael.

—Todos los hombres pueden ser decentes en algunas circunstancias e indecentes en otras. Yo he ejecutado mis actos honorables. Ahora quiero tener una mujer a la que pueda llamar realmente mía. Una mujer de mucha importancia. ¿Qué he hecho o qué he dicho para que me califiques de indecente? Te ofrezco un departamento en Petrogrado, comida en abundancia, todo el vodka que puedas beber, toda la ropa que puedas utilizar y todo el dinero que desees gastar. Cometerías una tontería si desprecias mi oferta, Judith. Yo soy ahora más poderoso de lo que el príncipe Peter lo fue. Y, ¿cuál es la opción que te queda? La de permanecer aquí, medio muerta de hambre, con el riesgo de enfermarte, con la posibilidad de que te envíen a trabajar en las minas por el resto de tus días. ¿Cuál sería la elección más sensata?

—Quizá sería mejor esto último que servir de puta a un bolchevique asesino —aseguró severamente.

Michael Nej, sonriendo, se levantó del camastro.

—También te estoy ofreciendo la oportunidad de salvar la vida de tus padres —le advirtió—. No falta mucho para que se desmoronen por las condiciones miserables en que están viviendo: dentro de un solo cuarto angosto en su antigua casa de Petrogrado, donde les falta todo y sin que puedan recurrir a nadie para subsistir. Además, tu padre cometió el error de involucrarse en política y de permitir que lo eligieran como represente moderado socialista en la Duma. Los ex diputados socialistas moderados ahora se consideran enemigos del Estado. Por si no lo sabes, durante los últimos seis meses hemos fusilado a más de cincuenta de esos ex diputados. Hasta el momento, Jacobo Stein se ha salvado del paredón debido a mi intervención. Si te vas a Petrogrado conmigo, Judith, tu padre continuará con vida e incluso existe la posibilidad de que retorne a la prosperidad de que gozaba. Tu madre vivirá contenta. Pero si yo vuelvo solo a Petrogrado, no tendré ya interés alguno en que Jacobo Stein conserve la vida —en ese momento, estaba frente a ella, muy cerca. Levantó una mano para acariciar suavemente el rostro de la joven, mirándola a los ojos—. Partiré esta misma tarde. Recoge tus cosas. Uno de mis hombres vendrá por ti.

Judith Stein bajó muy despacio por la escalera de la casa de sus padres, tras visitarlos en la pocilga en donde vivían. Era indispensable bajar despacio, pues toda la escalera estaba cubierta de bultos, escombros y basura y, entre todo eso, los niños pequeños, cubiertos de andrajos, jugaban o lloraban con grandes berridos. Asimismo, era necesario sonreír a las mujeres sudorosas y mal encaradas que lavaban la ropa en el vestíbulo o cocinaban en sus pequeñas estufas portátiles y que le lanzaban miradas hostiles; pudiera ser que les disgustara la idea de que estuviera a punto de convertirse en una de ellas.

Por fortuna, Judith no había considerado nunca aquella casa como un hogar permanente. Su familia la había ocupado luego de que ella fue apresada y desterrada y, a pesar de que ella misma residió ahí durante cuatro años al volver del exilio, nunca la vio como algo permanente. ¿Podría considerar ahora como un hogar permanente aquel departamento o lo que fuera, que había aceptado compartir con Michael? Probablemente los bolcheviques no creyeran en la forma tradicionalmente aceptada de permanencia en las relaciones sexuales y eso, suponiendo que Michael tuviera la intención de establecer una auténtica relación sexual con ella; Judith no podía garantizar que así fuera, no estaba segura de nada. Mientras viajaban juntos en el tren, Michael no la había tocado, ni siquiera le había tomado la mano y, por supuesto, no la había besado. Claro que no se hubiera podido hacer más en aquel compartimiento que, pese a que era el del comisario, iba atiborrado de pasajeros y de soldados malolientes. Ella había dormido, durante la primera noche del viaje, con la cabeza apoyada sobre el hombro de Michael; pero, la segunda, dormitó sobre el brazo de un hombre que estaba sentado al otro lado. Michael no le había dicho nada; quizá ése era uno de los aspectos del comunismo.

Y aquella mañana, al llegar, la había llevado directamente de la estación a la casa de sus padres. Judith empezaba a percatarse de que Michael era, en realidad, un hombre sencillo, honrado y cabal; por lo tanto, resultaba más peligrosa una relación con él que con los otros hombres falsos y perversos que ella había conocido o con los hombres egoístas, como el príncipe Peter, que miraban al mundo desde un solo ángulo estrecho y particular. De modo que él procedía con rectitud, abiertamente con ella. Se preguntó cuál sería la reacción de Michael si ella le comentara que había hallado a sus padres perfectamente bien, sin que les faltara nada y que no había necesidad de su sacrificio. ¿La mandaría de regreso a la prisión de Ekaterimburgo?

Llegó a la salida y aspiró el aire fresco y relativamente limpio que soplaba desde la bahía. En realidad, el aire que llegaba limpio de las afueras se contaminaba al entrar en la ciudad, impregnada por la hediondez de la basura podrida, de los caños y las alcantarillas.

Michael Nej se había sentado en el último escalón de la entrada para mirar a un grupo de niños, ya más crecidos, que correteaban entre los rododendros, o lo que quedaba de ellos, que tanto cuidaba el papá de Judith. Portaba el uniforme de comisario y los niños se mantenían a una distancia respetuosa de él. Sólo en seis meses, las estrellas rojas se habían convertido en símbolos de autoridad.

Se incorporó al verla.

—¿Y bien? —le preguntó.

Judith suspiró.

—Me pidieron que te diera las gracias por la canasta de comestibles que les enviaste.

—Fuiste tú la que les llevó la canasta.

—Mis padres saben que yo no tengo los medios para conseguir esa clase de alimentos.

—Ah —echó a andar hacia la reja y ella trató de acomodar su paso al suyo.

—Mi hermana ha desaparecido —le dijo Judith—. ¿Sabes algo de ella?

—No. Mucha gente ha desaparecido en el último año. ¿No saben tus padres dónde puede estar?

—Creo que sí saben algo —respondió Judith—. Pero no quisieron decírmelo. Sólo me dijeron que se había ido.

—Entonces, eso fue lo que ocurrió. Tu hermana se fue con algún hombre capaz de protegerla. Algún hombre que le diera de comer. Ésa es una constante en las revoluciones. ¿Les hablaste de nuestro acuerdo?

—No. No lo hubiesen comprendido.

—¿Lo comprendes tú?

—No del todo.

Ya iban por la avenida, caminando hacia el puente. La fortaleza de San Pedro y San Pablo se erigía hacia la derecha.

—Lo entenderás con el tiempo —le manifestó Michael Nej—. ¡Hay tantas cosas que debemos hacer! Es indispensable reconstruir todo el país. Pero antes, por supuesto, hay que derrotar a las fuerzas contrarrevolucionarias. Esperamos que no nos lleve mucho tiempo. Ésa es nuestra principal consigna.

—Y ejecutar al zar —añadió ella—. ¿Ya lo hicieron?

Él le dirigió una mirada de soslayo.

—Sería muy tonto de tu parte —le dijo—, que experimentaras amargura por el destino de un hombre al que seguramente nunca has querido.

—Viví con su familia durante más de un año. Aprendí a conocerlos, a sentir compasión por ellos, tal vez afecto.

—Tú sólo eras un sirviente más y, si ellos recuperaran el poder, no se acordarían de ti. Te dejas arrastrar por los sentimientos, Judith. En este mundo en el que vivimos, no hay lugar para los sentimientos. La vida del zar está en peligro exactamente en la misma proporción que el éxito o el fracaso del ejército de Kolchak. Ya veremos lo que ocurre.

Ya se encontraban sobre el puente y Michael apuntó hacia adelante.

—Allí será tu nuevo hogar.

La emoción le ahogó la voz a Judith por un instante.

—¿En la Perspectiva Nevsky?

—Sí, ¿por qué no? La casa donde vas a vivir le pertenecía a un príncipe. He olvidado su nombre. ¿Podría ser Borodin?

Judith aspiró una bocanada de aire, se quedó con la boca abierta y después la cerró rápidamente. No pudo decir nada; pero las palabras daban vueltas y más vueltas dentro de su cabeza.

Michael la condujo a través de la calle.

—Yo solicité específicamente que me cedieran ese departamento para vivir en él. No es más que un departamento dentro de la casa, pero tiene tres habitaciones y un baño. No creo que haya un departamento mejor en todo Petrogrado.

La hizo entrar después por el jardín del frente: plantas pisoteadas y fragmentos de estatuas y columnatas. Era allí donde la princesa Irina recibía a sus amigas para tomar el té. Hubo un tiempo en que Judith soñó con entrar en aquella casa acompañando al príncipe Peter, pero era la primera vez que cruzaba aquellas rejas.

Subieron juntos la gran escalinata exterior y se encontraron, como era de esperarse, con los niños que chillaban y las mujeres que trabajaban; pero lucían más limpios y mejor vestidos que los bribonzuelos y las lavanderas sudorosas de la casa de los Stein. Además, ninguno manifestaba asombro por las estrellas rojas en el uniforme de Michael, por lo que Judith creyó que allí sólo residían los comisarios y sus esposas o sus mujeres.

Subieron la amplia escalera interior y llegaron a la planta alta.

—Las que antaño fueron las habitaciones de la princesa Irina —explicó Michael—. Espero que estés contenta en ellas.

En tanto Michael intentaba abrir la cerradura, Judith observó a su alrededor: el descansillo de la escalera, la galería inferior, otra escalera que conducía al segundo piso, donde probablemente estuvieron las habitaciones de la servidumbre. Ni siquiera los seis meses de ocupación de los bolcheviques habían devastado del todo el esplendor de aquel palacio: los tapices finísimos de las paredes, los papeles de colores tenues, los barandales dorados; sólo algunas manchas cuadradas y rectangulares en las paredes, donde estuvieron los cuadros, la ausencia de muebles y el jardín aplastado en el frente, revelaban que la mansión había sido saqueada, lo mismo que todas las demás.

Ya estaba abierta la puerta y Michael aguardaba a que ella entrase. Era el saloncito de recibir de la princesa Irina. Había incluso un mueble original, aunque quebrado, un sofá tapizado con gruesa tela dorada y verde. Frente al formidable sofá, había dos sillas corrientes de respaldo recto; sobre el piso de parquet no quedaban alfombras. Judith se acercó al amplio ventanal de cristales que se abría hacia un balcón. Salió a vislumbrar el panorama: la hermosa Perspectiva Nevsky, la bahía, el puente hacia la isla y la gran fortaleza. La brisa le desprendió un mechón y ella se volvió. Michael Nej había abierto una puerta interior.

Allí estaba la cama. Un gran lecho doble, con dosel y cortinajes, pero no había algún otro mueble en la recámara.

—Conseguiré una estufa —comunicó Michael—. Ya te había dicho que tenemos un baño.

Abrió otra puerta, sobre el muro de la izquierda, y Judith miró los grifos chapados en oro; incluso después de tanto tiempo aún persistía un aroma a perfume en el ambiente.

—Mira —Michael abrió los grifos y, tras un instante de gorgoteo, salió una fina corriente de agua con un poco de óxido—. Aún no hay agua caliente. Pero estamos en verano. Podrías tomar un baño si lo deseas.

—Me encantaría.

—Báñate, entonces —comentó él—. Yo debo salir.

—¿Adónde vas? —inquirió Judith—. Había estado esperando aquel momento en el que los dos se quedaran a solas y se inquietó al pensar que iba a quedarse allí, sola.

—Debo presentarme en el Soviet. Ya deben estar enterados de que he llegado. No tardaré mucho en volver. Traeré algo para comer. Toma tu baño mientras tanto.

—¿Puedo cerrar la puerta con llave?

—No hay más que una llave. Yo la cerraré cuando me vaya.

Se le quedó mirando. "¿Acaso no me desea? —reflexionó—. Pensé que iba a arrojarme sobre la cama y que me desvestiría febrilmente. ¿No era ése el trato?" El corazón empezó a latirle de prisa. Si eso era lo que debía ocurrir, ¿por qué no ahora mismo, en aquel instante?

Michael le sonrió amablemente.

—Toma tu baño con calma —le dijo—. Ahora vuelvo. —Salió rápidamente del cuarto.

Se sumergió en el agua de la bañera y experimentó un gran alivio en todo el cuerpo. Hacía varias semanas, desde que salió de Tobolsk, que no había vuelto a experimentar aquella sensación tan reparadora. Se hundió toda en el agua, se restregó el cuerpo, se enjabonó y se talló; después, salió de la tina, vació el agua y abrió las llaves para llenarla de nuevo, mientras ella, de pie junto a la tina, escurriendo agua sobre el piso de mármol, miraba el proceso. En torno suyo vibraban los sonidos: el ruido de Petrogrado; pero eran sonidos nuevos de los que no se escuchaban antes en la ciudad. Ruido de voces, gritos de los niños que jugaban, en lugar del rumor del tránsito y el repiquetear de los timbres de las bicicletas. Todos los automóviles, las bicicletas e incluso los tranvías habían desaparecido, temporalmente, por supuesto, según le había informado Michael. Por ahora, todo el mundo andaba a pie en Petrogrado.

En medio de aquel inmenso barullo de una ciudad para quien la sociedad se había trastocado por completo —de modo que el de más abajo se convirtió en el más alto y el más alto desapareció, sin duda, para siempre, en el submundo de las prisiones, de lo subterráneo—, Judith Stein se recreaba en el agua de la bañera, lavándose el cabello. La embargaba una rara sensación: quería reír y llorar al mismo tiempo. ¿Cuánto debería pagar por estar disfrutando de aquellos privilegios? En Ekaterimburgo, cuando Michael le hizo la propuesta, ella lo había desafiado, dispuesta a oponerse a él. ¡Qué disparate! ¿No estaba resuelta acaso, cuando volvió de Irkutsk en compañía de Dora Ulyanova, a aceptar cualquier propuesta que le hicieran?

¿Qué habría sido de Dora Ulyanova? Con seguridad, como sobrina de Lenin, si es que en verdad lo era, debía estar en la cumbre. "¿Qué diría de mí, si me viera?", pensó Judith. Dora le había reprochado duramente que aceptara la invitación del príncipe Peter para ir a Starogan y nunca se enteró de los resultados nefastos de aquella visita así que suponía, probablemente, que las relaciones cordiales con el príncipe habían sido interrumpidas por la guerra. Bueno, ella creyó que habían sostenido una relación, pero, en realidad, sólo fue de una noche cuando los dos estaban tendidos sobre un campo de trigo, entrelazados como niños inexpertos. Aunque eso ella ya lo había dejado enterrado en el pasado.

Por el momento, Judith estaba recostada en la bañera de la princesa Irina. ¿Cuál sería la reacción de *ésta,* donde quiera que estuviese, si la viera? Y allí mismo, en las habitaciones que habían sido de Irina, la esposa del príncipe Peter, Judith se preparaba para prostituirse. Porque había que llamar a las cosas por su nombre y eso era lo que iba a hacer. Pero, ¿qué más daba? Todo el mundo se estaba derrumbando a su alrededor. Su propia hermana, al parecer, se había embarcado en una existencia igual a la que ella iba a emprender. A Judith le parecía que aquel era su destino, ya trazado de antemano. Casi desde el primer instante en que Peter Borodin la conoció, le había propuesto que se convirtiera en su amante y ella lo rechazó. Las solicitudes se renovaron una y otra vez y, cuando por fin cedió, ya era demasiado tarde. Así que, ahora, estaba a punto de convertirse en la querida del criado de Peter Borodin. Pero tampoco eso tenía mayor trascendencia, puesto que Michael Nej se encontraba en la cumbre y lo más probable era que Peter Borodin estuviese muerto. Muerto, muerto igual que todos los suyos y los que sobrevivieron no pretendían más que eso: sobrevivir. Todos habían desaparecido.

La sobresaltó el ruido de la llave en la cerradura. Por un segundo, pensó que se trataba de algún extraño que también tenía llave del departamento; pero entonces escuchó la voz de Michael y cayó en la cuenta de que había permanecido más de una hora en la bañera.

Salió de inmediato, salpicando el agua por todas partes y después permaneció parada, llena de confusión, al comprender que no había toalla ni nada con qué secarse o cubrirse. Su cabellera, empapada, le caía sobre la espalda como una cola de caballo y el agua goteaba de sus brazos y sus piernas. Estaba desnuda, no tenía con qué cubrirse y allí, muy cerca, al otro lado del muro, estaba un hombre. Dio un paso para acercarse a la puerta y se detuvo. ¿Por qué se detenía? Aquel hombre que estaba allí iba a ser su hombre. No importaba que la viese desnuda al regresar a casa. Aquel hombre había sido un criado, después se convirtió en asesino y luego, por un capricho del destino, en un alto dirigente revolucionario. Era absurdo pedirle que supiera algo del amor, de las buenas maneras, de la dulzura y la gentileza. Aquel hombre se le iba a echar encima para poseerla impetuosamente. ¿Tenía alguna importancia lo que él pensara o lo que ella pensara?

No obstante, Michael Nej había amado a la princesa Ilona Borodina. ¿Toda la belleza, toda la arrogancia, toda la feminidad de Ilona entregadas a Michel Nej? ¿Esperaba éste que ella fuera como Ilona? Si por lo menos Judith supiera cómo era Ilona...

Iba a abrir la puerta, pero de nuevo se detuvo. Michael estaba conversando con alguien, dándole instrucciones.

—Déjenla allí —dijo—. Sí, allí está bien. Muchas gracias, camaradas.

Oyó que la puerta de entrada se cerraba y aguardó un momento todavía. Segundos después, la puerta del dormitorio se abrió y Michael se quedó parado, mirándola enmarcada en la puerta abierta del baño.

—Es que... no tenía toalla.

Entró al dormitorio, sin dejar de observarla, quitó la colcha de la cama y se la dio.

—No sea que pesques un resfrío —le dijo.

Ella se envolvió en la colcha y salió del cuarto de baño.

—Compré una estufa —anunció él señalando hacia el saloncito de estar.

Judith se acercó y se quedó parada junto a él. Sobre el piso formaban pequeños charcos redondos las gotas de agua que escurrían de su cuerpo. La estufa de queroseno había sido colocada en un rincón y había una lata del combustible a su lado.

—Despedirá un olor fuerte —comentó.

—Nos acostumbraremos pronto. Mira, también traje esto... —una gran bolsa de papel se hallaba sobre el sofá. Michael la abrió y extrajo una botella de champaña—. También hay caviar y unas galletas.

—Una fiesta para la princesa —dijo Judith.

Él la miró sonriendo, pero de repente se puso serio.

—Para una princesa, no. Ya jamás habrá princesas. Será una fiesta para una mujer muy hermosa —saltó el corcho de la botella y la champaña brotó, escurriendo sobre los dedos de Michael—. No tenemos vasos —advirtió.

Le dio la botella y ella la inclinó sobre sus labios. Hacía mucho tiempo que no bebía champaña. Sintió que la garganta le ardía y las burbujas le subieron hasta las narices.

—Tampoco tenemos platos —dijo Michael. Tomó la botella y bebió.

—Ni una mesita donde poner las cosas —comentó ella sonriendo.

Michael dejó la botella sobre el piso.

—Ésta es la primera vez que te veo sonreír —le dijo—. La sonrisa te sienta bien; cuando sonríes, *eres hermosa*. ¿Podrías sonreír más a menudo para mí?

—Sólo puedo sonreír cuando hay motivo.

—Yo te daré motivos para que sonrías con frecuencia, Judith Stein —se sentó sobre el sofá—. ¿No quieres comer algo? —palpó los bolsillos de su pantalón—. Aquí tengo una navaja.

Ella fue a sentarse a su lado; la bolsa de papel quedó entre los dos. Michael untó el caviar sobre una galleta y se la dio. Después, preparó otra para él. Judith masticó despacio, saboreando lo que comía; sentía hambre, puesto que no había comido más que un trozo de pan en la estación. Otra galleta con caviar, más champaña. Ya se le había secado el cuerpo; sólo tenía mojado el cabello. Se sentía relajada y fresca. Quizá no fuera más que un *valet*, pero la estaba cortejando mucho más hábilmente que Peter Borodin. Pero, ¡claro!, Peter Borodin no creía necesario cortejarla.

Un último trago.

—Hemos vaciado la botella —expresó Judith. Sentía un mareo muy leve y delicioso.

—Tenemos otra —le dijo él sonriendo—. Pero sería mejor beberla después. Si la bebiéramos ahora, nos quedaríamos dormidos.

—Sí —dijo ella.

Michael la contemplaba con ternura. Extendió la mano por encima de la bolsa de papel y le tocó el cabello; a continuación, la deslizó suavemente por las mejillas y luego, a lo largo del cuello. Más abajo, sostenida por sus brazos, estaba el borde de la colcha. Los dedos de Michael la tocaron y Judith suspiró y abrió los brazos. La colcha cayó hasta su cintura.

—¿Me tienes miedo? —le preguntó.

Ella sacudió la cabeza.

Poco a poco, los dedos de Michael se deslizaron sobre sus hombros, bajaron, acariciantes, sobre su pecho y se metieron bajo la pesada redondez de sus senos.

—Bueno, entonces —dijo—, ¿me detestas?

—No lo creo... —contestó ella—. Detesto la causa por la que estás luchando.

—¿Preferirías que volvieran los viejos tiempos? ¿Te gustaría que Sergei Roditchev gobernara en la ciudad? ¿Quisieras que, en lugar mío, estuviera aquí a tu lado el príncipe Peter?

Judith aspiró el aire profundamente y se quedó callada. Aquellas preguntas no tenían respuesta.

La sonrisa de Michael se desvaneció.

—Debes aprender a conformarte con lo que tienes, Judith Stein —se levantó del sofá y se quedó parado, esperando.

Ella se puso de pie también y dejó que la colcha resbalara hasta el suelo. Quizá lo había incomodado. Ahora, ella debería cumplir con la parte que le correspondía en el trato: sus padres estaban bien y habían recibido la canasta con comestibles. "Por lo menos —pensó—, ya llevo dentro media botella de champaña".

Él estaba esperando junto a la puerta abierta para darle el paso. Sus cuerpos se tocaron cuando ella caminó hacia dentro de la recámara y se quedó esperando un instante. Deseaba que él la tomara, que se echara sobre ella. La forma fría e impersonal con que la abordaba la tenía confundida. Ella habría comprendido su actitud si, en aquel momento, Michael la hubiese agarrado salvajemente, arrojándola a la cama para saltar encima de ella. Pero no podía entender que permaneciera allí, parado en la puerta, cuando una mujer desnuda acababa de pasar junto a él, rozando su cuerpo...

Se sentó sobre la cama y lo miró mientras se desvestía. Calculó que Michael debía tener treinta años o un poco más. Sus condiciones físicas eran magníficas. De estatura mediana, ancho y macizo; haciendo resaltar su fuerza con cada movimiento de los músculos. Su fuerza y su indiferencia: el pene le caía fláccido entre las piernas. "¿No seré capaz de excitarlo lo suficiente? —se preguntó Judith—. ¿Qué sucedería entonces con nuestro acuerdo?"

Michael fue a sentarse al lado de Judith, sobre la cama.

—¿Estás desilusionada de mí? —preguntó.

—¡Claro que no! Eres un hombre atractivo.

—Un hombre atractivo y una mujer hermosa. Deberíamos formar una bonita pareja. ¿Tú crees que formaremos una bonita pareja, Judith Stein?

—No lo sé —respondió Judith bajando la cabeza.

—Es posible que haya dejado pasar mucho tiempo sin acercarme a una mujer. Quizá he estado soñando más de lo debido. O tal vez no soy capaz de hacer el amor a una mujer que me odia.

Ella levantó la cabeza para mirarlo. Un *valet* que se comportaba como un *caballero*. Un revolucionario, un asesino, pero un caballero. Un caballero que podría ser suyo, si ella quisiera. ¿Podría aspirar a algo mejor?

Ella tomó su rostro entre las manos y lo besó con pasión en la boca. Las manos de Michael se juntaron sobre su espalda; después, se metieron bajo las axilas para quedarse sobre los senos. No apretaban, no acariciaban, sólo sostenían; pero aquello bastaba para despertar en ella una sensación placentera. Mientras se besaban apasionadamente, ella acarició su cuerpo y deslizó las manos hasta encontrar el pene y allí las dejó, sintiendo cómo se endurecía. Después de todo, era posible que llegaran a formar una buena pareja.

—¿Y entonces? —preguntó Michael Nej—. ¿Aún me detestas?

—¿Detestarte? ¿A ti? —Judith se acurrucó contra el cuerpo de Michael y movió las piernas, como invitándolo a que le colocara las manos sobre los muslos. Ningún otro hombre de los que había conocido le había hecho el amor con las manos. Judith no sabía que aquella era una realización en el hombre y había creído, tras sus experiencias con Dora, que las relaciones heterosexuales eran las menos satisfactorias. Ahora, había aprendido que lo eran, siempre y cuando el hombre conociera el arte de utilizar sus manos. Las manos primero: los movimientos suaves y lentos de los dedos, excitándola hasta despertar en ella una pasión desenfrenada y, después, el miembro que penetraba y empujaba más y más, hasta ocasionar el orgasmo; luego, las manos de nuevo, más acariciantes, más suaves que antes, deslizándose entre sus piernas, retrasándose sobre sus nalgas, sólo para sugerir que el hombre estaba allí. Bastaba con que ella hiciera un leve movimiento para despertar las sensaciones, para reavivar el amor.

No obstante, ella no se atrevía a amar a aquel hombre. Ya conocía lo suficiente a Michael Nej como para no amarlo. Sabía el rígido sentido del deber hacia la revolución, hacia el Partido Bolchevique. Es cierto que se había comportado como un hombre cabal y como un galante caballero con su nueva amante —¿habría sido Ilona quien le enseñó a manejar las manos de aquel modo?— y se había portado como un perfecto caballero con su antigua amante. Pero era igualmente verdadero que aquel mismo hombre había decretado la ejecución de otro ser humano gentil y la de un joven moribundo; también, fue él quien envió a prisión perpetua a cuatro muchachas encantadoras y a su madre enferma. No, Judith no podía amar a alguien cortado con ese molde.

Pero sí podía gozar de él. Y eso significaba, de nuevo, que el futuro y los planes para el porvenir no existían para ella. Le resultaba impensable predecir su situación dentro de un año, de un mes o incluso un día. No podía tener otra cosa que el momento presente. Y, al menos, en aquel presente, se sentía feliz.

Michael se puso de pie de repente. Ella, alarmada, se incorporó para quedar sentada sobre la cama. Pero él no había hecho otra cosa que acercarse a donde estaba la chaqueta de su uniforme para sacar del bolsillo un paquete de cigarrillos.

—¿Fumas?

—Nunca he fumado.

Michael encendió dos cigarrillos y le dio uno.

—No te tragues el humo —le advirtió.

Judith chupó el humo de su cigarrillo, se puso a toser y lo arrojó con rabia al suelo.

—No tiene ningún sentido que yo fume.

Michael volvió a acostarse, reclinando la espalda sobre la cabecera de la cama. Rodeó con su brazo los hombros de Judith, para que ella reclinara la cabeza sobre su pecho.

—A mí me gusta fumar para calmar los nervios —dijo— y, tras una breve pausa, le preguntó—: ¿Te gustaría tener un hijo? ¿Otro hijo?

—¿Te parece que este mundo en el que vivimos sea bueno para los niños?

—Estás hablando como una burguesa. Éste será el mejor de los mundos cuando hayamos finalizado nuestra misión.

—¿Cuándo? —inquirió ella.

—Ya falta muy poco. Todavía no te platico las noticias. Tengo dos muy importantes.

Ella acomodó la cabeza sobre su pecho para escucharlo.

—La primera: hoy me encontré con George Hayman.

—¡Ah!

—Mejor dicho, fui a buscarlo para reportarle que había encontrado a Ilona y a los niños y que estaban bien y a salvo.

—Debe haberse sentido muy contento.

—Sí, pero al verlo me puse a pensar que un hombre tan afecto a la aventura y al peligro como él no debía tener mujer e hijos.

—Sin embargo, acabas de sugerirme que yo tenga uno contigo.

—Es que tengo la esperanza de alcanzar una posición tan sólida e invulnerable como la de George Hayman y, entonces, me dedicaré al hogar —ella sonrió, incrédula, pero él no pudo ver su sonrisa—. No le dije que también te había encontrado a ti. ¿Te habría gustado verlo?

—No. No quisiera volver a verlo, a pesar de que le tengo un gran afecto.

—¿Afecto? No sabía que fueras su amiga.

—¿Su amiga? No soy su amiga, Michael. Sólo es un conocido, pero... no quiero verlo porque me traería recuerdos de Starogan, de los Borodin. No quisiera recordar nada de eso.

—No lo recordarás mientras estés en la cama conmigo, ¿eh? Bueno, la segunda noticia se refiere a la guerra. El conflicto va de mal en peor en el sur. Al parecer, Denikin es un magnífico general y ha conseguido que ingresen a su ejército muchos de los antiguos aristócratas, hombres que fueron ejercitados para ser soldados desde su nacimiento. ¿Sabes quién se cuenta entre ellos? Sergei Roditchev.

—Entonces, él escapó.

—Se dice que los blancos podrían tomar Kiev. Eso sería una tragedia. De manera que concentraremos nuestro máximo esfuerzo contra ellos durante este invierno, cuando tengan la certidumbre de que nuestra campaña ha cesado. Para llevarlo a cabo, de acuerdo con el camarada Lenin, requerimos una reorganización militar totalmente nueva. El camarada Trotsky asumirá el mando de todo el ejército. Él ha estudiado con detalle la historia y los métodos militares. Y, ¿adivina quién será el comisario del ejército en el sur para oponerse al de Denikin?

Judith se incorporo.

—¿Tú?

—Mi tarea consistirá en mantener alerta y en constante actividad a nuestros nuevos generales. Los soldados tienen la tendencia a enfrentar las situaciones en términos técnicos exclusivamente. La estrategia deben dictarla las necesidades políticas y las dificultades tácticas.

—¿Y serán tú y Trotsky los que se encarguen de enseñar a los soldados cómo deben pelear? Ni tú ni él han estado siquiera en una guerra.

—Los dos hemos analizado el asunto muy detenidamente. Además, nuestros futuros generales no eran, hasta hace poco, más que jóvenes oficiales; a veces, sólo sargentos. Los auténticos generales veteranos están con Denikin. Nuestra gente quiere que se le diga cuándo debe luchar y cuándo debe echar a correr; y, lo que es más importante: cuándo debe morir —ahora le estaba sonriendo dulcemente a Judith—. Ésta es la gran oportunidad de mi vida. Si tengo éxito, seré mucho más que un simple amigo de Lenin, seré uno de los grandes hombres del partido.

—¿Y si fracasas?

—No fracasaré. Pero podría decirse que, si yo fracaso, si Denikin consigue apoderarse de Kiev y retener a la ciudad como una base para las futuras operaciones, habrá fracasado toda la revolución.

De acuerdo con la expresión que Judith percibió en el rostro de Michael, éste parecía confiar en el éxito. El ex *valet* que hacía tiempo había asesinado a un policía y que aseguraba haber leído algunos cuantos manuales militares, se proponía enfrentar a un ejército dirigido por un auténtico general profesional, respaldado por un grupo de oficiales experimentados, incluyendo al hombre que había sofocado la rebelión de 1905 en Moscú. Con eso bastaba para apreciar la verdadera dimensión de aquella revolución caótica.

—¿Cuándo partirás?

—La próxima semana.

—Llévame contigo.

—¿Qué?

—No puedes dejarme aquí, Michael Nikolaievich.

—Allá correrías un gran riesgo. ¿Qué sería de ti si caes en manos de los del Ejército Blanco?... Imagínate... La mujer de Michael Nej... Ésta es una guerra sucia. Por regla general, las guerras civiles son sucias; pero ésta es la más sucia de todas. Ellos nos odian y nosotros a ellos. En ninguno de los dos campos se reconocen los derechos de los prisioneros y las ejecuciones nunca son rápidas, siempre hay actos de crueldad.

—Yo no puedo permanecer en Petrogrado sin ti —le replicó ella—. Si estás seguro de que triunfarás, los blancos no podrán capturarnos. Llévame contigo y, hasta que llegue la hora de irnos, ámame. Ámame cada minuto de cada día y de cada noche.

CAPÍTULO X

—JUDITH STEIN —LENIN TOMÓ LAS DOS MANOS DE JUDITH Y LE dio un beso en cada mejilla—. Han pasado muchos años desde la última vez que nos vimos.

Trece años. Pero en él los años habían ocasionado un mayor estrago. Arrugas provocadas por las preocupaciones surcaban su frente y se colgaban de las comisuras de los labios. Se desplazaba con cierto titubeo, como si de vez en cuando verificara el gesto o el paso que iba a dar antes de retomar un paso más normal.

Sin embargo, su éxito era indudable. Era evidente en el respeto que le demostraban todos los que lo rodeaban, en la manera en que se cuadraban ante él los soldados que estaban en el andén de la estación y, aún más, en el aire de omnipotencia que tenía.

—Años en los que has prosperado, camarada Lenin —dijo Judith.

Él sonrió.

—Últimamente, Judith, últimamente. Y tú, ¿no has prosperado también? ¿Últimamente, por lo menos?

Judith miró a Michael, quien estaba junto a ella, y sonrió también.

—Últimamente, camarada.

Lenin se rió y preguntó:

—¿Y continúas escribiendo?

Ella negó con la cabeza.

—No he escrito una sola palabra en siete años.

La sonrisa cambió a una mueca de desagrado.

—Pero debes hacerlo. Toda revolución, esta revolución más que ninguna otra, necesita una literatura. Tú eres una de nuestras más experimentadas escritoras y, bajo cualquier aspecto —ahora fue él quien miró a Michael—, la más capaz en ese campo. Me gustaría que escribieras, Judith Stein. Pero, ahora, ven, nunca te he presentado a mi esposa.

Krupskaya había estado aguardando pacientemente, junto con los asistentes de su esposo, en el fondo del andén. Ahora, avanzó para abrazar a Judith y después a Michael.

—Éste es el camarada Trotsky, mi comisario para el ejército.

Judith percibió unos ojos profundos, parcialmente ocultos por los lentes, y un bigote militarmente pulcro; ¿o el bigote parecía militar sólo en razón de su uniforme?

—Éste es el camarada Stalin, secretario de nuestro partido. Stalin llevaba un enorme bigote que le brindaba una apariencia curiosamente inocente. En realidad, todo su rostro era angelical y su sonrisa, amplia y amistosa. Pero sus ojos, no protegidos por anteojos, lanzaban una mirada como dos rayos de luz, tan aguda, que por instantes dejaba a Judith sin aliento. ¡Bolcheviques! Hombres que asesinarían siempre que debieran hacerlo y que tomarían cualquier cosa que necesitaran. Pero Michael era uno de ellos. ¿Eso significaba que también podían ser amables cuando quisieran? Krupskaya parecía bastante complacida.

—Tengo algunas noticias para ti, Michael Nikolaievich —estaba comentando Lenin—. Puedes utilizarlas como mejor te plazca —le extendió una hoja de papel.

Michael le echó una mirada y después la volvió a leer, antes de levantar la cabeza.

—¿Quieres decir que la haga pública?

—Por supuesto. Es algo que ha ocurrido.

Michael le entregó el papel a Judith sin pronunciar una palabra. Ella lo leyó y su corazón pareció quedar paralizado.

"Por orden del Sóviet de los Urales, el ex zar Romanov, su esposa y sus familiares fueron ejecutados hoy en la población de Ekaterimburgo. Esta medida se consideró necesaria debido a la inminente evacuación de esa población por parte de nuestras fuerzas, frente al avance del traidor Kolchak."

Ella levantó la cabeza y miró a Lenin.

—¿Tú ordenaste esto?

—Michael Nikolaievich lo ordenó con mi autorización.

Ella se volvió a Michael.

—Dijiste que sólo a los hombres.

—Ésas eran mis instrucciones —aceptó.

—Pero...

—¿Quién puede decir lo que sucedió? Tal vez el avance de Kolchak fue más rápido de lo que se había calculado. También, dije que bajo ninguna circunstancia se permitiera que alguno de los Romanov cayera en manos de los blancos.

—Pero... esas chicas...

—Zarinas en potencia —advirtió Trotsky—. Bandera de reunión para los enemigos que tenemos en todo el mundo.

—¿Y tú crees que el número de tus enemigos disminuirá con este acto criminal? —gritó ella.

—Sé que conocías a los Romanov, Judith —dijo Lenin—. Pero debes comprender que estamos en guerra. Que combatimos por nuestra supervivencia. Y sabes que estás mostrando tus antecedentes burgueses. Media docena de vidas, una o dos más. Centenares de nuestra gente están siendo asesinados cada día por pelear por el derecho de tener la Rusia que quieren y que necesitan. Tú no sabes sus nombres, por eso no te interesan. Pero son seres humanos, lo mismo que Nicolás Romanov, o su mujer o sus hijas. Hubo un tiempo, hace unos cuantos cientos de años apenas, en que los Romanov eran miembros anónimos de la sociedad. No tenían ningún derecho otorgado por Dios, cualesquiera que fueran sus pretensiones a la fama, la riqueza y el poder. Ellos se apoderaron de todo esto; nosotros lo estamos recuperando. Ahora, tú irás con el comisario Nej a luchar contra el Ejército Blanco. Es un ejército que pretende retroceder el reloj, oponerse al inevitable progreso y reducir, una vez más, a Rusia a la tiranía medieval. Pero no lo conseguirá, porque lo derrotaremos. Debemos aplastar cualquier cosa y a cualquiera que se interponga en nuestro camino. Los tiempos serán difíciles, Judith, para nosotros y para nuestros adversarios. Pero vamos a obtener la victoria. La historia nos lo exige y, lo que es más importante aún: Rusia.

Tan pronto como el gran tren se detuvo, aparecieron rostros en las ventanillas de los vagones de primera clase, observando a través de los cristales y empañándolos con el aliento. Judith se levantó de su lugar y caminó hacia el otro lado, donde por lo menos la anchura de una vía la separaba del próximo y abarrotado andén.

—Kharkov —Michael levantó la cabeza del mapa sobre el que estaba inclinado. Todo el vagón había sido convertido en un cuartel general militar. Sólo quedaban un lavabo y un par de literas de los accesorios originales—. ¿Ya has estado antes aquí?

—Sí —respondió Judith.

"En circunstancias más felices, una vez —pensó—; y otra, en circunstancias desagradables, cuando regresaba de Starogan". Pero, ¿podría haber circunstancias más aciagas que las actuales?

Michael sólo suspiraba. Durante los tres días de viaje desde Petrogrado, no había hecho el intento de tocarla: se conformaba con que ella estuviera allí. Tenía la certeza de que ella superaría su reacción inicial a la noticia del fusilamiento de la familia real. Y Judith se había hecho el propósito de superarla, pues no tenía otra alternativa. Habían hecho un trato y ella debía resguardar a su propia familia.

Las puertas se abrieron y los comandantes locales entraron seguidos de sus asistentes.

—Buenas tardes, camarada comisario.

Michael saludó con la cabeza. Manejaba su autoridad como si hubiera nacido para ello. Pero entonces, pensó Judith, él ya había tenido varios años para estudiar a Peter Borodin.

—No me gusta que se me queden mirando —dijo Michael—. Desalojen el vagón.

—Por supuesto, camarada comisario —el coronel giró las órdenes pertinentes.

—Quiero información —Michael señaló con un ademán hacia el mapa desplegado frente a él.

Los oficiales se agruparon a su alrededor, no sin que uno o dos de ellos contemplaran con curiosidad a Judith antes de concentrarse en la tarea que tenían.

—Los blancos se sostienen aquí, y aquí, y aquí —dijo el coronel apuntando con el dedo.

—Y continúan avanzando —sugirió Michael.

—No, camarada comisario. Por ahora, el frente permanece estable.

—Eso significa que han dejado atrás su tren de abastecimiento. Entonces, ¿por qué no estamos contraatacando?

—Estamos escasos de municiones, camarada comisario, y de hombres. Además, nos hemos enterado de que el general Denikin está preparando una ofensiva que será lanzada este otoño.

—¿Enterado? —preguntó Michael—. ¿Cómo se ha enterado de esto?

El coronel esbozó una breve sonrisa.

—De vez en cuando tomamos prisioneros, camarada comisario.

—En Petrogrado, no hemos tenido noticias al respecto.

Otra breve sonrisa.

—No los conservamos, camarada comisario. Pero, antes de fusilarlos, por lo regular, nos las arreglamos para obtener información. He establecido un departamento especial para estos asuntos.

—Has establecido tú —subrayó Michael.

—Sí, camarada comisario. Por ejemplo...

—¿En qué lugar se halla nuestro puesto más avanzado? —inquirió Michael.

—Allí —apuntó el coronel con el dedo.

—En el frente. ¿Está la vía férrea intacta?

—Sí, camarada comisario.

—Bien. Entonces, me dirigiré a Tsaritsyn. Tú me proporcionarás un regimiento de caballería como escolta.

—¿A Tsaritsyn, camarada comisario? Pero... aquí te hemos preparado el cuartel general. Tsaritsyn está demasiado cerca de las líneas blancas.

—Ése es el motivo por el que debo estar allí, camarada coronel, y no aquí. Saldré dentro de una hora.

—Sí, camarada comisario.

El coronel intercambió miradas con sus hombres. No habían esperado que un anarquista que jugaba al soldado fuera tan terminante.

—¿Hay algo más que alguien quiera agregar?

—Sólo pedir municiones, camarada comisario, y hombres. Hombres que sepan cómo luchar.

—Estarán disponibles —respondió Michael.

—Sí, camarada comisario. También me gustaría que te entrevistaras con el capitán de inteligencia. Es el hombre que se encarga de conseguir información de los prisioneros.

—Antes de fusilarlos —añadió Michael.

—Nosotros recibimos el mismo trato de los blancos, camarada comisario.

—Estoy seguro de ello —dijo Michael—. Estoy seguro de que todo esto es indispensable, camarada coronel. Pero yo estoy aquí para conducir un ejército al éxito. No puedo entrevistarme con todos los subordinados que tienen un trabajo desagradable, en especial si disfrutan haciéndolo, como tengo la certidumbre de que es el caso de ese hombre.

—Él desempeña su tarea a conciencia, camarada comisario, como yo lo hubiera esperado de él. El capitán ha solicitado especialmente que se le permita verte. Se trata de tu hermano, Iván Nej.

Judith, que miraba por la ventanilla, se volvió, en tanto que Michael levantaba la cabeza. Iván estaba de pie en la entrada. Portaba uniforme, y con los anteojos que llevaba, a Judith le hizo recordar a Trotsky.

—Michael Nikolaievich —dijo al entrar y, después, cayendo en la cuenta, corrigió—. Camarada comisario.

Michael se puso de pie.

—Habíamos escuchado que estabas muerto.

—Yo no —respondió Iván.

—Pero... —Michael hizo sonar sus dedos—. ¡Déjenos solos!

—Por supuesto, camarada comisario.

El coronel y sus hombres salieron, seguidos de sus sorprendidos asistentes.

—Hace ya varios meses —dijo Michael—, fuiste enviado a Starogan.

Iván asintió con la cabeza.

—Fue un asunto muy complicado —al ver a Judith dijo—: Mademoiselle Stein.

—¿Qué ocurrió en Starogan? —preguntó Judith.

—Es una larga historia.

—Bueno, siéntate —Michael llenó tres vasos con vodka—. Me alegro de verte de nuevo, Iván Nikolaievich. ¿Qué noticias me das de papá y de mamá y de Nona? ¿Dónde se encuentra Zoé y los niños?

—Un asunto difícil —Iván se sentó y bebió un trago de vodka—. Como tú sabes, Michael, se me ordenó arrestar a Xenia Romanova.

—Lo sé —replicó Michael.

—Eso era todo lo que traté de hacer —dijo Iván—. Era todo lo que se me ordenó hacer. Pero ellos opusieron resistencia, Michael. Dispararon contra mí.

—¿Dispararon contra ti? ¿Quiénes?

—Los criados, pero por órdenes de Irina Borodina.

—¡Dios mío! —exclamó Michael—. Y, ¿qué sucedió después?

—Toda la aldea se puso en contra mía —explicó—. Toda la aldea. Se pusieron furiosos. Yo intenté hablar con ellos y me derribaron a golpes. Después, se lanzaron contra la casa. Fue horrible.

—¿Qué ocurrió —gritó Michael—, con papá y mamá? ¿Qué pasó con Nona?

—Fue algo espantoso —repitió Iván—. Papá murió de un ataque al corazón. Mamá... yo pienso que fue asesinada. Nona...

—¿Tú *piensas*? —gritó Michael.

Iván se pasó la lengua sobre los labios.

—Mientras ellos estaban aún... aún saqueando la casa, mientras yo estaba todavía tratando de controlarlos, llegaron los blancos. Miles de soldados se amontonaron. Se apoderaron de todos los que pudieron y los colgaron. Hombres, mujeres y niños, Michael —Iván miró a Judith—. Los colgaron. Incluso al pobre Gromek, que sólo tenía una pierna. A él también lo colgaron.

La expresión de Michael proyectaba un desconsuelo como jamás lo había visto Judith.

—Pero a ti no te colgaron.

De nuevo, la lengua de Iván remojó sus labios.

—Yo me alejé. No tenía sentido que permaneciera allí para que me colgaran. Huí por entre los trigales.

—Esas personas estaban bajo tu responsabilidad —dijo Michael—. Y algunas de ellas eran de nuestra propia familia. ¿Y tú simplemente las abandonaste?

—Yo... no había nada que yo pudiera hacer —insistió Iván—. Además, yo... yo tenía a alguien conmigo.

—¿A quién?

—Bueno... —Iván se quitó los anteojos y los limpió—. Tatiana Borodina.

—¿Qué has dicho?

—Yo... yo traté de hacer lo que pude, Michael. No pensé que papá y mamá estuvieran en riesgo y menos tratándose de su propia gente. No creí que peligraran. De manera que traté de salvar a Tattie. Y la salvé, Michael. Yo las hubiera salvado a ambas, pero Ilona no estaba allí; entonces, salvé a Tattie.

—¡Dios mío! —exclamó Judith.

Michael continuaba observando con asombro a su hermano, aunque sabía que Iván siempre se había sentido atraído por las dos hermanas.

—Así que —dijo por fin Michael—, los sueños se hicieron realidad. ¿Y no sabes lo que le ocurrió a Nona o a mamá? ¿Qué hay acerca de Zoé? ¿Qué hay de los niños?

—No sé —dijo Iván sórdidamente—. No sé.

—Pero ellos también deben haber sido colgados —Michael se levantó, se dirigió hacia la ventanilla y miró hacia el andén.

—¿Y Tattie? —inquirió Judith.

—¡Ah...!, ella está allá afuera —Iván comenzó a hablar con mucha rapidez—. La traje aquí cuando me uní al ejército. Me identifiqué y me dieron una comisión. Este trabajo. Y Tattie, bueno, ella está conmigo. Nosotros... bueno, yo pienso que, ahora que tú estás aquí, Michael, tal vez Tattie pudiera quedarse con mademoiselle Stein. Y calló por un instante.

Michael dio la espalda a la ventanilla.

—¿Quieres decir que ella desea quedarse aquí, con nosotros? ¿Con el Ejército Rojo? *¿Contigo?*

—Bueno... Yo estoy muy orgulloso de ella —comentó Iván—. Yo la amo, Michael, siempre la he amado. Tú lo sabes.

—Y ella, ¿también está muy orgullosa de ti? ¿Después de que su familia fue asesinada?

—Ella... ¿por qué no habría de estar orgullosa de mí? —preguntó Iván.

Judith corrió hacia la puerta y la abrió. De pie, más allá del guardia, estaba una joven, vestida con una especie de bata raída, pero cuyo cabello dorado ondeaba al viento. Con un aire de completo desinterés, estaba recargada contra la otra puerta y se revisaba las uñas, y en ocasiones, se quitaba algo de suciedad.

—¿Tattie? —susurró Judith—. ¿Tatiana Borodina?

Tatiana alzó la cabeza, miró a derecha e izquierda y vio a Judith. Por un segundo, frunció el ceño, pero después sonrió.

—Te conozco —dijo—, tú eres Judith Stein. Eres la amiga de Peter. Ya sabes que está muerto. Todos ellos murieron. Cada uno de ellos, excepto yo.

Judith la tomó de la mano y la condujo adentro. En el rostro de Tatiana no se distinguía el menor rastro de temor o de tragedia; aunque sus ojos lucían apagados. Ahora sonrió descuidadamente a Michael.

—Tú eres Michael Nej —dijo—. Me acuerdo de ti. ¡Oh!, ¿esto es vodka? —se acercó a la mesa, tomó el vaso medio vacío de Iván, apuró su contenido y lo volvió a llenar.

—Ella ha estado bajo una gran tensión —explicó Iván.

Michael y Judith se miraron uno al otro.

—¿Quieres sentarte? —invitó Michael.

Tattie tomó asiento, cruzó las piernas y bebió un poco más de vodka.

—Tú eres el nuevo general —dijo.

—Soy el comisario de este ejército —Michael se sentó también, frente a ella—. Platícame qué fue lo que sucedió en Starogan.

El rostro de Tattie adoptó un aspecto peculiar: aunque la boca y los ojos continuaban sonriendo, su rostro pareció ensombrecerse.

—Es muy importante —dijo Michael.

Tattie se encogió de hombros.

—Todos están muertos. La plebe los mató. Eso creo yo, de todas maneras. La turba pisoteó a Irina; pero cuando me alejé corriendo, no supe en realidad lo que ocurrió con ella.

—Pero, ¿mi hermano te rescató?

—¡Oh, sí! —dijo Tattie—. Me llevó a mi recámara y me hizo quedarme tendida allí, en silencio, hasta que ellos terminaron de matar a la gente. Pero cuando los soldados llegaron, ya nosotros habíamos escapado —Tattie le sonrió a Judith—. Tuvimos que andar varios días por entre los trigales —dejó su vaso sobre la mesa.

Judith observó a Michael, quien asintió con la cabeza, volvió a llenar el vaso y se lo dio a la muchacha.

Tattie dejó escapar una risita nerviosa.

—Sólo teníamos una botella de vodka para dos días completos.

Michael recogió su pluma, la miró y luego la dejó de nuevo.

—¿Estás muy agradecida con Iván por haberte rescatado?

—¡Oh, sí! —Tattie observó a Iván y no quedó la menor duda de que le agradó lo que vio—. ¡Oh, sí! De otra forma, yo estaría muerta. ¿No es verdad? Además, él es muy amable conmigo.

Iván se ruborizó.

—Sí —dijo Michael—. Bueno, a Iván le satisfaría que te quedaras en este tren con Judith, mientras él y yo luchamos en esta guerra. Estaríamos encantados de poder hacer esto por ti.

Tattie puso mala cara.

—Yo quiero ir a San Petersburgo. Iván me platicó que tú puedes darle permiso de ir a San Petersburgo. Dice que le puedes dar una carta para el señor Lenin en la que le informes que ha desempeñado bien su trabajo aquí y le solicites que le dé un puesto en San Petersburgo. Yo deseo ir a San Petersburgo.

—Bien, veré lo que puede hacerse —dijo Michael—. Iván, explícame con exactitud el trabajo que desempeñas aquí. Judith, tú encárgate de mademoiselle Borodina —y se levantó, mirándola. Ella fue con él hacia la puerta.

—Trata de averiguar qué es lo que en realidad piensa —le susurró.

—Sí, pero... me parece que está pasando por una especie de depresión.

—Entonces, ayúdala. Puede ser importante. Iván, ven.

La puerta se cerró tras ellos y Judith se volvió y descubrió que Tattie también se había vuelto y estaba mirándola. Ahora dejó el vaso vacío.

—Demasiado vodka te provocará dolor de cabeza —advirtió Judith.

—Nunca me produce dolor de cabeza —contradijo Tattie—. Tan pronto como siento que me va a empezar una jaqueca, tomo otro vaso de vodka y se me pasa. Deberías de hacer la prueba.

Judith le volvió a llenar el vaso y se sirvió uno para ella.

—¿Iván te da mucho vodka para que bebas?

—Oh, sí. Iván me da todo lo que quiero. Iván duerme conmigo —se encogió de hombros—. Bueno, supongo que sería más correcto decir que él duerme *sobre mí*. ¿Has tenido alguna vez un hombre que duerma sobre ti?

—Sí —contestó Judith.

—¿No es maravilloso? Como tú sabes, nadie durmió sobre mí antes de Iván. El padrecito Gregory acostumbraba tocarme, y eso era divertido, pero no tanto como un hombre que duerma sobre ti. Me encanta —una mirada de preocupación apareció en su rostro—. La primera vez que lo hizo me atemorizó. Yo no sabía qué iba a ocurrir. Pero fue de lo más *divertido*.

—¿Cuándo fue la primera vez? —indagó Judith.

—En mi recámara, cuando estábamos escondidos de esa gente indeseable.

—Pero tú no querías que él lo hiciera —dijo Judith—. Tú intentaste detenerlo.

—¡Oh, no! —dijo Tattie—. No cuando me di cuenta de lo que él pretendía hacer. Bueno, pensé que era mucho mejor que morir como Irina. Aunque no sabía lo divertido que iba a resultar.

Judith dejó su vaso y se sentó detrás de la mesa. Se inclinó hacia adelante.

—Tattie, sea lo que sea lo que Iván te hizo, te haya agradado o no, él encabezaba a la gente que asesinó a tu familia y desmanteló tu casa y ahora está combatiendo contra los hombres que podrían devolverle Starogan a tu familia. ¿No lo odias por eso?

—Bueno... —Tattie bebió un poco más de vodka. El licor no parecía hacerle efecto—. No fue su culpa. Él me dijo que no fue su culpa.

—Y tú, ¿le creíste?

—Por supuesto que sí. Él me salvó la vida. Y se acostó sobre mí y me hizo sentir muy bien. Él me permite bailar. Me *hace bailar* para él todas las noches. Yo me desnudo y bailo para él y esto hace que él quiera dormir sobre mí —frunció los labios—. *Ellos* nunca me dejaron bailar. Peter me retuvo en Starogan durante seis años porque yo bailaba para el padre Gregory.

—Pero... ¿no deseas regresar con los tuyos? Algunos de tus amigos estarán con el general Denikin. ¿No prefieres ir con ellos en lugar de quedarte con nosotros?

Tattie la contempló con el ceño fruncido.

—¿Por qué yo habría de querer ir con el general Denikin? Lo que yo deseo es ir a San Petersburgo. Quiero bailar. Iván dice que me convertirá en una gran bailarina cuando yo llegue a San Petersburgo. Eso es lo que quiero hacer.

Trigales interminables. Unos cuantos habían sido cosechados, pero en la mayor parte de ellos el grano se estaba pudriendo en las espigas: cientos de hectáreas de ruina y desperdicio. Poblados incendiados, cadáveres esparcidos sin más compañía que los cuervos. Y, en alguna estación, cadáveres vivientes, niños medio hambrientos que mendigaban alimento en la manera más digna de compasión. Pero el tren nunca se detenía.

—¿Puedes hacer algo por ellos? —preguntó Judith.

—Estoy haciendo una guerra —replicó Michael—. No estoy desempeñando una labor de caridad.

—Pero ésa es la gente por la que estás luchando —gritó Judith—. Son rusos, como tú —y más que tú, pensó ella, puesto que no han desperdiciado años en el destierro.

—Lo único que podemos hacer —expresó Michael—, es alimentar a nuestros ejércitos y procurar ganar esta guerra lo más pronto posible. Cuando lo hayamos conseguido, todo prosperará. Hasta que lo logremos, nada lo hará y algunos morirán. Mejor que sean estos campesinos y no los obreros o cualquiera de nuestros bolcheviques.

—Eres un monstruo sin corazón —afirmó ella.

—Soy un hombre con muchas decisiones difíciles que tomar —le aclaró Michael—. Yo soy comisario de este ejército porque soy capaz de tomar esas decisiones. Ve y siéntate con Tattie.

Tattie ocupaba el asiento que estaba en el extremo más lejano del compartimiento. No parecían preocuparle en lo más mínimo los niños hambrientos, mientras ella tuviera vodka para beber y a Iván para mirarlo. Se había conseguido un par de binoculares y con ellos observaba a los hombres a caballo que pasaban a uno y otro lado del tren. Durante el día, Iván cabalgaba con ellos, buscando desertores blancos.

Iván Nej y Tatiana Borodina. Qué extraño, pensaba Judith, que cada hermano se hubiera adjudicado a una de las hermanas, aunque sólo fuera temporalmente. Pero Ilona y Michael, y las circunstancias en Moscú, tal como ella las recordaba, podían comprenderse. Que Tattie no entendiera que estaba ligada a un monstruo, que pareciera estar orgullosa de él, que lo único que quería era sexo y vodka, era espantoso. Judith consideró que esa actitud era sintomática del país como un todo. Rusia se había desmoronado y aún era imposible asegurar qué podría salvarse, si algo se salvaba, de los escombros.

"Por lo menos —reflexionó ella—, si Michael está en lo cierto acerca de que éste es un conflicto decisivo, yo estaré presente en el momento de la decisión." Ese momento podría estar más próximo de lo que ella sospechaba, pues, repentinamente, los campos de trigo desaparecieron y en su lugar había tiendas de campaña, caballos y hombres ondulando junto al tren. Ahora, el mismo tren se estaba deteniendo. Tsaritsyn se hallaba detrás de ellos y habían arribado al campamento del ejército.

El escolta tiró de su caballo a un alto, dejando una nube de polvo en el aire de agosto, e Iván Nej agitó su gorra.

—El comisario nuevo ha llegado, camaradas —gritó—. Ahora vamos a hacer retroceder a los blancos.

Los hombres se pusieron de pie, salieron de sus tiendas, dejaron a sus caballos y sus fogatas y corrieron hacia el tren.

—¿Cómo se siente ser popular? —preguntó Judith.

—Es mejor que ser odiado.

Michael abrió la puerta, bajó al andén, agitó sus manos y pronunció un discurso improvisado repitiendo todas las frases hechas que Lenin le había dicho tantas veces. No creía que los soldados, muchos de los cuales eran simples campesinos, hubieran captado gran cosa de lo que les había dicho, pero parecían contentos de verlo y lo aclamaban a gritos. Un gran número de ellos, estimaba él, estaban borrachos.

—Veré de inmediato a todos los oficiales en mi compartimiento —le dijo a Iván y volvió a entrar.

Judith miraba a través de la ventanilla.

—Hay mujeres allí afuera.

—Por supuesto. Hay muchas mujeres en nuestro ejército. Ésta es una guerra del pueblo, no una guerra de hombres específicamente.

—¿No debería entonces vestir uniforme? ¿Y Tattie?

Michael la rodeó con su brazo y la besó en la mejilla.

—Algunas mujeres tienen deberes más importantes que luchar. Además, ¿podrías tú pelear? ¿Podrías matar a un hombre o a otra mujer?

Ella lo miró fijamente.

—Si yo lo odiara lo suficiente.

—Ése es el punto. Tú no odias a los blancos lo suficiente. Creo que nos odias más a nosotros de lo que odias a los blancos.

—No sé por qué no me has disparado.

—Trato de convertirte. ¡Ah, camaradas, adelante!

Los oficiales entraron en fila en el vagón: un general, varios coroneles y una multitud de menor categoría. Entre éstos, Judith observó, colocándose en un rincón junto con Tattie, a algunas mujeres.

—Bien, camaradas —Michael estaba de pie frente al escritorio, con las manos metidas en las bolsas laterales de su chaqueta y el pulgar derecho doblado sobre la parte superior de la funda de su revólver—. Como habrán podido percatarse, yo soy su nuevo comisario. Y parece que he llegado en un momento de tranquilidad.

—El enemigo está reuniendo hombres, camarada comisario —comentó el general.

—¿Dónde?

—A unos quince kilómetros de aquí. Hay algunas unidades vigilando sus movimientos, pero nada más.

—¿No podemos hacer nada acerca de esta concentración?

El general se encogió de hombros.

—No sin otros diez mil hombres, camarada comisario, y el suministro de municiones. Mis cañones no pueden disparar más de diez cargas por día.

—Ya están en camino —dijo Michael—. Pero tomará tiempo. ¿Cuándo se supone que los blancos lanzarán su ofensiva?

—Debe ser pronto, camarada comisario. Aquí los caminos se hacen intransitables después de noviembre. Debe ser pronto.

—Bien, entonces, debemos aceptar su ataque —manifestó Michael—. Pero debemos estar preparados. ¿Por qué no hay trincheras, ni posiciones listas para recibir a los blancos?

El general esbozó una sonrisa desdeñosa.

—Porque no hay nada que fortificar, camarada comisario. Esta región está totalmente abatida y en este periodo del año incluso los ríos no son más que arroyos. No hay una sola posición que podamos proponer que se tome con alguna esperanza de éxito.

—Entonces, debemos crear esa posición, camarada general Malutin.

—¿Crear una posición? —Malutin miró a diestra y siniestra en busca de apoyo.

—No podemos crear colinas, bosques, hondonadas, camarada comisario —dijo uno de los coroneles.

—Podemos cavar trincheras —dijo Michael.

Ellos se le quedaron mirando.

—Sí —dijo—. Quiero que nos pongamos a cavar y cavar y cavar. Quiero que nos preparemos para el asalto que se acerca, para hacerle frente y rechazarlo. Quiero ver a sus hombres trabajando, camaradas. Trabajando por la victoria.

—Nuestros hombres nunca cavarán trincheras —dijo el general—. Han desertado del ejército regular precisamente para no tener que cavar trincheras nunca más.

—Bien, deberán empezar de nuevo.

—No lo harán, camarada comisario —replicó el general—. Desertarán de nueva cuenta.

—¿No tiene tropas confiables?

—Bueno, está la caballería. Podemos contar con ellos.

—Muy bien —dijo Michael—. Deseo que se acomode a la caballería de tal modo que pueda evitarse que los desertores se vayan. Además, quiero que reúnas a tus hombres y les des mis instrucciones. En caso de que se nieguen a acatarlas, exijo que tomes a uno de cada diez hombres y lo mandes fusilar.

Hubo un momento de absoluto silencio.

—Pero... supongamos... —comenzó a decir por fin Malutin.

—Hacer las suposiciones es mi labor, camarada general. La tuya es hacer cumplir mis órdenes. ¿Ibas a preguntar qué ocurriría si la caballería no nos apoyara? Bueno, entonces, todos deberemos morir. Pero yo te aseguro que, de cualquier modo, moriremos, a no ser que detengamos al general Denikin. Así que, manos a la obra. Iván Nikolaievich, quiero información. Quiero que tomes una compañía de caballería y que recorras esta región y me traigas a un prisionero o a un desertor, eso es muy importante.

—Por supuesto, camarada comisario. Te presentaré a mi ayudante. Ella es mi principal inquisidora; créeme, no importa a quien traiga, ella le sacará la verdad. Camarada comisario, el capitán Ulyanova.

Dora Ulyanova saludó.

—¿Dora? —Judith apenas podía dar crédito a sus ojos.

—Buenos días, camarada Stein —la voz de Dora era fría.

—Pero... habíamos escuchado que estabas muerta.

—Como de vez en cuando yo oía que tú estabas muerta, camarada. Pero ambas estamos vivas y parecemos prosperar.

Michael pasaba la mirada de una a otra con perplejidad.

—Dora y yo nos conocimos en Siberia —explicó Judith—. Y, tras nuestro regreso en 1914, ella vivió con nosotros durante algún tiempo.

—Y gracias a ti fue como conseguí un puesto en el Ministerio de Relaciones Exteriores —dijo Dora—. Te estoy muy agradecida por ello, camarada.

—Gratitud que demostraste asesinando a tus superiores —añadió Judith.

Dora le sonrió.

—El deber de todo buen bolchevique es aniquilar a los traidores dondequiera que se encuentren —dijo—. Es una obligación que tal vez deberías haber practicado.

—Así que tú eres la mujer que asesinó al gran duque Felipe —dijo Michael—. Y a Tigran Borodin. Bien, bien. Pero... ¿Ulyanova?

—Ése es mi apellido, camarada comisario.

—Entonces, ¿por qué no estás en Petrogrado?

—¿Pidiéndole favores a mi tío? Prefiero estar aquí, camarada, combatiendo por nuestra causa. No me interesa la política. Soy una revolucionaria.

No era la primera ocasión que Judith se preguntaba si Lenin era en realidad tío de Dora o si ella simplemente se había apropiado del apellido. Desde el principio, a Judith le había parecido un poco extraño que ningún integrante de la familia Ulyanov hubiera intentado ponerse en contacto con Dora al volver de Siberia.

—Y, como tu hermano ha dicho, camarada comisario, estoy desempeñando un valioso papel aquí, donde estamos cara a cara con los blancos —sonrió de nuevo—. No hay hombre que pueda resistirse a mi interrogatorio. Los blancos tienen terror de ser capturados y entregados a mí. Me llaman "Dora Roja" y tienen pesadillas cuando sueñan conmigo. Y, ¿sabes, camarada Stein, lo que he descubierto recientemente?

—¿Cómo voy a saberlo, camarada Ulyanova —dijo Judith—, si tú no me lo dices?

—He descubierto que el coronel Peter Borodin presta sus servicios en el Ejército Blanco y que es jefe del Estado Mayor del general Denikin.

—¿Peter Borodin? —Michael interrumpió.

—¿Peter? —después de todo, Tattie había estado escuchando. Ahora, saltó de su asiento y salió corriendo.

—No puede ser verdad —dijo Michael—. Nunca regresó de Alemania.

Judith sólo podía mirarlos, con el corazón golpeándola dentro del pecho.

—Es verdad, camarada comisario —expreso Dora—. Parece que pudo abrirse paso a lo largo de toda Rusia disfrazado como coronel Smyslov. Iba acompañado por una muchacha. Tu hermana Raquel, camarada Stein.

—Mi... —fue lo único que Judith pudo decir.

—Nunca me informaste de esto antes —dijo Iván—. ¿Por qué no lo hiciste?

—No pensé que fuera necesario. Quería guardar la información hasta que pudiera sacarle el mayor provecho. ¿No te parece siniestro, camarada comisario, que la hermana de esta mujer se haya unido a los blancos? ¿No piensas en la posibilidad de que la camarada Stein pudiera estar ideando irse con ellos para estar con su amante, que ahora es el amante de su hermana? Tal vez pretende recobrar su afecto revelándole nuestros preparativos y nuestros planes.

Judith miró a Michael.

—Raquel Stein —dijo Iván aparentemente para sí mismo—. ¿Él fue a Petrogrado para encontrar a Raquel? —Ahora se volvió a Judith.

—Me imagino que él me estaba buscando —mencionó Judith—. Y yo no estaba allí.

—¿No me enviarán de nuevo con él, verdad? —preguntó Tattie, apretando el brazo de Iván—. Por favor, no me vayan a regresar con él. Me encerrará de nuevo. Estoy segura de que me encerrará de nuevo y ya no me dejará bailar.

Iván logró zafarse de Tattie.

—Ve y siéntate, vaca estúpida. No volverás a verlo hasta que lo traigan prisionero aquí —continuaba mirando a Judith—. Pero si él fue a Petrogrado y encontró allí a Raquel y la persuadió para que se fuera con él, entonces debe haber ido a tu casa, Judith.

—¿Por qué, yo...? —Ella se mordió los labios al comprender de repente la trampa en la que estuvo a punto de caer en nombre de sus padres.

—Así es —dijo Dora—. La familia de la camarada Stein podría haber sabido con toda certeza quién era él: un traidor, un hombre cuya cabeza tenía precio. Todos ellos son lo mismo. ¿Por qué no me entrega a la camarada Stein, camarada comisario? Pronto la haría que empezara a contarle todo acerca de su familia.

—Estás loca —aseguró Judith—. Siempre has estado loca —pero no pudo evitar seguir mirando a Michael. Muy a menudo le había confesado a éste cuánto odiaba ella a los bolcheviques.

—¿Aún vive el hombre que te proporcionó esa información, camarada Ulyanova? —inquirió Michael.

Dora sonrió.

—Oh, sí, camarada comisario. Ya no los dejó morir con tanta facilidad.

—Me gustaría hablar con él —dijo Michael.

—Por supuesto, camarada comisario.

—Tú mejor ven conmigo —dijo Michael a Judith.

—¿Yo? Pero...

—Creo que lo disfrutarás —indicó Dora—. Eso te hará pensar.

Michael ya se había colocado su gorra y se dirigía hacia la puerta del compartimiento. Tattie había vuelto a su asiento y estaba mirando de mal humor por la ventanilla. Iván y Dora siguieron el ejemplo del comisario. Judith suspiró y los siguió. No tenía la menor duda de que iba a contemplar algo aterrador.

Descendieron del tren y avanzaron a lo largo de la vía, a un lado de las tiendas donde los soldados ya estaban rezongando, pues sus comandantes les habían enviado picos y palas; al otro lado del tren, la caballería cabalgaba sus caballos con amenazadora paciencia. En el centro del campamento, las tiendas dejaban sitio a las cabañas, tantas eran las comodidades que este ejército se había conseguido. Afuera de una de las cabañas, un centinela se cuadró y Dora abrió la puerta.

Judith contuvo el aliento. La atmósfera interior era pestilente, saturada de olor a sudor y excrementos y, sobre todo, de temor. No había ventanas, e incluso con el sol en el cenit, la habitación era oscura, pero no tanto como para no distinguir a su único ocupante, un hombre que estaba atado a una silla vertical junto al muro del fondo. Estaba desnudo y su cuerpo era una masa de heridas y moretones, pero estaba consciente y su cabeza se irguió cuando la puerta se abrió. Pero no miró directamente a la puerta. Su rostro se movió en varias direcciones, más como si estuviera escuchando que viendo.

¿Cómo si...? Judith se sintió enferma de muerte.

—Este hombre está ciego —dijo Michael.

—Por supuesto —asintió Dora—. Lo primero que hago siempre es sacarles los ojos. Eso los atemoriza más. Él está asustado ahora por el simple hecho de escuchar mi voz.

—¿Qué otra cosa le has hecho? —preguntó Michael con voz casi imperceptible.

—Muy poco, aún.

—¡Dios mío! —Michael miró a su hermano—. ¿Tú autorizaste esto?

—Es un blanco —aclaró Iván—. Fue su clase, tal vez fue este mismo hombre quien colgó a los nuestros en Starogan. Ellos colgaron a mamá y a Nona, Michael Nikolaievich. De cualquier modo, va a ser fusilado. Lo que le pase antes es irrelevante, mientras sea capaz de aportarnos información, camarada comisario. ¿Supones acaso que los prisioneros, hombres que saben que de todas maneras van a morir, no dirían algo si no los forzamos?

Michael se quedó contemplando al hombre unos cuantos minutos más y después se volvió y salió de la cabaña. Judith corrió tras él y se colgó de su brazo.

—Debes detener esto. ¡Detenla!

Él bajó la vista para verla; luego, prosiguieron caminando más despacio. No pudo liberar su brazo.

—Debes hacerlo, Michael —rogó Judith—. Ella es malvada, tú lo sabes. El odio la ha trastornado. Al igual que a Tattie. Tú no le puedes dar poder de vida y muerte sobre hombres inocentes.

—¿Hombres inocentes?

—Bueno, hombres que sólo obedecieron órdenes.

—Así que si logramos capturar a Peter Borodin tú estarías de acuerdo con que lo entregáramos. Si él es el jefe del Estado Mayor de Denikin, él es quien da las órdenes.

—Michael, no puedes estar hablando en serio.

—Recuerda que yo soy un monstruo inhumano. Tú me lo dijiste.

—Michael... —ella tiró tan fuertemente de él, que tuvo que detenerse. Los soldados, que ya habían empezado sus labores de excavación, se apoyaron en sus azadones y se les quedaron mirando—. Lo que yo haya dicho nunca lo creí. No creo que disfrutes alguna de estas cosas que debes hacer. Pienso que te estás haciendo fuerza a ti mismo; así como te armaste de valor para ir con Bogrov después de Stolypin. Pero, ciertamente, Michael, llega un tiempo en que el deber debe ceder paso a la humanidad y a la decencia.

—No —aseveró él—. Uno sólo puede procurar ser decente y humano cuando uno tiene la oportunidad y existen las circunstancias apropiadas. Los suizos son decentes y humanos, pero no toman parte en la guerra, ¿o sí? Y yo te puedo asegurar que cuando ellos estuvieron en guerra no hallaron muchas ocasiones para la decencia y la humanidad. Esto es más que una guerra, es un conflicto de ideologías. Los blancos deben ser aniquilados, no sólo derrotados. Deben ser borrados de este mundo como los gusanos y ellos piensan lo mismo acerca de nosotros. Así fue como la muchedumbre saqueó las posesiones de los Borodin. ¿Puedes comparar la muerte de unas cuantas mujeres aristócratas y de unos cuantos de sus sirvientes con el ahorcamiento de toda una aldea, hombres, mujeres y niños? Te digo que esta guerra es asquerosa y perversa. Tú quisiste venir, pues bien, ahora no te quejes.

—Entonces, ¿por qué no me entregas en manos de Dora? —gritó Judith.

—Te has puesto histérica —dijo él—. Ella está cumpliendo con un trabajo y a mí no me gusta lo que está haciendo, pero está obteniendo información y minando la moral de los blancos por el mero temor a la captura. E Iván tiene razón cuando menciona que eso no importa. Ese hombre va a morir. Si muere después de unas cuantas horas o aun días de agonía, o si detiene con el pecho una bala en el fragor de la batalla, no significa nada aquí o allá. Él va a morir para que nosotros podamos triunfar, y tú y yo podamos vivir.

—Tú y yo —murmuró ella—. ¿No crees en lo que ella ha dicho de mí?

Michael sonrió, extendió el brazo para meter su mano por debajo del cabello de Judith y acariciar la parte trasera de la cabeza.

—Lo que ella diga o lo que yo crea, no importa. Yo te amo, Judith.

CAPÍTULO XI

UN TOQUE DE CORNETA IRRUMPIÓ EN LA MAÑANA Y EL CAMPA-
mento empezó a alborotarse. Peter Borodin despertó de inmediato. Rodó
sobre su espalda y miró hacia el techo de paja que estaba arriba de él.

Un techo de paja y paredes de madera para mantenerlo a salvo de las miradas de los curiosos. Como en tantas otras, dentro de esta guerra se había
arraigado una apariencia de estabilidad. La mayor parte de sus jóvenes oficiales consideraban que la estación para acampar ya había finalizado y que
si él la había prolongado era demasiado tarde para llevar a cabo sus planes
antes de la primavera siguiente. ¿Pensaba en realidad que chozas como ésa
podrían defenderlos de los vientos invernales? ¿O que *tendrían* un ejército, al llegar la próxima primavera, si permanecían en el centro de este vasto
campo de trigo, donde no había trigo?

"Entonces, ¿por qué no atacamos antes, en pleno verano?", habían
preguntado. Y él había tenido que explicar que carecían del material para
emprender una larga campaña. Su ofensiva debía estar perfectamente planeada para permitirles llegar por lo menos hasta Tsaritsyn y allí posesio-
narse de la estación ferroviaria y de un poblado seguro en el que pudieran
pasar el invierno y reabastecerse de municiones. Desde ese lugar, podrían
difundir la fama de su invencibilidad; allí podrían reclutar, adiestrar y armar hombres para el próximo año: el año decisivo, estaba convencido, el
año en que se apoderarían de Kiev y derribarían el carcomido edificio del
bolchevismo.

Por lo menos Denikin parecía tener fe en su nuevo jefe de Estado Mayor.
Denikin y Roditchev. Él nunca había esperado apoyo de parte de Sergei
Roditchev, pero ahora ambos luchaban en el mismo bando: con el profun-
do sentimiento de que siempre habían peleado del mismo lado por el zar.
Nunca podrían llegar a ser amigos, mas, por el momento, eran compañeros
y tenían la misma meta.

La mujer que estaba a su lado se movió y se volvió de costado. Sus ojos no se abrieron, pero medio sonrió entre sueños. Pese a todas las contrariedades e incomodidades que había debido aguantar, estaba feliz de estar con él. En sus tímidas y balbucientes confesiones, ella le había manifestado que siempre lo había idolatrado, casi desde el primer instante en que había entrado en la casa de sus padres, en Moscú, allá en 1907. Él apenas si podía recordar cómo se veía ella en aquel entonces; lo único que recordaba era que siempre le había parecido una hermana menor que estorbaba. Pero ahora ella era feliz, pues había compartido varias noches el mismo lecho con el príncipe Peter Borodin.

Y él, ¿era feliz? Se sentó, dejó caer las piernas fuera del catre y tomó sus ropas. ¿Podría ser feliz alguien en este ejército? ¿El odio y el deseo vehemente de venganza no eran sus fuerzas propulsoras? El zar Nicolás había sido puesto contra un muro y fusilado. Con él había muerto su hijo y, según el decir general, su esposa y sus cuatro amadas hijas. Varios de sus sirvientes. ¿Cuántos? Si ése había sido también el destino de Judith Stein, después de todo lo que ella había padecido, de todo lo que había sufrido por decreto del mismo zar, entonces, en verdad, ella era la mujer más desafortunada que había nacido. Y habiendo sido responsable al menos de una parte de dicha desventura, habiéndola conocido y amado y abandonado a su suerte, ¿podría él volver a ser feliz? Dirigió la mirada hacia el rostro somnoliento que yacía sobre la almohada y los ojos de ella se abrieron. Entre ellos había ahora esa telepatía que existe entre dos seres que han compartido todo lo que puede compartirse. En el supuesto, pensó, de que se hubiera negado a recibir a Irina, ¿hubiera invitado a Judith Stein a Starogan, con la consiguiente ruptura con su familia y para sus aspiraciones de hacer una carrera? De haber hecho eso, Judith Stein hubiera sido violada y asesinada por una turba en lugar de ser fusilada por ella. ¿Hubiera ganado algo más que unas cuantas semanas de felicidad? Y esto, presumiendo que hubieran sido del todo felices.

Llorar por Judith e incluso recordarla era perder el tiempo y sólo servía para reavivar su determinación de vengar su probable fallecimiento. La mujer había sido sentenciada a muerte desde su nacimiento.

Pero su hermana, no. Raquel le sonrió y estuvo a punto de decirle algo, entonces se dio cuenta de que él ya se había vestido y cambió de parecer.

—Volveré para el desayuno —indicó él y se inclinó para besarla en la frente y le apretó la mano por un instante. Al igual que todos, ella sabía que la ofensiva estaba próxima y temía por él. Sin él, ella no tenía nada; hubiera degenerado en una de tantas que siguen al ejército, ansiosas de aceptar a cualquier hombre que pudiera proporcionarles calor y alimento con la esperanza de sobrevivir cuando el invierno llegara.

Salió, saludó a la bandera de las dos águilas y se dirigió a la oficina de oficiales, a un costado de la cual ya se encontraban congregados el general y otros de sus oficiales a una distancia prudente de la suciedad del campamento principal. Allí también estaba Sergei Roditchev, con el uniforme salpicado de lodo, el mentón cubierto de barba y los ojos decaídos y cansados. Pero Roditchev prefería patrullar durante la noche. Con él estaban dos de sus cosacos, que parecían estar cuidando a un pequeño y atemorizado hombre, vestido con un desaliñado uniforme caqui.

—¡Buenas noticias, Peter! —le dijo con voz estentórea Sergei—. Un buen trabajo nocturno.

—¿De veras? —Peter saludó a Denikin, un hombre robusto que llevaba barba y bigotes como los del zar.

—Parece que los rojos tienen un nuevo comandante en jefe —dijo Denikin.

—Peor que eso, para *ellos*, su excelencia —dijo Roditchev—. Han recibido un nuevo comisario, como lo llaman. No es el comandante general. Su deber consiste en decir al comandante general qué es lo que debe hacer por el bien de los bolcheviques. Una fórmula segura para el desastre, ¿no? Pero ni te imaginas, Peter Dimitrievich, quién es ese comisario. Oh, un hombre terrible, un hombre avezado en experiencia militar, un veterano de años de guerra.

—Como tú dices, Sergei Pavlovich, nunca voy a adivinarlo —respondió Peter secamente.

—Su nombre es Michael Nej —informó Roditchev y soltó una carcajada—. ¡Michael Nej!, *valet* del príncipe Peter, amigos míos. Michael Nej a la cabeza del ejército que se nos quiere oponer. ¿Habrá disparado algún tiro alguna vez? Oh, sí, ya recuerdo. En una ocasión mató a un policía en un callejón de Kiev. Pero él no disparó ese tiro lleno de ira, amigos míos. Lo hizo presa del terror. Lo sé porque él me lo confesó cuando yo lo tuve delante de mí implorando misericordia. Ésa es la medida del hombre que nos detendrá. Sólo dispara cuando el pánico lo invade.

Los otros oficiales arrastraron los pies para mostrar su inconformidad. En realidad, no apreciaban las explosiones de humor atroz de Roditchev más de lo que disfrutaban que se les recordara que alguna vez él había estado al frente de la policía secreta del zar. Ellos querían vengar la caída de la monarquía, pero lo que más ansiaban era recuperar sus tierras y sus cuentas bancarias, aunque pocos de ellos deseaban retornar a la Rusia de 1914.

—No obstante —hizo notar con sutileza el general Denikin—, si lo que dices es verdad, príncipe Roditchev, este tipo Nej por lo menos ha infundido cierta energía a los rojos.

—Están cavando trincheras —dijo Roditchev con desdén—, ¿van a creerlo? Trincheras, aquí, en la cuenca del Don. ¿Dónde suponen que están? ¿En

Flandes? Presumo que ésta es la única guerra de la que han escuchado hablar estos bolcheviques, puesto que pasaron tanto tiempo en Suiza.

—Sin embargo —replicó otro de los oficiales—, un campamento fortificado puede ser una nuez muy difícil de cascar. No tenemos artillería.

—¡Bah! —exclamó Roditchev.

—Príncipe Borodin —preguntó Denikin hablando aún con tranquilidad—: ¿En qué alteran estas noticias tus planes?

"Michael Nej —pensó Peter—. Luego de todos estos años, Michael Nej". Pero era lógico. El hombre siempre había sido un anarquista de corazón. Debería haber sido colgado hace ya mucho tiempo. Hubiera sido colgado, a no ser por George Hayman. ¡Qué pensaría Hayman ahora que el hombre al que salvó se ha convertido en un jefe militar! A lo mejor lo aprobaría, pues Hayman también había sido siempre un poco radical.

Y, con toda seguridad, Sergei estaba en lo correcto: Michael Nej pudo haber leído libros y periódicos, mas nunca había participado en una batalla. No pudo haber tenido aquella disciplina mental férrea que podía ordenar a todo un regimiento de hombres marchar hacia la muerte sólo para garantizar la victoria del ejército como un todo. Únicamente la experiencia de un mando continuo generaba tal determinación. Esto y la crianza adecuada, y más todavía, el nacimiento legítimo. No era una característica que un mujic pudiera aspirar a alcanzar.

—¿Príncipe Peter? —preguntó Denikin una vez más.

—Considero que deberíamos atacar como estaba planeado —contestó.

—Ellos sabrán que nos estamos acercando —objetó alguno.

—Ya lo saben —replicó Peter—, pero recobraremos el factor sorpresa porque, como muchos de los aquí presentes, esperarán que intentemos debilitar sus fortificaciones. No cuentan con más artillería ni con más ametralladoras que nosotros y sí con menos municiones. Ahora es el momento para que arriesguemos todo. Bombardearemos no más de cinco minutos —sonrió—, carecemos de bombas para un ataque más prolongado; de cualquier manera, debemos procurar no dañar la línea del ferrocarril, y luego los atacaremos en su frente, donde no esperan que lo hagamos. Si alguien tiene alguna duda acerca de nuestro éxito, yo estoy perfectamente dispuesto a encabezar el asalto.

—Todos dirigiremos el asalto —dijo Denikin—. ¿Hay alguna información extra que pueda sacársele a ese hombre, príncipe Roditchev?

—No, general —Roditchev hizo sonar los dedos—. ¡Cuélguenlo! —dijo.

El hombre lanzó un gemido de terror.

—General, usted prometió —dijo gritando—. Usted dijo que yo salvaría mi vida a cambio de información. Usted...

—Oh, quítenlo de aquí —dijo Roditchev con impaciencia—. ¡Cuélguenlo!

Los oficiales aguardaron a que el hombre que gritaba fuera arrastrado lejos; ninguno de ellos estaba dispuesto a interferir. No tenían capacidad para tomar prisioneros, aunque hubieran tenido el deseo de hacerlo.

—Bien, caballeros —dijo Denikin—. Tú fijarás la hora del avance, general Borodin.

—En la madrugada de mañana, señor —dijo Peter—. Nunca estaremos mejor preparados de lo que lo estamos ahora.

Peter se detuvo junto al fuego afuera de la cabaña, observando a Raquel freír los huevos, ayudada por su ordenanza. Por lo menos el ejército estaba bien abastecido de alimentos, puesto que habían tomado la Crimea y el granero del sur. Pero sólo de alimentos, ya que, mientras la guerra en Europa continuara, no había esperanzas de obtener armas y municiones adicionales. Sin embargo, ahora que los estadounidenses estaban haciendo llegar en abundancia hombres y material a Francia, todas las probabilidades eran que Alemania se desplomara en un año. Todo lo que debían hacer era sostenerse durante ese tiempo, como Kolchak lo hacía en Siberia, y después, con toda seguridad, con el apoyo aliado, sería posible vencer a estos ejércitos provisionales junto con sus comandantes provisionales y restituir la Rusia que él recordaba y amaba.

Pero mantener una posición nunca podría ser asunto de permanecer inactivos.

—¿Sabías que nunca en mi vida había cocinado antes de venir aquí contigo? —expresó Raquel. Esa mañana ella estaba inusualmente radiante y alegre; demasiado radiante y alegre. Ella sabía que la ofensiva era inminente, pero no sabía todavía que iba a iniciar al día siguiente por la mañana.

—Entonces, debe haber sido siempre uno de tus talentos escondidos —declaró él, tomando asiento sobre la silla de campaña, ante la mesa plegable, y probando la taza de café hirviente que Boris Ivanovich le ofreció.

—Tal vez podría ganarme la vida como cocinera —refirió ella y contuvo la respiración al mirar que Peter fruncía el ceño. Después, se ruborizó. Durante los seis meses que habían estado juntos, jamás habían discutido el futuro, de la misma forma que nunca habían ventilado el pasado. Su mundo había empezado el día en que él había visitado a los Stein, en su casa de Petrogrado, buscando a Judith. Sin duda, ella conjeturaba que ese mundo finalizaría el día en que la guerra concluyera y él pudiera restaurar su lugar en la sociedad. Como él, ella daba por hecho que su hermana Judith estaba muerta.

O podría terminar cuando él detuviera una bala. Él había sobrevivido a demasiados años de guerra como para imaginar que su suerte pudiera acabarse.

—No dudo de que podrías —dijo y acabó de beber su café. Pero había que decirle a ella—: Mañana en la madrugada salimos de aquí.

—A la... —pronunció Raquel y se quedó con la boca abierta. Por un instante, él pensó que ella rompería en llanto. Pero Raquel se controló como siempre se las había arreglado para dominarse.

—Intentaremos aplastarlos —dijo Peter—. Tenemos la intención de continuar el avance y tomar Tsaritsyn. Haremos de esa población nuestro cuartel general de invierno. Tiene una estación ferroviaria y será ideal para nuestros propósitos.

—¿Cuándo llegarás allá? —preguntó ella.

—¿Si ganamos mañana?, dentro de una semana. Pero sería mejor que tú permanecieras con el comisariado hasta que estemos seguros de la victoria. Entonces, yo enviaré por ti.

—Pero, ¿tú vas a ir al ataque?

—Por supuesto.

—Tú estás en el Estado Mayor —insistió ella—. Tú *eres* el Estado Mayor. Sin ti, ellos no tendrán plan alguno. No debes arriesgar tu vida.

—La guerra es asunto de arriesgar la vida —le recordó él—. Y el ataque de mañana es el más peligroso. Pero debemos acometer antes de que el enemigo haya concluido sus preparativos, y yo debo estar allí para supervisar que el ataque se efectúe de acuerdo con mis planes —Peter le sonrió—. Aún no he sido herido. No hay motivo para que ahora sí lo sea.

Ella miró a Boris Ivanovich.

—Creo, Boris, que deberías irte a desayunar —dijo Raquel.

Boris se cuadró y miró a su superior. Peter se volvió a Raquel y leyó el mensaje en sus ojos.

—Sí, Boris Ivanovich —dijo él—. Vete y toma tu desayuno. Luego, puedes regresar a recoger los platos.

—Sí, su excelencia —Boris saludó y se marchó.

—Ahora, tú tendrás que servir —dijo Peter.

—No importa —ella vació los huevos en el plato, colocó pan de maíz en él y lo colocó frente a Peter.

—Tú sabías que yo vine aquí para luchar en una guerra —dijo—. Estoy peleando por ti y por tu familia, lo mismo que por otras muchas cosas.

—Yo sabía eso —dijo ella.

—Así que no es coherente de tu parte enfadarte a propósito de la ofensiva. Necesitaremos muchas ofensivas iguales antes de poder limpiar a Rusia del bolchevismo.

—También sé eso —replicó ella.

—Bueno, entonces...

—Es que tenemos que vivir nuestras vidas, lo mismo que tú debes combatir. Yo he vivido aquí contigo durante seis meses. He sido sumamente feliz. No me he preocupado por nada de lo que pudiera estar ocurriendo porque he estado a tu lado. Pero la vida continúa a pesar de la guerra, Peter —ella se sentó con un suspiro y se quedó contemplando la mesa—. No he menstruado en cuatro meses.

Peter dejó caer el tenedor antes de que éste llegara a la boca.

—¿Cuatro meses?

Ella levantó despacio la cabeza.

—Al principio, creí que se debía al viaje constante, al hecho de que no comíamos adecuadamente, a todo tipo de cosas. Pero no puede ser. Hemos permanecido aquí casi un mes y hemos comido bien.

—¡Dios mío! —exclamó él.

—¿Estás muy enojado conmigo?

—¿Enojado contigo? —él la tomó de las manos—. Nunca he tenido un hijo. Nunca, nunca, nunca. Había llegado a pensar que yo sería el último de los Borodin.

Ella sonrió aun con sus lágrimas derramándose en sus mejillas.

—Todavía no has tenido un hijo. Puede ser una niña.

—Será un hijo —dijo él—. ¿Concebido en marzo? Será un varón.

—Entonces, ¿estás contento?

—¿Contento? —Peter tiró a Raquel y la hizo sentarse sobre sus rodillas—. Querida mía, querida pequeña, estoy encantado.

—Pero de cualquier manera dirigirás el avance mañana.

—Es mi deber, pero te prometo que volveré. De todos modos, no habrá problema.

—¿No habrá problema? —clamó ella.

—No para ti. Tú eres la madre de mi hijo. Entonces, tú llevarás mi nombre. Esta misma tarde nos casaremos.

—Sus excelencias, señoras, señoritas y caballeros, compañeros oficiales, les presento a la princesa Borodina —proclamó el general Denikin.

Ellos se reunieron en torno de la novia para besarla y para estrechar la mano de Peter. La princesa Borodina. La posición que Judith había anhelado siempre. No, no. Judith nunca había soñado llegar tan alto. *Raquel* era la que había soñado que eso podría ser posible gracias a Tigran. Pero ahora el puesto era suyo. Dueña y ama de Starogan. Todo aquel trigo, todos aquellos ganados y rebaños. Toda aquella riqueza y esplendor, los Rolls-Roys, la casa en Petrogrado... pero, en especial, todo aquel poder. Cuando ella pensaba en la manera en que Irina Borodina se había metido en aquel compartimiento reservado aquella horrible noche de 1914, sintió que casi se desmayaba; ahora, poseía aquella omnipotencia. Sonrió a las damas que la rodeaban. Las dejó pensar lo que quisieran. Incluso, las dejó *saber*, aunque esas cuantas damas que habían preferido estar con sus esposos en el campamento en lugar de permanecer a salvo en Sebastopol no tenían otra cosa que hacer que murmurar. De un solo paso, ella había sido elevada sobre todas ellas.

—Ahora que estamos a punto de emprender una campaña, princesa, las damas retornarán a Crimea —le especificó el general Denikin, tomando su mano—. He reservado un compartimiento de primera clase para usted.

—¡Oh!, pero —ella miró a Peter. Nunca se le había ocurrido pensar que no se quedaría con el ejército. ¿Era imposible ser al mismo tiempo princesa y acompañante?

—Es lo mejor, querida —dijo Peter—. En todos aspectos. En Sebastopol, estarás segura y allí habrá personas que te cuiden —él sonrió al ver la cara de alarma que ella ponía—. Créeme, tan pronto como la campaña finalice y hayamos arribado a los cuarteles de invierno, yo iré a visitarte.

Ella se mordió los labios para contener las lágrimas. Pero, ¿no era esto otra particularidad de su nuevo rango? Ella era demasiado valiosa para correr el riesgo; más bien, su hijo era demasiado valioso para arriesgarlo. Ella llevaba en su seno al futuro príncipe de Starogan. "Porque —ella cayó en la cuenta—, si no fuera por mí, en el caso de que Peter llegara a morir, el principado pasaría a Ilona Hayman, y por medio de ella, a John Hayman, hijo de Roditchev." Su cabeza se sacudió repentinamente al verse frente a este mismo hombre.

—Princesa Borodina —él se inclinó para besar su mano—. ¿Puedo suponer que éste es el momento más feliz de su vida?

Ella echó la cabeza hacia atrás para mirarlo.

—De ninguna forma, príncipe Roditchev —era estupendo poder llamarlo príncipe Roditchev y sonreír, cuando en el pasado siempre debía llamarlo su excelencia y temblaba—. El momento más feliz de mi vida será cuando el príncipe Peter y yo podamos iniciar la reconstrucción de Starogan.

—Por supuesto. Yo no pienso que ese momento esté muy lejos. Con todo, la felicito, princesa Raquel. Usted ha recorrido un largo trecho. Pero también supongo que Rusia ha recorrido un largo camino en los últimos años. Ojalá fuera posible saber si fue en dirección ascendente o descendente.

—Lo odio —le dijo Raquel esa noche a Peter—. ¡Oh!, ¡cómo lo odio! —ella se pegó a él en la intimidad del angosto lecho, deseando no moverse. Ansiando que la noche no terminara jamás.

—Ahora estás lejos de su alcance, querida —dijo Peter, hablando medio dormido. Estaba muy cansado y al día siguiente requeriría de todas sus capacidades. No obstante, ella no podía dejar aún que se durmiera.

—Pero para él, Judith... —ella misma se contuvo. Su noche de bodas no era el momento adecuado para hablar de su hermana.

Peter sabía eso bastante bien. La atrajo hacia él.

—Todavía no te he dado tu regalo de bodas —dijo—: Starogan. Y no puedo dártelo hasta que los bolcheviques hayan sido devastados, hasta que Michael Nej haya sido aniquilado. Deberás tenerme paciencia un poco más de tiempo.

Hasta que Michael Nej haya sido aniquilado. Ése era su objetivo. ¿Odiaba, entonces, tanto a ese hombre? No había motivo para ello. Cuando eran niños, habían sido amigos, primero en Starogan y después en Puerto Arturo, antes de que las responsabilidades del estado adulto y la naciente amenaza de la guerra japonesa pusiera fin a sus juegos. Cuando él había ocupado el principado, había sido natural que su amigo de la infancia se convirtiera en su *valet*. Así, el golpe de la repentina salida de Michael de Starogan había sido mayor, pues, durante más de trescientos años, los Nej habían sido siervos de los Borodin.

A pesar de ello, en aquella época sólo había sentido molestia hacia su alocado compañero y después, piedad cuando supo que Michael se había visto involucrado en un complot anarquista y había asesinado a un policía. No se le había ocurrido abogar por la vida de su antiguo sirviente —tenía suficiente que hacer para salvar a Judith de la horca—, pero continuaba sintiendo piedad hacia una vida tan llena de promesas porque, con el transcurso del tiempo, podría haber seguido a su padre —quien terminaría tan abrupta e insensatamente— y llegar a ser mayordomo de Starogan. Entonces, no había odio.

No tenía evidencia alguna de que Michael Nej le hubiera provocado algún daño a él o a su familia en los años que habían transcurrido. Rara vez se había puesto a pensar en ese hombre hasta ayer. Pero ahora lo odiaba. Era el odio que un soldado puede sentir por el enemigo con el fin de poder matarlo, pero también había algo más profundo: Michael Nej era un bolchevique, un participante en el desastre rojo que se había extendido por toda Rusia. Un amigo de Lenin y un instigador, aunque fuera de poder, de los acontecimientos de Starogan. Michael Nej era un símbolo de todo lo que había que extirpar de la vida rusa, de la cultura rusa, de la historia rusa.

Hoy, vería finiquitado el asunto. En la semioscuridad de la madrugada, Peter cabalgaba al frente de las columnas de soldados de a pie, detuvo su caballo sobre una pequeña loma, configuración poco común en esa planicie interminable, y observó hacia el campamento que se ubicaba a la distancia, en la terminal ferroviaria, donde todavía había un par de máquinas y gran cantidad de vagones, hacia los terraplenes y trincheras que la rodeaban, hacia el camino que, a partir de donde él estaba, se iba estrechando hasta las líneas rojas y se perdía en la distancia. Sin duda, los bolcheviques sabían que ellos se estaban acercando, pero no podían hacer nada al respecto. Al igual que los blancos, estaban escasos de municiones para levantar una barrera de verdadera artillería y aun sus armas de pequeño calibre debían reservarse para el asalto final. Lo único que podían hacer era observar y esperar. "Si por lo menos tuviera un escuadrón de tanques —pensó Peter—, apenas si tendría yo que sacrificar alguna vida". Pero no tenía tanques, ni gasolina para movilizarlos. En muchos aspectos, esta guerra en el sur de Rusia había retrocedido por lo menos cuarenta años y estaba en las mismas condiciones que el conflicto entre Francia y Prusia, o que aquella antigua lucha entre Prusia y Austria: reducida sólo a hombres, caballos y trenes, balas y acero frío; a la disciplina y no al entusiasmo. En esa disciplina él estaba depositando su confianza.

—Una sólida posición —el general Denikin había estado observando las trincheras bolcheviques a través de sus binoculares—. Aún me pregunto si no sería mejor atacar por sus flancos.

Peter señaló hacia la multitud de jinetes que se veía a lo lejos, moviéndose junto a la vía férrea.

—Si pudiéramos maniobrar al amparo de un terreno alto, tal vez se podría, general. Pero ellos nos descubrirían de inmediato. Ciertamente se están anticipando a un plan semejante. ¿Ves aquellos vagones que están allá? Ellos podrían evacuar a su ejército antes de que pudiéramos rodearlos a pie.

—Un asalto frontal resultará muy costoso —observó Mark Liselle. Él también había estado utilizando sus binoculares.

—Debemos comparar la pérdida de vidas humanas con el tiempo que ganemos y el elevado estado de ánimo que una victoria nos aportaría —Peter miró por encima de su hombro hacia la masa de infantes vestidos de caqui que avanzaba a lo largo de la llanura, hacia los cosacos que la flanqueaban por ambos lados, hacia el tren que los había transportado, silencioso ahora, pero que era la clave de su estrategia—. Debemos pensar que somos una fuerza superior, tanto moral como físicamente. ¿Tienes alguna duda al respecto, Mark? Combatimos por todo lo que vale la pena en Rusia. Los enemigos representan todo lo repulsivo. ¿Dudas de ello?

—No —dijo Liselle—. No, no dudo de eso, Peter Dimitrievich. Verificaré que los hombres estén listos.

—¿Cómo te sientes la noche anterior a la batalla? —Michael Nej fumaba un cigarrillo y prestaba oído a los murmullos que se filtraban durante la noche, que en realidad ya era madrugada.

Iván se encogió de hombros.

—Nunca sabíamos lo que iba a ocurrir o si iba a ocurrir. No sabemos ahora lo que vaya a suceder.

—Ellos están allí —comentó Michael—. El príncipe Peter está allí con su ejército.

—Príncipe Peter —dijo Iván despectivamente—. Querrás decir el camarada Borodin, el traidor.

—Si consiguieras hacerlo prisionero, me encantaría tenerlo en mis manos —Dora Ulyanova se había acercado, como de costumbre, en silencio—. Me gustaría mucho.

Michael miró a Judith, quien tenía la cara escondida en la semioscuridad. Ella se dio la vuelta y regresó al tren.

—Si lo tomamos prisionero —dijo Michael—, quiero que me lo entreguen a mí y a nadie más. Recuérdenlo.

—Si es que lo tomamos, camarada comisario.

Esta vez fue Michael el que se encogió de hombros.

—No sé qué es lo que vaya a acontecer mañana —dijo—. Como bien ha dicho Iván Nikolaievich, ni siquiera sé si los blancos nos atacarán. Hemos creado una sólida posición aquí. Me imagino que su mejor opción sería tratar de flanquearnos y luego apoderarse de la vía del ferrocarril detrás de nosotros.

—Ésa es la razón por la que he mencionado que deberíamos retroceder —se quejó el general.

—¿Hacia atrás, hacia atrás y hacia atrás? —inquirió Michael—. ¿Eso es a lo que se reducen sus conocimientos militares? Estamos aquí para derrotar al Ejército Blanco. No lo podremos conseguir, a no ser que permanezcamos firmes y luchemos. Si intentan flanquearnos, tendremos nuestra mejor oportunidad —de acuerdo con sus libros, pues no tenía otra experiencia a la cual recurrir. "¡Dios mío! —pensó—, ¿esta gente se dará cuenta de ello? ¿Sabrán que jamás he estado en la línea de fuego? ¿Y que no tengo ni la menor idea de lo que pasará mañana, de cómo reaccionaré y de si siquiera podré pensar?" Pero ellos lo ignoraban y no debían sospechar el terror que parecía haberse apoderado de su estómago.

—Si se retiran, entonces los despedazaremos —dijo Dora—. Cuando hayamos rechazado su ataque e intenten retroceder, entonces los destruiremos.

—Entonces —asintió Michael—. Cuando hayan sido repelidos. Ahora, les sugiero que intenten dormir un poco. Pero asegúrense de que sus centinelas estén alerta, camarada general.

—Están alerta, camarada comisario; pero los blancos no atacarán antes de la madrugada —Malutin sonrió con desdén—. Tendrá tiempo de dormir, si puede.

"Si puedo y si quiero hacerlo", se dijo Michael. Consideraba como una pérdida de tiempo pasar dormido la noche anterior al día en que quizá muriera. Ya habría tiempo para dormir cuando la batalla hubiera finalizado, si aún seguía con vida.

Subió la escalerilla y entró al compartimiento, que estaba a oscuras. Tatiana Borodina dormía en el otro extremo, con el rostro vuelto hacia la pared, roncando suavemente. Tattie, la mujer con que Iván había soñado y que ahora poseía totalmente. Una ostra.

¿No sería más bien una muchacha profunda y complicada que buscaba su redención en la única forma en que podía? Pero aquel no era el momento de pensar en esas cosas, cuando tenía la cabeza llena de preocupaciones. En aquellos instantes, dudaba incluso de su propia sensatez. No sabía por qué Tatiana estaba allí ni por qué había permitido que Judith lo acompañara.

Se acostó junto a ella y la mano de Judith se cerró sobre la suya.

—¿Tienes miedo?

¿Tenía miedo? ¿Era un cobarde? ¿Podría saberlo? No se había comportado como tal cuando el juez pronunció sentencia de muerte contra él. Pero, en aquel entonces, no le importaba morir. Habiendo sufrido las torturas en la celda de Roditchev, sólo ansiaba morir. Ahora, en cambio, lo único que anhelaba era vivir.

—Cómo voy a tener miedo —le dijo a Judith—, yo soy el comisario. ¿Tú tienes miedo?

—No tengo nada que temer —respondió ella—. Tú lo sabes perfectamente.

—Por supuesto. Si acaso te capturan, serías arrestada por Peter Borodin. Pero, dime, Judith Stein: ¿te gustaría que perdamos la batalla?

—Sí. Deseo que la pierdas.

Él se incorporó y se apoyó sobre el codo para tratar de mirarla en la oscuridad. Escuchó el ruido que Iván hacía al meterse en la cama, junto a Tattie. "Qué ironía —pensó— que nosotros dos, hermanos, que nunca hemos intimado como debería corresponder, que hemos estado alejados la mitad de nuestras vidas, nos reunamos al fin y durmamos en el mismo compartimiento esperando triunfar o morir juntos."

Judith ni siquiera movió la cabeza ni cerró los ojos. Él la entendía ahora perfectamente. Odiarlo, o mejor dicho, odiar lo que él representaba y hacerle saber ese odio era la única defensa que ella podía tener contra lo que él había ocasionado que le sucediera.

Se agachó para besarla en los labios.

—Cuando obtengamos el triunfo —le prometió—, podrás gozar de la felicidad que buscas —hubiese querido amarla ahora mismo, pero aquel encogimiento que sentía en el estómago impedía la erección—. Cuando hayamos vencido —le repitió al acostarse junto a ella.

Una estridente trompeta y un chirrido inimaginable que concluyó en una sorda explosión que estremeció todo el tren sobre las vías, despertó a los que dormían.

Michael cayó rodando del lecho y se quedó sentado en el suelo. Judith ya se había incorporado sobre la cama y se quitaba los mechones de pelo que le caían sobre la frente. En el otro extremo del compartimiento, Tattie empezó a proferir alaridos que no cesaron hasta que Iván le dio una bofetada.

Michael se arrastró para recoger sus ropas y su gorra con la estrella, símbolo de su autoridad.

—¡Por Dios! ¿Qué ocurre?

—Un bombardeo —explicó Iván quien también se vestía apresuradamente—. Un ataque siempre inicia con un bombardeo.

Los dos hablaban a alaridos. El ruido era incesante: al fragor de los disparos, se sumaban las voces, los gritos y lamentos que provenían del exterior. ¿Era posible aguantar aquel estruendo infernal, sabiendo que su resultado final sería la muerte?

—¡Michael! —Judith lo tenía agarrado por un brazo, pero él se zafó bruscamente de ella, salió corriendo del compartimiento, se lanzó por la puerta abierta, tropezó, rodó por los escalones y cayó de rodillas al suelo, mirando un par de botas. El general.

Michael se levantó y se ajustó la gorra.

—Aquí no hay peligro, camarada comisario —como de costumbre, Malutin le dio a sus palabras un tono sarcástico—. Deliberadamente no están apuntando hacia las vías del ferrocarril. Las vías del ferrocarril son las que quieren preservar, camarada. ¿Podría yo sugerir que destaquemos una compañía para que las vuelen?

—¿Volarlas? —A Michael le dieron ganas de gritar: "¿Estás loco?, son nuestro único medio de escape". Tragó saliva—. Estamos aquí para defenderlas, camarada general. ¡Ocúpese de sus hombres!

El general titubeó y después saludó.

—Como tú lo ordenes, camarada comisario.

Se apresuró a desaparecer en la oscuridad, interrumpida por estallidos de luz. Pero no estaban apuntando hacia las vías del tren. El general así lo había dicho. Un hombre lúcido, el general. El valor empezó a abandonarlo.

—¿Cuándo atacarán? —preguntó a Iván. Por encima de ellos, Tattie había principiado a gritar de nuevo, pero Michael pudo escuchar a Judith intentando tranquilizarla.

—Cuando la andanada concluya —contestó Iván.

—Entonces, vayamos al frente.

—¿Al frente? —inquirió Iván—. Yo no pertenezco al frente. Mi trabajo es interrogar prisioneros.

Michael cayó en la cuenta de que estaba tan aterrorizado como él.

—Entonces, espéralos —dijo—. Mi trabajo consiste en ganar esta batalla.

De prisa, se alejó de la protección que el tren le proporcionaba. "¿Qué estoy haciendo? —se preguntó a sí mismo—. ¿Cómo pueden soportar los hombres tal andanada? ¿No debería ordenar la retirada? Si nos retiramos ahora que las vías están intactas, todos podríamos escapar o al menos los comandantes." Pero, ¿por qué otro motivo estaba él ahí? ¿Qué había dicho Lenin en el andén? No había otra razón para su existencia. ¡Ninguna otra razón, por Dios!

Pero Lenin había dicho que Dios no existía.

La andanada acabó. La súbita presencia del silencio fue escalofriante. Michael se tambaleó y casi cayó bajo su peso. A su alrededor, todos los hombres estaban saltando fuera de sus trincheras y de los refugios improvisados, gritándose unos a otros. Las mujeres y los niños lloraban; ello daba una idea del tiempo que este ejército había permanecido inactivo. Pero, por lo menos, la andanada había cesado. De nuevo podía pensar.

—¡Camarada general! —gritó—. ¡Camarada general!

—Mire hacia allá, camarada comisario —un oficial subalterno extendió el brazo y señaló. Michael observó hacia la vía del ferrocarril, hacia la máquina, apenas distinguible en la oscuridad, que se precipitaba hacia él. Y detrás de la locomotora había media docena de vagones que arrojaban llamas rojas desde cada una de sus aberturas.

—¡Fuego! —gritó—. ¡Fuego!

Los hombres se lanzaron al suelo y empezaron a descargar sus rifles. Las ametralladoras resonaron. Llamas rojas desgarraron la noche y la transformaron en un infierno. Michael se encontró de rodillas. Había desenfundado su revólver y sólo se dio cuenta de lo que estaba haciendo cuando el gatillo chasqueó sobre un dormitorio vacío, como si las municiones del revólver pudieran detener a una locomotora desbocada. La máquina se estrelló en las barricadas, las arrojó a un lado y a otro, se descarriló y amenazó con volcarse, pero permaneció vertical. Las puertas de los vagones traseros se abrieron súbitamente y los soldados blancos saltaron afuera, disparando al mismo tiempo, mientras el primer resplandor de la madrugada hacía relucir las puntas de sus brillantes bayonetas.

Y su revólver estaba vacío. Michael se incorporó y los hombres que estaban a su alrededor lo miraron. Se percató de que el subteniente con el que había estado hablando estaba muerto. ¿Dónde estaba el general?

Por la izquierda y la derecha llegaba el clamor de la infantería que avanzaba. Todos los blancos estaban sobre la explanada y cargaban contra sus atrincheramientos. Pero una infantería atrincherada siempre podía repeler el ataque de la infantería, sus libros decían eso.

—¡Corran! —gritó alguien.

—¡Son demasiados! —gritó otro.

—¡Corran! —gritó el general.

Michael corrió. Arrojó su revólver y corrió hacia el tren.

—¡Vámonos! —gritó al desconcertado conductor—. ¡Vámonos!

Judith Stein sacó la cabeza por la ventanilla del compartimiento de primera clase.

—¿Qué está ocurriendo? —preguntó a gritos.

—¡Vámonos! —volvió a gritar Michael. Saltó al escalón al tiempo que el tren daba un tirón y lanzaba un chorro de vapor—. ¡A toda máquina!

El ferrocarril comenzó a moverse. Una bala se incrustó sobre el enmaderado que estaba junto a su cabeza y él se lanzó dentro de la puerta y aterrizó jadeando sobre sus manos y rodillas. Pero el fuego fue amainando a medida que el tren ganaba velocidad.

Casi había amanecido. Cuando recobró el aliento, pudo ver a Judith y a Tattie de pie frente a él. El rostro de Judith era el retrato de la consternación. Los labios de Tattie dibujaban una mueca de desprecio.

—¿Dónde están tus hombres, camarada comisario? —preguntó.

—Merece una felicitación, general Borodin —el general Denikin refrenó su caballo y miró en torno suyo. Peter se preguntaba si había visto antes una escena de destrucción semejante. Ciertamente jamás había sido testigo de una victoria tan rotunda. Los rojos habían huido casi al primer disparo. A su alrededor, había sacos de municiones y rifles desarticulados, gorras desgarradas, mochilas y cantimploras aplastadas Y, en medio de los escombros de un ejército derrotado, estaban los cuerpos deshechos de mujeres, niños y hombres. La mayoría habían sido destrozados por la breve andanada de artillería, y presentaban un espectáculo espeluznante, pues era difícil decir dónde iniciaba un ser humano y dónde terminaba otro. Sólo unos cuantos habían sido alcanzados por las balas y yacían en sus trincheras o detrás de sus parapetos, piernas y brazos esparcidos en una terrible danza de muerte.

—¿No fue el duque de Wellington —preguntó Denikin—, quien dijo: "Después de una batalla perdida, la experiencia más terrible es una batalla ganada?"

—Creo que sí —respondió Peter.

—Pero tenemos la vía del tren intacta. Y aún contamos con algunos vagones. ¿No deberíamos avanzar?

—Sí avanzaremos, general, hacia Tsaritsyn. Más tarde o más temprano, se le habrá de ocurrir a Nej que la única manera de detenernos es destruir la vía del ferrocarril.

"Nej", pensó. Como era de esperarse, Nej había huido en su tren de mando, con su Estado Mayor y, sin duda, con sus mujeres. En realidad, aquello no había sido una batalla, sólo poner en fuga a una indisciplinada horda de guerrilleros. Bueno, ¿podría esperarse algo diferente?

Pero Raquel estaría contenta. La princesa Borodina. Una princesa Borodina que, al fin, sería digna de tal nombre.

—Me pregunto si hubieras conseguido el mismo éxito de haber combatido contra soldados verdaderos —Sergei Roditchev cruzó a medio galope por entre los cuerpos muertos, las tiendas y las chozas derribadas y ahora cabalgaba al lado de Peter.

—¿Alguna vez nos opondremos a un verdadero ejército, Sergei? —preguntó Peter, pues reflexionó que no había necesidad de sentirse ofendido.

—Probablemente no —contestó Roditchev—. ¿Qué vamos a hacer con esta gente? —inquirió apuntando hacia los que estaban siendo concentrados en un gran círculo por los cosacos.

Denikin miró a Peter.

—Tendremos que fusilarlos.

—Parece que hay un gran número de ellos —observó Peter.

—Yo calculo alrededor de cuatrocientos —dijo Roditchev—. Pero, ciertamente, mis hombres recogerán muchos más en la medida en que avancemos. Deben estar diseminados por toda la estepa.

—No podremos arreglárnoslas con varios miles de prisioneros —indicó Denikin.

—Algunos de ellos no son más que mujics forzados a luchar por los bolcheviques —informó Peter—. Quizá incluso estarían felices de pelear de nuestro lado y todavía más si se les permite regresar a su casa y cultivar trigo para nosotros.

—Una vez bolchevique, siempre bolchevique —sentenció Roditchev.

—Pero el príncipe Borodin tiene un propósito, príncipe Roditchev —dijo Denikin—. Debemos continuar con nuestro camino, debemos perseguir a los rojos mientras estén abatidos por su fracaso y necesitaremos a los cosacos, tanto para indagar como para colgar. Usted permanecerá aquí, príncipe Roditchev, con un regimiento de infantería. Hable con los prisioneros, averigüe cuáles de ellos estarían dispuestos a unirse a nosotros. Le dejo esa consigna, príncipe Roditchev.

Roditchev saludó y sonrió a Peter.

—Quedan a tu cargo, Sergei, como dijo el general —le recordó Peter—. Coronel Liselle, ¿están formados nuestros hombres para proseguir la marcha? Acamparemos alrededor del mediodía para comer, cuando hayamos avanzado algunos kilómetros más —"Lejos de esta pestilencia de muerte", se dijo para sus adentros. Lejos de Roditchev y de sus víctimas—. No dudo,

Sergei Pavlovich, que te reunirás con nosotros tan pronto como hayas resuelto los asuntos de aquí.

—Por supuesto, príncipe Peter. No me demoraré demasiado. No me llevará mucho tiempo entrevistarme con esta gente.

Hizo recular su caballo, saludó de nuevo; el general Denikin y sus hombres se alejaron con estruendo, cabalgando a los lados de la vía del tren. Detrás de ellos, la locomotora abandonada por los bolcheviques estaba levemente inclinada sobre la vía principal, con sus vagones enganchados. No había esperanza de volver a colocar la máquina usada en el asalto sobre los rieles sin una grúa. Y, detrás del ferrocarril, la infantería formó un frente, mientras que los cosacos empezaron a recorrer el campo abierto a uno y otro lados para cazar y destruir al adversario vencido.

Los hombres estaban felices. Sus bajas habían sido relativamente escasas, y no hay nada que levante tanto el ánimo como avanzar y seguir avanzando.

—¡A Tsaritsyn! —clamaban—. Su excelencia se nos unirá en Tsaritsyn.

Era una manera de ser alentado. Roditchev se quitó la gorra y la agitó en señal de despedida y lo vitoreaban cuando se alejaba. "Al fin —pensó—. Por fin estamos devolviendo golpe por golpe y venciendo. Después de todo, tal vez Peter Borodin, el pobre y confuso Peter Borodin, tiene algún talento. Aunque, lo más probable, es que sólo haya tenido suerte".

Pero él tenía un deber que cumplir, un trabajo importante y gratificante. Espoleó su caballo y atravesó el osario que había sido el campamento rojo en dirección a donde estaban los prisioneros. El coronel que estaba al mando del regimiento de infantería lo saludó.

—Ya los conté, excelencia. Hay trescientos cuarenta y siete hombres, veinticuatro mujeres y cinco niños.

Roditchev asintió con la cabeza.

—Fusilen a los hombres y a los niños. Sus hombres pueden tener a las mujeres por algún tiempo. Después, será mejor que las ejecuten también. Empleen ametralladoras con los hombres, es más rápido. Y, luego, quiero que este lugar quede limpio. Cuadrillas de enterradores y quemen toda esta basura. Quiero que de este campamento no quede rastro... ¿Entendido?

El coronel saludó.

—¿Y usted, excelencia?

Roditchev sonrió.

—Yo les echaré una mirada a esas mujeres rojas.

El coronel asintió con la cabeza y se alejó.

Roditchev se preguntaba si en verdad quería a alguna de esas mujeres. Tal vez, pero para lastimarla. Siempre había gozado hiriéndolas, desde que su primera esposa, Anastasia, había fallecido al dar a luz, gritando su nombre, injuriándolo y odiándolo. Anastasia Roditcheva nunca había sido bonita, sólo mujer; el matrimonio había sido acordado por el padre de Sergei. Entonces él era demasiado joven. Tras su muerte, él se había vuelto introvertido, concentrado en su carrera y sólo había utilizado prostitutas callejeras cuando necesitaba sexo, hasta Ilona Borodina.

En realidad, el matrimonio había sido planteado por el nuevo príncipe, el joven Peter. Roditchev no había podido dar crédito a sus oídos. Más tarde, por supuesto, se le reveló la verdad: Ilona había sostenido un romance con el periodista estadounidense George Hayman. A duras penas había podido creer esto otro: que una princesa rusa se hubiera entregado a un simple hombre de negocios. Pero, evidentemente, Ilona siempre había tenido mentalidad de mujerzuela. Él se había llenado de gozo con el solo pensamiento de poseer toda aquella arrogante belleza y disfrutó la posesión. Pero había sido sólo para lastimar, puesto que en realidad jamás pudo dominar. Golpear a Ilona había sido uno de los grandes placeres de su vida, hasta que Peter se inmiscuyó estúpidamente. Aunque, ya para entonces, por propia declaración de ella, Ilona no sólo había aceptado a un hombre de negocios, sino al *valet* de su hermano como amante. Por supuesto, ella no se lo había confesado, sino hasta que abandonó Rusia, pues sabía que la hubiera matado. Pero él nunca había dudado de que fuera verdad; ella sólo había reafirmado lo que los ojos, los oídos y los sentidos de él ya le habían indicado desde el nacimiento del niño: Iván Sergeievich no era suyo. No podía encontrar ni un sólo rasgo Roditchev en la pequeña criatura, pero sí los de Michael Nej.

Sus dedos se retorcieron hasta que las manos se convirtieron en puños. Éste era el único disgusto de hoy: que Nej y sus huestes hubieran escapado. Pero no podrían huir siempre. Serían capturados y entregados en sus manos. Y entonces...

Odio, el ansia de infligir sufrimiento y dolor, era todo lo que había rescatado de su fracasada vida con Ilona. Y existía un anhelo que había podido realizar: el zar había admitido que Sergei Roditchev era el hombre ideal para dirigir la Okhrana y suficiente gente había sido llevada a su oficina para satisfacer siempre ese afán de ver sufrir a otros. Algunos casos fueron memorables; por ejemplo, Judith Stein, porque cada vez que él había dejado caer su bastón sobre su trémula carne, había pensado en Ilona. Era una lástima que su hermana hubiera escapado. Sin embargo... el mundo era tan cambiante que aún era posible conjeturar que la princesa Borodina algún día pudiera caer en las manos de la policía. Su policía.

Pero hubo otros casos. Y, en una ocasión, incluso había llegado a tener a Michael Nej a sus pies. ¡Si uno pudiera predecir el futuro!

—¡Una cuadrilla de harapientos! —hizo notar el coronel, apuntando con su bastón.

Roditchev observó a las mujeres. Se amontonaban unas contra otras como si se apoyaran mutuamente, fija la vista no tanto en él, cuanto en sus hombres y en sus niños, que eran acomodados en filas, y en los soldados que las miraban como lobos, esperando con ansia las órdenes que sabían que iban a darse y que dejarían a estas pobres criaturas a su merced.

—Has dicho bien, coronel —dijo. No había nada para él allí. Ninguna interesante, ninguna bonita; sólo una colección de sucias y aterrorizadas mujeres. Espoleó su caballo, sin dejar de contemplarlas aún. De repente, sonó un disparo. La bala debió pasar muy cerca de su cabeza. ¿La había sentido él pasar? Se volvió al mismo tiempo que desenfundaba su revólver. Su ejemplo fue imitado por el coronel, quien se hallaba detrás. Pero ya los soldados habían corrido hacia el grupo de mujeres y se abrían paso entre ellas, golpeándolas con la culata de los rifles. Así llegaron hasta la culpable al tiempo que ella levantaba de nuevo su revólver, la derribaron por tierra y la retuvieron allí coaccionada con las bayonetas.

—¡Alto ahí! —gritó Roditchev. Y preguntó al coronel—: ¿No fueron registradas?

—Yo di las órdenes de que lo hicieran, su excelencia —contestó el coronel—. ¡Mil perdones! ¡Dios mío, si ella hubiera hecho blanco...!

—No hizo blanco —Roditchev espoleó su caballo hacia el grupo hasta casi echárselo encima. Ella estaba tendida en el suelo, con cada una de sus muñecas bajo una bota militar, mientras otro hombre la retenía por el cabello y dos más la tenían asida de los pies. Ella bufaba y lo observaba, destilando odio por la mirada. Estaba mejor vestida que las demás que la rodeaban y su uniforme caqui portaba una estrella roja en la hombrera. Una mujer con autoridad y una cara vagamente familiar. Un rostro que él había analizado muy a menudo, en una ajada fotografía, pero todavía identificable. Después de todo, no había sido un día perdido.

—Bueno, caballeros —dijo—, hemos hecho una captura importante. Ayuden a la joven a incorporarse. Lo único que desea es sentarse sobre mi pecho y arrancarme los ojos. ¿No es verdad, mademoiselle Ulyanova?

—¿Ulyanova? —el coronel observó fijamente a Dora—. ¿No es el demonio conocido como "Dora Roja"?

—La misma —dijo Roditchev.

—Déjenla en mis manos —solicitó el coronel—. Yo encontré a algunos de mis hombres luego de que ella terminó con ellos, no hace más de una semana.

—Comprendo lo que sientes, mi querido coronel —respondió Roditchev—. Pero me temo que vas a tener que dejarla a mi cuidado. Después de todo, el rango tiene sus ventajas. Sin embargo, te prometo que su ejecución será pública. Supongo que mañana por la mañana.

—Como ordenes, excelencia.

Roditchev miró a un lado y a otro. La mayor parte de las chozas habían sido devastadas, al igual que todas las tiendas. Pero allí estaba el tren descarrilado con su triste cauda de vagones. Señalándolos, ordenó:

—Llévenla allá.

Los soldados cogieron a Dora por los pies. Aún jadeaba, pero no había hablado. Sus anteojos se habían deslizado hasta la punta de su nariz y ella intentaba echar la cabeza hacia atrás para volverlos a su lugar, sin dejar de ver a Roditchev.

Los hombres tiraron de ella hacia adelante, junto a los oficiales que esperaban. Uno de sus pies resbaló y ella se bamboleó contra el hombre que asía su brazo derecho. Rápidamente, él la golpeó en el estómago con el brazo que le quedaba libre. Ella sintió una náusea espantosa y cayó sobre sus rodillas para ser pateada en el trasero.

—No la golpeen —ordenó Roditchev haciendo girar su caballo para ir detrás de ella—. No la quiero herida.

Ellos la tomaron por los pies y se dirigieron hacia la vía del ferrocarril.

—En aquel —indicó Roditchev, apuntando hacia el primero de los vagones.

Los soldados arrastraron a la joven por los escalones, mientras ella oponía resistencia con las rodillas, y abrieron la puerta. La condujeron al centro del compartimiento, mientras aguardaban que Roditchev desmontara. Él bajó su morral, lo colocó sobre su brazo y subió los escalones.

—Ahora, veamos —dijo con aire pensativo. Había un candelabro que colgaba del centro del techo y Dora era una mujer de baja estatura—. Vamos a hacer lo siguiente: quiero que la cuelguen por las muñecas de esa lámpara. Verifiquen que la cuerda es suficientemente resistente. ¡Oh!, y pueden desvestirla antes. Deseo estar seguro de que no lleva consigo alguna arma escondida.

Los hombres pusieron manos a la obra con gusto. A Roditchev le recordaron a unos enanos pelando un plátano gigante. La vestimenta de Dora le fue arrancada y desgarrada, pero, en cuanto a la ropa interior, hubo poco que hacer; en unos cuantos segundos, quedó despojada y levantada por dos hombres, mientras los demás ataban sus muñecas al oscilante candelabro. Cuando terminaron, las puntas de los pies de Dora estaban suspendidos a unas tres pulgadas por encima del suelo, como él había calculado, y su cuerpo empezó a dar vueltas muy despacio. Era un cuerpo peculiarmente pálido, observó él, y más pesado de lo que había creído. Dentro de pocos años, Dora Ulyanova sería una mujer obesa.

—Gracias —dijo—. Pueden dejarnos solos. No quiero que nadie se acerque a más de cincuenta metros del vagón. ¿Entendido?

—Sí, su excelencia —saludaron y se fueron, cerrando la puerta tras de sí. Roditchev recorrió el compartimiento bajando las cortinas de las ventanillas. Algunas de ellas tenían orificios ocasionados por las balas, y la mayoría de los cristales estaban estrellados, pero había lo necesario para convertir el interior del vagón en una sombría mazmorra.

La joven lo observó.

—¿Estás avergonzado, Roditchev —inquirió ella—, de lo que vas a hacerme?

Él volvió la cabeza. Era la primera vez que escuchaba su voz.

—Estoy pensando que es probable que lo esté —dijo—. No sería recomendable que los soldados se percaten de que soy capaz de una pasión extrema. Ellos creen que los oficiales no tenemos sentimiento alguno.

Estaba de pie frente a ella. Suspendida como estaba, sus ojos quedaban a la misma altura que los de él. Roditchev extendió el brazo, le quitó los lentes, los tiró al suelo y los pisoteó.

—Entiendo —dijo—, que tu pasatiempo estriba primero en dejar ciegas a tus víctimas.

Dora tomó aire. Sus pesados senos parecieron erguirse sobre el pecho.

—Eso las atemoriza —respondió.

—Pero no a ti, ¿eh? Me inclino a pensar como tú. Además, quiero que veas todo lo que te voy a hacer. Deseo que contemples cómo va sucediendo. ¡Hay tantas cosas que quiero hacerte! En realidad no sé por dónde comenzar. Pero no tengo ninguna prisa. Disponemos de todo el día.

Se quitó el cinturón y lo dejó junto con su revólver sobre la mesa. Después, se despojó de la gorra y de la chaqueta y se arremangó la camisa. Abrió su morral y sacó una botella de vino, un pedazo de pan y un poco de queso.

—La vida de un militar no es feliz, por lo que respecta al alimento —dijo. Se sentó y cruzó las piernas, observándola mecerse suavemente de un lado al otro—. Pero un hombre debe aprovecharlo al máximo, supongo —con su cortaplumas cortó una tajada de queso, se la llevó a la boca y la masticó despacio. Después, bebió un trago de vino—. Y, desde luego, una vez que la guerra concluya, gozaré de nuevo de todo lo bueno de la vida.

—Tú nunca ganarás —dijo ella—, nunca, nunca, nunca.

—Me temo que no comparto tu punto de vista —dijo él—. Y los recientes acontecimientos refuerzan mi opinión —volvió a poner el corcho sobre la boca de la botella y se limpió las manos con una servilleta—. Me perdonará usted, mademoiselle, que no le ofrezca una parte de mi almuerzo, pero sería un desperdicio. ¿No lo crees? Y la comida, para no hablar de vino, no es muy abundante que digamos —se levantó—. Ahora, ¿por dónde iniciamos?

—¡Estás loco! —dijo ella—. Cuando yo interrogo a la gente es para obtener información.

—Yo no creo que tengas información que proporcionarme —comentó él—. La mayor parte de ella nosotros la obtenemos de los desertores. Ni siquiera es necesario interrogarlos; simplemente les prometemos respetar sus vidas. Ellos nos cuentan todo lo que saben.

—¡Y luego ustedes los fusilan!

Roditchev se encogió de hombros.

—El bolchevismo es una enfermedad repugnante, mademoiselle Ulyanova. Una vez que el ser humano se contagia de ella, ya no hay esperanza para él. O para ella. Él o ella deben ser aniquilados, como perros rabiosos. Ahora, déjame ver... —metió la mano en el bolsillo, sacó una caja de fósforos y encendió uno—. Supongo que azotarte no tendría mucho efecto contigo. Estimo que una mujer como tú hasta lo disfrutaría. Considero que por lo que debo optar es por destruirte poco a poco, como mujer, de tal modo que puedas verlo y apreciarlo. Un aniquilamiento que sepas que es irreversible. Me parece que ésa es la mejor forma de hacerte aullar, de reducirte a lo que eres en realidad, a un ser rastrero de la más baja ralea. ¡Oh! —el fósforo se había consumido y le había quemado la punta de los dedos. Lo arrojó sobre el suelo y lo apagó con la suela de los zapatos—. Sí, pienso que eso será lo mejor.

Encendió otro fósforo y lo colocó de inmediato bajo el pezón izquierdo de Dora y observó cómo la carne se tornaba negra. Durante algunos instantes, Dora no emitió sonido alguno, después jadeó y lanzó una patada al mismo tiempo. Sus piernas se elevaron violenta, desesperadamente, pero Roditchev sólo tuvo que hacerse a un lado para esquivarlas.

El fósforo se apagó y las lágrimas rodaron por las mejillas de Dora. Pero no había gritado.

—Como lo sospechaba —dijo Roditchev—. Tienes una gran resistencia al dolor. No obstante, ello sólo hace mi tarea más atractiva. Intentemos en otro lugar.

Encendió otro fósforo y lo aplicó al borde velludo del pubis. Un segundo después, el vello principió a arder sin llama. Ella jadeó de nueva cuenta, se contorsionó y pateó. Roditchev había colocado su brazo libre alrededor de sus muslos para mantenerlos unidos e impedir que se movieran. Pero el ímpetu de su reacción lo tomó por sorpresa, fue arrojado hacia atrás y permaneció erguido. Ella lanzó de nuevo, con implacable exactitud, sus pies desnudos y lo alcanzó en la ingle. Ahora fue él quien quedó sin aliento y cayó de rodillas. Dora pateó de nuevo, intentando alcanzarlo en el rostro. Falló, pero este tercer movimiento fue demasiado violento para el candelabro. Éste se desprendió del techo del vagón y cayó sobre el suelo, arrastrando a la joven con él.

Roditchev se apoyó contra una silla, tratando de recobrar el aliento.

—¡Por Dios! —dijo—. ¡Por Dios que voy a *despellejarte*!

Dora rodó sobre sí misma, una y otra vez, arrastrando consigo el candelabro. Así llegó hasta la mesa donde Roditchev había dejado sus ropas y su cinturón, se sentó y tomó el candelabro entre sus manos. Roditchev se dio cuenta demasiado tarde de lo que ella estaba buscando. Apoyándose en la silla, se incorporó y contempló, sin poder hacer nada, cómo Dora, con las manos aún atadas e impedidas por el pesado candelabro, se las ingeniaba para desenfundar el revólver, tomándolo con las dos manos.

—Estás loca —gritó—. ¿Qué estás pensando...? —y se abalanzó sobre ella, pero ya Dora estaba apretando el gatillo una y otra vez. El revólver disparó seis veces. La primera bala alcanzó a Roditchev en el pecho y lo hizo detenerse. La segunda, le dio en el estómago y lo hizo comenzar a caer. La tercera, penetró nuevamente en el pecho. Las tres restantes no dieron en el blanco y se incrustaron en la pared que estaba a sus espaldas, pero no se requirieron: el general príncipe Roditchev murió antes de llegar al suelo.

Arrastrando aún el candelabro, Dora se levantó y se acercó a la mesa donde Roditchev había dejado su navaja. Cuando los soldados entraron por la puerta, ella ya llevaba sentada sobre el sangrante pecho de Roditchev varios segundos.

"Los soldados se pusieron en posición de firmes o de algo que se asemejaba, pues apenas si podían sostenerse en pie —se dijo amargamente Michael Nej—. Pero difícilmente se les podía culpar cuando sus jefes se habían mostrado ineptos y cobardes".

Además, hacía frío. La nieve llegaba a las rodillas —en el patio de la estación y en algunos lugares, amenazaba obstruir los mismos rieles. Era difícil permanecer erguidos con tal frío. Y el tren se había retrasado.

Volvió un poco la cabeza y miró sobre su hombro a los hombres que estaban a sus espaldas. Los oficiales esquivaron su mirada. Sabían que su carrera había llegado al final y podrían considerarse afortunados si conseguían salvar la vida. Sabían que ninguno de ellos había podido evitar los desastres que el Ejército Rojo había padecido en el otoño. El comisario había dado las órdenes. El comisario debía cargar con la culpa.

Tampoco Iván le sostendría la mirada. Pero, sin duda, estaba meditando cómo escapar al castigo que recaería sobre el apellido Nej. Junto a él, Tatiana parecía, como siempre, indiferente a todo lo que la rodeaba. Ya no sonreía, su vientre abultado sé lo impedía. El niño de Tatiana sería, al igual que su primo, Nej por parte de padre y Borodin por parte de madre, lo que entrañaba muchas implicaciones para el futuro, suponiendo que hubiera alguna posibilidad de que esta pareja se estabilizara.

Obviamente *él* no iba a tener otro hijo. Observó ahora a Judith, quien no sólo le devolvió la mirada, sino que esbozó una breve sonrisa de aliento. Era una mujer rara. Juraba que detestaba todo lo que Michael representaba, que veía con buenos ojos todas las derrotas que su ejército había padecido desde el primer fracaso. Y él le creía; pero, a través de su odio y de su ira, había algo muy próximo al amor. Ella jamás lo admitiría, por supuesto. Michael tampoco esperaba que ella alguna vez fuera a reconocerlo ni siquiera ante sí misma. Quizá fuera imposible vivir con alguien, compartir todo con él y no llegar en algún momento a amarlo. O tal vez, pensaba él, era improbable para una mujer ser amada como él la amaba y no retribuir ese amor. Se habría requerido un psicólogo para que se lo explicara. Le bastaba con saber que, en este mundo apocalíptico en el que se hallaba, sólo en los fuertes brazos de Judith Stein le era posible sentirse feliz.

Se oyó un silbido y el tren caminó con lentitud, formando montones con la nieve que arrojaba a su paso a uno y otro lados. Atrás de Michael, alguien dio una orden y la guardia de honor se colocó en posición de firmes. Sin duda, estaban tan desaliñados como de costumbre. No volvió la cabeza para constatarlo.

El ferrocarril silbó y se detuvo. Y los guardias rojos saltaron por las puertas, con los rifles y los revólveres listos, escudriñando a todos los que estaban en el andén. Michael se cuadró, observó hacia la puerta central, que estaba abierta, y vio bajar a Trotsky. La forma de hacerlo fue tan minuciosamente exacta como siempre, con sus anteojos relucientes como siempre, con la barbilla levantada tan agresivamente como siempre. Pero Trotsky aún no había estado en el campo de batalla ni había tenido alguna derrota. Permanecía en Moscú, como una enorme araña, moviendo piezas y emitiendo decretos... Dando órdenes y enviándolas lejos.

—Camarada Trotsky —Michael lo abrazó y recibió un beso en cada mejilla.

—Camarada Nej.

Michael retrocedió, saludó y comenzó a presentar a los oficiales.

—El camarada Malutin.

—¡Ah, camarada general! Tú eras capitán en el setenta y cuatro regimiento de infantería en Galitzia.

Malutin rebosó de alegría.

—Así es, camarada comisario.

—Un magnífico regimiento —afirmó Trotsky—. Un magnífico regimiento. ¿Tienes algunos de tus hombres aquí, contigo?

—Media docena, tal vez, camarada comisario.

—Entiendo que el viaje ha sido duro.

La mirada de Malutin se volvió hacia Michael y después volvió a ver al frente.

—Ha sido dificultoso, camarada Trotsky.

—Ya lo sé —dijo Trotsky—. No sólo para ustedes. Ha resultado dificultoso para todos nosotros.

—Y ahora que la guerra en Europa ha terminado... —principió a decir Malutin.

—¿Los blancos serán reforzados? Debemos anticiparnos a eso. Pero también nosotros vamos a recibir refuerzos, camarada general. Se lo puedo prometer. Lo único que deben hacer es sobrevivir hasta la primavera. No teman por el futuro. El futuro pertenece a Rusia y nosotros somos Rusia. Yo te ratifico en tu rango y en tu mando aquí en Tula y hacia el sur.

Las lágrimas acudieron a los ojos del general; probablemente, había esperado que lo involucraran en la fracaso de su superior.

—Te lo agradezco, camarada comisario.

—Me lo puedes agradecer venciendo a Denikin —dijo Trotsky. Y pasó al siguiente hombre. Con cada oficial, su admirable memoria pudo evocar algún recuerdo de los años de servicio anteriores, y a cada uno le formuló una o dos preguntas. A algunos los transfirió de inmediato a otras misiones; a la mayoría la ratificó en su rango y en su puesto. "Si al menos yo tuviera el poder de inspirar a los hombres de ese modo —pensó Michael—. O tal vez todo lo que uno requiere es la autoridad".

Iván se encontraba en el extremo de la fila.

—Camarada capitán Nej —dijo Michael—. Al mando de mi policía militar.

—Camarada capitán —lo saludó Trotsky al tiempo que le estrechaba la mano—. Hemos escuchado hablar mucho de ti.

—¿De mí, camarada comisario? —Iván estaba aterrorizado.

—Por supuesto. Tu eficiencia se ha vuelto un ejemplo a seguir. Y la de tu asistente —Trotsky miró a Tattie—. ¿Es ella?

—No, camarada comisario. Ésta es mi mujer.

Trotsky contempló el vientre abultado de Tattie.

—Sus relaciones han tenido éxito y, por lo tanto, son felices. ¿Dónde está la otra mujer?

—Su apellido era Ulyanova, camarada comisario. Fue apresada por los blancos hace algunos meses. Nosotros creemos que fue ejecutada.

Trotsky asintió con la cabeza y Michael se preguntó si ya lo sabría.

—Pero, sin duda, ya habrás seleccionado a otros subordinados competentes, camarada Nej. No dudo de que eres atinado para elegir colaboradores capaces.

Iván miró a Michael. ¿Se trataba de una trampa?

—¿Y bien? —preguntó Trotsky.

—Así... así lo creo, camarada comisario.

—Bien, bien. Te relevo de ese cargo aquí.

—¿Camarada comisario? —la voz de Iván temblaba.

—Ha habido un atentado contra el camarada Lenin. Toda la nación, pero en especial Petrogrado, está infestada de anarquistas, blancos y zaristas, que no desean otra cosa que la disolución del Estado bolchevique y la muerte de nuestro líder. Deben ser localizados y aniquilados. Quiero que ésa sea tu misión, camarada Nej. Considero que eres el hombre idóneo para ello. Te enviaré a Petrogrado para que encabeces a la policía de allí.

—¿A Petrogrado? ¿La policía? ¿Yo? —Iván parecía un niño pequeño.

Trostky puso su mano sobre el hombro de Iván.

—No me vayas a fallar, camarada Nej. Ellos deben ser destruidos —después, miró a Tatiana—. Será bueno que tu esposa tenga a su bebé en Petrogrado. Hay mejores instalaciones sanitarias que aquí.

—¡Petrogrado! —gritó Tatiana—. ¿Vamos a ir a Petrogrado?

Trotsky sonrió.

—¿Te gusta Petrogrado, camarada Borodina? Está bien. Me agrada que mi gente esté contenta con el lugar a donde es asignada. Nos veremos en Petrogrado.

Y siguió adelante. "¡Camarada Borodina! ¡Dios mío! —pensó Michael—. Los conocimientos de este hombre no tienen límite."

—La camarada Stein, camarada comisario. Mi mujer.

Trotsky la besó en cada mejilla.

—Me encantaría poder enviarla también a Petrogrado, camarada Stein, pero no creo que le gustaría ir sola.

Judith miró a Michael. Un ligero color sonrosado apareció en sus mejillas.

—No, camarada comisario. Yo preferiría ir a donde sea enviado el camarada Michael Nej.

—Entonces, se quedarán aquí —dijo Trotsky.

—¿Aquí? —preguntaron a la vez.

Trotsky se dio la vuelta y se dirigió hacia el extremo del andén. Miró a las tropas allí reunidas. Michael estaba atrás de él.

—Estos hombres requieren disciplina —remarcó Trotsky.

—Es difícil, camarada comisario. Han sido derrotados con demasiada frecuencia.

—Y continuarán siendo vencidos, Michael Nikolaievich, hasta que estén disciplinados. Ésa es tu principal labor. Conviértelos en soldados. Fusila a cuantos tengas que fusilar. Para la primavera, recibirás refuerzos. Haz de ellos un ejército.

Michael se cuadró. No podía dar crédito a lo que oía. Pero no podía seguir bajo premisas falsas.

—Camarada comisario —dijo—, las derrotas que hemos sufrido no han sido culpa de los hombres.

—Lo sé —respondió Trotsky—. Escapaste desde la primera batalla. ¿También de la segunda?

Michael se mordió los labios.

—No, camarada comisario. Pero para entonces ya era demasiado tarde. Los blancos sabían que triunfarían, nosotros sabíamos que perderíamos.

Eso también es culpa mía. He dejado menguar mi autoridad. He hecho fracasar al Partido Bolchevique, le he fallado a Rusia. Merezco ser fusilado.

—¿Supones —dijo Trotsky— que mandar es sencillo? ¿O llevar a la victoria? Los hombres a los que estás combatiendo, los Denikin, Borodin y Roditchev, han mandado toda su vida. Fueron a escuelas donde se les enseñó cómo mandar, no conocen otro modo de vida. Tú no has tenido esos privilegios, Michael Nikolaievich; pero has aprendido los problemas de dirigir en el campo. ¿No consideras que sería un desperdicio fusilarte ahora que has aprendido una lección tan amarga y costosa?

Michael introdujo aire en sus pulmones. Debía estar soñando. Pero no podía mentir.

—Yo no podré detener a los blancos la próxima primavera, camarada comisario. Especialmente con nuevos reclutas. Ellos seguirán avanzando. Ni siquiera creo que podamos tomar Kiev.

—Entonces, déjales Kiev, camarada comisario. Posees dos ventajas que Denikin no podrá tener jamás: tienes a toda Rusia detrás de ti. El territorio no significa nada para nosotros. Déjales Kiev, en préstamo. Y, además, tienes un mundo lleno de guerras, incluso guerras civiles... El mundo no hará nada para que haya paz. Denikin no recibirá apoyo de las democracias. Es posible que consiga un poco de armamento, pero ni eso durará para siempre, mientras que nosotros estamos creando ejércitos, tanques, cañones y balas todos los días. Porque nosotros no estamos fatigados de la guerra, camarada Nej. La guerra es nuestro perro guardián. La guerra y la revolución son nuestras únicas razones de ser. Le hemos declarado la guerra al mundo entero y seremos los triunfadores. Pero antes, deberemos obtener la victoria aquí, en Rusia. Quiero que se les imponga la disciplina a esos hombres que están afuera. Deseo que agarres por el pescuezo a todo ese ejército para hacer de él la mejor fuerza de combate que pueda haber sobre la Tierra. Yo te doy todo el apoyo para que lo consigas, Michael Nikolaievich. Harás lo que debas hacer y ten la confianza de que el Sóviet Supremo respaldará tus decisiones. Ordena las retiradas cuando debas hacerlo. Pero, siempre que te retires, tendrás la convicción de avanzar de nuevo. Aguarda hasta que Denikin, como un resorte en espiral muy tenso, llegue a los límites de su resistencia y de sus vías de comunicación y, entonces, asesta el golpe, Michael Nikolaievich. Yo sé que lo lograrás, tú puedes —sonriendo, echó los brazos sobre los hombros de Michael, mientras los oficiales presentes observaban sorprendidos la escena.

—Todo hombre tiene derecho a cometer un acto de cobardía una vez en su vida. Hay esperanzas de que todo hombre sea un héroe una vez en la vida. Tú ya fuiste el primero. Ahora cuento con que seas el segundo, camarada comisario.

CAPÍTULO XII

EL CHISPORROTEO DE LOS RAYOS DEL SOL SOBRE LAS AGUAS DEL mar Negro lanzó sus destellos sobre las techumbres de Sebastopol y delineó la forma siniestra de los acorazados que estaban anclados frente al puerto. Aquellos barcos enarbolaban la Enseña Blanca y eran el símbolo de que, sin considerar lo que estuviera ocurriendo en el resto del planeta, Britania era aún la dueña y señora de las olas.

"Aun cuando lo hacía —pensó Peter Borodin— por sus propios intereses." Después, se preguntó con pesar si aquellas enormes embarcaciones permanecerían todavía allí dentro de unas cuantas semanas, cuando aquel mismo sol refulgente estuviera opacado por la bruma y los helados vientos invernales principiaran a soplar desde el este. ¿Qué traerían esos vientos? Se envolvió más en su bata de tela gruesa al sentir que se estremecía.

—No sabía que ya estuvieses levantado, querido —comentó Raquel Borodina al salir a la terraza, sosteniendo dos tazas de café humeante—. ¿No es extraordinario el panorama? No tienes idea de lo feliz que he estado aquí durante todo el último año. Feliz como nunca lo había estado en toda mi vida. Y ahora más, porque estás de regreso...

Echándole un brazo sobre los hombros, la atrajo hacia él. Tras un año de matrimonio y casi un año de maternidad, se comportaba, hablaba y se veía como una chiquilla. "¡Ojalá que Raquel nunca creciera!", se decía Peter para sus adentros y, al mismo tiempo, intentaba concentrar su atención en los atractivos de su mujer para alejar sus taciturnos pensamientos.

—Sólo durante una semana —le aclaró.

—¡Una semana más contigo! —exclamó ella volviendo la cabeza para restregar la punta de su nariz contra la mejilla de su esposo—. Ni siquiera le has dado los buenos días a la pequeña Ruth.

—No quise despertarla.

Se dejó llevar por la mano hacia dentro de la casa y acercarse a la cuna. Después, tomó a la pequeña de los brazos de su madre, la acarició y la besó. Ruth Borodina; un nombre extraño, aunque no más que el de Raquel Borodina. A no ser que él tuviera un hijo varón o que lo tuviera su primo Víctor —nadie sabía lo que había sido de él—, el famoso apellido moriría con esta generación.

Pero, por supuesto que él tendría un hijo, algún día.

—Está mojada —se quejó Raquel—. ¡Niñera! —llamó, levantando la voz—. Venga a cambiar a la niña.

A ésta la dejó en la cuna y, asiendo cariñosamente el brazo de Peter, lo llevó hacia su habitación.

—Anoche apenas tuviste oportunidad de echar un vistazo a tu hija —le iba platicando—. ¿No crees que es adorable?

—La más adorable del mundo, después de su madre —cuando estuvieron los dos sentados en la cama, él volvió a poner su brazo sobre los hombros de su mujer—. Lamenté mucho no haber podido estar aquí cuando nació.

—No lo lamentes. El nacimiento de la bebé fue la cosa más sencilla que puedas imaginar.

Con cuánta esplendidez había florecido Raquel como princesa Borodina. Ahora, era una muchacha alegre y avispada, muy lejos de la joven retraída y silenciosa que sacó de la miserable pocilga de Petrogrado. Aunque jamás fue tan retraída y aun huraña como Judith... "¡Ah, Judith! *Tú* también serías una maravillosa princesa Borodina!", exclamó Peter para sus adentros.

—¡Me alegro mucho de que te guste nuestra hija! —expresó Raquel apartándose de él para echarse de espaldas sobre la cama—. Habría sido terrible que no te gustara.

Al acostarse, había permitido que su bata y su camisón se levantaran hasta las rodillas con la intención de mostrar las piernas, porque a Peter siempre le había gustado mirárselas. Había transcurrido casi un año de soledad y de tristeza, incluso dentro de la alegría casi delirante de la sociedad de Sebastopol, con los apuestos oficiales ingleses que asistían a todos los bailes y galanteaban con pericia a las bellas jóvenes rusas.

—¡Ojalá que pudieras venir con más frecuencia y permanecer más tiempo con nosotras! —le dijo sonriendo—. Y todavía sería mejor que nos permitieras ir a reunirnos contigo donde estés. No podrás impedir que me reúna contigo cuando llegues a Moscú. ¿Cuándo arribarán tus ejércitos a Moscú? Supongo que deberé aguardar hasta la primavera próxima.

—¡La primavera próxima! —dijo Peter suspirando—. ¿Te has percatado de que en la próxima primavera se cumplirán seis años de guerra continua para nosotros?

—Sí, pero la guerra habrá finalizado para el año que entra —afirmó ella incorporándose del lecho al observar que Peter no daba señales de recostarse a su lado—. Todo el mundo está de acuerdo con que deberá concluir. Ahora que Kiev ha caído, la mitad de Rusia está en nuestras manos. Los rojos están en una situación comprometedora. Todo el mundo lo comenta.

Peter se levantó y caminó hasta la ventana para proseguir con su contemplación del mar. Raquel hizo una mueca de disgusto y preguntó desde la cama:

—¿Están equivocados?

Peter suspiró. Se había hecho el propósito de no mencionar la situación de la guerra con su mujer, pues quería tenerla entre sus brazos cada minuto de su estancia ahí; pero, si no hablaba y le expresaba sus preocupaciones, se volvería loco.

—¿Ya sabías que Kolchak ha fallecido? ¿Qué los ejércitos que estaban bajo su mando se han dispersado?

—Sí —respondió Raquel—. Pero todo eso ocurrió en Siberia y a nadie le inquieta lo que sucede allá. Lo que cuenta es el sur de Rusia, donde estamos nosotros.

—¿Y sabías que los ingleses, los franceses y los estadounidenses se niegan rotundamente a continuar peleando en nuestro lado y a brindarnos por lo menos ayuda militar?

—También ellos deben estar tan hartos de la guerra como nosotros —manifestó Raquel—. De cualquier modo, tampoco ayudarán a los rojos, ¿verdad?

—No —reconoció Peter—. No se han puesto de parte de los rojos.

—Así que, para la primavera próxima, tú y tus ejércitos marcharán sobre Moscú y, después, sobre Petrogrado. Con eso acabará la guerra. Podremos ver a mi papá y a mi mamá y los dos conocerán a la pequeña Ruth. Te garantizo que van a adorar a la niña.

Peter volvió a sentarse en la cama y estrechó a su mujer entre sus brazos.

—No, mi amor —le dijo—. No creas que tomaremos Moscú la primavera próxima.

Ella levantó de repente la cabeza.

—¿Cómo dices?

—Digo que no tomaremos Moscú, a no ser que los rojos se derrumben por completo. Ya se nos ha agotado casi todo lo que requerimos para continuar peleando. Ya no contamos con balas ni proyectiles ni bombas; nos faltan rifles, cañones y medio de transporte para librar una batalla. Y los soldados lo saben; por eso, han iniciado las deserciones.

—Pero... Yo sabía que el Ejército Blanco fue el que ganó todas las batallas durante el verano.

—Durante todo el verano estuvimos *avanzando* porque los rojos estuvieron retrocediendo. Sin embargo, poco a poco, han podido organizarse y su resistencia se fortalece cada vez más. Michael Nikolaievich no es ningún tonto. Está poniendo en práctica la estrategia empleada por Pedro el Grande y por Alejandro I: utiliza como su arma más poderosa las condiciones propias de la nación.

—Como quiera que sea, ha estado retrocediendo —insistió Raquel—. Mientras que los blancos no han perdido ni una batalla.

—Es cierto, pero ni los blancos ni nadie puede ganar batallas sin contar con las municiones, las armas, los hombres y los caballos indispensables.

—¡Peter! —exclamó ella, echándole los brazos al cuello—. Tú estás muy cansado, tanto como tu ejército. También los rojos deben estar muy cansados de pelear. Tú mismo me explicaste que podrían desintegrarse.

—Dije, *si acaso* se derrumban los rojos, y no hay señales de que eso vaya a acontecer.

—Pero, podría ocurrir.

—Por supuesto.

—Entonces, sucederá —declaró Raquel—. Este invierno, ya lo verás. Los pobres rojos estarán allá, medio muertos de hambre y de frío, en tanto que nosotros estamos aquí, en la tibieza del sol. Tendrán que desmoronarse, Peter, y en la primavera próxima estaremos en Moscú. Debe ser así.

La besó con profunda ternura y, colocando una mano sobre su cabeza, la reclinó sobre su hombro y se puso a observar de nuevo hacia el mar. "Debe ser así —pensó—. ¡Dios mío, permite que así sea!"

George Hayman caminaba por la Perspectiva Nevsky. Metió las manos enfundadas en los guantes forrados de piel en los bolsillos de su abrigo, también forrado de piel. Era el sexto invierno consecutivo que pasaba en Petrogrado y estaba convencido de que era el más crudo de todos. Las temperaturas se sostenían al nivel de los cero grados y no se había experimentado alivio alguno, pese a que ya estaba avanzando el mes de febrero. Además, en aquel mes de febrero de 1920, la ciudad cumplía un año más de su declinación hacia la ruina.

Se tenía la ilusión de haber conseguido determinados progresos. Los tranvías habían vuelto a circular, pero lo hacían muy despacio y con una irregularidad total. Deambulaba por la ciudad el dicho de que uno se congelaba más pronto esperando el paso del tranvía en alguna de sus paradas, que lanzándose a las aguas del Neva; aunque era imposible echarse a nadar en el Neva sin romper primero la gruesa capa de hielo. Sólo transitaban los pocos automóviles para los que podía conseguirse combustible, que únicamente se concedía a los vehículos militares o a los de los comisarios.

Pero, además, los automóviles circulaban con mucha lentitud, pues debían ir sorteando los tremendos baches abiertos en las avenidas; incluso en la Perspectiva Nevsky había enormes hoyancos. Asimismo, George caminaba despacio por la acera, ya que también allí se abrían profundas zanjas.

Ya no se encontraban cadáveres tirados en las calles. Ahora, sólo se observaba a la gente desfallecida que, a paso lento, cojeando, vagaba de tienda en tienda, buscando algo para comer.

Ni siquiera los fríos del invierno habían alejado la hediondez que impregnaba el aire de la ciudad. Ya no era tanto el olor a descomposición y a suciedad, como el olor a miedo. La gente vivía cautiva del miedo. Existía el pavor a morir de hambre, lo cual parecía inevitable. Había el temor de que la contrarrevolución estallara, lo que tendría lugar en cuanto los blancos triunfaran en la guerra civil, si es que vencían. Además, se esperaba la aterradora represión de los rojos, si conseguían la victoria, la acción terrorífica de la GPU, como se llamaba a la policía secreta de Lenin. Atizaba el miedo, sobre todo la posibilidad de que el segundo comisario de la Policía Secreta, Iván Nej, llegara a ejercer sus poderes infernales. Se diría que Petrogrado era el microcosmos de toda Rusia. Y, al parecer, en toda Rusia no había más que un hombre libre del miedo: Lenin.

Pero, en vista de que Lenin también era un ser humano, cabía la posibilidad de que él sintiera miedo. Y esa posibilidad era la más atroz de todas.

Y, en esas circunstancias, ¿le inquietaba a George la idea de que debía irse? Ya se esperaba que en cualquier momento iniciara el primer deshielo y él tenía su pasaje para un barco sueco que había quedado varado en la bahía durante todo el invierno. La embarcación partiría hacia Estocolmo en cuanto fuera posible navegar. Desde Estocolmo, George abordaría un tren hasta Goteborg y, en aquel puerto, hallaría un pasaje para Nueva York. Él suponía que iba a abordar el barco de regreso, tras seis años de estar en Rusia, con esa mezcla de sentimientos que siempre experimentaba respecto del país. Pese a todas las escenas catastróficas que había presenciado, a todos los recuerdos escalofriantes que iban a acosarle en el futuro y para el resto de su vida, no obstante los dos años de separación de Ilona y de sus hijos, no lamentaba ni un solo segundo de los que había vivido en Rusia. No se habían modificado las opiniones que sostenía desde un principio, desde el instante en que decidió que allí estaba latente una fuerza esencial, la misma fuerza explosiva y primitiva que había estallado cuando Tamerlán se lanzó a la conquista de la nación, desde aquellas mismas estepas, quinientos años antes. Todos los instintos y los impulsos de George como periodista, escritor, historiador y hombre pensante, le habían llamado para que fuera testigo presencial de aquella hecatombe con la intención de registrarla para la posteridad —una perspectiva doblemente atrayente, puesto que él no sabía si aquella posteridad sería una extensión del mundo que él conocía y amaba o si sería una posteridad teñida de rojo, adicta a una filosofía con el sello del marxismo como la que Lenin predicaba y que, al parecer, se disponía a poner en práctica con resultados demoledores.

Pero ahora tenía conciencia de que había caído en la trampa común a los seres humanos: dar por hecho que era posible acomodar la paz de la historia al periodo de una vida o, como en su caso, al de un episodio en medio de una vida. George había planteado estimaciones en el sentido de que esta revolución tendría una vida tan breve como la rebelión de Kerensky. Y era obvio suponerlo al observar la ferocidad con que se atacaban mutuamente los ejércitos rivales y la brutalidad con que se aniquilaba a cualquiera que se atravesara en su camino; al mirar la rapidez con la que, incluso la ciudad más grande del país, se deshacía en ruinas, al contemplar la miseria y la desesperación crecientes de un pueblo que ya había pasado los cuatro años anteriores en la indigencia y la desesperanza. Mientras la Guerra Europea duró, parecía razonable que así fuera, aunque George había supuesto, lo mismo que pensaba todo el mundo, que, una vez concluido el conflicto, las democracias del Occidente aportarían todo el peso de su poderío para respaldar a Denikin y a Kolchak con el propósito de exterminar a los rojos; mas también podría ser que las democracias occidentales llegaran a concluir que el sistema bolchevique, fuera bueno o malo, había sido escogido por el pueblo ruso y, por lo tanto, debía ser reconocido por las demás naciones y descartar a Denikin y a Kolchak como a un par de contrarrevolucionarios desorientados.

Cualquiera de aquellas dos decisiones habrían terminado con la guerra civil en un santiamén; pero ninguna de las dos se había adoptado. Ciertamente, a los rojos se les consideraba como un peligro para la civilización; pero las democracias occidentales, igual que las demás naciones, ya estaban hartas de combates y de derramamiento de sangre. Si los rusos deseaban continuar matándose unos a otros y seguir empobreciéndose y muriéndose de hambre durante el resto del siglo, allá ellos. Se retiraron las fuerzas británicas y estadounidenses que ocupaban el puerto de Arcángel. Los franceses habían abandonado Crimea. Había una fuerza naval británica en el mar Negro; pero estaba allí para impedir que la guerra civil se esparciera a Turquía y a Grecia, asoladas ya por sus propios conflictos civiles, más que para auxiliar a los blancos.

Tampoco podía decirse que el país estuviera estancado por agotamiento. Los rojos habían concentrado sus esfuerzos en el oriente, sin dejar por ello de pelear por conservar el sur. Y, ahora, los rojos habían vencido en el oriente. Kolchak estaba muerto y se habían disipado sus ejércitos. Siberia quedaba reservada para el bolchevismo. Pero, ¿a qué precio? Los ejércitos de Denikin se extendían desde Kiev hasta el sur de Tula, una ciudad que se ubica a sólo ciento sesenta kilómetros al sur de Moscú. A cambio de las heladas estepas de Siberia, Lenin había abierto una brecha en el antiguo imperio de Pedro el Grande, concediendo que la Ucrania y el territorio de los cosacos regresaran a sus remotos reinos separados. Pero, en vista de que una situación semejante no se iba a tolerar de manera permanente, la guerra habría de seguir y seguir, cobrando su precio de sangre, de muerte y de miseria.

Y George Hayman iba, por fin, a presenciar todo eso desde lejos. Las razones de su retorno no eran sólo el largo periodo que había permanecido en Rusia; no eran solamente que había observado tanto dolor y tanta miseria como para que su recuerdo le durara para toda la vida; tampoco eran sólo el irrefrenable deseo de reunirse con Ilona y con sus hijos ni era únicamente la muy poderosa de que su padre estaba enfermo y le había llamado para que asumiera sus responsabilidades. El regreso de George se debía en particular a un recóndito sentimiento de desesperanza. No podía mirar frente a él otra cosa que la destrucción, la caída estrepitosa, el derrumbe de aquella fuerza enorme que, buena o mala, había dominado la política europea durante trescientos años. Tampoco podía vislumbrar otra fuerza que tomara su lugar, a no ser que emergiera un nuevo Tamerlán que se lanzara desde las estepas para expandir la destrucción a todo lo ancho y a todo lo largo de Europa y Asia.

¿Añoraría algo de lo que iba a dejar atrás? Por supuesto que sí. Dejaba muchos amigos en Rusia y, también, muchos cabos sueltos. Dejaba a Peter Borodin en el sur, luchando con el Ejército Blanco como un general muy avezado. Junto con él, se encontraba aquella joven judía tan hermosa, Raquel Stein. ¿Cómo había llegado hasta allí? Nadie lo sabía con exactitud, pero allá estaba y era la nueva princesa Borodina. Ilona se había escandalizado al saberlo; pero ya se sabía que Ilona, pese a su determinación de labrar su propio destino, era una Borodina hasta la médula.

En contraposición de Peter, se había levantado Michael Nej. Ésa parecía una extraña jugarreta del destino, en especial considerando el hecho de que junto a Michael estaba Judith Stein. Probablemente lo que más apenaba a George era emprender el regreso sin ver de nuevo a Judith. Sentía una gran curiosidad por saber la manera en que había conseguido su prosperidad. Porque, a fin de cuentas, Judith había progresado como la amante de un comisario y amigo de Lenin. Cuando los blancos vencieran, Judith sería ahorcada junto con su amante; pero al menos había podido darse un respiro. Y, si fueran los rojos los que ganaran...

¿Y qué había sido de Tattie? La pobre, la extraña, la confundida, la preciosa Tattie, conviviendo con el más siniestro de los monstruos en toda Rusia, con un hombre que parecía decidido a superar incluso a Sergei Roditchev por el entusiasmo sanguinario con el que cumplía con su deber de aniquilar a la humanidad en el nombre del Estado. Era raro, pero George no sentía tanta compasión por Tattie. Era imposible definir lo que en realidad ocurría dentro de aquella arrogante cabeza; no podía decirse si estaba loca, si era descomunalmente egoísta, si no era nada más que un animal humano que se saciaba con un pedazo de pan, un vaso de vino o, mejor dicho, de vodka, con las caricias de un hombre, con el derecho a bailar cuanto quisiera y a interpretar la música que le viniera en gana. Pero aquella determinación —porque probablemente lo era— separaba a Tattie de los animales, aunque hiciera de ella un ser único entre los humanos. George nunca había dudado de que Tattie llegaría a prosperar, de una u otra forma.

No obstante, las dos personas que en aquel momento iba a visitar eran las que más le apesadumbraba dejar atrás. Ya había dado la vuelta para cruzar sobre el puente que llevaba a la Isla de Petrogrado; ya se ubicaba bajo la sombra de la fortaleza de San Pedro y San Pablo, donde Iván Nej desempeñaba su escalofriante tarea. Conocía al dedillo aquella avenida, pues la frecuentaba mucho. Desde hacía un año, iba por lo menos una vez a la semana a la casa de los Stein para conversar con ellos y escucharlos hablar. ¿Aquellas visitas se debían a la fascinante atracción que siempre habían ejercido sobre George las dos hijas del matrimonio? Sin duda, pero también existían otros factores. Aquellos que se hallaban en el fondo del montón de escoria tenían que subir. Cuando la tierra empezaba a temblar, los que estaban en la cumbre sólo tenían el recurso de ver hacia atrás, hacia los siglos esplendorosos de su encumbramiento y el de luchar a brazo partido para conservar su puesto. Pero aquellos que se situaban en el medio, los que habían dedicado incontables generaciones para ir mejorando lentamente sus condiciones, los que sólo añoraban que los dejaran en paz para continuar peleando por sus vidas, para transmitir sus insignificantes tesoros a sus hijos, para festejar los matrimonios y los nacimientos, para llorar las muertes, para gozar de los aniversarios y de las fiestas memorables, no tenían hacia dónde volverse cuando se provocaba un trastorno colosal como aquél; no tenían la posibilidad de subir con rapidez, resbalaban y caían y su caída era tanto más dolorosa, cuanto más difícil les resultaba recuperarse y tanto tiempo les tomaba lograrlo.

Los Stein estaban mejor que muchos otros de su clase. George sospechaba que Judith era la responsable de su mediano bienestar. Raquel había escapado con un oficial del Ejército Blanco. Joseph era un bolchevique que despreciaba a su madre y a su padre. Pero Judith era la amante de un alto comisario y a ella se debía, como sus padres reconocían, que los Stein vivieran con un poco más de comodidad.

George entró por la reja y observó una vez más el jardín devastado. Ningún jardín estaba floreciendo en el mes de marzo, pero aquel no estaría mejor en junio. Caminó por el enlosado agrietado de la vereda hasta la escalera de la entrada principal, viendo la pintura de las paredes que por encima de él se escarapelaban y el papel caía desgarrado desde el techo. El par de ancianos Stein comía bien y ahora tenían dos habitaciones para ellos solos y no los molestaban las incursiones que, de vez en vez, efectuaban los guardias rojos —por todas partes de la ciudad—. Pero sí estaban obligados a contemplar, día tras día, la lenta desintegración de su casa y de su jardín, y de todo lo que ellos habían atesorado. ¿Estaban ellos mejor que los otros de su clase? En verdad, no podía afirmarse eso.

George subía las escaleras exteriores y empujó la puerta para abrirla.

—¡Qué cierren esa maldita puerta! —gruñó una mujer y él se apresuró a cerrarla. Desde un cobertor tirado en el suelo en el centro de la habitación, surgió el llanto de un niño.

La madre de la criatura lanzó una mirada asesina hacia Hayman.

—¿Quieres que se me muera de una pulmonía, cerdo estadounidense?

George se quitó el sombrero con cortesía.

—Mil perdones, pero no hay modo de entrar si no es por la puerta, camarada.

—¡Bah! —la mujer reanudó su tarea de tender la ropa recién lavada—. De cualquier manera, camarada, pierdes tu tiempo.

—¿Qué quieres decir? —George, quien ya había comenzado a subir las escaleras, se detuvo para mirar a la mujer.

—Los Stein se han ido, camarada.

—¿Se han ido? ¿Adónde se fueron?

La mujer se encogió de hombros.

—A la fortaleza de San Pedro y San Pablo, creo yo. La GPU vino y se los llevó. Y ya era tiempo de que se llevaran a esa basura burguesa.

George Hayman corrió jadeante hasta llegar al primer piso. Se diría que había estado subiendo y bajando escaleras a la carrera durante toda la tarde y, si aquella última visita resultaba inútil, ya no sabía adónde dirigirse.

Era la casa de los Borodin en la ciudad. George nunca había estado allí en los días de esplendor de la aristocracia rusa. Aquellos días habían coincidido con su propio eclipse en la sociedad rusa.

Pero, desde la revolución, había visitado la casa con frecuencia. En su estatus de estadounidense, gozaba de cierta popularidad entre los bolcheviques y, además, era cuñado de Tattie y, aunque ella tuviera varios cuñados, él era su favorito. Así que prosiguió su camino...

Llegó al descansillo de la planta alta y se detuvo para recuperar el aliento. Desde la última puerta del corredor, llegaban las notas de un piano. No era alguna melodía que él identificara y mucho menos en aquel piso.

Seguramente que había sido compuesta por la misma Tattie y en sus disparatados compases; contenía mucho del carácter circasiano proveniente de los antepasados de los Borodin y también abarcaba muchas partes de la peculiaridad de Tattie para interpretar el piano. Quizá dentro de un siglo —tal vez antes, si Lenin lograba trastornar el mundo—, aquella música se reconocería como un rasgo de genio. Por ahora, era un estallido de barbarismo rítmico que cortaba el aire tranquilo de la tarde; en muchas ocasiones, George se había preguntado lo que las otras esposas de los comisarios opinaban acerca de la música de Tattie.

Llamó a la puerta con insistencia, pero fue necesario que diera varios golpes más con los nudillos para que la música cesara. El sonido fue reemplazado de inmediato por los berridos de un bebé; sin embargo, Tattie era una madre comprensiva: en lugar de golpes, nalgadas y regaños, hacía un suave arrullo con la voz para hacer que la criatura dejara de llorar en seguida y se pusiera a imitar el arrullo de su madre.

Se abrió la puerta y apareció ella, levantando con una mano los mechones que le caían sobre la frente.

—¡George! —el simple saludo parecía encerrar la tibieza de un día primaveral. Lo prensó por el brazo, lo atrajo hacia el interior de la habitación y le estampó un beso en la boca—. Me han llegado ciertos rumores horribles —le dijo.

—¿Sí? ¿Qué has escuchado?

—Que vas a partir de vuelta a Estados Unidos.

—Recuerda que allá tengo una mujer y tres hijos. Escucha Tattie...

—Y aquí tienes amigos.

Ya se encontraba junto a una mesita, donde sirvió vodka en dos vasos. Era de suponerse que Tattie, en su calidad de alcohólica, acabaría por convertirse en una masa de carne fofa, pues era lo que la ciencia médica advertía en relación con los tejidos degenerados por el alcohol; pero también era probable, se dijo George, que, siendo Tatiana Borodina, le ofreciera una contradicción a la ciencia médica y continuara igual, a pesar del vodka. Por lo pronto, era indudable que la cantidad de licor corriente e impuro que consumía no le provocaba efecto alguno.

—Yo no tengo ni un solo amigo, aparte de ti.

—Vamos, vamos, Tattie —bebió un sorbo de vodka—. ¿No son tus amigos Judith y Michael?

Cuando Tattie se hallaba en aquel estado introspectivo, era necesario tratarla con mucho tiento.

Se encogió de hombros y, después, repentinamente, efectuó una de sus piruetas de danza, un giro violento que le levantó la falda hasta la cintura y luego volvió a caer. George observó algo que le pareció muy raro en una mujer tan abiertamente desinhibida como Tattie: usaba gruesas medias de lana y amplios calzones de franela que le cubrían hasta las rodillas. Con todo y eso, George hubiese deseado que la falda tardara un poco más en taparle de nuevo las piernas.

—Saluda a mi niña.

Se inclinó sobre la cuna y acarició con el dedo la barbilla de Svetlana Ivanova.

—Pronto vendrá otro —comunicó Tattie haciendo un paso de danza.

—¿Tú? ¿Otra vez?

—Sí, nadie más —declaró—. Quisiera arrancarle los ojos.

Era algo digno de destacarse que Iván Nej, segundo comisario de la policía secreta de Lenin, fuera como una masa de barro moldeable en manos de su mujer. Al pensar en eso, George recordó el motivo por el que venía.

La atrapó por un brazo en medio de una tercera pirueta y la besó en las dos mejillas.

—¿Eso te hace feliz?

—¡Claro que sí! Me encantan los niños. A todos los que tenga les voy a enseñar a bailar.

—Buena idea, Tattie.

—Voy a tener doce hijos, George. Con ellos haré mi propio grupo de ballet. Iremos todos a Estados Unidos y tú nos promoverás en tu periódico.

—Te lo prometo —la tomó de las manos—. Óyeme, Tattie: ahora vengo de la casa de los Stein.

—¿Y? —parpadeó rápidamente, pero era imposible asegurar si ella sabía algo de los Stein o si no le interesaba lo que les pudiera ocurrir. Se desprendió de las manos de George para llenar de nuevo los vasos con vodka—. Pregúntale a Iván —dijo.

—Eso es lo que trato de hacer, pero no he podido hablar con Iván. Lo busqué en la fortaleza de San Pedro y San Pablo, y me dijeron que estaba muy ocupado. Hice un intento para encontrar a Joseph y me informan que está fuera de la ciudad. Judith se halla en Tula, con Michael. Eres tú la única, Tattie, que puede hablar con él para preguntarle por los Stein.

—Siéntate, George —le dijo ella—. Bebe un poco más. Le quitó el vaso de la mano, vio que estaba casi lleno, se bebió el contenido y volvió a llenarlo, junto con el suyo.

—Tú mismo se lo preguntarás. No debe tardar en volver a casa.

George se sentó, no le quedaba otra alternativa que esperar a que Iván saliera de sus oficinas y volviera a su casa.

—Bien sabes que son judíos —le dijo Tattie entregándole el vaso lleno de vodka.

—Sí. ¿Qué tiene que ver eso?

Tattie hizo girar la manivela del gramófono.

—Que no tiene relevancia lo que les suceda a los judíos —añadió Tattie—. Escucha esto, George. Iván encontró este disco en una tienda y me lo trajo.

La música discordante resonó en la habitación, el ritmo le pareció conocido a George.

—Se llama Dixieland —Tattie explicó a gritos para dominar el ruido—. Es un gran éxito en Estados Unidos. ¿Lo has oído?

—Hace mucho tiempo que estoy ausente de mi tierra —contestó George levantando también la voz.

—A mí me encanta. Yo escribiré música maravillosa, como ésa —se lanzó a bailar a lo largo de la habitación, dando vueltas y ondulando el cuerpo; la falda se levantaba y se le enredaba sobre las piernas, la cabellera volaba en torno de su cabeza, formando un halo dorado; cada uno de sus movimientos estaba lleno de gracia, de cadencia, de alegría de vivir. George constató sorprendido que aquellos movimientos guardaban la misma frescura que él advirtió dieciséis años antes, cuando vio a Tattie por primera vez.

—Me alegro por ti —le dijo—. Tattie... —se quedó callado al escuchar el ruido de la llave en la cerradura y el de la puerta al abrirse.

Era Iván Nej portando el uniforme con mucha corrección, la gorra perfectamente acomodada en la cabeza, relucientes todos y cada uno de los botones dorados y los cinturones de cuero. George recordó que Iván se encargaba de lustrar las botas en Starogan; tal vez había lustrado las suyas; sin duda, era él mismo quien ahora lustraba su cinturón.

—Hayman —exclamó secamente con una breve inclinación de la cabeza. No trataba de ocultar su antipatía por el estadounidense.

—¡Iván Nikolaievich! —Tattie se abalanzó a abrazarlo; lo acarició y lo besó con tanta efusividad que hizo caer la gorra de su cabeza y le desacomodó sus anteojos. Iván tuvo que retirar con brusquedad a la chica.

—Sirve vodka, mujer. ¿Cuándo te vas, Hayman?

—Tan pronto como el hielo se derrita —respondió George—. Venía a preguntarte, camarada Nej...

—George vino a preguntarte por los Stein —se adelantó a indicar Tattie mientras servía el vodka—. Dice que tú los mandaste encerrar.

—Sí. Estoy seguro de que se trata de un error —mencionó George—. Quiero decir que no pueden haber cometido algún delito últimamente. Hace un año que no salen de sus habitaciones.

—No se condena necesariamente a un hombre o a una mujer por lo que haya hecho recientemente —aseveró Iván—. Un crimen es siempre un crimen.

—Vamos, vamos —dijo George—. ¿Qué crimen pudo haber cometido Jacobo Stein en toda su vida? Su hija es de los suyos. También su hijo.

—¿Y qué me dices de su otra hija? Los Stein le prestaron ayuda a un hombre buscado por la policía, a un contrarrevolucionario peligroso que se ha vuelto más peligroso aún desde que huyó: Peter Borodin.

—¡Por el amor de Dios...! —exclamó George lanzando una mirada a Tattie.

—Bueno —dijo Tattie—, mi Vanichka [diminutivo cariñoso de Iván] tiene razón, George. Peter no me dejaba venir a Petrogrado. Nunca quiso que viniera. Quería tenerme enclaustrada en la casa de Starogan. No me dejaba beber ni me permitía bailar. Merece que lo encierren.

—Esto es como para volverse loco —aseguró George—. Les reprochas que hayan ayudado a escapar a la esposa de tu hermano. ¿Y qué dices de Raquel? Es la hermana de Judith. ¿Qué dirá Michael cuando se entere que han encarcelado a los padres de Judith?

—Michael es un soldado —sostuvo Iván—. Yo soy un policía. Acepto que no entiendo los problemas de Michael, pero él tampoco entiende los míos. Los Stein son enemigos del Estado, hay pruebas de ello. Era indispensable poner un punto final al asunto.

—¿Michael lo sabe? —inquirió George—. ¿Lo sabe Judith?

—No es asunto mío dar parte a los comisarios de quién detengo y de quién no; mucho menos a las mujeres de los comisarios. Además, te garantizo, camarada, que en mis archivos hay suficientes pruebas para enviar a Judith Stein a la horca. Si no fuera la querida de Michael... Pero sus padres también son culpables de crímenes contra el Estado.

De nuevo, George volteó a ver a Tattie, pero ésta bailaba suavemente, como si meciera a la niña que había tomado en sus brazos y con el vaso de vodka en la mano.

—De acuerdo, Iván —dijo—. Si tú quieres, diremos que han quebrantado las reglas, pero seguramente tú podrías hacer una excepción. Al menos una...

—No puede haber excepciones. Estamos sosteniendo una batalla de vida o muerte y no podemos hacer excepciones. El camarada Lenin lo dijo.

—Si ésa es tu postura —advirtió George—, deberé exponerle el asunto al propio camarada Lenin. Ha prometido concederme una entrevista antes de irme.

Iván se encogió de hombros.

—No te servirá de nada, camarada Hayman. A los Stein los ejecutamos esta mañana.

—¿Esta...? —pronunció George y dejó el vaso sobre la mesa.

—Era necesario —aclaró Iván—. Ahora, toma tu vaso y brinda conmigo. Hay que celebrar. ¿No sabes que Tattie será madre otra vez?

El tren disminuyó la velocidad hasta hacer un alto y fue posible abrir las portezuelas. De inmediato, las ráfagas de aire helado entraron al compartimiento y su ambiente se llenó de una niebla tenue; pero, tras dos días de encierro, el viento helado olía como el más dulce de los perfumes.

También dentro del tren había hecho frío, pero era un frío diferente y raro, mezcla de olores humanos, bostezos y suspiros, toses y estornudos y el pobre de George, apretado entre dos hombres y con otros tres igualmente apretados y acalambrados frente a él, había sido incapaz de calentar su cuerpo y de entablar alguna comunicación. No obstante, se consideraba afortunado por haber conseguido siquiera aquel asiento en el tren, así como la autorización para viajar que llevaba en el bolsillo. Ya podían ocurrir en Rusia todas las tragedias imaginables; él no podía hacer absolutamente nada para impedirlas. Ya había principiado a romperse el hielo sobre el mar Báltico y dentro de una semana o quizá menos los barcos podrían zarpar. Ya George había dado, mentalmente, la espalda a Rusia y estaba preparado a considerar su estancia como una experiencia acerca de la cual él podría escribir con sentimiento, sinceridad y una visión profunda, ya que había sido testigo de primera mano de incontables asuntos trascendentes. No le cabía la menor duda de que los años anteriores en Rusia, con su carga de recuerdos, dominarían sus pensamientos y sus actitudes durante el resto de su vida. ¿No era suficiente con eso? ¿Para qué dejarse involucrar otra vez? ¿Por qué no se sentía capaz de quedarse de brazos cruzados contemplando que una nueva catástrofe amenazaba con aplastar a Judith Stein? Ya no era posible atenuar el enorme dolor que le provocaría la noticia del asesinato de sus padres; pero sí se sentía comprometido a protegerla contra las veladas amenazas de Iván Nej.

Por otro lado, se decía a sí mismo que no deseaba abandonar Rusia sin haber vuelto a ver a Judith; la primera vez que la vio, yacía desnuda en el suelo del calabozo de Roditchev, encogida en una esquina, mostrando en los hombros, las caderas y los muslos las marcas de los golpes que el jefe de la policía le había propinado con su bastón. Desde aquel instante y, pese a que Judith ni siquiera se había percatado de que él estaba allí, se sintió unido a ella en la firme convicción de oponerse a las siniestras realidades del zarismo. Por ende, él le había prometido su ayuda en el andén solitario de la estación de Starogan aquella noche en que prácticamente la habían echado de la mansión del príncipe Borodin.

—El pase, camarada.

Él estaba en la hilera de viajeros formada en el andén de la estación de Tula. Dejó de ocuparse de sus pensamientos para contemplar el ambiente que lo rodeaba. Las recientes concentraciones militares habían transformado a Tula en un centro de reclutamiento y de abastecimiento militar.

No hacía mucho que aquella era una pacífica población de campesinos, rodeada de granjas; lo mismo que el resto de la campiña rusa, durante la guerra se había modificado. Ahora, los alrededores de Tula, cubiertos por la nieve, eran un extenso campamento de tiendas de campaña y pertrechos militares. A George le pareció que los miles y miles de jóvenes que se asentaban en el campamento habían dejado de ser simples reclutas para convertirse en soldados regulares. Al cabo de dos años de lucha cruenta e inútil, se vieron forzados a aprender lo más indispensable de la disciplina y el comportamiento militar para poder sobrevivir. Sin duda, debido a aquel aprendizaje, las cabañas y las tiendas del campamento lucían bien alineadas, los caballos estaban encerrados en corrales y tenían cuidadores y centinelas que los vigilaban; los camiones, acomodados bajo las lonas y custodiados por los guardias, aguardaban el momento del deshielo para comenzar la marcha. George había observado antes al mismo ejército durante el último verano, cuando se encontraba en una de sus acostumbradas retiradas y, al comprobar su desorden y falta de organización y de pertrechos, se había mencionado que aquellos hombres iban a estar en retirada permanente y que estaban derrotados incluso antes de librar la batalla. Pero, aquella mañana, al verlo reorganizado y bien pertrechado, pensó que los días de retirada en desorden habían terminado. En todos sus aspectos, se advertía el nuevo orden, el propósito de hacer frente al adversario y de pelear a muerte. Aun los soldados que estaban revisando su pase tenían un aspecto sereno y reservado así como los buenos modales de los verdaderos guardias.

—La casa del comisario está en la plaza, camarada —le informó uno de ellos.

—Gracias, camarada.

George salió de la estación y cruzó las rejas, junto con los oficiales, periodistas y otros pasajeros que habían compartido con él el atiborrado vagón de primera clase. En seguida, se halló en la calle principal del poblado. Desde allí, podía mirar la plaza y el edificio del Zemstvo (ayuntamiento). Frente a él, se ubicaban alineados seis enormes tanques... George sintió que el corazón se le estrujaba. Eran seis tanques Mark IV, de fabricación británica que semejaban gigantescos sapos al acecho, alertas a lanzarse sobre su presa. Algunos soldados con cascos resguardaban los tanques, les quitaban la nieve que les había caído encima y pulían las piezas metálicas.

George apresuró el paso. Aquel ejército había dejado de retroceder y quizá estaba a punto de avanzar.

—¡George Hayman! —Michael Nej se levantó de su silla y le dio la vuelta al escritorio—. Has llegado en el momento oportuno —abrazó efusivamente a su amigo, le dio un beso en cada mejilla, al estilo ruso y después retrocedió para estrecharle la mano, al estilo estadounidense—. ¿Has venido a presenciar la ofensiva?

—Sí, pero dime, ¿de dónde sacaste esos tanques?

Michael sonrió y chasqueó los dedos.

—Un trago de vodka, camarada.

La ayudante de Michael, una joven que estaba sentada junto al escritorio, se levantó con prontitud y abrió las puertecillas de una pequeña alacena.

—De los ingleses.

—¿Te los proporcionaron los *ingleses*?

La chica sirvió el vodka, le dio un vaso a George y otro a Michael. Éste levantó el suyo como si fuera a brindar.

—No, George; en realidad no me los dieron. Pero los ingleses cometieron el error de llevarlos a Arcángel cuando aún estaban peleando contra nosotros, en el nombre del zar y de Dios. Cuando el propio pueblo británico rechazó su actitud, los ingleses tuvieron que retirarse de inmediato y cayeron en la cuenta de que no tenían suficientes barcos para desalojar todo el material que habían desembarcado. Esos tanques no son más que una pequeña parte de lo que los ingleses —y también los estadounidenses— dejaron abandonado. Les estamos muy agradecidos y ahora que el deshielo ha llegado...

—Denikin debe saber que lanzarás una ofensiva.

—Por supuesto que ya lo sabe. Yo no he hecho ningún preparativo en secreto. Los tanques están a la vista, lo mismo que varias baterías de cañones nuevos, con su respectiva dotación de municiones. No hemos intentado ocultarlos, pues ellos no tienen nada de eso. Los jefes saben que vamos a atacarlos, todos los hombres saben que los atacaremos; mas no tienen con qué defenderse —le brillaron de contento los ojos luego de beber un trago de vodka—. ¿Sabes, George? Ha nevado tanto y la capa de nieve es tan gruesa, que no han podido retroceder; eso es lo que debían haber hecho para que nosotros lanzáramos el zarpazo al aire. Ahora, están preparando su retirada, pero ya es demasiado tarde. ¿Quieres otro trago?

—Por ahora no, gracias. ¿Cómo está Judith?

—Bien. Ningún hombre podría encontrar una compañera mejor que ella. No se ha quejado ni una sola vez, pese a que en estos últimos dos años hemos atravesado por desgracias muy duras. Acabas de llegar de Petrogrado, ¿no? ¿Cómo andan las cosas por allá?

—Tenebrosas.

—Pero ya cambiarán cuando esta guerra concluya. Cuando obtengamos el triunfo, podremos emprender la reconstrucción de la nación. Ya falta poco, George. ¿Has visto a Iván? ¿A Tattie?

—Están bien —informó George—. Tattie está embarazada.

—¿De nuevo? ¡Qué bueno! ¡Dos hijos! —una sombra de tristeza apareció brevemente en su rostro—. ¿Cuándo volverás a tu país?

—En cuanto el hielo se derrita.

—¿No te quedarás para la ofensiva?

—Allá tengo a mi familia y, además, te aseguro que ya he visto suficientes ofensivas en estos últimos años.

—Sí. Cuando llegues... —se interrumpió para levantar su vaso con la intención de que la chica se lo llenara de nuevo.

—Le daré a Johnnie un gran abrazo y un beso de tu parte —le prometió George—. Ya sabes cuánto te agradezco todo lo que hiciste por Ilona y los niños.

—Ya me lo habías dicho, George. No hay necesidad de que me lo repitas.

—Es verdad —lanzó una mirada de soslayo a la ayudante—. ¿Podría hablar a solas contigo?

Michael levantó las cejas y, a continuación, hizo un ademán, la muchacha saludó y abandonó la habitación.

—Ruth y Jacobo Stein han muerto —expresó George.

Michael frunció el ceño.

—¿Los dos? ¿Cómo fue? Yo dejé instrucciones para que les proporcionaran alimentos.

—Los acribillaron —declaró George— por órdenes de la GPU. Por órdenes de Iván. —Michael, que había levantado el vaso para llevarlo a sus labios, volvió a dejarlo sobre el escritorio—. Al parecer —aclaró George—, en 1918 le prestaron ayuda a Peter Borodin y a Raquel para que huyeran. ¿Lo sabías?

Michael fue a ocupar su silla frente al escritorio.

—Por supuesto.

—Bueno, entonces, sería mejor que pensaras en tu postura.

—No tengo nada que temer —dijo Michael—. Y cuando haya vencido a Denikin, ya no habrá motivo para que sienta temor de nada ni de nadie. Respecto de Iván... Yo considero que cumplió con su deber. Los Stein *eran* traidores. Yo desatendí mi deber al no informar sobre la situación.

—¿Con tu deber? —inquirió George— ¿Iván también cumplió con su deber? Disparar contra dos viejos indefensos que no deseaban otra cosa más que salvar la vida de su hija no es cumplir con un deber.

—Entiendo cómo te sientes, amigo mío. La guerra es un negocio horrible y la guerra civil es la más terrible de todas. Pero...

—¡Michael! —exclamó George—. Deja de decir tonterías. Los Stein fueron asesinados. Miles, quizá millones de rusos han sido asesinados y continúan matándolos todos los días los secuaces de tu camarada Lenin quien les ha dado manga ancha. Debes enfrentar la verdad.

Michael levantó rápidamente la cabeza.

—¿Y qué me dices de los esbirros del zar que ensangrentaron todo el país? ¿De que los zares dieron rienda suelta a sus secuaces?

—Yo tenía entendido que tus intenciones eran mejorar la conducta de los zares.

Michael suspiró.

—Eso es lo que pretendemos hacer. Puedo darte mi palabra de que mejoraremos las cosas; pero no es posible hacerlo mientras estamos combatiendo en una guerra civil. Por eso, en algunas ocasiones, los inocentes mueren junto con los culpables. Eso puede ocurrir por ejemplo en un bombardeo —se inclinó hacia adelante sobre el escritorio—. Y los Stein ni siquiera eran inocentes. *Eran* culpables de crímenes contra el Estado. Tú estás indignado sólo porque eran amigos tuyos.

—¿Y no eran amigos tuyos también? —preguntó George—. ¿Qué vas a decirle ahora a Judith?

George Hayman se despertó sobresaltado. La recámara estaba totalmente oscura lo mismo que la noche allá afuera. Pero la oscuridad estaba poblada de bullicio, el bullicio de un ejército que se preparaba para la batalla.

Se sentó sobre la cama al escuchar que la puerta se abría.

—¿Michael?

Oyó que la puerta se cerró de nuevo.

—Sí —se encendieron las luces. Michael Nej, completamente vestido, incluyendo sus armas y sus estrellas y sus medallas, venía envuelto en un gran sobretodo.

—¿Adónde vas o qué piensas hacer?

Michael sonrió.

—Vamos a iniciar. En media hora, mi artillería comenzará a abrir fuego.

—¿Hoy?

—No te puedo decir cuándo, amigo mío. Un comandante del ejército debe guardar secretos, ¿no? En especial si está hablando con un periodista.

—Pero... ¿En la nieve?

—Ya se está derritiendo rápidamente. Además, de ser posible, el adversario debe ser sorprendido. Escucha —desde afuera llegaba el ruido característico de los motores de los tanques cuando los echaban a andar—. Durante toda la noche, mis hombres encendieron hogueras debajo de los tanques para verificar que el motor iba a arrancar —explicó Michael.

—Pero si el piso es intransitable tampoco los tanques podrán pasar en uno o dos días, ¿no? —indagó George.

—Para dentro de uno o dos días ya habremos triunfado —aseguró Michael—. El enemigo huirá en desbandada a través de la nieve que comienza a derretirse. Entonces, entrará en acción mi caballería para acabar con ellos o hacerlos escapar más rápido. Pero, primero, habrá que hacerlos correr en completa derrota. ¿Estás seguro de que no quieres acompañarnos? Te garantizo que será un día memorable.

George sacudió la cabeza.

—Yo debo volver a Petrogrado. Ya tengo el pasaje para un barco —vaciló por un instante. ¡Había tantas cosas que quería preguntar!

Michael sabía todo eso.

—Entonces, lo siento por ti. Lamento que te vayas y que tu regreso sea en estas circunstancias. Que hayas venido hasta tan lejos para vernos un momento antes de que debamos partir y que hayas comido a solas anoche. Las cosas serán diferentes la próxima ocasión que nos encontremos. Te doy mi palabra.

—¿Cómo tomó Judith todo esto? —preguntó George.

Michael suspiró.

—¿Quién puede decir cómo toma las cosas Judith? Te puedo comentar, eso sí, que no quiso comer conmigo. Estaba muy disgustada. Prefirió irse a la cama —Michael esbozó una sonrisa—. A nuestra cama. Pero yo dormí en una silla. No importa, de cualquier manera, yo apenas he dormido. Hoy es el gran día de mi vida. Y es mejor que así sea. George... ve a verla antes de que te marches.

—¿Querrá verme?

—Por supuesto que sí. Si en este momento no deseara verte, dentro de uno o dos días lamentará mucho no haberte visto... Dile que, cuando yo envié por ella para que se una al ejército, sabrá todo lo que valgo. Será porque habremos logrado la victoria. Rusia quedará a salvo para que el bolchevismo la reconstruya.

—¿Estás convencido de que eso es lo que le quieres decir? ¿Precisamente en estos momentos?

—Ésa es la verdad y eso es lo que importa. Es un hecho real. La vida de Judith lo mismo que la mía o que la de cualquier otro estarán a salvo. Ahora, debo irme —extendió la mano hacia George Hayman—. ¿No quieres desearme buena suerte?

George le estrechó la mano efusivamente.

—Te deseo toda la suerte del mundo, Michael Nikolaievich, pero solamente *a ti*; no se la deseo a tu ejército, ni a tus bolcheviques.

Michael se le quedó mirando unos segundos sosteniendo sus manos.

—Algún día —dijo por fin—, tú y yo tendremos tiempo de cultivar verdaderamente nuestra amistad, George. Tal vez algún día pueda visitar Estados Unidos y llevar a mi hijo a ver una película al cine, ¿no? ¿Permitirás que yo me lo lleve?

—Por supuesto que lo permitiré.

—Y, cuando llegue ese día, tú estarás de acuerdo conmigo, George, en que todo esto valió la pena. En que todo esto era inevitable.

—Cuando llegue ese día —dijo George.

Michael le soltó la mano, lo saludó militarmente y salió de la recámara. George volvió a recostarse y, casi de inmediato, volvió a ponerse de pie. Levantarse a esas horas implicaba vestirse, ya que hacía demasiado frío para andar en pijama. Tomó sus ropas en la mano, se quedó parado junto a la ventana y observó a los hombres que se congregaban abajo, miró a los jinetes que montaban sus caballos y acomodaban sus rifles y sus lanzas... y, en el fondo de su corazón, sintió el anhelo de ir con ellos. Por mucho que odiara su filosofía, ellos lucharían por ella, por ese ideal, y eso le agradaba a George. En aquel segundo, supo que los rojos iban a vencer. No era asunto de una superioridad numérica y de una mayor cantidad de armamento, más bombas, más proyectiles y más balas, y también aquellos tanques, a pesar de que, a fin de cuentas, esos factores serían decisivos. La razón de su superioridad en armamento y en disciplina y en organización se debía a que no se habían desintegrado, soportando todas las adversidades, como lo hicieron los blancos y como éstos habían esperado que los rojos acabaran. Por esa causa, estos últimos iban ahora a conseguir una victoria.

La puerta se abrió de nuevo, George se volvió y se quedó mirando a Judith Stein que entraba y cerraba la puerta rápidamente detrás de ella.

—¡Judith! —cruzó la habitación y la tomó por las manos. ¿Habría pasado la noche llorando? No podría afirmarlo; tenía los ojos hinchados, pero podía ser por falta de sueño.

—¿Ya se fue Michael? —preguntó ella.

—Hace varios minutos que se fue. Ya está en marcha el ejército para atacar a los blancos.

—Así me lo dijo —quitó sus manos de las de George y fue a sentarse sobre la cama.

—Judith, no te imaginas cuánto siento lo que te ha ocurrido. Yo...

—Lo sé —dijo—. Si no te importara, no habrías venido desde tan lejos a decírmelo. Además, mamá y papá... —suspiró profundamente— me escribían para comentarme que ibas muy a menudo a visitarlos y lo bueno que eras con ellos —levantó la cabeza—. ¿Fue en verdad Iván el que dio la orden de matarlos?

—Creo que sí.

Judith continuó mirándolo y él sintió una enorme compasión por ella.

—Toda esa gente —dijo George—, esa filosofía y esa revolución, como todas las revoluciones, arrastran consigo la tragedia junto con la victoria. A ciertas personas, como Iván, los destinan a los cargos públicos de mayor autoridad por la sencilla razón de que la gente recta y honorable no se presta a hacer lo que Lenin les ordenaría hacer. Aunque también aparecen otras personas que sí valen, como Michael Nej. Un *valet*, el hijo de un siervo, que está dando muestras de ser un gran general.

—¿Adónde irás ahora, George? —le preguntó Judith.

—Retornaré a Petrogrado. Ya empezó a derretirse el hielo y yo tengo un pasaje en el barco para volver a Estados Unidos. Me habría gustado ver cómo concluye todo esto, pero mi padre no está bien de salud y debo atender el periódico.

—Y a Ilona —le recordó Judith.

—¡Claro! Y a los niños. Hace mucho tiempo que estoy ausente.

—Llévame contigo, George.

—¿Qué?

—Que me lleves contigo a Estados Unidos.

—Pero... ¿Dejarías abandonado a Michael? Él no es responsable de lo que ocurrió, ¿sabes?

—Lo dejo por ser lo que es —manifestó Judith incorporándose—. No lo culpo de nada, personalmente. Pero Michael es como es; lo mismo que Iván es como es y yo no puedo aceptarlos tal como son. No siento odio por Michael y ni siquiera por Iván. En diversas ocasiones, durante el año pasado, creí que me estaba enamorando de Michael —se ruborizó brevemente—. Pensé que lo amaba, ya que es un hombre bondadoso, muy gentil y muy tierno. Pero ahora sé que nunca podré amarlo. Tampoco podré quedarme a su lado —bajó la cabeza y sonrió con amargura—. Él y yo hicimos un trato... Pues bien, ahora, el trato se ha roto —levantó la cabeza resueltamente—. Una vez me prometiste, George Hayman, que acudiera a ti cuando lo necesitara y que tú me ayudarías. Ahora he venido a solicitarte que me ayudes.

El estruendo era incesante. En toda su vida, Michael no había escuchado nada parecido. Pensó que Iván sí lo había oído, cuando estuvo en la guerra contra los alemanes y se preguntó lo que éste pensaría de todo aquello.

Se quedó contemplando los destellos resplandecientes que estallaban detrás de la línea del Ejército Blanco y escuchando los extraños silbidos, los aullidos de los proyectiles que pasaban por encima de donde él estaba. Sus oficiales, congregados en la plataforma del mirador del tren, parecían impacientes. También sus hombres debían estar inquietos, lo mismo que los caballos, cuyos relinchos dominaban de vez en cuando el alboroto general. Vio la hora en su reloj: sólo faltaban unos minutos.

¡Iván! ¿Habría cumplido con su deber, como él mismo decía, o lo había hecho para satisfacer un resentimiento personal? Era obvio que detestaba incluso el apellido de los Stein.

Pero tampoco cabía duda de que aquel acto lo cometió en cumplimiento de un deber. Eso Judith no lo entendería nunca. De cualquier modo, esa lamentable situación no tenía por qué perjudicarlos a ellos dos ni a su relación. Habían convivido desde hacía dos años y, en ese lapso, él la había hecho feliz. Le había enseñado una forma de amar y cómo debía ser amada. Michael tenía muy enraizada la idea de que una mujer que es feliz en la cama no puede sentirse infeliz en cualquier otro lado. En verdad, él se las había arreglado para tener satisfecha a Judith en la cama. Por mucho que ella odiara a Iván, sus emociones quedarían sólidamente fincadas en torno de aquel hecho.

La andanada cesó y, al instante, el estruendo estentóreo de la artillería fue sustituido por el rugido ensordecedor de los tanques. No había tiempo para pensar en Judith y en sus reacciones.

El tren empezó a avanzar entre exhalaciones. Estaba repleto de soldados. La mente de Michael no podía apartarse de los recuerdos del fracaso de su ejército en el otoño anterior, cuando Peter Borodin irrumpió victorioso en su línea de combate. Pues bien, ahora los papeles se habían trastocado.

Permaneció de pie frente a la ventanilla en tanto el tren alcanzaba velocidad, mirando pasar la capa de nieve, observando a los jinetes y los caballos que corrían casi al mismo paso que el tren, escuchando el rugido apagado de los tanques. Pero, de pronto, se produjo el chirrido agudo de los metales que se frotan con fuerza entre sí, el traqueteo de las piezas metálicas que se doblan y se trozan. La locomotora había aplicado los frenos a fondo; chorros de chispas emergieron de las ruedas; todo el tren se sacudió bruscamente y Michael advirtió que había saltado fuera de los rieles.

—¡Agárrense! —gritó con toda la fuerza de sus pulmones, pero ya habían principiado a caer, sobre él y por todos lados, los cuerpos que rebotaban de un costado al otro, impulsados por las tremendas sacudidas del compartimiento que acabó por deslizarse sobre el talud cubierto de nieve, hasta que volcó y se detuvo.

Michael se halló acostado sobre el techo del vagón. Las luces se habían apagado y todo estaba oscuro. A su alrededor, escuchaba las voces de los hombres; alguien lanzó un gemido angustioso. Sobre su cabeza, advirtió una leve claridad.

Palpó su cinturón y sacó la pistola, apuntó hacia arriba y apretó el gatillo. El estallido sonó como el de un cañón en aquel espacio cerrado, pero ocasionó el efecto que Michael pretendía: las voces fueron acalladas.

—¡Debo salir! —vociferó—. Aquí hay una ventana. Ayúdenme a alcanzarla. Varias manos lo agarraron por las piernas y los brazos para levantarlo en vilo.

—Ayer, por la mañana, las vías estaban intactas —dijo alguien. Debía ser Moldov, el jefe de las patrullas de inspección, tratando de defenderse, prudentemente por adelantado, de cualquier acusación.

—Entonces, alguien las cortó esta misma noche —comento otro.

—Si fue así, el adversario estaba enterado de que atacaríamos. ¿Cómo lo supo?

—¡Un espía! —aseguró otro y las palabras fueron repetidas por varias voces—. Pero al volver al campamento...

Michael ya estaba agarrado al borde de la ventana con sus manos enguantadas y, con un esfuerzo de sus brazos, salió por ella. Muchos de sus hombres lo rodearon de inmediato; los de la infantería saltaban de los vagones volcados, la caballería se había reunido en grupos y ya no se apreciaba el clamor de los tanques.

—No vamos a volver al campamento —informó Michael en voz muy alta, como si emitiera un discurso. Estaba sentado sobre la nieve, pues así había caído al deslizarse desde el vagón volcado; pero, en ese instante, se incorporó ágilmente y se puso a gritar sus órdenes—. Proseguiremos con el avance. Que todos salgan de los vagones. De prisa. Tú, tú y tú —señaló a tres de los hombres que estaban más próximos—: monten a caballo y vayan al galope a alcanzar a los comandantes de brigada. Les comunicarán que el tren descarriló, pero que el avance continúa. Les advertirán que no hemos modificado los objetivos y que debemos capturarlos antes del mediodía. ¡Corran! Tú: ve a traerme un caballo.

Uno de los jinetes que lo oyó, desmontó y le ofreció el caballo. Michael montó, espoleó al animal y partió como un rayo entre nubes de polvo de nieve que el caballo levantaba con sus cascos. Desenvainó la espada y la agitó sobre su cabeza.

—¡Adelante! —gritaba a voz en cuello—. ¡Síganme!

Con loas de entusiasmo y entre gran algarabía, los soldados de la infantería echaron a correr sobre la nieve, sujetando las refulgentes bayonetas a los cañones de sus rifles. Los de caballería ya estaban alcanzando a Michael. Éste reflexionó que un comandante general del ejército, como él, no debía ir cabalgando al frente de sus tropas; mas ya no iba a detenerse y mucho menos a retroceder. Aquella vez, iba corriendo en pos del triunfo. Aquella vez tendría que obtener la victoria y no sólo por Rusia. Iba a luchar por sí mismo y también por Judith. Iba a combatir por una justificación de todo lo que había emprendido en su vida. Incluso, pelearía para justificar el crimen de Iván.

El refulgente sol del mediodía provocaba que saltaran fulgores de las sábanas de nieve y ocasionaban daño a los ojos que no iban protegidos por los lentes hasta hacerlos llorar; los chupones de hielo colgados de los bordes de los tejados goteaban agua de manera continua.

No obstante, aún hacía demasiado frío para que el olor a podredumbre se esparciera por el aire. Michael se congratuló por ello. En torno suyo estaban los cadáveres dislocados, junto a los rifles y las pistolas inútiles ya. Había gorras de piel medio hundidas en la nieve, se observaban pies agarrotados con las botas, asomando entre los montículos de nieve. Vio a uno de sus hombres apelotonado junto a una bandera y cuidadosamente tiró de la tela de la bandera para ver a qué regimiento pertenecía; la tela mostró sobre el fondo rojo un águila bicéfala negra.

—¡La victoria! —El general Malutin lucía un rostro sonrosado y una sonrisa de oreja a oreja. Seguía espoleando a su caballo con los talones, pese a que el animal estaba exhausto y ya no le obedecía—. ¡La victoria!

—Felicitaciones, camarada general —dijo Michael.

—Pero tú también tienes parte en ella, camarada comisario.

En aquella ocasión, incluso Malutin podía mostrarse generoso. Además, durante el año que llevaban juntos, habían aprendido a respetarse mutuamente. El general levantó su dedo índice para amonestar a Michael.

—Sin embargo, no es éste el lugar para un comisario; a la cabeza de la fuerza de asalto.

—Pero ya ves, eso nos ha dado una victoria táctica —dijo Michael—. ¿Qué novedades hay del campo enemigo?

—Se están retirando por completo a lo largo de la vía del ferrocarril.

—¿Se retiran en orden?

—Así parece, camarada comisario. Sin duda, tenían planeada esa retirada desde hace tiempo. Si hubiesen calculado que iban a avanzar un poco más, no habrían destrozado los rieles del tren. Pero también sabían que nosotros contábamos con tanques y piezas de artillería.

Michael asintió con la cabeza.

—Ahora, debemos perseguirlos.

—¿Qué dices, camarada comisario? Los hombres están agotados.

—Utilizaremos los tanques.

Malutin hizo un ademán de desagrado.

—El mecanismo de los tanques se ha inutilizado.

—¿De todos los tanques?

—Mucho me temo que así sea, camarada comisario. Todos los tanques han sufrido fallas mecánicas... Se requerirán varios días para repararlos. Quizá semanas.

—Bueno, entonces, emplearemos la caballería.

—Camarada comisario, la caballería está agotada. Todos estamos agotados y hemos sufrido muchas bajas. Además, el enemigo está absolutamente derrotado. Ésta es la oportunidad para que nosotros nos reorganicemos y volvamos a agruparnos antes de avanzar de nuevo.

En lugar de responderle, Michael volvió la cabeza para mirar a uno de sus soldados que venía galopando en dirección a ellos.

—Es el capitán Gonarov —dijo—. Seguramente nos trae las noticias que esperamos —levantó la voz para preguntar—: ¿Conseguiste comunicarte con Moscú, capitán?

Gonarov detuvo su caballo. A pesar del frío, el caballo mostraba en su piel la humedad del sudor y también el capitán tenía la frente empapada. Saludó militarmente.

—Sí, camarada.

—¿Les informaste de nuestro éxito inicial? ¿Les solicitaste que enviaran refuerzos?

—Sí, camarada comisario.

—Bien. ¿Ya lo ves, camarada general...?

—Pero no nos mandarán refuerzos, camarada comisario —explicó Gonarov—. Eso es lo que me informaron de Moscú, camarada comisario. El ejército se ha movilizado para emprender la guerra contra Polonia. Tú tendrás que arreglártelas como puedas con lo que tienes.

—Se supone que no quieren acabar con una guerra antes de iniciar otra —comentó Malutin.

Michael observaba en forma escrutadora el rostro del joven capitán.

—Hay algo más, ¿no es cierto Gonarov?

—Sí, señor —Gonarov se pasó la lengua por los labios resecos y después tragó saliva.

—¿Son noticias de Moscú?

—No, camarada comisario. Fui a buscar a la camarada Stein, como tú me ordenaste, para comunicarle de nuestra victoria.

—¿Sí? —preguntó Michael.

—Ya no estaba allí, camarada comisario. Hace dos días que partió; en la misma mañana que lanzamos el asalto. Se fue con el estadounidense.

—¿Se fue Judith? —Durante unos segundos, Michael Nej no pudo pensar con claridad.

—Se fue a Petrogrado, camarada comisario.

—Yo siempre desconfié de ese estadounidense —dijo Malutin—. ¿Ya enviaste un telegrama para que los arresten?

—Quise venir primero a informar al camarada Nej, camarada general.

—Bueno, aún puede hacerse —explicó Malutin—. Apenas estará arribando el tren a Petrogrado. Si mandamos un telegrama en seguida, la policía irá a recibirlos.

—No —afirmó Michael.

Los dos oficiales lo miraron sorprendidos.

—La camarada Stein está más enojada de lo que yo había creído —murmuró Michael— por la muerte de sus padres. Fueron ejecutados por la GPU, por órdenes de mi hermano.

—No lo sabía —dijo Malutin—. En ese caso, camarada comisario, debe haber ido a visitar la tumba de sus padres.

—No tienen tumba —dijo Michael— y ella lo sabe; lo que ocurre es que me ha dejado. Estoy seguro. Partirá de Rusia con el estadounidense —se le torció el rostro con una sonrisa amarga—. El estadounidense es un experto en sacar a la gente de Rusia. A mí me sacó en una ocasión y también se llevó a la otra mujer que yo amaba.

—Con mayor razón *debemos* detenerlo —declaró Malutin—. El telegrama...

—No —recalcó Michael.

Malutin titubeó, luego, chasqueó sus dedos enguantados.

—Ya sé. No quieres que maltraten a la camarada Stein. Entonces, ve tú mismo a traerla, camarada.

—¿Qué?

—El deshielo ha iniciado; no podrán salir de Petrogrado antes de que pasen dos o tres días. Tú podrías llegar allá en dos días. Busca tú mismo el modo de detenerlos y así podrás traer contigo a salvo a la camarada Stein. Respecto del estadounidense...

—¿Ir yo a Petrogrado? —dijo Michael como si hablara consigo mismo—. ¿Pero qué hay de mi ejército?

—Ya hemos logrado un gran triunfo, camarada comisario. Ahora, podremos darnos un respiro, una breve tregua para reorganizarnos y trazar nuevos planes. Además, será indispensable arreglar los tanques. Yo estimo que transcurrirá poco más de una semana antes de que volvamos a emprender la marcha. En ese tiempo, puedes ir a Petrogrado, arrestar al estadounidense, recoger a la camarada Stein y retornar aquí. Te prometo que el cuartel general ni siquiera notará tu ausencia.

—Una semana les basta a los blancos para reorganizar su ejército —aseguró Michael.

Malutin se encogió de hombros.

—Ésa es una posibilidad —admitió—. Es uno de los riesgos de la guerra.

—Sólo hay una posibilidad en la vida y en la guerra que valga la pena: la de ganar —dijo Michael—. Ahora estamos ganando y no debemos detenernos, pues, quizá, no volvamos a vencer. Este ejército avanzará a partir de mañana por la mañana. Hasta entonces, tendrán tiempo para reagruparse, general.

—¿Y los tanques...?

—Nos las ingeniaremos sin los tanques, camarada general.

—Pero... —Malutin se volvió a mirar, sorprendido, a Gonarov—. Nuestros hombres están prácticamente agotados.

—Tanto como nuestros enemigos, camarada general. La guerra no es sólo una prueba de fortaleza física. Lo que más se pone a prueba es la voluntad. Continuaremos con el avance.

—¿Y la camarada Stein? La perderás si no vas por ella ahora. Quizá la pierdas para siempre.

Michael se le quedó mirando por unos instantes y después hizo girar su caballo.

—Este ejército continuará su avance —dijo con firmeza—. Preparen lo necesario.

Entre rechinidos, el tren se detuvo bajo el alto techo de la Estación Central de Petrogrado y dejó escapar, con un resoplido, un grueso chorro de vapor que ascendió hasta el techo en forma de niebla y los trozos de nieve que se hallaban en las viguetas y las cornisas se transformaron en hilillos de agua. George contemplaba todo aquello y se dijo que ahora sí había principiado el deshielo.

El andén estaba atestado de gente. Se diría que todas las estaciones ferroviarias de Rusia siempre estaban abarrotadas. Por la cabeza de George pasó la idea de que se estaba reconstruyendo una civilización entera alrededor de las estaciones de ferrocarril, seguramente porque no había otro medio para recorrer el enorme país. También, como de costumbre, la mayoría de las personas que saturaban el andén eran soldados y oficiales en tránsito hacia el frente de lucha de Polonia o hacia el frente de lucha en el sur. La mayoría de los viajeros que bajaban del tren eran los heridos y los funcionarios públicos que retornaban a la capital tras sus giras de inspección, de recopilación de datos e informaciones y de limpieza de los restos del zarismo, hasta en los últimos rincones del gran imperio.

Condujo por el brazo a Judith para ocupar su sitio en la fila que se estaba integrando frente a la ventanilla del registro de boletos. Habían pasado dos días en el tren, apiñados en un asiento destinado a una sola persona, comprando los alimentos y bebidas que les ofrecían los vendedores en cada una de las estaciones que pasaban, ansiosos de ganarse algunas monedas. Judith había dormido con su cabeza reclinada sobre el hombro de George y éste había dormitado con su cabeza sobre la de Judith. Fue muy poco lo que conversaron, pues no había mucho de qué hablar. Los dos sabían demasiado sobre Rusia, el bolchevismo, los horrores de las guerras y revoluciones e, incluso, acerca de uno y otro. Además, era mejor hablar muy poco, lo menos posible, ya que ambos sabían el riesgo que corrían. Si Michael Nej hubiese tenido tiempo de enviar un telegrama... Pero un general en medio de la batalla no tendría tiempo de nada. El éxito de su escape residía en ese hecho.

¿No era aquél un acto de cobardía? ¿Robarle la mujer a un hombre y llevársela lejos, cuando el hombre estaba de espaldas, por así decirlo? Pero no había otra forma para salvar a Judith Stein. ¿De qué? ¿De una inevitable degradación como mujer? ¿De la posibilidad de un matrimonio con Michael

Nej por no tener a nadie más a quien recurrir, con la consecuencia de aceptar el bolchevismo y a un cuñado que había sido el asesino de sus padres? ¡Pobre Judith! No tenía nada en lo absoluto, ni siquiera la libertad de pensar según su criterio, de odiar conforme a sus sentimientos ni de amar de acuerdo con su elección.

Les revisaron los pases, los sellaron y se encontraron en la calle.

—Iremos primero a mi departamento para recoger mis cosas —le dijo George Hayman.

Judith bajó los ojos para mirar su pequeño maletín, dentro del cual estaban todas sus posesiones terrenales.

Él le apretó cariñosamente un brazo.

—Yo no tengo mucho más que tú —le dijo. Es mucho mejor viajar con poco equipaje.

Luego, se puso a pensar que, en cuanto arribaran a Estocolmo, le compraría un baúl lleno de ropa. Le compraría a Judith Stein todo aquello que siempre había anhelado tener. Y todo por aquel día en que la vio en el suelo de la celda de Roditchev y también por esa noche en la estación de Starogan y por la otra noche, dos días antes, en el campamento del sur, en Tula.

Caminaron a lo largo de las avenidas en penumbra: no querían exhibirse más de la cuenta tomando un taxi.

Subieron por la escalera vacía, George abrió la puerta de su departamento y entró para encender las luces. El lugar estaba tal como él lo había dejado. Sus dos maletas cerradas en el suelo.

—¿Tienes hambre?

Judith dejó en el suelo su maletín.

—¿Tendremos tiempo para comer?

—El barco no zarpará antes del amanecer. Por aquí tengo un poco de caviar y algunas galletas.

Judith se sentó.

—¿Y champaña?

—¡Ah...! —George abrió las puertas de una pequeña vitrina—. Hay una botella. No está fría, pero no puede decirse que esté tibia.

La descorchó, vertió el vino en dos vasos, acomodó el caviar, las galletas, los platos y los cuchillos sobre la mesa, le dio un vaso a Judith y levantó el suyo.

—Lo único por lo que podemos brindar es por el futuro.

Judith bebió.

—¿Deparará algo bueno para mí el futuro, señor Hayman?

—Probablemente lo verías más brillante, Judith, si me llamas George.

¿Por qué había dicho eso? ¿Fue por que allí sentada con las piernas cruzadas y su cabello azabache dejándose caer sobre la frente y descansando en sus hombros en el alivio de ser liberado de su mascada la hacía lucir verdaderamente hermosa? ¿Sería por haberla contemplado tan desamparada en el suelo de la celda de Roditchev, una imagen que lo había perseguido durante nueve años? ¿Sería por esa generosidad ambivalente que lleva a un hombre a querer abrazar y proteger a una mujer en peligro?

¿O tal vez podría ser porque habían transcurrido dos años desde que tuvo en sus brazos a Ilona o a cualquier otra mujer?

—Perdona, Judith —expresó—. Quise decir que no debemos tratarnos con tanta formalidad si vamos a emprender un largo viaje los dos juntos.

—Me gustaría llamarte George.

—Entonces, adelante.

—Me gustaría... —bebió un sorbo de champaña, mordisqueó una galleta y se puso de pie para caminar nerviosamente por la habitación.

—Lo que tú quieras, Judith —dijo George—. Yo me ocuparé de que lo tengas, de que seas dichosa por el resto de tus días.

Judith dio media vuelta y lo observó.

—¿Por qué? ¿No tienes ya demasiadas responsabilidades?

—Puedo con ellas. ¿Quieres convertirte en una responsabilidad más para mí, Judith? —vio que ella parecía estar evaluando sus palabras—. Sin ataduras. Ella sonrió.

—Siempre hay ataduras —dijo—. Tú las tienes, una de ellas se llama Ilona. Creo que Ilona es la única amiga verdadera que yo haya tenido en toda mi vida.

—Yo quería decir que te ofrezco...

—Yo sé lo que quieres —dijo ella—. Eso ha sido una constante en mi vida.

—¿No resultaría detestable para ti?

—Creo que resultaría agradable para mí, pero ya lo busqué inútilmente en el príncipe Peter y luego en Michael y, por ahora, no deseo buscar más.

—Bueno, entonces...

¿No se estaba comportando como un tonto?, ¿como un canalla egoísta? ¡Si sólo pudiera estar seguro de sus emociones! ¿Cómo podría cualquier hombre, casado con Ilona Borodina, amando a Ilona Borodina, pensar en compartir ese amor? Pero, ¿podría cualquier hombre que hubiese visto a Judith en la celda de Roditchev, que la hubiera observado y que hubiera pensado y se hubiera preocupado por ella, desde hace nueve años, no querer abrazarla y decirle que ahora podía sentirse segura a su lado? Y, ¿podría un hombre correr el riesgo de herir de nuevo a un espíritu tan maltratado?

Se levantó del sillón sin haber concluido su frase y tomó por el cuello la botella de champaña. Ella vio su vaso vacío y se acercó a él, pero se detuvo de inmediato frente a la puerta que acababa de abrirse. Tanto ella como él volvieron la cabeza y se quedaron observando estupefactos a Iván Nej.

Judith bajó despacio el brazo con el que sostenía el vaso. La animación de su rostro desapareció para dejar el paso a una máscara a través de la cual sus ojos brillaban como dos puntos luminosos llenos de cólera y de odio.

Era imposible percibir la expresión en los ojos de Iván detrás de los anteojos. Cerró la puerta detrás de él y colocó la mano sobre la cacha de su pistola enfundada y la sacó.

George se había quedado petrificado, pero su corazón latía cada vez más de prisa. Durante seis años, él había sido reducido al papel de observador. Seis largos años.

—Judith —dijo Iván y miró de reojo George—. Uno de mis policías los vio en la estación y me llamó por teléfono. ¿Es ésta una despedida?

—Sí —afirmó George—. ¿Quieres beber con nosotros?

Iván sacudió la cabeza.

—Yo no bebo cuando estoy en el cumplimiento de mi deber, Hayman. Bueno, creo que ahora es tiempo de que vayas al muelle para tomar tu barco y tú, Judith, será mejor que vuelvas conmigo a casa.

Judith miró de soslayo a George.

—Aún debemos discutir algunos asuntos —dijo George—. Hablaremos en privado, si no tienes inconveniente. Yo me ocuparé de que Judith vaya contigo antes de que zarpe mi barco.

Iván sonrió.

—Yo creo que debe venir conmigo ahora. A Michael le gustará saber que está en buenas manos. ¿Sabe que estás en Petrogrado, Judith?

Judith continuaba mirando a George.

—¡Por supuesto! —señaló George. Pero él sabía que con una mentira no iba a salir bien librado de aquella situación. De pronto, decidió jugarse el todo por el todo. Sus dedos se apretaron sobre el cuello de la botella de champaña. No era un arma muy poderosa contra el revólver de Iván, pero, precisamente por eso, éste ni siquiera la consideraría como un arma; posiblemente tampoco creería que un periodista estadounidense de cuarenta y tres años sería una amenaza demasiado seria.

—Le enviaré un telegrama —dijo Iván—. Le diré que estás aquí a salvo. No, será mejor que le mandemos el telegrama tú y yo juntos, Judith. Tú lo firmarás y Michael se sentirá más satisfecho por eso.

—No —dijo Judith hablando por primera vez—. Yo saldré de Rusia esta misma noche.

Iván levantó las cejas.

—¿Sabe Michael que te vas?

—No —contestó ella—. Michael no es mi dueño. Es mi decisión.

Iván volteó a ver a George.

—¿Tú la convenciste, Hayman?

—Tengo la intención de que mademoiselle Stein vaya a donde quiera —indicó George.

—La *camarada* Stein debe quedarse en Rusia —sentenció Iván—. Es rusa y éste es su hogar. Además, es la mujer de mi hermano. Mi hermano está peleando por el futuro del bolchevismo, mientras que esta traición tiene lugar a sus espaldas. Pero yo tengo la obligación de combatir la subversión. Tú vendrás conmigo, camarada Stein, y me encargaré de que vuelvas al lado de mi hermano.

—No —repitió Judith—. No —de nuevo, se quedó mirando a George.

Éste se encogió de hombros y, después, con mucho cuidado, muy despacio, avanzó hasta colocarse en el centro de la habitación, llevando aún asida por el cuello la botella de champaña.

—A mí me parece, Judith, que no tienes otra opción —dijo—. Iván está en lo justo y, sobre todo, tiene el respaldo de la ley.

—¿Tú...? —a Judith se le quebró la voz por la sorpresa y se quedó viendo a George con la boca abierta. Sus mejillas palidecieron.

—Yo *soy* la ley —aseveró Iván—. Me complace que hayas dado esa muestra de buen criterio, Hayman. No me habría gustado dar la orden de arresto contra un estadounidense.

—A mí tampoco me gustaría eso, Iván Nej —al decir estas palabras, giró con brusquedad sobre los talones para quedar frente a Iván y, de manera simultánea, extendió el brazo derecho, armado con la botella de champaña, pero Iván vio venir el golpe y lo esquivó; ya tenía el revólver en la mano, mas un gran chorro de la champaña burbujeante le empapó el rostro y él se había agachado con tanta rudeza, que perdió el equilibrio y cayó de rodillas al suelo. George no perdió ni una fracción de segundo y, con la velocidad del rayo, le dio un gran puñetazo sobre un costado de la cabeza. La gorra y los anteojos de Iván volaron por los aires y él mismo abrió los brazos y se inclinó hacia un lado, como si fuera a caer; en ese instante, con una precisión asombrosa, George levantó la pierna y asestó un brutal puntapié en la muñeca de Iván, de modo que el revólver salió girando por el aire, hasta caer en un rincón de la habitación.

El camarada Iván, que estaba de rodillas y doblado sobre sí mismo, empezó a incorporase poco a poco y con mucha cautela, sabiendo que, sin el revólver, estaba a merced del forzudo estadounidense; entre tanto, Judith cruzó el cuarto y se precipitó al suelo para apoderarse del revólver. Girando sobre sus rodillas, quedó de frente a Iván y le apuntó, sosteniendo el arma con ambas manos. Su rostro estaba contraído por el odio.—¡No! —le gritó George.

Ella flaqueó durante un segundo y sólo movió los ojos para ver a George, mientras que Iván se inclinaba para levantar sus anteojos. George percibió que el rostro no se le había alterado, pero las manos sí le temblaban. En ese momento, recordó que, en cierta ocasión, el príncipe Peter Borodin le había comentado que Iván, sólo por miedo, se había resistido a partir al frente de batalla en 1914.

—Es el asesino de mi padre y de mi madre —declaró Judith.

—Y de muchos otros —completó George—. Pero no es conveniente que *tú* lo asesines ahora, Judith. Si lo matas, no podrás irte y dar la espalda a todo esto, como querías.

Ella volteó a ver a Iván Nej, sus dedos estaban blancos en el gatillo.

—¿Acaso *podré* darle la espalda a todo esto, George? ¿Tú crees que él me lo permita?

Iván se colocó los anteojos en la nariz.

—Creo que será mejor que venga con nosotros —anunció George—. Dame el revólver.

Ella se deslizó por la pared, sin dejar de apuntar, hasta que quedó junto a George y le entregó el arma. Se escuchó con claridad el suspiro de alivio que Iván exhaló.

—Estoy seguro de que tienes a uno de tus hombres allá afuera —le dijo George mostrándole el arma en su mano—. En cuanto salgamos, le informarás que nos acompañas a abordar el barco y que subirás con nosotros a tomarte un trago de despedida. Pero te quedarás en el barco, con nosotros; luego, comunicarás a tus superiores que no tuviste tiempo de bajar cuando el barco zarpó. No tienes por qué preocuparte, camarada Iván; si te portas bien, no te haremos daño y te depositaremos, sano y salvo, en Estocolmo.

—¿Por qué tendría yo que hacer lo que dices? —inquirió Iván. Era muy evidente el tono apagado y tembloroso de su voz.

—Porque yo permaneceré junto a ti todo el tiempo con el revólver en la mano, hasta que nos encontremos encerrados en la cabina del barco —le aclaró George—. Una palabra, un movimiento que nos delate, y yo apretaré el gatillo para destrozarte.

—Ellos te ahorcarán —masculló Iván y se pasó la lengua sobre los labios resecos— y a ella también. Los colgarán juntos.

—Pero tú no gozarás del espectáculo —expresó George— porque lo estarás viendo desde el infierno.

Iván lo observó. No tenía más que dos alternativas: la de actuar como un cobarde, acatando las órdenes de George y así continuar viviendo, disfrutando de la belleza de Tattie y de su propia y próspera carrera o la de morir acribillado a balazos por su orgullo y por su honor.

También George recordó en aquel instante a Tattie. ¡Si fuera posible sacarla también de Rusia para llevarla a Estados Unidos y ponerla bajo los cuidados de su hermana! Pero Tattie no aceptaría irse, ya que era feliz como estaba y al lado de aquel hombre que era el padre de sus hijos. Tampoco podría pensarse en llevarse a Tattie contra su voluntad, pues eso perjudicaría gravemente a Judith.

Iván se había levantado con movimientos lentos. Volvió a inclinarse para recoger su gorra.

—Algún día —dijo—, algún día, Hayman, cuando hayamos esparcido nuestra revolución por el mundo entero, nos veremos las caras y deberás responderme por todo esto. Tú, lo mismo que Ilona y esta amiga tuya, me responderán por todo esto. Yo esperaré a que ese día llegue.

—Yo siempre me figuré que tú eras un hombre paciente —añadió George—. ¿Nos vamos ya? Pasa tú primero, Judith.

Ella titubeó un segundo.

—No temas —le dijo George—. El camarada Iván Nej no está hecho de la madera de los héroes. Por regla general, los héroes son impacientes. Te espera la libertad, Judith.

Y él estaría a su lado mientras iba en camino para reunirse con Ilona. Se preguntó si el camarada Nej se imaginaba siquiera los muchos asuntos importantes que podría realizar en su vida, sin necesidad de preocuparse por su revolución.

Sebastopol no era más que un gigantesco cubo de basura, escombros y desperdicios. El calor de agosto aumentaba su desintegración y su podredumbre; el horror y la miseria de la escena se intensificaban por las sangrientas actividades de los Guardias Rojos que, por fin, tenían manga ancha para vengarse de todos aquellos que habían apoyado a los blancos y que no habían tenido la oportunidad de escapar.

Ésas fueron las condiciones en que Sebastopol vivió durante toda la primavera y el verano, mientras Denikin retrocedía y pasaba de una derrota a la siguiente. Algunas se produjeron tras cruentas batallas cuerpo a cuerpo y de retrocesos desordenados de "sálvese el que pueda"; otras, fueron simples encuentros y escaramuzas; pero, a medida que el verano avanzaba, éstas se hicieron más y más frecuentes, casi diarias y siempre culminaban con un triunfo para los rojos, de manera que la moral de los blancos se vino abajo y los ejércitos blancos acabaron por disgregarse. Y, al cabo de cada victoria, en cada una de las aldeas, poblaciones y ciudades liberadas por la revolución, resonaban en el aire las descargas de la fusilería para asesinar en masa a los colaboradores, los lamentos de las mujeres, los aullidos de los niños que se quedaban huérfanos de pronto. Así era la marejada de la revolución. Así eran los decretos de Lenin. Así era la forma que adquiría el triunfo, el definitivo. Sólo por aquellos medios, se decía Michael Nej, había conseguido llegar a aquella recámara de un hotel de Sebastopol, donde se encontraba, consciente de que su misión ya había finalizado.

Y, como siempre, los pobres eran los que más habían sufrido. A Michael le parecía estar viendo aún el humo de las chimeneas de los barcos, tiñendo de sombras el horizonte del mar Negro. Eran las últimas embarcaciones de la flota británica que abandonaban las tierras de Rusia. A bordo de aquellas naves, viajaba un número suficiente de zaristas como para integrar una nueva corte. Iban a bordo la zarina viuda María Feodorovna, la madre del extinto zar y hermana de la reina viuda de Inglaterra; ahí andaba el gran duque Nicolás Nikolaievich, quien fuera comandante supremo del Ejército Imperial, tío del zar y el único con derecho a reclamar el trono. ¿Se atrevería a hacerlo alguna vez? ¿Se imaginaría que podría tener éxito?

Junto con ellos, huían muchos otros integrantes de la familia real de Rusia, incluyendo al príncipe Félix Yusupov, el autor intelectual de la muerte de Rasputín y el primero en alentar la revolución de Kerensky. El príncipe iba acompañado de su mujer. ¿Tendrían la intención de continuar luchando contra el bolchevismo o de admitir su derrota?

Junto con ellos iba, además, el príncipe Peter Borodin, su esposa Raquel y su hija pequeña. Michael Nej habría dado la mano derecha por saber lo que Peter Borodin pensaba en realidad al abordar la nave y dar la espalda a Rusia y a los miles y miles de hombres que durante dos años había conducido con valentía en las batallas, derrotados por fin, nada menos que por su antiguo *valet*. ¿Adónde iría Peter? Michael se dijo que primero a Inglaterra, aunque no por mucho tiempo; el gobierno británico sostenía conversaciones amistosas con los emisarios de Lenin. ¿A Francia? Probablemente.

¿O a Estados Unidos? Sí. ¿Por qué no? Allá se reuniría con su hermana Ilona y su marido; allá, en el exilio feliz, dejaría que Raquel se hallara con Judith. Michael cayó en la cuenta de que instintivamente había apretado los dedos de sus manos hasta convertirlas en puños.

Aunque, en realidad, no había deseado hacer el esfuerzo de apresar a Peter. Claro que, como militar, habría sido muy ventajoso hacerlo. Entre todos los antiguos aristócratas que se iban a bordo de las embarcaciones inglesas, Peter Borodin podría ser el más peligroso por su antagonismo violento contra el bolchevismo. Pero no le hubiese gustado, de ningún modo, entregar a Peter al pelotón de fusilamiento o, peor aún, a su hermano Iván. Desde su retorno de aquella absurda visita a Estocolmo, durante la última primavera, Iván había trabajado en la destrucción de los blancos y los zaristas con un odio casi patológico.

Quizá aquel encarnizamiento iba de acuerdo con un policía, pero no con un soldado. Michael no odiaba a Peter Borodin, ya ni siquiera lo detestaba. Tampoco sentía un odio vehemente contra George Hayman por haberle arrebatado, sucesivamente, a las dos mujeres que él había amado de verdad. Incluso, había llegado a sentir admiración por aquel hombre. Y, en resumidas cuentas, todo lo ocurrido fue para bien. Porque, si Ilona se hubiera quedado en Rusia con el pequeño Iván, él mismo no hubiese llegado a ser jamás un revolucionario. Y si Judith hubiera permanecido a su lado, él no habría podido contar con la férrea voluntad que le permitió continuar sin doblegarse al frente de sus hombres, un día y otro día, hasta lograr aquella victoria final. En el fondo de su ser, Michael deseaba toda clase de parabienes para ellos y guardaba el anhelo de volverlos a ver algún día, cuando se estableciera la paz y la amistad entre el bolchevismo y el resto del mundo.

El capitán Gonarov se aclaró la garganta y Michael se volvió a mirarlo.

—¿Sí?

—Tu comunicación con Petrogrado, camarada comisario.

—Gracias —Michael pasó al vestíbulo y levantó la bocina del teléfono—. ¿Camarada Lenin?

—¡Michael Nikolaievich! ¿Eres tú? —el tono de la voz de Lenin rebosaba de entusiasmo aquella mañana—. ¿Qué hay de nuevo, hombre, qué hay de nuevo?

Michael aspiró profundamente.

—Debo informarte, camarada, que las últimas unidades de la flota británica han zarpado del puerto y que los últimos efectivos del Ejército Blanco se han rendido hoy. Sebastopol está en nuestras manos, camarada. Crimea está en nuestro poder. Tenemos a toda Rusia. Tu revolución está completa.